DESTINO: LA TEMPLANZA

2ª edição

MARÍA DUEÑAS
DESTINO: LA TEMPLANZA

Tradução
Sandra Martha Dolinsky

Copyright © Misorum, S. L., 2015
Copyright © Editorial Planeta, S. A., 2015
Copyright © Editora Planeta do Brasil, 2015, 2021
Todos os direitos reservados
Título original: *La Templanza*

Preparação: Francisco José M. Couto e Marina Vargas
Revisão: Silvana Salerno
Diagramação: Triall
Capa: Rafael Brum
Imagem de capa: © Amazon Content Services LLC, 2021. Todos os direitos reservados
Foto da autora: Ricardo Martín

Dados Internacionais de Catalogação na Publicação (CIP)
Angélica Ilacqua CRB-8/7057

Dueñas, María, 1964- Destino: La templanza / María Dueñas; tradução Sandra Martha Dolinsky. – 2. ed. – São Paulo: Planeta do Brasil, 2021. 480 p.
ISBN 978-65-5535-354-9 Título original: La templanza
1. Ficção espanhola I. Título II. Dolinsky, Sandra Martha
21-1083   CDD: 863

Índices para catálogo sistemático:
1. Ficção espanhola

2021
Todos os direitos desta edição reservados à
EDITORA PLANETA DO BRASIL LTDA.
Rua Bela Cintra 986, 4º andar – Consolação
São Paulo – SP – 01415-002
www.planetadelivros.com.br
faleconosco@editoraplaneta.com.br

A meu pai, Pablo Dueñas Samper,
que entende de minas e gosta de vinhos

PARTE I
Cidade do México

CAPÍTULO 1

O que passa pela cabeça e pelo corpo de um homem acostumado a vencer quando, em uma tarde de setembro, se confirmam seus piores medos?

Nem um gesto fora do tom, nem um destempero. Apenas um estremecimento fugaz e imperceptível percorreu sua espinha, subiu até as têmporas e desceu até as unhas dos pés. Nada pareceu mudar em sua postura, porém, ao constatar o que já antecipava. Impávido, assim permaneceu. Com uma das mãos apoiada na dura escrivaninha de nogueira e as pupilas cravadas nas portadoras da notícia: no rosto delas, abatido pelo cansaço, em suas vestimentas de luto desolador.

— Terminem seu chocolate, senhoras. Lamento ter lhes causado este contratempo e agradeço a consideração de virem me informar pessoalmente.

Como se fosse uma ordem, as norte-americanas obedeceram a instrução assim que o intérprete traduziu, uma a uma, as palavras. A legação de seu país havia lhes fornecido aquele intermediário, uma ponte para que as duas mulheres carregadas de fadiga, más notícias e ignorância da língua conseguissem se fazer entender e, assim, cumprir o objetivo de sua viagem.

Ambas levaram a xícara à boca sem vontade nem prazer. Beberam por respeito, certamente. Para não o contrariar. O bolo das freiras de San Bernardo, porém, nem provaram, e ele não insistiu. Enquanto as mulheres sorviam o líquido espesso com mal disfarçado constrangimento, um silêncio que não era de todo silente se instalou na sala como um réptil: arrastando-se pelo piso de tábuas envernizadas e pelas telas que cobriam as paredes; deslizando sobre os móveis de estilo europeu e entre as pinturas a óleo de paisagens e naturezas-mortas.

O intérprete, um jovem imberbe na casa dos vinte anos, permanecia desconcertado, com as mãos suadas entrelaçadas à altura de suas partes íntimas, pensando com seus botões que diabos estava fazendo ali. Enquanto isso, mil sons flutuavam no ar. Do pátio subia o eco do vaivém dos criados que molhavam as lajes com água de louro. Da rua, pelas grades de ferro fundido, chegava o repique de cascos de mulas e cavalos, os lamentos dos mendigos suplicando uma esmola e o grito do vendedor da esquina que apregoava insistentemente sua mercadoria. Empanadas de manjar, tortilhas de coalhada, goiabada, doces de milho.

As mulheres roçaram nos lábios os guardanapos holandeses recém-passados; bateram as cinco e meia. Depois não sabiam mais o que fazer.

O dono da casa quebrou a tensão.

— Permitam-me oferecer minha hospitalidade para que passem a noite aqui antes de tomarem o caminho de volta.

— Muito obrigada, senhor — responderam quase em uníssono —, mas já temos um quarto reservado em uma pensão que nos recomendaram na embaixada.

— Santos!

Embora não fossem elas as destinatárias do rouco vozeirão, as duas estremeceram.

— Peça a Laureano que vá com estas senhoras pegar sua bagagem e que depois as leve ao hotel de Iturbide. As despesas devem ser anotadas na minha conta. E depois, vá procurar Andrade, arranque-o da partida de dominó e diga-lhe que venha até aqui sem demora.

O criado de pele cor de bronze recebeu as instruções com um simples "às suas ordens, patrão". Como se do outro lado da porta, com o ouvido bem colado à madeira, não tivesse tomado conhecimento de que o destino de Mauro Larrea, até então rico minerador de prata, acabava de ser mutilado.

As mulheres se levantaram das poltronas e suas saias farfalharam como as asas de um corvo sinistro. Atrás do criado, foram as primeiras a deixar a sala e sair para a fresca galeria. A que disse ser a irmã foi na frente. A que disse ser a viúva a seguiu. Atrás delas deixaram os papéis que haviam trazido: papéis que ratificavam, preto no branco, a veracidade de uma premonição. Por último, o intérprete se preparou para sair, mas o dono da casa o deteve.

Pousou a mão grande e nodosa, áspera, forte ainda, sobre o peito do americano com a firmeza de quem sabe mandar e sabe que será obedecido.

— Um momento, meu jovem, por favor.

O intérprete mal teve tempo de responder ao pedido.

— Seu nome é Samuelson, não é?

— Isso mesmo, senhor.

— Muito bem, Samuelson — disse, baixando a voz. — Acho que não preciso dizer que esta conversa foi totalmente privada. Uma palavra a alguém sobre ela, e eu me encarrego de que na semana que vem seja deportado e convocado para lutar em seu país. De onde é, amigo?

O jovem sentiu a garganta seca como o teto de uma choça.

— De Hartford, Connecticut, sr. Larrea.

— Melhor ainda. Assim poderá contribuir para que os ianques ganhem a guerra contra a Confederação de uma vez por todas.

Quando calculou que já haviam alcançado o saguão, afastou com os dedos a cortina de uma das varandas e observou as cunhadas saindo da casa e entrando em sua carruagem. O cocheiro Laureano açulou as éguas, que arrancaram altivas, desviando de transeuntes respeitáveis, de criaturas andrajosas sem sapatos nem sandálias e de dúzias de índios enrolados em ponchos que proclamavam em uma caótica torrente de vozes a venda de sebo e tapetes de Puebla, carne seca, abacates, sequilhos e estatuetas de cera do Menino Jesus. Quando se certificou de que a carruagem dobrava na rua de las Damas, afastou-se da varanda. Sabia que Elías Andrade, seu procurador, levaria pelo menos meia hora para chegar. E não teve dúvida sobre o que fazer enquanto esperava.

Blindado contra qualquer olhar alheio, enquanto ia de um aposento a outro, Mauro Larrea foi tirando o paletó com fúria. Aos puxões, desfez o nó da gravata, tirou as abotoaduras e arregaçou as mangas da camisa de cambraia. Quando chegou a seu destino, com os antebraços nus e o colarinho aberto, inspirou com força e, por fim, girou o móvel em forma de roleta que mantinha os tacos na posição vertical.

— Santa Mãe de Deus — murmurou.

Nada indicava que escolheria o que acabou escolhendo. Tinha outros mais novos, mais sofisticados e valiosos, acumulados ao longo dos anos como provas tangíveis de seu auge irrefreável. Mais certeiros para o tiro, mais equilibrados. Contudo, naquela tarde que arrasou sua vida e cuja luz foi se apagando enquanto os criados acendiam lamparinas e velas pelos cantos de sua grande casa, enquanto as ruas continuavam exuberantes de pulsação e o país se mantinha obcecadamente ingovernável em disputas que pareciam não ter fim, ele rejeitou o previsível. Sem nenhuma lógica aparente, sem nenhuma razão, escolheu o taco velho e tosco que o amarrava a seu passado e preparou-se para enfrentar, raivoso, seus próprios demônios diante da mesa de bilhar.

Os minutos passaram enquanto ele executava tacadas com eficácia implacável. Uma atrás da outra, e outra, e outra, acompanhado somente pelo ruído das bolas ricocheteando nas laterais e o som seco do choque do marfim. Controlando, calculando, decidindo, como fazia sempre. Ou quase sempre. Até que, da porta, soou uma voz atrás dele.

— Não pressinto nada de bom vendo-o com esse taco nas mãos.

Continuou o jogo como se não tivesse escutado nada; agora girando o punho para dar uma tacada certeira, formando um sólido anel com os dedos pela enésima vez, deixando visível na mão esquerda dois dedos esmagados nas pontas e aquela cicatriz escura que subia desde a base do polegar. Feridas de guerra, costumava dizer, irônico. Sequelas de sua passagem pelas tripas da Terra.

Mas ele tinha ouvido a voz de seu procurador, claro que tinha. A voz bem modulada daquele homem alto, de elegância requintadamente tresnoitada, que dentro de seu crânio liso como um seixo escondia um cérebro vibrante e sagaz. Elías Andrade, além de cuidar de suas finanças e de seus interesses, também era seu amigo mais próximo: o irmão mais velho que nunca teve, a voz de sua consciência quando a voragem dos dias convulsionados roubava-lhe a serenidade necessária para discernir.

Inclinando-se, elástico, sobre o pano verde, Mauro Larrea acertou em cheio a última bola e deu por terminada sua partida solitária. Então, colocou o taco de volta no móvel e, sem pressa, voltou-se para o recém-chegado.

Olharam-se de frente, como tantas outras vezes. Para o bem e para o mal, sempre havia sido assim. Cara a cara. Sem subterfúgios.

— Estou arruinado, compadre.

Seu homem de confiança fechou os olhos com força, mas não replicou. Simplesmente tirou um lenço do bolso e passou-o pela testa. Tinha começado a suar.

À espera de uma resposta, o minerador levantou a tampa de uma caixa e pegou dois charutos. Acenderam-nos com um isqueiro de prata e o ar se encheu de fumaça; só então o procurador reagiu à tenebrosa notícia que acabava de lhe chegar aos ouvidos.

— Adeus a Las Tres Lunas.

— Adeus a tudo. Foi tudo para a casa do caralho ao mesmo tempo.

Em conformidade com sua vida entre dois mundos, às vezes usava fortes expressões castelhanas e outras vezes parecia mais mexicano que o Castelo de Chapultepec. Duas décadas e meia haviam se passado desde que chegara à velha Nova Espanha, já transformada em uma jovem república depois de um longo e doloroso processo de independência. Na época ele levava consigo uma ferida no coração, duas responsabilidades irrenunciáveis e a imperiosa necessidade de sobreviver. Nada permitiria prever que seu caminho se cruzaria com o de Elías Andrade, último elo de uma antiga dinastia *criolla*[1] tão nobre quanto empobrecida desde o ocaso da colônia. Mas, como em tantas outras coisas nas quais intervêm os ventos do destino, os dois homens acabaram se encontrando no infame bar de um acampamento mineiro em Real de Catorce, quando os negócios de Larrea — uma dúzia de anos mais jovem — começavam a alçar voo e os sonhos de Andrade — outros tantos mais velho — haviam caído no fundo do poço. E apesar dos muitos altos e baixos que ambos enfrentaram, apesar das derrotas e das vitórias, das alegrias e dos dissabores que a sorte acabou pondo em seu caminho, nunca mais se separaram.

— O gringo passou a perna em você?

— Pior. Está morto.

A sobrancelha erguida de Andrade pontuou um sinal de interrogação.

— Os sulistas o mataram na batalha de Manassas. A mulher e a irmã vieram da Filadélfia para me comunicar. Essa foi a última vontade dele.

— E o maquinário?

— Foi requisitado pelos sócios para as minas de carvão do vale de Lackawanna.

— Nós tínhamos pagado tudo... — murmurou Andrade, estupefato.

— Até o último parafuso, não tivemos outra opção. Mas nem uma única peça chegou a embarcar.

---

[1] *Criollos* são filhos de europeus nascidos na América. (N.T.)

O procurador foi até uma das varandas sem dizer uma palavra e abriu as portas de par em par, talvez com o ilusório desejo de que um sopro de ar afastasse o que acabava de ouvir. Da rua, contudo, só subiram as vozes e o barulho de sempre: a agitação constante daquela que até alguns anos antes havia sido a maior metrópole das Américas. A mais rica, a mais poderosa, a velha Tenochtitlán.

— Eu avisei — murmurou Andrade com o olhar perdido no tumulto da rua, sem se voltar.

A única reação de Mauro Larrea foi uma intensa tragada em seu charuto.

— Eu disse que explorar de novo essa mina era arriscado demais: que não devia ter optado por essa concessão diabólica, não devia investir tamanha barbaridade de dinheiro em máquinas estrangeiras, que devia arranjar acionistas para dividir o risco... Que devia tirar esse maldito absurdo da cabeça.

Um rojão estourou perto da catedral, ouviu-se a discussão entre dois cocheiros e o relincho de um animal. Mauro soltou a fumaça sem replicar.

— Cem vezes eu repeti que não havia nenhuma necessidade de apostar tão alto — insistiu Andrade em um tom cada vez mais áspero. — E, mesmo assim, indo contra o meu conselho e contra o mais elementar bom senso, você insistiu em arriscar tudo. Hipotecou a fazenda de Tacubaya, vendeu as do distrito de Coyoacán, os ranchos de San Antonio Coapa, os armazéns da rua Sepulcro, os pomares de Chapingo, os currais ao lado da igreja de Santa Catarina Mártir.

Recitou o inventário de propriedades como se cuspisse bile, em seguida chegou a vez do resto:

— Você se desfez de todas as suas ações, dos títulos da dívida pública, de crédito e de participação. E não satisfeito em arriscar tudo que tinha, ainda se endividou até as sobrancelhas. E agora não sei como acha que vamos enfrentar o que está por vir.

Por fim Mauro o interrompeu.

— Ainda temos uma coisa.

Abriu as mãos como se quisesse abarcar o aposento onde estavam. E com esse gesto, por extensão, atravessou paredes e tetos, pátios, escadas e telhados.

— Nem pense nisso! — vociferou Andrade, segurando a cabeça com os dedos das duas mãos.

— Precisamos de capital para pagar as dívidas mais urgentes primeiro, e para começar a me mover depois.

Se tivesse visto um fantasma, o rosto do procurador não teria demonstrado mais pavor.

— Mover-se para onde?

— Ainda não sei, mas a única coisa que sei é que tenho que ir embora. Não tenho alternativa, irmão. Aqui estou queimado; não haverá como empreender nada de novo.

— Espere — insistiu Andrade tentando transmitir-lhe serenidade.

— Espere, pelo que mais ama neste mundo. Antes temos que avaliar tudo, talvez possamos disfarçar por um tempo enquanto vou apagando os incêndios e negociando com os credores.

— Você sabe tão bem quanto eu que assim não vamos chegar a lugar nenhum. Que no fim das suas contas e dos seus balanços, só vai encontrar desolação.

— Fique calmo, Mauro, esfrie a cabeça. Não se precipite e, acima de tudo, não comprometa esta casa. É a última coisa que lhe resta intacta, e a única que talvez possa lhe servir para que tudo pareça o que não é.

A imponente mansão colonial da rua de San Felipe Neri, era a isso que se referia. O velho palácio barroco comprado dos descendentes do conde de Regla, que havia sido o maior minerador do vice-reinado; a propriedade que o posicionava socialmente nas coordenadas mais desejáveis do mapa urbano. Aquilo tinha sido a única coisa que ele não pusera em jogo a fim de conseguir a monstruosa quantidade de dinheiro vivo de que necessitava para ressuscitar a mina Las Tres Lunas; a única coisa que restava intacta do patrimônio que construíra com os anos. Além do valor material, os dois sabiam quanto aquela residência significava: um ponto de apoio sobre o qual manter — ainda que precariamente — sua respeitabilidade pública. Mantê-la livrava-o do escárnio e da humilhação. Perdê-la implicava tornar-se, aos olhos de toda a capital, um fracassado.

Tornou a reinar uma quietude densa entre os dois homens. Os amigos outrora tocados pela sorte, vencedores, admirados, respeitados e atraentes, olhavam-se agora como dois náufragos no meio de uma tempestade, lançados sem aviso às águas geladas por um traiçoeiro golpe do mar.

— Você foi um irresponsável de merda — reiterou por fim Andrade, como se repetindo sem parar seus pensamentos fosse conseguir atenuar o impacto.

— Você fez a mesma acusação quando contei como comecei com La Elvira. E quando me meti em La Santa Clara. E em La Abundancia e La Prosperidad. E em todas essas minas acabei prosperando e obtive prata às toneladas.

— Mas na época você não tinha nem trinta anos, era só um selvagem perdido no fim do mundo e podia arriscar, seu louco! Agora que já está às portas dos cinquenta, acha que vai conseguir começar de baixo outra vez?

O minerador deixou que seu procurador desabafasse aos gritos.

— Você recebeu propostas para entrar em consórcios e fazer alianças com as maiores empresas do país! Os liberais e os conservadores tentaram seduzi-lo, você poderia ser ministro de qualquer um deles se demonstrasse o menor interesse! Não há salão que não queira ter você como convidado, e recebeu à sua mesa a nata da nação. E agora mandou tudo para a casa do caralho por causa da sua teimosia. Sua reputação está prestes a voar pelos ares, tem um filho que sem seu dinheiro não passa de um desatinado e uma filha com uma posição que você está prestes a desonrar!

Quando acabou de cuspir marimbondos, esmagou o charuto meio fumado em um cinzeiro de cristal de rocha e se dirigiu à porta. A silhueta de Santos Huesos, o criado indígena, perfilava-se nesse momento no limiar da porta. Em uma bandeja levava dois copos entalhados, uma garrafa de aguardente catalã e outra de uísque contrabandeado da Luisiana.

Nem sequer deixou que a depositasse sobre a mesa. Detendo-lhe o passo, Andrade se serviu de uma dose com brusquidão. Bebeu de um gole e limpou a boca com o dorso da mão.

— Deixe-me revisar as contas esta noite, vamos ver se podemos salvar alguma coisa. Mas, por mais que queira, esqueça esse negócio de se desfazer da casa. É a única coisa que lhe resta, se espera que alguém volte a confiar em você. Seu álibi. Seu escudo protetor.

Mauro Larrea fingiu que o escutava, inclusive assentiu com um movimento do queixo, mas, àquela altura, sua mente já avançava em outra direção radicalmente diferente.

Ele sabia que tinha que começar de novo.

E, para isso, precisava arranjar dinheiro e pensar.

CAPÍTULO 2

Não teve estômago para jantar depois que Andrade saiu praguejando por entre os arcos da esplêndida galeria. Em vez disso, decidiu tomar um banho de banheira, para refletir sem a voz do procurador dando-lhe facadas na consciência.

Submerso na banheira, Mariana foi a primeira imagem que surgiu em sua mente. Ela seria a única a saber de sua boca o acontecido, como sempre. Apesar de já viverem vidas separadas, o contato entre ambos era constante. Continuavam se vendo praticamente todos os dias e era raro que não fizessem juntos um passeio por Bucareli ou que ela não passasse em algum momento por sua antiga casa. Para os empregados, especialmente em seu novo estado, era uma festa cada vez que ela atravessava o saguão. Diziam que estava linda, insistiam para que ficasse um pouco mais e lhe serviam merengues, pão de ovos e doces de açúcar cristal.

Bem diferente seria com Nicolás, o pior dos seus tormentos. Para a sorte de todos, a hecatombe o encontraria na Europa. Na França, nas minas de carvão do Passo de Calais, para onde o havia mandado sob os cuidados de um velho amigo a fim de afastá-lo temporariamente do México. Estranha mistura de sangues, anjo e demônio, engenhoso e inconsequente, impetuoso, imprevisível em todos os seus atos. Sua boa estrela e a sombra protetora do pai sempre o haviam acompanhado, até que começou a pôr as mangas de fora além da conta. Aos dezenove anos foi uma paixão arrebatadora pela mulher de um deputado da República. Meses depois, uma farra monumental no qual acabaram afundando o piso de um salão. Quando o filho completou vinte anos, Mauro Larrea já havia perdido a conta das confusões das quais tinha precisado tirá-lo. Por sorte, apesar de tudo isso, já tinha um casamento promissor arranjado com a filha dos Gorostiza. E para que acabasse de se preparar para entrar nos negócios paternos e evitar, de quebra, que continuasse se metendo em confusões antes do casamento, conseguiu convencê-lo a passar um ano do outro lado do oceano. A partir daquele momento, no entanto, tudo seria diferente, por isso precisava avaliar com extrema cautela cada movimento. Na lista das maiores preocupações de Mauro Larrea diante de sua iminente bancarrota, o lugar de honra era ocupado, sem dúvida alguma, por Nicolás.

Fechou os olhos e tentou esvaziar o cérebro de problemas pelo menos por um momento. Esquecer o gringo morto, o maquinário que nunca mais chegaria a seu destino, o monumental fracasso de seu empreendimento mais ambicioso, o futuro de seu filho e o abismo que se abria diante de seus pés. O que necessitava agora, imediatamente, era se mexer, avançar. E depois de ver e rever suas opções, sabia que só havia uma saída segura. Pense bem, filho da mãe, disse a si mesmo. Você não tem mais opções, por mais difícil que seja, replicou sua segunda voz. Não pode fazer nada na capital sem que as pessoas fiquem sabendo. Deixá-la é a única solução. Então decida-se de uma vez por todas.

Como tantos homens feitos à base de luta sem trégua, Mauro Larrea tinha desenvolvido uma incrível facilidade de sempre seguir em frente. As minas de prata de Guanajuato em seus primeiros anos na América forjaram seu caráter: onze horas diárias labutando nas entranhas da terra, lutando contra as rochas à luz de tochas, vestindo apenas um mísero calção de couro e com uma faixa de pano encardido sobre a testa a fim de proteger seus olhos da mistura infecta de sujeira, suor e pó. Onze horas diárias, seis dias por semana, despedaçando pedra a força bruta nas trevas do inferno acabaram dando-lhe uma dureza que nunca mais perdeu.

Talvez por isso não houvesse lugar para a inquietação em sua pessoa, nem mesmo dentro daquela maravilhosa banheira esmaltada belga que, quando chegara ao México, tinha sido um sonho ao qual jamais se permitira aspirar. Naquela época, naqueles primeiros tempos, se lavava debaixo de uma figueira com meio tonel de água da chuva e, na falta de sabonete, tirava a sujeira apenas com um trapo. Para se secar tinha sua própria camisa e os raios do sol; para se barbear, o ar cortante. E, como grande luxo, um tosco pente de madeira e a pomada de melissa que ele comprava aos quartilhos nos dias de pagamento e com a qual conseguia manter mais ou menos em ordem a mata de cabelos indômitos que na época era da cor das castanhas. Anos atrozes, aqueles. Até que a mina mordeu sua carne e ele decidiu que havia chegado a hora de mudar de lugar.

E agora, maldita sorte, a única maneira de evitar a derrocada mais absoluta era voltando ao passado. Apesar dos sensatos conselhos de seu procurador, se quisesse que nada vazasse nos círculos que costumava frequentar; se quisesse seguir em frente antes que as pessoas ficassem sabendo de tudo e não houvesse mais jeito de se reerguer, só lhe restava um recurso. O mais ingrato. Aquele que, apesar dos anos e das vicissitudes, obrigava-o a retornar a caminhos escuros povoados de sombras.

Abriu os olhos. A água estava ficando fria, e sua alma também. Saiu da banheira, pegou a toalha. As gotas de água escorreram pela pele nua até o mármore do piso. Como se seu organismo quisesse prestar um tributo aos titânicos esforços do passado, o passar do tempo não o havia castigado demais. Aos 47 anos, além de uma boa quantidade de marcas de feridas, da notória cicatriz na mão esquerda e do par de dedos esmagados, conservava braços e pernas musculosos, abdome definido e os mesmos ombros fortes que nunca passavam despercebidos a alfaiates, adversários e mulheres.

Terminou de se secar, fez a barba depressa, untou às cegas o rosto com óleo de Macassar e em seguida escolheu a roupa necessária a seu propósito. Escura, resistente. Vestiu-se de costas para o espelho e ajustou na cintura a proteção que sempre o acompanhava em momentos críticos como o que agora antevia. Sua faca. Sua pistola. Por último, pegou na escrivaninha uma pasta amarrada com fitas vermelhas. E de dentro dela tirou várias folhas de papel que dobrou sem cuidado e guardou junto ao peito.

Só quando estava pronto voltou os olhos para o grande espelho do guarda-roupa.

— Sua última partida, compadre — anunciou para sua própria imagem.

A seguir, soprou a lamparina, gritou por Santos Huesos e saiu para o corredor.

— Amanhã cedo vá à casa do sr. Elías Andrade e diga-lhe que fui aonde ele gostaria que eu nunca fosse.

— Aonde, à casa do sr. Tadeo? — perguntou o *chichimeca*, desconcertado.

Mas o patrão já tinha saído andando a passos rápidos a caminho dos estábulos, e o rapaz teve de apressar as pernas para manter o ritmo. A pergunta ficou sem resposta enquanto ele continuava dando instruções.

— Se a menina Mariana vier até aqui, não lhe diga nem meia palavra. E a qualquer um que apareça na porta perguntando por mim, diga a primeira bobagem que lhe ocorrer.

O criado estava a ponto de abrir a boca quando o patrão se antecipou.

— E não, desta vez você não vem comigo, rapaz. Como quer que acabe este desatino, vou entrar sozinho e sozinho sair dele.

Passava das nove, e as ruas continuavam pulsando com um ritmo incontrolável. Montado em seu cavalo *criollo*, com o rosto quase oculto sob o chapéu de aba larga e coberto por uma capa *queretana*,[2] esforçou-se para evitar os cruzamentos e flancos mais movimentados. Aquele mundaréu de gente era algo que costumava distraí-lo em outras ocasiões, talvez porque normalmente indicasse o prelúdio de sua chegada a uma reunião interessante, a um jantar proveitoso para seus negócios. A um encontro com uma mulher. Naquela noite, contudo, a única coisa que desejava era deixar tudo para trás.

Gringo filho da puta, murmurou entre os dentes, esporeando o corcel. Mas o gringo não tinha culpa, e ele sabia. O gringo, velho militar do corpo de engenheiros do Exército dos Estados Unidos e puritano até a medula, havia cumprido suas responsabilidades e tivera inclusive a decência póstuma de enviar ao México a mulher e a irmã para lhe comunicar o que ele próprio nunca poderia lhe dizer, enterrado como estava em uma vala comum com um olho arrebentado e o crânio esfacelado. Guerra imunda, negreiros malditos, murmurou outra vez. Como era possível que tivesse acontecido tal acúmulo de despropósitos? Como o destino tinha feito aquilo com ele? As perguntas atormentavam seu cérebro enquanto atravessava a trote a negrura da rua de los Misterios.

*   *   *

O ianque se chamava Thomas Sachs, e apesar de seu rancor momentâneo, Mauro Larrea sabia que jamais tinha sido uma pessoa indesejável,

---

[2] Referente à região mexicana de Querétaro. (N.E.)

e sim um metodista cumpridor e íntegro. Havia aparecido em sua vida treze meses antes, mandado por um velho amigo de San Luis Potosí. Chegou quando Mauro estava quase acabando de tomar o café da manhã, quando a casa ainda andava meio desarrumada e dos fundos da cozinha vinham as vozes das criadas enquanto picavam cebolas e moíam milho. Santos Huesos o acompanhou ao escritório e mandou que esperasse. O gringo esperou em pé, olhando para o chão, se balançando.

— Fiquei sabendo que o senhor poderia estar interessado em comprar maquinário para uma exploração.

Foi assim que o cumprimentou ao vê-lo entrar. Antes de responder, Mauro Larrea o encarou. Robusto, com pele tendendo à vermelhidão e um espanhol bastante aceitável.

— Depende do que tiver para me oferecer.

— Máquinas a vapor modernas. Feitas em nossas fábricas de Harrisburg, na Pensilvânia, pela casa industrial Lyons, Brookmam & Sachs. Sob encomenda, de acordo com as necessidades específicas do comprador.

— Capazes de desaguar a setecentas varas?

— Até 850.

— Então quero ouvir o que tem a dizer.

E ouviu. E enquanto ouvia, voltou a sentir dentro de si o fervor de algo que estava adormecido havia anos. Devolver o esplendor à velha mina Las Tres Lunas, levá-la ao auge outra vez.

O potencial do maquinário que Sachs pôs diante de seus olhos era impressionante. Nem os velhos mineradores espanhóis dos tempos do vice-reinado, nem os ingleses que se instalaram em Pachuca e Real del Monte, nem os escoceses que se estabeleceram em Oaxaca. Ninguém nunca tinha ido tão longe em todo o México, por isso soube desde o início que aquilo era diferente. Gigantesco. Imensamente promissor.

— Preciso de um dia para pensar.

Recebeu-o na manhã seguinte estendendo-lhe a mão forte de mineiro; de uma estirpe que o estrangeiro conhecia bem: a daqueles homens audazes e intuitivos, sabedores de que aquele ofício era uma constante roda de vitórias e fracassos. Com um jeito seguro e direto de tomar decisões desafiadoras, temerárias até; provocando constantemente a sorte e a Providência. Homens dotados de um entendimento imensamente pragmático da vida e de uma inteligência natural afiada, com quem o gringo estava acostumado a lidar.

— Vamos negociar, meu amigo.

Fecharam o acordo. Mauro solicitou as licenças pertinentes na Junta de Mineração, traçou um arriscado plano de financiamento que Andrade não parou de reprovar. E, a partir daí, com os prazos definidos de antemão, começou a desembolsar periodicamente grandes quantias de dinheiro até consumir todos os seus capitais e todos os seus investimentos. Em troca, a cada três semanas era rigorosamente informado sobre o avanço do projeto na Pensilvânia: as complexas máquinas que iam sendo montadas, as toneladas de equipamento que se empilhavam nos armazéns. As caldeiras, as gruas, os equipamentos auxiliares. Até que as cartas do norte pararam de chegar.

* * *

Um ano e um mês haviam se passado entre aqueles dias cheios de ilusões e a noite do presente na qual, por caminhos livres, sua negra silhueta cavalgava sob um céu sem estrelas em busca de uma solução que lhe permitisse pelo menos voltar a respirar.

A claridade começava a despontar quando se deteve ao lado de um robusto portão de madeira. Chegava entorpecido, com a boca seca e os olhos vermelhos; mal dera descanso ao animal e a si mesmo. Mesmo assim, desmontou sem demora. O cavalo, exausto e sedento, dobrou as patas dianteiras, babando jatos de espuma, e desabou.

O final da madrugada o recebia junto a uma baixada ao pé do monte San Cristóbal, perto da Mina de Pachuca. Ninguém o esperava naquela fazenda isolada; quem poderia imaginar uma visita tão fora de hora? Os cães, contudo, souberam. Pelo ouvido, devia ser. Ou pelo faro.

Um coro de latidos frenéticos rasgou a paz do alvorecer.

Instantes depois, ouviu o ruído de passos, estalos e gritos mandando os cães se calarem. Quando diminuíram a ferocidade, lá de dentro uma voz jovem e rude gritou:

— Quem está aí?

— Vim falar com o sr. Tadeo.

Dois ferrolhos rangeram, ásperos, ao serem puxados. Pesados, cheios de ferrugem. Um terceiro começou a chiar depois, mas parou no meio do caminho, como se quem o movia tivesse mudado de ideia no último segundo. Após alguns momentos de quietude, ouviu o som de passos roçando a terra, afastando-se.

Passaram-se três ou quatro minutos até que tornou a escutar vida humana do outro lado. Em vez de um indivíduo, agora eram dois.

— Quem é?

A pergunta era a mesma, mas a voz, diferente. Apesar de fazer mais de quinze anos que não a ouvia, Mauro Larrea a teria reconhecido em qualquer lugar.

— Alguém que você nunca imaginou que voltaria a ver.

O terceiro ferrolho acabou de ser corrido com um rangido enferrujado e o portão começou a se abrir. Os cães, como se açoitados por Belzebu, voltaram a se encrespar com uivos ferozes. Até que, no meio da balbúrdia, ouviu-se um tiro no ar. O cavalo, meio adormecido depois da galopada através das trevas, ergueu a cabeça e se levantou de súbito. As sombras dos cães, quatro ou cinco, sujos, ossudos e despelados, afastaram-se da entrada arrastando entre os rabos um rastro de gemidos lastimosos.

Os homens o esperavam parados com as pernas entreabertas. O mais jovem, um mero guardião noturno, segurava a meia altura o trabuco que acabara de disparar. O outro o encarou com os olhos cobertos de remela. Atrás de ambos, ao fundo de uma ampla planície, o contorno da casa começava a se recortar contra o céu do amanhecer.

O homem mais velho e o minerador trocaram um olhar tenso. Ali estava Dimas Carrús, magro e triste como sempre, com barba de pelo menos uma semana por fazer, recém-tirado pelo guarda do colchão de palha no qual dormia. Do lado direito, caído e colado ao corpo, o braço sem vida que uma surra paterna lhe malograra na infância.

Sem desviar o olhar, instantes depois, Dimas acumulou na boca um arroto que cuspiu com consistência de escarro espesso. Depois disso, veio a saudação:

— Caramba, Larrea. Nunca pensei que você fosse louco a ponto de voltar.

Soprou uma rajada de ar frio.

— Acorde seu pai, Dimas. Diga que tenho que conversar com ele.

O homem moveu lentamente a cabeça de um lado para o outro, mas não era negação, e sim incredulidade. Por vê-lo outra vez, depois de tanto tempo.

Saiu andando rumo à casa sem uma palavra, com o braço imóvel pendendo do ombro como uma enguia morta. Mauro o seguiu até o pátio, esmagando as pedras com as botas; depois ficou esperando enquanto o herdeiro de tudo aquilo desaparecia por uma das portas laterais. Só estivera naquela casa uma vez depois que tudo voara pelos ares, quando os dias de Real de Catorce ficaram para trás. A propriedade parecia ter mudado pouco, mas a desoladora falta de cuidado era evidente apesar da pouca luz. A mesma construção grande, rude, de muros largos e pouco refinamento. Arreios sem uso amontoados, estragos e restos, excrementos de animais.

Dimas não demorou a aparecer por trás de uma porta diferente.

— Entre e espere. Você vai ouvi-lo chegar.

CAPÍTULO 3

No aposento de teto baixo que Tadeo Carrús usava para tratar de seus assuntos nada parecia ter mudado com o tempo também. A mesma mesa tosca coberta de papéis revirados e pastas abertas. Tinteiros meio secos, penas ralas, uma antiga balança com dois pratos. Da parede parda e descascada continuava a observá-lo a mesma imagem de Nossa Senhora de Guadalupe que já pendia ali antes, indígena e morena entre raios de ouro velho, com as mãos unidas no peito, e sua lua e o anjo a seus pés.

Ouviu passos lentos se arrastando pelo piso de lajotas de barro cozido do corredor, sem antecipar que pertenciam ao homem que estava esperando. Quando ele entrou no escritório, mal o reconheceu. Não restava em seu corpo nenhum vestígio do vigor e da firmeza do passado. Até a altura considerável de outros tempos parecia ter diminuído pelo menos um palmo e meio. Ainda não devia ter sessenta anos, mas sua aparência era de um nonagenário decrépito. Cinzento, encurvado, quebradiço, penosamente vestido, protegido do relento por uma manta cinza puída.

— Já que passou tantos anos sem se lembrar de mim, bem que podia ter esperado até o meio-dia.

À memória de Mauro Larrea afluiu de uma vez uma torrente de recordações e sensações. O meio-dia em que aquele prestamista fora buscá-lo nas cavernas que ele pretendia explorar; a lojinha de mercadorias que na época dirigia junto às jazidas de Real de Catorce. Sentados frente a frente cada um em seu banquinho, com uma lamparina e uma jarra de pulque entre eles, o agiota fizera uma proposta ao jovem mineiro transbordando de ambição que Mauro Larrea era então. Vou lhe dar cobertura, *gachupín*[3], disse-lhe segurando-o fortemente pelo ombro. Juntos vamos fazer fortuna, você vai ver. E mesmo sabendo que seria um acordo leonino, como lhe faltavam posses e sobravam anseios, aceitou.

Para a sorte de ambos, Mauro teve lucros mais que medianos e cumpriu sua parte no acordo. Sete partes do minério para o prestamista, três para ele próprio. Depois veio outro empenho com vislumbres otimistas, e de novo usou o dinheiro de Tadeo Carrús. Cinco e cinco, arriscou propor-lhe. Partes iguais desta vez. Você arrisca o dinheiro e eu, o trabalho. E meu faro. E minha vida. O prestamista gargalhou. Ficou maluco, rapaz? Sete e três, ou não há acordo. De novo tiveram lucros generosos, uma vez mais houve bonança. E a divisão tornou a ser escandalosamente desigual.

Para a investida seguinte, contudo, Mauro Larrea se sentou para fazer as contas e concluiu que já não precisava do apoio de ninguém; que sozinho se garantia. E assim lhe informou na mesma lojinha, diante de dois novos copos de pulque. Mas Carrús não aceitou a dispensa de bom grado. Ou você afunda sozinho, seu desgraçado, ou eu mesmo me encarrego disso. O assédio foi feroz. Houve ameaças, receios, maldades, obstruções. Correu sangue entre os partidários de um e de outro, perseguiram-no, sitiaram-no. Quebraram as patas de suas mulas, tentaram roubar-lhe o ferro e o mercúrio. Mais de uma vez puseram-lhe um punhal no pescoço; em uma tarde de chuva, sentiu o roçar do cano de uma arma na nuca. Céus e terras moveu o ambicioso comerciante para fazê-lo fracassar. Não conseguiu.

Tinha passado dezessete anos sem vê-lo. E agora, em vez do fanfarrão de escrúpulos rasteiros e torso corpulento que ousara enfrentar, encontrou um esqueleto ambulante, com as costelas saltadas destacando-se, obscenas, do tronco, a pele amarela feito manteiga rançosa e um hálito podre que se podia sentir a cinco passos de distância.

— Sente-se onde der — ordenou Carrús enquanto desabava atrás da mesa.

— Não é necessário, serei breve.

— Sente-se, caralho — insistiu Tadeo com a voz asfixiada. O peito soava como uma flauta de dois orifícios. — Se cavalgou a noite inteira, pode muito bem me dedicar quinze minutos antes de voltar.

---

[3] Forma depreciativa de se referir a um espanhol estabelecido na América. (N.T.)

Ele aquiesceu, ocupando uma estreita cadeira de madeira, mas sem reclinar as costas nem demonstrar o menor sinal de conforto.

— Preciso de dinheiro.

O agiota pareceu querer rir, mas o catarro não lhe permitiu. A tentativa se transformou em um feroz ataque de tosse.

— Quer que sejamos sócios de novo, como nos velhos tempos?

— Nós nunca fomos sócios; você apenas colocou seu dinheiro nos meus projetos em busca de parcos rendimentos. É o que quero que faça outra vez agora, mais ou menos. E como continua de olho em mim, sei que não vai dizer não.

No rosto murcho do velho esboçou-se uma expressão cínica.

— Ouvi dizer que você progrediu bastante, *gachupín*.

— Você conhece o negócio tanto quanto eu — replicou Mauro em tom neutro. — Tem altos e baixos.

— Altos e baixos... — murmurou o prestamista, irônico. Em seguida ficou em silêncio, durante o qual só se ouviam os assobios entrecortados de sua respiração. — Altos e baixos... — repetiu.

Por uma fresta da veneziana entrou um pedaço de manhã madrugadora. A luz perfilou os contornos e acentuou a decadência do cenário.

Dessa vez não houve risadas falsas.

— E que garantia vai me dar em troca desse capital?

— O documento de propriedade da minha casa.

Enquanto falava, Mauro Larrea levou a mão ao peito. Pegou os papéis dentre as roupas e os colocou em cima da mesa.

O saco de ossos em que Tadeo Carrús havia se transformado ergueu o esterno com um suspiro profundo, como se quisesse ilusoriamente encher-se de energia.

— Você deve estar na corda bamba, desgraçado, se está disposto a arriscar sua melhor propriedade desse jeito. Sei muito bem quanto vale o velho palácio de Pedro Romero de Terreros, o maldito conde de Regla. Embora não saiba, eu segui seu rastro ao longo dos anos.

Mauro deduzira, mas não quis lhe dar o prazer de confirmá-lo. Preferiu deixá-lo prosseguir.

— Sei onde você mora e com quem anda; estou a par de seus investimentos; sei que casou sua Marianita bem decentemente e sei que anda arranjando casamento para o seu moleque.

— Estou com pressa — interrompeu Mauro, contundente. Não queria ouvi-lo mencionar seus filhos, nem saber se o velho suspeitava de seu ruinoso empreendimento final.

— Para que tanta pressa, posso saber?

— Preciso ir.

— Aonde?

Como se eu soubesse, disse a si mesmo com sarcasmo.

— Isso não é da sua conta — foi o que respondeu.

Tadeo Carrús sorriu com a boca encarniçada.

— Tudo a seu respeito é da minha conta agora. Caso contrário, para que veio?

— Preciso da quantia que consta na escritura. Se eu não lhe devolver nos prazos que estabelecermos, você fica com a casa. Inteira.

— E se voltar com o dinheiro?

— Eu lhe devolverei o empréstimo integral, além dos juros que combinarmos hoje.

— Costumo pedir metade do montante a meus clientes, mas com você estou disposto a fazer diferente.

— Quanto?

— Cem por cento, por ser você.

Mesquinho e miserável como no dia em que sua pobre mãe o pôs no mundo, ruminou. O que você esperava, compadre, que o tempo o houvesse transformado em uma monja clarissa?, provocou sua consciência. Era por isso que Mauro sabia que Tadeo não resistiria à tentação de tê-lo por perto de novo. Para ver se podia pôr as garras nele outra vez.

— De acordo.

Sentiu que mãos invisíveis apertavam seu pescoço com uma corda grossa.

— Vamos falar de prazos — prosseguiu o agiota. — O que costumo conceder é um ano.

— Muito bem.

— Mas, por se tratar de você, vou fazer diferente.

— Como quiser.

— Quero que me pague em três vezes.

— Prefiro tudo no final.

— Mas eu não. Um terço daqui a quatro meses. Outro aos oito meses. Com o terceiro, fechamos a anuidade.

Sentiu a corda inexistente apertar sua jugular a ponto de asfixiá-lo.
— De acordo.
Os cães, a distância, latiam febris.
Assim foi selado o acordo mais mesquinho de sua vida. Em posse do velho crocodilo permaneceriam, dali em diante, os documentos de sua derradeira propriedade. Em troca, dentro de duas sacas de couro encardidas, levava o capital necessário para pagar algumas dívidas vultosas e dar os primeiros passos de uma possível reconstrução. Como e onde, ainda ignorava. E as consequências em médio prazo que aquele desastroso acordo poderia lhe acarretar, preferiu não as contemplar ainda.

Tão logo fecharam a transação, Mauro deu uma seca palmada na perna.
— Então, tudo acertado — anunciou, recolhendo o capote e o chapéu. — Terá notícias minhas quando for a hora.

Faltavam apenas dois passos para alcançar a porta quando a voz arfante o crivou pelas costas.
— Você não passava de um mísero espanhol em busca do bezerro de ouro, como tantos outros iludidos chegados da maldita pátria-mãe.

Mauro respondeu sem se voltar:
— Estava no meu legítimo direito. Ou não?
— Você não teria prosperado se não fosse por mim. Até comida dei a você e a seus filhos quando não tinham mais que um punhado de feijão para matar a fome.

Paciência, ordenou a si mesmo. Não lhe dê ouvidos, é o mesmo filho da puta ordinário de sempre. Você já conseguiu o que veio buscar, não perca nem mais um segundo. Vá embora.

Mas não conseguiu.
— A única coisa que você pretendia, velho desgraçado — replicou, voltando-se com lentidão —, era me manter endividado pela eternidade, como fez a vida toda com dúzias de pobres coitados. Oferecia empréstimos a juros asfixiantes; abusava, enganava e exigia fidelidade perpétua enquanto a única coisa que fazia era sugar nosso sangue como um verme. Especialmente o meu, eu, que estava fazendo você enriquecer mais que o resto. Por isso não queria me deixar ir.
— Você me traiu, filho de uma puta.

Mauro voltou à mesa, descarregou sobre ela as duas mãos de uma vez e dobrou as costas até ficar a um palmo do rosto do agiota. O cheiro que lhe chegou era nauseabundo, mas mal o percebeu.

— Nunca fui seu sócio. Nunca fui seu amigo. Nunca gostei de você, assim como você nunca gostou de mim. Portanto, deixe de rancores patéticos e fique em paz com Deus e com os homens no pouco tempo que lhe resta de vida.

O velho lhe devolveu um olhar turvo carregado de raiva.

— Não estou morrendo, se é o que está pensando. Vivo assim, com estes brônquios doentes, há mais de dez anos, para espanto de todos, começando pelo inútil do meu filho e acabando com você. Mas não pense que me importaria muito se a morte viesse me buscar a esta altura do campeonato.

Ergueu o olhar para o quadro da Virgem mestiça e seus pulmões assobiaram como duas cobras no cio.

— Mas, por via das dúvidas, juro pelo mais sagrado que a partir de hoje vou rezar todas as noites três ave-marias para que não me enterrem sem antes vê-lo na lama.

O silêncio se fez sólido.

— Se em quatro meses contados a partir de hoje você não voltar com a primeira parcela, Mauro Larrea, não vou ficar com seu palácio, não. — Fez uma pausa, arfou e recuperou as forças. — Vou derrubá-lo. Vou mandar explodi-lo com cargas de pólvora desde o alicerce até o telhado, como você mesmo fazia nas cavernas quando não passava de um vândalo selvagem. E mesmo que seja a última coisa que eu faça, vou ficar plantado no meio da rua de San Felipe Neri para ver desabarem, uma a uma, suas paredes, e com elas seu nome e o muito ou pouco que ainda lhe resta de crédito e prestígio.

Por um ouvido entraram as vis ameaças de Tadeo Carrús, e pelo outro saíram. Quatro meses. Foi a única coisa que ficou marcada a fogo em seu cérebro. Tinha a terça parte de um ano pela frente para encontrar uma saída. Quatro meses como quatro clarões que explodiram em sua cabeça enquanto se afastava daquele detrito humano, montava seu cavalo sob os primeiros raios de sol amenos da manhã e tomava o caminho de volta à incerteza.

Entrou no saguão quando já havia anoitecido e chamou aos gritos Santos Huesos.

— Cuide do animal e avise Laureano que quero a carruagem pronta em dez minutos.

Sem se deter, atravessou o grande pátio a passos largos em direção à cozinha, pedindo água aos gritos. As criadas, intuindo o humor do patrão, correram espavoridas para obedecer-lhe. Depressa, depressa, ordenava a governanta. Peguem os baldes, levem toalhas limpas lá para cima.

Embora seu corpo entorpecido implorasse por um descanso, dessa vez não tinha tempo para banhos sossegados. Água, sabonete e uma esponja foi o que necessitou para arrancar da pele com fúria a grossa camada de pó e suor que se grudara nele. Em seguida passou rapidamente a navalha afiada pelo rosto, com vertigem. Ainda estava secando o queixo enquanto ajeitava o cabelo; o braço direito entrou pela manga da camisa quase ao mesmo tempo que a perna esquerda na calça. Abotoadura, colarinho, botas de verniz lustrosas. A gravata terminou de ajeitar na galeria; na escada vestiu a sobrecasaca.

Quando o cocheiro Laureano parou a carruagem em meio à balbúrdia de outras carruagens em frente ao Grande Teatro Vergara, ele ajeitou os punhos, alisou as lapelas e tornou a passar os dedos no cabelo ainda molhado. O retorno ao presente, à noite agitada de uma estreia, demandava naquele momento toda sua atenção: cumprimentos a retribuir, nomes a recordar. Ser visto era seu objetivo. Que ninguém suspeitasse.

Entrou no vestíbulo com porte ereto, o fraque impecável e uma pitada consciente de altivez no andar. Depois, realizou os gestos protocolares com aparente naturalidade: trocou gentilezas com políticos e aspirantes a sê-lo e apertou, altivo, as mãos daqueles com sobrenome, dinheiro, potencial ou berço. Entre a fumaça intensa reinava, como sempre, a mistura. Espalhados pelo grandioso *foyer*, os descendentes das elites *criollas* que se desgarraram da velha Espanha amalgamavam-se agora com ricos comerciantes de nova cepa. Misturados entre eles, muitos militares condecorados, belas mulheres de olhos negros com o colo banhado em soro de leite e um grande grupo de diplomatas e funcionários de altos cargos públicos. Em resumo, gente de posição e grande importância.

Nos ombros masculinos que realmente valiam a pena, deu as palmadas correspondentes; depois beijou, galante, as mãos enluvadas de um bom punhado de senhoras que fumavam seus cigarros e conversavam animadas, envoltas em pérolas do Ceilão, sedas e plumas. E como se seu mundo continuasse girando em torno do eixo de sempre, o até então próspero empresário da mineração se portou conforme o que se esperava dele: uma cópia de seu comportamento em qualquer outra noite da melhor sociedade da Cidade do México. Ninguém pareceu notar que cada um dos passos que dava era resultado de um laborioso esforço para não perder a dignidade.

— Meu querido Mauro, por fim apareceu!

Ainda teve tempo de acrescentar a seu fingimento uma dose extra de simulação.

— Muitos compromissos, muitos convites, você sabe, o de sempre — respondeu enquanto se unia ao recém-chegado em um caloroso abraço. — Como vai, Alonso, como vão todos?

— Bem, muito bem, à espera... Embora isso de as mulheres grávidas serem malvistas nos eventos noturnos da sociedade estar se transformando em um pesadelo para Mariana.

Ambos soltaram uma risada: a do filho da condessa de Colima parecia sincera, e a dele, pelo menos aparentemente, não ficou atrás. Preferia morrer a mostrar a menor preocupação diante do marido de sua filha. Sabia que ela seria prudente quando tivesse que se justificar, mas tudo a seu tempo, pensou.

Então aproximaram-se deles outros dois homens com quem um dia fez negócios, e a conversa se interrompeu. Na roda de conversa surgiram temas díspares, Alonso foi chamado por outro grupo, ao de Mauro Larrea juntou-se o governador de Zacatecas, depois o embaixador da Venezuela e o ministro da Corte de Justiça, e em seguida uma viúva de Jalisco vestida de cetim carmim que fazia meses o rondava onde quer que o visse. Assim passou um tempo, um cruzamento de conversas sobre fofocas políticas misturadas com preocupações sérias sobre o indecifrável destino da nação. Até que os funcionários do teatro avisaram que a apresentação estava prestes a começar.

Já em sua fileira de poltronas, enquanto se sentava, continuou cumprimentando uns e outros, tentando encontrar a frase certa para cada um; a palavra precisa ou o elogio certeiro dependendo da pessoa. Por fim, apagaram-se as luzes, o maestro ergueu a batuta e a sala foi tomada pela música da orquestra.

Quatro meses, repetiu para si mesmo.

Encoberto pelo dramático prelúdio de *Rigoletto*, por fim pôde parar de fingir.

CAPÍTULO 4

Passou pela casa de seu procurador, em frente à igreja de Santa Brígida, para amargar seu primeiro café da manhã.

— Se decidiu se enforcar, não tem nada que eu possa fazer — foi a áspera resposta de Andrade. — Deus queira que não venha a se arrepender.

— Com isso pagaremos as dívidas mais imediatas, e o que restar vou levar comigo para investir.

— Suponho que não há volta — concluiu o amigo. Sabendo que de pouco iam lhe servir as lamentações, decidiu canalizar sua cólera para algo mais construtivo. — Então vamos começar a nos mexer. Vamos desocupar a fazenda de Tacubaya primeiro. Como fica mais afastada da cidade, poderemos trabalhar com discrição. Vamos tirar todos os móveis e utensílios para vendê-los o quanto antes; com isso poderemos conseguir mais uma boa quantia. Quando terminarmos, vou ter uma conversa discreta com Ramón Antequera, o banqueiro, para lhe dizer que a fazenda passa a ser de sua propriedade por impossibilidade de pagarmos o crédito hipotecário que contraímos com ele. É um homem discreto, vai saber cuidar do assunto sem que ninguém fique sabendo de nada.

Duas horas mais tarde, dois criados de confiança empurravam uma cômoda bojuda enquanto Santos Huesos os orientava a caminho da carroça parada no largo. Dentro dela já havia um guarda-roupa de duas portas e quatro cabeceiras de carvalho. Junto às rodas, esperando para serem carregadas, todas as cadeiras de couro cravejado nas quais, nos dias prósperos, se sentaram à mesa uma dúzia e meia de comensais.

A uma distância ao mesmo tempo próxima e afastada da agitação doméstica, Mauro Larrea acabava de comunicar a sua filha as tristes notícias. Ruína, partida, busca, destino ainda não decidido: essas foram as palavras que pairaram no ar. Mariana compreendeu.

Fora buscá-la ao deixar a casa de Andrade, depois de lhe mandar um recado pedindo que se aprontasse. Chegaram juntos à fazenda na carruagem e juntos conversavam agora debaixo de uma pérgula no grande jardim da frente.

— O que vamos fazer com Nico?

Uma pergunta envolvida em um sussurro foi a primeira reação de Mariana. Uma pergunta que demonstrava inquietude pelo irmão: o terceiro componente do número ímpar em que se transformara a família no dia do nascimento do pequeno, quando, depois do parto, a febre puerperal levou a jovem que até então os mantivera unidos: a mãe de Mariana e Nicolás, a companheira de Mauro Larrea, sua mulher. Elvira era seu nome, o mesmo que deu à primeira mina que adquiriu com o passar dos anos após sua morte; como o eco que retumbou em suas noites insones até que o tempo o foi diluindo e o fez desvanecer. Elvira, a filha de um lavrador que nunca aceitou que ela engravidasse do neto sem pai reconhecido de um ferreiro basco, nem que se casasse com aquele rapaz ao amanhecer e sem testemunhas, nem que com ele vivesse até seu último suspiro em uma paupérrima ferraria onde a aldeia castelhana deixava de ser aldeia e se tornava caminho.

— Vamos esconder tudo dele, naturalmente.

* * *

Resguardar Nicolás sempre havia sido o acordo entre pai e filha: superproteger, em sua minúscula orfandade, aquela criatura frágil como um espelho. Por isso Mariana cresceu logo, à força. Esperta como uma lebre, audaz e responsável como só pode sê-lo alguém que completou quatro anos em meio aos navios fretados, os ratos e os estivadores do porto de Bordeaux, cuidando de um menino que mal sabia andar enquanto o pai transportava em duas trouxas os poucos pertences da família. Em época de tensões entre a Espanha e o México, estavam prestes a embarcar em um decadente paquete francês carregado de ferro de Vizcaya e vinho de La Gironda que atendia pelo poético — e um tanto irônico — nome de *La Belle Étoile*, a bela estrela. Nada teve de lírica, por sua vez, a dura travessia durante a qual cruzaram o Atlântico navegando por 79 penosos dias com a mais absoluta ignorância do que o destino lhes reservaria do outro lado do oceano. Os fatos aleatórios da vida, somados às otimistas perspectivas de alguns mineiros da cornija gaulesa que encontraram no porto de Tampico, fizeram com que se dirigissem a Guanajuato. Para começar.

Com sete primaveras, Mariana cuidava — a duras penas — da mísera cabana de adobe cinza e teto achatado que habitavam junto ao acampamento mineiro de La Valenciana. Todos os dias preparava uma comida rudimentar na cozinha comunitária, junto com garotas dois palmos mais altas que ela, e quando alguma delas ou a mulher de outro mineiro se oferecia para olhar o pequeno Nico, ela corria para a escola para aprender a juntar as letras e — principalmente — a fazer contas, a fim de que o dono da mercearia, um velho compatriota aragonês, não a enganasse somando e subtraindo os pesos que seu pai lhe entregava todos os sábados para o sustento diário.

Um ano e meio depois tornaram a empacotar suas coisas e se mudaram para Real de Catorce, atendendo ao chamado da virulenta febre da prata que havia se desencadeado pela segunda vez na história daquele lugar perdido entre montanhas. Foi justo no mês de sua chegada que ele ficou quatro dias e quatro noites desaparecido, preso nas entranhas da mina Las Tres Lunas, com uma das mãos esmagada entre duas pedras e a água chegando-lhe à altura do pescoço. Dos vinte e sete operários que trabalhavam a mais de quinhentas varas abaixo da terra quando ocorreu a monumental explosão, só cinco viram de novo a luz do dia. Mauro Larrea foi um deles. Os demais, nus da cintura para cima e munidos de escapulários e medalhinhas de virgens protetoras que bem pouco protegeram, foram tirados com o rosto tingido de azul, os músculos do pescoço tensos como cordas e a expressão atormentada dos afogados.

A catástrofe obrigou a cortar cordas, como chamavam no ofício o fechamento de uma mina. Dali em diante, Las Tres Lunas ficou na memória coletiva como uma mina maldita e foi abandonada como impraticável, sem que ninguém jamais ousasse voltar a explorá-la. Mas ele sempre soube que suas profundezas estavam cheias de magnífica prata de lei. Naquela época, contudo, pretender devolver a vida a quem quase acabara com a dele era um projeto insano que nem sequer lhe passou pela cabeça.

Daquela experiência atroz nasceu no mineiro Mauro Larrea uma vontade ferrenha de mudar as coisas. Negou-se a continuar sendo um mero trabalhador, decidiu arriscar: cada vez circulavam mais rumores frenéticos sobre ricos veios que surgiam no meio do nada, cada vez se recuperavam mais jazidas e aumentava a euforia. Deu início assim, às cegas, a seu primeiro e humilde empreendimento próprio. O senhor me adianta o que necessito para começar a escavar, arranjar as mulas e contratar alguns homens, dizia mostrando um torrão cinza na palma calejada. Em seguida, soprava-o até fazê-lo brilhar. E do mineral bruto como este que eu tirar, metade fica para o senhor e metade para mim. Era a oferta que ia fazendo nos bares, nas proximidades dos acampamentos, nas encruzilhadas e esquinas dos povoados. Depois, acrescentava:

— E cada um refina o seu como achar melhor.

Não tardou muito a conseguir que um raquítico investidor oportunista, um trapaceiro de pouca importância — aviadores, assim chamavam as pessoas desse tipo —, confiasse em seu empreendimento, se é que assim podia se chamar a humilde jazida alagada na qual depositou seus sonhos. Mas a intuição sussurrou-lhe ao ouvido que na direção poente ainda podia dar frutos. Batizou-a, então, com o nome de sua mulher morta, cujo rosto já quase havia se apagado de seu pensamento, e começou a trabalhar.

Em La Elvira abriu um poço e instalou um cabrestante, e assim começou, movendo-se como os mais velhos contavam que faziam, em outros tempos, seus compatriotas, os mineiros espanhóis da colônia. Tateando. Perfurando na mais absoluta ignorância, seguindo somente o olfato, como um cão; com base em conjecturas. Sem cálculos minimamente razoáveis, sem o menor rigor científico. Cometendo grandes erros, refratário à prudência. Sustentado apenas por uma obstinada determinação, o vigor de seu corpo e dois filhos para criar.

Foi em La Santa Clara, seu projeto seguinte, que Tadeo Carrús entrou em sua vida. Dois empreendimentos, três anos e muitos dissabores depois, conseguiu se livrar dele e começou a se mover sozinho outra vez. Apesar das provocações e dos injustos empenhos do prestamista para fazê-lo fracassar, não parou mais. E embora naqueles dias também tivesse sofrido reveses e feito empréstimos insensatos, e tivesse até, em algumas ocasiões, se deixado cegar pela urgência e roçado perigosamente a temeridade, a deusa fortuna da geologia foi se aliando a ele e pondo em seu caminho filões de sorte nos sulcos dos terrenos que pisou. Em La Buenaventura, a força do destino cruzou seu caminho por três lados; em La Prosperidad, aprendeu que quando uma escavação começava a ficar borrascosa, uma retirada a tempo era a decisão mais vantajosa. Do cânion de La Abundancia começou a tirar um mineral tão valioso que até os refinadores independentes de outras comarcas queriam comprá-lo.

Não foi o único a despontar, contudo. Na mesma época, após décadas de estagnação, Real de Catorce voltara a se transformar, como fora durante o vice-reinado, em um lugar pulsante cheio de explosões e escavações; um lugar caótico, selvagem, convulsionado, onde manter a calma e a ordem não passava de uma ilusão. O dinheiro que aquele ressurgir da prata fez jorrar de seu rico subsolo acarretou — como não podia deixar de ser — conflitos aos montes. Ambições e tensões desmedidas, troca de socos entre colegas, desordens constantes, facas nuas no ar, brigas a pauladas e pedradas. Até aquela noite de sábado, quando, eufórico depois de vender um lote de prata para um alemão, ao descer do cavalo ouviu, ainda na rua, Mariana gritando e Nico chorando. E um estrépito anormal porta adentro.

Havia comprado uma casa razoavelmente decente na periferia do povoado depois de seus primeiros progressos; havia contratado uma velha cozinheira que ao cair da tarde voltava para sua gente e uma jovem criada que naquela noite andava sapateando em algum fandango. E, para cuidar de seus filhos, contava com Delfina, uma jovem otomi. Como se àquela altura eles já não soubessem se cuidar sozinhos. O que ouviu, porém, fez com que tivesse consciência de que ainda precisavam de muito mais ajuda do que a doce indígena de brilhantes cabelos pretos podia lhes oferecer.

Subiu os degraus de três em três, antecipando, aterrorizado, o que ia encontrar ao ver os móveis virados, as cortinas arrancadas dos trilhos e uma lamparina pegando fogo no chão sobre uma poça de óleo. Suas previsões ficaram aquém: a cena era um pesadelo ainda pior. Em cima de sua própria cama, um homem com as calças arriadas se mexia com ímpeto animal sobre o corpo imobilizado da índia Delfina. Encurralada em seu quarto enquanto isso, Mariana, com a camisola rasgada, um arranhão sangrando no pescoço e o ferro de remexer a lenha como arma, dava estocadas cheias de fúria e desatino contra um segundo homem, evidentemente bêbado. Nicolás, encolhido em um canto e meio coberto por um colchão de lã que sua irmã havia virado sobre ele para protegê-lo, não parava de chorar e gritar como um possuído.

Com força e — acima de tudo — ira excessiva, Mauro Larrea agarrou o homem pelas costas e pelos cabelos da nuca e golpeou repetidamente seu rosto contra a parede. Uma vez, outra, outra, com golpes secos e contundentes, mais uma, outra, diante dos olhares aturdidos de seus filhos. Depois, deixou-o escorregar até o chão, enquanto sobre o papel de parede de inocentes ramos de flores do quarto de Mariana ia ficando impresso um rastro de sangue tão negro quanto a meia-noite que entrava pela varanda. Depois de comprovar precipitadamente que nenhuma das crianças tinha mais lesões que as visíveis, correu sem perder tempo para o quarto contíguo em busca do agressor de Delfina, ainda concentrado e arfante sobre o corpo aterrorizado da jovem. A operação foi idêntica, durou o mesmo tempo e teve um resultado similar: o rosto do atacante arrebentado, a cabeça esmagada e mais sangue aos borbotões saindo, denso, da boca e do nariz. Foi tudo muito rápido; difícil saber — e bem pouco lhe importava — se aqueles animais estavam mortos ou apenas inconscientes.

Não esperou para se certificar: pegou os filhos no colo imediatamente e, com Delfina às lágrimas amparada contra seu peito, saiu para deixá-los aos cuidados dos vizinhos. Um grupo de curiosos se aglomerava em frente à casa, alarmados pelo barulho. Entre eles, um rapaz que havia dois meses trabalhava em suas jazidas: um jovem índio sagaz e habilidoso, de cabelos compridos até o meio das costas, que naquela noite de folga voltava de um baile em um barracão. Não recordava seu nome, mas o reconheceu quando ele deu dois passos firmes adiante.

— Estou às ordens, patrão, no que puder ajudar.

Com um movimento do queixo, disse a ele que o esperasse um instante. Então, assegurou-se de que duas mulheres cuidassem momentaneamente das três criaturas e espalhou entre os presentes a mentira de que os meliantes haviam fugido por uma janela. Assim que confirmou que o grupo de curiosos se dispersava, procurou o rapaz na penumbra.

— Lá dentro há dois homens, não sei se estão vivos ou não. Tire-os pelo curral dos fundos e dê um jeito neles.

— Posso deixá-los bem quietinhos para sempre junto ao muro do cemitério?

— Não perca nem um minuto, ande.

Assim Santos Huesos Quevedo Calderón entrou em sua vida; a partir daí, parou de labutar debaixo da terra e se tornou sua sombra.

E naquela madrugada sinistra, enquanto o rapaz cumpria sua primeira tarefa, Mauro Larrea saiu a cavalo em busca de Elías Andrade, que na época já cuidava das contas e dos empregados. Encarregou-o de duas coisas ao arrancá-lo do sono: devolver Delfina a seus pais com uma sacola de prata como inútil compensação por sua virtude manchada, e tirar sua família naquela mesma noite do povoado para nunca mais voltar.

* * *

— Mas o acordo matrimonial de Nicolás e Teresita continua firme, certo?

Anos depois, a mesma Mariana que subira machucada, suja e de camisola em uma carroça perguntava, inquisitiva, vestida de musselina bordada sobre a barriga volumosa, enquanto tirava um cigarro de uma cigarreira de madrepérola.

O barulho do desmantelamento do casarão prosseguia enquanto isso: agitação e gritos, pressa, confusão e movimento entre as magnólias e as fontes do jardim. Tirem, empacotem, preparem. Apressem-se, imbecis, carreguem para outra carroça essas cristaleiras; tenham cuidado com esses pedestais de alabastro, pelo amor de Deus. Até as frigideiras e panelas estavam levando. Para empenhar ou revender, ou de algum modo transformar em um rendimento imediato com o qual começar a tampar os buracos. Era Andrade quem dava as ordens: pai e filha, enquanto isso, continuavam conversando sob a luz que se infiltrava pelas trepadeiras da pérgula. Ela sentada em uma poltrona que alguém salvara do desalojamento, com as mãos apoiadas sobre a barriga redonda. Ele, em pé.

— Receio que possa ser anulado a pedido de qualquer um dos cônjuges. Ainda mais havendo uma razão.

Quase sete meses de vida levava Mariana em seu ventre, os mesmos sete meses de gestação de Nicolás quando nasceu, antes do tempo, magro como um passarinho, na Espanha à qual nenhum deles jamais voltou.

Uma aldeia no norte da velha Castela, o sorriso belo e pleno da jovem mulher que os abandonou retorcida em suor e sangue sobre um catre de palha, a cruz de ferro cravada no barro do cemitério em uma manhã de névoa densa. A incredulidade, o transtorno, a desolação: tudo isso já eram fragmentos apagados de memória que muito raramente costumavam revisitar.

México, a capital, era agora seu universo, seu dia a dia, o que unia os três. E Nico havia deixado de ser um girino raquítico e se transformara em um rapaz forte e impetuoso, um sedutor natural que transbordava de simpatia na mesma medida que de irresponsabilidade e desatino. E haviam decidido mandá-lo passar uma temporada na Europa para que não aprontasse até a hora de seu casamento com um dos melhores partidos da capital.

— Anteontem me encontrei com Teresita e sua mãe na Porta Coeli — acrescentou Mariana soltando a fumaça. — Comprando veludo de Gênova e rendas de Malinas; já estão preparando as roupas para o casamento.

Teresa Gorostiza Fagoaga era o nome da noiva de Nico, descendente de dois ramos de robusta estirpe desde o vice-reinado. Nem bonita demais, nem graciosa demais, mas agradável ao extremo. E sensata. E apaixonada até o último fio de cabelo. Exatamente o que, aos olhos de Mauro Larrea, o desgovernado de seu filho precisava: uma amarra, uma segurança que o fizesse assentar a cabeça e que, ao mesmo tempo, contribuísse para reafirmar a família no lugar mais conveniente da sociedade, que com muito custo haviam conquistado. O dinheiro fresco e abundante de um rico minerador espanhol unido a uma ilustre estirpe *criolla* de muitas gerações. Impossível pensar em um enlace melhor. Mas aquele projeto inspirador acabava de ruir: os Gorostiza ainda tinham tradição de sobra, ao passo que a fortuna dos Larrea havia evaporado pela caprichosa culpa de uma guerra alheia.

E sem um tostão no bolso, sem conta aberta no melhor alfaiate da rua Cordobanes, sem uma carruagem forrada de cetim para chegar às tertúlias, aos saraus e aos bailes, sem um altivo corcel com o qual se exibir diante das garotas e desprovido da firmeza de caráter do pai, Nicolás Larrea seria como fumaça. Um rapaz atraente e simpático sem eira nem beira, nada mais. Um mauricinho, um lagartixa, como costumavam chamar os pretensiosos sem patrimônio entregues à frivolidade. O filho de um minerador arruinado que da mesma maneira que chegou se foi.

— Os Gorostiza não podem saber — murmurou entre os dentes, com o olhar perdido no horizonte. — Nem a família de seu marido. Isso fica entre você e mim. E Elías, logicamente.

Desde a noite agitada em que Elías Andrade os tirara de Real de Catorce, o até então contador das minas de seu pai se transformou para Mariana e Nicolás no mais próximo de um parente que nunca tiveram. Foi ideia dele instalar os dois na Cidade do México, capital da qual ele provinha e cujos códigos e segredos conhecia a fundo. O colégio das Vizcaínas foi sua proposta para Mariana. Para Nicolás, a casa de um parente na rua de los Donceles, um dos últimos resquícios da saga dos outrora ilustres Andrade, de cuja glória já não restavam mais que teias de aranha.

Agora, a voz do procurador, indiferente a eles, continuava despejando a distância uma carga implacável de instruções. Esses pratos de Talavera embrulhem bem em panos para não quebrarem; quero os colchões enrolados; essa cadeira de balanço está prestes a virar, não estão vendo, seus idiotas? Os criados, acovardados diante da fúria que Elías demonstrava naquela manhã na qual nada era como costumava ser, esforçavam-se para obedecer correndo, transformando a casa e o jardim daquela que um dia fora uma deliciosa fazenda de descanso em algo parecido com um quartel sitiado.

Mariana arqueou as costas e colocou as mãos na altura dos rins, aliviando o incômodo pelo peso da gravidez.

— Talvez você não devesse ter aspirado a tanto. Poderíamos ter nos conformado com menos, com uma vida mais simples.

Ele negou com a cabeça, corrigindo-a. Nunca havia pretendido imitar os lendários mineradores dos tempos coloniais, empenhados em garantir seu lugar entre a aristocracia à base de subornos e propinas pagos a vice-reis insaciáveis e funcionários corruptos. Comprar títulos nobiliárquicos e fazer uma ostentosa exibição pública da riqueza era comum na época. Ele, contudo, era um homem de outra cepa e outro tempo. Tudo o que queria era prosperar.

— Antes dos trinta anos eu já tinha entrado no negócio da prata pela porta da frente, mas me recusava a me acabar para acumular dinheiro aos montes e continuar sendo um bruto sem moral nem classe.

Não queria passar o resto da vida vivendo entre selvagens em uma casa opulenta à qual só iria para dormir, ou me exibindo pelos bordéis diante de prostitutas e fanfarrões, e depois não saber me comportar nem me inteirar sobre o que acontecia pelo mundo. Não queria que você e Nico, que na época já estavam na capital, tivessem vergonha de mim.

— Mas nós nunca...

— Tive pesadelos durante anos. Nunca consegui me livrar totalmente dessa angústia negra que fica impregnada na alma de quem vê o rosto da morte. E talvez também por isso quis me vingar e me empenhei em desafiar essa mina que me mostrou os dentes e quase deixou vocês dois órfãos.

Inspirou com força o ar puro e seco que havia feito de Tacubaya o destino de descanso preferido da elite da capital. Os dois sabiam que jamais voltariam àquela linda fazenda onde tinham vivido tantos momentos agradáveis. O baile de debutante dela, animadas reuniões de amigos, tardes frescas de bate-papo entre salgueiros, madressilvas e pés de lima enquanto na cidade fritavam com o calor. Ouviram salvas de artilharia provenientes de algum lugar impreciso, mas nenhum dos dois se sobressaltou; já estavam mais que acostumados ao estrondo naqueles dias convulsionados após o fim da Guerra da Reforma. Alheio a tudo, Andrade disparou outra descarga de gritos atrás deles. Liberem a saída, saiam do caminho! Esse aparador, para cima, no três!

Mauro Larrea se afastou do abrigo da pérgula e deu alguns passos até se aproximar da balaustrada do terraço. Mariana logo o seguiu. Juntos contemplaram o vale e os vulcões imponentes. Até que ela entrelaçou o braço no dele e apoiou a cabeça em seu ombro, como se dissesse "estou com você".

— Depois de tantos anos lutando, não é fácil se conformar em ver as coisas a distância, sabia? O corpo pede outros desafios, outras aventuras. A pessoa fica ambiciosa, não quer parar.

— Mas, desta vez, a coisa saiu do seu controle.

Não havia recriminação na voz de sua filha, somente uma reflexão serena e transparente.

— Este jogo é assim, Mariana; eu não escrevi as regras. Às vezes se ganha e às vezes se perde. E quanto mais alto se aposta, maior é o tombo.

CAPÍTULO 5

Ajudou-a a sair da carruagem, segurou-a pelos ombros e deu-lhe um beijo na testa. Depois, abraçou-a. Não era dado a demonstrações públicas de afeto. Nem com os filhos, nem com as mulheres que em algum momento passaram por sua vida. Naquele dia, contudo, não se conteve. Talvez porque ver Mariana grávida era algo que ainda o desconcertava. Ou porque sabia que o tempo deles juntos estava se esgotando.

Diferente de outras ocasiões, naquela tarde deixou a mansão da rua de las Capuchinas onde agora residia sua filha sem entrar para cumprimentar a consogra. Sua intenção não era se esconder da velha condessa de Colima nem de seu título rançoso ou de seu caráter desagradável; simplesmente tinha outras urgências. A necessidade de ir em busca de uma recuperação era cada vez mais peremptória; teria que encontrar novos caminhos, uma saída que o respaldasse caso a notícia de sua ruína vazasse por alguma brecha. Para não se ver desprotegido, nu diante de uma lamentável realidade que poderia chegar a ser conhecida por todos. E comentada. E fofocada. E até celebrada por algumas pessoas, como costumava acontecer com todas as derrotas alheias. E a contagem regressiva dos quatro meses de Tadeo Carrús já tinha começado.

O Café del Progreso, no meio da tarde, foi seu destino seguinte: quando estava no apogeu, antes da debandada para os jantares sociais ou familiares; antes que se enchesse de notívagos ociosos que não haviam sido convidados para nenhum lugar melhor. O local de encontro mais elegante do momento, frequentado pelas pessoas mais importantes, por homens como ele. De dinheiro. De negócios. De poder. Com a diferença de que a maioria ainda não estava arruinada.

Não tinha marcado com ninguém, mas sabia muito bem quais eram as pessoas que desejava encontrar e aquelas com as quais preferiria não topar. Escutar, essa era sua pretensão. Obter informação. E talvez deixar cair alguma migalha no lugar conveniente, se surgisse a oportunidade.

Sentados em sofás e poltronas forrados de tecido adamascado, as figuras de maior peso econômico da capital mexicana fumavam e bebiam café como se fosse uma causa comum. Liam os jornais e debatiam com ardor sobre as questões políticas. Falavam de negócios e sobre a eterna bancarrota do país. Sobre o que acontecia no mundo, sobre as leis em perpétuo processo de mudança segundo o desejo dos diferentes próceres da pátria, e até sobre casos amorosos, brigas e mexericos sociais, quando tinham algum legítimo interesse.

Assim que entrou, tomou pé da situação com uma rápida varredura visual. Quase todos eram clientes fixos, quase todos conhecidos. À primeira vista não lhe pareceu que Ernesto Gorostiza, seu futuro consogro, estivesse por ali, e se tranquilizou. Melhor assim, por enquanto. Também não viu Eliseo Samper, e isso, pelo contrário, deixou-o contrariado. Ninguém sabia das políticas do governo relativas a finanças e empréstimos como ele, de modo que sondá-lo poderia ser uma boa opção. Nem Aurelio Palencia, outro nome destacado que conhecia a fundo os meandros dos bancos e seus tentáculos. Mas vislumbrou a presença formidável de Mariano Asencio. Vamos começar por aí, decidiu.

Aproximou-se da mesa aparentando naturalidade: distribuindo cumprimentos, parando de vez em quando para trocar algumas palavras, pedindo seu café a um garçom. Até que alcançou seu objetivo.

— Homem, Larrea! — cumprimentou Asencio sem tirar o charuto da boca, com seu vozeirão e sua desenvoltura habituais. — Há quanto tempo!

Antigo embaixador do México em Washington, desde seu regresso o gigante Asencio andava metido nos negócios mais variados com os vizinhos do norte e com todos os que cruzassem seu caminho. Além disso, era casado com uma ianque que era da metade do tamanho dele, e conhecia como poucos os acontecimentos do país vizinho. A conversa girava justamente em torno da guerra entre irmãos.

— E o fato de o Sul combater em seu próprio território é uma enorme vantagem — observou alguém na ponta da mesa quando a conversa foi retomada. — Dizem que os soldados lutam com grande coragem e mantêm um moral excelente.

— Mas também são muito menos numerosos — rebateu alguém mais.

— Certo, e se comenta também que a União, o Norte, está em condições de triplicar seus homens em curto prazo.

O número de soldados e o moral das tropas importavam bem pouco a Mauro Larrea, mas ouviu com fingido interesse. Até que, como quem não quer nada, lançou sua pergunta:

— E quanto tempo você calcula, Mariano, que ainda resta de guerra?

Tudo indicava que o conflito seria longo e sangrento, e ele bem sabia. Mas, desesperado, insistia em agarrar-se inutilmente à ilusão de um rápido desenlace. Talvez, se tudo acabasse relativamente rápido, ele pudesse tentar recuperar seu maquinário. Ou pelo menos parte dele. Poderia embarcar para investigar o paradeiro de suas propriedades, contratar um advogado gringo, pedir compensações...

— Receio que ainda demore, meu amigo. Uns bons anos, seguramente.

Ouviram-se murmúrios de concordância, como se todos os presentes tivessem a mesma certeza.

— É uma disputa bem mais complexa do que somos capazes de compreender daqui — acrescentou o gigante. — No fundo é uma luta entre dois mundos diferentes, com duas filosofias de vida e duas economias radicalmente distintas. Estão brigando por algo mais profundo que a escravidão. O que o Sul quer é simplesmente sua independência, disso não há dúvida. Agora sim podemos chamar esses imbecis de Estados Desunidos da América.

O riso foi geral: as feridas da invasão sofrida anos antes ainda estavam abertas, e nada dava mais prazer aos mexicanos que tudo que atacasse frontalmente seus vizinhos. Mas aquilo tampouco preocupava o minerador; a única coisa que ficou clara naquela conversa foi a confirmação do que ele já sabia: que era uma luta perdida. Nem em seus melhores sonhos existiria a menor possibilidade de recuperar uma única porca de seu maquinário, nem um centavo de seus investimentos.

A maior parte do grupo já estava prestes a deixar o café quando Mariano Asencio, inesperadamente, segurou seu cotovelo com sua manzorra de urso e o deteve.

— Faz dias que tento falar com você, Larrea. Mas, de uma maneira ou outra, não conseguimos nos encontrar.

— Sim... Ando bastante ocupado, você sabe.

Palavras vazias; o que mais poderia lhe dizer? Por sorte, Asencio não prestou muita atenção.

— Tenho interesse em lhe fazer uma consulta.

Esperaram que os demais deixassem o café e se dispersassem com rumos diferentes; só então saíram. Laureano o esperava em sua carruagem, mas não parecia haver nenhuma carruagem à espera de Asencio. Logo ficou sabendo por quê.

— Aquele charlatão do Van Kampen, médico alemão dos diabos, cuja ladainha minha mulher me obriga a obedecer, insiste que tenho que me movimentar. De modo que ela mesma se encarregou de dar ordens a meu cocheiro para não me esperar mais em lugar nenhum.

— Eu posso levá-lo aonde quiser.

Rejeitou a proposta com um movimento espalhafatoso da mão.

— Esqueça; ela já me pegou outra noite chegando em casa no coche de Teófilo Vallejo, e você não imagina a confusão que deu. Quem mandou eu me casar com uma loura episcopaliana de New Hampshire? — protestou com certa ironia. — Mas eu lhe agradeceria imensamente, meu amigo, se me acompanhasse caminhando, se não estiver com pressa. Moro na rua de la Canoa, não vamos demorar muito.

Despachou Laureano depois de lhe dar o novo endereço; seu coche arrancou vazio e ele se dispôs a escutar aquele homem que sempre lhe provocara sensações opostas.

As ruas, como todos os dias, estavam lotadas de transeuntes com mil tons de pele que se cruzavam em um agitado ir e vir. Mulheres indígenas com enormes ramos de flores nos braços carregando os filhos envoltos em xales; homens de cor lustrosa que levavam na cabeça travessas de barro cheias de doces ou manteiga; pedintes, gente honrada, soldadesca e charlatães que deambulavam sem descanso da manhã até a noite em uma roda sem fim.

Entre todos eles Asencio abria passagem com a força de um galeão, afastando a bengaladas pedintes e mendigos andrajosos, que entre lamentos e gemidos pediam uma esmola pelo puríssimo sangue de Cristo Nosso Senhor.

— Um grupo de investidores britânicos entrou em contato comigo. Estavam com tudo organizado para começar uma promissora campanha mineira nos Apalaches. Mas a guerra, logicamente, os impediu. Estão pensando em transferir seus negócios para o México e me pediram informação.

Uma piada. Uma repugnante brincadeira do destino. Isso foi a primeira coisa que Mauro Larrea pensou ao escutar a notícia. Havia afundado na miséria por causa daquela disputa à qual não dava a menor importância, e Asencio, justamente naquele momento, dizia a ele que os velhos irmãos ingleses dos gringos que agora estavam se matando entre si pretendiam se estabelecer nos domínios que ele deixava livres por causa de sua queda.

Sem saber da aflição que devorava o minerador como um bicho agarrado a suas tripas, Asencio, por sua vez, continuava falando, caminhando como um paquiderme e livrando-se, sem a menor misericórdia e a golpes de bengala, de alguns cegos com as órbitas vazias e de dúzias de deficientes que mostravam obscena e ostensivamente seus defeitos e cotos.

— Eu insisti que não é um bom momento para investir nem um centavo no México — acrescentou bufando. — E isso apesar de os governos estarem há anos lhes dando todas as bênçãos a fim de atrair capitais estrangeiros.

— Seus compatriotas da Compañía de Aventureros em Real del Monte e Pachuca já tentaram. E fracassaram — esclareceu o mineiro em um esforço para parecer natural, apesar da angústia que o fustigava. — Não conseguiram se adaptar ao jeito de trabalhar dos mexicanos, negaram-se a dar benefícios...

— Eles sabem, eles sabem — cortou Asencio. — Mas parece que agora estão mais preparados. E têm o maquinário pronto para ser embarcado em Southampton. E para mim é ótimo que o tragam até aqui, porque assim uso o mesmo navio para mandar minhas mercadorias para a Inglaterra. A única coisa da qual eles precisam é de um bom lugar para jogar as redes, se me permite a expressão; desculpe minha ignorância nesse negócio de vocês. Uma boa mina que não tenha sido explorada nos últimos tempos, dizem, mas que tenha garantia de potencial.

Mauro se conteve para não soltar uma gargalhada doentia, carregada de amargura. Las Tres Lunas. O perfil de Las Tres Lunas, seu grande sonho, era exatamente o que aqueles ingleses andavam procurando sem saber. A puta que os pariu.

— Eu prometi a eles que ia fazer algumas averiguações — prosseguiu o gigante. — E pensei em lhe perguntar. Sem entrar em conflito com seus interesses, claro.

E o mais irônico de tudo, o mais terrível ao mesmo tempo, continuou pensando, era que Las Tres Lunas, sujeita às normas habituais das jazidas de minérios, não era sequer de sua propriedade. Se fosse, talvez pudesse vendê-la aos ingleses, ou arrendá-la e tirar algum proveito. Ou se apresentaria diante de Asencio como sócio nesse hipotético futuro empreendimento. Mas não tinha nenhum título de propriedade sobre a mina porque os velhos regulamentos dos tempos do vice-reinado ainda vigentes não lhe permitiam. Uma licença que o autorizava a tomar posse e explorá-la era tudo o que tinha em seu poder. Algo que poderia ser declarado nulo perante a lei se não começasse a exploração em breve, deixando, assim, o caminho aberto para quem chegasse depois dele.

Asencio tornou a segurar seu braço, dessa vez para propor-lhe que parassem em uma esquina, em frente a uma velha que fazia *chimoles*[4] instalada atrás de um braseiro que exsudava sujeira. Sobre ele aquecia as tortilhas que antes havia amassado com mãos de longas unhas pretas. Nem que quisesse, entre os mil vendedores de comida que sulcavam as ruas, poderia ter escolhido um lugar mais ignóbil.

— Esse idiota do Van Kampen também disse a minha mulher que tenho que comer menos, e os dois juntos estão me matando de fome. — Revirou o bolso do paletó em busca de uns pesos. — Teria sido melhor se tivesse me casado com uma boa mulher mexicana, dessas que sempre nos esperam com a mesa bem farta. Vai um taquito de porco, compadre? Uma tortilha gorda de manteiga?

Prosseguiram no caminho enquanto Asencio, ao mesmo tempo que engolia a comida recém-comprada, falava sem trégua e despachava mendigos com uma agilidade admirável. E, de quebra, condecorava o peito da camisa com os restos gordurosos que caíam de sua boca.

— Imagino que você também esteja sendo afetando negativamente por essa guerra — sondou Mauro Larrea. — Com os portos dos confederados do Sul bloqueados pela União...

---

[4] Molho de pimenta com tomates e outros legumes. (N.T.)

— De jeito nenhum, meu querido amigo — replicou Asencio mastigando com rapidez. — Por causa do bloqueio, os sulistas estão começando a negociar pelo porto de Matamoros, onde tenho alguns negócios. E como o Norte não compra mais algodão do Sul, que era o principal comércio entre eles, eu também comecei a fornecê-lo aos ianques; tenho por aí umas fazendas que adquiri a preço de banana antes que estourasse o conflito.

Comeu então o último pedaço de seu terceiro taco e sem cuidado limpou a boca com a manga da sobrecasaca. Em seguida soltou um arroto sonoro.

— Perdão — disse por dizer. — Então, voltando ao assunto, o que me aconselha a dizer aos súditos de sua Graciosa Majestade? Eles esperam uma resposta em breve, andam impacientes. Vou continuar fazendo minhas averiguações por aí, vamos ver o que me diz Ovidio Calleja, o do arquivo da Junta de Mineração, que me deve uns favores. Esse salafrário também não deixa escapar uma, ainda mais quando há algum benefício para ele. Mas eu gostaria de saber sua opinião, porque a prata, cá entre nós, continua sendo um bom negócio, não é?

— Não acredite — improvisou, compulsivo. — Os problemas crescem sem parar, e com frequência os rendimentos não compensam os gastos. O mercúrio e a pólvora, necessários às toneladas, mudam de preço conforme o dia. A bandidagem se tornou um pesadelo e temos que pagar escoltas militares para transportar o metal; cada vez há menos veios de boa lei, os trabalhadores estão ficando combativos como o diabo...

Não estava mentindo, apenas exagerando. Todos aqueles problemas existiam, como sempre tinham existido desde que entrara naquele mundo; não era nenhuma novidade. E ele mesmo já os havia enfrentado ao longo dos anos.

— Na verdade — acrescentou, elaborando uma mentira enquanto caminhavam —, eu mesmo estou pensando em diversificar meus negócios fora do país.

— Onde? — perguntou Asencio com curiosidade descarada.

Além de seu conhecimento sobre os assuntos do Norte, de seu modo de falar impetuoso e da extravagante disparidade de seus negócios, o gigante também tinha fama de caçar as oportunidades alheias com enorme rapidez.

Mauro Larrea nunca tinha sido um homem trapaceiro, sempre havia sido franco. Mas, encurralado, não teve outro remédio a não ser dizer uma sucessão de mentiras elaboradas precipitadamente com base no que ouvira em conversas soltas aqui e ali.

— Ainda não sei bem, estou estudando várias ofertas. Eu gostaria, talvez, de me voltar para o Sul, investir em fazendas de anil na Guatemala. Tenho também um antigo sócio que me propôs algo relacionado com o cacau de Caracas. E também...

A enorme mão de Asencio caiu sobre o braço dele como chumbo, obrigando-o a parar no meio da rua.

— Se este que lhe fala tivesse a sua liquidez, Mauro, sabe o que faria?

E sem esperar resposta, aproximou do ouvido de Mauro seu hálito ainda carregado de cebola, chilli e porco, e entre cheiros e palavras, disse coisas que o fizeram pensar.

CAPÍTULO 6

Andrade o aguardava com sua cabeça brilhante e os óculos na ponta do nariz, diante de uma pilha de documentos.

— Maldito oportunista — disparou o minerador depois de se isolar do exterior batendo a porta.

O procurador mal levantou a vista das contas que revisava.

— Espero que não esteja se referindo a mim.

— Estou falando de Mariano Asencio.

— O gigante?

— O gigante safado.

— Grande novidade...

— Está negociando com uns ingleses. Uma companhia de aventureiros prontos para fazer seus investimentos onde lhes aconselharem. Têm recursos solventes e dinheiro vivo, e não vão perder tempo arriscando-se com minas virgens. Vão confiar no que ele lhes disser, e aquele demônio vai mover céus e terras para lhes oferecer algo apetitoso e depois levar um bom dinheiro.

— Não tenha dúvida disso.

— Ele já me disse que o primeiro lugar onde vai meter seu nariz grande é o arquivo da Junta de Mineração, onde vai encontrar projetos aos montes.

— Pequenos, quase todos, para as ambições dessa gente. Exceto...

— Exceto o nosso.

— O que significa...

— Que assim que Asencio souber que não começamos a explorar Las Tres Lunas, vai abrir caminho para eles seguindo o rastro que deixarmos.

— E onde souberem que você farejou possibilidades de lucro, vão se estabelecer em três dias.

O silêncio se fez tenso como uma catapulta pronta para disparar. Foi Andrade quem o rompeu:

— O pior é que vão agir dentro da lei, porque não cumprimos os prazos — antecipou com voz sombria.

— Nem de longe.

— E isso significa que Las Tres Lunas pode ser declarada...

Duas palavras sinistras retumbaram em uníssono.

— Deserta e abandonada.

No jargão da mineração, tais adjetivos, colocados precisamente nessa ordem, antecipavam algo funesto: que se a partir da data estipulada se faltasse ao cumprimento, se não começassem os trabalhos ou se fossem suspensos por tempo prolongado sem causa que o justificasse, qualquer um poderia solicitar uma nova licença, privar o empreendedor anterior do domínio da jazida e tomar posse dela.

— Como quando tínhamos que pedir autorização ao rei da Espanha para pôr cabrestante nas propriedades da Coroa, maldição! — murmurou Andrade.

Mauro Larrea fechou os olhos um instante e apertou as pálpebras com as pontas dos dedos. Em meio às trevas momentâneas voltaram a sua retina as onze folhas de papel timbrado que depositara com sua rubrica no arquivo da Junta de Mineração. Cumpridor do regulamento, nelas solicitava licença oficial para explorar a mina abandonada e expunha conscienciosamente suas aspirações. A extensão que pretendia explorar e sua direção, a profundidade, os diversos poços a adentrar.

Como se lesse seu pensamento, os lábios de Andrade pronunciaram baixinho:

— Que Deus tenha piedade de nós...

Estrangeiros haviam ficado com seu maquinário, arrastando-o para a ruína mais absoluta. E se não remediassem a situação a tempo, outros logo lhe tomariam também as ideias e os conhecimentos, a única coisa que lhe restava se um dia os ventos voltassem a mudar.

Os dois homens se olharam e assentiram, mudos: na mente de ambos pairava a mesma decisão. Tinham que tirar o documento dos arquivos de qualquer jeito, para que nunca caísse nas mãos nem de Asencio nem dos ingleses. E, a fim de não despertar curiosidade nem levantar suspeitas, todo cuidado era pouco.

A conversa continuou noite adentro, quando Andrade voltou depois de ter feito algumas averiguações. Deixou-o a par de tudo diante da mesa de bilhar, onde Mauro Larrea estava havia duas horas enfrentando a si mesmo mais uma vez: a única maneira de manter os demônios amordaçados enquanto ia tomando decisões.

— Calleja está fora há várias semanas, em sua visita anual às câmaras.

Não precisou esclarecer que Ovidio Calleja era o superintendente do arquivo da Junta de Mineração; um velho conhecido do ramo com quem anos atrás tinham tido mais de um desentendimento. Por causa de limites entre jazidas, em uma ocasião. Por causa de remessas de mercúrio em outra; e houve mais algumas. Em nenhuma delas Calleja conseguiu sair vitorioso e quase sempre Larrea e Andrade acabaram levando a melhor. Considerando tudo isso, ambos sabiam que, apesar dos anos transcorridos, o rancor ainda espicaçava seu adversário de outrora. Portanto, não poderiam esperar nenhuma generosidade da parte dele. Talvez até o contrário.

Afastado fazia tempo dos acampamentos mineradores depois da sorte irregular em seus investimentos, Calleja havia conseguido finalmente aquele cargo burocrático que não lhe rendia oficialmente grandes benefícios, mas lhe conferia alguns rendimentos adicionais graças a sua moral não de todo escrupulosa.

— Talvez essa ausência jogue a nosso favor — foi a reflexão do procurador. — Se ele estivesse aqui, assim que soubesse que queremos retirar o projeto, demonstraria interesse por ele. E demoraria a devolvê-lo, com qualquer desculpa, e aproveitaria para mandar que um escrivão fizesse uma cópia ou ele mesmo anotaria os detalhes e os guardaria para si.

— Ou para compartilhá-los com qualquer pessoa que demonstrasse interesse.

— Não tenho a menor dúvida — replicou o procurador levando aos lábios o copo de brandy que seu amigo havia deixado pela metade sobre uma das bordas da mesa. Não lhe pediu licença, não era necessário.

As duas mentes maquinavam em uníssono, desesperadas.

— Podíamos aproveitar sua ausência para subornar algum subalterno. O magrelo de barba rala. Ou o de óculos fumê. Sugerir que retirem discretamente o processo do arquivo, propor em troca algo apetitoso; talvez tentá-los com algo de valor antes que acabemos nos desfazendo até da roupa do corpo. Um belo quadro, um jogo de candelabros de prata maciça, duas éguas...

Andrade pareceu concentrar toda sua atenção em devolver cuidadosamente o copo entalhado ao lugar exato que ocupava momentos antes, marcado com um círculo úmido sobre o mogno.

— Calleja conta somente com esses dois subalternos, que conhecemos bem, e são adestrados como macacos de circo. Nunca fazem nada pelas costas dele, não ousam trair a mão que os alimenta. A não ser que puséssemos diante deles o tesouro de Moctezuma, o que me parece muito complexo, sempre terão mais benefícios se mantiverem a lealdade a seu superior.

Não precisou perguntar como ele sabia: na fechada rede da burocracia da capital, era possível saber tudo com apenas algumas perguntas feitas com discernimento.

— Vamos esperar até amanhã, de qualquer maneira — concluiu. — Enquanto isso, tem mais uma coisa que Mariano Asencio disse e que eu gostaria que você soubesse.

Repetiu-lhe, então, o último conselho que saíra da boca do titã em meio ao bafo de comida gordurosa. E disse que estava pensando que talvez aquela não fosse a pior das opções. E Andrade, como sempre que se dava conta de que seu amigo estava andando às cegas à beira de um precipício, tirou o lenço do bolso e o levou à testa. Havia começado a suar.

* * *

Apareceram no Palácio da Mineração por volta das onze e meia da manhã, para não deixar transparecer sua ansiedade. Como se passassem acidentalmente pelo imponente edifício que abrigava o arquivo. Ou como se houvessem encontrado uma brecha fortuita entre suas diversas obrigações. Armados com os eternos rolos de papel próprios de seu ofício e uma pasta de couro cheia de supostos documentos. Seguros de si, elegantemente vestidos com suas sobrecasacas de alpaca inglesa, suas gravatas recém-passadas e os chapéus-cocos, que tiraram ao entrar. Como quando a sorte ainda os cortejava e piscava para eles com simpatia.

Quase não havia atividade nas dependências; afinal de contas, não eram muitos os projetos de mineração que se registravam naqueles dias. Por isso, só encontraram os dois funcionários que já esperavam encontrar, cada um imerso em seus afazeres, protegidos da tinta e do pó por manguitos de percalina. Ao redor, diversos armários com portas de vidro do teto ao chão. E bem trancados a chave, como puderam se certificar com apenas uma olhada. Dentro, espremidos e amarelados na maioria, milhares de papéis, certidões e atas de posse capazes de oferecer a quem tivesse a paciência de lê-los um passeio pormenorizado pela longa trajetória da mineração mexicana desde a colônia até o presente.

Cumprimentaram-nos com certa familiaridade; afinal de contas, os quatro estavam cansados de se ver pelo menos duas vezes ao ano. Só que, nas outras ocasiões, os funcionários não intervinham em nada e era o próprio Ovidio Calleja quem os atendia com um formalismo exagerado que revelava sua categórica antipatia.

Os subalternos se levantaram, cerimoniosos.

— O superintendente não está.

Eles manifestaram uma fingida contrariedade.

— Mas se pudermos ajudar os senhores em alguma coisa...

— Suponho que sim: vocês são da absoluta confiança do sr. Ovidio e conhecem este lugar tão a fundo quanto ele mesmo. Ou melhor, até.

Foi o procurador quem jogou essa primeira isca, adulando-os. A segunda foi ele.

— Precisamos consultar a pasta de uma concessão. Em meu nome, Mauro Larrea. Trago comigo o comprovante do depósito, para que encontrem a referência com facilidade.

O funcionário mais alto, o dos óculos de lentes escuras, pigarreou. O outro, o magro, levou as mãos às costas e baixou o olhar.

Passaram-se segundos desconfortáveis durantes os quais só se ouviu o pêndulo de um relógio de parede pendurado sobre a grande mesa vazia do superior ausente.

O homem tornou a pigarrear antes de dizer o que já esperavam.

— Lamento muito, senhores, mas creio que não será possível.

Ambos fingiram surpresa. Andrade ergueu uma sobrancelha com estranheza; o minerador franziu levemente o cenho.

— Como assim, sr. Mónico?

O funcionário deu de ombros em sinal de impotência.
— Ordens do superintendente.
— É inacreditável — replicou Andrade com elaborada retórica.
O magro interveio, então, em apoio a seu companheiro:
— São ordens que temos que acatar, senhores. Nem mesmo temos as chaves a nossa disposição.

Nem uma pena se movia naquele arquivo sem a autorização expressa de Ovidio Calleja; dessa férrea inflexibilidade não iam arrancá-los nem a tiros.

E agora, como vamos sair dessa, compadre, disseram-se silenciosamente um ao outro. Não tinham previsto nada, não lhes restava alternativa a não ser uma humilhante debandada de mãos vazias. Por Deus, às vezes as coisas se complicavam como se um perverso emissário de Satanás as estivesse manipulando conforme seu capricho.

Ainda se debatiam entre continuar insistindo ou se resignar diante do revés quando, no fundo do aposento, ouviram o ruído de uma porta lateral. Os quatro pares de olhos se dirigiram a ela como se atraídos por um ímã, aliviados pela quebra momentânea da tensão. Mal começou a se abrir, três gatos ágeis como sopros de vento entraram nas dependências. A seguir surgiu uma saia cor de mostarda. E finalmente, quando a porta estava totalmente aberta, entrou uma mulher de idade indefinida. Nem jovem nem velha, nem bonita nem feia. Nem o contrário.

Andrade deu um passo à frente, abrindo um sorriso ardiloso. Por trás dele escondia seu imenso alívio por encontrar uma imprevista desculpa para prolongar sua presença nos arquivos.

— Prazer em vê-la, srta. Calleja.

Mauro Larrea, por sua vez, conteve a vontade de dizer ao amigo, irônico: Fez bem seu dever de casa, sem-vergonha. Não apenas descobriu o nome dos subalternos, como também soube da existência de uma filha.

Surgiu no rosto da recém-chegada uma expressão de desconcerto, como se não esperasse encontrar ninguém no arquivo àquela hora. Provavelmente havia passado só um minutinho, vindo da casa que o superintendente e sua família ocupavam no mesmo imóvel do Palácio da Mineração. Sem se arrumar, vestida quase com roupa de ficar em casa.

Contudo, não teve remédio a não ser manter a compostura e, com uma ponta de humilhação, deu-lhes bom-dia.

O procurador avançou mais dois passos.

— O sr. Mónico e o sr. Severino estavam nos informando neste exato momento da ausência do senhor seu pai.

Rosto redondo, cabelo preso na nuca, já passando bastante dos trinta, corpo sem muitos atrativos, coberto por um vestido matutino sem graça, cor de marfim com um decote recatado. Uma mulher como centenas de outras, das que não deixam nenhuma impressão em um homem quando cruza com elas na rua; uma mulher dessas que nunca são ingratas ou desagradáveis. Assim era Fausta Calleja vista da distância que os separava: uma mulher comum.

— De fato, ele está fora da cidade — replicou ela. — Mas acreditamos que estará de volta em breve. Vim perguntar, na verdade; saber se já receberam alguma correspondência confirmando sua volta.

— Ainda não sabemos, srta. Fausta — respondeu o dos óculos opacos. — Não chegou nada ainda.

Com exceção dos passos que o procurador havia avançado para se aproximar da filha do superintendente, todos permaneciam imóveis, pregados no piso, enquanto os gatos andavam à vontade por entre os pés dos móveis e as pernas dos funcionários. Um, vermelho como uma chama, pulou em uma das mesas e passeou despreocupado, pisando nos papéis.

Andrade, de novo, foi quem retomou a tentativa de conversa.

— E a senhora sua mãe, senhorita, como está estes dias?

Se não tivesse diante de si uma realidade tão terrível, Mauro Larrea teria dado uma grosseira gargalhada. De onde tirou, velho demônio, tanto interesse pela família de um sujeito que estaria disposto a permitir que lhe cortassem uma orelha para não ter que nos ajudar?

A moça, como era de se esperar, não percebeu a falsidade da pergunta.

— Praticamente recuperada, muito obrigada, senhor...

— Andrade, Elías Andrade, um devoto amigo do senhor seu pai, a sua inteira disposição. E este outro, que igualmente estima a amizade de seu pai, é o sr. Mauro Larrea, um próspero minerador viúvo a quem tenho a honra de representar, e por cuja honradez, generosidade e valor moral sou capaz de apostar minha alma.

Ficou louco? Aonde quer chegar com essa linguagem de dramalhão para mocinhas? O que pretende com essa pobre mulher mentindo sobre a relação que temos com o pai dela, expondo minhas intimidades e cobrindo-me de elogios ridículos?

De imediato soube, contudo, que não precisava de respostas: ao perceber o olhar de Fausta Calleja, entendeu com instantânea lucidez o que seu amigo pretendia. Estava tudo em seus olhos, na intensidade com que ela observou seu corpo, suas roupas, seu rosto e sua seriedade. Filho da mãe! Quer dizer que assim que descobriu que a filha é solteira lhe ocorreu me oferecer de bandeja como um potencial pretendente, como um último recurso para podermos avançar.

— Ficamos enormemente felizes, senhorita, por sua mãe ter recuperado a saúde. E de que mal-estar sofria, se não for indiscrição?

Com a mesma oratória rebuscada, o procurador havia retomado a conversa absurda no mesmo ponto em que a havia deixado. Ela, como se houvesse sido pega em uma mentira, desviou os olhos dos dele, veloz.

— Uma forte gripe, por sorte superada.
— Deus queira que não se repita.
— Esperamos que não, senhor.
— E... e... já está em condições de receber visitas?
— Justamente hoje de manhã umas amigas vieram vê-la.
— E... e... acha que poderia receber também a visita de um criado? Acompanhado do sr. Larrea, naturalmente.

Dessa vez foi Mauro quem tomou a iniciativa. Não tem remédio, resolveu consigo mesmo. Há muito em jogo para ficar com frescura. E dos malditos quatro meses que tinha para se reerguer, já havia desperdiçado dois dias.

Sem o menor recato e com toda a altivez que foi capaz de reunir, cravou na mulher um olhar prolongado e impetuoso que a atravessou.

Ela baixou o rosto para o chão, aturdida. O gato cor de fogo se esfregou, manhoso, nas dobras de sua saia; ela se agachou para pegá-lo, aninhou-o no colo e fez-lhe um afago no focinho, sussurrando algo que não chegaram a ouvir.

À espera de uma resposta, os dois amigos mantiveram a mais fidalga compostura. O cérebro de ambos, enquanto isso, não parava de maquinar. Se os funcionários não davam o braço a torcer para pegar a pasta no arquivo, talvez a esposa e a filha pudessem fazer algo. Dentro da cabeça deles suas próprias vozes martelavam. Vamos, vamos, vamos. Ande, garota, diga que sim.

Por fim ela se agachou para deixar o gato livre. Ao se levantar, com as faces levemente coradas, disse o que eles ansiavam ouvir:

— Serão cordialmente recebidos em nosso humilde lar quando os senhores julgarem oportuno.

CAPÍTULO 7

Mãe e filha estavam no meio do guisado de carneiro e carne de boi que almoçavam quando chegou o suntuoso cartão. Os srs. Larrea e Andrade anunciavam sua visita para aquela mesma tarde, às seis em ponto.

Duas horas depois, com as melhores peças do aparato doméstico esparramadas por todos os cantos da sala, a mulher do superintendente apertou pela enésima vez o cartão contra o peito volumoso. E se for verdade?

— Não sabe como ele me olhou, mamãe. Não sabe de que jeito!

Ainda ecoavam nos ouvidos de dona Hilaria as palavras de sua filha ao voltar assombrada do arquivo.

— E é viúvo. E bem-apessoado como poucos.

— E com dinheiro, minha filha. Com dinheiro...

A cautela, não obstante, obrigou-a a controlar a ilusão. Desde que o marido fora designado para o cargo que agora ocupava, rara era a semana em que não chegava à porta da família algum agrado. Convites para chás da tarde e eventos noturnos, ou uma imensa bandeja de folhados, ou uma discreta bolsinha de onças de ouro. Meses antes até se surpreenderam — muito gratamente, tinham que reconhecer — com uma carruagem. Tudo em troca apenas de que seu Ovidio, entre as dúzias de papéis que diariamente passavam por suas mãos, pusesse ou tirasse uma data aqui ou um carimbo ali, desse por perdido algum documento ou fizesse vista grossa para determinada coisa.

Por isso, a primeira reação da esposa foi de desconfiança.

— Mas tem certeza, minha filha, de que ele a olhou assim sem motivo especial?

— Tanta certeza quanto de que é dia, mamãe. Primeiro nos olhos. E depois...

Retorceu os dedos, pudica.

— Depois me olhou como... Como um homem íntegro olha uma mulher.

Nem assim dona Hilaria se convenceu. Alguma coisa ele quer, ruminou. Caso contrário, por que um homem como o senhor Mauro Larrea ia reparar em Fausta? Safado, segundo contava seu marido. Ele e seu fiel amigo Andrade eram muito experientes, e os dois salivavam cada vez que farejavam uma oportunidade. Sabia também que ele circulava à vontade nos ambientes mais distintos, entre pessoas sofisticadas, classe à qual os Calleja infelizmente não pertenciam. E nesses ambientes certamente sobravam candidatas para tirá-lo da viuvez. Devia estar muito interessado em alguma coisa para decidir demonstrar interesse por sua filha; disso tinha quase, quase certeza. Algo que só seu marido poderia fazer por ele. Era incrível o maldito espanhol, repetia Ovidio cada vez que vinha ao caso. Farejava bons negócios como um sabujo; como uma raposa faminta. Não deixava escapar nem uma presa viva.

Mas... E se... As dúvidas iam e vinham como vertigens enquanto ela procurava no baú a toalha de mesa mais apropriada. A de linho da Escócia bordada em ponto cruz? Ou a de renda richelieu? E daí se tudo fosse um jogo de interesses?, pensou. O que eram alguns favores em troca de um respaldo permanente para a filha, de um corpo viril para colocar em sua vida insossa e sua cama fria? Um marido, santo Deus. Àquela altura. Ela arranjaria um jeito de fazer Ovidio esquecer os desencontros que houvera entre eles. Que não foram pouca coisa, é verdade, recordou soltando o hálito em uma colherinha de prata. Fortes dores de barriga causaram ao pobre, até sangue vomitou mais de uma vez naqueles tempos de tensões por causa de umas jazidas ou umas remessas de mercúrio, ou... Ou o que fosse: temos que esquecer isso, murmurou em voz baixa enquanto erguia a tampa do açucareiro para dias importantes. Além do mais, era melhor aproveitar agora que ele não estava na capital. Assim seria mais fácil convencê-lo se o assunto prosperasse. O passado, passado está.

Nisso pensava dona Hilaria enquanto Fausta, com o rosto untado com uma pasta de amêndoas e água de farelo de aveia para branquear a pele, dava instruções às criadas na cozinha sobre como passar a musselina de seu vestido mais delicado. Algumas quadras mais ao sul da cidade, alheio aos preparativos em sua homenagem, Mauro Larrea, trancado em seu escritório sem sobrecasaca nem gravata, jogado em uma poltrona com um charuto entre os dedos, havia deliberadamente afastado da cabeça o lanche que os esperava aquela tarde e, dando um salto no tempo, revivia insistentemente o final do encontro com Mariano Asencio no dia anterior.

Os gestos e o vozeirão com hálito de chili e carne de porco ainda trovejavam em sua memória; quase podia sentir de novo o peso da mão dele ao cair sobre seu braço. Se este que lhe fala tivesse sua liquidez, sabe o que faria?, foi a pergunta que lhe fez o titã. Como resposta, obteve o nome de quatro letras que continuava remoendo. A mesma opção sobre a qual falara com Andrade na noite anterior. Asencio era um oportunista capaz de vender o pai por um prato de feijão, isso era certo, mas tinha um olho certeiro para brigar por seus interesses onde farejasse lucro. E se ele tiver razão?, murmurou pela enésima vez. Sugou outra vez o charuto já meio consumido. E se esse for meu destino?

O som de dedos vigorosos batendo na madeira devolveu-o à realidade. A porta se abriu em seguida.

A essa altura, tinha tomado sua decisão.

— Ainda está assim, fumando aí jogado, sem se vestir? — gritou o procurador ao vê-lo.

Eram seis em ponto quando ambos desceram da carruagem na rua de San Andrés, de volta à monumental fachada do Palácio da Mineração.

Um criado os esperava em frente ao grande portão escancarado. Ao vê-los se aproximar, interrompeu sua animada conversa com o porteiro e, evitando a grande escadaria, conduziu-os do pátio central à ala oeste, no térreo. Foi bom que os guiasse. Embora estivessem acostumados a se movimentar à vontade pelos meandros públicos do edifício, as dependências privadas eram desconhecidas para eles. O jovem índio, descalço, deslizava pelo piso com a discrição de uma serpente. Os passos deles, com suas botas inglesas e sua pressa compassada, em contraste, ecoavam com um repique vibrante sobre a pedra cinza.

Não cruzaram com quase ninguém àquela hora da tarde. Os estudantes já haviam terminado suas lições de física subterrânea e química do reino mineral, e deviam estar paquerando as garotas na Alameda. Os professores e os funcionários deviam estar ocupados com seus assuntos particulares depois de cumprir as tarefas do dia e, para alívio de ambos, também não cruzaram com o reitor ou o vice-reitor.

— Se Florián continuasse na ativa, bem que poderia ter nos dado uma mão.

Mas o capelão, um velho rabugento e dissimulado, conhecido desde os tempos de Real de Catorce, fazia tempo que havia pendurado a batina, à luz dos novos ares laicos que impregnavam a nação.

— Talvez devêssemos ter trazido algo para a moça — foi o que disse Mauro Larrea em seguida, entre os dentes, no meio de um corredor solitário.

— Algo como o quê?

— Sei lá eu, compadre. — Em sua voz havia um tom de irritação e nem um pingo de verdadeiro interesse. — Camélias, ou doces, ou um livro de poemas.

— Poesia, você? — Andrade reprimiu um riso ácido. — Tarde demais — anunciou baixando a voz. — Acho que estamos chegando; comporte-se.

Uma escada anexa acabava de conduzi-los ao andar onde se alinhavam as residências dos funcionários. A terceira porta da esquerda estava entreaberta; dela, outra mocinha indígena com tranças reluzentes se encarregou de conduzi-los até a sala.

— Muito boa tarde, estimados amigos.

Em sua qualidade de convalescente, a mulher de Calleja não se levantou de sua poltrona. Com roupas escuras e pérolas discretas no pescoço, apenas lhes estendeu a mão, que ambos beijaram cerimoniosos. Dois passos atrás, Fausta escondia os dedos entre as pregas de um vestido insosso que ainda guardava o calor prolongado do ferro de passar.

Sentaram-se após os cumprimentos, ocupando as posições estratégicas que dona Hilaria havia previsto.

— O senhor aqui, ao meu lado, sr. Elías — indicou dando um tapinha no braço de uma poltrona próxima. — E o senhor, sr. Larrea, acomode-se no sofá, se quiser.

No canto direito do sofá se sentou a filha, naturalmente.

Um olhar foi o suficiente para que avaliassem o cenário que os cercava. Um aposento de teto não muito alto e dimensões não muito generosas, com móveis medíocres e pouca suntuosidade. Aqui ou ali, porém, vislumbrava-se algum indício de opulência. Duas cornucópias de cristal sobre uma base de cedro, um maravilhoso vaso de alabastro bem à vista. Até mesmo um piano novinho em folha. Ambos intuíram a origem daqueles detalhes: evidências de gratidão pelos favores prestados pelo superintendente; por fazer vista grossa para algum assunto, por intermediar, por entregar determinada informação que não deveria sair de sua custódia como arquivista.

A conversa, como era previsível, começou sem nenhuma substância. Dona Hilaria deixou-os meticulosamente a par de seu estado de saúde e eles a escutaram com fingido interesse, lançando de tempos em tempos olhares de soslaio para o relógio de parede. De marchetaria de *limoncillo*, maravilhoso, aliás; outra compensação por alguma diligência favorável, sem dúvida. Enquanto pelo ar da sala voavam sem parar frases carregadas de sintomas e remédios magistrais, o som do relógio os fazia recordar a cada quinze minutos que o tempo passava sem que conseguissem chegar a lugar nenhum. Depois de falar dos males do corpo, a dona da casa continuou monopolizando a conversa, dessa vez com um detalhado relato dos acontecimentos locais mais palpitantes dos últimos dias: o crime ainda não resolvido da ponte da Lagunilla, o último roubo no térreo da igreja de Porta Coeli.

Por esses apaixonantes caminhos trotava a tarde, e já eram quinze para as sete. Mauro Larrea, farto de tanta conversa fiada e incapaz de conter sua impaciência, havia começado inconscientemente a mexer a perna direita como se uma mola a empurrasse. Seu procurador estava tirando o lenço do bolso, prestes a começar a suar.

Até que dona Hilaria, como quem não quer nada, decidiu ir direto ao ponto.

— Vamos deixar de conversa sobre coisas que não nos dizem respeito e contem a minha filha Fausta e a mim, caríssimos senhores, que projetos têm em vista.

Mauro não deu tempo a Andrade de soltar uma de suas mentiras elaboradas.

— Uma viagem.

As duas mulheres cravaram os olhos no minerador. Agora sim Andrade passou o lenço pela cabeça calva e brilhante.

— Não tardarei a fazê-la, ainda não sei o momento exato.

— Uma viagem longa? — perguntou Fausta com a voz trêmula.

Mal havia tido até então oportunidade de falar, constrangida pela incontinência verbal da mãe. Mauro Larrea aproveitou para olhar para ela enquanto respondia, tentando dar um verniz de otimismo a suas palavras:

— Assuntos de negócios, acredito que não.

Ela sorriu aliviada, sem que seu rosto comum chegasse a se iluminar totalmente. Ele sentiu uma pontada de culpa.

Dona Hilaria, incapaz de resistir à oportunidade de tomar de novo as rédeas da conversa, fez sua pergunta:

— E para onde vai levá-lo tal viagem, sr. Mauro, se me permite a curiosidade?

O estrépito da xícara, da colher e do prato caindo no chão interrompeu a conversa. A toalha de mesa se encheu de respingos de chocolate e a perna direita de Andrade, cor de avelã, ficou cheia de gotas espessas.

— Santo Deus, como sou desajeitado!

Embora tudo fosse fingimento para evitar que seu amigo continuasse falando, o procurador se esforçou para parecer sincero.

— Desculpe, senhora, eu lhe imploro; sou um verdadeiro desastrado.

As consequências do suposto acidente prolongaram-se por alguns momentos eternos. Andrade se agachava para recolher os pedaços de porcelana quebrada caídos embaixo da mesa, enquanto a dona da casa insistia para que não o fizesse; o procurador passava, afoito, um guardanapo na calça para tentar limpar as manchas, e ela o advertia de que ia acabar sendo pior a emenda que o soneto.

— Chame Luciana, menina. Diga que traga um balde com água e suco de limão.

Fausta, porém, aproveitando o imprevisto alvoroço e farta do abusivo monopólio de sua progenitora, acabava de traçar em sua mente outros planos muito diferentes. Eles vieram ver a mim, mãe; deixe-me desfrutar um minuto de glória. Era o que queria ter gritado, mas não o fez. Simplesmente, fingindo não ter ouvido a ordem de ir buscar a criada, inclinou-se para recolher do chão um pedaço de porcelana que caiu perto de seus pés. Enquanto Mauro Larrea contemplava, aborrecido, a patética discussão entre seu procurador e a dona da casa por conta do chocolate derramado, Fausta, ainda meio agachada e protegida pelas dobras da saia, deslizou cuidadosamente a borda afiada de um pedaço da xícara pela ponta do polegar.

— Por tudo que é mais sagrado, me cortei! — sussurrou, endireitando-se.

Só o minerador, sentado no mesmo sofá, pareceu ouvi-la. Desviou então a atenção, deixando os outros dois mergulhados em sua luta contra as manchas.

Ela mostrou-lhe o dedo.

— Está sangrando — disse.

Sangrava, de fato. Pouco; o suficiente para que uma gota solitária deslizasse até o estofado.

Ele, cuidadoso, rapidamente tirou um lenço do bolso.

— Permita-me, por favor...

Tomou-lhe a mão pequena e mole, envolveu com cuidado o dedo de unha curta e apertou levemente.

— Mantenha assim, logo para.

Intuitivamente, soube que Andrade os estava olhando de soslaio, por isso, não estranhou que continuasse prolongando sua ridícula discussão com dona Hilaria a fim de impedir que a mãe prestasse atenção neles. Então, a senhora me aconselha a não esfregar o tecido?, ouviu-o dizer, como se os afazeres domésticos e o cuidado com as roupas fossem motivo de intensa preocupação para o procurador. A duras penas reprimiu a vontade de soltar uma gargalhada.

— Ouvi dizer que o melhor remédio é a saliva.

Era Fausta que falava de novo.

— Para parar de sangrar, quero dizer.

O tom era baixo. Baixo, mas firme, sem tremor.

Santo Deus, pensou, antevendo as intenções da moça. A essa altura, ela já havia aberto o lenço que cobria seu dedo e, como Salomé estendendo em uma bandeja a cabeça cortada de João Batista, ofereceu-o a ele.

Mauro não teve remédio senão levá-lo à boca; não havia tempo a perder. Os parcos dotes dramáticos de Andrade estavam se esgotando. Fausta, talvez para se rebelar diante da tagarelice exuberante da mãe, ou talvez em busca de uma prova do interesse do minerador por ela como mulher, requeria um contato com suas mãos e sua boca; um toque carnal, por mais fugaz que fosse. E ele sabia que não podia decepcioná-la.

Então, envolveu a ponta do dedo com os lábios e passou a língua sobre ela. Ao erguer o olhar, viu que a moça semicerrava os olhos. Deixou passarem apenas dois segundos e voltou a lambê-la. A garganta feminina, alojada em um pescoço achatado e leitoso, reprimiu um som rouco. É mesmo um sem-vergonha, acusou-o uma voz remota em algum lugar da consciência. Ignorando-a, apertou a ponta do dedo entre os lábios e deslizou a língua úmida uma terceira vez.

— Espero que isso ajude — disse com um murmúrio surdo ao devolver a mão a sua dona.

Ela não teve tempo de responder; o pigarrear de Andrade obrigou-os a voltar-se para ele. Dona Hilaria os contemplava com o cenho franzido; de repente, parecia se perguntar: O que aconteceu aqui? O que foi que eu perdi?

Já quase escurecia lá fora; pouco mais havia a fazer naquela tarde perdida.

— Não queremos incomodá-las mais — disseram, dando-se por vencidos. — Foi um lanche muito agradável, e foram muito generosas em sua hospitalidade.

Enquanto os amigos desfiavam uma ladainha de palavras vazias e a mãe insistia para que ficassem mais um pouquinho, os dois se perguntavam simultaneamente como diabos poderiam proceder a seguir.

Como não podia ser diferente, a mulher do superintendente se encarregou de mover a batuta.

— Meu marido está prestes a encerrar seus negócios em Taxco — anunciou ela com uma lentidão perversa, enquanto se levantava da poltrona com esforço. — Acabamos de saber, esta tarde mesmo, que não levará mais de três dias para voltar à capital. Quatro, talvez. No máximo.

Aquilo era um aviso claro, ou assim o entenderam. Mexam-se sem demora, senhores, queria dizer. Se têm tanto interesse em obter favores do pai, decidam como agir com a filha. E por seu próprio bem, se não quiserem que o superintendente os expulse aos pontapés de sua casa, é melhor que se apressem e deixem tudo bem amarrado antes que ele possa intervir.

Um escuro corredor os conduziu à saída da casa. Andrade e a mãe tornaram a trocar as vazias frases obsequiosas.

Estavam quase chegando à galeria quando o gato cor de fogo apareceu miando do fundo do corredor. Fausta se agachou para pegá-lo com o mesmo carinho da manhã. É sua última oportunidade, compadre, disse a si mesmo ao vê-la curvar o corpo. Por isso a imitou, como se fosse movido por um incontrolável desejo de acariciar o bichano. E, nessa posição, ambos quase de cócoras, derramou sobre ela sua voz.

— Voltarei amanhã de madrugada, quando não houver vivalma. Mande-me um bilhete indicando-me por onde posso entrar.

CAPÍTULO 8

Vinte e quatro horas depois de deixar a casa dos Calleja, Mauro Larrea erguia sua taça como em um brinde e se preparava para apregoar seus propósitos para uma plateia cuidadosamente selecionada. Exatamente o contrário do que seu procurador e a prudência o aconselhavam.

— Querida condessa, queridos filhos, queridos amigos...

O cenário da sala de jantar estava impecável. As duas dúzias de luzes do lustre do teto resplandeciam sobre a prata e os cristais; os vinhos estavam preparados, o jantar *à la française* pronto para ser servido.

— Querida condessa, queridos filhos, queridos amigos — continuou —, eu os convoquei esta noite porque quero lhes comunicar uma notícia muito boa.

Em uma ponta se sentava ele, o anfitrião. Na contrária, enlutada, altiva e impactante como sempre, a sogra de sua filha: a magnífica condessa de Colima, que já não era condessa nem tinha status aristocrático, mas continuava fazendo questão de ser chamada assim. Mariana, seu marido Alonso e Andrade ocupavam o lado da mesa a sua direita. À esquerda, dois amigos circunstanciais de posses e renome acompanhados por suas respectivas esposas, mestres em transmitir fofocas e novidades da vida social da capital. Exatamente o que ele desejava.

— Como todos bem sabem, a situação deste país está muito longe de encaminhar-se para o sossego de homens de negócios como eu.

Não estava exatamente mentindo, apenas moldando a realidade a seu favor. As medidas que os liberais haviam impulsionado nos últimos anos haviam sido, sem dúvida, prejudiciais para a antiga nobreza *criolla*, para a elite latifundiária e para alguns empresários. Mas não tanto para os que haviam sabido se mover com habilidade. Alguns, inclusive, haviam desenvolvido um sábio talento para se beneficiar das turbulentas águas políticas, obtendo suculentos rendimentos e contratos públicos. Não era exatamente seu caso, mas as coisas estavam longe de ter ido mal para ele. Tampouco era contrário às medidas liberais do momento, embora preferisse ser cauteloso e gerenciar com cuidado aquelas questões que inflamavam os ânimos com ardores incansáveis. E, portanto, conseguira se manter.

— As tensões constantes nos obrigam a repensar muitas coisas...

— O imoral do Juárez vai nos levar à ruína absoluta! — interrompeu sua consogra gritando. — Esse zapoteca do demônio vai levar esta nação ao desastre mais atroz!

Pendurado nas orelhas da anciã, no ritmo de sua fúria, um par de formidáveis brincos de brilhante balançava, resplandecendo à luz das velas e dos candeeiros. As esposas convidadas assentiram com murmúrios de aprovação.

— Onde mais, se não no seminário — insistiu ela, arrebatada —, ensinaram esse índio a comer sentado, com colher, a calçar sapatos, a falar espanhol? E agora ele vem com essas sandices de casamento civil, de expropriar os bens da Igreja e de tirar os frades e as freirinhas de seus conventos! Deus do céu, onde vamos parar!

— Mamãe, por favor — recriminou-a Alonso, com um tom paciente de resignação, mais que acostumado aos arroubos de sua despótica mãe.

A condessa se calou com evidente contrariedade; em seguida, levou o guardanapo à boca e com os lábios cobertos pelo tecido de linho, murmurou, irada, mais algumas frases incompreensíveis.

— Muito obrigado, minha cara Úrsula — continuou o minerador sem se alterar, pois conhecia a velha e já não se surpreendia com a veemência de suas intervenções. — Bem, como estava dizendo, e sem necessidade de entrar em maiores profundidades políticas — acrescentou, diplomático —, quero anunciar que, depois de sérias reflexões, decidi empreender novos negócios fora das fronteiras da República.

De quase todas as gargantas saiu um murmúrio de espanto, exceto da de Andrade e Mariana, que já estavam a par de tudo. Comunicara a sua filha naquela mesma manhã, enquanto percorriam juntos o passeio de Bucareli no coche aberto que ela costumava usar. O rosto da jovem refletira primeiro surpresa e logo em seguida entendimento e aprovação, expressão que intensificara com um sorriso. Será melhor assim, dissera.

Tenho certeza de que vai dar tudo certo. Depois, acariciara o ventre, como se com o calor das mãos quisesse transmitir a seu filho ainda não nascido a serenidade que fingia diante do pai. A incerteza, que era muita, guardara para si.

— Querida condessa, queridos filhos, queridos amigos... — repetiu Mauro pela terceira vez com pausada teatralidade. — Depois de avaliar com cuidado várias opções, resolvi transferir todos os meus investimentos para Cuba.

Os murmúrios se transformaram em vozes altas e o espanto, em aprovação. A condessa soltou uma gargalhada ácida.

— Muito bem, consogro! — uivou, dando um sonoro soco na mesa. — Vá para as colônias da pátria-mãe! Volte aos domínios espanhóis onde ainda impera a ordem e a lei, onde há uma rainha a quem respeitar e gente de bem no poder!

Os comentários de surpresa, os aplausos e os parabéns voaram de um lado a outro da mesa. Enquanto isso, Mariana e ele trocaram um olhar fugaz. Ambos sabiam que aquilo era apenas o primeiro passo. Nada estava resolvido, ainda restava muito por fazer.

— Cuba ainda está cheia de oportunidades, meu querido amigo — sentenciou Salvador Leal, poderoso empresário têxtil. — É uma sábia decisão.

— Se eu conseguisse convencer meus irmãos a vender nossas fazendas, tenha certeza de que o imitaria — acrescentou Enrique Camino, proprietário de imensas fazendas de cereal.

A conversa se prolongou na sala, entre o café e os licores; as previsões e os vaticínios sucederam-se até que a meia-noite entrou pelas sacadas. Sem baixar a guarda nem um segundo sequer, ele continuou atendendo seus convidados com a cordialidade habitual, respondendo a dúzias de perguntas com embustes ocultos. Sim, sim, claro, suas propriedades já estavam quase todas vendidas; sim, sim, evidentemente, tinha contatos muito interessantes nas Antilhas; sim, sim, fazia meses que planejava tudo; sim, certamente, já previa fazia tempo que o negócio da prata no México ia se esgotando sem trégua. Sim, sim, sim, sim. Claro, naturalmente, como não.

Acompanhou-os finalmente até o saguão, onde recebeu despedidas calorosas e mais parabéns. Quando o repique dos cascos dos últimos cavalos se perdeu na madrugada e com ele desapareceram as carruagens e os convidados, Mauro entrou novamente. Não chegou a atravessar o pátio inteiro, deteve-se no centro e, com as mãos no fundo dos bolsos, olhou para o céu e inspirou fundo. Segurou o ar por alguns longos instantes e o expulsou em seguida, sem baixar o olhar, talvez buscando entre as estrelas algum astro capaz de lançar um pouco de luz sobre seu destino incerto.

Assim ficou alguns minutos, parado entre os arcos de pedra chiluca, sem tirar os olhos do firmamento. Pensando em Mariana, em como a afetaria se ele não conseguisse se reerguer e tudo fosse definitivamente para a casa do caralho; em Nico e seus preocupantes vaivéns, no futuro casamento antes bem afiançado e agora tão escorregadio quanto clara de ovo.

Até que sentiu atrás de si passos silenciosos e uma presença. Não precisou se voltar para saber de quem se tratava.

— E então, rapaz? Ouviu tudo, não é?

Santos Huesos Quevedo Calderón, seu companheiro de tantas andanças. O *chichimeca* que mal sabia ler e escrever e que, por uma dessas coincidências insondáveis do destino, arrastava sobrenomes de literato espanhol. Ali estava ele, dando-lhe cobertura, como tantas vezes.

— Perfeitamente, patrão.

— E não tem nada a dizer?

A resposta foi imediata:

— Estou esperando que me diga quando partimos.

Ele sorriu com um ricto de amarga ironia. Lealdade a toda prova.

— Em breve, rapaz. Mas antes, hoje à noite, tenho algo a fazer.

Não quis companhia. Nem criado, nem cocheiro, nem procurador. Sabia que estava jogando sua sorte, disposto a improvisar conforme a receptividade de Fausta Calleja. A filha do superintendente lhe mandara um bilhete com cheiro de violetas no meio da manhã. Dava instruções sobre como entrar no Palácio da Mineração por uma das laterais. Terminava com um "Estarei à sua espera". E assim, às cegas, o minerador assumia o risco de ser surpreendido entrando clandestinamente onde sob nenhum pretexto deveria entrar. Como se ainda faltasse acontecer-lhe algo.

Preferiu ir andando. Sua sombra escura passaria mais despercebida que a carruagem. Ao chegar à capela de Nossa Senhora de Belém, adentrou pelo escuro beco dos Betlemitas. Enrolado em sua capa, com o chapéu enterrado.

E se alguém tivesse se comportado assim com Mariana?, pensou enquanto avançava. E se alguém tivesse despertado ingênuas ilusões em sua filha? E se um canalha a tivesse usado egoisticamente para depois descartá-la como um trapo velho tão logo atingisse seu objetivo? Teria ido atrás do sujeito, sem dúvida. Para lhe arrancar os olhos com as próprias unhas. Pare de pensar nisso, recriminou-se. As coisas são como são, e você não tem outra saída. Era só o que faltava, que naquela idade se tornasse sentimental.

Poucos passos depois, sob a luz tênue de um poste, vislumbrou o que procurava. Uma porta anexa pela qual entravam, rápida e diretamente, os funcionários que residiam no palácio. Nada que lembrasse os imponentes portões da fachada da San Andrés. Parecia estar fechada; mas bastou empurrar de leve para comprovar, após um rangido, que não estava.

Começou a subir em silêncio, tocando o corrimão de ferro com cautela, atento aos degraus que não via e à madeira rangendo sob seus pés. Nem uma mísera lamparina iluminava a escada, por isso retesou as costas ao escutar um sussurro vibrante vindo do andar superior.

— Boa noite, sr. Mauro.

Preferiu não responder. Ainda. Outro pé escada acima, mais outro. Faltava apenas um lance quando ouviu um fósforo ser riscado. A pequena chama se transformou de imediato em uma chama maior. Fausta havia acendido uma lamparina a óleo. Ele continuava calado, ela voltou a falar:

— Não tinha certeza de que viria.

Ergueu os olhos e viu a moça no alto da escada, iluminada por uma luz amarelada. Que diabos está fazendo aqui, compadre, gritou a voz antipática da consciência quando lhe restavam somente quatro degraus. Não complique mais as coisas, ainda está em tempo, arranje outra maneira de resolver seus problemas. Não encha essa pobre mulher de falsas ilusões. Mas a urgência soprava em seu cangote sem misericórdia, por isso, engoliu os receios. Quando chegou ao último degrau, deu um chute mental nas preocupações morais e soltou sua mais hipócrita gentileza.

— Boa noite, minha estimada Fausta. Que prazer voltar a vê-la.

Ela sorriu, nervosa, mas seus olhos continuavam sem brilho.

— Eu lhe trouxe um presente. Um humilde agrado, nada esplêndido; espero que me perdoe.

Antes do jantar, enquanto os criados concluíam os detalhes e corriam atarefados pelos aposentos e corredores carregando jarras de água fria e ramos de flores, ele entrara no quarto de Mariana pela primeira vez desde que ela saíra de casa. Ainda restavam muitas coisas dela ali: bonecas de porcelana, um bastidor de bordado, a escrivaninha cheia de gavetas. Fazendo um esforço para não se deixar invadir pela melancolia, fora direto até a cristaleira onde ela guardava mil bibelôs. Os vidros das portas tilintaram quando as abriu sem cuidado. O porta-moedas de miçangas que anos atrás lhe trouxera de Morelia? O pequeno espelho com moldura de turquesa do dia em que fez dezesseis anos? Sem pensar muito, pegara um leque que não lhe era familiar, com varetas de marfim perfurado, e o guardara no bolso.

Fausta o recebeu com a mão trêmula.

— Sr. Mauro, que coisa linda! — murmurou.

Seus sentimentos se embrulharam de novo, mas não havia tempo para compaixão; tinha que prosseguir.

— Pensou em algum lugar onde possamos nos acomodar?

Ainda estavam no topo da escada, falando aos sussurros.

— Pensei em uma sala de estudos no primeiro andar. Dá para um curral dos fundos, ninguém poderá ver a luz.

— É uma excelente ideia.

Ela fez um trejeito de modéstia.

— Mas, pensando bem, talvez pudéssemos considerar um lugar mais discreto, mais privado — sugeriu ele, cínico. — Menos acessível. Para proteger sua reputação, acima de tudo.

A moça apertou os lábios, pensando. Ele se antecipou.

— O arquivo, por exemplo.

— O arquivo de... — repetiu ela com surpresa.

— Esse mesmo. Fica longe das residências e das dependências dos estudantes. Ninguém vai nos ouvir.

Ela refletiu com cautela por longos instantes. Até que murmurou:

— Talvez seja uma boa ideia.

Um arrepio de excitação atravessou-lhe as entranhas. Teve que se conter para não dizer: Ande, então, minha linda, vamos.

— Mas suponho que seu pai, como fiel cumpridor de seus importantes deveres, deve mantê-lo bem fechado.

— Com duas chaves, para ser precisa.

Quanto zelo, desgraçado, murmurou recordando o superintendente, mas sem deixar que a voz saísse da garganta.

— E... — pigarreou. — E você acha... acha que poderia conseguir essas chaves facilmente?

Ela hesitou, calculando o risco.

— Digo isso para que fiquemos mais à vontade. Sem preocupações. — Fez uma pausa. — Juntos. Nós dois.

— Esta noite é impossível; ele guarda as chaves em uma gaveta da cômoda no quarto, e minha mãe está dormindo agora.

— Amanhã, talvez?

Ela voltou a apertar os lábios, não muito convicta.

— Pode ser.

Lentamente, levou a mão até a bochecha dela e acariciou seu rosto sem atrativos. Ela semicerrou as pálpebras. Com um sorriso sem graça, deixou-se acariciar.

Pare, descarado, gritou de novo sua consciência. Não há nenhuma necessidade disso. Mas os malditos quatro meses menos dois dias de Tadeo Carrús tornaram a fazer "toc toc".

— Amanhã voltarei, então — sussurrou no ouvido dela.

O anúncio devolveu Fausta à realidade.

— Já vai? — perguntou ela, deixando a boca entreaberta de surpresa.

— Receio que sim, querida. — Levou a mão ao bolso do paletó, pegou o relógio; lembrou que provavelmente também teria que acabar vendendo-o. — São quase três da manhã, terei um dia complicado amanhã.

— Entendo, entendo, sr. Mauro.

Ele voltou a acariciar a face dela.

— Não precisa continuar me chamando de senhor.

Ela apertou os lábios mais uma vez, e com um movimento do queixo assentiu. Então ele começou a descer a escada. Já sem cautela, ansioso para respirar o ar fresco da madrugada.

Quando estava quase chegando à rua, ouviu-a chamá-lo. Parou, voltou-se. Fausta começou a descer atrás dele, trotando quase, no escuro. Que diabo você quer agora, mulher?

— Durma tranquilo, meu estimado Mauro, e tenha certeza de que vou conseguir as chaves do arquivo — disse ela com a respiração entrecortada.

Pegou então uma de suas mãos esmagadas pelas minas e pela vida e a levou, aberta, ao coração. Mas ele não sentiu palpitações nem pulsações, somente um peito flácido, desprovido de qualquer recordação da turgidez que talvez tivesse tido um dia. Em seguida, ela pôs as próprias mãos em cima da dele e apertou de leve.

Ficou na ponta dos pés e se aproximou do ouvido dele.

— Vá pensando no que fará por mim em troca.

CAPÍTULO 9

— Que Deus nos dê um ótimo dia, consogro. Espero que não o tenha acordado com meu chamado.

— De jeito nenhum, querida condessa. Costumo ser bastante madrugador.

Mal havia desfrutado de duas horas de sono. Demorou a pegar no sono depois de voltar do encontro com Fausta, e ao amanhecer já estava acordado, com os braços nus cruzados sobre o travesseiro, a cabeça apoiada neles e os olhos fixos em lugar nenhum enquanto em seu cérebro se amontoavam lembranças e sensações. Cães que latiam na alvorada, chocolate derramado pelo chão, Nico sempre imprevisível, o rosto sem graça de Fausta Calleja, o contorno de uma ilha antilhana, um bebê não nascido.

Portanto, não fora Santos Huesos quem o acordara ao entrar, antes das oito.

— A senhora sogra da menina Mariana mandou avisar que quer vê-lo, patrão. Na casa dela, na rua de las Capuchinas, assim que possível.

Chegou às nove, quando as criadas andavam apressadas esvaziando urinóis e se ouvia no ar o repique dos sinos das igrejas vizinhas.

Alta e magra beirando o cadavérico, com seu denso cabelo branco penteado com imenso esmero, Úrsula Hernández de Soto y Villalobos o recebeu em seu gabinete vestida de renda preta, com um camafeu no pescoço, pérolas em forma de pera nos lóbulos e um monóculo pendurado por uma corrente de ouro sobre o peito seco como um pedaço de charque.

— Já tomou café da manhã, meu caro? Acabei de tomar meu mingau de milho, mas peço agorinha mesmo que tragam mais.

Rejeitou a oferta mencionando um suculento café da manhã que na realidade nem tocou. Havia bebido apenas um pouco de café; sentia um nó no estômago.

— A idade me faz dormir cada vez menos — continuou a condessa —, e isso é bom em muitos sentidos. A esta hora, enquanto as jovens ainda estão nos braços de Morfeu, eu já fui à missa, paguei algumas contas e mandei chamá-lo. E imagino que deve estar se perguntando para quê.

— Certamente; ainda mais considerando que faz apenas algumas horas que nos despedimos.

Sempre a tratara com extrema gentileza e uma atitude complacente, mas jamais se permitira se sentir inferior em sua presença. Nunca se deixara intimidar diante do caráter e da descendência da viúva do ilustre Bruno de la Garza y Roel, herdeira por direito próprio do título nobiliárquico que o rei Carlos III concedera um século antes a seu avô em troca de alguns milhares de pesos fortes. Um título, como todos os outorgados durante o vice-reinado, que foi abolido pelas leis da nova República mexicana após a independência, e que ela, ainda que ciente de sua nula vigência, se recusava terminantemente a deixar de usar.

— Então aqui estou — acrescentou ele, acomodando-se em uma poltrona —, disposto a escutá-la.

Como se quisesse se preparar para acrescentar uma dose de solenidade a suas palavras, antes de começar a falar a anciã pigarreou e comprovou com seus dedos, que mais pareciam ramos de videira, que o camafeu estava no lugar certo. Atrás dela, uma grande tapeçaria de Flandres reproduzia uma colorida cena bélica, com muitas armas entrelaçadas, soldados barbudos cheios de coragem e alguns mouros degolados. Sobre as demais paredes, retratos a óleo de seus ancestrais: imponentes militares condecorados e magníficas damas de descendência caduca.

— Você sabe que o estimo, Mauro — disse ela por fim. — Apesar de nossa distância, você bem sabe que o estimo. E o respeito, além disso, porque pertence à estirpe dos grandiosos mineradores da Nova Espanha que deram início ao desenvolvimento da economia desta nação nos tempos da colônia. Sua fortuna serviu para impulsionar a indústria e o comércio, deram comida a milhares de famílias e ergueram palácios e cidades, asilos, hospitais e muitas obras de caridade.

Aonde quer chegar, sua bruxa, com esse discurso?, pensou ele com seus botões. Mas deixou que ela se estendesse em suas velhas evocações.

— Você é esperto como foram seus predecessores, apesar de, diferente deles, não ser muito dado às obras pias nem a frequentar a igreja mais que o mínimo necessário.

— Só tenho fé em mim mesmo, minha cara Úrsula, e até isso estou começando a perder. Se tivesse fé em Deus, nunca teria me metido nesse negócio.

— E, assim como eles, é tenaz e ambicioso também — continuou ela, fazendo-se de surda para sua heresia. — Nunca tive a menor dúvida, desde o dia em que o conheci. Por isso entendo perfeitamente sua decisão de partir. E a aplaudo. Mas acho que ontem à noite não nos contou toda a verdade.

Ele recebeu o golpe fingindo não se abalar. Com as pernas cruzadas dentro de um excelente terno de tecido de Manchester, à altura de sua posição. Mas seus intestinos se contraíram como se tivessem dado um nó. Ela sabia. Sua consogra ficara sabendo de sua hecatombe. De alguma maneira, em algum lugar, alguém levantara a suspeita. Talvez algum criado indiscreto tivesse ouvido algo, talvez algum contato de Andrade tivesse dado com a língua nos dentes. Puta que pariu todos eles!

— Eu sei que você não vai embora do México por causa das tensões internas deste país insano, nem porque a mineração da prata está em decadência. Até hoje, lhe deu rendimentos muito bons, e as jazidas não se esgotam de um dia para o outro; isso até eu sei. Você vai embora por uma razão muito diferente.

Mariana seria alvo de olhares insolentes cada vez que pusesse o pé na rua; Nico nunca assentaria a cabeça e se transformaria em um palhaço patético quando seu arranjo matrimonial fosse anulado; a ruína da família ia se transformar em um suculento tema de conversa em todas as boas casas, em todas as rodinhas e em todos os cafés. Até os ferozes soldados da tapeçaria de Flandres pareciam ter abandonado momentaneamente sua luta contra os infiéis para se voltar para ele, com as espadas em riste e os olhos cheios de deboche. Então, você se afundou, *gachupín*, pareciam dizer-lhe.

De alguma víscera remota tirou um pouco de altivez.

— Desconheço a que razão se refere, minha estimada consogra.

— Sua própria filha chamou minha atenção.

Franziu as sobrancelhas em um gesto que mesclava incredulidade e interrogação. Impossível. De jeito nenhum. Era impossível que Mariana houvesse confessado à sogra aquilo que ele a todo custo pretendia ocultar. Ela jamais o trairia dessa maneira. E também não era nenhuma incauta para que algo tão sério houvesse escapado de sua boca em um descuido.

— Ontem à noite, quando voltávamos em minha carruagem, e seu procurador foi testemunha, ela disse algo que me fez pensar. Recordou-me que, apesar dos longos anos que está deste lado do oceano, você continua sendo cidadão espanhol.

Verdade. Apesar de sua prolongada residência no México, nunca havia solicitado a mudança de nacionalidade. Por nenhuma razão específica: não alardeava sua origem, nem ocultava sua condição. Tivesse passaporte de um país ou de outro, todos sabiam que ele era espanhol de nascença, e não se importava de reconhecê-lo, mesmo sabendo que nada mais o amarrava à pátria distante que o vira nascer.

— E acha mesmo que isso tem algo a ver com minhas intenções?

Em seu tom de voz havia uma nota incontrolada de agressividade, mas a anciã não se alterou.

— Muito. Você sabe tão bem quanto eu que Juárez suspendeu o pagamento da dívida externa, e isso afeta a Espanha. A França e a Inglaterra também, mas, acima de tudo, a Espanha.

— Mas essa dívida não me diz respeito, como deve saber.

— Não, a dívida em si em nada lhe concerne, tem razão. Mas talvez as consequências do não pagamento. Em resposta à decisão de Juárez, tenho ouvido dizer que não seria absurdo que a Espanha tomasse medidas, que houvesse algum tipo de represália, inclusive que a pátria-mãe poderia pensar em invadir seu antigo vice-reinado outra vez. Que pretendesse reconquistá-lo.

Ele a interrompeu, contundente:

— Úrsula, por tudo que há de mais sagrado, como pôde pensar tamanha barbaridade?

— E, como consequência — prosseguiu a condessa, erguendo a mão com um gesto que demandava paciência e atenção —, isso talvez levasse esses demônios liberais que temos no governo a reagir de maneira agressiva contra vocês, os súditos espanhóis que residem aqui. Já aconteceu outras vezes. Houve três ordens de expulsão contra os *gachupines*, que puseram todos para fora das fronteiras em quatro dias. Eu mesma vi famílias inteiras serem desmembradas, patrimônios afundarem...

— Isso foi há mais de trinta anos, antes de a Espanha aceitar de uma vez por todas a independência. Muito antes de eu chegar ao México, inclusive.

Assim haviam sido as coisas, de fato. Foram necessários uma guerra sangrenta pela independência e longos anos de insistência para que a Coroa espanhola reconhecesse a nova nação mexicana. Anos passados entre o grito de Dolores[5] do padre Hidalgo e o Tratado de Paz e Amizade de 1836. A partir daí, contudo, estabeleceu-se uma política de reconciliação entre a velha metrópole e a jovem República, a fim de superar a eterna desconfiança mútua que desde o início da colônia houvera entre os *criollos* e os peninsulares. Para os *criollos*, os espanhóis foram durante séculos um bando de fanfarrões cobiçosos, orgulhosos e opressores, que vinham roubar suas riquezas e suas terras. Para os espanhóis, os *criollos* eram inferiores pelo simples fato de terem nascido na América, tendiam à preguiça e à inconstância, a um esbanjamento desmedido e ao gosto exagerado pelo ócio e o deleite. Contudo, como irmãos que eram, no fim das contas, ao longo dos anos conviveram porta com porta, apaixonaram-se entre si, celebraram infinitos casamentos, pariram milhares de filhos em comum, choraram em suas mortes e se infiltraram sem remédio na existência de uns e de outros, traços contagiados de identidade.

— Tudo pode voltar, Mauro — insistiu ela com aspereza. — Tudo. E mais: quem dera assim fosse. Quem dera voltasse a velha ordem e voltássemos a ser um vice-reinado.

Por fim seus músculos retesados relaxaram; a gargalhada que Mauro soltou a seguir expulsou o puro alívio que sentia.

— Úrsula, você é uma grande nostálgica.

Cada vez que a anciã desempoeirava suas memórias dos pretéritos tempos da colônia, todos a sua volta começavam a tremer. Por sua maneira obstinada de ver as coisas e sua reiterada intransigência. E porque podia passar horas remexendo em um mundo que para os mexicanos já fazia cinquenta anos que deixara de existir. Mas, naquele momento, ele não teria se importado se ela continuasse entoando loas aos sonhos imperiais

---

[5] Marco da guerra pela independência mexicana, o grito da cidade de Dolores foi um pronunciamento feito pelo padre Miguel Hidalgo y Costilla em 16 de setembro de 1810. (N.T.)

até se fartar. Estava a salvo, e isso era o fundamental. Limpo. Ileso. Ela nada sabia de sua ruína. Nem sequer a intuía, falsamente convencida de que seu desejo de partir se devia a um suposto salto para a frente a fim de escapar de uma hipotética medida política que provavelmente nunca se tornaria realidade.

— Está enganado, consogro.

Então, com uma mão ossuda ela pegou sua cigarreira de ouro e pedras; ele aproximou um fósforo.

— Eu não sou melancólica — prosseguiu Úrsula depois de expelir a fumaça por uma abertura da boca —, mas admito que sou uma mulher de outros tempos e que não me agrada nem um pouco este que nos cabe viver. De resto, sou uma pessoa totalmente prática, especialmente em assuntos de dinheiro. Você sabe que desde que meu marido morreu, há trinta e dois anos, eu cuido das fazendas de pulque da família em Tlalpan e Xochimilco.

Claro que ele sabia. Se não soubesse que as finanças da condessa andavam bem saneadas e se não conhecesse de antemão o robusto estado de suas fazendas de agave no campo e das destilarias de pulque na capital, não teria aceitado de tão bom grado o casamento de Mariana com seu filho Alonso. E ela também sabia disso. Ambos ganharam com aquele casamento, disso os dois tinham plena consciência.

— Por isso — continuou ela —, tomei a decisão de lhe pedir um favor.

— Tudo que esteja a meu alcance, como sempre...

— Quero que leve uma pequena parte do meu dinheiro com você para Cuba. Que o invista lá.

A brusquidão de seu tom foi evidente.

— De jeito nenhum!

Ela fingiu não o ouvir.

— Onde puser seu dinheiro, ponha o meu também — insistiu ela, contundente. — Confio em você.

Naquele exato momento, justo quando ele ia enfatizar categoricamente sua recusa, chegou Mariana. Com seu ventre pronunciado envolvido em uma túnica de gaze e o cabelo meio preso, com certo desalinho doméstico que realçava sua graça natural. Com cara de sono.

— Acabei de acordar; me disseram que vocês estão conversando desde cedo. Bom dia para os dois, sua bênção.

— Já dei a notícia a ele — interrompeu a sogra.

Mariana depositou um beijo etéreo no rosto do pai.

— Uma ideia formidável, não acha? Nossas famílias unidas em um empreendimento comum.

Depois, deixou-se cair com languidez em um sofá de veludo vermelho enquanto ele a olhava, desconcertado.

— Em Cuba você será um privilegiado — prosseguiu a condessa. — A ilha continua sendo parte da Coroa, e para você, como espanhol, muitas portas vão se abrir.

— Não é uma boa ideia eu levar seu dinheiro, Úrsula — tornou a rejeitar, contundente. — Eu agradeço sua confiança, mas é muita responsabilidade. Talvez quando eu tiver algo mais consolidado.

A anciã se levantou apoiando as mãos nos braços da poltrona. Como se não o houvesse escutado, foi até a mesa de bálsamo que usava para cuidar de seus negócios. Em cima dela, sob a proteção de um grandioso crucifixo de marfim, montes de papéis e livros de contabilidade atestavam que, além de seus atos beneficentes e de suas nostalgias empoeiradas, aquela senhora se dedicava a algo mais. Enquanto remexia entre eles, continuou falando sem olhar para ele:

— Eu poderia ter feito como muitos dos meus amigos: tirar meu dinheiro do México e investi-lo na Europa, para o caso de o desastre em que este país demente está imerso se tornar ainda pior.

Enquanto sua consogra se mantinha ocupada com suas coisas, ele aproveitou para buscar precipitadamente o olhar da filha. Então, ergueu os ombros e as mãos em um gesto interrogativo, com o espanto evidente no rosto. Ela limitou-se a levar um dedo aos lábios. Não diga nada, quis dizer.

— Nunca fui muito dada às aventuras especulativas, bem sabe Deus — prosseguiu a condessa ainda de costas para eles —, porque o negócio do pulque sempre foi de receitas bem fixas. O agave cresce com facilidade, a extração é simples, fermenta sozinho e todo o mundo o consume noite e dia, tanto os índios e as castas quanto os cristãos da vida toda. E a venda do pulque engarrafado também está nos dando em belo empurrão.

Voltou-se, então; por fim parecia ter nas mãos o que havia se levantado para buscar: volumosas bolsas de couro, que estendeu para ele. Mariana, enquanto isso, continuava recostada no sofá acariciando a barriga, como se estivesse alheia àquela movimentação.

— Há anos conseguimos parcos lucros, mas do jeito que as coisas estão por aqui, não vejo como rentabilizá-los. Por isso quero lhe entregar uma parte. Como sogra de sua filha que sou, e como futura avó dessa criança que meu filho gerou nela, peço que invista este dinheiro. Como parte de sua família, definitivamente.

Ele negou com firmeza, balançando a cabeça da esquerda para a direita. Ela continuou insistindo.

— Com uma parte para você, claro, como já ouvi comentar que sempre fez em suas minas. Pelo que sei, o comum entre vocês, mineradores, é um oitavo.

— Costuma-se dar um oitavo, é verdade, mas isto não tem nada a ver com as minas. É um assunto totalmente diferente.

— Ainda assim, eu lhe ofereço o dobro por seu esforço, por servir de intermediário. Um quarto dos lucros que obtiver com meu dinheiro fica para você.

Ambos se mantiveram irredutíveis: ela em seu empenho, ele em sua recusa. Até que Mariana interveio. Aparentemente leve e semiausente, quase como se não compreendesse o alcance do que estava acontecendo ali.

— Por que não aceita, papai? Estará fazendo um grande favor a Úrsula. E é uma honra que ela confie assim em você.

Em seguida, deu um longo bocejo e acrescentou, distraída:

— Tenho certeza de que você é capaz de investir esse dinheiro e obter um lucro invejável. Não é muito para começar; se tudo correr bem, depois pode haver mais.

Ele a olhou atônito, e a anciã sorriu com um toque de ironia.

— Para ser bem sincera, Mauro, a verdade nua e crua é que no início eu me interessava bem mais pelo dote de sua filha do que por sua beleza e virtude. Mas, ao conhecê-la melhor, percebi que, além do considerável respaldo econômico que ela trouxe ao casamento, e além de fazer meu filho feliz, Mariana é uma mulher inteligente, assim como você. Como vê, desde bem cedo ela começou a se preocupar em criar laços entre os assuntos financeiros de nossas linhagens. Se não fosse por ela, talvez nem me houvesse ocorrido o que acabei de lhe pedir que faça por mim.

Então um criado apareceu, pediu licença e distraiu sua patroa com o relato precipitado de algum pequeno acidente doméstico nos pátios ou na cozinha. Mais dois chegaram a seguir, com mais argumentos e explicações. A condessa foi para a galeria resmungando e, por alguns momentos, dedicou toda sua atenção àquele assunto.

Ele aproveitou para se levantar de imediato e com dois passos estava diante de Mariana.

— Mas como foi lhe ocorrer uma loucura dessas? — murmurou atropeladamente.

Apesar da gravidez avançada e da suposta sonolência, ela se levantou do sofá com a agilidade de um gato e deu uma olhada rápida para se assegurar de que a sogra continuava alheia a eles, despachando ordens aos criados com seu despotismo habitual.

— Para você começar sua nova vida com passo firme; ou achou que eu ia deixar que saísse sem respaldo por esse mundo de Deus?

Cortava-lhe o coração contrariar a filha, mas sua decisão foi abandonar o palácio da condessa com as mãos vazias.

CAPÍTULO 10

Deixou a mansão da rua de las Capuchinas com um gosto amargo na boca. Por ter recusado a iniciativa de Mariana. Por contrariar a matriarca da família à qual ela agora pertencia.

— Santos!

A ordem foi taxativa:

— Comece a fazer as malas. Vamos partir.

Tudo estava decidido e devidamente propagado. Só lhe restava resolver o problema do arquivo, mas já tinha Fausta praticamente subjugada com seus cretinos artifícios de Casanova. As coisas teriam que dar muito errado para que naquela noite não atingisse seu objetivo.

Enquanto isso, melhor não se atrasar. Por isso, trancou-se com Andrade em seu escritório, ambos dispostos a encaminhar os últimos assuntos importantes. Trabalhavam intensamente desde que Mauro voltara de casa da condessa: atas notariais, pastas, livros de contabilidade abertos, xícaras de café meio vazias.

— Ainda há alguns pagamentos pendentes — disse o procurador enquanto passava a pena sobre um documento cheio de números. — Por isso, todos os móveis e utensílios que tiramos da fazenda de Tacubaya vão parar em casas de compra e venda e de penhor a fim de obtermos liquidez para fazer esses pagamentos. Aqui em San Felipe Neri deixaremos o mínimo para que o palácio mantenha as aparências, mas vamos nos desfazer das coisas mais valiosas: os melhores quadros, os cristais da Boêmia, as esculturas, os marfins. O mesmo faremos com os objetos pessoais e a roupa que não for em sua bagagem; mais dinheiro para tapar buracos. De agora em diante, Mauro, suas únicas posses serão as que levar com você.

— Aja com discrição, Elías, por favor.

Andrade ergueu a vista por cima dos óculos.

— Não se preocupe, compadre. Vou depositar tudo nas mãos de gente de confiança, com prestamistas e no montepio de cidades pequenas. Dividirei tudo para que as coisas fiquem dispersas e sempre usarei algum intermediário; ninguém vai suspeitar da sua procedência. Vamos eliminar suas iniciais quando estiverem gravadas ou bordadas. Vou tentar não deixar o menor rastro.

Um punho bateu na porta que mantinham firmemente fechada. Antes que dessem licença, uma cabeça assomou.

— O senhor Ernesto Gorostiza acabou de chegar, patrão — anunciou Santos Huesos.

A troca de olhares entre os amigos foi um lampejo. Que azar, era só o que faltava.

— Mande-o subir, claro. Acompanhe-o.

O procurador começou a guardar os documentos mais comprometedores nas gavetas enquanto ele ajeitava a gravata e ia receber o recém-chegado na galeria.

— Minhas desculpas, antes de mais nada, Ernesto, pelo lamentável estado de minha casa — disse, estendendo-lhe a mão. — Não sei se sabe que estou partindo de viagem, e justamente tinha entre meus planos mais imediatos fazer-lhe uma visita para me despedir de você, de Clementina e de nossa querida Teresita.

Sua sinceridade era absoluta: seria incapaz de deixar a capital sem antes falar com seus futuros consogros e com a jovem que penava pelo insensato do seu filho Nicolás. Mas teria preferido fazer isso em outro momento.

— O México inteiro sabe a esta altura, meu amigo. Sua consogra se encarregou de espalhar a notícia na porta de La Profesa logo cedo, assim que o padre Cristóbal pronunciou o *Ite missa est*.

Isso não é nada bom, murmurou para si. O procurador, pelas costas do recém-chegado, fingiu dar-se um tiro nas têmporas com o dedo indicador. Teriam chegado a ele os ecos de sua insolvência? Teria vindo para anunciar a ruptura do compromisso entre seus filhos? As mais sinistras previsões cruzaram sua mente como cães raivosos: Nico submetido à vexação pública ao ser rejeitado pela família de sua noiva; Nico batendo em portas que ninguém abriria; Nico andrajoso e sem futuro, transformado em um daqueles pedintes que todas as noites expulsavam a pontapés dos cafés.

Sua atitude externa, porém, não deixava entrever aquela angústia. Ao contrário: aparentemente cordial como sempre, Mauro Larrea ofereceu a seu convidado um assento, que foi aceito, e uma xícara de café, que foi recusada. Um suco de papaia? Um anisete francês?

— Muito obrigado, amigo, mas vou embora logo; você está ocupado e não quero atrapalhar.

Andrade, por sua vez, anunciou com uma vaga desculpa que tinha que se ausentar; saiu discretamente e fechou a porta sem fazer barulho. Uma vez sozinhos, Ernesto Gorostiza começou a falar.

— Veja, trata-se de uma questão na qual se misturam o material e o pessoal.

Sua vestimenta era irrepreensível, e demorava-se ao pronunciar as palavras, juntando as pontas dos dedos enquanto encadeava as frases. Dedos muito diferentes dos dele: finos, que aparentavam jamais ter manipulado nenhuma ferramenta além do abridor de cartas ou do garfo.

— Não sei se sabe que tenho uma irmã em Cuba — continuou. — Minha irmã Carola, a mais nova. Casou-se muito jovem com um espanhol recém-chegado da Península na época, e partiram juntos para as Antilhas. Desde então, pouco sabemos deles, e só esporadicamente; nunca mais os vimos. Mas agora...

Sentiu-se tentado a abraçá-lo, com um aperto de emoção nas vísceras. Ele não veio acabar com meu filho; não vai triturar meu pequeno desmiolado, ainda o considera digno. Obrigado, Ernesto; obrigado, amigo; obrigado do fundo do meu coração.

— Agora, Mauro, preciso de um favor.

O descomunal alívio que sentiu ao saber que as primeiras preocupações de Gorostiza não tinham nada a ver com Nico mesclou-se com uma reação de alerta ao escutar a palavra "favor". Que maravilha, lá vem a conta.

— Há poucas semanas vendemos a fazenda de minha família materna em El Bajío; você deve se lembrar de que minha mãe morreu há alguns meses.

Como não se lembrar daquele enterro de estirpe? O luxuoso catafalco, o coche fúnebre puxado por quatro corcéis com penachos pretos, a nata da cidade dando o último adeus à matriarca do ilustre clã.

— E agora, com tudo já liquidado, eu me vejo na obrigação de mandar a Carola a parte que lhe cabe da venda: um quinto, como a quinta irmã que é.

Começou a intuir aonde ele ia chegar, mas não o interrompeu.

— Você sabe tão bem quanto eu que os ventos não estão favoráveis para boas transações, mas, mesmo assim, não se trata de um montante desprezível. Havia pensado em mandar o dinheiro por um intermediário; contudo, ao saber de suas intenções, pensei que se você, que é de plena confiança e já quase parte da família, pudesse cuidar disso, eu ficaria infinitamente mais tranquilo.

— Pode considerá-lo feito.

A serena segurança que pretendia transmitir com suas palavras não coincidia, logicamente, com o que sentia por dentro. Que trabalheira. Mais compromissos. Mais amarras. Menos margem de liberdade para se mover. Mas se com esse favor reforçasse a entrada de Nico na família Gorostiza, louvado fosse Deus.

— Não temos muito contato com ela há anos, casou-se muito jovem com um espanhol, já lhe disse?

Assentiu com um discreto movimento de queixo; não queria incomodá-lo ao reconhecer que estava sendo um tanto repetitivo.

— Ele era um rapaz de boa aparência que chegava à América respaldado por um digno capital. Reservado, mas extremamente correto; procedia de uma distinta família andaluza, mas, por alguma razão que não chegamos a conhecer, havia cortado relações com eles. E, infelizmente, tampouco demonstrou muito interesse em se integrar a nossa família; uma pena, porque o teríamos acolhido de braços abertos, assim como faremos com seu filho quando se casar com Teresita.

Mauro tornou a assentir, dessa vez com uma expressão que indicava gratidão, embora por dentro sentisse o estômago revirar. Deus o ouça, irmão. Deus o ouça e ilumine para que nunca se arrependa do que acaba de dizer.

— Nós oferecemos a eles dependências em nosso palácio na rua de la Moneda, mas ele preferiu cortar amarras e se mudar para Cuba. E Carola, logicamente, foi com ele. Para que entenda, em confiança hei de confessar que foi um casamento um tanto precipitado e não livre de um potencial escândalo; ela engravidou antes do casamento, de modo que tudo se precipitou. E embora a gravidez não tenha chegado a termo, três meses depois de se conhecerem já estavam casados. Uma semana depois nós nos despedimos deles, que iam para o Caribe. Depois soubemos que ele havia comprado um cafezal, que se instalaram em uma boa casa e se integraram à vida social de Havana. E lá estão até hoje.

— Entendo — murmurou. Não lhe ocorreu mais nada a dizer.
— Zayas.
— Como?
— Gustavo Zayas Montalvo é o nome do marido. Com o dinheiro que vou lhe entregar irá também o endereço.

Então Gorostiza bateu as palmas das mãos uma na outra languidamente e esfregou-as, encerrando o assunto.

— Tudo certo então. Não sabe como fico tranquilo.

Enquanto desciam a escadaria, combinaram que seus respectivos procuradores cuidariam dos detalhes e da entrega do dinheiro. No pátio, trocaram os últimos comentários sobre a estadia de Nico na Europa. Vai voltar transformado em um homem de valor, será um casamento magnífico, Teresita passa o dia rezando para que tudo dê certo. Seu estômago voltou a se contorcer.

Deram-se o último adeus no saguão com um abraço caloroso.

— Sou-lhe eternamente grato, meu amigo.
— Por vocês, o que for preciso — respondeu o minerador dando-lhe um tapinha no ombro.

Tão logo comprovou que a carruagem partia, voltou ao pátio e soltou um grito para chamar Santos Huesos que fez tremerem os vidros.

Tinha que finalizar o quanto antes os preparativos. Precisava partir de imediato, distanciar-se de todos para impedir que continuassem chegando pedidos e exigências que atrapalhassem seu caminho.

Mas o homem propõe e Deus dispõe, e dessa vez o provérbio se materializou em um imprevisível reencontro com a velha condessa após o almoço. Fiel cumpridora de seus costumes, ela chegou sem aviso prévio, quando tudo continuava um caos. A reação de Mauro Larrea ao saber que a velha já estava subindo a escada foi um bufo. Ainda estava soterrado entre objetos e papéis, com o cabelo rebelde e a camisa meio aberta. Velha infernal, que diabo quer agora?

— Suponho que você imaginava que eu fosse insistir.

Vinha carregando as duas volumosas bolsas de couro cheias de onças de ouro que ele havia recusado horas antes. A primeira coisa que fez foi depositá-las em cima da escrivaninha com dois golpes contundentes, evidenciando o peso do conteúdo e o tilintar do metal. Depois, sem esperar que o dono da casa a convidasse a sentar, afastou alguns documentos de uma poltrona próxima, ajeitou a saia e se acomodou.

Ele contemplou os movimentos sem esconder a irritação, em pé, com os braços cruzados e um sorriso entredentes.

— Devo lembrar-lhe, condessa, que dei o assunto por encerrado esta manhã.

— Exatamente, meu caro. Você o deu por encerrado. Mas eu não.

Soltou outro suspiro. A essa altura, com a casa de pernas para o ar e seu aspecto esfarrapado, bem pouco lhe importava a etiqueta.

— Pelo que mais ama nesta vida, Úrsula, faça-me o favor de me deixar em paz.

— Você tem que me ajudar.

A voz da imperiosa dama soou, pela primeira vez, desprovida de soberba. Humilde quase. E ele, armando-se de paciência, obrigou-se a engolir a irritação e decidiu deixar que ela se explicasse.

— Vou ser sincera como não sou nem com meu próprio filho, Mauro. Estou com medo. Muito medo. Um medo profundo, visceral.

Ele a contemplou com sarcasmo. Medo, a brava e altiva aristocrata acostumada a ter o mundo a seus pés? Quem diria.

— Minha família sempre foi leal à Coroa, cresci sonhando em cruzar o Atlântico, conhecer Madri e o Palácio Real, a Toledo imperial, El Escorial... Até que tudo foi por água abaixo quando deixamos de ser parte da Espanha. Mas nos adaptamos, não tivemos opção. E agora... Agora começo a sentir pavor deste país: seus governos malucos, os desmandos das autoridades.

— E o sacrílego do Juárez, e suas afrontas contra a Igreja. Já conheço essa ladainha, minha cara.

— Não confio em ninguém, consogro; não sei como esse absurdo vai acabar.

Ela baixou o olhar e retorceu os dedos, longos e ossudos como ramos de videira. Durante alguns momentos tensos nenhum dos dois pronunciou uma sílaba.

— Mariana a convenceu, não foi?

Diante do silêncio dela, ele se agachou até ficar na sua altura. Estranha dupla formavam a ilustre anciã em luto perene e o minerador meio vestido, com as pernas flexionadas a fim de criar intimidade entre os dois.

— Diga a verdade, Úrsula.

Ela fez um estalido com a língua, como se dissesse: Maldição, ele descobriu.

— Essa sua menina tem uma cabeça realmente muito boa, meu caro. Está insistindo desde que você saiu e conseguiu me convencer a vir.

Mauro Larrea soltou uma gargalhada sarcástica e, apoiando-se nos joelhos, voltou a ficar de pé. Mariana, sempre tão habilidosa e determinada. Por um momento esteve a ponto de cair na armadilha: de acreditar que a condessa realmente estava se tornando uma anciã medrosa. Mas era sua filha quem estava mexendo os pauzinhos.

— Afinal de contas — continuou ela —, tudo que é meu um dia vai ser de Alonso e, consequentemente, também dela quando eu bater as botas. Dela e da criança que esperam, mistura de nosso sangue.

Uma pausa pairou no ar enquanto cada um pensava a sua maneira na jovem Mariana. Úrsula a avaliava com perspicácia de negociante, começando a descobrir que a mulher de seu filho também poderia se tornar uma admirável colaboradora para cuidar dos interesses da família. Ele, por sua vez, o fazia com a mente do pai que a acompanhara em todos os caminhos da vida, desde que ninara seu corpinho recém-nascido enrolado em uma toalha grosseira para aquecê-lo até levá-la ao altar de Los Reyes ao som do órgão da catedral.

Não isole sua própria filha, filho da mãe, disse a si mesmo. Ela é intuitiva e sagaz e, acima de tudo, vela por você. E você a está bloqueando em meio a toda essa enxurrada de desastres que o arrebatou e insiste em deixá-la de lado. Faça isso por ela. Confie.

— Tudo bem. Vou tentar não os decepcionar.

Afinal, já levava o estorvo do encargo de Gorostiza. Dava na mesma que fossem dois.

A condessa se levantou com certo esforço. Maldito reumatismo, resmungou. E para desconcerto e embaraço de Mauro, deu dois passos até ele e o abraçou, cravando-lhe no corpo seus ossos artríticos afiados feito punhais. Cheirava a lavanda e a algo mais que ele não foi capaz de identificar. Talvez, simplesmente, a velhice.

— O bom Deus lhe pagará, meu caro.

Depois, recuperada a altivez de sempre, emendou:

— Vários amigos também pretendiam encarregá-lo de seus capitais, sabia? Mas fique tranquilo porque dissuadi a todos.

— Você não sabe quanto lhe agradeço a consideração — replicou com mal disfarçada ironia.

— Hora de ir; vejo que estou atrapalhando.

Ele foi abrir a porta.

— Não precisa me acompanhar, minha índia Manuelita está me esperando no pátio, e o cocheiro está no saguão.

— De jeito nenhum, consogra!

Uma circunspecta baixada de olhos o fez desistir. A falsa condessa havia voltado a ser ela mesma; como pôde sequer lhe passar pela cabeça que ela havia se transformado em uma vovozinha temerosa e vulnerável?

Úrsula já estava chegando à galeria quando se deteve, como se de repente tivesse se lembrado de algo.

Avaliou-o com o olhar da cabeça aos pés, e logo despontou um meio-sorriso.

— Sempre me perguntei por que nunca voltou a se casar, Mauro.

Ele poderia ter respondido àquela descarada pergunta com várias razões: porque vivia bem sozinho, porque os brutais campos de mineração não eram lugar para uma esposa decente, porque não havia espaço para uma presença estranha no triângulo que formava com Mariana e Nicolás. Ou porque, apesar de algumas mulheres terem passado por sua vida depois de Elvira, jamais encontrara uma que despertasse nele a vontade de dar esse passo. Como uma sombra negra, a imagem de Fausta Calleja voou de um lado ao outro do aposento.

Mas não pôde lhe dizer nada, porque, antes que conseguisse abrir a boca, a aristocrática, tirânica e nostálgica ex-condessa de Colima, ereta como uma vassoura dentro de seu soberbo vestido preto de renda, empunhou o marfim de sua bengala e a ergueu no ar como quem brande um florete.

— Se eu tivesse trinta anos a menos, Deus sabe que não o teria deixado escapar.

CAPÍTULO 11

Percorreu a passos largos o beco dos Betlemitas e subiu os degraus de dois em dois. Não tinha mais tempo para cautelas nem remorsos; ou conseguia seu propósito naquela noite, ou teria que partir deixando um buraco negro atrás de si. E então, seria somente questão de dias até que o superintendente Calleja permitisse que Asencio e os ingleses entrassem por essa brecha. O tiro de misericórdia no grande projeto de sua vida demoraria pouco a chegar.

— Conseguiu as chaves?

Até a pergunta foi feita de forma brusca, açulado pela urgência.

— Acaso duvidava de minha palavra, sr. Mauro?

Fausta, iluminada dessa vez por uma lamparina a óleo, voltara a tratá-lo de senhor, mas ele não se deu o trabalho de corrigi-la. Podia chamá-lo de sua excelência, se quisesse; a única coisa que lhe importava naquele momento era entrar o quanto antes no maldito arquivo.

— É melhor não perdermos tempo.

Ela o conduziu por um labirinto de corredores secundários, desviando das galerias centrais e dos amplos corredores. Com andar silencioso, deslizando colados às paredes e sem trocar uma palavra, chegaram finalmente ao outro lado do edifício. Das pregas da saia a filha do superintendente tirou uma argola de ferro com duas chaves de tamanho idêntico. Mauro Larrea teve um ímpeto feroz de arrancá-las das mãos dela, mas se conteve. Ela as segurou diante dos olhos dele e as fez tilintar.

— Viu?

— Muito habilidosa; espero que dona Hilaria não dê falta. Nem das chaves, nem de você.

Ela sorriu nas sombras, com uma malícia meio sem jeito. Talvez tivesse passado a tarde toda ensaiando diante do espelho.

— Acho que não. Coloquei umas gotinhas no chá dela.

O minerador preferiu não perguntar de quê.

— Quer que eu abra?

Enquanto a mulher recusava a proposta balançando a cabeça de um lado para o outro, a primeira chave foi parar na mais alta das fechaduras. Ele, enquanto isso, segurava a lamparina. Mas a chave não entrou.

— Tente a outra — ordenou ele.

Não pretendia, mas soou áspero. Cuidado, filho da mãe. Não vá estragar tudo agora que estamos quase lá. A segunda tentativa funcionou, e ele julgou ouvir um coro de anjos. Uma fechadura já foi, vamos para a segunda.

Quando Fausta estava a ponto de enfiar a chave, algo a sobressaltou e ela se deteve.

— Que foi? — perguntou ele em voz baixa.

Nos corredores vazios ouviram alguém assobiando a distância. Alguém que se aproximava, entoando sem jeito a melodia esgotada de uma velha canção popular.

— Salustiano — murmurou ela. — O guarda da noite.

— Abra, rápido.

Mas Fausta, diante da inesperada presença, havia perdido a calma e não conseguiu enfiar a chave na fechadura correspondente.

— Por Deus, depressa.

Os assobios estavam cada vez mais próximos.

— Deixe que eu abro.

— Não, espere...

— Não, deixe que...

— Um instante, já está quase...

No meio da disputa, a argola com as chaves caiu no chão, batendo nas lajotas. O som do metal contra a pedra paralisou-os. O assobio parou.

Prendendo a respiração, Mauro Larrea abaixou a lamparina com cuidado até quase tocar o chão. Fausta, angustiada, ameaçou se agachar para procurá-las.

— Não se mexa! — sussurrou ele, segurando-lhe o braço.

Passou a luz ao redor, como se varresse o chão. A chama iluminou suas botas, a saia do vestido dela, os rejuntes entre as lajotas. As chaves, porém, continuavam perdidas.

O assobio, sinistro como um presságio sombrio, começou de novo.

— Levante a saia — murmurou ele.
— Por Deus, sr. Mauro.
— Erga a saia, Fausta, pelo amor de Deus.

As mãos femininas começaram a tremer sob a luz fraca da lamparina. Mauro Larrea, com um súbito lampejo de lucidez, soube que ela estava prestes a gritar.

Precisou apenas de três movimentos rápidos. Com um tapou-lhe a boca, com outro pousou a lamparina no chão. Com o terceiro agarrou o tecido da saia e a ergueu até os joelhos, sem cuidado. Ela, aterrorizada, fechou os olhos.

Ali estavam as chaves, entre os sapatos de cetim.

— Eu só queria encontrá-las e já achei, viu? — sussurrou ele apressado no ouvido dela, com a mão ainda tapando-lhe a boca. — E agora, por favor, não faça nenhum barulho; vamos entrar, está bem?

Ela assentiu com um trêmulo movimento de cabeça. O assobio estava se aproximando. Igualmente desafinado, mas mais alto. Mais próximo.

Enfiou uma das chaves ao acaso na segunda fechadura, sem resultado; soltou um palavrão. A melodia desafinada chegava mais perto, ameaçadora. A segunda chave funcionou por fim. Uma volta, outra volta, pronto. Empurrou Fausta para dentro e, com o corpo praticamente colado nas costas dela, entrou atrás. Os assobios e os passos do guarda estavam prestes a surgir na esquina quando fechou a porta. No escuro, apoiado na madeira dura e com a filha do superintendente tremendo ao seu lado, prendeu a respiração.

A escuridão era cavernosa; pelas janelas não entrava nem um fino raio de luar. Trasncorreram alguns momentos cheios de angústia; o guarda e sua terrível melodia passaram pela porta pelo lado de fora e seguiram caminho, até que não se ouviam mais.

— Lamento muito tê-la assustado — foi a primeira coisa que ele disse.

Continuavam ombro com ombro, com as costas apoiadas na porta. Ela ainda não havia parado de tremer.

— Seu interesse não é sincero, não é?

Estava quase conseguindo, só precisava recuperar a confiança da filha, fazê-la voltar a acreditar nele, devolver-lhe sua ilusória fantasia. O viúvo bem-apessoado e próspero rendido diante da solteirona no momento em que qualquer promessa de casamento era uma quimera: com mais três carícias e um par de mentiras, talvez a tivesse de volta comendo em sua mão. Mas algo o traiu.

— Meu objetivo era chegar até aqui.

Diante daquele imprudente arroubo de sinceridade, sua própria consciência imediatamente o crivou de perguntas. E agora, o que pretende fazer, seu insensato? Amarrá-la a uma cadeira enquanto procura o que quer? Amordaçá-la, imobilizá-la? Ou fez todo esse teatro demente para, no fim, comportar-se como um maldito bom samaritano?

— Primeiro eu me iludi como uma tola, confesso — disse a moça. — Mas depois, de cabeça fria, soube que não era possível. Homens como o senhor nunca cortejam mulheres como eu.

Não abriu a boca, mas a saliva tinha um gosto amargo.

— Eu tive pretendentes, sabe, sr. Mauro? — A voz dela era baixa, mas ainda um pouco alterada. — Um jovem alfaiate, aos dezessete anos, com quem apenas troquei cartas — prosseguiu. — Anos depois, um capitão de milícia, primo-irmão de uma amiga de infância. E, por fim, quando ia completar trinta anos e já me davam por encalhada, um cartógrafo. Mas nenhum pareceu bom o suficiente para meus pais.

Enquanto falava, ela se afastou da porta na qual ainda estava apoiada e começou a andar entre os móveis. Os olhos de ambos haviam se acostumado à escuridão; pelo menos eram capazes de distinguir os contornos.

— Salários baixos, famílias sem importância... Sempre havia algo que não os convencia. O último, o cartógrafo, residia neste mesmo palácio e nos encontrávamos escondidos em seus aposentos. Até que um dia ele ousou pedir permissão a meu pai para me levar para passear pela Alameda. Uma semana depois, foi mandado para Tamaulipas.

Tinha chegado à escrivaninha do superintendente. O minerador permanecia imóvel, escutando-a enquanto se esforçava para decifrar suas reações.

Fausta remexeu nas gavetas; instantes depois, a chama de um fósforo rasgou as trevas e com ela acendeu a lamparina que estava em um canto da grande mesa.

— De modo que o senhor não foi o primeiro, mas sim o mais conveniente; para minha mãe, pelo menos. A meu pai certamente não agradaria, mas ela se encarregaria de convencê-lo.

O arquivo se encheu de uma luz tênue que criava ilusões com as sombras.

— Sinto muito por meu comportamento.

— Deixe de cinismo, sr. Mauro — interrompeu-o, amarga. — Não se arrepende coisa nenhuma: conseguiu chegar aonde queria. Agora diga-me: o que exatamente lhe interessa neste arquivo.

— Uma pasta — reconheceu ele. Para que continuar mentindo?

— Sabe onde está?

— Mais ou menos.

— Em um destes armários, talvez?

Andando com a lamparina à altura do peito, Fausta se aproximou da longa fileira de estantes resguardadas por portas de madeira e vidro. Na mesa mais próxima, a do subalterno dos óculos de lente fumê, pegou com a mão livre algo que ele não conseguiu distinguir. Depois, jogou-o contra o vidro, que caiu no chão como uma cascata.

— Fausta, pelo amor de Deus!

Não teve tempo de chegar até ela.

— Ou talvez o que procura esteja neste outro armário.

Outro golpe, outra chuva de vidro sobre as lajotas. O que ela usava era um peso de papel de jaspe. A cabeça de um galo, recordou. Ou de uma raposa. Que diferença fazia? Já o estava empunhando outra vez.

Com dois passos estava ao lado dela; tentou detê-la, mas não conseguiu.

— Pare com isso, mulher!

O terceiro golpe teve o mesmo efeito.

— O guarda vai ouvi-la, todo o mundo vai ouvi-la!

Por fim ela interrompeu o ataque irracional e se voltou para ele.

— Procure o que quiser, meu caro. Fique à vontade.

Por todos os demônios, mas que caralho está acontecendo?

— Só para ver a cara de meu pai, valerá a pena o estrago. — Sua gargalhada era ácida como uma manga verde. — E a de minha mãe? Imagina a cara de minha mãe quando souber que passei a noite no arquivo com o senhor?

Calma, amigo. Calma.

— Acho que não é necessário que saibam.

— Para o senhor, talvez não. Mas, para mim, sim.

Ele encheu os pulmões de ar.

— Tem certeza?

— Absoluta. Será minha pequena vingança. Por não me permitirem ter uma vida como qualquer outra moça, por terem repudiado os homens que mostraram interesse verdadeiro por mim.

— E eu... Como fico nessa história? Como vai explicar a seus pais minha presença?

Ela ergueu a lamparina à altura dos olhos e o contemplou com expressão cínica. Por fim havia um brilho em seu olhar.

— Não tenho a menor ideia, sr. Mauro. Vou pensar. Por ora, pegue o que necessita e vá embora antes que eu me arrependa.

Não perdeu um segundo; pegou a caixa de fósforos que ela havia deixado na escrivaninha e começou a procurar como um possuído.

Tinha uma vaga ideia de onde podia estar o que lhe interessava, mas não ao certo. No fundo, certamente, onde ficavam os documentos mais recentes. Indo da esquerda para a direita, acendendo fósforo atrás de fósforo e iluminando o espaço à sua frente com eles até queimar as pontas dos dedos, foi varrendo rapidamente com os olhos estantes e prateleiras. Muitos documentos estavam empacotados juntos; na larga faixa que os envolvia dava para ler o assunto ou a data que os unia.

Suas pupilas e seu cérebro funcionavam febris. Março, foi março. Ou abril? Abril, abril do ano passado, com certeza. Por fim, iluminado pela tênue luz de um fósforo quase consumido, encontrou o armário onde estavam os assuntos daquele mês. A porta, contudo, estava trancada. Talvez devesse pedir a Fausta sua ferramenta. Ou não, melhor não a provocar, agora que por fim parecia ter sossegado.

Com um golpe de cotovelo, quebrou o vidro sem pensar.

Ela riu atrás dele.

— Não quero nem imaginar o susto que meu pai vai levar.

Tirou um bolo de documentos de uma vez e colocou-os em cima da mesa do jovem subalterno. Com mãos ansiosas, começou a procurar sua documentação. Isto não, isto também não, isto também não. Até que quase soltou um uivo. Ali estava, com seu nome e sua assinatura.

Continuava sentindo-a atrás de si, respirando com força.

— Satisfeito?

Ele se voltou. Algumas mechas de cabelo haviam se soltado do coque apertado que ela costumava usar.

— Ouça, Fausta, não sei como...

— Há uma portinhola que vai até o porão; dali o senhor poderá chegar ao beco, em frente ao hospital. Acho que não demora a chegar alguém; com certeza o guarda já acordou metade do edifício.

— Deus lhe pague, mulher.

— Sabe de uma coisa, sr. Mauro? Não lamento ter sido ingênua. Pelo menos o senhor me deu uma ilusão.

Ele fez um cilindro com as folhas de papel e as guardou apressado sob a sobrecasaca.

Depois, com as mãos já livres e ainda pisando nos vidros, tomou o rosto dela nas mãos e, como se fosse o amor de sua vida, beijou-a.

CAPÍTULO 12

A partida de Mauro Larrea com rumo incerto aconteceu da mesma forma que sua vida nos últimos anos, como se seu mundo não houvesse se aberto ao meio como uma gigantesca melancia. Partiu em sua própria carruagem com Andrade, Santos Huesos e dois baús, protegidos por uma robusta escolta de doze homens: doze *chinacos*[6] armados até os dentes para enfrentar a inefável bandidagem. Todos eles a cavalo, com as carabinas atravessadas nas selas e as pistolas no cinto; curtidos como guerrilheiros na Guerra de Reforma e pagos centavo por centavo por Ernesto Gorostiza.

— É o mínimo, querido amigo — escrevera seu futuro consogro na carta que lhe mandara entregar —, como mostra de gratidão, arcar com as despesas de sua proteção até Veracruz. As hordas de bandoleiros são o pão nosso de cada dia, e nem você nem eu precisamos correr mais riscos que o necessário.

Tudo tinha acontecido muito rápido desde que voltara, no meio da madrugada, do Palácio da Mineração com o arquivo de Las Tres Lunas guardado no peito. Ande, Santos, vamos embora! Apresse os rapazes, não podemos esperar. Os baús, os capotes de viagem, água e comida para as primeiras etapas, tudo estava arrumado. Daí em diante, relinchos de animais, sussurros sonoros, passos cruzados sobre as lajotas do pátio e os olhos do grande corpo de criados semicerrados de sono e desconcerto ao comprovar que, de fato, o patrão ia embora.

---

[6] Guerrilheiros liberais da época de Maximiliano, imperador do México entre 1864 e 1867. (N.T.)

Estava recordando à governanta a ordem de fechar os andares superiores quando ouviu seu nome. Sentiu o sangue nas têmporas e ficou tenso.

Não precisou se voltar para saber quem o chamava.

— Que caralho está fazendo aqui?

O homem que agora o olhava com olhos taciturnos estava havia um dia e meio à espera daquele momento: acocorado contra qualquer muro próximo, meio escondido sob uma manta encardida, com a aba do chapéu cobrindo-lhe o rosto. Aquecido por uma mísera fogueira e se alimentando com comida de rua, como tantas almas sem teto nem dono faziam diariamente naquela populosa cidade.

Dimas Carrús, filho do agiota, com a eterna aparência de um cão surrado pelo pai e pela vida, deu um passo na direção do minerador.

— Vim à capital com uma incumbência.

Mauro Larrea contemplou-o com o cenho contraído; todos os músculos de seu corpo ficaram alertas. Agora foi ele quem se aproximou.

— Que incumbência, desgraçado?

— Contar quantas varas mede sua casa. Quantos vãos e janelas tem; quantas varandas e índios trabalham para você.

— Já acabou?

— Mandei até um escrevente anotar, para o caso de eu esquecer.

— Pois então dê o fora.

— Também trago um recado.

— Santos!

O criado já estava atrás dele, tenso e alerta.

— Dos quatro meses que você tinha para cumprir o primeiro prazo...

— Tire-o daqui!

— ...já se passaram...

— A pontapés, se for preciso!

Aquele homem meio tísico que arrastava um braço de marionete não tinha a ambição sem freios nem o caráter vulcânico do pai. Mas Mauro Larrea sabia que, sob o corpo mirrado, se escondia uma alma igualmente miserável. Tal pai, tal filho. E se Tadeo Carrús chegasse a exalar o último suspiro sem ter recebido o combinado, seu filho Dimas se encarregaria, de uma maneira ou de outra, de fazê-lo pagar.

Quando o som dos cascos dos cavalos começou a ecoar sobre os paralelepípedos, Mauro abaixou a cabeça de dentro do coche e contemplou sua casa pela última vez: o soberbo palácio que um século antes o conde de Regla, o minerador mais rico da colônia, mandara levantar. Seus olhos percorreram a fachada barroca de *tezontle*[7] e pedra lavrada, com seu grandioso portão ainda escancarado. Talvez, à primeira vista, fosse somente uma ponta da grandeza do extinto vice-reinado; a residência de um homem da melhor sociedade. Para ele e para seu destino, contudo, tinha um significado muito mais profundo.

Dois grandes postes de ferro fundido flanqueavam a entrada; sua luz se distorcia, inconstante, através do turvo vidro da carruagem. Contudo, pôde vê-lo. Apoiado no muro, à direita, observando fixamente sua partida, Dimas Carrús coçava o focinho de um galgo sarnento.

Fizeram uma parada na rua de las Capuchinas; Mariana e Alonso estavam avisados. Esperavam-no no saguão, despenteados, usando uma mistura de roupa de dormir e de sair superposta. Mas eram jovens e gentis, e o que em muitos teria resultado em uma disparatada mistura de peças de roupa, neles fazia transparecer graça e naturalidade.

No andar superior, a condessa roncava estrondosamente, alheia a tudo, satisfeita por ter conseguido o que queria.

Mariana se jogou no pescoço do pai assim que o viu, e ele ficou perturbado, uma vez mais, com o ventre firme que se interpôs entre os dois.

— Vai dar tudo certo — sussurrou ela no ouvido dele.

O minerador assentiu sem convicção, cravando o queixo no ombro da filha.

— Escrevo assim que me instalar.

Desfizeram o abraço e trocaram as últimas frases iluminados pela tênue luz de algumas velas. Sobre Nico, sobre a casa e as centenas de pequenos assuntos pendentes dos quais ela ia cuidar. Até que Andrade, do lado de fora, pigarreou. Hora de ir.

— Guarde isto em segurança — pediu Mauro tirando do peito os documentos de Las Tres Lunas. Que melhor guardiã que sua própria filha?

Ela não precisou de explicações: se o pai assim queria, não havia mais nada a perguntar. Em seguida, pegou as mãos grandes dele e as pousou em sua barriga redonda. Redonda e plena, alta ainda.

---

[7] Rocha de origem vulcânica usada em construção. (N.T.)

— Esperamos você — disse.

Ele quis sorrir, mas não conseguiu. Era a primeira vez que tocava com as pontas dos dedos aquela vida palpitante. Fechou os olhos uns instantes, sentindo-a. Um grumo de algo sem nome atravessou-lhe a garganta.

Já estava com um pé na rua quando Mariana tornou a abraçá-lo e murmurou algo que só ele ouviu. Subiu na carruagem apertando os lábios; a sensação da carne de sua carne ficou colada em sua alma. Em seus ouvidos ainda retumbavam as últimas palavras da filha. Use o dinheiro de Úrsula, se for necessário. Sem pudor.

As ruas quadriculadas do centro da cidade tornaram-se pouco a pouco ruelas mais sujas, mais estreitas e ignóbeis. E os nomes mudaram também: já não eram Plateros, Don Juan Manuel, Donceles ou Arzobispado, e sim Bizcochera, Higuera, Navajas ou Cebollón. Até que deixaram de ver nomes e luzes, e por fim abandonaram a cidade dos palácios para percorrer as 89 léguas castelhanas do velho Caminho Real que os separavam de seu destino.

Três dias inteiros de caminhos pedregosos cheios de chacoalhões e sacudidas, rodas atoladas nos buracos e por vezes um calor abrasador: era isso que os aguardava dali para a frente. Em seu caminho foram se abrindo extensões imensas de terreno sem uma alma sequer, precipícios e barrancos que faziam os cavalos escorregarem ao subir pelos cerros rochosos cheios de mato emaranhado. De vez em quando, uma fazenda aqui e outra ali, choças e milharais isolados, e inúmeras mostras de devastação em povoados e igrejas depois de várias décadas de guerra civil. Esporadicamente, alguma cidade que deixavam de lado, um rancheiro a cavalo, algum índio vendendo granadina para refrescar a boca, ou uma mísera cabana de adobe onde uma velha com o olhar perdido acariciava uma galinha no colo.

Pararam apenas o imprescindível para o descanso dos cavalos, esgotados e sedentos, e para que os homens que os protegiam pudessem repousar. Por ele, contudo, teriam seguido até o fim sem parar. Poderia também ter se hospedado na fazenda de algum amigo latifundiário. Ali teriam posto a sua disposição colchões de lã e lençóis limpos, comida saborosa, velas de cera branca e água fresca para que arrancasse do corpo o pó e a sujeira. Mas preferiu seguir em frente sem demora, comendo tortilhas com sal e chili onde houvesse um braseiro e uma índia acocorada disposta a vendê-las, mergulhando uma cabaça nos riachos para beber e dormindo em esteiras estendidas sobre a terra dura.

— Pior era trabalhar no turno da noite em Real de Catorce, compadre, ou já esqueceu?

Dava as costas a Andrade; sobre seu corpo grande, uma manta pequena. Sob a cabeça, uma bolsa de couro com as incumbências da condessa e de Gorostiza. As botas nos pés, a pistola no cinto e a faca à mão. Para o que pudesse acontecer. Cravadas a sua volta, um punhado de tochas de breu acesas, para afastar os coiotes.

— Devíamos ter ficado na fazenda San Gabriel, estamos a poucas léguas — grunhiu o procurador, sem conseguir se ajeitar.

— Você está ficando muito acomodado, Elías. É bom recordar de vez em quando de onde viemos.

Esse filho da mãe nunca vai parar de me espantar, pensou Andrade antes que a exaustão fechasse seus olhos. E em seu pensamento não havia mais que a verdade. Apesar do muito que o conhecia, ele mesmo continuava abismado diante da maneira como Mauro Larrea havia lidado com seu revés descomunal. No mundo em permanente mudança em que ambos se moviam havia décadas, haviam sido testemunhas de inúmeros infortúnios a sua volta: homens no auge que ao cair perdiam o juízo e cometiam todos os desatinos imagináveis; seres cuja integridade se reduzia a pó quando se sentiam despojados de sua riqueza.

Poucos vira se portarem como Mauro quando a sorte mordia sua jugular de uma maneira tão atroz quanto imprevista. Nos caprichosos e demolidores altos e baixos dos empreendimentos da mineração jamais vira alguém perder tanto, e perder com tanta dignidade, como o homem que naquele momento dormia ao seu lado no chão duro, desprovido de qualquer conforto. Como os tropeiros, como os animais, como os próprios *chinacos* que o escoltavam, aqueles camponeses metidos a guerrilheiros espontâneos. Tão corajosos quanto indisciplinados; tão ferozes quanto leais.

Assim que adentraram Veracruz comprovaram os estragos do vômito negro[8], o flagelo daquelas costas. Um fedor nauseabundo pairava no ar, havia cadáveres de mulas e cavalos apodrecidos e os eternos urubus — pretos, grandes, feios — pousados nos postes e nos beirais dos telhados, sempre prontos para se lançar sobre os restos dos animais.

---

[8] Febre amarela. (N.E.)

Como se fugissem do diabo em pessoa, o cocheiro os levou sem se deter para o hotel de Diligencias.

— Que bafo quente, Nossa Senhora — foram as palavras do procurador assim que pisou o chão poeirento.

Mauro Larrea tirou o lenço que cobria a metade inferior de seu rosto e limpou a testa com ele enquanto estudava a rua, atento, à direita e à esquerda, e se assegurava, sem muita preocupação em disfarçar, de que o revólver continuava no lugar. Em seguida, com a bolsa de couro de dinheiro bem presa, foi apertando a mão dos *chinacos*, um a um, a modo de despedida.

Andrade e Santos Huesos começaram a cuidar da bagagem e do traslado dos cavalos, enquanto ele, depois de tentar ajeitar a roupa amassada e passar os dedos pelo cabelo em uma tentativa infrutífera de parecer apresentável, entrou no hotel.

Uma hora depois, esperava seu procurador no magnífico pórtico da entrada em meio a clientes anônimos. Sentado em uma poltrona de vime, bebia água de uma grande jarra sem conseguir se saciar. Havia virado um garrafão inteiro sobre o corpo pouco antes, enquanto se esfregava com fúria para se livrar das marcas dos três dias de dura viagem. Depois, vestira uma camisa branca e seu terno mais leve para combater os últimos golpes do calor. Com o cabelo ainda úmido e por fim domado, e aquela roupa que lhe diminuía a formalidade, já não parecia um foragido nem um extravagante homem da cidade grande fora do lugar.

O fato de ter deixado a bolsa de couro escondida debaixo da cama e Santos Huesos vigiando a porta com a pistola no cinto o fazia se sentir mais leve em todos os sentidos. E, pensando bem, talvez o fato de ter por fim abandonado a Cidade do México também contribuísse para apaziguar seu ânimo. As pressões. Os tormentos. As mentiras.

Haviam combinado de usar o tempo que lhes restava antes da partida para resolver diversas coisas protegidos pelo anonimato. Queriam vender as éguas e a carruagem e alguns utensílios. Queriam, ainda, indagar mais a fundo sobre a situação em Cuba, país com o qual Veracruz mantinha intenso contato, e sobre os avanços na guerra dos americanos do norte, caso houvesse novas notícias. Inclusive talvez se despedir com uma celebração grandiosa, em memória dos velhos tempos e para criar uma atmosfera favorável para o mais que incerto porvir.

A espera que lhes restava pela frente, contudo, acabou se mostrando mais breve que o previsto.

— Você zarpa amanhã. Estou voltando do cais.

Andrade chegava com o passo decidido de sempre, ainda sem se limpar. Contudo, apesar da sujeira, da roupa amassada e do cansaço, não deixava de transparecer certa elegância em suas maneiras.

Desabou em uma poltrona ao lado, passou um lenço não muito limpo pela cabeça calva e brilhante e pegou o copo do amigo. Sem permissão, como sempre, e levou-o à boca até deixá-lo vazio.

— Também andei fazendo indagações para ver se há algo para nós no correio; todas as sacas da Europa passam por aqui. Em troca de alguns pesos, amanhã vão me dizer se há alguma correspondência.

O minerador assentiu enquanto fazia um sinal ao garçom para que os atendesse. Depois esperaram em silêncio, cada um absorto em seus próprios pensamentos, que, talvez, conhecendo-se como se conheciam, fossem os mesmos.

Onde estavam os dias em que foram um atraente empresário da prata e seu enérgico procurador? Como era possível que toda sua glória lhes houvesse escapado como a água entre os dedos? Agora, frente a frente em silêncio naquele porto de entrada para o Novo Mundo, eram apenas duas almas desgastadas sacudindo a poeira depois da queda e tateando às cegas atrás de uma maneira de construir um futuro começando de baixo. E como talvez a única coisa que ambos mantinham mais ou menos intacta era a lucidez, optaram por engolir a vontade de soltar palavrões raivosos no ar, mantiveram a compostura e aceitaram os dois copos de uísque de milho que naquele momento o garçom pôs a sua frente. Do condado de Bourbon, o melhor da casa para os finos hóspedes recém-chegados da capital, disse o rapaz sem uma ponta de ironia. Depois, serviu-lhes o jantar e se retiraram cedo, cada um para lidar com seus próprios demônios entre os lençóis.

Dormiu mal, como quase todas as noites nos últimos meses. Tomou o café da manhã sozinho, à espera de que seu procurador decidisse descer do quarto. Mas quando finalmente apareceu, não foi descendo a escada que levava aos quartos, e sim entrando pela porta principal do hotel.

— Por fim consegui a correspondência — anunciou sem se sentar.

— E?

— Notícias do outro lado do oceano.
— Ruins?
— Infames.

Descolou as costas da cadeira e um calafrio lhe eriçou a pele.

— Nico?

O procurador confirmou com uma expressão sombria. Depois se sentou ao lado do amigo.

— Deixou a residência de Christophe Rousset em Lens. Deixou simplesmente um bilhete dizendo que aquela cidade pequena o asfixiava, que não se interessava em absoluto pelas minas de carvão, e que discutiria com você, quando fosse a hora, o que fazer dali em diante.

Mauro Larrea não sabia se soltava a gargalhada mais amarga e bestial de sua vida ou blasfemava como um condenado à morte diante do pelotão de fuzilamento; se virava a mesa com as xícaras e os pratos ou dava um soco em qualquer um dos inocentes hóspedes que àquela hora da manhã tomavam, ainda sonolentos, seu primeiro chocolate.

Na dúvida, fez um esforço para manter a serenidade.

— Para onde ele foi?

— Acham que tomou um trem em Lille rumo a Paris. Um funcionário de Rousset o viu na estação ferroviária.

Vamos, meu irmão, quis dizer a seu amigo. Vamos sair por aí você e eu, mesmo que não sejam mais que oito da manhã. Vamos beber nos bares até perder os sentidos; com certeza ainda há algum aberto desde ontem à noite. Vamos jogar nossa última partida de bilhar, rolar com mulheres vis nos bordéis do porto, deixar nas brigas de galo o pouco que ainda temos. Esquecer que existe o mundo e, dentro dele, todos os problemas que estão me sufocando.

A duras penas conseguiu reunir o pouco sangue-frio que lhe restava nas veias; com ele bombeando nas têmporas como um tambor enlouquecido, começou a avaliar a situação.

— Quando lhe mandamos dinheiro pela última vez?

— Seis mil pesos por intermédio de Pancho Prats quando levou a mulher para tomar as águas de Vichy. Imagino que devem ter chegado há algumas semanas.

Apertou os punhos e cravou as unhas na carne até deixá-las brancas.

— E assim que pegou o dinheiro, o canalha deu no pé.

Andrade assentiu. Seguramente.

— Para o caso de ele decidir voltar ao México quando ficar sem dinheiro, assim que li a carta combinei com o cobrador do porto. Ele controla todos os carregamentos e passageiros que chegam da Europa; vai nos custar uma fortuna, mas, em troca, me garantiu que vai ficar de olho.

— E se o encontrar?

— Vai retê-lo e me avisará.

Gorostiza e sua filha casadoura rezando a Deus pelo desmiolado de seu filho, sua casa parcialmente fechada, Tadeo Carrús. Todos voltaram a sua mente como fantasmas saídos de um negro pesadelo.

— Não deixe que ele chegue lá em minha ausência, por tudo que há de mais sagrado, irmão. Não deixe que ninguém o veja, que fale com ninguém, que se meta em nenhuma confusão, que fique intrigado por eu ter partido. Avise Mariana assim que voltar; que ela fique alerta caso chegue alguma intriga da boca de alguém vindo da França.

E Andrade, que gostava do rapaz como se fosse seu próprio filho, simplesmente assentiu.

Ao meio-dia, a densa massa de nuvens cor de ardósia que cobria o porto não permitia ver onde acabava o céu e onde começava o mar.

Tudo se tingia de um triste cinza. Os rostos e as mãos que lhe ofereciam ajuda, as velas dos navios ancorados, a bagagem e as redes, seu ânimo. Até os gritos dos estivadores, o barulho da água batendo contra a madeira e o som dos remos nos botes pareciam ter algo de cinzento. As tábuas do quebra-mar se elevavam e desciam sob seus pés enquanto a distância o separava de seu estimado procurador e o aproximava da falua que o levaria até o *Flor de Llanes*, o bergantim com bandeira daquela Espanha cujos assuntos já lhe eram tão alheios.

No convés contemplou pela última vez Veracruz, com seus urubus e seus areais: porta atlântica de gente e riquezas durante o vice-reinado, testemunha muda dos anseios daqueles que ao longo dos séculos chegaram de além-mar movidos por uma ambição desmedida, um futuro mais digno ou uma simples quimera.

Nas proximidades, a fortaleza lendária e semiabandonada de San Juan de Ulúa, o último baluarte da metrópole de onde — doentes, famintos, andrajosos e desolados — partiram, anos depois da declaração da independência mexicana, os últimos soldados espanhóis que lutaram em vão para manter o velho vice-reinado amarrado eternamente à Coroa.

As últimas palavras de Elías Andrade ainda o acompanhavam na falua.

— Cuide-se, compadre; dos problemas que deixou para trás quem cuida agora sou eu. Trate somente de repetir sua própria história. Com apenas trinta anos arrebentou minas que ninguém se atreveu a encarar e conquistou o respeito de seus próprios homens e de mineradores de raça. Foi honrado quando teve que ser e teve coragem quando necessário. Você se tornou uma lenda, Mauro Larrea, não se esqueça disso. Mas agora não é necessário que levante nenhum império; só precisa começar de novo.

PARTE II
Havana

CAPÍTULO 13

Reconheceram-se a distância, mas nenhum dos dois deu mostras disso. Instantes depois, no momento das apresentações, olharam-se nos olhos por apenas um segundo e pareceram dizer um ao outro o mesmo sem palavras. Então, é você.

No entanto, ao lhe estender a mão enluvada, ela fingiu descaradamente um frio desinteresse.

— Carola Gorostiza de Zayas, é um prazer — murmurou com a voz neutra, como quem recita um poema empoeirado ou responde à liturgia de uma missa de domingo.

Tinha uma levíssima semelhança com o irmão, talvez na maneira como a boca de ambos formava um quadrado ao falar, ou na forma afilada do osso do nariz. Linda, sem dúvida, exageradamente chamativa, pensou Mauro Larrea enquanto beijava o cetim da luva. Uma cascata de topázios adornava seu busto; do coque em que prendia a densa cabeleira negra saíam duas exóticas plumas de avestruz, combinando com o tom do vestido.

— Gustavo Zayas, a seus pés.

Foi o que ouviu a seguir, embora o tal de Zayas não estivesse exatamente a seus pés, e sim a sua frente, ao lado da esposa. Tinha olhos claros, aquosos, e um cabelo que um dia foi louro penteado para trás. Alto, bem-apessoado, mais jovem do que ele esperava. Sem nenhum fundamento, imaginara-o da idade de seu próprio consogro, sete ou oito anos mais velho que ele próprio. O homem que agora estava diante dele passava pouco dos quarenta, mas seu rosto anguloso exibia as marcas de vicissitudes que muitos não viviam nem em cem vidas.

Mal houve tempo para mais: depois dos cumprimentos protocolares do casal Zayas Gorostiza, ambos lhe deram as costas e abriram caminho entre os presentes para adentrar o salão de baile. As intenções dela, porém, ficaram bem claras: que seu esposo não soubesse, de jeito nenhum, quem era aquele desconhecido.

Às suas ordens, se assim deseja, minha senhora. Deve ter suas razões, pensou Mauro Larrea; só espero que não demore muito a me informar o que diabos espera de mim. Enquanto isso, continuou apertando as mãos de outros convidados conforme a dona da casa os apresentava, esforçando-se para arquivar na memória os rostos e os nomes daquela grande rede de *criollos* e peninsulares de peso, espanhóis de dois mundos estreitamente relacionados. Arango, Egea, O'Farrill, Bazán, Santa Cruz, Peñalver, Fernandina, Mirasol. Prazer, sim, do México, é um prazer; não, totalmente mexicano não, espanhol. O prazer é meu, encantado, muito obrigado, é um prazer para mim também.

A opulência pairava no ambiente da suntuosa casa de El Cerro, área elegante onde inúmeros membros da oligarquia havanesa haviam erguido suas grandes residências depois de abandonar os velhos palacetes de intramuros que abrigaram suas famílias durante gerações. O esbanjamento e a suntuosidade eram palpáveis nos tecidos e joias que as mulheres ostentavam; nas abotoaduras de ouro, nos galões e nas faixas honorárias que cruzavam o peito dos homens; nos móveis de madeiras tropicais, nas pesadas cortinas e nos candeeiros de brilho ofuscante. A exuberante riqueza do último bastião do decrépito império espanhol, pensou o minerador; só Deus sabia quanto tempo faltava para que a Coroa o perdesse.

O salão foi se enchendo de casais embalados pelo compasso de uma orquestra de músicos negros; em volta, os convidados conversavam divididos em grupos flutuantes. Um exército de escravos vestindo trajes elegantes transitava entre os convidados servindo champanhe aos borbotões e equilibrando bandejas de prata carregadas de delicadezas.

Limitou-se a contemplar a cena: as cinturas flexíveis das lindas *criollas* no compasso da música adocicada, a languidez sedutora das longas saias balançando com o vaivém. Tudo aquilo, porém, bem pouco lhe importava. Na realidade, estava esperando que Carola Gorostiza, apesar de seu aparente desinteresse inicial, lhe desse algum sinal.

Não estava enganado; meia hora depois, sentiu um ombro feminino roçar suas costas com certo atrevimento.

— O senhor não me parece muito interessado em dançar, sr. Larrea; talvez o ar do jardim lhe faça bem. Saia discretamente, ficarei esperando.

Assim que deu o recado colado a seu ouvido, a mexicana seguiu seu caminho, ondulante, agitando ao ritmo da orquestra um chamativo leque de marabu.

Mauro varreu o salão com o olhar antes de obedecer. No meio de um grande grupo identificou o marido. Parecia escutar indiferente, meio ausente; como se seu pensamento estivesse em um lugar infinitamente mais distante. Ótimo. Então foi até uma das saídas e atravessou as grandes portas de vitrais coloridos que separavam o casarão da noite. Na escuridão, em meio a coqueiros e júcaros, encostados nas balaustradas ou sentados nos bancos de mármore, alguns casais dispersos conversavam aos sussurros: seduziam-se, rejeitavam-se, consertavam os desacertos do coração ou faziam falsas juras de amor eterno.

Alguns passos adiante, distinguiu a silhueta inconfundível de Carola Gorostiza: a saia ricamente plissada, a cintura comprimida, o decote proeminente.

— Suponho que saiba que lhe trago uma encomenda — foi sua saudação.

À queima-roupa, para que perder tempo?

Como se não o houvesse escutado, ela saiu andando em direção ao fundo do jardim, sem verificar se ele a seguia ou não. Quando teve certeza de que estava suficientemente distante da mansão, voltou-se.

— E eu tenho algo a lhe pedir.

Já imaginava: pressentia algo desagradável desde que recebera seu recado na hospedaria da rua de los Mercaderes. Ali havia se hospedado no dia anterior, recém-desembarcado em Havana depois de vários dias de travessia infernal. Poderia ter escolhido um hotel, havia muitos naquele porto que diariamente acolhia e se despedia de multidões de almas. Mas quando lhe falaram de uma hospedaria confortável e bem localizada, optou por ela. Mais econômica para uma estadia de duração incerta e mais conveniente para conhecer a cidade.

Bem cedo em sua primeira manhã na ilha, enquanto ainda tentava se acostumar à umidade pegajosa do ambiente e ansiando por se livrar dos estorvos, havia mandado Santos Huesos com uma breve mensagem à rua Teniente Rey, em busca da residência de Carola Gorostiza. Pedia-lhe para ser recebido assim que possível e já antecipava que a aceitação seria imediata. Para seu desconcerto, porém, seu criado trouxera de volta uma recusa escrita com caligrafia primorosa. Caro amigo, lamento com profundo pesar não poder receber sua visita esta manhã... Com a série de desculpas vazias chegava também, surpreendentemente, um convite. Para um baile, naquela mesma noite. Na residência da viúva de Barrón, amiga íntima daquela que assinava, segundo esclarecia a carta. Uma carruagem de propriedade da anfitriã o pegaria em seu alojamento às dez.

Releu o bilhete várias vezes diante de uma segunda xícara de café puro, sentado entre as palmeiras exuberantes do pátio onde serviam o café da manhã aos hóspedes. Tentou interpretá-lo, confuso. E o que deduzira das entrelinhas foi que o que a irmã de seu futuro consogro Ernesto Gorostiza pretendia, em primeiro lugar e a todo custo, era afastá-lo de sua residência familiar. E depois, recuperar a oportunidade de encontrá-lo, para o que oferecia um território menos privado e mais neutro.

Era quase meia-noite quando por fim se encontraram cara a cara na penumbra do jardim.

— Um adiamento apenas, é só o que quero lhe pedir — prosseguiu ela. — Que mantenha por ora em seu poder tudo que meu irmão me enviou.

Apesar da falta de luz, a expressão de contrariedade do minerador devia ser evidente.

— Duas, três semanas no máximo. Até que meu marido conclua uns assuntos pendentes. Ele está... está avaliando se realiza ou não uma viagem. E prefiro que não saiba de nada até se decidir.

Então era isso, pensou. Malditos problemas conjugais, era só o que me faltava.

— Em nome da amizade que une nossas famílias — insistiu ela depois de alguns instantes —, imploro que não recuse, sr. Larrea. Pelo que entendi da carta de Ernesto que me chegou ontem, meu irmão e o senhor vão estabelecer laços familiares.

— Espero que sim — replicou Mauro, seco.

E a lembrança de Nicolás e sua fuga tornou a se cravar nele como um punhal.

Ela deu um meio-sorriso com um ricto amargo no rosto coberto de pó de cascarilha.

— Eu me lembro da noiva do seu filho recém-nascida, envolta em rendas dentro do berço. Teresita foi o único ser de quem me despedi quando deixei o México. Ninguém na família gostou da ideia de eu ter decidido me casar com um peninsular e me mudar para Cuba.

Enquanto relatava sem pudor as mesmas intimidades que já lhe contara o irmão Ernesto, Carola Gorostiza voltou duas vezes a cabeça para a mansão. Na distância, através das grandes portas de vidro, era possível ver as figuras dos convidados entre as luzes douradas dos lustres e candelabros. Trazidos pela brisa, chegavam até eles também ecos de vozes, lufadas de gargalhadas e os compassos melodiosos das contradanças.

— Para evitar maiores problemas — acrescentou ela voltando ao presente —, é fundamental que meu marido também não saiba que o senhor tem contato com minha família no México. Por isso, imploro que não faça nenhuma tentativa de se aproximar de mim de novo.

Direto ao ponto, sem os delicados floreios do bilhete que havia manuscrito naquela manhã. Assim, sem rodeios, acabava de lhe expor uma condição e uma realidade.

— E como compensação pelo incômodo que meu pedido possa lhe causar, proponho retribuir-lhe generosamente, digamos, com um décimo do montante que me traz.

Esteve a ponto de dar uma gargalhada. Naquele ritmo, se aceitasse tudo que andavam lhe propondo, acabaria rico outra vez sem mover um só dedo. Primeiro sua consogra, agora outra mulher desconcertante.

Reparou melhor nela entre as sombras. Bonita, atraente, sem dúvida, com seu decote descarado e seu porte suntuoso. Não parecia ser vítima de um marido tirano, mas no território das tensões conjugais sua experiência era nula. Afinal, a única mulher a quem havia amado de verdade na vida morrera em seus braços, coberta de suor e sangue depois de parir seu último filho antes de completar 22 anos.

— Tudo bem.

Até ele próprio ficou surpreso diante da temerária rapidez com que concordou. Seu insensato, como foi fazer uma coisa dessas?, recriminou-se assim que fechou a boca. Mas já era tarde para voltar atrás.

— Concordo em manter a discrição e guardar o que lhe pertence pelo tempo necessário. Mas não em troca de uma compensação financeira.

Seu rosto se endureceu.

— Diga o que quer, então.

— Eu também preciso de ajuda. Estou em busca de oportunidades de negócio, de algo rápido que não requeira um investimento excessivo.

A senhora conhece bem esta sociedade, circula entre pessoas de posses. Talvez saiba onde pode haver algo que me interesse.

Uma gargalhada foi a resposta, ácida como um jorro de vinagre. Os olhos negros dela brilhavam nas trevas.

— Se fosse tão fácil fazer dinheiro, meu marido provavelmente já teria ido embora, e eu não estaria agindo agora com essa maldita cautela pelas costas dele.

Não sabia para onde o marido dela pretendia ir, nem lhe interessava. Mas se sentia cada vez mais incomodado com aquela inesperada conversa e ansiava terminá-la o quanto antes. A brisa lhes trouxe o rumor de uma conversa não muito distante e ela baixou a voz. Sem dúvida, eles não eram os únicos que se protegiam de ouvidos e olhares na escuridão do jardim.

— Deixe-me averiguar — concluiu ela com um sussurro. — Mas não me procure; eu irei vê-lo. E lembre-se: nem eu o conheço, nem o senhor me conhece.

Entre farfalhares de tafetá furta-cor, Carola Gorostiza tomou o caminho de volta para as luzes, a orquestra e a multidão. Ele, com as mãos nos bolsos e sem sair do meio da vegetação densa e negra, observou-a até vê-la atravessar as portas de vidro e ser engolida pela festa.

Com a solidão chegou a consciência em toda sua magnitude. Em vez de se livrar de um peso, acabava de jogar outro saco de chumbo nas costas. E não havia como voltar atrás. Quem dera aquele assunto da entrega da herança houvesse sido concluído de uma vez, e ele, livre dessa obrigação, pudesse comemorar tirando para dançar uma linda havanesa de carnes firmes, ou se enroscando nos braços de uma mulata com pele de caramelo, mesmo que antes tivesse que combinar com ela o preço das carícias. Quem dera pudesse sentir o chão estável sob seus pés.

Contudo, imprudente, irrefletidamente, acabava de se aliar a uma esposa desleal que havia desfeito fazia tempo todos os laços com sua própria família e que pretendia enganar o marido às custas de um dinheiro que Mauro guardava no fundo de seu armário. Pelo amor de Deus, irmão, você perdeu o pouco juízo que lhe restava?, parecia que Andrade gritava dentro de sua cabeça com sua sensatez avassaladora.

Entrou de volta na residência quando os últimos convidados iam embora e os músicos guardavam os instrumentos entre bocejos. No mármore do piso, onde antes houve passos de dança infinitos, misturavam-se agora charutos esmagados pela metade, restos de doces esmigalhados e plumas desprendidas dos leques. Sob o alto pé-direito do salão, entre o forro e os espelhos, os escravos da casa, às gargalhadas, levavam à boca os restos das garrafas de champanhe.

Do casal Zayas Gorostiza não havia nem rastro.

CAPÍTULO 14

Mauro acordou remoendo o acontecido na noite anterior. Avaliando, debatendo consigo mesmo. Até que decidiu parar de pensar: a pressa o pressionava, tinha que se mexer. E ficar pensando no que já estava feito não o levaria a lugar nenhum.
Saiu cedo com Santos Huesos. Seu objetivo mais imediato era encontrar um lugar confiável onde depositar o dinheiro da condessa, seu pouco capital próprio e a herança da irmã de Gorostiza, da qual, por ora, não ia se livrar. Talvez pudesse ter perguntado à dona da hospedaria por uma firma comercial de confiança, mas preferiu não chamar atenção. Tudo parecia confuso naquele porto, melhor não revelar a ninguém mais que o necessário.
Percebendo como suas roupas de excelente tecido inglês eram desconfortáveis nas temperaturas do trópico, percorreu sem rumo definido a extensa trama de ruas estreitas que formavam o coração de Havana. Em nada se pareciam com as ruas pelas quais transitava diariamente no México, apesar da língua em comum. Empedrado, Aguacate, Tejadillo, Aguiar. E, de repente, uma praça. A de San Francisco, a de Cristo, a Vieja, a da Catedral: tudo misturado em uma emaranhada promiscuidade arquitetônica e humana na qual armazéns de bacalhau seco ocupavam os térreos alugados das mais régias mansões, e onde as bugigangas e as lojas de quinquilharias conviviam parede com parede com grandes casas nobres.
Desceu pela rua del Obispo, abarrotada de gente, vozes e cheiros pungentes. Cruzou a rua de San Ignacio, subiu a valorizada rua de O'Reilly, onde diziam que os lotes e os estabelecimentos comerciais custavam mais de uma onça de ouro a vara. Ruas estreitas que formavam um quadriculado quase perfeito e sobre as quais pairava um cheiro de

mar e café, de laranja azeda e do suor de mil peles misturado com peixe, salitre e jasmim. Em todas, sem exceção, respirava-se uma umidade pegajosa que quase poderia ser cortada com uma faca. Uma algaravia febril enchia o ar de gritos e gargalhadas: de esquina a esquina, de carruagem a carruagem, de sacada a sacada.

Os toldos dos estabelecimentos comerciais — grandes pedaços de pano multicolorido pendurados de um lado a outro — filtravam a luz inclemente com uma sombra muito bem-vinda. Serpeando pelas ruas paralelas e perpendiculares, por todo lado teve que desviar de transeuntes de mil tonalidades; crianças, cachorros e entregadores, mensageiros, vendedores de frutas e tranqueiras, e atendentes de lojas que saíam carregados dos estabelecimentos para levar a mercadoria às carruagens de rodas altíssimas que ali se chamavam *volantas* e *quitrines*, nas quais aguardavam as senhoras e as moças que nem sequer se davam o trabalho de pôr o pé no chão para fazer suas compras.

Depois de sondar duas casas comerciais que não o convenceram por razões de pura intuição, a terceira tentativa acabou sendo bem-sucedida em um casarão da rua de los Oficios. Casa Bancaria Calafat, dizia uma placa esmaltada. O próprio dono, com seu bigode mongol, cabelo branco e algodoado, e uma carga considerável de anos nas costas, recebeu-o atrás de uma imponente mesa de mogno. Atrás dele, uma pintura a óleo do porto de Palma de Maiorca rememorava a já distante origem do sobrenome.

— Desejo depositar temporariamente um capital — foi seu anúncio.

— Acho que não pecaria por soberba se lhe dissesse que dificilmente poderia encontrar em toda a ilha um lugar melhor que este, meu amigo. Faça o favor de se sentar.

Discutiram sobre corretagem e juros, cada um pressionando educadamente a seu favor. E, uma vez de acordo, contaram o dinheiro. Depois, chegou o momento das assinaturas e o prelúdio da despedida após um ajuste no qual ambos ganhavam algo e nenhum dos dois perdia.

— Nem preciso dizer, sr. Larrea — indicou o banqueiro ao fim da transação —, que estou à inteira disposição para assessorá-lo em qualquer assunto local vinculado aos negócios a que tenha a intenção de se dedicar por aqui.

Seu faro lhe antecipara que aquele indivíduo de passaporte espanhol que tinha compleição de estivador portuário, uma fala entre Lope de Vega e o bisneto de Moctezuma e o afiado tino comercial de um bucaneiro da Jamaica talvez pudesse, com o tempo, se tornar um bom cliente fixo.

Eu venderia minha alma ao próprio Satanás para saber quais são esses negócios, compadre, murmurou o minerador para si mesmo.

— Vamos nos falando — respondeu Mauro, evasivo, enquanto se levantava. — Por ora, ficarei satisfeito se antes de eu ir o senhor me recomendar um bom alfaiate de sua confiança.

— O italiano Porcio, na rua Compostela, sem dúvida; diga que eu o indiquei.

— Então, tudo certo; muito agradecido.

Ele já estava em pé, pronto para ir.

— E uma vez resolvido o problema de sua indumentária, meu caro senhor Mauro, me pergunto se talvez não lhe interessaria também que eu lhe recomendasse um bom investimento.

Ele teria gargalhado com vontade diante do imponente bigode de Julián Calafat. Sabe de uma coisa, meu senhor?, ficou tentado a dizer. De todo esse dinheiro que estou deixando sob seus cuidados, de tudo isso que me faz parecer a seus olhos um rico estrangeiro cujo dinheiro lhe sai pelas orelhas, nem sequer um quinto é de minha propriedade. E, mesmo assim, para consegui-lo, tive que hipotecar minha casa com um agiota mesquinho que quer me ver rolando na lama. Isso era o que devia ter respondido. Mas, corroído pela curiosidade, conteve-se e permitiu que o banqueiro continuasse.

— Nem preciso lhe dizer que esse dinheiro, aplicado em algumas operações bem escolhidas, renderia de uma maneira altamente proveitosa.

Em vez de ficar parado à espera de uma resposta imediata, Calafat, raposa velha, deu-lhe alguns instantes para reagir enquanto se entretinha tirando de uma caixa contígua um par de charutos de Vueltabajo. Sem pressa, pressionou-os levemente para apreciar seu nível de umidade; em seguida cheirou-os, parcimonioso, e por fim estendeu um a Mauro, que, ainda em pé, aceitou.

Sem uma palavra, cortaram as pontas com uma guilhotina de prata. E a seguir, mergulhados em um silêncio prolongado, cada um acendeu o seu com um longo fósforo de cedro.

Até que Mauro Larrea, escondendo a angústia que lhe devorava as tripas, sentou-se de novo diante da mesa.

— Pois diga.

— Justamente — prosseguiu o banqueiro expulsando as primeiras volutas de fumaça — estamos fechando estes dias um negócio do qual um dos sócios majoritários acaba de se retirar; um negócio que talvez possa ser de seu interesse.

O minerador, então, cruzou uma perna sobre a outra e apoiou os cotovelos na poltrona. Uma vez composta a postura, deu outra puxada no charuto. Rotunda, plena; como se fosse o dono do mundo. E com isso conseguiu que sua alquebrada firmeza ficasse oculta atrás de uma fachada de cínica segurança. Ande, então, disse a si mesmo; não perco nada só por escutá-lo, velho.

— Sou todo ouvidos.

— Um navio frigorífico.

— Como?

— A portentosa invenção de um alemão; os ingleses também andam atrás da mesma técnica, mas ainda não se lançaram. Para transportar carne de boi fresca da Argentina até o Caribe. Conservada em perfeitas condições, pronta para o consumo sem necessidade de ser previamente salgada, como fazem com esse pedaço de couro nojento que dão aos negros.

Tornou a fumar o charuto. Com ânsia.

— E qual é exatamente sua proposta?

— Que entre com um quinto do total. Seremos cinco sócios se resolver entrar no negócio. Se não, eu mesmo assumirei essa parte.

Ele desconhecia o potencial do negócio, mas, a julgar pelo calibre do investimento, tratava-se de algo grande. E seu instinto mais primário o fazia confiar cegamente em Calafat. Por isso, calculou à velocidade da luz. E, como era previsível, as contas não fecharam. Não chegaria à quantia necessária nem somando o dinheiro da condessa ao seu próprio.

Mas... Talvez... Em cima da mesa de Calafat, os dobrões de ouro contidos nas bolsas de couro que Ernesto Gorostiza lhe entregara pareciam atraí-lo com a força do centro da Terra.

E se propusesse à irmã de Gorostiza que investisse com ele? Meio a meio, sócios.

Louco, louco, louco!, teria gritado Andrade se estivessem juntos. Você não pode arriscar, Mauro; nem pense em se meter em algo que não está em condições de assumir. Por seus filhos, compadre, por seus filhos eu suplico, comece com juízo e não se enforque na primeira árvore do caminho.

Não me venha com cautela, compadre, e ouça-me, protestou mentalmente diante das supostas palavras do procurador. Talvez isso não seja tão absurdo quanto possa parecer à primeira vista. Alguma coisa perturba essa mulher, ontem à noite vi isso em seus olhos, mas não parece precisar de dinheiro desesperadamente. Parece apenas querer blindá-lo de seu marido por alguma razão que prefere ocultar de mim. Para que ele não o esbanje, certamente, ou para que não o leve nessa viagem que talvez empreenda.

E se o irmão descobrir? E se ela contar tudo a seu futuro consogro? Essa teria sido a réplica de seu procurador, e o minerador também tinha uma resposta para ela. Ao que tudo indica, não vai contar. E mesmo que contasse, eu explicaria a Ernesto quando chegasse a hora: acho que ele confia mais em mim do que nela. Posso oferecer à mexicana a possibilidade de investir seu dinheiro com segurança sem que ninguém em Havana fique sabendo; posso afastá-lo permanentemente das mãos do marido, investi-lo com juízo. Velar por seus bens, enfim, sem que ninguém saiba.

Todos esses argumentos ele teria exposto ao amigo se estivesse por perto. Como não estava, calou e continuou atento a Calafat.

— Veja, Larrea, vou ser claro, se me permite a confiança. Esta nossa ilha vai demorar muito pouco para ir para o buraco, por isso, estou interessado em começar a atuar também fora dela, só por precaução. Aqui todo o mundo vive feliz pensando que continuaremos sendo a chave do Novo Mundo até o fim dos dias, certos de que o esplendor da cana, do tabaco e do café vai nos manter ricos por séculos a fio, amém. Ninguém, exceto quatro visionários, parece perceber que se trata do mais rico florão da Coroa. Todas as colônias espanholas de Ultramar se tornaram independentes e empreenderam seus próprios caminhos, e cedo ou tarde nosso destino será também cortar esse cordão umbilical. O problema é como o faremos e para onde iremos depois.

Os números continuavam dançando na cabeça do minerador em forma de operações matemáticas: o que tenho, o que devo, o que posso arranjar. O futuro de Cuba lhe importava bem pouco naquele momento. Mas, por mera cortesia, fingiu certa curiosidade.

— Entendo; suponho que a situação seja como no México antes da independência: a metrópole impondo tributos excessivos e mantendo um rígido controle, e todos submetidos às leis ditadas a seu bel-prazer.

— Exatamente. Esta ilha, porém, é muito menos complexa que o México. Na extensão, na sociedade, na economia. Aqui tudo é infinitamente mais simples e só temos três opções reais de futuro. E cá entre nós lhe digo que não sei qual delas é a pior.

O investimento, sr. Julián. O assunto do frigorífico. Pare de divagar e me fale dele, pelo amor de Deus. Mas o banqueiro não parecia ter o dom de ler o pensamento, de modo que, alheio às preocupações de seu novo cliente, prosseguiu com sua dissertação sobre o futuro incerto da Grande Antilha:

— A primeira solução, defendida pela oligarquia, é que fiquemos eternamente vinculados à Península, mas ganhando cada vez mais poder próprio com uma maior representação nas Cortes espanholas. De fato, os proprietários das grandes fortunas da ilha já investem milhões na compra de influências em Madri.

De novo, por educação, não teve remédio a não ser intervir.

— Mas eles seriam os mais beneficiados com a independência: deixariam de pagar tributos e impostos e comercializariam com maior liberdade.

— Não, meu amigo, não — replicou Calafat, contundente. — A independência seria a pior das opções para eles, porque implicaria o fim da escravidão. Eles perderiam as fortunas investidas na manutenção dos escravos, e sem o robusto braço africano trabalhando dezesseis horas por dia nas plantações, seus negócios não se manteriam em pé nem três semanas. Paradoxalmente, veja só que ironia, eles estão, de certa maneira, escravizados por seus escravos também. Seus próprios negros os impedem de se arriscar a ser independentes.

— Ninguém quer a independência, então?

— Claro que sim, mas quase como uma utopia: uma república liberal e antiescravagista, laica, se possível. Um belo ideal promovido pelos patriotas sonhadores em suas lojas maçônicas, com suas reuniões secretas e seu jornal clandestino. Mas isso não passa de uma ilusão platônica, receio: a realidade é que, por ora, não temos forças nem estrutura para viver sem tutela. Pouco duraríamos até que outra mão opressora caísse sobre nós.

Mauro arqueou uma sobrancelha.

— Os Estados Unidos da América, meu respeitado sr. Mauro — prosseguiu Calafat. — Cuba é seu principal objetivo fora do território continental; sempre estivemos em sua mira como uma obsessão. Neste momento está tudo parado por conta da guerra civil deles, mas, assim que pararem de se matar entre si, juntos ou separados voltarão sua atenção para nós. Ocupamos uma posição estratégica em frente à costa da Flórida e da Louisiana, e mais de três quartos de nossa produção açucareira vai para o norte; por aqui eles são admirados e andam à vontade. De fato, propuseram várias vezes à Espanha nos comprar. Eles não veem a menor graça em que grande parte dos muitos dólares que eles pagam para adoçar seu chá e seus bolos acabe nos cofres dos Bourbon na forma de impostos, entende?

Malditos gringos, de novo.

— Perfeitamente, sr. Calafat. Ou seja, o dilema de Cuba está entre continuar amarrada à cobiçosa pátria mãe ou passar às mãos dos mascates do norte.

— A não ser que aconteça o mais temido.

O banqueiro tirou os óculos, como se o incomodassem, apesar da leveza de sua fina armação de ouro. Depositou-os cuidadosamente sobre a mesa, depois olhou para ele com pupilas de míope e lhe esclareceu a questão:

— A revolta dos negros, amigo. Uma sublevação dos escravos, algo parecido com o que aconteceu no Haiti no começo de século, quando obtiveram a independência dos franceses. Esse é o maior medo desta ilha, nosso eterno fantasma: que os negros nos fulminem. O pesadelo recorrente do Caribe inteiro.

Assentiu, compreendendo.

— De modo que por todos os lados estamos bem fodidos — acrescentou o cubano —, se me permite a expressão.

Não se escandalizou com a palavra, certamente. Mas se chocou com a crua lucidez com que Calafat havia esboçado aquelas perspectivas.

— E enquanto isso — continuou o banqueiro com certa ironia —, continuamos aqui na Pérola das Antilhas, nos divertindo no luxo dos nossos salões e dançando contradanças uma noite sim e outra também, esmagados pela indolência, pelo gosto de ostentar e pela falta de visão. Tudo é assim nesta ilha: sem consciência, sem uma ordem moral. Para tudo há uma desculpa, uma justificativa ou um pretexto. Não passamos de um grande acampamento de negociantes frívolos e irresponsáveis ocupados somente com o presente; ninguém tem interesse em educar solidamente seus filhos, não existe a pequena propriedade, quase todos os comerciantes são estrangeiros, as fortunas se dissipam como espuma em qualquer mesa de jogo e é raro o negócio que chega até uma segunda geração. Somos vivos, simpáticos e generosos, apaixonados até, mas a negligência vai acabar nos levando à ruína.

Interessante, pensou Mauro. Um bom retrato da ilha resumido com sensatez e brevidade. E agora, sr. Calafat, vamos direto ao ponto, se não se importa. Sua ordem mental, por fim, encontrou resposta.

— Por isso eu lhe proponho sociedade nesse empreendimento. Porque o senhor é mexicano. Ou espanhol mexicanizado, como me explicou, tanto faz. Mas sua fortuna provém do México e para lá pretende voltar; uma nação irmã e independente, e isso é o que realmente me importa.

— Desculpe minha ignorância, mas continuo não entendendo a razão.

— Assim como estou lhe estendendo uma mão aqui, incluindo-o em meus negócios, meu amigo, tenho certeza de que o senhor fará o mesmo por mim em seu país se um dia as coisas ficarem turvas nesta ilha e eu tiver que expandir meus negócios para outros territórios.

— A situação no México não está favorável para grandes investimentos neste momento, se me permite esclarecer.

— Eu sei muito bem. Mas em algum momento vai melhorar. E vocês ainda têm riquezas gigantescas para explorar. Por isso, proponho que se junte a nosso empreendimento. Uma mão lava a outra, como diz o ditado.

Décadas de guerra civil, os cofres do Estado cheios de teias de aranha, fortes tensões com as potências europeias. Esse era, na verdade, o panorama que Mauro havia deixado para trás em sua pátria adotiva. Mas não insistiu. Se o banqueiro previa um futuro mais luminoso, não seria ele que lhe abriria os olhos à custa de seu próprio prejuízo.

— Quando acha que o negócio do navio de carne congelada poderia começar a dar lucro? — perguntou, reconduzindo a conversa para seu lado mais pragmático. — Perdoe a minha franqueza, mas por enquanto ainda não sei quanto tempo vou ficar em Cuba e, antes de mais nada, preciso contar com essa previsão.

— Uns três meses até recebermos o primeiro carregamento. Três meses e meio, talvez, dependendo do mar. De resto, está tudo pronto: a maquinaria montada, as licenças concedidas...

Três meses, três meses e meio. Exatamente o que necessitava para cumprir o primeiro prazo de sua dívida. Surgiu em sua memória Tadeo Carrús, consumido e mesquinho, rogando a Nossa Senhora de Guadalupe que lhe concedesse tempo de vida para poder contemplar sua ruína. E Dimas, o filho aleijado, contando as varandas de sua casa no meio da noite. E Nico, perambulando pela Europa ou prestes a voltar.

— E de que lucro estamos falando, sr. Julián?

— Estime cinco vezes o valor investido.

Esteve a ponto de gritar um "conte comigo, velho". Aquilo poderia ser sua saída definitiva. Sua salvação. O projeto parecia promissor e solvente; Calafat também. E o prazo, o exato para receber e voltar para o México. Os números e as datas continuavam dançando desenfreados em sua mente enquanto a voz do procurador tornava a ser ouvida de longe. Suborne um funcionário do porto para que agilize algum carregamento; faça contrabando, se for necessário; eu e você já fizemos coisas piores em outros tempos, quando trapaceávamos como demônios com o mercúrio para as minas. Mas não queira arrastar junto uma mulher que você mal conhece, e pelas costas do marido, filho da mãe. Não brinque com fogo, pelo amor de Deus.

— Quanto tempo me dá para decidir?

— Não mais de dois dias, receio. Dois dos sócios estão de partida para Buenos Aires e tudo precisa estar acertado antes que zarpem.

Mauro se levantou fazendo um esforço para serenar a confusão de números e vozes que abrigava no cérebro.

— Eu lhe darei minha resposta assim que possível.

Calafat apertou-lhe a mão.

— Fico esperando, caro amigo.

Cale-se, Andrade, caralho!, gritou para sua consciência enquanto saía de novo para o calor e semicerrava os olhos ao contato brutal com a luz do meio-dia. Inspirou fundo e sentiu o iodo marinho.

Cale-se de uma vez, irmão, e deixe-me pensar.

CAPÍTULO 15

Continuava fazendo cálculos enquanto deixava que lhe tomassem as medidas e encomendava dois ternos de linho cru e quatro camisas de algodão. Porcio, o alfaiate italiano que Calafat lhe recomendara, mostrou ser tão habilidoso com a agulha quanto tagarela, empenhado em informá-lo sobre a moda na ilha. Rara habilidade tinha aquele homem para medir braços, pernas e costas ao mesmo tempo que dissertava, com seu sotaque cantado, sobre as maneiras contraditórias entre o modo de vestir dos cubanos — tecidos mais leves, cores mais claras, modelos mais leves — e o dos peninsulares que iam e vinham entre a Espanha e sua última grande colônia, apegados às sobrecasacas de lapelas largas e aos tecidos grossos da meseta.

— E agora, o senhor só precisa de dois chapéus de palha.

Por cima do meu cadáver, murmurou entre os dentes, sem que o italiano o ouvisse. Sua intenção não era parecer-se com os antilhanos de puro sangue, apenas combater da melhor maneira aquele calor pegajoso enquanto ia traçando seu destino. Mas, para sua própria sobrevivência, acabou cedendo em parte e trocou seus formais chapéus europeus de copa média, de feltro ou pele de castor, por um exemplar mais claro e flexível, pouco encorpado, boca larga e aba suficiente para se proteger do forte calor.

E, uma vez cumprida essa obrigação, dedicou-se a refletir. E a observar. Com uma parte do cérebro, continuava esmiuçando a proposta do banqueiro. Com a outra, dissecava o ambiente e cravava os olhos nos comércios que ia encontrando à sua volta para ver o que se vendia e o que se comprava em Havana. Que transações se faziam, por onde andava o dinheiro, onde poderia encontrar algo acessível a que pudesse se agarrar.

Sabia de antemão que as minas de cobre, escassas e pouco produtivas, não eram uma opção. Já estavam em poder de grandes corporações norte-americanas desde que a Coroa espanhola relaxara suas regulações, três décadas antes. Sabia também que, acima de tudo, o maior negócio de Cuba era o açúcar. O ouro branco movimentava milhões. Imensas fazendas dedicadas ao cultivo da cana, centenas de engenhos para seu processamento e mais de 90% da produção saindo constantemente daqueles portos para o mundo, para em seguida voltar à ilha na forma de volumosos rendimentos em dólares, libras ou duros de prata. O açúcar era seguido de perto pela produção dos cafezais e dos férteis campos de tabaco. Como resultado de tudo isso, uma riquíssima classe alta *criolla* que com frequência reclamava dos altos tributos que a pátria-mãe exigia, mas cuja independência nem sequer chegava a cogitar com seriedade. E como motor necessário para que nada parasse de se movimentar e se continuasse gerando riqueza aos borbotões, dezenas de milhares de braços escravos trabalhando sem trégua de sol a sol.

Seus passos sem direção o levaram a atravessar a muralha pela porta de Monserrate, até adentrar a área mais nova e ampla da cidade. As sombras das árvores do Parque Central e o rugido de seu próprio estômago faminto o encaminharam até as portas de um café chamado El Louvre, que tinha mesas de mármore e cadeiras de vime prontas para o almoço. Aproveitou o lugar deixado por um trio de oficiais uniformizados; com um gesto, indicou ao garçom que tomaria, para começar, o mesmo que ele acabara de servir a dois estrangeiros sentados perto, algo com aparência refrescante para combater o tórrido calor.

— Já trago seu suco de sapoti, senhor — replicou o jovem mulato.

E Mauro, enquanto isso, continuou pensando. Pensando. Pensando.

— Vai querer almoçar, senhor? — perguntou o garçom ao ver o copo vazio em dois goles.

Por que não?, decidiu.

Enquanto esperava que lhe servissem o guisado *criollo*, continuou refletindo. Enquanto comia, acompanhado de duas taças de clarete francês, também. Sobre a proposta de Calafat. Sobre Carola Gorostiza. Sobre quão longe estava de qualquer negócio vinculado com a exploração da terra — cana de açúcar, tabaco, café —, e o agravante insuportável da espera, submetida ao ciclo natural das colheitas. Até que, com a cidade mergulhada no torpor da primeira hora da tarde e a incerteza aferrada às entranhas, decidiu voltar para a hospedaria.

— Com licença um instante, sr. Larrea — pediu a dona do estabelecimento quando o ouviu chegar à fresca galeria superior.

Ali, espalhados entre as redes e as cadeiras de balanço e protegidos por longas cortinas de linho branco, os hóspedes espaireciam com gosto em sua modorra. Jantara com todos eles na noite de sua chegada: um catalão representante de produtos de papelaria, um robusto norte-americano que consumiu uma jarra inteira de vinho tinto português, um próspero comerciante de Santiago de Cuba visitando a capital, e uma holandesa, gorda e incompreensível, cuja razão de estadia na ilha ninguém conhecia.

Já a caminho de seu quarto, dona Caridad acabara de pará-lo. Era uma mulher madura um tanto rechonchuda, vestida de branco do pescoço aos pés, como a maioria das havanesas, com alguns fios cinza atravessando seu cabelo preto e maneiras de mulher acostumada a se mover com segurança, apesar de sua notável manqueira. A antiga amante de um cirurgião-major do Exército espanhol, lhe haviam dito. Dele, quando morreu, não recebeu pensão por viuvez, mas sim aquela casa, para revolta da família legítima do falecido, em Madri.

— Antes do almoço chegou uma coisa para o senhor.

De uma escrivaninha próxima tirou uma carta lacrada. No verso constava o nome de Mauro; a frente do envelope estava em branco.

— Um cocheiro a entregou a uma de minhas mulatas; é só o que posso informar.

Ele a guardou no bolso com uma atitude de fingido desinteresse.

— Gostaria de tomar um cafezinho com os demais hóspedes, sr. Mauro?

Ele deu uma vaga desculpa para recusar; intuía quem havia lhe mandado a carta e ardia de ansiedade para conhecer seu conteúdo.

Seus prognósticos se confirmaram assim que se trancou no quarto. Carola Gorostiza lhe escrevia de novo. E, para sua grande surpresa, anexava um ingresso. Para aquela mesma noite, no teatro Tacón. *La hija de las flores o Todos están locos*, de Gertrudis Gómez de Avellaneda. Espero que goste de teatro romântico, dizia. Bom espetáculo. A seu devido tempo, eu o procurarei.

O teatro romântico, na verdade, não fedia nem cheirava para ele. Nem sequer sentia curiosidade por aquele teatro Tacón — magnífico, segundo todos diziam —, que devia seu nome a um antigo capitão geral espanhol, um militar de Ayacucho cuja memória, passadas quase três décadas desde sua destituição, ainda pairava sobre a Grande Antilha.

— Vai novamente a um baile luxuoso em El Cerro, sr. Larrea?

A pergunta foi feita atrás de Mauro algumas horas depois, quando já havia anoitecido, já se haviam acendido as primeiras velas na galeria e o pátio cheirava a plantas recém-regadas. Como diabos esta mulher sabe aonde vou e aonde deixo de ir, pensou enquanto se voltava. Mas antes de responder a dona Caridad, ela mesma, depois de examiná-lo com ar de aprovação e olhar lento, respondeu:

— A gente fica sabendo de tudo nesta Havana fofoqueira, meu caro senhor. Ainda mais quando se trata de um cavalheiro de presença e posses como o senhor.

Estava de novo de fraque, acabara de tomar banho. Ainda estava com o cabelo úmido e a pele cheirava a navalha e sabonete. Se tivesse dito à dona da casa o que esteve a ponto de dizer, teria destoado de sua aparência: meta-se com sua vida, minha senhora, e deixe-me em paz. Por isso, engoliu a frase; por isso e porque intuía que seria melhor tê-la como aliada, para o caso de em algum momento de sua estadia precisar dela.

— Pois este cavalheiro de presença e posses, como a senhora disse, lamenta lhe informar que não vai a baile algum esta noite.

— Aonde vai, então, se me permite a indiscrição?

— Ao teatro Tacón.

Ela se aproximou uns passos, arrastando sua perna manca sem complexos.

— Sabe, existe um ditado bem havanês que todos que nos visitam acabam aprendendo.

— Estou ansioso por escutá-lo — replicou Mauro com dissimulação.

— Há três coisas em Havana que causam admiração: o Morro, a Cabaña e o lustre do Tacón.

O Morro e a Cabaña, fortalezas defensivas do porto que recebiam e se despediam de todos que chegavam ou saíam de Havana, Mauro os havia contemplado ao entrar no porto a bordo do *Flor de Llanes*, e continuava a vê-los cada vez que seus passos o levavam à baía. Para conhecer o lustre do Tacón — uma gigantesca luminária de cristal de manufatura francesa que pendia do teto —, teve apenas que esperar que uma carruagem de aluguel o deixasse no teatro.

Acomodou-se em uma das poltronas preferenciais, seguindo as instruções da carta recebida; cumprimentou com um cortês movimento de cabeça as pessoas à esquerda e à direita e ficou observando os detalhes a sua volta. Não se deslumbrou com as decorações brancas e douradas dos cinco imponentes andares, ou as balaustradas aveludadas que guarneciam os camarotes; nem o lendário lustre lhe provocou a menor admiração. A única coisa que desejava ver entre as centenas de presentes que pouco a pouco iam ocupando seus assentos era o rosto de Carola Gorostiza e, para isso, percorreu com olhos ávidos o restante das poltronas, os balcões e camarotes; até o próprio palco. Quase pediu emprestados os binóculos de bronze e madrepérola que sua deslumbrante e madura vizinha de poltrona ostentava sobre o colo coberto de brocado enquanto cochichava lindezas no ouvido de seu acompanhante, um jovem de costeletas cacheadas quinze ou vinte anos mais novo que ela.

Conteve-se por uma ordem de suas próprias vísceras. Quieto, compadre, disse a si mesmo. Calma, ela vai aparecer.

Ela não apareceu, contudo. Mas chegaram-lhe suas palavras, entregues por um mensageiro no exato momento em que a imensa sala começava a escurecer. Ele desdobrou o bilhete com dedos ágeis, e antes que a última luz se apagasse, conseguiu lê-lo. Salão dos condes de Casaflores. Entreato.

Não saberia dizer se a apresentação tinha sido sublime, aceitável ou nefasta; o único adjetivo que lhe ocorreu foi insuportavelmente longa. Ou foi o que lhe pareceu, talvez porque, mergulhado em seus próprios pensamentos, mal tivesse prestado atenção ao enredo e às vozes timbradas dos atores. Tão logo os aplausos começaram a encher a sala, aliviado, ele se levantou.

O salão onde a Gorostiza havia marcado era um recinto opulento de dimensões moderadas onde os ricos anfitriões, segundo o costume, ofereciam um aperitivo aos amigos e conhecidos durante o intervalo do espetáculo. Ninguém lhe perguntou quem era nem quem o havia convidado quando, com passo fingidamente seguro, atravessou a grossa cortina de veludo. Os escravos negros, vestidos com sua elegância habitual, circulavam com bandejas de prata cheias de bebidas, jarras de água nas quais boiavam cubos de gelo e copos entalhados com suco de goiaba e cherimólia. A autora da mensagem não tardou a aparecer. Vestida com deslumbrante vestido de cetim coral, com um vistoso colar de rubis no pescoço e a densa cabeleira preta pontuada de flores: para não passar despercebida diante de ninguém. Muito menos diante dele.

Se notou à primeira vista que o minerador já estava ali esperando-a, dissimulou com desenvoltura, porque, durante alguns minutos, decidiu ignorá-lo. Ele, então, limitou-se a aguardar, trocando de vez em quando um breve cumprimento com alguém que houvesse encontrado no baile de Casilda Barrón em El Cerro, ou cujo rosto lhe parecesse remotamente familiar.

Até que ela, acompanhada de duas amigas, aproximou-se e sutilmente conseguiu levar o grupo para uma lateral da sala. Trocaram elogios e frases triviais: sobre o espetáculo, sobre a magnificência do teatro, sobre a delicadeza da atriz principal. Depois de algumas futilidades, as acompanhantes, alertadas pela senhora Zayas, que pigarreou, misturaram-se aos presentes com um farfalhar de seda e tafetá. E então, por fim, a irmã de seu futuro consogro falou sobre o que ele ansiava ouvir:

— Fiquei sabendo de algo que talvez possa lhe interessar. Tudo depende de como ande de escrúpulos.

Ele ergueu uma sobrancelha com uma expressão de curiosidade.

— Não estamos no lugar mais adequado para entrar em detalhes — acrescentou ela, baixando a voz. — Vá amanhã à noite ao armazém de louça Casa Novás, na rua de la Obrapía. Haverá uma reunião às onze da noite em ponto. Diga que vai a convite de Samuel.

— Quem é Samuel?

— Um judeu prestamista de extramuros. Dizer que vai a convite dele é como dizer que foi convidado pelo bispo ou pelo capitão-geral: um contato tão falso quanto certeiro. Todo o mundo conhece Samuel e ninguém vai duvidar de que ele o avisou sobre o negócio.

— Adiante alguma coisa.

Ela suspirou, e com o suspiro ergueu um decote bem mais profundo e ousado do que os que suas compatriotas costumavam exibir nos encontros sociais da capital mexicana.

— Logo saberá dos detalhes.

— E a senhora? Ou vocês?

Sua reação foi pestanejar, como se não esperasse a ousadia daquele dardo direto. Ao redor ouviam-se rolhas de garrafas saltando e o tilintar de risos e cristais; pairavam no ar centenas de vozes e um calor denso e pegajoso como o mel.

— Nós o quê?

— A senhora e seu marido também vão participar do negócio?

Ela sufocou na garganta um riso seco.

— Nem pensar, meu senhor.

— Por que não, se é uma boa oportunidade?

— Porque, em tese, não dispomos de liquidez no momento.

— Recordo-lhe que tem sua herança.

— Recordo-lhe que estou tentando mantê-la longe de meu marido por circunstâncias pessoais que, se me permite, prefiro reservar para mim.

Guarde para si seus assuntos, minha senhora. Longe de mim querer me intrometer em seus problemas conjugais, pensou. A única coisa que me interessa agora, Carola Gorostiza, é o seu dinheiro. Seu marido, suas tramas e tramoias me são totalmente indiferentes, e prefiro que continuem assim.

— Eu posso investi-la para a senhora sem que ele nem ninguém suspeite — foi, porém, o que disse. — Multiplicá-la.

Ela ficou com um sorriso petrificado nos lábios. Um sorriso pálido, a expressão de uma reação de estupor.

— Proponho juntarmos seu capital ao meu, e eu invisto pelos dois — esclareceu sem lhe dar tempo de intervir. — No devido tempo vou avaliar o negócio do qual a senhora prefere não falar por ora, mas adianto que tenho outro negócio em vista também. Seguro e lucrativo. Garantido.

— O que me propõe é extremamente arriscado, eu mal o conheço — sussurrou ela.

Acompanhou seu desconcerto com o agitar altivo de outro maravilhoso leque de penas de marabu. De um coral intenso, combinando com a cor do vestido. À velocidade de um raio, contudo, pareceu se recompor e seu sorriso pétreo ganhou vida, retomando os cumprimentos incessantes ao longe.

Ele continuou insistindo, insensível ao obstinado desejo dela de disfarçar diante dos demais convidados. Firme, convicto. Era sua única cartada. E aquele era o melhor momento para jogá-la.

— O prazo para começar a obter lucro é de três meses; o investimento se multiplicará muito, e eu garanto, enquanto isso, sigilo absoluto. Acho que já demonstrei que pode contar com minha honradez. Se eu quisesse me aproveitar da senhora e ficar com o que é seu, já teria feito isso; oportunidades não me faltaram desde que seu irmão me encarregou de lhe entregar seu dinheiro. Estou apenas propondo movimentá-lo de forma anônima para fazê-lo crescer junto com o meu capital. Ambos ganharemos com isso, não tenha dúvidas.

Já o vi pôr a pistola em cima da mesa na frente de militares curtidos em cem batalhas para negociar duramente o preço do transporte da prata. Já o vi em quedas de braço até com o diabo para conseguir a concessão de uma jazida na qual você estava de olho; eu o vi embebedar seus adversários em um prostíbulo para lhes arrancar informação sobre o rumo de uma jazida de minério. Mas jamais imaginei que chegaria a ponto de encurralar uma mulher desse jeito para ficar com o dinheiro dela, safado. A voz de Andrade martelava de novo em sua consciência com a mesma tenacidade com que ele mesmo havia derrubado as paredes das minas no passado. Com força bruta, com fúria. Os longos anos que passaram juntos haviam lhe ensinado a antecipar as reações do procurador, e agora, como um estorvo, impediam-no de se livrar dele dentro de sua cabeça.

Não estou me aproveitando de ninguém, irmão, rebateu Mauro mentalmente enquanto Carola Gorostiza mordia um lado do lábio inferior em um esforço para aceitar a proposta. Não estou seduzindo uma pombinha como Fausta Calleja; essa mulher não é um cordeiro manso que um homem engana para levá-la para a cama ou roubar seu coração. Ela sabe o que quer, o que lhe interessa. E, de qualquer maneira, lembre que foi ela que tentou, no início, obter algo de mim.

E o marido? O que vai fazer com o marido, insensato?, persistia o fantasma de Andrade. O que vai acontecer se esse réptil do Zayas souber de suas tramoias com a mulher dele? Pensarei nisso quando chegar a hora. Por ora, desapareça, pelo amor de seus mortos, eu lhe peço. Saia da minha cabeça de uma vez por todas.

— Pense com calma. Os sócios que participam são de toda confiança — insistiu aproximando-se do ouvido dela e transformando a voz em um sussurro rouco. — Confie em mim.

Quando afastou a boca do rosto dela, movido por um intuitivo senso de precaução, voltou o olhar para a entrada. Segurando a cortina de veludo, naquele exato momento viu Gustavo Zayas atravessar o umbral. Com um charuto na boca, o porte ereto e uma sombra de algo indecifrável no rosto. Algo difícil de precisar: entre confuso e melancólico.

Os olhares dos dois homens não chegaram a se cruzar, mas atritaram. De uma forma mínima, quase imperceptível, mas evidente para ambos. Como duas carroças circulando em sentido contrário por uma rua estreita qualquer de Havana; como dois seres que pretendessem passar ao mesmo tempo por uma mesma porta. De soslaio, tangencialmente. Depois, como lampejos, ambos os desviaram imediatamente.

Àquela altura a sala já estava abarrotada de gente, e Carola Gorostiza havia desaparecido. Corpos se esbarravam sem sombra de recato: roçavam-se ombros com costas, flancos com quadris e bustos femininos com braços masculinos em um emaranhado humano que não parecia incomodar ninguém e no qual era difícil distinguir quem estava com quem em que grupo, em que conversa, participando de que última fofoca social. Em meio a tal aglomeração, talvez Gustavo Zayas não tivesse percebido que sua mulher e aquele desconhecido haviam acabado de conversar em particular, alheios aos demais convidados. Ou talvez tivesse.

Mauro Larrea não ficou para a segunda parte do espetáculo: deixou que lhe servissem uma última taça, foi cedendo passagem a todo o mundo, e enquanto se remoía por dentro por não ter conseguido arrancar um sim decisivo da irmã de seu futuro consogro, ficou contemplando as gravuras penduradas das paredes: cenas em bico de pena de dom-juans e bufões, barítonos dramáticos e donzelas desmaiadas, com as longas madeixas enredadas entre as lágrimas de algum jovem galã.

Quando intuiu que todos já haviam ocupado de novo seus assentos; quando teve certeza de que as luzes do lendário lustre do Tacón se haviam apagado e o silêncio havia envolvido o teatro como um grande lenço, desceu trotando de leve as escadas de mármore, saiu para a noite do trópico e evaporou.

CAPÍTULO 16

Ao longo da manhã percorreu de cima para baixo e de baixo para cima a rua de la Obrapía. Acompanhado por Santos Huesos de batedor.
— Ande, entre e me diga o que vê — ordenou.
Era a quarta vez que passavam em frente ao armazém de louça.
— Acho que preciso de uma razão para entrar, patrão — respondeu o *chichimeca* com sua cautela pausada de sempre.
— Compre qualquer coisa — disse, levando a mão ao bolso e lhe entregando um punhado de pesos. — Um açucareiro, uma bacia para lavar as mãos, o que quiser. O importante é que me diga o que há lá dentro. E especialmente quem.
O criado deslizou sua figura sigilosa pela porta de vidro. Acima dela, uma placa: Casa Novás, Locería Propia y de Importación. A sua esquerda, em uma vitrine dividida em estantes havia diversos objetos de louça comum. Pilhas de pratos, uma grande sopeira, jarras de vários tamanhos, a imagem de um Sagrado Coração de Jesus. Nada de valor: cerâmica comum, dessa que qualquer cristão com casa própria punha na mesa todos os dias do ano.
Santos Huesos demorou um pouco a sair. Na mão, um pequeno objeto embrulhado em uma folha de uma antiga edição do *Diario de la Marina*. Mauro o esperava na esquina com a rua del Aguacate.
— E então, rapaz? — perguntou com a velha familiaridade de sempre enquanto saíam andando juntos.
Pareciam um Quixote sem barba nem cavalo e um pouco mais jovem que o original, e um magro Sancho Pança de pele bronzeada, ambos se movendo com cautela por um território totalmente estranho para os dois.

— Quatro funcionários e um homem que poderia ser o dono.
— Idade?
— Eu diria que da idade do senhor Elías Andrade, mais ou menos.
— Cinquenta e tantos?
— Algo assim.
— Ouviu-o falar?
— Não consegui, patrão; ele estava de cabeça baixa, sobre uns livros de contas. Acho que não levantou a vista nem uma única vez em todo o tempo que fiquei lá dentro.

Continuavam caminhando entre dúzias de corpos em movimento que enchiam as ruas, sob os toldos coloridos que filtravam o sol.

— E a roupa, como se vestia?
— Bem, como um senhor.
— Como eu?

Logo cedo, naquela mesma manhã, havia recebido um dos ternos do alfaiate italiano. Agradecido por sua leveza e por seu frescor sobre a pele, vestira-o de imediato. Antes de sair, dona Caridad havia lhe lançado outro de seus intensos olhares apreciativos. Está bom, pensou.

— Sim, assim como o senhor, que já está meio vestido como um havanês. Pena que a menina Mariana e o menino Nicolás não podem ver isso.

Não detiveram o passo enquanto ele tirava o chapéu e dava uma pancada contundente, mas inócua, na cabeça do índio.

— Mais uma palavra e corto seus ovos, depois os como cozidos no café da manhã. Que mais?
— Os funcionários usavam uma espécie de jaleco cinza, todos iguais, fechado de cima a baixo.
— Eram brancos ou negros?
— Branquinhos como uma parede.
— E a clientela?
— Não muita, mas demoravam para despachá-la porque só um deles estava atendendo.
— E o resto?
— Estavam enchendo gavetas e fazendo pacotes. Deviam ser pedidos, imagino, para entregar depois de casa em casa.
— E nas estantes? E nas vitrines?
— Louça e mais louça.

— Da boa, como a que tínhamos em San Felipe Neri? Ou comum, como a de Real de Catorce, antes de irmos para a capital?
— Eu diria que como nenhuma das duas.
— Explique.
— Nem tão luxuosa quanto a primeira nem tão humilde quanto a segunda. Mais como a que dona Caridad põe na mesa.

Tal e qual mostrava a vitrine, concluiu. E a dúvida voltou a atormentá-lo. Que tipo de negócio vantajoso poderia sair daquele estabelecimento medíocre? A mexicana pretendia que se associasse comercialmente com um vendedor de vasos e urinóis? Que se tornasse sócio de um lojista velho, para que, caso morresse logo, pudesse herdar o negócio? E a troco de quê marcar com ele às onze da noite, enquanto em toda a Havana começavam as festas, cortavam-se os baralhos e os músicos afinavam seus instrumentos, prontos para começar os bailes e os saraus?

Teve que esperar uma dúzia de horas para encontrar a resposta. Até que vinte minutos antes das onze deixou novamente a hospedaria, de novo vestindo roupas escuras, suas roupas de sempre. As ruas continuavam agitadas, apesar de já ser quase meia-noite; teve que se afastar de lado várias vezes para evitar ser atropelado por uma daquelas extravagantes carruagens abertas que cruzavam a noite antilhana transportando rumo ao deleite os homens mais distintos e lindas havanesas de olhos escuros e ombros de fora, com o riso despreocupado e o cabelo solto cheio de flores. Algumas o olharam com atrevimento, uma lhe fez um gesto com o leque, outra sorriu para ele. Ianque safado, murmurou, retornando na memória à origem de todo seu infortúnio. Pelo menos, ao citar o morto, tinha um buraco onde verter sua incerteza.

Santos Huesos acompanhou-o de novo, mas, dessa vez, ficou do lado de fora.

— Não saia da entrada, entendeu? — dissera-lhe no caminho.
— Às ordens, patrão. Vou esperar. Até o amanhecer, se for preciso.

Passavam dois minutos das onze quando empurrou a porta.

A loja estava escura e aparentemente vazia, mas de algum lugar bem no fundo chegava um reflexo de luz e o som meio abafado de conversas.

— Qual é seu nome, patrãozinho?

Sua primeira reação foi levar a mão à pistola que por precaução carregava no cinto. Mas o tom pouco hostil do interlocutor, provavelmente um simples escravo, tranquilizou-o.

— Ou diga apenas quem o convidou.
— Samuel — recordou.
— Entre, então; fique à vontade.

Antes de chegar ao lugar do encontro teve que atravessar um largo corredor cheio de caixas de madeira rústica e montes de palha encostados nas paredes; intuiu que devia ser o material para embalar. Depois chegou a um pátio, e na ponta viu dois portões entreabertos.

— Que Deus nos dê boa noite, senhores — cumprimentou, sóbrio, ao atravessar o umbral.

— Boa noite para o senhor também — responderam os presentes quase em uníssono.

Com os cinco sentidos alerta, varreu o aposento com os olhos.

O que viu, em primeiro lugar, serviu-lhe para perceber que as estantes da outra parte da loja estavam lotadas do que, sem dúvida, era o principal e verdadeiro negócio, independente da fachada de bacias, vasos baratos e estatuetas vulgares de santos milagreiros. Apreciando de imediato a qualidade da mercadoria, vislumbrou dúzias de sofisticadas peças de porcelana fina procedentes de metade do mundo. Estatuetas de Derby e Staffordshire desviadas de seu destino para a Jamaica inglesa, pequenos cervos e cenas pastoris de porcelana de Meissen, bonecas de biscuit, bustos de imperadores romanos, peças de maiólica; até ânforas, biombos e estátuas cantonesas trazidas do Oriente por Manila, evitando os férreos controles aduaneiros estabelecidos pela Coroa entre suas últimas colônias.

O olfato, a seguir, disse-lhe que aquilo cheirava a contrabando.

O ouvido lhe indicou, depois, que as vozes dos presentes — todos com aparência bem decente e respeitável — haviam parado de forma abrupta, à espera de que o recém-chegado se apresentasse.

O tato, por sua vez, sugeriu-lhe que seria melhor tirar os dedos da culatra do revólver — que, a propósito, fora obtido anos antes por meio de um traficante de armas do Mississippi por vias não muito mais legítimas que as que pareciam se usar ali.

E o paladar lhe ordenou, por último, que engolisse de imediato aquela bola de cautela com sabor a desconfiança que andara mastigando o dia todo.

Contrabando de peças decorativas de luxo: esse é o negócio no qual a sra. Zayas quer me meter, concluiu. Não atenta muito contra meus escrúpulos, certamente, nem parece algo excessivamente duvidoso ou vergonhoso. Com tantos sócios no meio, porém, duvido que o lucro acabe gerando uma grande fortuna. Em tudo isso pensava enquanto estendia a mão e cumprimentava um a um os sete homens presentes. Mauro Larrea, às suas ordens; Mauro Larrea, à sua disposição. Não fazia sentido esconder seu nome: qualquer um poderia indagar sobre ele com facilidade na manhã seguinte.

Eles também não ocultaram suas credenciais: um coronel de milícias, o dono do renomado restaurante francês Le Grand, um rico tabaqueiro, dois oficiais espanhóis de alta patente. Para sua surpresa, também estava ali Porcio, o loquaz alfaiate italiano que havia feito o terno de linho que usara durante grande parte do dia. E, como anfitrião, Lorenzo Novás, o proprietário.

Apesar do inquestionável valor das peças que os cercavam, o lugar não era mais que um armazém de paredes cinzentas. O mobiliário, em consonância com essa realidade, consistia em uma mesa rústica de tábuas de madeira com dois bancos compridos frente a frente. Havia apenas um garrafão de rum e alguns copos meio cheios. Mais um pacote de charutos amarrado por uma fita de algodão vermelho e dois isqueiros de mecha: cortesia da casa, imaginou.

— Muito bem, senhores...

Novás, cerimonioso, bateu na mesa com os nós dos dedos em busca de atenção. As vozes se calaram, todos já estavam sentados.

— Antes de mais nada, quero agradecer por terem confiado em mim e por escutarem o que tenho a lhes oferecer nessa promissora aventura. Dito isso, não percamos mais tempo e comecemos pelas questões realmente relevantes que todos os presentes devem estar interessados em conhecer. Em primeiro lugar, gostaria de anunciar que já está ancorado no cais de Regla aquele que será nosso navio: um bergantim feito em Baltimore, veloz e bem armado, como quase todos os que saíam desse porto antes de os ianques entrarem em guerra. Desses que navegam como cisnes quando sopram ventos suaves favoráveis, e se defendem, corajosos, quando sopram ventos adversos. Nada de uma simples balandra de cabotagem ou uma velha goleta da época do cerco a Pensacola. Um excelente navio, garanto. Com quatro canhões modernos e os porões reformados com vários pisos para otimizar o carregamento da mercadoria.

Os outros assentiram com sons baixos.

— Tenho o prazer de comunicar também — prosseguiu — que já temos capitão: um malaguenho experiente nesse negócio, com bons contatos entre os agentes e coletores da região. De total confiança, acreditem; desses que estão começando a se tornar raros nestes tempos. Ele já está contratando os oficiais e os técnicos. Vocês sabem, os pilotos, um condestável, o cirurgião... E em breve lançará galhardete e o contramestre vai arranjar os marinheiros. Para este negócio, como bem devem saber os presentes, costuma-se contar com tripulações mistas.

— Uma gentalha — soltou um deles entre os dentes.

— Gente corajosa e experiente, de plena valia para o que nos interessa — cortou o louceiro. — Para pretendentes das minhas filhas eu não gostaria de tê-los por perto, mas para o que nos importa agora, têm capacidade de sobra.

Em três ou quatro rostos esboçaram-se meios-sorrisos sardônicos; o alfaiate italiano soltou uma pequena gargalhada que ninguém imitou. O minerador, porém, prestava atenção com os dentes apertados.

— Quarenta homens experientes, de qualquer maneira — continuou Novás —, que receberão oitenta pesos por mês mais uma gratificação de sete duros por peça que chegar ao porto em condições satisfatórias, como é comum. E, por via das dúvidas, pedi insistentemente ao capitão que tenham especial cuidado na hora de escolher o cozinheiro; mantendo-os bem alimentados, reduzimos o risco de insubordinação.

— Talvez alguém possa dar a eles umas das deliciosas receitas do Le Grand — disse com suposto bom humor o italiano, outra vez.

Ninguém riu da gracinha, menos ainda o dono do restaurante. O louceiro, ignorando-o, retomou a palavra:

— Já encomendaram a um toneleiro duzentas pipas para a água; o resto será comprado por estes dias: barris de melaço e bebidas, toucinho, sacos de batatas, feijão e arroz. O paiol vai cheio de pólvora até a tampa, e um ferreiro está preparando todo o necessário para... — fez uma breve pausa, a seguir pigarreou — ... para manter o carregamento adequadamente seguro, vocês entendem.

Quase todos assentiram pela terceira vez, com gestos e sons roucos.

— Quando calcula que os preparativos estarão prontos? — quis saber o hoteleiro.

— Acreditamos que em três semanas, o mais tardar. Também para evitar qualquer tipo de suspeita, o navio levará habilitação para Porto Rico, mas depois rumarão para o destino que todos conhecemos. Na volta, porém, a intenção é não ancorar em Havana: o desembarque será feito em uma baía despovoada próxima a algum engenho onde já tenhamos combinado a acolhida.

— Não quero precipitar os acontecimentos, mas o desembarque já está arranjado?

Agora era um dos espanhóis que solicitava mais detalhes.

— Evidente que sim; será feito em canoas, e nós, acionistas, chegaremos por terra em carruagens para proceder à distribuição dos lotes assim que formos avisados. Depois, em função do estado em que esteja o navio, decidiremos se o incendiamos e deixamos que afunde, ou se o reformaremos e tentaremos revendê-lo para outra operação.

Cautela demais, pensou Mauro Larrea depois de escutar com atenção extrema. Mas era assim, sem dúvida, que se faziam as coisas naquela ilha. Muito diferente do México, aliás, onde o controle sobre esse tipo de assunto clandestino era infinitamente menos rigoroso. Supôs que os longos tentáculos da burocracia peninsular, ameaçadores e sempre onipresentes, exigiam aqueles procedimentos.

— Em relação ao envolvimento dos sócios — prosseguiu Novás—, recordo-lhes que o montante total do empreendimento será dividido em dez participações...

O cérebro de Mauro Larrea se antecipou, fazendo contas. Sozinho, não chegava. Faltava-lhe um pouco. Um pouco considerável.

— ...das quais eu, como armador, devo ficar com três.

Os presentes assentiram às palavras do louceiro com surdos grunhidos de aceitação, enquanto ele continuava com suas conjecturas. Faltava-lhe um pouco, certo. Mas se Carola Gorostiza concordasse...

— De que prazos estamos falando entre o início e o fim da expedição? — perguntou o coronel.

— Entre três e quatro meses, aproximadamente.

Mauro sentiu seu coração palpitar. Um prazo parecido com o do navio frigorífico. Se Carola Gorostiza aceitasse, talvez pudesse conseguir. Era arriscado, os prazos cruéis de Tadeo Carrús apertavam como ferros. Mas, mesmo assim... Contudo... Talvez.

— Tudo vai depender das condições de navegação, logicamente — prosseguiu Novás enquanto o minerador se obrigava a parar de fazer castelos no ar para ouvi-lo. — O comum é que cada trajeto não leve mais de cinquenta dias, mas a duração definitiva dependerá, acima de tudo, de se o abastecimento vai ser realizado em terra firme ou em plataformas flutuantes próximas à costa. Tudo depende da existência de mercadoria no momento; às vezes temos sorte e conseguimos fazer excelentes compras sem sequer tocar a terra.

— Como?

— Depende da oferta. Antes se conseguiam transações mais rentáveis em troca de algumas pipas de aguardente de cana, umas jardas de tecidos coloridos ou meia dúzia de barris de pólvora; até por um saco cheio de espelhos e bijuterias era possível conseguir algo interessante. Mas agora não mais: os coletores conduzem com firmeza seu negócio de intermediários e não há maneira de negociar sem eles no meio.

— E quantas... quantas peças de mercadoria estima que chegarão ao porto em um estado aceitável? — quis saber o outro funcionário com seu forte acento da metrópole.

— Pressupondo uma perda de dez por cento durante a viagem, calculamos que cerca de 650.

O louceiro parecia ter uma resposta contundente para tudo. Não era nenhum novato, sem dúvida, naqueles carregamentos clandestinos.

— E o lucro, uma vez aqui? — perguntou alguém mais.

— Uns quinhentos pesos em média para cada uma delas.

Houve um murmúrio geral e não exatamente satisfeito. Malditos usurários, pensou, que diabos querem? Para ele, sem dúvida, aquela era uma quantidade nada desprezível. As engrenagens de sua mente começaram de novo a fazer operações matemáticas a toda velocidade.

O armador tornou a interromper seus pensamentos.

— Em alguns casos é possível conseguir mais lucro, claro; o preço é variável, como sabem, em função da idade, da altura, do estado geral. As que trazem cria podem inclusive ter o preço duplicado.

Mauro notou que perdera alguns detalhes, mas preferiu continuar atento e não intervir até o final.

— E, em outros casos, o lucro será menor, normalmente por questões de deterioração. Mas falamos sempre de peças íntegras, é claro.

Lógico. Ninguém vai querer uma poncheira lascada ou um anjinho manco.

— Vivas, quero dizer.

Todos assentiram; ele franziu o cenho. O quê?

Peças vivas, que precisavam de tonéis de água, que valiam mais ou menos em função de seu estado geral, que corriam o risco de perecer durante a travessia, que podiam levar uma criatura nas entranhas. Aquilo não combinava com a mercadoria que transbordava das prateleiras do armazém.

A não ser... A não ser que não fossem exatamente mimos de porcelana que a empresa que estava sendo montada naquele armazém tinha por objetivo contrabandear e o que o bergantim de Baltimore transportaria em seus porões.

E então, compreendeu, e quase lhe escapou da boca um estarrecido "Virgem Santíssima!".

Aqueles homens não estavam falando de negociar estátuas de pastores e anjinhos. Referiam-se a corpos, a almas.

Tráfico negreiro em sua mais sinistra nudez.

CAPÍTULO 17

Aguardou o banqueiro lançando olhares ansiosos pelo portão aberto de par em par. Nos escritórios do térreo só haviam entrado até então dois escriturários e três jovens escravas munidas de panos e vassouras.

Havia passado metade da noite em claro e para mitigar os efeitos da insônia, àquela altura da manhã já havia tomado três xícaras de café em La Dominica, o elegante estabelecimento da esquina da O'Reilly com a rua de los Mercaderes, a poucos quarteirões da residência de Calafat.

Já estava começando a maldizer a falta de gosto dos havaneses ricos por levantar cedo, quando, minutos depois das nove e meia, a imagem inconfundível do velho por fim apareceu no saguão.

— Sr. Calafat? — chamou com voz potente enquanto atravessava a rua em três passos largos.

Calafat não pareceu se surpreender com sua presença.

— Que prazer vê-lo de novo, meu amigo. Se veio dar uma resposta positiva a minha proposta, não sabe quanto me alegro. Hoje à tarde zarpa o correio que vai levar nossos homens à Argentina e...

Fechou os punhos, apertando-os. Estava escapando. Aquele negócio estava escapando de suas mãos. Mas talvez outro aparecesse. Ou talvez não. Ou talvez sim.

— Por enquanto, estou aqui para uma consulta rápida — disse ele sem se comprometer.

— Sou todo ouvidos.

— Não é nada complexo nem incômodo; preciso apenas de informação sobre outro assunto. Como suponho que o senhor já saiba, estou cogitando várias opções.

Entraram no escritório, sentaram-se outra vez em lados opostos da grande mesa de mogno, na fresca semipenumbra das persianas meio fechadas.

— Diga. Independente de acabar se associando a nós no projeto do navio frigorífico ou não, continuo sendo o curador de seus bens, e estou, como já lhe disse, a sua inteira disposição.

Não fez rodeios

— O que pode me dizer do tráfico de escravos?

O banqueiro também não perdeu tempo com sutilezas.

— Que é uma atividade duvidosa.

O adjetivo ficou pairando no ar. Duvidosa. Uma atividade duvidosa, com tudo que o adjetivo pudesse significar.

— Continue, por favor.

— Não é proibido pelas leis espanholas que se aplicam nas Antilhas, mas sua abolição, em tese, foi acordada com os britânicos, os primeiros a dar fim a essa atividade. Por essa razão, os navios ingleses vigiam de perto o cumprimento de sua lei no Atlântico e no Caribe.

— Mesmo assim, continua sendo realizado em Cuba.

— Em escala menor do que antes, mas sim, pelo que sei, ainda se mantém. Seus dias de glória, se me permite a frase macabra, aconteceram no início do século. Mas todo o mundo sabe que hoje em dia o trajeto africano se mantém ativo e que ainda continuam desembarcando milhares de infelizes nestas costas.

— Carregamentos de ébano, é como os chamam, não é?

— Ou de carvão.

— E me diga uma coisa: quem o patrocina, normalmente?

— Gente como a que, por suas perguntas, deduzo que o senhor já conheceu. Qualquer um com capacidade para armar um navio e financiar total ou parcialmente uma expedição. Comerciantes ou donos de negócios variados em geral. Às vezes inclusive algum oportunista que pretende tentar a sorte nessa roleta. Sozinho ou acompanhado, tem de tudo.

— E os poderosos fazendeiros do açúcar? Os cafeeiros, os tabaqueiros? Não se metem nesse negócio já que são eles os principais beneficiados pela mão de obra africana?

— Os oligarcas açucareiros, assim como os outros, são cada vez mais contrários ao tráfico, por mais estranho que possa parecer. Mas não se deixe enganar: não são movidos pela compaixão, e sim pelo medo. Como já comentei, o crescimento da população africana na ilha é extraordinário, e se continuarem chegando navios lotados, o risco de subversão aumentará proporcionalmente. E essa é a pior ameaça para eles, acredite. Por isso, adotaram a postura mais conveniente, que é se manter contrários à importação de escravos negros, mas sem querer nem ouvir falar de abolição da escravidão.

Com as sobrancelhas contraídas, levou alguns segundos para digerir a informação.

— Qualquer um pode se dedicar a isso, sr. Mauro. O senhor ou eu mesmo poderíamos nos tornar armadores negreiros com muita facilidade, se quiséssemos.

— Mas não queremos.

— Eu, com certeza, não tenho a mínima intenção. O senhor, não sei.

Com a objetividade própria de seu ofício, sem alarmismo, mas despojado de qualquer tom de falsa delicadeza compassiva, o velho banqueiro acrescentou:

— Pode ser um empreendimento lucrativo, certamente. Mas também sujo. E imoral.

Onde diabos está você agora, Andrade, onde estão suas recriminações? Estou andando descalço na beirada de um assunto tão sinistro quanto uma faca recém-afiada e não ouço nem uma palavra de você. Não tem nada para me dizer, irmão? Nenhuma queixa, nenhuma recriminação? Sua consciência interpelava o procurador enquanto Calafat o acompanhava até a porta.

— O senhor vai saber onde investir seu capital, caro amigo, mas lembre, de qualquer maneira, que minha oferta continua em pé.

Ergueu o olhar para o relógio pendurado em uma das paredes.

— Mas somente por algumas horas — acrescentou. — Como lhe disse, esta noite dois dos sócios zarparão rumo a Mar del Plata, e depois disso não haverá mais o que fazer.

Mauro Larrea tornou a acariciar a cicatriz na mão.

— Só uma assinatura seria suficiente — concluiu Calafat. — Seu dinheiro já o tenho bem guardado; para que seja um de nós, preciso apenas de sua rubrica em um papel.

Uma única ideia o torturava quando saiu da casa do banqueiro. Convencer Carola Gorostiza; era sua única opção. Convencê-la de que aquele investimento valia a pena, de que ambos poderiam obter um bom lucro sem necessidade de sequer roçar o imundo negócio da venda de escravos.

Ia pensando em como se aproximar dela enquanto, acompanhado de Santos Huesos, deambulava pelo traçado urbano quase sem notar por onde pisava. Seus olhos, contudo, já pareciam olhar ao redor de outra forma.

Nas proximidades da Plaza de Armas cruzaram com dúzias de babás negras que levavam no colo pequenos *criollos* deixados a seus cuidados. Acariciavam-nos, amamentavam-nos, faziam-lhe caretas. Nos cais observaram uma multidão de corpos escuros sem nenhuma roupa além de um calção; corpos que moviam sua musculatura suada entre cargas e pequenos barcos no compasso de cantos retumbantes. No quadriculado de ruas comerciais, sob os toldos coloridos que peneiravam a luz, contemplaram mulatas de seus vinte anos, bocas carnudas, caminhando com um andar sensual e brincando sem preconceito com todos aqueles — muitos e de todas as cores — que lhes lançavam um galanteio quando passavam.

Por toda parte, sob os pórticos da Plaza Vieja, no mercado de Cristo e na Cortina de Valdés, em frente às portas dos cafés e das igrejas, como todos os dias e a todas as horas, viram, enfim, africanos aos montes. Afinal de contas, segundo lhe haviam dito, em número, já chegavam à metade da população. As vendedoras de buchada apoiadas nas fachadas compartilhando histórias engraçadas e piadas grosseiras. Os cocheiros gritando em meio ao estrépito de cascos, com o chicote na mão, competindo, orgulhosos, no luxo das vestimentas e no brio de seus corcéis. Os mulatos carreiros de calção arregaçado e chapéus de palmeira cubana; os vendedores, de torso nu, entoando com cadência adocicada pregões que tanto serviam para se oferecer para afiar tesouras como para vender amendoim. E por trás dos muros e das grades das casas imponentes e medianas, intuiu os negros domésticos: vinte almas, trinta, quarenta, até sessenta ou setenta nas residências mais abastadas, segundo haviam lhe contado. Bem nutridos e vestidos, com poucos afazeres e muito espaço para estender esteiras de palma pelas soleiras, onde conversavam e cochilavam nas horas de calor, e pentear-se umas às outras entre risos, e brincar entre si ou se sentar, preguiçosos, à espera do patrãozinho. Minha mulatinha, minha negrinha, eram palavras carinhosas de uso comum entre os patrões. Até deferência no trato existia: nhô Domingo daqui, nhá Matilde dali.

Não parecem ter uma vida ruim, murmurou, em uma tentativa de adoçar com aquelas mansas imagens a atrocidade do sombrio negócio do qual o haviam convidado a participar. Imensamente mais duro é o trabalho dos mineiros mexicanos, apesar de não pertencerem a um proprietário e de terem um salário estipulado, continuou pensando. Andava nesses desvarios quando, no meio da rua del Teniente Rey, viu-o sair.

Gustavo Zayas deixava naquele momento o vestíbulo daquela que Mauro supôs ser sua residência, segurando uma bengala debaixo do braço e pondo o chapéu, vestido de elegante linho cor de café com leite. Tinha a mandíbula cerrada e as feições tensas, sombrias, como quase sempre. Nunca o vira sorrir.

O enxame cotidiano das ruas de Havana, por sorte, impediu que o cunhado de seu consogro notasse sua presença do outro lado de sua rua. Mas, por via das dúvidas, para redobrar a proteção, Mauro Larrea puxou Santos Huesos pelo braço e junto com ele, pele com pele, enfiou-se na entrada de uma farmácia.

— É aqui que mora a irmã do sr. Ernesto?

Não precisou que seu criado confirmasse.

Voltando a cabeça disfarçadamente, seguiu as costas altas e distintas de Gustavo Zayas enquanto ele abria caminho entre as pessoas e desaparecia na esquina. Depois, deixou que passassem dois minutos, até que calculou que já estava longe o suficiente para não voltar de imediato caso tivesse esquecido alguma coisa.

— Ande, rapaz. Vamos.

Atravessaram a rua, entraram no pátio pelo portão aberto. E uma vez lá dentro, perguntou por ela a uma mulata magra e jovem que sacudia um tapete.

— Ficou louco? — gritou Carola Gorostiza assim que fechou a porta atrás de si.

Longe de convidá-lo a se sentar nos aposentos da família do andar superior, ela o havia arrastado até um quarto no térreo, uma espécie de pequeno depósito onde se amontoavam sacos de café e um monte de trastes inúteis. O cabelo preto estava solto até o meio das costas e vestia um robe de gaze anil amarrado descuidadamente na cintura. Ainda não havia posto joias nem adornos, e a ausência de excessos a fazia parecer alguns anos mais jovem. Provavelmente havia se levantado havia pouco;

a mulata lhe dissera que sua patroazinha estava tomando o café da manhã quando ele mandou que a chamasse.

— Preciso falar com a senhora.

— Como se atreve a aparecer nesta casa, seu insensato?

Por trás da porta ouviram-se os latidos ardidos de uma cachorrinha suplicando para entrar.

— Acabei de ver seu marido sair, fique tranquila.

— Mas, mas... o senhor perdeu a cabeça? Pelo amor de Deus!

Um punho bateu na madeira do outro lado; ouviu-se a voz de um homem, um escravo doméstico, certamente. Perguntava a sua patroa se estava tudo em ordem. A cadela latiu outra vez.

— Encontre-me daqui a pouco em outro lugar mais conveniente se não quiser me escutar agora, mas tenho que falar com a senhora imediatamente.

Ela respirou algumas vezes, ansiosa, tentando se acalmar, enquanto o busto mal coberto pela musselina subia e descia, compassado.

— Na Alameda de Paula. Ao meio-dia. E agora, desapareça, por favor.

* * *

Não havia quase ninguém naquele lindo passeio aberto para a baía; a escolha havia sido sábia. À tarde, quando baixasse o sol e o calor desse uma trégua, ficaria cheia de gente: casais e famílias, soldadesca e oficiais, jovens espanhóis recém-chegados à ilha em busca de fortuna e lindas *criollas* em idade de casar. Àquela hora, porém, só algumas figuras solitárias salpicavam a esplanada.

Ele a esperou apoiado no caprichoso ferro fundido que separava a terra firme da água, com as pequenas ondas batendo a seus pés. Ela chegou mais de meia hora atrasada, em uma carruagem, com sua aparência de mulher de classe recuperada: o rosto branqueado, o cabelo preso, e a ampla e volumosa saia do vestido amarelo canário estendida de ambos os lados do assento da carruagem, até que as últimas rendas das anáguas ficassem a apenas meio palmo do chão. No colo, com laços de cetim entre as orelhas, trazia a cadelinha, que ficara latindo endemoniada atrás da porta nos poucos minutos que permaneceram juntos.

Como boa havanesa adotiva, e como com frequência ocorria com suas próprias compatriotas mexicanas, descer da carruagem em plena via pública e permitir que seus scarpins de seda pisassem o solo terroso era, para Carola Gorostiza, algo quase tão desrespeitoso quanto ficar nua diante do altar-mor da catedral. Por isso, após sua chegada, dispensou o cocheiro com um gesto e permaneceu sentada na carruagem.

Ele, por sua vez, ficou em pé. Ereto, em guarda.

— Faça-me o favor de não voltar a aparecer em minha casa, senhor. Jamais.

Esse foi seu cumprimento.

O minerador também não fez rodeios.

— Pensou no que lhe propus no teatro?

Da boca da esposa de Zayas não saiu nem um sim nem um não. Em vez disso, com o tom altivo que lhe fez recordar de novo sua consogra, lançou-lhe outra pergunta direta:

— Como foi na loja do louceiro Novás?

— Foi uma reunião meramente informativa.

— Isso quer dizer que está considerando o negócio.

Carola Gorostiza era inteligente e fria, mas ele tinha que dar um jeito de ser mais frio ainda. Por isso, mudou de assunto imediatamente, voltando ao que era do seu interesse.

— Considerou minha oferta do navio frigorífico? — repetiu.

Ela demorou alguns instantes para responder, passando os dedos no pelo farto da minúscula cadela. Enquanto coçava-lhe a cabeça, observava-o com aqueles seus olhos tão inescrutáveis e tão negros, que não eram bonitos nem deixavam de ser, mas que transmitiam sempre uma firme carga de determinação.

— Sim e não.

— Poderia ser mais precisa?

— Como propôs, estou disposta a me associar com o senhor. Concordo em juntarmos nossos capitais em benefício mútuo.

— Mas?

— Mas não no negócio que me sugeriu.

— Um negócio totalmente solvente, eu garanto — interrompeu-a.

— Pode ser. Mas eu prefiro o outro. O do... — Lançou um olhar de soslaio ao cocheiro, um esbelto mulato vestido de casaca vermelha e cartola que dava as últimas tragadas em um cigarro sentado em um banco de pedra um pouco adiante. — O negócio dos morenos. É nesse negócio que quero entrar. Só nesse caso estou disposta a me associar com o senhor.

— Deixe que eu lhe explique antes, senhora.

A réplica teve a mesma força que um tiro de canhão lançado da fortaleza de El Morro.

— Não.

Filhos da mãe, esses Gorostiza, maldita seja sua herança e maldita seja a cadela que pariu o louceiro. Enquanto passavam por sua mente barbaridades mais próprias da rude linguagem dos mineiros que de sua atual posição social; enquanto as ondas mansas batiam contra a pedra e ele mantinha a boca firmemente fechada em um ricto calcinado, sua cabeça começou a oscilar lentamente da esquerda para a direita, da direita para a esquerda, e mais uma vez. Eu me recuso, dizia sem sons.

— Por quê? — perguntou ela com um toque de arrogante estranheza. — Por que não quer entrar comigo nesse negócio? Meu capital vale tanto para um negócio quanto para o outro.

— Porque não me agrada. Porque não...

Uma ácida gargalhada saiu do pescoço coberto de joias. Águas-marinhas, era o que usava naquela manhã.

— Não vá me dizer, sr. Larrea, que também é um desses ridículos liberais abolicionistas. Eu o julgava um homem com menos preconceitos, meu amigo, com toda essa distinção que ostenta e toda essa aparente segurança. Vejo que as aparências enganam.

Ele preferiu ignorar o comentário e concentrar toda sua capacidade de persuasão no que realmente lhe interessava.

— Permita que eu lhe dê os detalhes do outro negócio que proponho; não temos muito tempo, estão prestes a zarpar.

Ela suspirou, evidentemente contrariada. Depois, estalou a língua, enfatizando seu descontentamento. A cadela, como se a entendesse, latiu com fúria estridente enquanto o busto túrgido de sua dona tornou a subir e descer no ritmo de sua respiração.

— Achava que no México e em Cuba falávamos todos o mesmo espanhol. Não entende o que quero dizer quando digo não?

Ele encheu os pulmões de ar marinho, desejando que o sal introduzisse em seu corpo a paciência que estava começando a lhe faltar.

— Peço apenas que reconsidere — insistiu, com um tom neutro para não deixar transparecer seu desespero.

A cabeça feminina se voltou para a baía em um gesto cheio de altivez, negando-se a ouvi-lo.

— Se decidir reconsiderar, passarei a tarde toda em minha hospedaria, à espera de sua resposta definitiva.

— Duvido muito que a tenha — disse rispidamente, sem olhar para ele.

— Já sabe onde me encontrar, de qualquer maneira.

Levou os dedos à aba do chapéu e, assim, deu por concluída a conversa. Enquanto a Gorostiza, do alto de sua carruagem, contraía o rosto e mantinha a vista obstinadamente fixa nos mastros dos bergantins e nas velas abertas das goletas, ele se afastou pela Alameda.

Da decisão dela, pendendo de um fio tão fino quanto o de uma teia de aranha, dependia a possibilidade de Mauro tentar obter lucro com um mínimo de dignidade ou continuar à beira do abismo.

CAPÍTULO 18

Os hóspedes começavam a se levantar depois do almoço, indo em direção às cadeiras de balanço da galeria. Duas garotas de pele morena iam e vinham da sala de jantar à cozinha, carregando pratos com restos de peru recheado e arroz doce: jovens e lindas, com seus finos braços nus, seus sorrisos carnudos e os lenços coloridos amarrados com extrema graça na cabeça a modo de turbantes.

Nenhuma delas, contudo, entregou-lhe uma carta. Nem a ele nem a dona Caridad. Nada chegou de Carola Gorostiza nas horas posteriores a seu encontro. Talvez mais tarde. Talvez.

— Parece mentira, sr. Mauro, os poucos dias que está em Havana e os muitos compromissos que tem.

Ele já estava começando a se acostumar às indiscrições da dona da hospedaria, por isso, limitou-se a murmurar algo vago enquanto se desvencilhava do guardanapo, pronto para se retirar.

— Vai tanto a bailes e espetáculos no teatro — continuou ela sem se alterar — quanto a reuniões noturnas muito privadas.

Ele lhe lançou um olhar capaz de partir um limão ao meio. Contudo, apesar de que naquele momento estivesse prestes a se levantar, decidiu por não fazê-lo. Ande, quis dizer-lhe. Continue, dona Caridad; solte a língua à vontade. Afinal, já está tudo praticamente perdido.

Ela ganhou tempo dando ordens desnecessárias às escravas, até que o resto dos comensais se foi.

— É surpreendente como meus assuntos parecem lhe interessar, senhora — disse ele assim que ficaram a sós.

— Só superficialmente, acredite. Mas quando um hóspede que acolho sob meu teto pisa terrenos pantanosos, as fofocas não tardam a chegar até aqui.

— Chegando ou não, o que eu faço fora de sua casa não é de sua conta. Ou é?

— Não, senhor, não é; nisso o senhor está coberto de razão. Mas, aproveitando que me honra permanecendo sentado a minha mesa, permita que lhe tome um tempinho.

Ela fez uma pausa um tanto teatral e aflorou em seus velhos lábios um sorriso tão beatífico quanto falso.

— Para que não só eu saiba algumas coisas do senhor, mas o senhor também saiba de mim — acrescentou.

Vá para o diabo, poderia ter lhe dito, prevendo uma emboscada. Mas não se mexeu.

— Sou *cuarterona*, mestiça — prosseguiu ela. — De Guanajay, filha de um canario de La Gomera e de uma escrava do engenho de San Rafael. *Cuarterona* significa que tenho um quarto de sangue negro, ou seja, que meu pai era branco e minha mãe mulata. Uma linda mulatinha, minha mãezinha, filha de uma negrinha inexperiente recém-trazida de Gallinas, grávida aos treze anos do dono da casa, que tinha 52. Ele a pegou pela cintura enquanto a menina cortava cana; levantou-a como uma pluma, de tão magrinha que era. Oito meses depois, nasceu minha mãe. E como os donos não tinham descendência e a senhora estava mais seca por dentro que uma vassoura de palmeira, decidiram ficar com ela como quem fica com uma boneca de pano. A negrinha mãe, minha avó, para que não pegasse carinho pela bebê, foi levada para outra propriedade. E ali, sem poder ver sua filha crescer, foi ficando cada dia mais brava, e aos dezesseis acabou fugindo para o mato. O senhor sabe o que acontece com os escravos que fogem para o mato, sr. Larrea?

— Estaria mentindo se lhe dissesse que sim.

Também não sabia de que pelas veias de dona Caridad, com uma pele da mesma cor da dele, corria um rastro de sangue africano. Apesar de que, agora que a olhava com atenção, talvez houvesse algo que poderia ter lhe dado uma pista. A textura do cabelo. A largura do nariz.

Apesar disso, sem sair do lugar e já desprovido de pratos e talheres, Mauro Larrea continuou escutando a dona da hospedaria aparentando indiferença.

— Bem, para os *cimarrones* costuma haver três saídas. *Cimarrones*, desculpe, caso também não saiba, são os escravos que se atrevem a fugir de seus donos e das dezesseis horas diárias de labuta que lhes impõem em troca de algumas bananas, um pouco de mandioca e uns pedaços de carne seca. Quer saber quais são essas saídas, meu senhor?

— Explique-me se quiser, por que não?

— A melhor saída para eles é conseguir chegar até Havana ou outro porto e dar um jeito de embarcar para qualquer país americano emancipado e viver em liberdade. A segunda é serem pegos e submetidos aos castigos habituais: um mês de tronco no canto mais escuro de um barracão; um castigo à base de chicotadas até fazê-los perder os sentidos...

— E a terceira?

— Ser morto a dentadas pelos cães. Cães de caça adestrados para encontrar negros e mulatos fugidos na mata e, normalmente, acabar com eles. Quer saber qual desses três foi o destino da minha avó?

— Por favor.

— Eu também gostaria de saber. Mas nunca soube. Jamais.

Ao redor da mesa continuavam apenas eles dois. Dona Caridad na cabeceira e ele a um lado, de costas para as cortinas brancas que filtravam a luz e os separavam do pátio. Passaram-se alguns longos instantes de silêncio; quase não se ouvia nada. As garotas deviam estar lavando a louça, os hóspedes tirando a sesta entre os cipós e buganvílias.

— Vai me contar a moral da história agora, dona Caridad, ou vou ter que adivinhar sozinho?

— Quem falou em moral da história, sr. Mauro? — replicou ela em um tom levemente divertido.

Talvez fosse um bom momento para mandá-la para o inferno. Mas a dona da casa se antecipou:

— Era só um episódio que eu queria relatar, um exemplo de tantos. Para que saiba como vivem os escravos de fora da capital: os das fazendas, dos engenhos, dos cafezais e das plantações de tabaco. Os que o senhor não vê.

— Pois já relatou, fico muito agradecido. Importa-se se eu me recolher agora a meu quarto, ou tem alguma outra lição de moral para me dar?

— Não deseja que antes lhe sirvam o café aqui mesmo?

Apesar de seu aparente aprumo, agarrado a algum ponto de seu estômago Mauro sentia uma pontada de desconforto. Era melhor sair dali.

— Prefiro me retirar, se me der licença — disse levantando-se por fim. — Tanto café está começando a me fazer mal.

Já estava em pé, com uma das mãos apoiada nas costas da cadeira, quando tornou a olhar para ela. Não era jovem nem bonita, mas talvez tivesse sido um dia. Àquela altura, passando dos cinquenta, tinha a cintura larga, olheiras profundas e a pele nas laterais do rosto estava começando a cair. Mas parecia vivida, curtida, com a sabedoria natural oriunda dos longos anos lidando com gente da mais diversa. Desde que, havia duas décadas, transformara a mansão que seu velho amante lhe deixara em uma casa para hóspedes seletos, Caridad Cervera já estava mais que acostumada a discutir de igual para igual até com a estrela d'alva.

Sem pensar, Mauro Larrea tornou a se sentar.

— Já que parece me conhecer tão bem e parece tão disposta a me instruir sobre a face obscura de meus negócios, talvez também possa me ajudar a esclarecer outra questão.

— O que estiver ao meu alcance, é claro.

— O sr. Gustavo Zayas e sua mulher.

Ela fez um gesto irônico com o canto da boca.

— Quem lhe interessa mais, ele ou ela?

— Ambos.

O riso foi silencioso, suave.

— Não me engane, sr. Mauro.

— Longe de mim.

— Se estivesse interessado no marido, o senhor não teria aproveitado o momento em que ele saiu de casa esta manhã para entrar e ser recebido pela esposa.

Foi ela, então, quem se levantou e se aproximou, mancando, de um aparador próximo. Maldita fofoqueira, pensou, contemplando-a. Haviam se passado poucas horas desde que se atrevera a entrar na casa dos Zayas, e ela já sabia. Sua rede de contatos devia ser imensa, espalhada por todas as esquinas da cidade.

Ela voltou à mesa com duas pequenas taças e uma garrafa de aguardente. Sentou-se de novo.

— Sirva-se, por favor. Cortesia da casa.

Ele obedeceu, enchendo as duas taças. Uma para ela, outra para ele.

— Conheço o casal — disse ela por fim. — Todo o mundo se conhece em Havana. De vista, só, nem nos cumprimentamos; não somos amigos. Mas sim, eu sei quem são.

— Fale-me sobre eles, então.

— É um casamento como tantos outros. Com seus vaivéns e seus problemas. O normal.

Ela bebeu um golinho de aguardente e ele a imitou com outro maior. Depois, esperou que ela continuasse, certo de que não ia parar por ali.

— Não têm filhos.

— Isso eu sei.

— Mas têm fama.

— E de quê, exatamente, posso saber?

— Ela de exigente e gastadeira; parece que tem um buraco em cada mão. É só olhar para ela. Se é de família rica, isso não sei.

Ele sabia. De sobra. Mas evitou compartilhar.

— E ele?

— Ele tem reputação de ter sido sempre um tanto instável em seus negócios e com seu dinheiro, mas isso também não é nada raro por aqui. Já vieram para cá peninsulares com uma mão na frente e outra atrás que ergueram impérios em cinco anos, assim como outros ricos de grandes sobrenomes *criollos* que caíram na lama e empobreceram em um piscar de olhos.

Cinco anos para enriquecer, uma eternidade. Mas ele não precisava erguer um império, como bem frisara Andrade ao se despedir em Veracruz. Só precisava juntar o montante necessário para tirar a cabeça da lama e começar a respirar.

De qualquer maneira, estavam falando do casal, melhor não desviar do assunto.

— Diga-me, dona Caridad, qual é a situação financeira deles neste momento?

Ela deu outro meio-sorriso com ironia.

— Em termos de dinheiro? Meus conhecimentos não chegam tão longe, senhor. Só sei deles o que ouço e vejo na rua, e o que me contam minhas comadres quando vêm me visitar. Ambos frequentam os melhores salões, como o senhor mesmo sabe; ele com porte de senhor respeitável e ela vestida de forma vistosa pela caríssima mademoiselle Minett. E sempre com a bichinha.

— Como?

— A bichinha, a cachorrinha fina que carrega com ela para lá e para cá.

— Sei.

— Mas há certos assuntos, ultimamente, vinculados ao casal Zayas que são conhecidos por todos, e por isso acho que, seu eu lhe contar, não estarei revelando nada comprometedor.

Tornou a levar a taça à boca e tomou outro golinho.

— Porque, na realidade, trata-se apenas de um de tantos episódios desta ilha imprevisível onde tudo muda ao sabor do vento. Está me entendendo, sr. Mauro?

— Evidente que sim, minha senhora.

Dona Caridad fez um gesto cúmplice. Muito bem.

— Há pouco tempo, herdaram umas propriedades, segundo dizem.

Nova pausa.

— Na Andaluzia, pelo que fiquei sabendo.

Farto de receber informação a conta-gotas, decidiu servir-se de outra taça.

— E herdaram de quem, posso saber?

— Tiveram um hóspede aqui por um tempo. Um primo dele.

— Um espanhol?

— Um espanholzinho, na verdade. Pelo tamanho, digo. Um homem pequeno, adoentado, com aparência quase de menino. Sr. Luisito, começaram a chamá-lo aqui em Havana. Não houve baile nem jantar, nem reunião nem espetáculo a que os três faltassem durante uma temporada. Segundo contavam, porque eu não vi.

Um novo golinho de aguardente a interrompeu.

— Segundo contavam, como eu disse, porque não fui testemunha — prosseguiu —, era ela principalmente que aproveitava a companhia do primo. Gargalhava com suas brincadeiras, cochichava-lhe coisas ao ouvido, levava-o para cima e para baixo em sua carruagem cada vez que o marido tinha algum assunto para resolver. Houve até um ou outro boato: de que havia proximidade além da conta entre eles, de que ela entrava e saía à vontade do quarto dele. Essas coisas que se contam sem saber, o senhor sabe. Pelo simples prazer de fofocar. E o mesmo que se falava dela, falava-se dele, claro.

Interessante, pensou Mauro. Interessante saber quais eram os boatos que corriam por Havana acerca da mulher que continuava se negando a lhe estender a mão. Olhou o relógio de parede disfarçadamente. Quatro e quinze da tarde. E nada de notícias dela. Ainda é cedo, pensou. Não se desespere. Não ainda.

— E... o que exatamente se dizia dele?

A aguardente parecia ter esquentado a língua de dona Caridad; agora ela falava mais solta, com menos interrupções e menos esforço para dosar a informação. Apesar de que na verdade não fosse a aguardente o que a animava, e sim seu regozijo nos assuntos alheios.

— Que o primo veio resolver assuntos de família pendentes. Que o sr. Gustavo se envolveu em assuntos feios e por isso teve que ir embora da Península anos atrás. Que, quando jovem, caiu de amores por uma mulher, que ela foi embora com outro. Que ele sempre acalentou o desejo de voltar à terra que deixou. Suponho que sejam invenções das pessoas, em grande parte, não acha?

— Suponho que sua suposição está correta — reconheceu ele.

O que ela contava parecia o libreto de uma opereta digna do teatro Tacón.

— Até que ninguém mais viu o primo nos passeios e nas reuniões sociais, e depois de algumas semanas, correu a notícia de sua morte. No cafezal que têm na província de Las Villas, dizem.

— E então eles herdaram dele algumas propriedades.

— Exatamente.

— E dinheiro?

— Não que eu saiba. Mas desde o dia em que ele foi enterrado, ela fala feito uma maritaca sobre as grandes fazendas que possuem na Espanha. Imóveis elegantes, diz. E uma plantação de uvas.

— Uma vinha?

Dona Caridad deu de ombros.

— Deve ser assim que se chama; receio que eu não esteja a par do nome que essas coisas têm na pátria-mãe. De qualquer maneira, para encerrar o assunto...

Uma das escravas entrou correndo nesse momento com algo para a patroa. Mauro Larrea ficou tenso. Parecia um papel dobrado, talvez contivesse a mensagem da Gorostiza que ele ansiava com todas as suas forças.

Aceito me associar com o senhor, vá correndo até a casa de Calafat, diga-lhe que sim. Ele teria dado os dedos que ainda lhe restavam intactos na mão esquerda para que essa houvesse sido a resposta. Mas não foi.

— Receio, sr. Larrea, que tenhamos que interromper nossa agradável conversa — disse ela se levantando. — Um assunto familiar exige minha atenção; minha sobrinha vai dar à luz em Regla, tenho que ir.

Ele a imitou.

— Claro, não quero fazê-la perder nem um segundo.

Estavam prestes a se retirar em direções opostas, cada um para seu quarto, quando ela se voltou:

— Quer um conselho, sr. Mauro?

— Vindo da senhora, todos os conselhos que houver — respondeu sem que se notasse a ironia.

— Dedique seu afeto a outra. Essa mulher não é para o senhor.

A duras penas Mauro conteve uma ácida gargalhada. Seu afeto, dissera ela. Seu afeto. Pelo amor de Deus!

Passou a tarde trancado em seu quarto, esperando. Em mangas de camisa, com as persianas tão fechadas que mal entravam uns poucos raios de luz. Primeiro escreveu para Mariana; começou perguntando por Nico. Faça pontes, filha; você tem contatos que vão e vêm entre as duas margens. Averígue, tente saber dele. Em seguida, traçou um amplo retrato de Havana e dos havaneses; de suas ruas, seus comércios, seus sabores. Todas essas imagens ficaram plasmadas em tinta sobre papel enquanto para si ele guardava aquilo que o perturbava e aturdia; o que fustigava sua integridade, revirava seu estômago e fazia oscilarem os pilares de sua moral. Em dado momento, recordando a filha grávida, passou por sua mente a imagem da negrinha de treze anos grávida do patrão. Afastou essa imagem, seguiu em frente.

Ao terminar a longa carta, olhou para o relógio. Cinco para as seis. E nada ainda da Gorostiza.

Depois, começou a escrever outra carta, para seu procurador. A princípio, ia ser muito mais breve: apenas quatro ou cinco impressões gerais e a exposição dos dois negócios que no momento concentravam sua atenção. Um limpo e outro sujo. Um seguro e outro arriscado. Mas as palavras não saíam: não sabia como narrar o que queria dizer sem escrever, letra por letra, os termos que se negava a usar. Indecência. Vergonha.

Desumanidade. Acabou enchendo duas folhas com borrões e rasuras. No fim, desistiu. Com um isqueiro de mecha pôs fogo nos papéis rabiscados e depois acrescentou uma nota no final da longa carta dirigida a Mariana. Fale com Elías, conte tudo a ele, diga que está tudo bem.

Voltou a olhar o relógio. Sete e vinte. E nem sinal da Gorostiza.

Estava anoitecendo quando abriu as persianas e foi até a sacada para terminar de fumar, com a camisa aberta e os braços apoiados no parapeito de ferro, enquanto contemplava de novo a agitação sem fim das pessoas na rua. Brancos e negros, negros e brancos, e todas as tonalidades intermediárias, em trânsito para mil lugares o tempo todo, soltando vozes e gargalhadas, pregões, cumprimentos e xingamentos. Gente louca, pensou. Louca Havana, louca ilha. Mundo louco.

Tomou um banho e se vestiu de novo como uma pessoa de bem. Por mero acaso deixou o quarto ao mesmo tempo que outros dois hóspedes, o catalão e a holandesa. Desceram juntos a escada, mas, diferente deles, naquela noite ele não se dirigiu à sala de jantar.

CAPÍTULO 19

Quando, do forte de La Cabaña, ouviu-se o tiro de canhão das nove, a banda militar deu início ao baile. A Plaza de Armas estava abarrotada, metade de Havana pronta para desfrutar a música ao ar livre e a brisa fresca que soprava do mar. Alguns permaneciam sentados nos bancos, muitos passeavam parcimoniosos por entre as jardineiras e as palmeiras em volta do pedestal sobre o qual descansava a estátua do feio Fernando VII. Um cordão de carruagens cercava o perímetro dos jardins; dentro deles, as senhoritas mais distintas recebiam uma corte de galãs e admiradores.

Mauro Larrea deixou-se cair pesadamente contra uma das colunas do palácio do conde de Santovenia, com uma expressão sombria e os braços cruzados. Enquanto os músicos espalhavam pelo ar fragmentos de óperas e toadinhas da moda, ele tinha ciência de que, naquele exato momento, dois dos sócios do banqueiro Calafat diziam adeus aos seus do convés de um vapor da Mala Real Inglesa. Zarpavam rumo a Buenos Aires e levavam consigo um capital abundante e um projeto financeiro enormemente promissor. Um projeto do qual ele poderia ter participado. E do qual nunca mais participaria.

A noite havia caído com toda sua contundência e as sacadas do Palacio de los Capitanes Generales, abertas de par em par, mostravam sob a luz de dúzias de velas seu interior esplendoroso. Ele continuava contemplando a cena, ausente, com Santos Huesos ao lado. Estando sem estar, matando o tempo e a angústia com as costas apoiadas na pedra da pilastra. Um caolho lhe ofereceu números para a rifa de um leitão. Um rapazote com crostas na cabeça se ofereceu para limpar suas botas; em seguida outro tentou lhe vender um punhal. Rejeitou todos sem pensar duas vezes; estava começando a ficar farto de tantos vendedores de rua quando sentiu uma mão pousar em sua manga direita.

Já ia se soltar com um puxão, mas se conteve ao ouvir seu nome. Voltou o rosto e viu uma jovem mulata.

— Finalmente o encontrei, nhô Mauro, graças a Deus! — disse arfante. — Andei metade de Havana atrás do senhor.

Ele a reconheceu de imediato: a mesma garota que sacudia um tapete quando entrara na residência dos Gorostiza.

— Foi minha patroa que me mandou, precisa falar com o senhor — anunciou ela se esforçando para recuperar o fôlego. — Uma carruagem o espera atrás do coreto, no beco. Vai levá-lo até ela.

Santos Huesos esticou o pescoço, como se dissesse "estou pronto, patrão". Mas a garota percebeu o gesto e o deteve. Era magra e graciosa, com a boca grande e cílios longos.

— A patroa quer que o senhor vá sozinho.

Talvez ainda desse tempo. Uma assinatura, era a única coisa que Calafat necessitava dele. Um consentimento, uma aceitação em tinta. Talvez o navio ainda não tivesse levantado âncoras e a Gorostiza houvesse pensado melhor.

— Onde ela está me esperando?

Tinha quase certeza de que ela diria no cais de Caballería. Talvez junto ao velho banqueiro. Talvez ela houvesse se convencido, no fim.

— Como é que eu vou saber, nhô Mauro? O cocheiro vai cuidar disso; eu só sei o que nhá Carola me diz.

Os músicos estavam começando os primeiros compassos de *La Paloma*, de Iradier, quando ele, abrindo caminho com os ombros por entre a multidão, saiu apressado em busca da carruagem. Para seu desapontamento, o lugar escolhido era infinitamente diferente de um cais diante de um navio prestes a zarpar. A igreja Cristo del Buen Viaje; em uma sala ao lado da sacristia onde as mulheres de boa posição costuravam e remendavam roupa branca todas as terças-feiras para os pobres da cidade. Entre prateleiras e baús repletos de jardas de tecido. Ali o esperava Carola Gorostiza, à luz de uma pequena lamparina a óleo.

— Alguém da casa contou a meu marido que o senhor esteve lá esta manhã — disse ela assim que ele assomou pela porta. — Por isso lhe mandei um coche de aluguel e vim em outro. Já não confio nem na minha própria sombra.

Ele respondeu tirando o chapéu. A decepção atravessava todos os ossos de seu corpo, mas tirou de onde pôde a última gota de orgulho que lhe restava e decidiu por não demonstrar seus sentimentos.

— Em mim também não, suponho.

— Também não, naturalmente — replicou a mulher de Zayas. — Mas, a esta altura, não me interessa livrar-me do senhor. Nem o senhor de mim.

Ele notou que ela segurava algo nas mãos; algo pequeno e escuro, que, com a pouca luz, não pôde distinguir.

— Seus outros amigos, do negócio do navio de gelo, já partiram? — perguntou ela com seu tom cortante.

— Navio frigorífico.

— Tanto faz. Responda, partiram ou não?

Ele engoliu em seco.

— Suponho que sim.

A irmã de seu consogro esboçou um sorriso sarcástico.

— Então, só lhe resta uma opção. A do outro navio, com outro carregamento muito diferente.

Nem cais, nem assinatura às pressas, nem vapor prestes a zarpar para Mar del Plata: nada disso estava nos planos daquela mulher. O bergantim carregado de argolas e correntes com destino às costas africanas era a única opção que lhe restava, de fato: o triste comércio de escravos. Caso contrário, teria que começar a traçar novos planos sem o capital dela. Sozinho e duro como uma pedra, uma vez mais.

Mesmo assim, tentou resistir.

— Continuo sem me convencer.

Ela o interrompeu com tom impaciente enquanto fazia movimentos curtos e nervosos com os dedos da mão direita à luz da lamparina. Como se beliscasse algo, soltasse e beliscasse de novo.

— Os interessados com quem se reuniu no armazém de louça já deram sua aprovação; só falta o senhor. Mas, segundo me contaram, as coisas mudaram de ontem para hoje. Só resta uma participação disponível, a que o senhor ainda não ratificou, mas surgiu um novo interessado em ficar com ela. Agustín Vivancos é o nome dele, caso duvide da minha palavra: o dono da farmácia da rua de la Merced. Caso o senhor não responda, ele está disposto a ocupar seu lugar.

Fez-se silêncio; pela janela fechada ouviram as rodas de um coche contra o calçamento. Nenhum dos dois falou enquanto o som ia se extinguindo. Cada vez mais tênue, mais leve. Até desaparecer.

— Permita-me dizer-lhe, senhora, que sua atitude me deixa profundamente desorientado — Mauro deu um passo na direção dela, firme. — De início, a senhora não tinha o menor interesse em movimentar seu capital, e agora, de repente, parece que a urgência a corrói.

— Foi o senhor quem me propôs movimentá-lo, não se esqueça.

— É verdade. Mas satisfaça minha curiosidade, se não se importa. Por que insiste nesse assunto, e por que age, de repente, de forma tão impulsiva?

Ela fez uma careta altiva e deu outro passo na direção dele, desafiadora. Mauro Larrea por fim distinguiu o objeto que ela segurava. Um alfineteiro desses que as mulheres utilizavam naquele quarto destinado à costura beneficente. Um alfineteiro no qual ela, obsessivamente, enfiava o mesmo alfinete sem parar.

— Por duas razões, sr. Larrea. Duas razões muito importantes. A primeira tem a ver com o negócio em si. Ou melhor, com seus implicados. A filha mais velha do dono do armazém é uma grande amiga, uma pessoa da mais absoluta confiança. E isso me tranquiliza e me dá a certeza de que meu dinheiro estará nas mãos de alguém próximo que vai me dar detalhes sobre o avanço da operação, caso o senhor resolva desaparecer. Digamos que é como se ela fosse da família. Caso contrário, se eu tivesse me metido nesse negócio do navio de gelo, ficaria entre homens inteligentes, conhecedores desses assuntos financeiros que eu não entendo, e jamais me tratariam como uma igual.

Embora na resposta houvesse certa sensatez, ele suspeitou que ela estava mentindo. De qualquer maneira, preferiu não levantar a questão.

— E a segunda razão?

— A segunda, meu amigo, é muito mais pessoal.

Ela emudeceu, e por alguns instantes ele pensou que não ia dizer mais nada. Mas estava enganado.

— O senhor é casado, sr. Larrea?

— Já fui.

Outra carruagem passou com seu repique sobre as pedras, mais rápido e fugaz.

— Concordará comigo, então, que o casamento é uma aliança complexa. Traz alegrias, traz amarguras... e às vezes também se torna um jogo de poder. Sua proposta me fez pensar. E cheguei à conclusão de que com mais dinheiro nas mãos, talvez eu tenha mais poder dentro de meu próprio casamento.

Mais poder, para quê?, quase perguntou. Mas antes se lembrou do que naquela mesma tarde dona Caridad lhe havia contado: sua total dedicação ao primo do marido chegado da Espanha; o estranho triângulo que formaram os três; a mulher a quem Gustavo Zayas dedicou seu coração do outro lado do oceano e que acabou indo embora com outro, mil conflitos do passado. Preferiu conter sua curiosidade. Arrancar informação dela exigiria uma contrapartida, e ele não estava disposto a contar nada de si mesmo. Ela, entretanto, continuou se aproximando, até chegar no limite do indecoroso.

O tecido da saia se enredou entre as pernas do minerador. Ele sentiu o busto dela praticamente colado a seu peito. Sentiu sua respiração.

— O senhor pôs esse doce na minha boca — disse ela com a voz cadenciada. — Multiplicar minha herança sem sequer tocá-la. Não gosto de homens que deixam as mulheres insatisfeitas.

Nem eu gosto de mulheres que torturam como a senhora, pensou Mauro. Mas não disse nada; em vez disso, sem desfazer a íntima proximidade, fez uma pergunta. Em voz baixa, sombria.

— Sinceramente, sra. Carola, a essência desse negócio vil não lhe causa nenhum desconforto?

Ela inclinou a cabeça, parcimoniosa, e aproximou os lábios do ouvido dele. Seu cabelo escuro roçou-lhe o rosto enquanto ela sussurrava.

— No dia em que eu tiver remorsos, meu caro, resolverei isso com meu confessor.

Ele retrocedeu dois passos, afastando-se do corpo feminino.

— Deixe os escrúpulos para os beatos e os maçons, pelo amor de Deus — continuou Gorostiza retomando seu brio de sempre. — Isso não vai encher seus bolsos, e o senhor também anda desesperado. Volte ao louceiro amanhã de manhã, às onze em ponto; entre como se fosse comprar qualquer coisa. Antes, retire o dinheiro da casa do banqueiro, o meu e o seu, o suficiente para completar o montante do investimento. Decidi que Novás saberá da minha presença. Esperaremos pelo senhor.

Em seguida, jogou o alfineteiro sobre a mesa e apagou a lamparina. Depois, sem uma palavra, pôs sobre a cabeça uma mantilha que até então descansava nas costas de uma cadeira e saiu.

Ele ficou com as trevas coladas nos olhos, entre estantes cheias de lençóis e retalhos. Deixou que passassem alguns minutos, até ter certeza de que seus caminhos não se cruzariam. Ao sair, sigiloso, pelos fundos da igreja, viu que nenhum coche o aguardava e foi caminhando pela rua de la Amargura em direção a sua hospedaria, perturbado.

Encontrou a casa mergulhada em um silêncio sepulcral, às escuras. Todos dormiam e, diferente do habitual, seu criado não o esperava nem no saguão nem no pátio. Atravessou a galeria na penumbra rumo ao quarto; estava quase chegando quando se voltou. Movendo-se cautelosamente para não fazer barulho, entrou na sala de jantar e foi desviando dos móveis com cuidado, até encontrar o que buscava. Até roçar o vidro. Então, pegou a garrafa de aguardente pelo gargalo e levou-a consigo.

* * *

Dormia de bruços, nu, atravessado na cama, com as pernas e os braços abertos em um xis; o braço esquerdo pendia pela borda do colchão; os dedos quase tocavam o chão. Sentiu uma pressão no tornozelo; alguém o apertava.

Acordou com um pulo e, ao se endireitar, alarmado, sentiu a cabeça pesada como uma barra de chumbo. Sob o mosquiteiro, sem mais luz do que a que entrava pela sacada aberta, vislumbrou um rosto familiar.

— Que foi, rapaz, aconteceu alguma coisa?
— Nada.
— Como nada, Santos? — murmurou. — Você me acorda... me acorda às... que horas são?
— Cinco da manhã, está quase amanhecendo.
— Você me acorda às cinco da manhã, imbecil, e me diz que não aconteceu nada?
— Não se atreva, patrão.
Ele demorou a processar o que estava ouvindo.
— Não se atreva — ouviu outra vez.
Passou os dedos entre os cabelos, confuso.

— Você também bebeu além da conta?

— São humanos. Como o senhor. Como eu. Suam, comem, pensam, fornicam. Têm dor de dente, choram seus mortos.

Espremendo com um esforço titânico a memória adormecida, conseguiu recordar a última vez que o vira. Na Plaza de Armas, enquanto o público começava a entoar os primeiros versos de *La Paloma* ao compasso dos acordes da banda militar: *Cuando salí de La Habana, válgame Dios...* Deixara-o junto com a mulata magra de sorriso grande, lado a lado.

— A escrava de dona Carola o deixou tonto? Andou contando histórias quando fui encontrar sua dona? Ela... Ela...

— A escrava tem nome. Se chama Trinidad. Todos têm, patrão.

Ele falava com a voz de sempre. Calma e melodiosa. Mas firme.

— Lembra quando descíamos às jazidas? O senhor fazia sua gente trabalhar até doer a alma, mas nunca nos tratou como animais. Apertou quando tinha que apertar, mas sempre foi justo. Quem quis ficar ao seu lado, ficou. E quem quis buscar outro caminho, nunca teve amarras.

Sem se levantar, Mauro Larrea cobriu o rosto com as mãos tentando recuperar um pouco de lucidez. Por isso sua voz saiu cavernosa.

— Estamos na maldita Havana, seu desmiolado, e não nas minas de Real de Catorce. Esses tempos passaram, agora temos outros problemas.

— Nem seus homens nem seus filhos gostariam que o senhor fizesse o que pretende fazer.

A silhueta de Santos Huesos deixou o quarto filtrada pelo mosquiteiro. Assim que a porta se fechou, sem ruído, ele desabou como um peso morto na cama. Continuou deitado até bem avançada a manhã, mas não conseguiu dormir. Confuso, embotado pela aguardente que furtara da dona da hospedaria para afogar sua angústia; sem saber se a aparição do *chichimeca* havia sido só um sonho grotesco ou uma tristíssima realidade. Assim permaneceu algumas horas que lhe pareceram eternas, com um gosto de vômito na boca e uma pontada de angústia nas vísceras.

Não pense nisso, homem, não pense, não pense. Repetia mentalmente enquanto se lavava, enquanto se vestia, enquanto tentava apaziguar a infernal ressaca a golpes de café puro, enquanto saía da hospedaria sem que a sombra de Santos Huesos voltasse a aparecer. A voz de seu amigo Andrade também não apareceu.

Não eram nem dez horas ainda quando saiu andando por entre o tumulto matutino de todos os dias levando a reboque uma dor de cabeça descomunal. A operação seria simples: retirar o dinheiro, assinar o recibo e pronto. Assunto fácil. Rápido. Inócuo. Não pense mais, irmão, não pense.

Andava tão ensimesmado, tão obsessivamente disposto a focar sua atenção em uma única direção que ao entrar no saguão quase tropeçou. Ao bater o pé contra algo inesperado, soltou uma rude blasfêmia. O inesperado era uma jovem negra que, de maneira instintiva, soltou um grito pungente.

Ela estava sentada no chão, com as costas apoiadas no pilar que sustentava o portão aberto e um seio para fora da camisa branca. Antes de a ponta da bota do minerador se cravar na coxa da moça, ela amamentava, serena, seu filho enrolado em um pano de algodão. Ele recuperou o equilíbrio apoiando-se na parede. E ao mesmo tempo que fazia isso, ao mesmo tempo que esmagava a palma e os dedos contra a cal em busca do equilíbrio, baixou a vista.

Um peito cheio e farto encheu seus olhos. Agarrada a ele, uma boquinha chupava o mamilo. E, de repente, diante da simples imagem de uma jovem mãe de pele escura amamentando o filho, tudo aquilo que havia se esforçado para manter fora de seu cérebro investiu contra ele como uma tromba d'água. Suas mãos tirando Nicolás das entranhas ensanguentadas de Elvira; suas mãos sobre o ventre de Mariana na noite em que se despediram no México, apalpando o novo ser ainda não nascido. A escrava magrinha abusada por um velho enquanto cortava cana; a menina que trouxe ao mundo com apenas treze anos e que depois lhe foi arrancada como quem tira a casca de uma mísera banana. Jorros de vida, vida plena. Corpos, sangue, alento, almas. Vidas que chegavam entre gritos impressionantes e partiam com um fio precário de fragilidade; vidas que chegavam trazendo consolo diante do desamparo, que reparavam as fendas diante do abismo e se encaixavam no mundo como certezas que não se podiam comprar e não se podiam vender. Vida humana, vida inteira. Vida.

— Bom dia, Larrea.

A voz do banqueiro, cumprimentando-o a distância de dentro do pátio, trouxe-o de volta à realidade. Acabava de descer depois de tomar o café da manhã, certamente. E devia estar indo para o escritório quando o viu.

Como resposta, ele apenas endireitou a postura e ergueu um braço acima da cabeça. Nada, quis dizer. Não quero nada. Calafat o olhou franzindo o bigode.

— Tem certeza?

Ele assentiu com o queixo, sem abrir os lábios. Tenho certeza. Depois, virou-se e se perdeu entre a multidão na rua.

Encontrou o quarto como o deixara; as meninas ainda não haviam entrado para arrumá-lo. A cama continuava desfeita, os lençóis arrastando no chão, a roupa suja amontoada, um cinzeiro cheio e a garrafa de aguardente, praticamente vazia, tombada embaixo do criado-mudo. Tirou o paletó de linho, afrouxou a gravata e fechou as persianas de madeira. Depois, deixando o resto intacto, sentou-se para esperar.

Ouviu soarem as dez e meia no relógio da Aduana. Onze em ponto, onze e meia. A luz do exterior se projetava contra a penumbra com cada vez mais força, desenhando finas linhas horizontais na parede. Aproximava-se o meio-dia quando por fim ouviu passos e gritos, latidos e um escândalo que ia se aproximando. Golpes, gritos, portas batendo, como se uma turba estivesse pondo a casa inteira abaixo. Até que sua porta, sem que ninguém se incomodasse em bater antes, se escancarou.

— O senhor é um traidor e um filho da mãe! Um covarde, um desgraçado!

— Pode pegar seu dinheiro quando quiser na casa bancária Calafat — disse sem se alterar.

Esperava-a fazia um longo tempo, prevendo sua reação.

— Eu o estive esperando, dei minha palavra a Novás de que o senhor iria!

Dona Caridad entrou instantes depois, arrastando sua coxeira e uma cascata de desculpas. Atrás dela, quatro ou cinco escravos se amontoavam no limiar da porta. A cadelinha, contagiada pela ira de sua proprietária, latia como se estivesse possuída pelo cão de Belzebu.

Diante de todos eles, Carola Gorostiza encheu os pulmões de ar e vomitou sua última advertência:

— Pode ter certeza, Mauro Larrea, de que vai voltar a ter notícias minhas.

CAPÍTULO 20

Por nenhuma razão específica, naquela noite voltou ao Café de El Louvre. Para deixar de se torturar, talvez. Ou para amenizar sua solidão.

Desviou de mesas no saguão, cheias de jovens e figurões, e entrou. Entre palmeiras frondosas e enormes espelhos que multiplicavam, enganosos, as presenças, no salão também não faltava animação. Serviram-lhe pargo na brasa e outra vez vinho francês; recusou a sobremesa e terminou a refeição com um café ao gosto cubano, bem carregado, com pouca água e rapadura para amenizar o amargor. Havia mentido sem escrúpulos para a proprietária da hospedaria quando no dia anterior lhe dissera que tanto café estava começando a lhe fazer mal. Ao contrário. Aquele café tão denso, tão escuro, era praticamente a única coisa que o estimulava desde que chegara.

Enquanto comia o peixe, viu que diversos recém-chegados se encaminhavam para a ampla escada do fundo.

— Há mesas de jogo lá em cima? — perguntou ao garçom enquanto pagava a conta.

— Para todos os gostos, senhor.

O voltarete e o monte eram os jogos da moda, e a sala do andar superior do El Louvre não era exceção. Apesar de ser relativamente cedo, já haviam começado duas partidas. Em uma mesa no canto, um jogador solitário arrumava as fichas de dominó com estalidos; em outra ouvia-se o barulho dos dados se chocando. Mas os olhos de Mauro Larrea se desviaram para o fundo, para o espaço iluminado por grandes luminárias de cristal que pendiam do teto.

Embaixo delas, três mesas de bilhar. Duas vazias, uma ocupada. Nela jogavam sem entusiasmo dois espanhóis cuja origem Mauro distinguiu com os olhos e os ouvidos: ternos pesados, maneiras mais formais e um tom infinitamente mais duro ao falar, mais áspero e cortante que o dos naturais do Novo Mundo.

Aproximou-se de uma das mesas vazias, deslizou devagar a mão pela madeira encerada das laterais. Em seguida, pegou uma bola e apertou a frieza do marfim. Sentiu seu peso, fê-la rolar. Sem pressa, saboreando cada segundo, pegou depois um taco na estante e de repente, sem prever, como uma carícia terna depois de um pesadelo, como um gole de água fresca depois de uma longa caminhada sob o sol, sentiu um consolo difícil de descrever. Talvez, desde que desembarcara naquele porto, aquilo tivesse sido a única coisa que conseguira lhe proporcionar um pouco de serenidade.

Apalpou a ponta do taco, fechou e abriu a mão várias vezes sobre o cabo apreciando o volume e a textura; depois, deslizou os olhos pelo oceano de feltro verde. Por fim tinha diante de si algo que lhe era conhecido, próximo, controlável. Algo em que podia exercer suas capacidades e sua vontade. Suas recordações voaram por uns instantes até anos antes, para recantos perdidos entre as dobras da memória: para as noites turvas e violentas dos acampamentos, para tantas tardes em locais imundos cheios de mineradores vociferantes de unhas pretas, ávidos por encontrar o veio principal, ou um golpe de sorte em forma de filão que os tiraria da miséria e lhes abriria a porta de um futuro sem penúrias. Dezenas, centenas, milhares de partidas em botecos escuros até a alvorada: com amigos que foi deixando pelo caminho, contra adversários que acabaram se tornando irmãos, diante de homens que um belo dia foram engolidos pelo fundo da terra ou por uma desventura que não foram capazes de superar. Tempos terríveis, duros, devastadores. E ainda assim, quanta falta sentia deles agora! Pelo menos naquela época tinha um objetivo nítido e certeiro pelo qual lutar ao se levantar a cada manhã.

Colocou as bolas em suas posições, segurou o taco com mão firme. Flexionou o braço direito, dobrou-se sobre a mesa e esticou sobre ela o esquerdo em toda sua extensão. E, longe de seu mundo e dos seus, sozinho, frustrado e confuso como jamais imaginou que chegaria a ficar na vida, por alguns instantes Mauro Larrea reencontrou o homem que um dia fora.

A carambola foi tão limpa, tão brilhante, que os peninsulares da mesa vizinha apoiaram os tacos no chão e imediatamente pararam de conversar. Com eles começou sua primeira partida, sem saber seus nomes nem seus afazeres e sem se apresentar. Outros homens foram substituindo-os no decorrer da noite: jogadores mais ou menos habilidosos empenhados em medir forças com ele. Espontâneos, otimistas, confiantes, desafiadores. De todos foi ganhando partida após partida, enquanto o andar superior do El Louvre ia se abarrotando e não restava um lugar livre nas mesas, e a fumaça e as vozes se elevavam até as vigas do teto e saíam pelas altas janelas abertas para o Parque Central.

Apontava de perto, agora, concentrado, para uma bola branca, calculando o movimento preciso para mandá-la em cheio contra a vermelha, que esperava incauta no fundo da mesa. Algo distraiu sua atenção, então; não pôde precisar o quê. Um movimento brusco, uma palavra desconcertante. Ou talvez a intuição de que algo estava fora da ordem. Ergueu brevemente o olhar sem mudar de posição, ampliando seu horizonte um pouco mais além da borda da mesa. Foi quando o viu.

De imediato soube que, diferente dos demais presentes, Gustavo Zayas não estava apenas contemplando seu jogo como um mero passatempo; com seus olhos claros, aquele homem também estava perfurando sua pele.

Deslizou o taco com aparente parcimônia entre o anel formado por seus dedos, até que arrematou a jogada com um golpe seco. Endireitou-se, então, verificou a hora e calculou que estava havia mais de três horas ali. Diante do murmúrio de contrariedade de alguns dos espectadores, depositou o taco em seu suporte disposto a dar a noite por encerrada.

— Permita-me que o convide para um drinque — ouviu atrás de si.

Como não? Com um simples gesto, aceitou o imprevisto convite do marido da Gorostiza. Que diabos ele quer de mim, pensou enquanto ambos abriam caminho pela sala lotada. Que histórias sua mulher fora lhe contar? Mas não perguntou.

Aceitou uma taça de brandy e pediu uma jarra de água, que bebeu inteira em três copos seguidos; só então teve consciência da sede acumulada, do nó meio desfeito da gravata e da roupa encharcada de suor. Estava também com o cabelo despenteado e os olhos brilhantes, mas isso só os outros percebiam. Zayas, por sua vez, estava impecável. Bem penteado como sempre; bem vestido e de maneiras elegantes. Impenetrável.

— Nós nos conhecemos no baile de Casilda Barrón, lembra?

Sentaram-se em poltronas ao lado de uma grande sacada aberta para a noite antilhana. Antes de responder, contemplou-o uns instantes: o rosto tenso de sempre, um ricto de algo que recordava amargura colado à pele. O que o perturba, homem de Deus?, queria lhe perguntar. O que lhe arranha a alma, o que o corrói?

— Lembro perfeitamente — foi o que disse, porém.

O início da conversa foi interrompido por alguns homens que se aproximaram para cumprimentá-lo. Deram-lhe os parabéns pelo bom jogo. Lembrava-se de ter visto um deles na mansão de El Cerro, outro no teatro. Perguntaram-lhe seu nome, sua procedência — espanhol, não? — sim, não, bem, não, sim. Ofereceram-lhe seus charutos, seus salões e suas mesas, e nesses termos basicamente sem substância transcorreu a conversa espontânea enquanto crescia nele a sensação de que finalmente, aos olhos do mundo, voltava a existir.

O cunhado de Gorostiza permaneceu praticamente calado. Mas não ausente, nem distante. Atento, olho vivo, de pernas cruzadas, deixando-os à vontade.

— E foi um elegante gesto da parte do sr. Zayas ceder-lhe todo o brilho esta noite — interveio um dos presentes; um agente portuário, se bem recordava.

Ele ergueu sua taça. Como é?

— Usar o taco com brilhantismo deve ser algo que corre nas veias dos peninsulares e que nós, *criollos*, sabe Deus por que razão, não conseguimos ainda igualar.

Houve uma gargalhada unânime e Mauro Larrea se juntou a ela, sem vontade. Em seguida, alguém esclareceu:

— Desde que chegou a Havana, há muitos anos, nosso amigo aqui presente não teve rival em uma mesa de bilhar.

Todos os olhos se voltaram para Zayas. Quer dizer, então, que ele era o melhor jogador daquele porto. E que havia concedido a Mauro, um forasteiro, a gentileza de deixar que se exibisse em seu próprio feudo.

Cuidado, irmão. Cuidado. A voz de seu procurador surgiu como um projétil direto em seu cérebro, tentando redirecionar seus pensamentos. Onde diabos você se meteu quando lhe pedi conselho aos gritos por causa do assunto do navio negreiro asqueroso?, quase gritou de volta. Contenha-se, Mauro, não se precipite, insistiu Andrade em sua consciência.

Sem pretender, você acaba de conseguir um formidável golpe de efeito em um lugar crucial. Fez-se conhecer em uma capital de vida licenciosa e esbanjadora onde o jogo move afetos, desígnios e fortunas. Esta noite você começou a ter um nome, fez contatos, atrás deles virão as oportunidades. Tenha um pouco de paciência, compadre, só um pouco.

Apesar de toda a sua sensatez, as palavras de seu amigo chegaram tarde demais. Por seu sangue já corria uma nova euforia. As mansas vitórias contra os desconhecidos contra quem jogara pouco antes haviam lhe devolvido um pouco de confiança em si mesmo, algo muito gratificante em suas lamentáveis circunstâncias. Ficara satisfeito por saber que admiravam seu jogo; por algumas horas deixara de ser uma alma transparente e confusa. Mesmo que fugazmente, voltara a se sentir um homem estimado, apreciado. Havia recuperado uma parte de sua honra.

Mas faltava algo. Algo impreciso, algo intangível.

A febre nos olhos, a palpitação indômita fervendo em suas têmporas: essa sensação não estava ali. A tensão não lhe havia apertado a boca do estômago com a fúria de um coiote faminto, nem o teria feito dar um soco na parede se houvesse perdido, nem o fez uivar como um selvagem depois de ganhar.

Contudo, assim que soube que o marido da mulher que havia se recusado a lhe estender a mão era o melhor jogador de Havana, começou a serpentear por suas entranhas aquela velha queimação. A mesma dos tempos em que tentava a sorte às cegas, a que o fazia blefar em negócios temerários e contra sujeitos curtidos com o dobro de sua idade e cem vezes seu capital e sua experiência.

Como se houvesse sido trazida pela brisa que soprava do mar pela sacada aberta, a alma do jovem minerador que ele fora anos antes — intuitivo, indomável, audaz — entrou de novo em seus ossos.

Não me convidou para este drinque para elogiar meu jogo, canalha; eu sei que há algo por trás, quis lhe dizer. Alguma coisa lhe disseram sobre mim; algo que não lhe agrada, embora talvez não corresponda totalmente à verdade.

Foi o espanhol quem deu o passo seguinte.

— Os senhores podem nos dar licença?

Por fim ficaram sozinhos. Um garçom encheu de novo as taças, e Mauro voltou o rosto para a sacada em busca de uma lufada de ar; passou os dedos pelo cabelo rebelde.

— Diga de uma vez.

— Deixe minha mulher em paz.

Quase engasgou com uma gargalhada. Maldita Carola Gorostiza, com que mentiras devia ter confundido o marido, com que tramoias e embustes?

— Ouça, amigo, não sei o que andaram lhe dizendo...

— Ou se arrisque por ela — acrescentou Zayas sem perder a calma.

Nem pense nisso!, ouviu Andrade gritar dentro de sua cabeça. Esclareça tudo, conte-lhe a verdade, acabe logo com isso. Pare com isso, maluco, antes que seja tarde demais. Mas o procurador continuava longe da consciência de Mauro, enquanto seu corpo, por sua vez, começava a transbordar adrenalina.

Até que deu uma última tragada em seu cigarro e, com um piparote, jogou a ponta pela sacada.

Depois, afastou as costas da poltrona e aproximou o rosto, com lentidão, do marido supostamente ultrajado.

— Em troca de quê?

CAPÍTULO 21

Mandou Santos Huesos fazer averiguações assim que amanheceu o dia.

— Um bairro à margem da baía cheio de gente ruim, patrão — informou ele quando voltou. — Assim é o Manglar. E a Chucha, uma negra com um dente de ouro e mais velha que minha mula, que tem um negócio ali, meio bordel meio taberna, frequentado por desde os negros tratantes mais encrenqueiros das proximidades até os brancos com os sobrenomes mais ilustres da cidade. Vão beber rum, cerveja lager e uísque de milho de contrabando, dançar, se houver oportunidade, deitar com vadias de todas as cores ou perder a fortuna no jogo até o amanhecer. Foi o que descobri sobre o que o senhor me pediu.

Ao toque de meia-noite no Manglar, dissera Zayas na madrugada anterior. O senhor e eu. Na casa da Chucha. Uma partida de bilhar. Se eu ganhar, não vai mais procurar minha esposa, vai deixá-la em paz para sempre.

— E se perder? — perguntou o minerador com certa ousadia.

O marido da Gorostiza não tirou os olhos esverdeados dele.

— Vou embora. Vou definitivamente para a Espanha e ela ficará em Havana para fazerem o que acharem melhor. Deixarei o terreno livre. Poderá fazer dela sua amante aos olhos do mundo, ou proceder como quiserem. Não os importunarei.

Santa Mãe de Deus!

Se não houvesse pisado tantas vezes nos miseráveis antros montados perto das minas certamente aquela proposta teria soado aos ouvidos de Mauro Larrea como a fanfarronice de um desequilibrado mordido de ciúmes imaginários, ou como o desvario de um pobre-diabo tomado de uma estupidez demencial. Mas entre jogadores acostumados a apostar alto, no México, em Cuba ou nas caldeiras do inferno, por mais disparatadas que soassem as palavras do homem que estava a sua frente, ninguém teria duvidado de sua veracidade. Coisas mais estranhas já havia visto apostarem sobre uma mesa de bilhar, em uma febril partida de baralho ou em uma briga de galos. Patrimônios familiares, ricas jazidas ativas de prata, os rendimentos de um ano postos integralmente em uma carta... Até a virtude de uma filha adolescente, entregue por um pai enlouquecido a um jogador sem um pingo de piedade. De tudo isso Mauro havia sido testemunha em muitas madrugadas de farra. Por isso, o desafio de Zayas, disparatado como era, não o impressionou.

O que o deixou admirado, porém, foi a perícia de Carola Gorostiza para enganar o marido sem desmanchar nem um cacho de seus bem-cuidados cabelos negros. A irmã de seu consogro demonstrava ser, em partes iguais, esperta, trapaceira, maquinadora e perversa. Sua mulher o convenceu de que eu a estou cortejando, quisera dizer ao marido na noite anterior. Que você está em meu caminho, quando, na verdade, ela pretende enganá-lo, meu amigo. E por causa dessa mentira da qual não parece sequer suspeitar, Gustavo Zayas, você me propõe que nos enfrentemos em uma partida de bilhar. E eu vou aceitar. Vou dizer que sim. Talvez você me derrube, talvez não; o que nunca saberá antes de nos enredarmos nesse desafio que está me lançando é que eu jamais tive, nem teria mesmo que vivesse cem anos, nenhum envolvimento com essa peçonhenta que é sua mulher.

Se não tem nada com ela nem pretende ter, que diabos está fazendo aceitando o desafio desse insensato imerso em um monumental ataque de fúria por ser cornudo?, teria protestado Andrade. Mas ele, já prevendo essa reação, havia amordaçado antecipadamente o procurador em sua consciência para que não o incomodasse de novo com seus receios. Por razões que nem ele mesmo era capaz de explicar, havia decidido entrar naquele jogo distorcido, e não tinha intenção de voltar atrás.

Por isso mesmo, a primeira coisa que fez na manhã seguinte, antes mesmo de descer para tomar o café da manhã, foi mandar Santos Huesos em busca de informação. Vá até a rua, veja o que descobre sobre o Manglar e a tal Chucha, ordenou. Três horas mais tarde, obteve a resposta. Uma área lamacenta e marginal cheia de gentalha depois do bairro Jesús María, aonde também iam à noite os homens da melhor sociedade em busca de diversão quando os saraus com gente de sua própria classe começavam a deixá-los entediados: isso era o Manglar. E a Chucha, uma velha meretriz proprietária de um muquifo lendário. Foi aquilo que o *chichimeca* descobriu, e o que lhe trouxe de volta já próximo do meio-dia. E com essas informações, também chegou a sua cabeça um sopro de incerteza que ficou pairando no ar como uma bruma densa.

    Almoçou frugalmente na hospedaria de dona Caridad; por sorte, ela não se sentou à mesa naquele dia. Ainda devia estar em Regla com a sobrinha parturiente, pensou. Ou sei lá. De qualquer maneira, ficou grato pela ausência: não estava com paciência para fofocas nem intromissões. Depois do café, trancou-se no quarto, absorto, ruminando o que o esperava nas horas seguintes. Como seria o jogo de Gustavo Zayas? O que sua mulher teria lhe contado de verdade, o que aconteceria se ganhasse, o que aconteceria se perdesse?

    Quando percebeu que Havana se espreguiçava e voltava a fervilhar depois da modorra da sesta, saiu.

— Prazer em vê-lo de novo, sr. Larrea — cumprimentou-o Calafat. — Mas suspeito que, a esta altura, não tenha vindo me dizer que lamenta não ter se juntado a nosso empreendimento.

— Outros assuntos me trazem hoje, sr. Julián.

— Promissores?

— Ainda não sei.

E então, sentando-se diante da soberba mesa de mogno que cada vez lhe era mais familiar, explicou a situação sem rodeios.

— Preciso retirar uma soma de dinheiro. O sr. Gustavo Zayas me desafiou para uma partida de bilhar. Inicialmente, não há dinheiro envolvido, mas prefiro ir preparado, por via das dúvidas.

Antes de responder, o velho banqueiro lhe estendeu um charuto. Como sempre. Cortaram a ponta ao mesmo tempo e os acenderam em silêncio. Como sempre, também.

— Já estou a par — anunciou o ancião após a primeira baforada.

— Eu já imaginava.

— Mais cedo ou mais tarde, ficamos sabendo de tudo na indiscreta Pérola das Antilhas, meu caro amigo — acrescentou Calafat com um toque de ácida ironia. — Em condições normais, eu teria sabido ao tomar meu cafezinho no La Dominica no meio da manhã; ou alguém teria se encarregado de me contar durante a partida de dominó. Mas, desta vez, as notícias voaram mais rápido: logo cedo vieram me perguntar pelo senhor. Desde então, estou esperando sua visita.

Sua resposta foi outra forte puxada no charuto. Maldito seja, Zayas, isto é mais sério do que eu esperava.

— Pelo que entendi — acrescentou o banqueiro —, trata-se de um desagravo por questões afetivas.

— Isso é o que ele pensa, mas a realidade é muito diferente. Antes de lhe contar, porém, esclareça-me uma coisa, por favor. Quem perguntou sobre mim? E o que?

— A resposta a quem é: três amigos do senhor Zayas. A resposta ao que é: um pouco de tudo, inclusive sua saúde financeira.

— E o que disse a eles?

— Que isso é assunto privado, entre o senhor e eu.

— Eu lhe agradeço.

— Não precisa: é minha obrigação. Confidencialidade estrita em relação aos assuntos de nossos clientes: esse é o segredo desta casa desde que meu avô deixou para trás sua Maiorca natal para fundá-la no início do século. Se bem que às vezes me pergunto se não teria sido melhor para todos que ele tivesse ficado como contador no pacífico porto de Palma em vez de se aventurar nestes extravagantes trópicos. Enfim, voltemos ao presente, meu amigo; desculpe minhas senis divagações. Então, se não se trata de um assunto afetivo, explique-me, sr. Larrea, o que diabos há por trás desse lance insuspeitado.

Mauro avaliou as possíveis respostas. Poderia mentir descaradamente. Poderia também disfarçar um pouco a verdade, retocá-la a sua maneira. Ou poderia ser franco com o banqueiro e lhe contar a realidade nua e crua sem rodeios. Depois de alguns segundos, decidiu-se pela última opção. E assim, sintetizando os dados, mas sem ocultar nenhum, expôs a Calafat sua sinuosa trajetória entre o próspero proprietário minerador que até havia pouco tempo fora e o suposto amante de Carola Gorostiza que agora lhe atribuíam ser. Falou-lhe do gringo Sachs, da mina Las Tres Lunas, de Tadeo Carrús e do traste de filho dele, do dinheiro da condessa, de Nico e seu incerto paradeiro, de Ernesto Gorostiza com aquele encargo envenenado, da maldita irmã dele e, finalmente, de Zayas e seu desafio.

— Por Nossa Senhora da Caridade do Cobre, amigo; no fim, parece que o senhor tem o mesmo sangue quente que toda essa quadrilha de caribenhos descerebrados que nos cerca.

Você e sua cautela teriam se dado bem com meu compadre Andrade, velho do demônio, pensou enquanto acolhia suas palavras com uma amarga gargalhada que a ele mesmo surpreendeu. Maldita vontade que tinha de rir.

— Para que o senhor confie em seus clientes, sr. Julián.

O banqueiro estalou a língua.

— O jogo é coisa séria em Cuba, sabia?

— Como em todos os lugares.

— E, aos olhos desta ilha irrefletida, o que Zayas lhe propôs é uma espécie de duelo. Um duelo por uma questão de honra, sem espadas nem pistolas, e sim com tacos de bilhar.

— Foi o que imaginei.

— No entanto, há detalhes que não compreendo.

O banqueiro tamborilou com os dedos na escrivaninha enquanto ambos refletiam em silêncio.

— Por melhor jogador que ele seja — prosseguiu o ancião —, seria muito arriscado, muito ousado e imprudente da parte dele estar de antemão convencido de sua vitória sobre o senhor.

— Desconheço até onde vai seu talento, certamente. Mas tem razão, em uma boa partida, sempre existe o risco. O bilhar é...

Então, parou alguns segundos para refletir, tentando encontrar as palavras mais acertadas. Apesar das muitas partidas que tinha nas costas, jamais lhe havia ocorrido teorizar.

— O bilhar é um jogo de precisão e destreza, de cérebro e método, mas não é matemática pura. Muitos outros fatores influem: o próprio corpo do jogador, o temperamento, o entorno. E, acima de tudo, o adversário.

— De qualquer maneira, para conhecer o alcance exato da perícia Zayas, receio que tenhamos que esperar esta noite. O que me perturba, contudo, é o que pode haver por trás desse desafio.

— Acabei de lhe dizer: a mulher dele o convenceu de que eu...

Calafat negou com a cabeça, contundente.

— Não, não, não. Não. Ou melhor, sim e não. Pode ser que a senhora de Zayas pretenda castigar o senhor e ao mesmo tempo deixar o marido enciumado, e pode ser que ele esteja convencido de que há algo entre vocês dois; não descarto essa possibilidade. Mas o que me intriga é outra coisa que vai além de uma mera dor de corno, se me permite a expressão. Algo vantajoso para ele que ela pôs diante de seus olhos sem sequer suspeitar.

— Desculpe, mas continuo não entendendo aonde quer chegar.

— Veja, sr. Larrea. Até onde eu sei, Gustavo Zayas não é nenhum cordeirinho que se encolhe todo quando vê um lobo. É um sujeito esperto e seguro que nem sempre se deu bem nos negócios; alguém aparentemente torturado, talvez por seu passado, ou talvez por essa mulher com quem divide a vida, ou sabe-se lá por quê. Mas de jeito nenhum se trata de um tolo ou um fanfarrão.

— Eu não o conheço, mas é o que parece, de fato.

— Pois se não tem certeza da vitória esta noite, não acha que está deixando o caminho livre com uma facilidade um tanto preocupante para o senhor, sua própria mulher e a hipotética relação que mantêm ou pretendem manter? Se ele ganhar, nada muda. Mas se perder, o que é algo que ele mesmo pode provocar com um esforço mínimo, promete se afastar e ceder-lhes elegantemente o caminho para um futuro cheio de felicidade. Tudo isso não lhe parece um tanto estranho?

Grandessíssimo filho da puta, Zayas!, pensou. Pode ser que o velho tenha razão.

— Perdoe-me se sou desconfiado — prosseguiu Calafat—, mas passei o dia inteiro pensando nisso e cheguei à conclusão de que não seria estranho que o que Gustavo Zayas pretende de verdade seja simplesmente se livrar de sua deslumbrante mulher e dar no pé. Assim que seus amigos foram embora daqui hoje de manhã, acionei meus contatos na rua e fiquei sabendo que os dois andam falando por aí faz tempo de umas propriedades familiares que possuem na Espanha.

— Ouvi algo sobre a herança de um primo-irmão, sim senhor.

— Um primo que morreu no cafezal dos dois pouco depois de chegar da Espanha, que lhes deixou em testamento algo interessante na Andaluzia.

— Bens imóveis. Casas, vinhedos ou algo assim.

— Se o senhor ganhar a partida esta noite, a esposa infiel ficará aos cuidados do suposto e aguerrido amante mexicano. E ele, ofendido, mas fiel cumpridor de sua palavra, lavará as mãos e terá o caminho livre para voar. Para a pátria-mãe ou para onde quer que seja. Sem amarras nem responsabilidades, nem ninguém a quem prestar contas. E sem a mulher.

Muito complexo. Tudo muito precipitado, muito emaranhado. Mas, talvez, pensou. Talvez, em meio a todo aquele monte de despropósitos, houvesse algo de verdade.

— E a vida financeira dele, como anda?

— Tempestuosa, receio. Assim como sua relação conjugal.

— Tem dívidas com o senhor?

— Algumas — foi a discreta resposta do banqueiro. — Os altos e baixos financeiros parecem ser a tônica habitual do casal, assim como as brigas, as discussões e as reconciliações. Ele parece se esforçar, mas as contas nunca fecham, nem com o cafezal nem com a mulher. E ela gasta como se o dinheiro desse em árvore; basta ver sua aparência.

— Entendo.

— Assim, nesse momento — acrescentou Calafat —, nesta mesma madrugada, caso perca a partida, Zayas garantirá para si mesmo um adeus digno a Cuba. Lembre-se: ele só teria que deixá-lo ganhar para se livrar da esposa, empurrá-la para o senhor e encontrar uma via livre para sair do caminho.

Por mais arrevesado que parecesse, aquilo tudo não deixava de ter certa lógica.

— Que casal! — murmurou então o ancião. Dessa vez, ele mesmo acompanhou suas palavras com uma gargalhada seca. — Enfim, não quero angustiá-lo mais que o necessário, sr. Larrea; pode ser que todas essas desconfianças não sejam mais que os desvarios de um velho fantasioso, e que por trás desse desafio não haja nada além do orgulho ferido de um homem manipulado por sua mulher, ou de uma mulher que pede ao marido aos gritos um pouco de atenção.

Mauro ia dizer "Deus queira", sem muita convicção, mas a verborreia de Calafat mais uma vez não lhe permitiu.

— A única coisa que sabemos ao certo é que o tempo corre contra o senhor, meu amigo, de modo que minha proposta é que nos concentremos no que está por vir. Diga-me...

— Diga-me antes uma coisa o senhor.

O ancião ergueu as mãos em gesto de generosidade.

— O que quiser — ofereceu.

— Perdoe minha franqueza, sr. Julián, mas por que parece estar tão interessado nesse assunto, que não o afeta em nada?

— Por uma razão de mero procedimento, logicamente. Estamos de acordo que para Zayas isso é como uma espécie de duelo, não é? Nesse caso, como acontece em qualquer desafio que se preze, acho que o senhor vai precisar de um padrinho. E estando tão sozinho nesta ilha e sendo eu o curador de seus bens, sinto-me na obrigação moral de acompanhá-lo.

Sua gargalhada foi autêntica dessa vez. Caramba, homem, o que quer é cuidar de mim. Com minha idade!

— Eu lhe agradeço de coração, caro amigo, mas não preciso de ninguém para me bater com um sujeito indesejável diante de uma mesa de bilhar.

Não assomou nenhum sorriso sob o bigode mongol, mas sim um ricto sério.

— Vejamos se me faço entender, meu senhor. Gustavo Zayas é Gustavo Zayas. O Manglar é o Manglar, e a casa da Chucha é a casa da Chucha. Eu sou um reputado banqueiro cubano, e o senhor é um *gachupín* arruinado que chegou a este porto trazido pelos ventos do acaso. Acho que me entendeu.

O minerador reagiu com lucidez: Calafat tinha razão. Estava se movendo em um terreno pantanoso e talvez adverso, e o banqueiro estava lhe propondo algo tão simples quanto sagaz.

— Que seja, então. E fico agradecido.

— Desnecessário dizer que uma grande partida de bilhar é um empreendimento muito mais honesto que o nefasto negócio de traficar pobres infelizes africanos.

Mas a sombra sinistra do louceiro Novás e seu navio de Baltimore carregado de argolas, correntes e lágrimas já havia se desviado momentaneamente do horizonte de Mauro Larrea. Em sua cabeça debatiam-se agora as preocupações e as conjecturas; a excitação começava a fazer seu sangue ferver.

O velho se levantou e foi até a janela; abriu as persianas. A tarde tornara-se cinza. Cinza e densa como chumbo, sem uma lufada de ar. O calor do dia havia sido sufocante, a atmosfera fora se carregando de umidade à medida que passavam as horas. Ainda não soprava nenhuma brisa nem caía uma só gota, mas o céu ameaçava se partir ao meio, enfurecido.

— Temporal à vista — murmurou.

Depois, voltou a mergulhar em um silêncio pensativo, enquanto da rua entrava aos borbotões o som das rodas das carruagens sobre o calçamento, os gritos escandalosos dos cocheiros e outras tantas dúzias de ruídos e melodias.

— Perca.

— Como?

— Perca, deixe que ele ganhe — propôs Calafat com a vista aparentemente concentrada em algo do lado de fora.

Sem sair do lugar, contemplando as frágeis costas do velho diante da janela, deixou-o continuar sem interrompê-lo.

— Surpreenda Zayas, para ele ver seus planos irem por água abaixo. Deixe-o sem chão. Depois, proponha uma revanche. Uma segunda partida. E aposte tudo nela.

Acolheu a ideia como quem recebe um raio de luz. Em cheio, cegante.

— Nem de longe ele imagina que o senhor não vai lutar com unhas e dentes — acrescentou o banqueiro, voltando-se. — Afora esse suposto caso com a mulher dele, ele sabe quanto uma vitória contundente o ajudaria reafirmar sua presença em Havana; nesta terra ardente adoramos heróis, mesmo que a glória dure apenas um dia.

O minerador rememorou as sensações da noite anterior. Algo doce e eletrizante como a mão de uma mulher nua sob os lençóis havia percorrido suas costas ao se sentir de novo visível e estimado aos olhos dos outros. Voltara a sua alma uma espécie de energia, de coragem. Deixar de ser um fantasma e voltar à pele do homem que costumava ser, mesmo que fosse ganhando no bilhar, era sedutor como um canto de sereia. Talvez só por isso valesse a pena todo aquele diabólico desatino.

— A verdade, rapaz, é que teve muito colhão aceitando o desafio de Zayas — proclamou o banqueiro afastando-se da janela e voltando-se para ele.

Fazia muito tempo que ninguém o chamava assim: rapaz. Patrão, amo, senhor, esses eram os tratamentos mais comuns. Mariana e Nicolás o chamavam de pai, no duro estilo espanhol; jamais usaram o "papai" mais terno, tão comum naquele Novo Mundo que acolhera os três. Mas ninguém se dirigia a ele como rapaz havia muito tempo. E, apesar de sua ruína, de seu transtorno e de seus 47 anos de vida intensa, aquela palavra não o desagradou.

Olhou o sóbrio relógio de parede acima da cabeça grisalha do velho, ao lado da pintura a óleo dos cais daquela baía maiorquina da qual chegaram ao louco Caribe os cautelosos antepassados de Calafat. Vinte para as oito, hora de ir se preparar. Então, bateu com a palma da mão no braço da poltrona, levantou-se e pegou o chapéu.

— Já que serei seu protegido — disse levando-o à cabeça—, que tal se for me buscar e me convidar para jantar antes da batalha?

Sem esperar resposta, dirigiu-se à porta.

— Mauro — ouviu quando já segurava a maçaneta.

Voltou-se.

— Dizem por aí que seu jogo no El Louvre foi deslumbrante. Prepare-se para estar à altura outra vez.

CAPÍTULO 22

Quando saíram do restaurante no passeio do Prado caíram as primeiras gotas, e quando chegaram ao Manglar, chovia a cântaros. As ruas lamacentas eram àquela altura puro barro, as rajadas de vento arrastavam com fúria tudo que não estivesse firmemente preso. A cólera do mar dos trópicos havia decidido vencer naquela noite, fazendo uivar os cães, obrigando a amarrar os navios nos cais e expulsando das ruas coches, carruagens e qualquer sombra de vida humana.

As únicas luzes que os receberam ao adentrar aquele lodaçal foram as de umas poucas lamparinas amareladas espalhadas ao acaso, como se a mão de um demente os houvesse jogado ao acaso. Se houvessem feito aquela visita à mesma hora qualquer outro dia, teriam sido testemunhas de um fervedouro de gente se cruzando sob a lua por ruas de casas baixas: mulatas de riso incitante exibindo suas carnes, marinheiros barbudos recém-desembarcados, malandros, valentões, informantes e jogadores, jovens abastados e elegantes, negros bonitos de andar gracioso com uma navalha escondida sob a manga, meninos seminus à caça de um trocado ou de um cigarro e matronas peitudas fritando torresmo nos pórticos. Esse era o catálogo dos seres que povoavam o Manglar todos os dias e todas as noites, desde o amanhecer até a madrugada. No momento em que a carruagem do banqueiro parou em frente ao portão da Chucha, contudo, nem uma alma vagava por ali.

No interior, porém, estavam-no esperando. Um negro vestindo uma capa de chuva saiu para recebê-los no estribo com um grande guarda-chuva na mão. Haviam colocado no chão uma tábua firme, para que não se afundassem até o tornozelo na lama. Cinco passos depois estavam do lado de dentro.

Toda a vida que o vendaval e a chuva haviam varrido naquela noite das ruas havanesas parecia ter se concentrado ali. E Santos Huesos, que havia sido mandado na frente, não poderia ter sido mais certeiro naquela manhã quando descreveu sucintamente o negócio. Aquilo era um boteco a meio caminho entre uma grande taberna transbordante até o teto e um bordel de qualidade mediana, a julgar pela aparência das mulheres que bebiam e gargalhavam com os clientes, alheias a palavras como pudor, decoro ou recato.

Para Mauro, contudo, naquele momento bem pouco lhe interessavam a clientela e as vadias. Só se preocupava com o assunto que o havia levado até ali.

— Que noite de cão, sr. Julianico — ouviu o corpulento criado dizer com uma gargalhada grandiosa enquanto fechava o guarda-chuva encharcado.

Por trás da gargalhada Mauro percebeu uma boca cheia de dentes imensos. E por trás da boca, um homem de idade avançada, mais alto e maior do que ele mesmo, apesar da corcunda que mostrava agora que se desvencilhara da capa.

— De cão e dragão, Horacio, de cão e dragão — murmurou o banqueiro.

E enquanto falava, tirou a cartola e estendeu o braço para sacudi-la, a fim de que a água acumulada na aba caísse longe de seus pés.

Quer dizer que o velho é cliente da casa?, ruminou o minerador para si mesmo enquanto repetia o gesto de Calafat. E se tudo for uma jogada, uma emboscada, uma armadilha tramada entre Zayas e meu suposto protetor?, pensou. Quieto, não se distraia, concentre-se, ordenou a sua mente. Naquele exato momento, como uma sombra, notou que uma presença familiar deslizava ao lado dele.

— Tudo em ordem, rapaz? — perguntou mal abrindo os lábios.

— Está lá em cima, acabou de chegar.

O tal Horacio dirigiu-se a ele nesse momento com uma aparatosa reverência que só fez acentuar a corcova em suas costas.

— É um prazer recebê-lo em nossa humilde casa, sr. Larrea. Dona Chucha já os está aguardando no salãozinho turquesa, vamos até lá.

— Alguém mais veio com Zayas? — perguntou ao criado apertando os dentes enquanto o gigante abria caminho aos empurrões por entre a confusão.

— Eu diria que ele trouxe consigo seis ou sete homens.

Filho da puta, Mauro quase disse. Mas era melhor se calar, para que nenhum dos presentes se sentisse erroneamente ofendido em sua honra. Em lugares como aquele, onde os punhos e as facadas eram tão comuns quanto a bebida que corria dos barris às gargantas, era melhor se conter.

— Quero você atrás de mim a noite toda. Espero que esteja preparado.

— Não duvide disso a esta altura, patrão.

O banqueiro e ele subiram pela escada de tábuas de madeira seguindo a coluna deformada do criado Horacio; atrás deles, Santos Huesos na retaguarda, com uma faca e uma pistola escondidas debaixo do poncho. Não perceberam, contudo, a menor suspeita de ameaça em volta. Os clientes continuavam cuidando cada um de sua vida. Alguns andavam por ali sozinhos com seus demônios e suas nostalgias embebidas em rum; outros dividiam jarras de lager e conversas aos gritos; outros tantos estavam diante de mesas onde corriam as cartas, os duros espanhóis e as onças de ouro; e grande parte cortejava as prostitutas com galanteios sórdidos ou enfiavam as mãos debaixo das saias e nos seios delas enquanto elas faziam o sinal da cruz, assustadas, cada vez que ouviam um trovão. No fundo do salão, sobre um tablado, um quinteto de músicos mulatos se preparava. Ninguém, enfim, prestou atenção neles, mas o *chichimeca*, por via das dúvidas, ocupou seu lugar na retaguarda com precisão militar.

No andar de cima foram recebidos por duas grandes portas de madeira. Entalhadas, maravilhosas e incongruentes com o lugar: uma antecipação do que encontrariam no salão forrado de seda azul que na maioria dos dias permanecia fechado, inacessível à corja de inúteis que frequentava o andar de baixo.

Oito homens esperavam do lado de dentro, em companhia da anfitriã e de algumas das melhores mocinhas da casa vestidas descaradamente. Todos, assim como ele mesmo, usavam calça listrada e sobrecasaca de diversos tons de cinza, camisa branca de colarinho engomado e gravata larga de seda no pescoço: como ditavam as boas maneiras naquela e em qualquer outra capital.

— Sejam bem-vindos a minha humilde morada — saudou a Chucha com voz de veludo grosso, um tanto murcha, mas envolvente ainda.

E seu dente cintilou. Sessenta e cinco, setenta, setenta e cinco. Impossível calcular os anos de vida acumulados no rosto arrematado por um apertado coque grisalho. Durante décadas tinha sido a puta mais valorizada da ilha: por seus olhos rasgados da cor do melaço, por seu corpo meio selvagem de gazela, segundo lhe contara Calafat enquanto jantavam. Ele não teve dúvidas ao comprovar a elegância que ela ainda tinha no porte e nos olhos raros que continuavam brilhando entre os pés de galinha à luz das velas.

Quando os anos roubaram o esplendor de seu porte de rainha africana, a antes escrava e depois amante de cavalheiros ilustres demonstrou ser também astuta e previdente. Com suas próprias economias montou aquele local. E graças a alguns homens rendidos a seus encantos, fosse como pagamento de dívidas ou como herança de algum apoplético fenecido entre suas pernas — e houve mais de um —, conseguiu os móveis e utensílios que decoravam aquele aposento suntuoso e heterogêneo. Candelabros de bronze, vasos cantoneses, baús filipinos, retratos de antepassados de outras estirpes mais brancas, mais rançosas e mais feias que a dela, poltronas e espelhos emoldurados de dourado, tudo misturado, sem a menor concessão ao bom gosto ou ao equilíbrio estético. Tudo exuberante e excessivo, um tributo à mais louca ostentação.

A Chucha só abre seu salão em ocasiões muito específicas, contara-lhe o velho. Quando acabava a safra e os ricos fazendeiros do açúcar chegavam a Havana com os bolsos cheios, por exemplo. Quando atracava no porto algum navio de guerra de Sua Majestade; quando queria apresentar à sociedade uma nova remessa de jovens prostitutas recém-chegadas de Nova Orleans. Ou quando algum cliente o solicitava como território neutro para algum evento como o daquela noite.

— Prazer em vê-lo outra vez, sr. Julián. O senhor andou esquecendo esta negra — cumprimentou a meretriz estendendo a mão escura ao banqueiro com um gesto aristocrático. — E prazer em conhecer nosso convidado também — acrescentou avaliando-o com olho de especialista. Discreta, porém, guardou seus comentários para si e continuou: — Bem, senhores, acho que já estão todos aqui.

Os homens assentiram sem palavras.

Em meio a tanta troca de cumprimentos, tantos rostos desconhecidos e tanta profusão de móveis e ornamentos abandonados, o olhar do minerador e o de Zayas não haviam se encontrado ainda. Fizeram-no, então, no momento em que a Chucha os chamou.

— Sr. Gustavo, sr. Larrea, tenham a bondade.

Os demais presentes, cientes de seu papel secundário na cena, deram um passo atrás. Por fim se viram cara a cara, sem subterfúgios, como adversários que seriam. As vozes se calaram como se houvessem sido cortadas por uma faca; pelas sacadas abertas para a noite ouvia-se a chuva densa bater na terra encharcada da rua.

Os olhos claros de Zayas mantinham-se tão impenetráveis como na noite anterior no El Louvre. Claros e aquosos, estáticos, sem permitir que se decifrasse o que havia por trás deles. Seu porte exalava segurança. Alto, digno, impecavelmente vestido, com seu fino cabelo perfeitamente penteado e sangue de boa família correndo, sem dúvida, nas veias. Não usava joias nem acessórios: nem anéis, nem prendedores de gravata, nem corrente de relógio visível. Como ele.

— Boa noite, sr. Zayas — disse, estendendo-lhe a mão.

O marido da Gorostiza retribuiu o cumprimento com a precisão exata. Está bem calmo, filho da mãe, pensou.

— Trouxe meus próprios tacos, espero que não se incomode.

Mauro Larrea deu seu consentimento com um gesto seco.

— Posso lhe ceder algum, se julgar conveniente.

Outro breve gesto marcou sua recusa.

— Usarei um da casa, se dona Chucha não se opuser.

Ela assentiu com um movimento afirmativo discreto, depois abriu caminho até a mesa no fundo do salão. Estranhamente boa para um antro daqueles, calculou Mauro quando a viu. Grande, sem calombos, bem nivelada. Em cima dela, um formidável lustre de bronze com três luzes penduradas por grossas correntes. Em volta, escarradeiras de latão e uma fileira de cadeiras entalhadas alinhadas em perfeita ordem contra a parede. Em um canto, sob uma tela cheia de ninfas nuas, encontrava-se o móvel dos tacos: dirigiu-se até lá.

Zayas, enquanto isso, abriu um saco de couro e dele tirou um magnífico taco de madeira polida, ponta de couro e seu sobrenome gravado na culatra. Experimentou os que a casa oferecia, procurando o de espessura e textura precisas. A seguir, cada um pegou um pedaço de giz e esfregou-o na ponta do taco; depois, polvilharam quantidades generosas de talco nas mãos para absorver a umidade. Sem se olhar de novo, cada um concentrado em si. Como uma dupla de duelistas preparando suas armas.

Foi necessário combinar apenas alguns detalhes das condições do desafio: os dois conheciam claramente as regras essenciais do jogo. Bilhar francês, carambolas nas três laterais, combinaram. A aposta em jogo já estava firmemente acertada entre ambos desde a noite anterior.

Pela cabeça dele não tornou a passar nem uma única dúvida sobre quão desatinado era aquele enfrentamento. Suas preocupações pareceram se desintegrar no ar, como se houvessem sido varridas pela tempestade que continuava caindo sobre as trevas do Manglar. A manipuladora esposa de seu adversário desapareceu nas brumas, e o mesmo aconteceu com seu passado remoto e imediato, sua origem, seu infortúnio, suas esperanças e seu inquietante porvir. Tudo desapareceu de seu cérebro como fumaça. Dali em diante, teria apenas braços e dedos, olhos afiados, tendões firmes, cálculos, precisão.

Quando sinalizaram que estavam prontos, os acompanhantes e as prostitutas silenciaram outra vez e se posicionaram a uma prudente distância da mesa. A sala mergulhou em um silêncio de altar-mor, enquanto no andar de baixo aumentava o ritmo de uma contradança misturado com o estrondo de vozes da clientela e os passos furiosos dos dançarinos sobre as tábuas de madeira do chão. A Chucha, com seus olhos de mel e seu dente brilhante, assumiu a seriedade de um juiz de primeira instância. Como se estivessem em uma dependência oficial do Palacio de los Capitanes Generales, e não naquela mistura de prostíbulo e taberna portuária no arrabalde mais indigno da Havana colonial.

Alguém jogou no ar um dobrão de ouro para determinar quem começava. O régio perfil da espanhola Isabel II, ao cair na mão, indicou quem seria o primeiro.

— Sr. Mauro Larrea, o senhor começa.

CAPÍTULO 23

As bolas deslizavam, vertiginosas; giravam sobre seu próprio eixo, colidiam com as laterais e se chocavam entre si, às vezes com um *clic* suave, às vezes com um *crac* sonoro. O jogo demorou pouco a se transformar em uma espécie de combate tenso; nenhum dos dois cedia; sem erros nem aberturas nem concessões. Uma partida hipnotizante, na qual se confrontavam dois homens de estilos e essências claramente díspares.

Gustavo Zayas era bom, muito bom, reconheceu Mauro Larrea. Um tanto altivo na postura, mas eficaz e brilhante nas tacadas, com toques habilidosos e jogadas magnificamente elaboradas por aquela mente hermética que não deixava transparecer nada do que fervilhava lá dentro. O minerador, por sua vez, afinava as tacadas com garra em um arriscado equilíbrio entre a solidez e a desenvoltura, entre o que antecipava como certeza e a força avassaladora de sua intuição. Um estilo requintado para um jogo mestiço, bastardo, demonstrando inequivocamente as escolas de que eram oriundos: salões de cidade contra bares infames ao pé das jazidas e cavernas. Ortodoxia e cérebro frio contra paixão arrebatada e promiscuidade.

Tão diferentes como seu jeito de jogar eram também o corpo e o temperamento de cada um. Zayas era magro, quase delicado. Frio, o cabelo claro impecável penteado para trás a partir das amplas entradas; imprevisível por trás dos olhos transparentes e dos movimentos calculados. Mauro Larrea, por sua vez, exsudava sua humanidade apavorante por todos os poros. Suas costas sobrevoavam a mesa com desenvoltura, até deixar o rosto alinhado com o taco, quase roçando-lhe o queixo. O cabelo basto ficava cada vez mais indômito; ele flexionava as pernas com elasticidade e os braços se abriam em toda sua envergadura ao pegar, impulsionar, disparar.

Os pontos foram se acumulando sem trégua à medida que adentravam a madrugada, em um permanente toma-lá-dá-cá em busca do objetivo determinado nas regras: quem chegasse primeiro a cento e cinquenta carambolas seria o vencedor.

Seguiam os passos um do outro como dois lobos famintos; nas poucas ocasiões em que se distanciaram por mais de quatro ou cinco pontos, pouco demoraram a se reencontrar. Vinte e seis a vinte e nove, mão contra madeira, voltas infinitas ao redor da mesa, mais giz. Setenta e dois a setenta e três, mais talco nas mãos, couro contra marfim. Um ultrapassava, o outro estagnava; um se atrasava, o outro começava a despontar. Cento e cinco a cento e oito. A margem se manteve apertadíssima o tempo todo, até chegar à reta final.

Talvez, se não houvesse sido prevenido por Calafat, Mauro tivesse seguido constante até a vitória. Mas como estava alerta, notou de imediato: por trás do jogo apaixonado, sua mente se mantinha alerta para comprovar se as suspeitas do banqueiro acabariam se tornando realidade. Pode ser que Zayas pretenda deixá-lo ganhar, dissera-lhe aquela tarde em seu escritório. E o velho tinha razão, porque, ao entrar na carambola cento e quarenta, quando já havia demonstrado diante de Deus e dos homens seu virtuosismo, o jogo do marido da Gorostiza, de maneira quase imperceptível, começou a decair. Nada ostensivo, nenhum erro chamativo; apenas um erro mínimo de precisão no momento exato, uma tacada muito arriscada que não deu certo, uma bola que errou o alvo por milímetros.

Mauro Larrea tomou a frente, então, com contundência, por quatro pontos. Até que, ao chegar à carambola de número cento e quarenta, inesperadamente começou a errar com a mesma sutileza de seu adversário. Um ínfimo deslize em um contra-ataque, um trajeto de bola um milímetro curto demais, um efeito que não culminou por uma levíssima falta de intensidade.

Pela primeira vez na noite, ao igualar os cento e quarenta e seis pontos e ao perceber a travada de seu oponente, Gustavo Zayas começou a suar. Copiosamente, pelas têmporas, pela testa, pelo peito. Deixou cair o giz no chão e murmurou um palavrão entre os dentes; em seus olhos aflorou o nervosismo. Tal como intuíra o velho banqueiro, o comportamento imprevisto do minerador desconcertou Zayas. Ele acabava de perceber que seu adversário não tinha a menor intenção de se ajustar a seus planos e deixá-lo perder.

    A tensão pairava no ar com a espessura de uma cortina de cânhamo; não se ouvia nada no salão além de um áspero pigarrear isolado, o som da chuva batendo nas poças que entrava através das varandas, e os sons que emanavam da mesa e dos corpos dos jogadores ao se movimentar. Às três e vinte da manhã, empatados em enlouquecedoras cento e quarenta e nove carambolas, e a apenas uma do fim, chegou a vez de Mauro Larrea.

    Segurou a culatra, dobrou o tronco. O taco penetrou com firmeza na curva formada por seus dedos; ficaram à mostra, uma vez mais, as sequelas deixadas em sua mão esquerda pela explosão de Las Tres Lunas. Calibrou, preparou a tacada, apontou. E quando estava prestes a dar o golpe, parou. Era possível cortar o silêncio com o fio de uma navalha enquanto ele endireitava o torso de novo com lentidão inquietante. Tomou alguns segundos, olhou, concentrado, ao longo do taco, a seguir ergueu o olhar. Calafat retorcia as pontas do bigode; a Chucha, ao seu lado, observava-o com seus estranhos olhos de melaço enquanto apertava com os dedos o braço do corcunda. Um quarteto de prostitutas roía as unhas; alguns dos amigos de Zayas demonstravam uma sombria preocupação. Atrás de todos eles, descobriu, então, um número incontável de rostos amontoados, alguns até em cima dos móveis para ter uma visão melhor: homens barbudos e desgrenhados, negros com brincos nas orelhas, putas de pouco lustre.

    Então, percebeu que já não chegavam os sons da taberna, que já não havia música nem passos sobre as tábuas. Nem fandangos, nem rumbas, nem tangos; não restava vivalma no bar. Os últimos haviam subido as escadas e ultrapassado sem impedimento as portas de madeira nobre que marcavam a fronteira entre os de baixo e os de cima; entre o lugar correspondente à plebe ordinária e a ostentosa sala de entretenimento destinada àqueles tocados pela vara da fortuna. E agora, amontoados, contemplavam absortos o jogo feroz entre aqueles dois senhores, ansiosos para saber o desenlace.

    Pegou de novo o taco, tornou a se inclinar, apontou, e por fim golpeou. A bola branca que poderia dar por encerrada a partida, dando-lhe a vitória, traçou veloz seu trajeto, bateu as três vezes de praxe nas laterais e se aproximou com determinação das outras duas bolas. Passou junto à vermelha a uma distância mais estreita que um fio de cabelo, mas não a tocou.

Correu pelo salão um murmúrio rouco. Era a vez de Zayas.

Ele polvilhou talco de novo nas mãos: não parava de suar. Depois, calculou sem pressa sua estratégia, concentrando a vista no pano verde; talvez tivessem até lhe sobrado alguns instantes para prever a importância daquelas tacadas finais. Nem em sonhos havia previsto que Mauro Larrea se recusaria conscientemente a ganhar, que rejeitaria ficar com Carola e perderia a oportunidade de ver sua fama de vencedor se espalhar por Havana como a bruma da manhã. Apesar de seu desconcerto, a tacada foi limpa e eficaz. O efeito fez a bola bater nas três laterais escolhidas; depois, partiu a caminho do suposto encontro com as outras duas esferas. A velocidade, contudo, começou a diminuir. Pouco a pouco, com lentidão perturbadora. Até que parou de deslizar quando faltava apenas uma carícia para alcançar seu destino.

A duras penas o público conteve um rugido, entre a admiração e o desencanto. Rostos se franziram, a tensão cresceu. As pontuações se mantinham, porém. Era a vez de Larrea.

Diante daquela mesa podia chegar o dia de São Lázaro, a Páscoa ou até a Sexta-feira Santa, mas ele não tinha intenção de se render. Ou, em outras palavras, negava-se a ganhar. E, para isso, uma vez mais, avaliou os ângulos e as opções, previu reações, acomodou as mãos no taco, girou o corpo, dobrou-se. A tacada foi tão efetiva quanto ele havia antecipado. Em vez de desenhar um triângulo, a bola bateu somente contra duas laterais. Quando devia ter colidido com a terceira, refugiou-se em sua sombra e não quis continuar rolando.

Dessa vez não houve contenção. O uivo da plateia foi ouvido por metade do Manglar. Brancos, negros, ricos, pobres, comerciantes, marinheiros, bêbados, putas, fazendeiros, delinquentes, gente de bem ou do mal, tanto fazia. Àquela altura já todos intuíam que o objetivo daqueles homens que disputavam a partida não era outro senão perder. Bem pouco importavam a eles as razões ocultas por trás daquela excêntrica atitude, Deus do céu. O que queriam era ver com seus próprios olhos qual dos dois conseguiria impor sua vontade.

Eram quatro e meia da manhã quando Zayas se confórmou que não era conveniente continuar mantendo aquela tensão delirante. De fato, havia maquinado se deixar derrotar em benefício próprio, mas não contava com que as coisas saíssem desse jeito. Aquele maldito mexicano, ou maldito compatriota espanhol, ou o que fosse, o estava enlouquecendo. Com as veias do pescoço saltadas como cordas, a roupa a ponto de rasgar-se nos ombros, o cabelo despenteado pelo próprio Satanás e o jogo temerário de alguém acostumado a andar por precipícios no escuro, Mauro Larrea parecia disposto a lutar até o último suspiro, e ameaçava transformar o outrora rei do bilhar no palhaço da ilha. Então ele soube que sua única saída minimamente digna era ganhar.

Vinte minutos e algumas filigranas depois, um aplauso estrepitoso marcou o fim da partida. Choveram felicitações aos dois, enquanto a Chucha e seu fiel Horacio, que até então haviam permanecido abduzidos na primeira fila, expulsavam do salão turquesa aos empurrões toda a turba que havia entrado. Os amigos de Zayas deram parabéns ao minerador, apesar de ter perdido; as prostitutas o encheram de chamegos. Ele piscou para Santos Huesos na retaguarda, e lançou a Calafat um olhar de cumplicidade. Bom trabalho, rapaz, intuiu que o velho lhe dizia por baixo do bigodão. Levou a mão direita ao peito e inclinou a cabeça, solene, em sinal de gratidão.

Foi até uma das varandas e respirou com ânsia o último ar da madrugada. Já não chovia, o temporal havia partido para a Flórida ou para as ilhas das Bahamas, deixando um prelúdio de amanhecer purificado. O tiro de canhão da Ave-Maria não tardaria a soar no porto; então, os portões da muralha se abririam e por eles entrariam as pessoas de extramuros, apressadas para empreender seus ofícios, e os carros rumo aos mercados. O porto ferveria, começaria a atividade nos comércios, rolariam as carroças e carruagens. Um novo dia começaria em Havana e ele voltaria a ter o abismo a seus pés.

Na sacada contemplou os últimos clientes do bordel se perdendo nas sombras pelas ruas enlameadas. Pensou que deveria fazer o mesmo: voltar para a hospedaria na carruagem de Calafat, descansar. Ou talvez pudesse ficar e acabar na cama com alguma das putas da casa: desfeita a tensão, percebera que várias eram extremamente tentadoras, com seus decotes voluptuosos e suas cinturas de pilão apertadas em estreitos corseletes.

Qualquer uma delas teria sido, com toda a certeza, a maneira mais sensata de encerrar aquela noite febril: dormindo sozinho em seu quarto da rua de los Mercaderes ou abraçado ao corpo quente de uma mulher. Mas, contra todos os prognósticos, nenhuma das duas opções acabou se materializando.

Quando deixou de olhar a rua e voltou os olhos para dentro, percebeu Zayas ainda com o taco na mão enquanto seus amigos conversavam e gargalhavam em volta dele. Parecia participar: respondia aos parabéns, somava-se ao coro em uma gargalhada e respondia quando lhe perguntavam alguma coisa. Mas Mauro Larrea sabia que ainda não havia digerido aquela derrota disfarçada de vitória; sabia que aquele homem estava com uma estaca cravada na alma. E também sabia como podia tirá-la.

Aproximou-se, estendeu-lhe a mão.

— Meus parabéns e meu respeito. O senhor demonstrou ser um excelente adversário e um grande jogador.

O cunhado de seu consogro murmurou umas poucas palavras de agradecimento.

— Acredito que nosso assunto esteja encerrado — acrescentou, baixando a voz. — Por favor, apresente meus respeitos a sua senhora.

Notou a fúria silenciosa de Zayas no gesto abrasado de sua boca.

— A menos que...

Antes de terminar a frase, sabia que ia escutar um sim.

— A menos que queira a desforra , jogando de verdade.

CAPÍTULO 24

Todos, exceto Calafat, se surpreenderam com o anúncio do novo enfrentamento. Perca, deixe-o desconcertado, depois proponha uma revanche, aconselhara-o o banqueiro naquela mesma tarde em seu escritório. E, quando chegou a hora, ele pensou: por que não?

— Vá buscar dona Chucha, menina — pediu Zayas a uma prostituta de rosto infantil e corpo carnudo.

Em um piscar de olhos a meretriz estava de volta.

— O sr. Zayas e eu vamos jogar outra partida — anunciou, imperturbável.

Como se, depois das cinco horas de batalha que carregavam no corpo, aquilo fosse o mais natural.

— Como não, meus senhores, como não?

O dente de ouro brilhava como o farol do Morro enquanto disparava ordens para suas pupilas. Bebidas para os convidados, água e cubos de gelo, garrafões de licor. Varram este chão, limpem o tapete, encham o pote de talco, levem toalhas brancas para cima. Arrumem este salão desastroso, pela santíssima Oxum.

— E se os senhores quiserem se refrescar um pouco antes de começar, façam o favor de me acompanhar.

A ele coube um banheiro com uma grande tina de banho no centro e uma miscelânea de cenas licenciosas pintadas em um afresco na parede. Alegres pastoras de saias levantadas e caçadores insolitamente bem-dotados; *voyeurs* de calção abaixado espionando por trás dos arbustos, moças empaladas por rapazes portentosos e outras tantas imagens semelhantes pintadas pela mão de algum pintor tão medíocre no manejo do pincel quanto fogoso na imaginação.

— Pelo sangue de Cristo, que barbaridade! — murmurou, sarcástico, enquanto se lavava em uma tina, nu da cintura para cima.

O sabonete cheirava a puteiro e violetas: com ele esfregou as mãos, as axilas, o rosto, o pescoço e o queixo, azulado àquela hora, precisando uma boa navalha de barbeiro. Bochechou e cuspiu com força. Por fim, passou os dedos molhados pelo cabelo em uma tentativa de aplacar a subversão de sua juba desgrenhada.

A água lhe fez bem; arrancou-lhe da pele a mistura nojenta de suor e talco, tabaco e giz. Despertou-o. Passava uma toalha no peito quando alguém bateu na porta com os nós dos dedos.

— Deseja um alívio, senhor? — perguntou, doce, uma linda mulata cravando os olhos no torso dele.

A resposta foi não.

Na janela aberta sacudiu várias vezes a camisa que horas antes era branca impoluta e engomada, e que agora parecia um fole cheio de manchas. Estava vestindo-a quando voltaram a bater. Ele mandou que entrassem e a porta se abriu. Atrás dela não apareceu outra prostituta da casa para lhe oferecer os encantos de suas carnes, nem o negro Horacio perguntando se estava tudo bem.

— Preciso falar com o senhor.

Era Zayas, de novo bem vestido, com um tom seco e sem concessão alguma à cordialidade. Em resposta, apenas indicou o aposento com a palma da mão.

— Quero fazer uma aposta com o senhor.

Enfiou o braço direito pela manga da camisa antes de responder. Calma, compadre, disse a si mesmo. Aquilo era o previsto, não? Vamos ver o que ele tem a dizer.

— Foi o que imaginei — respondeu.

— Quero esclarecer, porém, que neste momento estou com um problema de liquidez.

Estou sabendo, pensou. E como acha que ando eu?

— Vamos cancelar a partida, então — propôs ele, enfiando o outro braço na manga solta. — Sem ressentimentos; volte para sua casa e estamos em paz.

— Não é essa minha intenção. Pretendo fazer todo o humanamente possível para ganhar.

Havia sobriedade em seu tom, mas não fanfarronice. Ou foi o que julgou perceber enquanto colocava a camisa para dentro da calça.

— Isso é o que vamos ver — murmurou, seco, com a atenção aparentemente concentrada na tarefa.

— Mas, como acabei de dizer, antes quero adverti-lo de minha situação.

— Vá em frente.

— Não estou em condições de apostar uma soma em dinheiro, mas posso lhe propor algo diferente.

Uma gargalhada cínica brotou da garganta de Mauro Larrea.

— Sabe de uma coisa, Zayas? Não estou acostumado a me bater com homens complicados como o senhor. No mundo de onde venho, cada um põe na mesa o que tem. E se não tem nada em seu poder, retire-se com honra, paz e glória. Portanto, faça o favor de não me enrolar mais.

— O que posso me permitir arriscar são algumas propriedades.

Voltou-se para o espelho a fim de ajeitar o colarinho. Esse é dos duros, filho da mãe.

— No sul da Espanha — prosseguiu. — Uma casa, uma adega e um vinhedo é o que aposto, e proponho que o senhor aposte um montante de trinta mil duros. Nem preciso dizer que o valor conjunto de meus imóveis é muito superior.

Mauro Larrea riu com uma ponta de amargura. Ele estava apostando a herança do primo, aquela da qual sua esposa falava com tanto orgulho. É um maldito peninsular, pensou, mas os ares do trópico o fizeram perder a cabeça, amigo.

— Uma aposta de alto risco, não acha?

— Extremamente. Mas não tenho alternativa — respondeu Zayas com frieza.

Voltou-se, então, ainda ajeitando o colarinho da camisa.

— Insisto, vamos deixar esse assunto de lado. Já jogamos uma grande partida; teoricamente o senhor ganhou e, entre nós, ganhei eu. Vamos cancelar a seguinte, como se eu nunca lhe houvesse proposto uma revanche. Daqui em diante, cada um segue seu caminho. Não há nenhuma necessidade de forçar as coisas.

— Minha oferta continua de pé.

Zayas deu um passo para se aproximar. Os galos já cantavam nos currais do Manglar.

— Sabe que eu nunca tive nenhum interesse em sua mulher?

— Sua atitude ao se obstinar em não ganhar acabou de me confirmar isso.

— Sabe que ela tem esse capital de que o senhor parece necessitar tão desesperadamente? É a herança de sua família materna, eu mesmo a trouxe do México. Sou amigo pessoal do irmão dela. Essa é toda a relação existente entre nós.

Se aquelas informações surpreenderam Gustavo Zayas, ele não demonstrou.

— Eu já imaginava isso também. De qualquer maneira, digamos que minha mulher está fora de meus planos imediatos. E, junto com ela, suas finanças pessoais.

As palavras e o tom confirmaram as suspeitas do banqueiro. De fato, o que aquele sujeito parecia ansiar era ir embora, e sozinho; dizer adeus a Cuba, a sua mulher e a seu passado. E, para isso, estava disposto a apostar tudo. Se ganhasse, mantinha seus imóveis e conseguia a liquidez necessária para ir embora. Se perdesse, ficava amarrado a sua vida de sempre e a uma mulher a quem evidentemente não amava. Lembrou-se, então, do que lhe contara a dona da hospedaria sobre ele. Seu passado turvo. Os assuntos de família que o primo tinha vindo ajeitar. A existência de outra mulher que no fim nunca foi sua.

— O senhor deve saber o que faz...

A camisa estava por fim no lugar; um pouco amassada e suja, mas mais ou menos digna. O passo seguinte foi subir o suspensório.

— Trinta mil duros de sua parte e três propriedades da minha. Jogamos a cem carambolas, e que vença o melhor.

Com os suspensórios nos ombros, Mauro colocou as mãos nos quadris, repetindo um gesto que durante um período de sua vida fora habitual nele. Quando negociava o preço de sua prata, quando brigava com cara de mau por uma jazida ou um filão. Recorria a esse gesto sem perceber agora: provocador, desafiador.

Contemplou nos olhos do andaluz a passagem de um triste navio negreiro, viu os desplantes de Carola Gorostiza, as noites que dormiu no chão cercado de coiotes e *chinacos* a caminho de Veracruz, o limpo negócio de Calafat no qual nunca entraria, e seu deambular sem rumo pelas ruas havanesas mastigando a angústia.

E pensou que já era hora de sua sorte mudar de uma vez por todas.

— Como me garante a veracidade de sua proposta?

Dentro de sua cabeça estourou de repente um tumulto de vozes que até então andavam de tocaia, prendendo a respiração à espera de seu movimento seguinte. Andrade, Úrsula, Mariana. Como vai apostar cinquenta mil escudos com esse suicida se seus próprios recursos não chegam nem à metade?, latiu o procurador. Não está pensando, seu louco dos diabos, em dar uma mordida no meu dinheiro para tamanho desatino, não é?, bramou sua consogra, batendo no piso de madeira com a bengala. Pelo amor de Deus, pai, lembre-se de Nico. Do que você foi. Do meu filho que vai nascer.

E se eu ganhar?, desafiou a todos. Para quê quer essas propriedades na Espanha, por mais que valham?, acossaram-no os três em uníssono. Para vendê-las e, com o dinheiro que conseguir, voltar ao México. Para minha casa, para minha vida. Voltar para vocês. Para que mais?

— Se não lhe basta minha palavra, sugira uma testemunha.

— Quero que o sr. Julián Calafat seja intermediário. Que certifique sua aposta e seja o único presente.

Mauro falou com uma contundência cortante, com uma ousadia que lhe fora natural em outros tempos, quando teria gargalhado até lhe doer a barriga se alguém houvesse previsto que acabaria apostando seu futuro em um bordel havanês.

Zayas saiu para falar com o velho; Mauro voltou a ficar sozinho no banheiro, parado e firme, enquanto os grotescos personagens pintados nas paredes o observavam entretidos em seus afazeres carnais. Daquele momento em diante, soube que não podia voltar atrás.

Ia dar o nó na gravata de seda cinza quando hesitou. Que se dane... murmurou por entre os dentes. Em homenagem aos velhos tempos das minas, àquelas partidas eternas em pocilgas onde tinha aprendido tudo que sabia de bilhar, livrou-se da gravata e voltou ao salão turquesa.

Calafat falava com Gustavo Zayas em voz baixa ao lado de uma sacada. Os amigos dele se aliviavam com as prostitutas que ainda estavam acordadas; a Chucha e Horacio endireitavam os últimos quadros tortos após a passagem da turba.

— Espero que o desleixo dos meus trajes não os incomode.

Todos os olhares se voltaram para ele. Entendam que são quase seis da manhã e estamos em um lupanar. E que vamos nos bater até a morte, só faltou dizer.

Os dois adversários se aproximaram da mesa e o banqueiro tirou o eterno charuto da boca, debaixo do grande bigode.

— Senhores, senhoritas, por desejo expresso dos jogadores, esta será uma partida privada. Como testemunhas ficaremos apenas eu, a dona da casa e Horacio, como assistente e servidor, se os envolvidos não se opuserem.

Os dois aceitaram inclinando a cabeça, enquanto os amigos de Zayas demonstravam abertamente sua contrariedade. Contudo, acompanhados pelas garotas, não demoraram muito para ir embora. Santos Huesos saiu atrás deles, não sem antes trocar um olhar cúmplice com o patrão.

As belas portas de madeira foram fechadas e a Chucha encheu os copos de aguardente.

— É uma revanche entre cavalheiros ou têm a intenção de fazer apostas? — perguntou com sua voz ainda sugestiva, apesar da idade.

Os rendimentos da noite com as meninas haviam sido poucos, de modo que ainda esperava tirar algum proveito daquela imprevista situação.

— Eu me encarrego dos gastos, negra. Apenas jogue a moeda para cima quando eu disser.

O velho recitou os termos da aposta com a mais austera formalidade. Trinta mil duros em espécie da parte do senhor Mauro Larrea de las Fuentes, contra um lote composto por uma propriedade urbana, uma adega e um vinhedo no ilustríssimo município espanhol de Jerez de la Frontera, da parte contrária, pelos quais responde o senhor Gustavo Zayas Montalvo. Os dois interessados estão de acordo em apostar o descrito a cem carambolas, tendo como testemunha dona María de Jesús Salazar?

Os dois homens murmuraram sua aceitação, enquanto a velha Chucha levou a mão escura e ossuda ao coração, pronunciando um contundente sim, senhor. Depois, fez o sinal da cruz. Quantos disparates como aquele não teria presenciado ao longo dos anos naquele negócio?

Pelas varandas entravam as primeiras luzes quando a rainha da Espanha mais uma vez voou no ar. Dessa vez coube a Zayas começar, e assim teve início a partida que mudaria para sempre o futuro dos dois.

O que na madrugada tinha sido tensão, ao amanhecer se tornou ferocidade. O pano verde se transformou em um campo de batalha e o jogo em um combate brutal. Houve novamente tacadas magistrais e impactos vertiginosos, trajetórias fascinantes, ângulos impossíveis que foram vencidos com perícia, e um esbanjamento de fúria capaz de fazer parar a respiração.

Durante a primeira parte, o equilíbrio foi a tônica. Mauro jogava com as mangas da camisa arregaçadas acima do cotovelo, deixando à mostra as cicatrizes e os músculos que já não partiam pedra nem arrancavam prata, mas continuavam se retesando, tensos, quando ele fazia mira. Gustavo Zayas, apesar de sua habitual compostura, não tardou a imitá-lo e também tirou a sobrecasaca. A tênue luz da alvorada dera lugar aos primeiros raios fortes de sol; ambos suavam, e isso era tudo que tinham em comum. As diferenças, de resto, eram abismais. Mauro Larrea impulsivo, quase animal, destilando nervo e garra. Zayas, de novo certeiro, mas já sem floreios nem filigranas premeditadas. No limite, os dois.

Continuavam dando tacadas, febris, diante do olhar exausto e expectante de Calafat. Horacio havia fechado as persianas e abanava a Chucha, meio adormecida em uma poltrona. Até que, passada a metade da partida, duas horas depois de ter começado a revanche demencial, o equilíbrio começou a ser afetado. Depois de superar a barreira das cinquenta carambolas, Mauro Larrea começou a se distanciar; a fissura foi pequena no início, alargou-se um pouco mais depois, como o fino cristal de uma taça que trinca. Cinquenta e uma a cinquenta e três, cinquenta e duas a cinquenta e seis. Quando superou as sessenta, Zayas estava sete pontos atrás.

Talvez o andaluz pudesse ter conseguido. Talvez, depois de dormir algumas horas, de comer algo sólido ou beber duas xícaras de café. Ou se seus olhos não ardessem tanto, se não tivesse cãibras nos braços, nem as náuseas o acossassem. Mas, fosse qual fosse o motivo, o fato foi que não conseguiu lidar com a situação. E, ao se ver ultrapassado por uma pequena quantidade de pontos, pela segunda vez o nervosismo aflorou. Começou a jogar pior. Com excessiva rapidez e a boca cerrada. Com expressão de contrariedade. Um erro bobo deu lugar a uma falha desanimadora. A distância aumentou.

— Sirva-me outro copo, Horacio.

Como se na aguardente esperasse encontrar o estímulo de que necessitava para acelerar sua pontuação.

— Outra dose para o senhor Mauro? — perguntou o criado.

Tinha parado de abanar a Chucha tão logo se dera conta de que ela estava adormecida, com seus longos braços negros caídos dos dois lados do corpo e a cabeça apoiada em uma almofada de veludo.

Mauro recusou, sem desviar o olhar da ponta do taco. Zayas, ao contrário, estendeu outra vez o copo. O corcunda tornou a enchê-lo.

Talvez tivesse lhe faltado resistência mental; talvez tivesse sido mera exaustão física. Talvez por tudo isso, ou por alguma outra razão que ele nunca conheceria, Gustavo Zayas começou a beber demais. Jamais saberia se foi para se impulsionar a ganhar, ou se para culpar aqueles últimos tragos pelo fato cada vez mais evidente de que ia perder. Três quartos de hora mais tarde, jogou o taco no chão com fúria. Em seguida, apoiou as mãos abertas na parede, dobrou o corpo, afundou a cabeça entre os ombros e vomitou sobre uma das escarradeiras de bronze.

Dessa vez não houve nem gritos nem aclamações para certificar a vitória de Mauro Larrea; não estavam lá a turba, nem as prostitutas, nem os amigos de seu adversário. Ele tampouco sentiu vontade de demonstrar alegria: sentia todas as articulações do corpo rígidas e os ouvidos zumbiam; o queixo estava áspero, os dedos dormentes e a mente aturdida, envolvida em uma densa bruma como a que subia do mar pela manhã.

O velho Calafat o trouxe de volta à realidade com uma palmada no ombro; ele quase uivou de dor.

— Parabéns, rapaz.

Estava começando a sair da sepultura.

Um futuro o esperava do outro lado do oceano.

PARTE III
Jerez

CAPÍTULO 25

Os trincos das venezianas não queriam abrir, carentes de uso e de óleo. Com o esforço das quatro mãos, por fim cederam e no compasso do ranger das dobradiças, o aposento se encheu de luz. Os móveis, então, deixaram de parecer fantasmas e puderam ser vistos com nitidez.

Mauro Larrea puxou um dos lençóis e descobriu um sofá forrado de um murcho cetim vermelho; levantou outro e viu uma mesa manca de jacarandá. Ao fundo havia uma grandiosa lareira com os restos de seu último fogo. Ao lado, no chão, uma pomba morta.

Seus passos eram os únicos que ecoavam enquanto percorria o imponente aposento; o funcionário do cartório, depois de ajudá-lo a abrir as portas que davam para a sacada central, ficou no limiar da porta. À espera.

— Então, ninguém cuidou desta casa nos últimos tempos? — perguntou sem olhar para ele.

Em seguida, arrancou com um puxão outro lençol: debaixo dele dormia o sono dos justos uma poltrona sem fundo com braços de nogueira.

— Não que eu saiba, senhor. Desde que o sr. Luis foi embora, ninguém voltou aqui. De qualquer maneira, a deterioração já vem de muito tempo.

O homem falava com suavidade e aparente submissão; sem perguntar abertamente, mas também sem disfarçar a forte curiosidade que lhe causava a tarefa da qual o tabelião o havia encarregado. Angulo, acompanhe o sr. Larrea à casa do sr. Luis Montalvo na rua de la Tornería. E depois, se tiverem tempo, leve-o até a adega na rua del Muro. Eu tenho dois compromissos, portanto, espero-os de volta à uma e meia.

Enquanto o novo proprietário examinava o casarão com passos largos e rosto melancólico, o tal Angulo não via a hora de terminar a visita para escapar até a venda à qual ia todos os dias e espalhar a notícia. De fato, naquele exato momento já estava pensando em como formular as frases para que o impacto fosse maior. Um indiano é o novo dono da casa do baixinho, essa parecia uma boa frase. Ou talvez devesse dizer primeiro o baixinho está morto, e um indiano ficou com a casa dele depois?

Fosse qual fosse a ordem, as duas palavras-chave eram baixinho e indiano. Baixinho porque finalmente Jerez inteira ia saber que fim levara Luis Montalvo, o proprietário do apelido e do palacete: morto e enterrado em Cuba, esse havia sido seu fim. E indiano porque era o rótulo que de imediato ele atribuiu àquele forasteiro de físico imponente que naquela mesma manhã havia entrado no cartório pisando firme, apresentando-se pelo nome de Mauro Larrea e despertando entre todos os presentes um murmúrio de curiosidade.

Enquanto Angulo, esquálido e enfraquecido, lambia os beiços por dentro antecipando o eco da bomba que estava prestes a soltar, continuaram percorrendo aposento após aposento sob a arcada do andar superior: mais dois salões com poucos móveis, uma grande sala de jantar com mesa para uma dúzia e meia de comensais e cadeiras para menos da metade; um pequeno oratório desprovido de qualquer ornato e uma boa quantidade de quartos com camas de colchões afundados. Pelas frestas entravam de vez em quando tênues raios de sol, mas a sensação geral era de penumbra envolvida em um desagradável cheiro de ranço misturado com urina de animal.

— Imagino que no sótão devem ficar os quartos dos criados e o depósito, como costuma ser.

— Como?

— O sótão — repetiu Angulo apontando para o teto. — Sótão, ou desvão, como chamam em outras terras.

As pedras de Tarifa e o mármore de Gênova da soleira estavam cheios de sujeira; algumas portas estavam meio desencaixadas, havia vidros quebrados em várias janelas e o amarelo ocre dos vãos fazia tempo que começara a descascar. Uma gata recém-parida desafiou-os em um canto da grande cozinha, sentindo-se ameaçada em seu papel de imperatriz daquele triste aposento de fogões sem rastro de calor, tetos defumados e potes vazios.

Decadência, pensou ao voltar ao pátio por cujas colunas subiam à vontade as trepadeiras. Essa era a palavra que fazia um bom tempo procurava em seu cérebro. Decadência era o que aquela casa exalava, longos anos de negligência.

— Quer ver a adega? — perguntou o funcionário do cartório sem muita vontade.

Mauro Larrea tirou o relógio do bolso enquanto terminava de inspecionar a nova propriedade. Duas palmeiras esguias, muitos vasos cheios de orelhas-de-burro silvestres, uma fonte sem água e duas decrépitas cadeiras de vime atestavam as agradáveis horas de frescor que aquele soberbo pátio, em algum tempo remoto, devia ter proporcionado a seus residentes. Agora, sob os arcos de pedra, seus pés só esmagavam barro seco, folhas murchas e excrementos de animais. Se fosse mais melancólico, teria se perguntado que fim tinham levado os remotos habitantes daquele lar: as crianças que correram por ali, os adultos que descansaram e se amaram e discutiram e conversaram em cada aposento do casarão. Como as questões sentimentais não eram seu forte, limitou-se a confirmar que faltava meia hora para seu compromisso.

— Prefiro deixar para mais tarde, se não se importa. Voltarei caminhando até o cartório, não é necessário que me acompanhe. Volte a seus afazeres, eu me arranjo.

Sua voz dura, com sotaque de outras terras, dissuadiu Angulo de insistir. Despediram-se junto ao portão, cada um ansiando por sua liberdade: ele para digerir o que acabava de ver e o seco funcionário para trotar rumo à venda aonde ia diariamente contar as novidades ou os boatos que, graças a seu trabalho, conseguia descobrir.

O que o tal Angulo, com sua respiração fleumática e seu olhar vesgo, não podia sequer suspeitar era que Mauro Larrea, apesar de seu porte seguro de homem rico da colônia, de sua aparência e seu vozeirão, estava, no fundo, tão desorientado quanto ele. Mil dúvidas se acumulavam na cabeça do minerador quando ele saiu de novo no outono da rua de la Tornería, mas murmurou somente uma: uma pergunta dirigida a si mesmo que sintetizava a essência de todas as demais. Que diabos está fazendo aqui, compadre?

Tudo era legalmente dele, ele sabia. Tinha ganhado do marido de Carola Gorostiza diante de testemunhas confiáveis quando ele decidira apostar tudo de livre e espontânea vontade e em juízo perfeito. As obscuras razões que tivesse para fazê-lo não eram da sua conta, mas o resultado sim. Ora, se era. Assim era o jogo na Espanha, nas Antilhas e no México independente; no mais elegante salão e no mais triste bordel. Apostava-se, jogava-se; às vezes se ganhava, às vezes se perdia. E, daquela vez, a sorte sorrira para Mauro. Contudo, depois de visitar aquele casarão desolado, o ressentimento voltou a assaltá-lo na forma de silhuetas que ficaram do outro lado do oceano. Por que foi tão insensato, Gustavo Zayas? Por que se arriscou a não voltar?

Orientando-se pelo instinto, atravessou uma praça ladeada por quatro maravilhosos palacetes; passou em seguida pela porta de Sevilha e pegou a rua Larga rumo ao coração da cidade. Deixe de bobagens, pensava enquanto isso. Você é o proprietário legítimo, e as tramoias entre seus donos anteriores não lhe dizem respeito. Concentre-se no que acaba de ver. Mesmo levando em conta o estado lamentável, esse casarão certamente vale um bom dinheiro. O que você tem que fazer agora é se livrar dele e do resto do patrimônio o mais rápido possível, é para isso que está aqui. Para vender tudo o quanto antes, pôr o dinheiro no bolso e atravessar de novo o Atlântico até a outra margem. Voltar.

Continuou caminhando para o cartório ladeado à direita e à esquerda por duas fileiras de laranjeiras. Mal circulavam veículos. Graças a Deus, pensou, recordando os ameaçadores enxames de coches nas ruas havanesas. Ensimesmado como estava em seus próprios assuntos, ao percorrer a rua Larga mal prestou atenção na pulsação sossegada e próspera da vida local. Duas confeitarias e três alfaiatarias, cinco barbeiros, inúmeras fachadas senhoriais, duas farmácias, uma selaria e algumas belas lojas de calçados, chapéus e comida. E, entre tudo isso, mulheres elegantes e homens vestidos à inglesa, rapazes e criadas, estudantes, transeuntes variados e gente comum de volta à casa na hora do almoço. Comparada com a palpitação enlouquecida das cidades ultramarinas de onde vinha, Jerez era como um travesseiro de plumas, mas ele nem sequer notou.

Notou, porém, o cheiro: um cheiro insistente que pairava sobre os telhados e se enroscava nas grades. Algo que não era humano nem animal. Nada que lembrasse o eterno aroma de milho torrado das ruas mexicanas, nem os ares marinhos de Havana. Estranho apenas, agradável a sua maneira, diferente. Envolvido nessa fragrância, chegou à rua de la Lancería, onde foi acolhido de novo por uma moderada agitação humana; parecia uma área de escritórios e diligências, de afazeres formais e trânsito constante. O tabelião, sr. Senén Blanco, esperava-o, já liberado de seus compromissos.

— Permita-me, sr. Larrea, convidá-lo para almoçar na pensão Victoria. Não são horas de sentarmos para falar de assuntos sérios com o estômago vazio.

Uma década mais velho que ele e alguns dedos mais baixo em estatura, calculou Mauro enquanto se dirigiam à Corredera. Com boa sobrecasaca, costeletas grisalhas e um jeito de falar da gente do sul que não era tão distante das vozes do Novo Mundo.

O sr. Senén não parecia de modo algum tão enxerido como seu funcionário Angulo, mas dentro dele fervia, como um caldeirão no fogo, a mesma curiosidade. Ele também tinha se impressionado ao saber que, por uma sucessão de insólitas transações, o antigo legado da família Montalvo estava agora, por lei, em poder daquele indiano. Não era a primeira nem seria a última operação imprevista que lhe chegava de ultramar para que desse fé; nada demais até aí. O que queimava suas entranhas eram outras perguntas, por isso ansiava que o forasteiro lhe contasse como diabos havia acabado com aquelas propriedades nas mãos, como o último portador do sobrenome havia morrido nas Antilhas, e qualquer outro detalhe adicional que o recém-chegado estivesse disposto a compartilhar.

Sentaram-se a uma mesa ao lado de uma janela que dava para a via pública e o trânsito de veículos, animais e seres, com a intimidade protegida por uma cortina branca que cobria os vidros da parte inferior. Um diante do outro, separados pela mesa e pela toalha. Mal haviam acabado de se acomodar quando um garoto de doze ou treze anos, com jaqueta de garçom e o cabelo esticado e fosco à custa de água misturada com sabonete ruim, pôs diante de ambos duas tacinhas. Pequenas, mais altas que largas, com boca estreita. E, por ora, vazias. Junto a elas deixou uma garrafa sem rótulo e um pratinho de louça transbordante de azeitonas.

Mauro desdobrou o guardanapo e aspirou pelo nariz. Como se voltasse a ter consciência de algo que até então o havia acompanhado, mas que ainda não havia conseguido identificar.

— Que cheiro é esse, sr. Senén?

— Vinho, sr. Larrea — respondeu o tabelião indicando alguns tonéis escuros no fundo do salão. — Mosto, adega, barril, madeira. Jerez sempre tem esse cheiro.

Serviu o vinho, então.

— Era disso que vivia a família dona das propriedades das quais o senhor agora é dono. Os Montalvo eram produtores de vinho, sim, senhor.

Ele assentiu, concentrado no líquido dourado enquanto levava a mão ao pé de cristal. O tabelião notou a cicatriz que chegava até o punho e os dois dedos esmagados na mina Las Tres Lunas, mas não lhe ocorreu perguntar.

— E como foi que tudo desmoronou, se me permite a indiscrição?

— São essas coisas lamentáveis que com frequência acontecem nas famílias, meu senhor. Na Baixa Andaluzia, na Espanha inteira, e suponho que também nas Américas. O tataravô, o bisavô e o avô dão o sangue para construir um patrimônio, até que chega um momento em que a cadeia se parte: os filhos relaxam na dedicação e nas ambições, ou acontece uma tragédia que interrompe tudo, ou os netos se excedem e botam tudo a perder.

Para a sorte de Mauro, outro garçom igualmente vestido com jaqueta impoluta, mas um pouco mais velho, aproximou-se nesse momento, e assim evitou que lhe surgisse na mente a imagem de seu filho Nicolás e a certeza de que sua herança não chegaria sequer à segunda geração.

— Estão prontos, sr. Senén? — perguntou o garçom.

— Estamos prontos, Rafael. Pode começar.

— Como primeiro prato temos vagem com castanhas, grão-de-bico com lagostim e sopa de macarrão. Como segundo prato, podem escolher, como sempre, carne ou peixe. Dos bichos de quatro patas temos hoje terneiro recheado e lombo de leitão ao molho; dos que piam, arroz com pombo. E da água, temos sável do rio Guadalete, cação em conserva e bacalhau com páprica.

O rapaz recitou os pratos de memória, com tom de pregoeiro e à velocidade de um corcel. Mauro entendeu apenas quatro ou cinco palavras, em parte por causa da pronúncia carregada, e em parte porque jamais havia ouvido falar na vida de alguns dos pratos que agora propunham lhe servir. O que diabos eram sável e cação?

E enquanto o tabelião decidia pelos dois com a confiança de um cliente habitual, Mauro Larrea levou aos lábios a taça de vinho. E com o sabor pungente na boca e os olhos percorrendo os barris de madeira e o vaivém barulhento da hora do almoço, sem fazer julgamentos nem apreciações, falando apenas com sua alma, disse: Quer dizer, então, que isto é Xerez.

— Com muito prazer eu o teria convidado à minha casa, mas diariamente tenho três filhas e três genros à mesa, e acho que não seria o melhor cenário para conversarmos com a privacidade que seus assuntos requerem.

— Eu lhe agradeço de qualquer forma — disse. Ansioso por saber as novidades, em seguida abriu as mãos em um gesto que queria dizer: estou pronto para ouvi-lo. — Quando quiser.

— Bem, vejamos... Não tive tempo de me inteirar a fundo sobre os antecedentes testamentários, porque o sr. Luis Montalvo recebeu sua herança há mais de vinte anos, e esses assuntos ficam arquivados em outro depósito; mas, aparentemente, tudo que o senhor me apresentou parece estar em perfeita ordem. De acordo com os documentos que traz, o senhor passa a ser proprietário dos bens imóveis que consistem na casa, no vinhedo e na adega, por transmissão do sr. Gustavo Zayas, que, por sua vez, herdou-os do senhor Luis Montalvo quando de sua morte, sendo este o último dono das propriedades de que nesta cidade se tem conhecimento.

O tabelião não parecia ter dificuldade para combinar o caminho do vinho à boca com a recitação monocórdia de seu dever profissional.

— Um testamento em Havana e outro na cidade de Santa Clara, província de Las Villas — continuou —, registram oficialmente ambas as estipulações. E o que se assina em Cuba, como território da Coroa espanhola que é, tem vigência imediata na Península.

E para rubricar o que havia recitado de memória, o tabelião enfiou uma azeitona na boca. Mauro aproveitou o momento para indagar:

— Luis Montalvo e Gustavo Zayas, segundo entendi, eram primos-irmãos.

Fora o que confirmara o representante de Gustavo Zayas no escritório de Calafat quando, no dia seguinte à partida de bilhar, formalizou em seu nome a entrega do que tinha sido apostado. E era o que os sobrenomes que se cruzavam no testamento que apresentou pareciam corroborar: Luis Montalvo Aguilar e Gustavo Zayas Montalvo. Tão logo os trâmites foram resolvidos, e ainda com a sorte a seu lado, conseguiu duas passagens para Cádis no vapor correio *Fernando el Católico*, então propriedade do governo espanhol. Embarcou com Santos Huesos dois dias depois, sem voltar a ver seu adversário. O velho banqueiro o acompanhou até o cais; de Carola Gorostiza não soube mais nada. A última imagem que conservava de Zayas na memória eram suas costas enquanto vomitava em uma escarradeira do salão da Chucha, esvaziando o corpo e a alma apoiado na parede.

— O pai de Luis Montalvo, que também se chamava Luis, e a mãe de Gustavo Zayas, María Fernanda, eram irmãos. Havia ainda um terceiro, Jacobo, pai de duas meninas, que também morreu faz tempo. Luis pai era o primogênito do grande senhor Matías Montalvo, o patriarca, e teve, por sua vez, dois filhos: Matías, que morreu jovem, infelizmente para todos, e Luisito, que era o menor dos primos e que, depois de perder o irmão mais velho, ficou com a propriedade dos bens insígnia do clã: o grande palacete, a lendária adega e o vinhedo. Enfim, as famílias e suas confusões desde que o mundo é mundo; aos poucos vai ficar conhecendo a estirpe com a qual acaba de se aparentar, se me permite a ironia.

O tabelião fez uma breve pausa para encher de novo as taças e prosseguiu, exibindo uma portentosa memória.

— Vejo, sr. Larrea, que o senhor gosta do nosso vinho, e isso é muito bom... Gustavo Zayas, como disse, é filho de María Fernanda, a terceira dos descendentes do velho senhor Matías e a única mulher: uma preciosidade de mulher nos meus anos de juventude, ou pelo menos é assim que a recordo. Ela, ao que parece, não recebeu propriedades, e sim um dote nada desprezível. Mas fez um casamento ruim, contam que teve pouca sorte e acabou indo embora para Sevilha, se bem me lembro.

A chegada dos primeiros pratos interrompeu a história. Grão-de-bico com lagostim para os senhores, anunciou o garçom; está de lamber os beiços. E em homenagem ao forasteiro, esmiuçou o conteúdo: os lagostins bem frescos e descabeçados, com um pouquinho de pimenta picada, alho, cebola e um punhado de páprica. E ao mesmo tempo que desfiava os segredos da cozinha, contemplou com certo descaramento o convidado do tabelião, para ver se conseguia descobrir alguma coisa. Já haviam lhe perguntado por ele em duas mesas. Rafaelito, menino, quem é aquele que está sentado com o sr. Senén? Não sei, sr. Tomás, mas não parece ser daqui das redondezas, porque fala muito diferente. Como diferente? Como falam em Madri? Como vou saber, sr. Pascual, nunca estive na vida além de Lebrija, mas acho que não, que esse homem vem de mais longe.

Das Índias, talvez? Isso mesmo, sr. Eulogio, acho que sim. Esperem, sr. Eusebio, sr. Leoncio, sr. Cecilio, vou ver se consigo ouvir alguma coisa enquanto os sirvo, e assim que souber de algo, venho contar aos senhores.

— Enfim, questões de parentesco à parte, como eu dizia, não vejo problema para legalizar de imediato a mudança de titularidade no registro a fim de que tudo fique em seu nome legalmente — continuou o tabelião, alheio à curiosidade dos comensais. — Mas, e isso é pessoal, percebi um detalhe no documento, sr. Larrea, que me chamou a atenção.

Engoliu devagar; preferia se demorar, porque antecipava a pergunta.

— Notei que se trata de uma transação não onerosa, porque em nenhum lugar está indicado o valor que o senhor pagou pelos imóveis.

— Há algum problema nisso?

— Em absoluto — replicou Blanco sem se perturbar. — Apenas curiosidade. Chamou minha atenção porque se trata de algo que não é comum em nossa maneira de fazer as coisas por estas bandas, onde é raríssimo que não haja dinheiro envolvido em uma transmissão de propriedades.

As colheres voltaram aos pratos, ouviu-se o ruído do metal contra a louça e as conversas nas mesas próximas. Sabia que não tinha que dar explicações. Que o trâmite era correto e legal. Contudo, preferiu se justificar. A sua maneira. Para que a notícia se espalhasse.

— Veja — disse, apoiando o talher com cuidado na borda do prato. — A família da mulher do sr. Gustavo Zayas está estreitamente vinculada à minha no México; o cunhado do sr. Zayas e eu estamos prestes a casar nossos filhos. Por isso, combinamos alguns acordos comerciais; intercâmbios de propriedades que, em função das circunstâncias...

Impossível falar àquele atento cavalheiro espanhol, na distinta cidade de Jerez, sobre o Café El Louvre e o temerário desafio de seu conterrâneo Zayas, sobre a noite de tempestade no bordel do Manglar ou aquela diabólica primeira partida diante de uma turba de esfarrapados. Sobre o banqueiro e seus grandes bigodes, a negra Chucha com seu porte de velha rainha africana e o extravagante banheiro com as paredes cheias de obscenidades onde ele e Zayas combinaram as condições da revanche. Sobre o jogo selvagem que o levou a ganhar.

— Para abreviar uma longa história — recapitulou, olhando-o com firmeza—, digamos que propusemos uma transação privada e particular.

— Entendo... — murmurou Senén com a boca meio cheia, ainda sem entender. — De qualquer maneira, insisto que não é assunto meu indagar sobre as vontades das pessoas, mas somente dar fé delas. Mas, mudando de assunto, e se não for indiscrição, gostaria de lhe fazer outra pergunta.

— À vontade.

— Por acaso tem ideia de que diabos Luis Montalvo foi fazer em Cuba? Sua ausência pegou todos de surpresa por aqui; ninguém sabe quando ele partiu nem para onde. Simplesmente, um belo dia ninguém mais o viu nem soube de seu paradeiro.

— Ele vivia sozinho?

— Totalmente, e levava uma vida digamos... digamos um tanto descontraída.

— Descontraída em que sentido?

Nesse instante chegou o sável, empanado por fora, branco por dentro, muito saboroso. O garçom voltou a se demorar um pouco além da conta, para ver se ouvia algo sobre a procedência do forasteiro. O tabelião, discreto, postergou a conversa até que o garçom lhes deu as costas, decepcionado, e fez outra careta tosca destinada a sua curiosa clientela.

— Era um sujeito bastante peculiar, com um problema físico que o impediu de crescer mais de uma vara e meia; chegaria à altura de seu cotovelo, mais ou menos. Por isso o chamavam de baixinho, pode imaginar. Mas, longe de ficar complexado por causa de sua estatura, ele decidiu compensar seu defeito com uma desmedida paixão pela boa vida. Festas, mulheres, farra, canto, dança... Nada faltou a Luisito Montalvo — enfatizou com uma ponta de ironia. — E assim, órfão de pai desde pouco depois de completar vinte anos, e com uma mãe doente que acho que acabou morrendo de desgosto não muito depois, ele sozinho foi dilapidando a fortuna que herdou.

— Nunca se preocupou com o vinhedo nem com a adega, então.

— Nunca, mas também não se desfez deles. Simplesmente, e para espanto de todos, desinteressou-se e deixou-os abandonados.

Aludiu, então, a sua visita ao casarão da família Montalvo apenas uma hora antes:

— Como pude comprovar, a casa também está em um estado lamentável.

— Até a morte de dona Piedita, mãe de Luis, pelo menos a residência da família se manteve mais ou menos. Mas desde que ficou sozinho, entrava e saía dali um mundo de gente, era a casa da mãe Joana. Amigos, prostitutas, jogadores, trapaceiros. Contam que foi vendendo a preço de banana tudo que havia de valor: quadros, porcelanas, tapetes, talheres, até as joias de sua santa mãe.

— Não sobrou quase nada, realmente — confirmou.

Apenas alguns móveis que pelo tamanho teria sido difícil tirar dali e que alguma mão caridosa havia coberto com lençóis. Àquela altura, com o que ia sabendo sobre o desmiolado Luis Montalvo, duvidava muito que ele mesmo tivesse tido aquele cuidado.

— Dizia-se que o Cachulo, um cigano de Sevilha com bom olho e muita lábia, parava em frente à casa dele com frequência, carregava sua carroça e depois revendia pelo melhor valor que lhe oferecessem tudo que conseguia tirar dele.

Aquela não era a única história que Mauro Larrea havia ouvido sobre heranças dilapidadas pela falta de juízo e pelos gostos desmedidos dos herdeiros. Nas minas de Guanajuato e na capital mexicana conhecia algumas; na esplendorosa Havana constava-lhe que as havia também. Mas aquela era a primeira que conhecia de perto, por isso ouviu com curiosidade.

— Coitado do baixinho — murmurou o tabelião com uma mistura de ironia e compaixão. — Não deve ter sido fácil para ele se ajustar, com aquele corpo, ao papel de herdeiro promissor de uma família rica como foram os Montalvo. Seus avós eram um casal imponente, bonitos e elegantes os dois; ainda lembro deles saindo da missa. E da mesma cepa eram todos os descendentes de que me recordo; basta ver a prima casada com o inglês que anda de volta por aqui estes dias. De Gustavo, porém, mal me lembro.

— Alto, olhos claros, cabelo claro... — recitou Mauro sem entusiasmo. — Bem-apessoado, como disse o senhor.

E um tanto estranho, queria ter acrescentado; estranho não na aparência nem nas maneiras, mas sim no comportamento e nas iniciativas. Por pura prudência, reservou-se.

— De qualquer maneira, sr. Larrea, estamos nos desviando do assunto, e acho que ainda não respondeu à minha pergunta.

— Desculpe. Qual era a pergunta, sr. Senén?

— Uma pergunta muito simples que metade de Jerez vai lhe fazer tão logo eu me afaste do senhor: O que diabos Luisito Montalvo foi fazer em Cuba?

Para responder, não precisou mentir.

— Para ser sincero, meu senhor, não faço a mínima ideia.

CAPÍTULO 26

Mais cenários de desolação: foi o que encontrou quando o tabelião o levou, depois do almoço, até o exterior da adega na rua del Muro. Contudo, e apesar de não ter tido tempo de entrar, o que viu o deixou satisfeito: um terreno de tamanho mais que considerável rodeado por cercas que um dia foram brancas e que agora estavam tomadas de mofo, umidade e pintura descascada. Não teve oportunidade de ir até o vinhedo, mas, pelo que o sr. Senén lhe disse, não lhe pareceu em absoluto desprezível em tamanho e potencial. Mais duros no bolso assim que os vendesse, menos impedimentos para voltar.

— Se tem certeza, sr. Larrea, de que quer pôr tudo isso imediatamente à venda, a primeira coisa a fazer é determinar o valor atual das propriedades — concluiu o tabelião momentos antes de sua partida. — Por isso, acho que o mais razoável a fazer é contratar um corretor de propriedades rurais.

— O que o senhor me recomendar.
— Vou lhe arranjar um da minha inteira confiança.
— Quando terá os documentos em ordem?
— Digamos que depois de amanhã.
— Estarei aqui, então, em dois dias.

Haviam chegado à Plaza del Arenal; a carruagem de aluguel o esperava. Trocaram um aperto de mãos.

— Quinta-feira às onze, então, com os papéis e o corretor. Mande lembranças ao filho do meu bom amigo, sr. Antonio Fatou, que Deus o tenha. Com certeza o estão tratando como um príncipe na casa dele.

Quando já estava totalmente acomodado, os cascos dos cavalos ecoavam sobre o calçamento e as rodas do coche haviam começado a girar, ouviu o tabelião pela última vez:

— Apesar de que seria mais conveniente deixar Cádis e se estabelecer aqui enquanto tudo se resolve. Em Jerez.

Partiu sem responder, mas a sugestão de Senén continuava ecoando em seu cérebro enquanto o coche o transportava ao Porto de Santa María, ao cair da tarde. Voltou a considerá-la quando atravessava, a bordo de um vapor, as águas negras da baía adormecida; inclusive, cogitou a possibilidade de consultar Antonio Fatou, o correspondente gaditano do velho sr. Julián, em cuja maravilhosa casa na rua de la Verónica estava hospedado. Na casa dos trinta e afetuoso era aquele último elo de uma próspera dinastia de comerciantes vinculados às Américas havia mais de um século. Ao longo dos anos, seus antecessores receberam os clientes e amigos da família Calafat como se fossem os próprios, ao que sempre corresponderam em Havana com extrema reciprocidade. Nem se atreva a procurar outra hospedagem, caro amigo, dissera Fatou a Mauro Larrea tão logo lera a carta de apresentação. Será uma honra para nós tê-lo como hóspede durante o tempo que seus negócios exigirem.

— E como foi sua visita a Jerez, meu caro sr. Mauro? — perguntou o anfitrião na manhã seguinte, quando por fim ficaram a sós.

Acabavam de tomar o café da manhã, chocolate com churros quentinhos, enquanto três gerações de carregadores das Índias os observavam, atentos, das pinturas a óleo penduradas na parede da sala de jantar. Apesar da ausência de exibicionismos desnecessários, tudo em volta transpirava classe e dinheiro: a louça de Pickman, a mesa com filete de marchetaria, as colherinhas de prata gravadas com as iniciais da família entrelaçadas.

Paulita, a jovem esposa, havia pedido licença com o pretexto de cuidar de alguma bobagem doméstica, mas provavelmente pretendera apenas retirar-se discretamente para deixá-los conversar. Devia ter pouco mais de vinte anos e bochechas carnudas de menina, mas via-se que estava ansiosa para cumprir com cuidado seu novo papel de dona da casa diante daquele homem de porte e maneiras contundentes que agora dormia sob seu teto. Mais um churrinho, sr. Mauro? Posso mandar esquentar mais chocolate, mais um pouquinho de açúcar, está tudo a seu gosto, que mais posso lhe oferecer? Totalmente diferente de Mariana, tão íntegra e segura sempre. Mas, de certa maneira, lembrava a filha. Uma nova esposa, uma nova casa, um novo universo para uma jovem mulher.

Da cozinha, curiosas e indiscretas, duas criadas apareceram na sala de jantar para avaliar o hóspede. Bem-apessoado, Benancia tem razão, certificou uma delas enquanto secava as mãos no avental. Bom moço e bonitão, concordaram ambas atrás da cortina. Havanês? Dizem que vem de Cuba, mas Frasca ouviu os patrões conversando ontem à noite e escutou quando disseram que vem do México também. Vai saber de onde saem esses corpos com esse porte e essa aparência. É o que eu digo, minha filha. Vai saber.

Alheios à fofoca das mulheres, os homens continuavam conversando à mesa.

— Está tudo encaminhado, por sorte — prosseguiu. — O sr. Senén Blanco, o tabelião que me recomendou, foi extremamente gentil e resolutivo. Amanhã voltarei para concluir as formalidades e conhecer o corretor que vai cuidar da compra e venda.

Acrescentou algumas frases de pouca importância e algumas trivialidades. Por ora, era tudo que estava disposto a contar.

— Deduzo, então, que por sua cabeça não passa nem a mais remota ideia de assumir o senhor mesmo o negócio, não é? — perguntou Fatou.

Que diabos quer que um minerador faça entre vinhas e vinhos, homem de Deus, pensou em lhe dizer. Mas se conteve.

— Tenho assuntos urgentes para cuidar no México. Por isso, espero poder me desfazer sem demora de todos os imóveis.

Mencionou supostos assuntos urgentes, alguns compromissos, algumas datas. Tudo mero palavrório; uma fachada para não expor abertamente que a única pressa que tinha era de liquidar a primeira parcela do empréstimo com o vil Tadeo Carrús e arrastar seu filho até o altar, nem que fosse puxando-o pela orelha.

— Entendo, claro — assentiu Fatou. — Mas é uma pena, porque o negócio do vinho está em um momento excelente. O senhor não seria o primeiro a chegar com capital de além-mar para investir no setor. Até meu próprio pai, que Deus o tenha, andou também tentado a comprar algumas terras, mas veio a doença e...

— Eu lhe ofereço as minhas por um bom preço — propôs Mauro, tranquilo.

— Não será por falta de vontade; mas, preso como estou à administração do negócio da família, receio que seria uma temeridade de minha parte. Mas quem sabe um dia.

A única coisa que Mauro Larrea sabia sobre vinhos àquela altura era que os havia desfrutado à mesa quando seu poderio econômico lhe permitira. Mas não tinha nada para fazer naquela manhã a não ser esperar, e Fatou também não parecia estar acossado pela pressa. Por isso, ficou tentado a prosseguir.

— De qualquer maneira, sr. Antonio, seria abusar de sua boa vontade se eu me servir de um pouco mais de seu excelente chocolate enquanto o senhor me conta como funciona o negócio do vinho nesta terra?

— Ao contrário; é um prazer, meu caro amigo. Permita-me, por favor.

Encheu as xícaras de novo; as colherinhas tilintaram contra a louça de La Cartuja.

— Para começar, permita-me confessar que, embora não sejamos produtores de vinho, o negócio de xerez está praticamente nos salvando a vida. Os vinhos, junto com os carregamentos de sal, são o que nos sustenta. A situação ficou complicada depois da independência das colônias americanas; com todo o respeito, meu amigo, seus compatriotas mexicanos e seus irmãos do sul nos deram um trabalho imenso com suas aspirações de liberdade.

Nas palavras do correspondente não havia amargor, e sim um ponto de ironia cordial. Para que ele continuasse falando, Mauro deu de ombros, como se dissesse: o que é que se há de fazer?

— Mas, por sorte — continuou Fatou —, quase em paralelo à retração do comércio colonial, o negócio vinhateiro entrou em uma etapa de esplendor. E a exportação para a Europa, especialmente para a Inglaterra, é o que está livrando do declínio esta casa de comércio em particular, e eu diria que, em grande medida, Cádis em geral.

— E como se deu esse esplendor, se me permite a curiosidade?

— É uma longa história, vejamos se sou capaz de resumi-la. O que os colheiteiros de Jerez produziam até o fim do século passado eram simples mostos que embarcavam, em estado bruto, rumo aos portos britânicos. Vinhos em estágio inicial, para que entenda, ainda não prontos. Uma vez na Inglaterra, eram envelhecidos e misturados pelos comerciantes locais para adaptá-los ao gosto de seus clientes. Mais doce, menos doce, mais encorpado, menos encorpado, mais ou menos graduação. O senhor sabe.

Não, não sabia. Não tinha a menor ideia. Mas disfarçou.

— Já faz algumas décadas, contudo — prosseguiu o gaditano —, o negócio se tornou infinitamente mais dinâmico, muito mais próspero. Agora o processo inteiro é realizado aqui, na origem: aqui se cultiva a uva, claro, mas também se faz o envelhecimento dos vinhos e a preparação do jeito que demandam os clientes ingleses. O termo produtor de vinho, enfim, é muito mais amplo nestes tempos do que era: agora costuma incluir todas as fases do negócio, o que antes quase sempre era feito separadamente pelos colheiteiros, os armazenadores e os exportadores. E nós, nos cais da baía e nas casas como esta, nos encarregamos de que os barris cheguem a seu destino, os representantes ou agentes das empresas de Jerez na Pérfida Álbion.[9] Ou até onde seja preciso.

— E, assim, o lucro principal fica na terra.

— Exatamente, nesta terra fica, graças a Deus.

Maldito baixinho, pensou Mauro enquanto tomava um gole do chocolate já meio frio. Como pôde ser tão demente para deixar afundar um negócio desses? Enquanto sua voz saía muda de sua cabeça, outra não menos silenciosa entrava. E quem é você para recriminar esse homem, se apostou seu império em uma única carta com um gringo que um belo dia cruzou seu caminho? Já vem você me dar bronca outra vez, Andrade? Só vim lhe recordar o que você nunca deve esquecer. Pois me esqueça e me deixe saber como é esse negócio do vinho. Para que, se não vai nem sequer cheirá-lo? Eu sei, irmão, eu sei. Mas quem dera você e eu tivéssemos a idade, a força e a coragem que um dia tivemos; quem dera pudéssemos tentar de novo.

O fantasma do procurador evaporou por entre as caprichosas molduras do teto tão logo voltou a depositar a xícara sobre o pires.

— E diga-me, meu amigo, de que magnitude comercial estamos falando?

— De um quinto do volume total das exportações espanholas, mais ou menos. Ponta de lança da economia nacional.

Deus do céu! Luisito Montalvo, seu louco! E você, Gustavo Zayas, rei do bilhar havanês, por que depois de receber a herança do maluco do

---

[9] Expressão cunhada pelo poeta e diplomata francês de origem aragonesa Augustin Louis Marie de Ximénès no século XVIII e popularizada com sentido hostil para se referir ao Reino Unido. (N.T.)

seu primo, não voltou imediatamente para sua pátria para pôr em ordem esse desastre de legado familiar? Por que insistiu em arriscar tudo comigo, por que tentou sua sorte dessa maneira demencial? O ímpeto comunicativo de Fatou o tirou, por sorte, de seus pensamentos.

— Portanto, resumindo, agora que as antigas colônias estão livres e nós, espanhóis, só temos as Antilhas e as Filipinas, o que está nos livrando da falência mercantil e portuária é a possibilidade de transformar o tráfego comercial de ultramar em um crescente comércio com a Inglaterra e a Europa.

— Entendo... — murmurou Mauro.

— Claro que se um dia os filhos da Bretanha pararem de beber seu sherry, e no Caribe e no Pacífico soprarem também ares de independência, ou muito me engano ou Cádis e todos nós afundaremos sem salvação. Longa vida ao xerez, nem que seja só por isso — disse Fatou erguendo sua xícara com ironia.

Mauro, com entusiasmo mais morno, imitou-o.

A tosse do mordomo interrompeu o brinde.

— Sr. Antoñito, o sr. Álvaro Toledo o espera na saleta — anunciou.

Assim, a conversa amena chegou ao fim e cada um foi cuidar de seus assuntos. O dono da casa foi tomar, atrasado, as rédeas de seus negócios nas dependências do andar de baixo. E Mauro Larrea foi se distrair como pudesse nas horas de espera e enfrentar outra vez sua angústia.

Desceu a rua de la Verónica caminhando acompanhado de Santos Huesos: o Quixote das minas e o Sancho *chichimeca* cavalgando de novo, sem cavalo nem burro que os carregassem. Só para olhar. E, talvez, para pensar.

Desde que chegara à América, com vinte e poucos anos, dois filhos e dois fardos de roupa velha nas costas, o nome daquela cidade havia sido um eco permanente em seus ouvidos. Cádis, a lendária Cádis, o final do cordão umbilical que continuava unindo o Novo Mundo a sua decrépita pátria-mãe, apesar de quase todas as suas criaturas já terem lhe dado as costas. Cádis, de onde tanto chegou e para onde cada vez menos voltava.

Mas ele tinha o caminho de ida partindo do porto de La Luna, em Bordeaux, partindo do norte: as relações entre a metrópole e seu rebelde vice-reinado eram tensas, na época, e naqueles anos em que a Espanha se negava a reconhecer a independência do México, o trânsito marítimo era muito mais fluente partindo dos portos franceses. Por isso Mauro nunca soube como era na realidade aquela lendária porta de entrada e saída do sul peninsular. E naquela ventosa manhã de outono, em que o levante soprava da África com rajadas dos demônios, quando por fim pôde andar por ali e contemplá-la inteira, de cima a baixo, do direito e do avesso, não a reconheceu. Em seu imaginário havia idealizado Cádis como uma grande metrópole mundana e imponente, mas, por mais que tivesse procurado, não a encontrou.

Três ou quatro vezes menor que Havana em habitantes, infinitamente menos opulenta que a antiga capital dos astecas, e cercada de mar. Discreta, sedutora em suas ruas estreitas, em suas casas de altura regular e nas torres-mirantes de onde se viam os barcos entrando na baía e zarpando para outros continentes. Sem ostentação nem fulgor; modesta, graciosa, dócil. Então, isto aqui é Cádis, repetiu para si mesmo.

Não faltava gente em intenso movimento, quase todos caminhando e quase todos com a mesma cor de pele. Parando sem pressa para cumprimentar, trocar uma frase, um recado ou uma fofoca; queixar-se do vento canalha que levantava as saias das mulheres e roubava os papéis e chapéus dos homens. Negociando, comercializando, pactuando. Mas em nada aquele cenário se aproximava do bulício estrondoso e desatado das grandes cidades de ultramar. Nem eco do tumulto dos indígenas mexicanos vendendo seus carregamentos, nem dos escravos negros que atravessavam a pérola antilhana correndo seminus e suados enquanto carregavam nos ombros enormes blocos de gelo ou sacas de café.

Ao passar pela Plaza de Isabel II e pela rua Nueva, não encontrou cafés tão elegantes como La Dominica ou El Louvre; pela rua Ancha não transitava nem a décima parte das carruagens de Havana, nem em parte alguma lhe pareceu ver teatros grandiosos como o Tacón. Também não contemplou igrejas monumentais, nem escudos heráldicos, nem mansões palacianas como as dos aristocratas do açúcar ou dos velhos mineradores do vice-reinado. Nenhuma praça se igualava ao imenso Zócalo que ele mesmo costumava atravessar quase todos os dias em sua carruagem antes de a sorte lhe dar as costas, e aquela doce alameda que dava para a baía muito pouco se assemelhava aos grandiosos passeios de Bucareli ou do Prado, onde os *criollos* mexicanos e havaneses relaxavam em suas carruagens e observavam e se deixavam ver. Nem rastro do enxame de coches, animais, gente e edifícios que povoavam as ruas do Novo Mundo que pouco antes Mauro havia deixado para trás. A Espanha estava recuando, e daquele glorioso império onde o sol nunca se punha só sobravam vestígios; para o bem e para o mal, cada um ia se fazendo dono de seu próprio destino. Então, isto aqui é Cádis, voltou a pensar.

Entraram para almoçar em um restaurante de peixes; serviram-lhes peixe passado na farinha de trigo duro e frito no óleo fervente; depois, foram até o mar. Ninguém parecia estranhar a presença de um indígena de cabelo lustroso ao lado de um forasteiro; por ali estavam acostumados de sobra a gente de outro tom e outro falar. E com a violência do vento levante agitando-lhes os cabelos, e a Mauro as pontas da sobrecasaca, e a Santos Huesos o poncho colorido, voltados para o poente ao meio-dia na Banda del Vendaval, contemplaram o oceano, e então Mauro Larrea julgou entender. O que podia saber ele, um minerador arruinado, do que era ou tinha sido Cádis, e do que ao longo dos séculos tinha acontecido por suas ruas e trafegado por seus cais? Do que se falou em suas reuniões sociais e se tratou nos saguões e nos escritórios e nos consulados? Do que se defendeu em suas muralhas e fortalezas, do que se jurou em suas igrejas, da têmpera com que se resistiu em tempos adversos e do que embarcou e desembarcou nos navios que fizeram a corrida das Índias tantas e tantas vezes? O que saberia ele sobre essa cidade e esse mundo se fazia décadas que nem falava nem pensava nem sentia como um espanhol? Se sua essência, por onde quer que pisasse, não era mais que a de um permanente estrangeiro, uma pura ambiguidade? Um expatriado de duas pátrias, filho de um duplo desenraizamento. Sem pertencer definitivamente a lugar nenhum e sem um lar de plena propriedade para o qual voltar.

Caía a tarde quando subiu de novo a suave ladeira da rua de la Verónica rumo à residência dos Fatou. Foi recebido pela tosse de Genaro, o velho mordomo, herdado pelo jovem casal junto com a casa e o negócio.

— Logo depois que saiu esta manhã, sr. Mauro, veio uma senhora procurá-lo. Voltou após o almoço, depois das três.

Ele franziu as sobrancelhas com estranheza enquanto o ancião adoentado lhe entregava uma pequena bandeja de prata. Nela, um simples cartão. Branco, limpo, elegante.

Mrs. Sol Claydon
23 Chester Square, Belgravia, London

A última linha estava riscada com um traço firme. Embaixo, escrito à mão, um novo endereço.

Plaza del Cabildo Viejo, 5. Jerez

CAPÍTULO 27

Tal como haviam combinado, reuniram-se no cartório às onze da manhã. O tabelião, o corretor e Mauro. O primeiro lhe apresentou o segundo: sr. Amador Zarco, especialista em avaliação de bens e compra e venda de propriedades rurais em toda a comarca de Jerez. Um homem grande, de idade avançada e corpo largo, dedos que pareciam linguiças e um carregado sotaque andaluz; vestido à maneira de um lavrador opulento, com um chapéu de aba larga e faixa negra na cintura.

Sem mais distrações que os primeiros cumprimentos e os sons que vinham da rua agitada, o corretor começou a esmiuçar as propriedades e suas estimativas. Quarenta e nove *aranzadas*[10] de vinhas, mais o casario, poços, cisternas e limites correspondentes, que detalhou com profusão. Uma adega sita à rua del Muro com suas salas, escritórios, depósitos e demais dependências, além de várias centenas de barris — vazios muitos, mas não todos —, utensílios diversos e uma tanoaria. Uma casa na rua de la Tornería com três andares, dezessete aposentos, pátio principal, pátio de fundos, quartos de empregados, cocheiras, cavalariças e uma extensão de cerca de 1.400 varas quadradas, fronteiriça à esquerda, à direita e aos fundos com outros tantos imóveis anexos, também pormenorizados.

Mauro Larrea ouviu com absoluta concentração, e quando, depois de um bom tempo de relato monocórdio, o tal sr. Amador anunciou a soma do valor estimado de cada um dos imóveis, ele quase deu um soco monumental na mesa, soltou ao mesmo tempo um uivo feroz cheio de júbilo e deu um abraço efusivo nos presentes. Com aquele dinheiro po-

---

[10] Medida de superfície utilizada na Espanha antes da implantação do sistema métrico decimal. (N.T.)

deria liquidar de uma vez pelo menos duas das três parcelas contraídas com Tadeo Carrús e celebrar um grande casamento para Nico. Jerez fervilhava com o vinho e seu comércio; todos lhe disseram, não demoraria nada a vender primeiro a adega, depois o vinhedo, ou o contrário. Ou talvez primeiro a casa depois... A luz, de qualquer maneira. Estava prestes a sair do poço e ver a luz.

Enquanto ele se regozijava, o tabelião e o corretor trocaram um olhar. O último pigarreou.

— Há um assunto, sr. Larrea — anunciou, tirando-o de seus devaneios —, que condiciona, de certa maneira, os procedimentos subsequentes.

— Pois diga.

Seu cérebro antecipou o que achava que ia escutar. Que tudo estava em um estado lamentável e isso talvez reduzisse um pouco o preço dos imóveis? Tanto fazia, estava disposto a baixá-lo. Que talvez um dos bens levasse mais tempo que o resto para ser vendido? Não importava, dariam lucro a seu justo tempo. Ele, enquanto isso, voltaria e retomaria as rédeas de sua vida onde as deixara.

O tabelião tomou a palavra:

— Veja, é algo com o que não contávamos, algo que detectei quando por fim encontramos uma cópia das últimas vontades de sr. Matías Montalvo, avô do sr. Luis e de seu primo, o sr. Gustavo Zayas. Trata-se de uma cláusula testamentária estabelecida pelo patriarca sobre a indivisibilidade dos bens de raiz da família.

— Esclareça, por favor.

— Vinte anos.

— Vinte anos, o quê?

— Por decisão irrenunciável do testador, fica estabelecido que devem transcorrer vinte anos de sua morte até que o patrimônio possa ser desmembrado e vendido em partes independentes.

Mauro afastou as costas da cadeira, incomodado; franziu o cenho.

— E quanto falta para que isso se cumpra?

— Onze meses e meio.

— Quase um ano, então — antecipou-se em tom amargo.

— Não chega a um ano — interveio o corretor tentando parecer positivo.

— O que eu suponho, de qualquer maneira — continuou o tabelião —, é que se trate de uma maneira de tentar garantir a continuidade de tudo que o falecido patriarca construiu. *Testamentum est voluntatis nostrae iusta sententia de eo quod quis post mortem suam fieri velit.*

Não me venha gastar seu latim, quase berrou. Em vez disso, pigarreou, apertou os punhos e se conteve em silêncio à espera de esclarecimentos.

— Como diziam os romanos, meu amigo: o testamento é a justa expressão da vontade, daquilo que a pessoa quer que se faça depois de sua morte. A medida restritiva do sr. Matías Montalvo não é muito comum, mas também não é a primeira vez que a vejo. Costuma acontecer em casos em que o testador não confia plenamente na intenção continuísta de seus herdeiros. E essa cláusula demonstra que o bom homem não confiava muito em seus próprios descendentes.

— Recapitulando, isso significa, então...

O corretor foi quem esclareceu, com seu forte sotaque andaluz.

— Que terá que vender, necessariamente, tudo junto, senhor: casarão, adega e vinhedo. Coisa que, e tomara que eu esteja enganado, não vai ser fácil da noite para o dia. E isso porque são bons tempos nesta terra, o negócio do vinho move dinheiro noite e dia, e até aqui vem gente de muitos lugares que quase ninguém sabe indicar no mapa. Mas isso de se tratar de um lote inseparável, não sei. Haverá quem queira o vinhedo, mas não casa e adega. Haverá quem precise da adega, mas não do vinhedo nem da casa. Sei de quem procura casa, mas não vinhedo ou adega.

— De qualquer maneira — interrompeu o tabelião tentando amenizar a situação —, também não é tanta espera...

Pouca espera, um ano?, Mauro quase lhe gritou na cara. Pouca espera, maldição? O senhor não imagina o que representa um ano neste momento em minha vida; o que sabe de minhas urgências e premências? Ele se esforçou para se conter, e conseguiu a duras penas.

— E alugar? — perguntou à maneira mexicana enquanto esfregava a cicatriz da mão.

— Quer dizer arrendar? Receio que também não será possível. Fica igualmente expresso no testamento com todas as letras. Nem vender nem arrendar. Se assim não fosse, Luisito Montalvo já teria se encarregado de arranjar arrendatários, e assim, obter algum lucro. Homem precavido foi o sr. Matías; quis assegurar que as joias de seu patrimônio ficassem em um lote indivisível. Ou tudo, ou nada.

Inspirou o ar com fúria, já sem disfarçar. Em seguida expirou.

— Velho maldito — disse, passando a mão pelo queixo.

Dessa vez, não falou para si.

— Se lhe serve de consolo, duvido muito que o sr. Gustavo Zayas tivesse conhecimento dessa cláusula testamentária quando fecharam o negócio.

Mauro rememorou em um clarão as bolas de marfim rolando possessas sobre o pano verde da Chucha. As tacadas brutais de ambos, os dedos manchados de talco e giz. Os corpos doloridos, a barba por fazer e o cabelo revirado, a camisa aberta, o suor. Também ele duvidava muito que naqueles momentos seu adversário tivesse em mente alguma banalidade legal.

— De qualquer maneira, sr. Mauro — interveio o corretor —, eu entro em ação imediatamente, se quiser.

— Qual é sua comissão, amigo?

— Dez por cento é o normal.

— Eu lhe dou quinze se liquidar o assunto em um mês.

A papada do homem tremeu como a teta de uma vaca velha.

— Acho muito difícil, meu senhor.

— Vinte por cento se conseguir resolver tudo em duas semanas.

O homem passou a mão pelo pescoço; de trás para a frente, de frente para trás. Deus do céu! Tornou a desafiá-lo.

— Ou um quarto em seu bolso se me arranjar um comprador antes de sexta-feira que vem.

O intermediário foi embora atordoado, colocando o chapéu na cabeça e andando pela rua de la Lancería enquanto pensava no que ouvia, havia tantos anos, sobre os indianos. Seguros, decididos, assim lhe contaram que eram os homens dessa estirpe: aqueles espanhóis que ficaram milionários nas colônias e que nos últimos tempos haviam tomado o caminho de volta e compravam terras e vinhas como quem compra tremoços em uma barraca do mercado. Pois o sujeito não acabou de me oferecer a maior comissão da minha vida sem pestanejar?, disse em voz alta, incrédulo, parando o corpanzil no meio da rua. Duas mulheres o olharam como se estivesse maluco; ele nem se deu conta. Esse Larrea sabe fazer negócio, continuou pensando. E sua atitude era tal como rezava a lenda. Firme, ousada. Cuspiu no chão. Que filho da puta esse indiano, soltou no ar. Com algo parecido com inveja. Ou admiração.

Alheios às reflexões de rua do corretor, Mauro Larrea e o tabelião prosseguiram com a assinatura dos documentos, dando por concluídas as últimas escrituras. Até que chegou o momento da despedida, apenas meia hora depois.

— Vai por fim se animar a se mudar para Jerez enquanto tudo se resolve, meu amigo? Ou pretende continuar em Cádis? Ou talvez volte ao México, à espera de que lhe dê notícias?

— Não sei por enquanto, sr. Senén; estas últimas informações mudaram radicalmente meus planos. Vou ter que pensar com calma o que mais me convém. Assim que souber de algo definitivo, eu lhe informo.

Santos Huesos o esperava na porta do cartório; juntos saíram andando entre as poças de uma tênue chuva matutina que assim como chegou se foi. Passaram em frente à Câmara Municipal, pela Plaza de la Yerba, pela Plaza de Plateros, e pegaram finalmente a estreita Tornería. Está com as chaves, rapaz? Claro, patrão. Vamos até lá, então. Nenhum dos dois, no fundo, sabia bem por quê.

Diferente de seu longo passeio por Cádis no dia anterior, quando observou tudo e tudo tentou analisar, dessa vez mal prestou atenção ao que o cercava. Seu olhar estava voltado para dentro. Para o que o corretor e o tabelião haviam acabado de lhe comunicar, tentando assimilar o que aquilo representava. Nem as fachadas de cal, nem os portões de ferro fundido, nem os transeuntes e seu vaivém despertaram-lhe algum interesse. A única coisa que lhe queimava o sangue era saber que tinha uma fortuna ao alcance das mãos e pouca probabilidade de tocá-la.

— Vá dar uma volta — propôs enquanto abria o grande portão de madeira cravejada. — Vá ver se encontra algum lugar onde possamos almoçar.

Voltou a atravessar o pátio com suas lajotas sujas e folhas secas misturadas com a água caída horas antes; notou de novo a decrepitude. Percorreu outra vez, devagar, os aposentos: um a um, primeiro embaixo, depois em cima. Os salões decadentes, as alcovas inóspitas. A pequena capela sem ornamentos, fria como um sepulcro. Nem altar, nem cálice, nem vinagreiras, nem sino.

A escada estava às suas costas; ouviu passos subindo os primeiros degraus. Perguntou sem se voltar:

— Já voltou, meu amigo?

Sua voz retumbou no casarão vazio enquanto ele continuava contemplando o oratório. Nem um simples crucifixo na parede. Viu apenas, em um canto, alguma coisa coberta com um pedaço de pano. Puxou-o e diante de seus olhos apareceu um pequeno genuflexório. Com a tapeçaria vermelha meio roída pelos ratos, alguns pés quebrados e o tamanho exato para que se ajoelhasse nele um ser de pouca idade.

— Meu avô Matías mandou fazê-lo para minha primeira comunhão.

Mauro se voltou abruptamente, surpreso.

— O que ele nunca soube foi que na noite anterior ao grande dia, meus primos, minha irmã e eu arrombamos o sacrário e comemos, cada um, quatro ou cinco hóstias. Prazer em conhecê-lo, por fim, sr. Larrea. Seja bem-vindo a Jerez.

Em seu rosto havia delicadeza, e em sua aparência, harmonia. Em seus grandes olhos castanhos, uma carga imensa de curiosidade.

— Sol Claydon — acrescentou, estendendo-lhe a mão enluvada. — Mas durante um tempo da minha vida também fui Soledad Montalvo. E vivi aqui.

CAPÍTULO 28

Mauro demorou a reagir enquanto buscava palavras que não o delatassem como o intruso que de repente se sentia.

Ela se antecipou.

— Pelo que sei, o senhor é o novo proprietário.

— Desculpe por não ter lhe retribuído a visita, senhora. Recebi seu cartão tarde ontem e...

Ela ergueu de leve o pescoço, e isso foi suficiente para dar por encerradas as desnecessárias desculpas. Não se preocupe, queria dizer.

— Eu tinha que resolver uns assuntos em Cádis, só quis aproveitar para lhe apresentar meus respeitos.

Seus pensamentos se atropelavam. Santo Deus, que diabos se responde a uma mulher assim? Uma mulher amarrada por laços de sangue ao que você agora possui graças a um demencial punhado de carambolas. Alguém que o olha como se quisesse chegar ao fundo de suas entranhas para saber de verdade quem é e o que diabos está fazendo em um lugar que não lhe corresponde.

Sem palavras, recorreu aos gestos. Os largos ombros eretos, o chapéu sobre o coração. E um meneio de cabeça, um sinal de gratidão fugaz e firme diante da linda presença que acabava de adentrar seu turvo meio-dia. De onde saiu, para que veio?, queria perguntar. O que quer de mim?

Ela usava uma capa curta de veludo cinza-claro. Por baixo, um vestido matinal verde-água, à moda europeia. Quatro décadas maravilhosas de idade, um ano mais, um ano menos, calculou. Luvas de pelica e o cabelo cor de avelã em um coque harmonioso. Um adereço com duas elegantes penas de faisão preso de lado com graça; nenhuma joia à vista.

— Pelo que entendi, o senhor veio da América.

— Está bem informada.

— E foi meu primo-irmão Gustavo Zayas quem lhe transferiu estas propriedades.

— Por meio dele chegaram a mim, é verdade.

Tinham se aproximado. Ele havia saído do oratório, ela havia deixado a escada para trás. A inóspita galeria pela qual nos dias do passado glorioso transitaram os membros da família Montalvo, e seus amigos, e seus afazeres, e seus criados, e seus amores, acolhia agora aquela inesperada conversa entre o novo dono e a descendente dos donos anteriores.

— Por um preço razoável?

— Digamos que foi uma transação vantajosa para os meus interesses.

Sol Claydon deixou passar alguns segundos sem desviar o olhar daquele homem de corpo compacto e traços marcantes que mantinha diante dela uma atitude entre respeitosa e arrogante. Ele se manteve impassível, à espera, esforçando-se para que por trás da suposta calmaria de sua fachada ela não percebesse a profunda perturbação que o corroía.

— E Luis? — prosseguiu. — Conheceu também meu primo Luis?

— Nunca.

Foi contundente em sua negação, para que ela não tivesse a menor dúvida de que ele jamais tivera nada que ver com a viagem daquele homem à Grande Antilha, nem com seu triste destino. Por isso acrescentou:

— Ele morreu antes de eu chegar a Havana, não posso lhe dar mais detalhes, desculpe.

Os olhos dela se desviaram dos dele e vagaram pelo entorno. As paredes descascadas, a sujeira, a desolação.

— Que pena que não teve oportunidade de conhecer isto aqui em outros tempos.

Ela sorriu levemente sem abrir os lábios, com uma ponta de amarga nostalgia.

— Desde que recebi, anteontem, a notícia de que um próspero homem do Novo Mundo era o novo proprietário do nosso patrimônio, não parei de pensar em qual deveria ser meu papel nesse assunto imprevisto.

— Faz pouco que terminamos de protocolar os trâmites; está tudo legalizado — disse Mauro na defensiva. Pareceu brusco, arrependeu-se. Por isso, tentou ser mais neutro ao pontuar: — Pode constatar, se desejar, no cartório do sr. Senén Blanco.

Sol Claydon somou ao meio-sorriso uma ponta de sutil ironia.

— Já fiz isso, naturalmente.

Naturalmente. Naturalmente. O que estava pensando, imbecil, que ia tirar o couro da família dela e que ela ia engolir o que você lhe contasse assim, sem mais nem menos?

— Eu estava me referindo — acrescentou ela — a como acrescentar a esse... a essa transmissão, por assim dizer, um selo de cerimônia, por mais insignificante que seja. E, se quiser, também de humanidade.

Ele não tinha a mais remota ideia do que ela queria dizer, mas assentiu.

— Como desejar, senhora, sem dúvida.

Com olhos cheios de melancolia, ela voltou a percorrer o patético estado daquele que um dia fora seu lar, e ele aproveitou para observá-la. Sua aparência, sua integridade, sua harmonia.

— Não vim lhe pedir prestação de contas, sr. Larrea. Deve imaginar que esta situação não me agrada em absoluto, mas entendo que é legal, e, portanto, devo aceitá-la.

Ele inclinou a cabeça novamente, em reconhecimento por sua consideração.

— Assim sendo, fazendo das tripas coração, como última descendente da desafortunada estirpe dos Montalvo em Jerez, e antes que nossa memória desapareça para sempre, com minha visita pretendo apenas baixar simbolicamente nossa bandeira e desejar-lhe o melhor para o futuro.

— Agradeço sua gentileza, sra. Claydon. Mas talvez lhe interesse saber que não tenho intenção de ficar com as propriedades. Estou só de passagem pela Espanha, com o propósito de efetuar a venda e ir embora novamente.

— Isso é o de menos. Embora sua estadia seja breve, acho que não é demais saber quem viveu sob estes tetos em um tempo em que a escuridão ainda não nos espreitava. Venha comigo, sim?

Sem esperar resposta, seus passos decididos a levaram ao salão principal. E ele, irremediavelmente, a seguiu.

Deve ter sido difícil para o baixinho, com aquele corpo, se encaixar em uma família de bem-apessoados como eram os Montalvo. Fora o que lhe dissera o tabelião enquanto almoçavam na pensão Victoria dois dias antes. Aquela mulher atraente, de porte elegante e ossos longos que se movia com desenvoltura por entre o forro esfarrapado das paredes confirmava. Mauro Larrea, o suposto indiano poderoso e opulento, de repente desprovido de reações, limitou-se a escutá-la em silêncio.

— Aqui aconteciam as grandes festas, os bailes, as recepções. Os aniversários de meus avós, o fim da vindima, nossos batizados... Havia tapetes de Bruxelas e cortinas de damasco, e um lustre imenso de bronze e cristal no teto. Nessa parede havia uma tapeçaria flamenga com uma cena de caça muito extravagante, e ali, entre as varandas, espelhos venezianos maravilhosos que meus pais trouxeram da lua de mel na Itália e que refletiam as luzes das velas e as multiplicavam por cem.

Ela percorria o aposento escuro sem olhar para ele, enquanto falava com um sotaque envolvente, uma cadência andaluza atenuada, provavelmente, pelo uso frequente do inglês. Foi até a lareira, contemplou por alguns instantes a pomba morta que continuava ali. Seu destino seguinte foi a sala de jantar.

— A partir dos dez anos já nos permitiam sentar com os adultos; era uma grande ocasião, uma espécie de *début* infantil. Nesta mesa bebiam-se as melhores safras da adega, vinhos franceses, muito champanhe. E no Natal, Paca, a cozinheira, matava três perus e depois da ceia meu tio Luis e meu pai traziam uns ciganos com seus violões e pandeiros e suas castanholas, e eles cantavam canções natalinas, dançavam, depois levavam as sobras da ceia.

Levantou um dos lençóis que cobriam as poucas cadeiras, depois outro, depois um terceiro, sem encontrar o que procurava. Com os lábios fez um levíssimo som de contrariedade.

— Eu queria lhe mostrar as cadeiras dos meus avós, não lembrava que também tinham desaparecido. Os braços eram entalhados como garras de leão. Quando eu era pequena, morria de medo delas, depois começaram a me fascinar. No almoço do dia do meu casamento, meus avós cederam as cadeiras a Edward e a mim. Foi a única ocasião em que eles não ocuparam seu lugar de sempre.

O que menos interessava a Mauro Larrea naquele momento era o nome do marido dela, de modo que lhe escorreu dos ouvidos sem esforço. Não deixou, porém, de absorver os retalhos e as imagens do passado que sua boca ia vertendo enquanto transitavam pelos aposentos. Ela praticamente ignorou os dormitórios, com alguns comentários sem substância; os quartos menos nobres também. Até que, de volta à parte da galeria onde haviam se encontrado, entrou no último aposento. Completamente vazio, sem rastro do que continha no passado.

— Aqui era a sala de jogos. Nosso lugar favorito. O senhor tem um salão de jogos em sua casa em...

Três segundos de silêncio separaram as duas partes da frase.

— No México. Minha casa fica na Cidade do México. E, sim, pode-se dizer que tenho um salão de jogos.

Ou tive, pelo menos, pensou. Agora está na corda bamba, e desta outra casa sua, por incrível que pareça, depende que eu a conserve ou acabe por perdê-la.

— E o que jogam lá? — perguntou ela com desenvoltura.

— Um pouco de tudo.

— Bilhar, por exemplo?

Ele camuflou sua desconfiança sob uma falsa segurança.

— Sim, senhora. Também jogamos bilhar.

— Aqui tínhamos uma mesa de mogno magnífica — acrescentou ela, parando no centro do aposento e estendendo os dois braços em toda sua amplitude.

Braços longos, finos, harmoniosos sob as mangas de seda.

— Meu pai e meus tios jogavam partidas magistrais que muitas vezes entravam pela madrugada. Minha avó ficava louca quando via seus amigos descendo já de manhã, acabados depois de uma longa noite de farra.

Longas viagens à Itália, festas com ciganos e violões, partidas com os amigos até bem avançado o dia. Mauro estava começando a entender as previsões do velho sr. Matías ao se empenhar em amarrar seus descendentes por vinte anos.

— Quando crescemos — continuou ela —, vovô contratou um professor de bilhar para meus primos; um francês meio maluco de uma maestria impressionante. Minha irmã Inés e eu entrávamos sorrateiramente para vê-los. Era muito mais divertido que ficar bordando para os órfãos da Casa Cuna, como na época queriam nos obrigar a fazer.

Então foi aqui que nasceu sua arte, Zayas, pensou Mauro, rememorando o jogo de seu adversário: as tacadas complexas, as filigranas. E seguindo o fio da memória, diante daqueles olhos que o atravessavam tentando saber o que se escondia por trás de sua férrea couraça de homem íntegro de outros mundos, não pôde se conter.

— Tive oportunidade de jogar com seu primo Gustavo em Havana.

Como quando uma nuvem densa e plúmbea cobre o sol, os olhos de Soledad Montalvo pareceram se ensombrar.

— É mesmo? — disse ela.

Sua frieza poderia ser cortada com um pedaço de cristal.

— Uma noite. Duas partidas.

Ela deu uns passos em direção à porta, como se não o tivesse ouvido, disposta a dar por encerrado aquele rumo da conversa. Até que subitamente parou e se voltou.

— Ele sempre foi o melhor jogador de todos. Nunca viveu em Jerez permanentemente, não sei se lhe contou. Seus pais, meus tios, mudaram-se para Sevilha quando se casaram, mas ele passava longas temporadas aqui conosco: o Natal, a Semana Santa, as vindimas. Sonhava em vir para cá, para ele isto aqui era o paraíso. Depois, partiu para sempre; faz duas décadas que não sei dele.

Ela esperou alguns segundos antes de perguntar:

— Como ele está?

Arruinado. Tortuoso. Infeliz, certamente. Amarrado a uma mulher deplorável a quem não ama. E eu ajudei a afundá-lo ainda mais. Era o que poderia ter lhe dito, mas evitou dizer.

— Bem, suponho — mentiu. — Não nos conhecemos muito; só nos encontramos algumas vezes em eventos sociais e tivemos oportunidade de jogar em uma única ocasião. Depois... depois houve certos assuntos e, por circunstâncias diversas, acabamos realizando a operação graças à qual estas propriedades passaram às minhas mãos.

Ele tentou ser vago sem soar falso; convincente sem revelar a verdade. E diante de sua pouquíssima precisão, antecipou que não tardariam a chegar as perguntas incômodas para as quais não tinha resposta. Sobre um primo, sobre o outro, talvez sobre a mulher com quem formaram um triângulo nos últimos tempos de vida de Luis.

A curiosidade de Sol Claydon, contudo, tomou outro caminho.

— E quem ganhou as partidas?

Apesar de continuar tentando contê-la com todas as suas forças, por fim a voz que não queria ouvir abriu caminho dentro dele. Não se atreva, insensato! Cale a boca agora mesmo! Mude imediatamente de assunto, não vá por esse caminho, Mauro, não vá. Cale-se você, Elías. Deixe que eu divida com esta mulher a única miserável glória que tive na vida em muito tempo. Não está vendo que, apesar de suas maneiras atentas, aos olhos dela sou apenas um forasteiro e um usurpador? Deixe-me demonstrar um pouco de orgulho, irmão. É só o que me resta, não me obrigue a engoli-lo também.

— Eu ganhei.

Protegeu-se, porém. Para que Soledad Montalvo não insistisse querendo saber sobre seu desafortunado adversário, perguntou de imediato:

— Seu primo Luis também gostava de bilhar?

Aí sim a nostalgia voltou ao rosto dela.

— Não pôde. Ele sempre foi um menino baixinho e frágil, muito pequeno. E a partir dos onze, doze anos, parou de se desenvolver. Passou por médicos de todos os lugares, até a Berlim o levaram para ser examinado por um suposto especialista milagroso. Fizeram mil atrocidades com ele: trações com ferros, faixas de couro para pendurá-lo pelos pés. Mas ninguém encontrou a causa nem a solução.

Acabou quase em um sussurro:

— Ainda me custa acreditar que o baixinho está morto.

O baixinho, disse ela com a graça da fala popular da terra emergindo de seu envoltório de sofisticação cosmopolita. Toda a frieza que havia demonstrado ao falar de Gustavo se transformou em ternura ao se referir a Luis, como se os dois primos ocupassem polos opostos em seu registro de afetos.

— Pelo que me contou o tabelião — acrescentou Mauro —, ninguém sabia que ele estava em Cuba. Nem que havia falecido.

Ela voltou a sorrir com outro traço de fina ironia nos lábios.

— Quem tinha que saber, sabia.

Emudeceu por alguns segundos sem deixar de olhar para ele, como se estivesse pensando se valia a pena continuar alimentando a curiosidade do estranho ou se parava por ali.

— Somente eu e o médico dele sabíamos — reconheceu ela por fim. — De sua morte, tivemos notícia há apenas algumas semanas, quando o dr. Ysasi recebeu de ultramar uma carta de Gustavo. Estávamos esperando receber o atestado de óbito para comunicar a notícia publicamente e cuidar do funeral.

— Lamento ter sido o causador da precipitação de tudo.

Ela deu de ombros com graça, como se dissesse: o que é que se há de fazer?

— Imagino que era questão de dias até que chegasse a documentação.

Não vá por esse caminho, seu louco. Nem pense nisso. As ordens chegaram a seu cérebro como chicotadas, mas ele se esquivou com um movimento rápido.

— Ou talvez seu primo tivesse a intenção de vir a Jerez e trazer o documento ele mesmo.

Os olhos castanhos de Sol Claydon, escancarados, encheram-se de incredulidade.

— Essa era mesmo a intenção dele?

— Acho que ele andou considerando isso, mas receio que tenha acabado descartando a possibilidade.

O que saiu de sua linda garganta foi apenas um sussurro.

— Gustavo voltar a Jerez, *my goodness*...

No andar de baixo ouviram um barulho; Santos Huesos acabava de chegar. Assim que se deu conta de que o patrão não estava sozinho — com seu olfato capaz de detectar as tensões a três léguas de distância —, o criado percebeu que estava sobrando e voltou a desaparecer, silencioso.

A essa altura, Sol Claydon havia recuperado a compostura.

— Enfim, turvas questões familiares com as quais não quero mais distraí-lo, sr. Larrea — disse, devolvendo a cordialidade a seu tom de voz.

— Acho que já está na hora de eu parar de roubar seu tempo; como lhe disse quando cheguei, com esta visita pretendia apenas lhe dar as boas-vindas. E talvez, no fundo, também buscasse um reencontro com meu passado nesta casa antes de lhe dizer adeus definitivamente.

Ela hesitou um instante, como se não estivesse totalmente segura da conveniência de suas palavras.

— Sabe, durante alguns anos, achamos que as herdeiras de Luis seriam minhas filhas. Assim constava em seu primeiro testamento.

Uma mudança testamentária de última hora? Por todos os tormentos do inferno! Uma mudança imprevista que beneficiava Gustavo Zayas e Carola Gorostiza? E, por extensão, ele próprio. Um suor frio percorreu suas costas. Corte as amarras, compadre. Desvincule-se, fique longe disso; a maldita irmã de seu consogro já complicou as coisas o bastante para você.

Tentando esconder seu desconcerto, ele respondeu com a mais absoluta sinceridade:

— Eu não tinha a menor ideia.

— Pois temo que assim tenha sido.

Se Sol Claydon fosse outro tipo de mulher, talvez houvesse despertado nele, em meio a seus receios, pelo menos uma pontada de compaixão. Mas a última dos Montalvo estava muito longe de se prestar a causar pena.

Por isso, não lhe deu oportunidade de reagir.

— Tenho quatro filhas, sabia? A mais velha tem dezenove anos, a caçula acaba de fazer onze. Metade inglesas, metade espanholas.

Uma pausa brevíssima, e em seguida uma pergunta que, como quase todas, pegou-o no contrapé.

— Tem filhos, Mauro?

Ela o chamou pelo nome, e algo se revirou dentro dele. Fazia muito tempo que nenhuma mulher adentrava o perímetro de sua intimidade. Muito tempo.

Engoliu em seco.

— Dois.

— E esposa? Há uma sra. Larrea esperando-o em algum lugar?

— Há muitos anos que não.

— Sinto muito. Meu marido é inglês; vivíamos em Londres, mas sempre íamos e vínhamos com relativa frequência, até que nos estabelecemos aqui permanentemente há quase dois meses. Espero que nos dê a honra de jantar conosco em alguma oportunidade.

Com aquele convite etéreo que nada concluía nem acordava, ela deu por encerrada sua visita. Em seguida, dirigiu-se à ampla escadaria que um dia tinha sido uma das joias da casa e lançou um olhar de desagrado para o corrimão coberto por uma crosta de sujeira. Diante de seu estado e a fim de não se sujar, decidiu por não o tocar e começou a descer as escadas sem se apoiar nele, erguendo a saia para que os pés não se enroscassem entre as anáguas e a sujeira do mármore meio úmido.

Ele estava ao seu lado em três passos largos.

— Tenha cuidado. Apoie-se em mim.

Dobrou o braço direito e ela o segurou com naturalidade. E apesar de entre ambos se interporem várias camadas de roupa, ele sentiu a pulsação e a pele dela. Então, movido por algo sem nome nem registro em sua memória, colocou a mão grande e esmagada sobre a luva de Sol Claydon, de Soledad Montalvo, da mulher que era agora e da menina que tinha sido. Como se quisesse reforçar seu apoio para prevenir uma queda lamentável. Ou como se quisesse lhe assegurar que, apesar de ter privado suas filhas de seu patrimônio e de ter virado sua vida de ponta-cabeça, aquele desconcertante indivíduo chegado do outro lado do oceano, com sua cara de indiano oportunista e suas meias verdades, era um homem em quem podia confiar.

Desceram de braços dados e em silêncio, degrau por degrau, sem trocar uma palavra. Separados por seus mundos e seus interesses, unidos pela proximidade dos corpos.

Ela murmurou obrigada ao se soltar, ele respondeu com um rouco não há de quê.

Enquanto contemplava suas costas esbeltas e o roçar da saia sobre o piso ao atravessar o saguão, Mauro Larrea teve a certeza de que na alma daquela luminosa mulher havia sombras escuras. E com um nó no estômago, teve também a intuição de que acabava de adentrar essas sombras.

Perdeu-a de vista quando ela saiu à rua de la Tornería. Só então se deu conta de que mantinha cerrado o punho que segurara a mão dela, como se não quisesse deixá-la ir.

CAPÍTULO 29

Conversavam uma vez mais à mesa da sala de jantar gaditana dos Fatou, com os antepassados observando atentos das paredes, os churros quentinhos em cima da mesa e o chocolate grosso nas xícaras do dote da recém-casada. Havia acabado de lhes comunicar que decidira se estabelecer em Jerez.

— Acho que é o mais sensato; assim será mais confortável negociar com os potenciais compradores e atender às obrigações que a transação for gerando.

— Diga, sr. Mauro, se não for impertinência — perguntou timidamente Paulita. — Essa residência onde vai viver, está em boas condições? Porque se precisar de alguma coisa...

Olhou para o marido antes de terminar a frase, como se buscasse colaboração.

— Evidentemente, basta nos dizer — concluiu ele. — Utensílios, móveis, tudo aquilo com que ache que possamos ajudá-lo a se estabelecer. Temos montes de tudo nos depósitos; os tristes falecimentos de vários membros da família nos obrigaram a fechar três casas nos últimos anos.

Por Deus, seria fácil dizer sim. Aceitar o sincero oferecimento do jovem casal, encher até duas carroças com boas poltronas e colchões, cristaleiras, biombos e guarda-roupas que devolvessem a sua triste casa nova um mínimo de conforto. Mas o mais sensato era não criar vínculos, não gerar compromissos além do necessário.

— Eu agradeço infinitamente, mas acho que já abusei o suficiente da sua boa vontade.

Havia voltado sozinho a Cádis na noite anterior; Santos Huesos ficara no casarão da rua de la Tornería. Administre bem, rapaz, dissera ao lhe entregar dinheiro antes de partir. As passagens de Havana já haviam custado uma boa parte de seu escasso capital, era melhor se controlar.

— Saia assim que amanhecer e veja o que encontra para ajeitar dois quartos para nós dois; o resto manteremos fechado. Procure gente para limpar, compre o imprescindível, e veja quantas das relíquias dos proprietários anteriores podem nos servir.

— Não é que eu queira contrariá-lo, patrão, mas acha mesmo que vamos viver aqui?

— O que foi, Santos Huesos? Anda muito delicado ultimamente. Onde você cresceu? Não foi na mata da serra de San Miguelito? E eu, não nasci em uma mísera ferraria? E as noites de Real de Catorce que passamos ao relento entre fogueiras, já esqueceu? E mais próximo, o caminho com os chinacos do México a Veracruz? Ande logo e deixe de frescura, está parecendo uma solteirona a caminho da missa ao amanhecer.

— Não quero falar do que não me diz respeito, sr. Mauro, mas o que vão pensar quando souberem que está vivendo nesta ruína de casa, se toda essa gente acha que o senhor é um milionário da prata mexicana?

Um extravagante milionário chegado de ultramar, exatamente. Essa devia ser sua fachada. Que lhe importava o que iam pensar, se assim que conseguisse liquidar seus assuntos partiria por onde chegara e ninguém naquela cidade jamais tornaria a ouvir falar dele?

Apesar de suas negativas, o cachorrinho fiel que Fatou tinha por esposa não resistiu e cumpriu seu papel. Assim vira sua mãe e sua sogra se comportarem em vida, e assim queria conduzir o governo doméstico de seu próprio casamento: sem dúvida, aquela era a primeira oportunidade que tinha de atuar como anfitriã de um desconhecido de tal porte e importância. Por isso, no meio da manhã, enquanto ele recolhia suas últimas coisas e fechava os baús, questionando-se pela décima vez se aquela mudança era ou não um desatino, Paulita bateu com timidez na porta do quarto.

— Desculpe a invasão, sr. Mauro, mas tomei a liberdade de separar alguns jogos de cama e outras coisinhas para que se instale com conforto. Quando voltar a Cádis para embarcar, o senhor nos devolve. Se, como disse, sua nova residência está há um bom tempo fechada, mesmo que esteja bem provida do necessário para ocupá-la, sem dúvida a umidade e o mau cheiro devem ter se acumulado.

Deus a abençoe, criatura, quase lhe disse. E quase beliscou suas bochechas, agradecido, ou acariciou seu cabelo como quem mima um cãozinho. Manteve a compostura, porém.

— Já que teve tanto trabalho, seria muito indelicado de minha parte não aceitar sua gentileza; prometo devolver tudo em perfeito estado.

A tosse do mordomo Genaro soou às suas costas.

— Desculpem se os interrompo, senhorita. O sr. Antoñito mandou entregar isto ao sr. Mauro.

— Sr. Antonio e senhora, Genaro — sussurrou a jovem, instruindo o velho certamente pela enésima vez. — Agora já somos sr. Antonio e senhora, Genaro, quantas vezes terei que repetir?

Tarde demais para mudar de hábitos, deve ter pensado o velho criado sem se alterar. Vira os dois nascerem. Ignorando a inocente esposa, depositou na mão do hóspede um pequeno pacote timbrado com um punhado de selos havaneses e a impecável caligrafia de Calafat.

— Vou deixá-lo com sua correspondência, não o interrompo mais — concluiu Paulita.

Ela teria gostado de observá-lo enquanto verificava o conteúdo do que lhe emprestava, para que visse o esmero que havia dedicado à tarefa. Quatro jogos de lençóis de linho, meia dúzia de toalhas de algodão, duas toalhas de mesa de organza bordada. Tudo perfumado com cânfora e alecrim, mais algumas mantas de lã de Grazalema, mais velas de cera branca e lamparinas a óleo, mais...

Quando acabou de repetir mentalmente a lista, a jovem continuava parada na galeria e ele já havia se entrincheirado em seu quarto. À falta de um abridor de cartas, rasgou o papel com os dentes. Tinha pressa. Tinha urgência de saber, tanto se as notícias procedessem diretamente do velho banqueiro, como se, por meio dele, como haviam combinado, chegassem notícias dos seus do México. Para sua sorte, havia de tudo.

Começou com Andrade, ansioso por saber o que ele havia descoberto sobre o paradeiro de Nicolás. Localizado, dizia. Em Paris, efetivamente. Sentiu uma onda de alívio. Mariana lhe dará os detalhes, leu. Em seguida, uma atualização sobre seus calamitosos assuntos financeiros e alguns comentários superficiais sobre o país que deixara. As dívidas estavam mais ou menos em ordem, mas além de a casa de San Felipe Neri estar por um fio, não restava nem uma vassoura velha do que fora um dia seu generoso patrimônio. O México, por sua vez, continuava fervendo como um caldeirão: as guerrilhas reacionárias contra Juárez continuavam fazendo das suas, liberais e conservadores não encontravam a paz. Os amigos e conhecidos perguntavam por ele aonde quer que Andrade fosse: no Café del Progreso, na saída da missa na Profesa, nas apresentações no Coliseo. A todos respondia que seus negócios no estrangeiro prosperavam como nunca. Ninguém suspeita, mas resolva as coisas logo, Mauro, por tudo que há de mais sagrado, eu lhe peço. Os Gorostiza continuam planejando o casamento, mas seu filho parece não saber quando volta. Voltará, porém, assim que acabar o pouco dinheiro que possa lhe restar. Por sorte, ou infelizmente, já não podemos mandar-lhe nem um mísero peso. Concluía com um Deus lhe guarde, irmão, e um P. S.: De Tadeo e Dimas Carrús, por ora, não tive mais notícias.

Depois, leu a longa carta de Mariana, com os pormenores sobre Nico. Um irmão do noivo de uma amiga havia se encontrado com ele uma madrugada em Paris. Em uma *soirée* na Place des Vosges, na residência de uma dama chilena de tipo um tanto libertino. Cercado por outros filhos das jovens repúblicas americanas, com várias taças de champanhe na cabeça e bastante incerto a respeito de seu imediato retorno ao México. Talvez retorne em breve, dissera. Talvez não. Mauro quase amassou o papel entre os dedos. Maldito descerebrado, sem-vergonha, murmurou. E a menina dos Gorostiza penando por ele. Acalme-se, homem, ordenou-se. Pelo menos foi localizado e está inteiro, o que já é muito. Se bem que, como havia observado o procurador, àquela altura devia estar com pouco dinheiro para continuar levando a vida boa. E então, não teria remédio a não ser voltar, e os lobos espreitariam de novo. Preferiu não parar para pensar e prosseguir com a carta da filha, rica em frivolidades: o bebê continuava crescendo em seu ventre, ia se chamar Alonso como o pai, se fosse menino, e a sogra insistia em que fosse outra Úrsula, caso nascesse menina; ela estava cada dia mais grávida, passava o dia comendo biscoitinhos e pé de moleque. Sentia saudades imensas, infinitas.

Ao terminar de ler, olhou a data: com uma conta rápida e um nó no estômago, calculou que sua Mariana devia estar, naqueles dias, prestes a dar à luz.

Finalmente foi a vez de Calafat. O banqueiro lhe enviava algo que tinha chegado de uma cidade do interior no dia seguinte a seu embarque em Havana. A carteira de identidade espanhola de Luis Montalvo e o atestado de óbito e posterior enterro na Parroquial Mayor de Villa Clara. A certidão que ela está esperando, pensou em referência a Sol Claydon. E, como um fulgor, voltaram-lhe à memória seu rosto lindo, seu porte. Sua sutil ironia, sua elegante integridade, suas costas ao partir. Continue lendo, não se distraia, ordenou a si mesmo. Apesar de não ter remetente, o banqueiro não parecia ter dúvida acerca da procedência de tudo aquilo: o próprio Gustavo Zayas o enviara da província de Las Villas, onde tinha seu cafezal. E o destinatário, também não indicado, não era sua prima nem o médico de Jerez de quem ela falara, e sim o próprio Mauro Larrea. Caso necessitasse justificar em algum lugar os dados que constam, dizia o ancião. Ou para entregar a quem interessasse.

* * *

Na manhã seguinte deixou Cádis para trás assim que despontou o amanhecer. Seus dois baús e a arca de roupa branca o acompanhavam; o saco com o dinheiro da condessa ficou bem guardado na casa Fatou.

Quando chegou a Jerez, o saguão e o pátio estavam bem menos encardidos do que nos dias anteriores.

— Santos Huesos, assim que voltarmos à América, vou a cavalo até o Altiplano Potosino e vou pedir a seu pai sua mão em casamento.

O *chichimeca* riu apertando os dentes.

— Foi só soltar umas moedinhas ali e aqui, patrão.

A sujeira havia diminuído parcialmente no pátio, na escada e no piso da galeria; além disso, haviam varrido e lavado os salões principais, e os poucos móveis que antes andavam esparramados pelos aposentos e sótãos haviam sido recolocados juntos no antigo salão de jogos, compondo algo parecido com um aposento medianamente habitável.

— Trazemos a bagagem?

— É melhor deixarmos tudo a tarde inteira na porta, à vista de qualquer um que passar pela rua. Que todo o mundo pense que chegamos bem apetrechados; ninguém tem que saber que isso é tudo o que temos.

E assim ficaram expostos os suntuosos baús de couro, com seus arremates e fechos de bronze, ao alcance de todos os olhares que quiseram assomar à cancela atrás dos portões escancarados. Até o cair da tarde, quando por fim os carregaram nas costas e os levaram para o andar superior, os dois juntos.

Passaram a primeira noite sem sobressaltos, ao abrigo da roupa de cama emprestada pela doce Paulita. Ao amanhecer, Mauro foi acordado por um galo em um curral próximo, e os sinos da San Marcos o puseram em pé. Santos Huesos já havia deixado preparado meio barril de vinho cheio de água, pronto para seu asseio, no pátio dos fundos; depois, serviu-lhe o café da manhã no aposento que um dia abrigou a mesa de bilhar.

— Juro pelos meus filhos que você vale seu peso em ouro, homem.

O criado sorriu em silêncio enquanto ele devorava o café da manhã sem perguntar de onde haviam saído o pão e o leite e aquele aparelho de louça de pedernal pela metade, bonito, embora um tanto lascado. Comeu sem pressa: sabia que depois do café não poderia adiar mais o que andava ruminando desde o dia anterior. Incapaz de tomar a decisão sozinho, pegou uma moeda e decidiu deixar nas mãos do acaso.

— Escolha uma das mãos, rapaz — propôs, pondo as duas mãos nas costas.

— Tanto faz o que eu tire.

— Escolha, por favor.

— Direita, então.

Abriu a mão vazia, não sabia se para o bem ou para o mal. Se a outra, a esquerda, a que continha a moeda, tivesse sido escolhida, isso significaria que teria que ir à casa de Sol Claydon a fim de compartilhar com ela os documentos de seu primo Luis Montalvo, algo em que pensava desde que abrira o pacote de Calafat, em Cádis. Afinal de contas, em Jerez ela era, se não sua herdeira legal, pelo menos sua legatária moral. O baixinho, dissera ela. E pela enésima vez recordou seu rosto e sua voz, seus longos braços estendidos ao lhe mostrar onde ficava a velha mesa de bilhar, a leveza de sua mão, sua cintura fina e seu andar harmonioso ao partir. Deixe de bobagens, idiota, gritou sem voz a sua consciência. Mas o criado havia escolhido a mão direita. Então, você fica com os papéis; todo o mundo aqui já sabe que o primo está morto, o tabelião Senén tem todas as garantias. Você fica com eles, embora não faça ideia de por que nem para quê.

— Santos — levantou-se, decidido —, fique aqui terminando de ajeitar tudo enquanto eu saio para resolver umas coisas.

Sua primeira visita ao exterior da adega tinha sido de carruagem e acompanhado pelo tabelião; agora, sozinho, a pé e desorientado, chegar até lá foi complicado. Um labirinto infernal de ruelas estreitas formava o emaranhado da velha Jerez árabe; as imponentes casas ensolaradas de famílias ilustres com brasões nobiliários misturavam-se com outras mais populares, em uma singular miscelânea arquitetônica. Duas vezes teve que voltar atrás, em mais de uma ocasião parou para perguntar a algum transeunte, até que, por fim, conseguiu encontrar a adega na rua del Muro. Mais de trinta varas de muro de esquina, implorando uma demão de cal. Junto ao portão de madeira, dois velhos sentados em um banco de pedra.

— Que a paz de Deus esteja com o senhor — disse um.
— Estamos esperando o senhor há alguns dias.

Os dois juntos tinham menos de oito dentes e mais de um século e meio de idade. Rostos de pele curtida como couro velho, com sulcos em vez de rugas. Levantaram-se com certa dificuldade, tiraram os chapéus surrados e fizeram uma respeitosa reverência.

— Tenham um bom-dia, senhores.
— Ouvimos por aí que o senhor ficou com as propriedades do sr. Matías, e estamos aqui, ao seu dispor.
— Na verdade, não sei...
— Para lhe mostrar a adega por dentro e lhe contar tudo que quiser saber.

Extremamente gentil esse pessoal de Jerez, pensou. Às vezes tomavam a forma de belas mulheres, às vezes de corpos secos à beira da sepultura, como aqueles dois.

— Já trabalharam alguma vez? — perguntou Mauro, estendendo a mão a ambos.

E pelo simples toque caloso e áspero das palmas dos velhos, antecipou que a resposta era sim.

— Este seu criado foi carregador da casa durante trinta e seis anos, e este meu parente um pouco mais. Chama-se Marcelino Cañada e é surdo como uma porta. Melhor falar comigo. Severiano Pontones, a seu dispor.

Ambos usavam alpargatas gastas pelas pedras das ruas, calças de pano grosseiro e uma larga faixa negra na cintura.

— Mauro Larrea, agradecido. Estou com a chave.
— Não é necessário, meu senhor; basta empurrar.

Bastou um bom impulso com o ombro para que o postigo de madeira cedesse, deixando à vista uma grande esplanada retangular flanqueada por filas de acácias. Ao fundo, uma construção com telhado de duas águas. Sóbria e alta, um dia devia ter sido inteira branca, quando a pintavam uma vez por ano. Agora tinha manchas pretas e mofadas na parte inferior.

— Aqui, deste lado, ficam os escritórios, onde cuidavam das contas e da correspondência — disse o surdo elevando a voz e apontando para a esquerda.

Mauro se aproximou com três passos largos e olhou por uma das janelas. Dentro viu apenas teias de aranha e sujeira.

— Faz anos que retiraram os móveis.
— Como?
— Eu disse ao novo dono que faz anos que retiraram os móveis!
— Nossa Senhora, muitos anos...
— E ali ficava a mesa do sr. Matías, seu escritório. E a do administrador.
— Essa era a sala para receber as visitas e os compradores.
— E ali atrás, a tanoaria.
— Como?
— A oficina, Marcelino, a oficina!

Continuou caminhando sem prestar atenção na gritaria, até chegar à construção principal. Embora parecesse fechada, intuiu que a grande porta cederia com a mesma facilidade que a porta da rua.

Apoiou o peso do flanco esquerdo do corpo nela e empurrou.

Quietude. Descanso. E um silêncio na penumbra que fez estremecer seus ossos. Foi o que notou ao entrar. Tetos altíssimos atravessados por vigas de madeira à vista, chão de terra, a luz filtrada por esteiras de palha trançada penduradas nas janelas. E o cheiro. Aquele cheiro. O aroma de vinho que pairava nas ruas e que ali se multiplicava por cem.

Quatro naves se comunicavam por meio de arcos e pilares estilizados. A seus pés dormiam centenas de barris de madeira escura, espalhados por toda a superfície, sobrepostos em três fileiras.

Ordenados, escuros, serenos.

Atrás dele, como em sinal de respeito, os velhos carregadores pararam de falar.

CAPÍTULO 30

Retomou seus afazeres confuso, com as pupilas e o nariz impregnados de adega. Com estranheza, desconcertado pela sensação. O trecho seguinte do caminho o levou ao cartório do sr. Senén Blanco para lhe comunicar que havia decidido se estabelecer em Jerez durante a espera. E o movimento seguinte foi percorrer de novo a estreita rua de la Tornería. De volta.

— Tivemos visita, patrão.

Santos lhe entregou algo que Mauro ao mesmo tempo esperava e não esperava: um envelope com selo de cera azul no verso. Dentro, um bilhete curto escrito em letra pequena e firme sobre papel grosso cor de marfim. O sr. e a sra. Claydon tinham a honra de convidá-lo para jantar no dia seguinte.

— Ela veio?

— Mandou uma criada, uma estrangeira.

À tarde fecharam os portões para que ninguém o visse arregaçar as mangas e trabalhar ombro a ombro com seu criado a fim de continuar arrumando o casarão. Meio descamisados, com o vigor que em outros tempos usaram para descer aos poços e atravessar galerias subterrâneas, agora arrancavam mato e ervas daninhas, consertavam azulejos, telhas e lajotas. Cobriram-se de sujeira e arranhões, amaldiçoaram, blasfemaram, cuspiram. Até que o sol se pôs e não tiveram mais remédio a não ser parar.

A manhã seguinte foi ocupada com o mesmo trabalho. Impossível calcular quanto tempo duraria sua estadia entre aquelas paredes, por isso, melhor seria reparar o imóvel, caso a coisa demorasse. E, de quebra, trabalhando com as mãos e com a força bruta, como quando tirava prata do fundo da terra, Mauro Larrea mantinha a mente ocupada e as horas passavam.

Já havia escurecido quando partiu para a Plaza del Cabildo Viejo. Chamavam-na também de Plaza de los Escribanos, por conta da atividade matutina que os escreventes realizavam sob a sombra de suas tendas, atendendo a demandantes, pleiteadores, mães de soldados e apaixonados: a qualquer um que precisasse transcrever com pluma e papel aquilo que fervia em sua cabeça e em seu coração. Antes, com a última luz da tarde, seminu no pátio dos fundos, havia se esfregado conscienciosamente com um dos sabonetes de bergamota que Mariana colocara em sua bagagem, e se barbeara diante de um espelho rachado que Santos Huesos encontrara em algum sótão. Vestiu-se, depois, com seu melhor fraque e até resgatou de um dos baús uma garrafa de óleo de Macassar, cujo conteúdo espalhou generosamente pelo cabelo. Fazia tempo que não dedicava tanto esmero a sua própria pessoa. Controle-se, homem, recriminou-se quando se deu conta da razão por que estava fazendo aquilo.

As lindas fachadas que adornavam a praça durante o dia — a prefeitura renascentista, San Dionisio com seu estilo gótico e as imponentes mansões —, haviam se transformado em sombras àquela hora, quando o bulício da rua ainda não havia decaído totalmente, mas já começava a diminuir. Mauro Larrea jamais teria pensado, no México, em ir a um jantar a pé; sempre fora de carruagem, com o cocheiro Laureano enfiado em uma vistosa libré e suas éguas luxuosamente adornadas. Agora andava pelas ruas tortuosas da velha cidade árabe com as sequelas do trabalho bruto cravadas como grandes agulhas nos músculos e as mãos enfiadas nos bolsos. Sentindo o cheiro de vinho no ar, desviando de poças e de cães vira-latas, envolvido em um universo alheio. Contudo, estava longe de se sentir mal.

Apesar da pontualidade, demoraram a responder aos golpes na suntuosa aldraba de bronze. Até que apareceu um mordomo calvo e magro que o fez entrar. No chão do saguão, pisou uma maravilhosa rosa dos ventos feita com incrustações de mármore. *Good evening, sir, please, come in*, dissera-lhe em inglês enquanto o acompanhava a um gabinete à direita do pátio central; um lindo pátio fechado por uma cobertura de vidro — diferente do pátio aberto de sua própria residência mexicana e do da casa que agora ocupava em Jerez.

Ninguém foi recebê-lo quando o mordomo se retirou. Costume estrangeiro, deve ser, pensou. Também não apareceu nenhum criado; nem ouviu o barulho do vaivém doméstico anterior a um jantar; nem a voz ou os passos de uma das quatro filhas da família.

Acompanhado pelo compasso pesado de um soberbo relógio sobre a lareira acesa, optou por observar, com certa curiosidade, o habitat da última descendente dos Montalvo. Os óleos e as aquarelas pendurados nas paredes, os tecidos pesados, os vasos cheios de flores frescas sobre colunas de alabastro. Os grossos tapetes, os retratos, as lamparinas. Haviam se passado mais de dez minutos quando por fim ouviu seus passos no vestíbulo e a viu entrar irradiando pressa e elegância, acabando de ajeitar as pregas da saia, esforçando-se para sorrir e parecer natural.

— Deve estar pensando, com toda a razão, que nesta casa somos uns grosseiros. Rogo que nos perdoe.

Sua presença apressada o abstraiu e o envolveu de tal maneira que durante alguns instantes sua mente não registrou mais nada. Ela chegou vestida de noite, envolvida em veludo verde com os ombros ossudos e harmoniosos de fora, a cintura apertada e um decote pronunciado até o limite exato para não perder a elegância.

— E suplico, por favor, que desculpe especialmente meu marido. Assuntos imprevistos o obrigaram a deixar Jerez; lamento muito, mas receio que ele não poderá nos acompanhar esta noite.

Esteve a ponto de dizer: eu não. Eu não lamento, minha senhora; não lamento em absoluto. Provavelmente ele é um homem interessante. Viajado, educado, distinto. E rico. Um *gentleman* inglês. Mas, mesmo assim.

Optou, porém, por ser cortês.

— Nessas circunstâncias, talvez prefira cancelar o jantar; haverá outra oportunidade.

— De jeito nenhum, nem pensar, nem pensar — insistiu Sol Claydon um tanto acelerada.

Parou um instante, como se ela mesma de repente percebesse que devia se acalmar. Era evidente que algo a havia ocupado até aquele momento e que ainda continuava movida pela inércia. As demandas devido à ausência do marido, talvez as turbulências adolescentes de alguma de suas filhas, ou quem sabe um pequeno problema com os criados.

— Nossa cozinheira — acrescentou — nunca me perdoaria. Nós a trouxemos conosco de Londres e ainda não teve oportunidade de mostrar seus dotes para nossos convidados.

— Nesse caso...

— Além disso, caso esteja imaginando que vai se entediar jantando apenas comigo, advirto-lhe que teremos companhia.

Não foi capaz de adivinhar se havia alguma ironia em suas palavras; faltou-lhe tempo, porque justo naquele momento, embora não houvesse ouvido antes a aldraba da porta principal, alguém entrou no salão.

— Finalmente, Manuel, *my dear.*

Em seu cumprimento descarregou um alívio que a ele não passou despercebido.

— O dr. Manuel Ysasi é nosso médico; um velho e querido amigo da família, assim como seu pai e seu avô. Ele é o encarregado de cuidar de todos os nossos mal-estares. E Mauro Larrea, como já lhe contei, meu caro, é...

Mauro preferiu se antecipar:

— O intruso que vem de além-mar; prazer.

— Prazer em conhecê-lo, finalmente; já me falaram sobre o senhor.

E a mim também, pensou enquanto lhe estendia a mão. Você foi o médico do baixinho e o único a quem Zayas, de Cuba, comunicou a morte do primo. A você, e não à prima-irmã dos dois. Sabe-se lá por quê.

Uma criada impecavelmente uniformizada chegou, então, com uma bandeja pronta para servir um aperitivo. A conversa se manteve trivial. Relaxaram os tratamentos: o dr. Ysasi, com sua constituição macérrima e sua barba preta como carvão, passou a ser somente Manuel, enquanto ele se transformou definitivamente em Mauro para os outros dois. O que achou de Jerez, quanto tempo pensa em ficar, como é a vida no Novo Mundo emancipado? Perguntas vazias e respostas leves. Até que o mordomo anunciou o jantar em seu mais polido inglês.

— *Thank you, Palmer* — respondeu ela com o tom firme de dona da casa.

E, em voz baixa e cúmplice, apenas para eles, acrescentou:

— Ele está tendo muita dificuldade para aprender o espanhol.

Atravessaram o amplo vestíbulo e subiram ao andar nobre, à sala de jantar. Paredes forradas com cenas orientais, móveis Chippendale. Dez cadeiras em volta da mesa, toalha de linho, dois altos candelabros e mesa posta para três.

Começou o movimento às suas costas; serviram os vinhos em decantadores de cristal trabalhado com boca e asa de prata. Os pratos, a conversa e as sensações começaram a se suceder.

— E agora, para acompanhar as aves — indicou a anfitriã —, o que os acertados paladares de Jerez aconselhariam seria um bom amontillado. Mas meu marido previu tirar algo diferente de nossa adega. Espero que gostem do borgonha.

Ergueu a taça com delicadeza; a luz das velas realçou em seu conteúdo intensos reflexos avermelhados que ela e o doutor contemplaram com admiração. Ele, porém, aproveitou o momento para olhar para ela uma vez mais sem ser notado. Os ombros nus em contraste com o veludo cor de musgo do vestido. O pescoço longo, a clavícula delicada. As maçãs do rosto altas, a pele.

— Romanée Conti — continuou ela, alheia. — Nosso favorito. Depois de longas negociações, há quatro anos Edward conseguiu ser seu representante exclusivo para a Inglaterra; é algo que nos honra e nos enche de orgulho.

Degustaram o vinho admirando o corpo e o aroma.

— Magnífico — murmurou Mauro, sincero, depois de prová-lo. — E já que falamos nesse assunto, sra. Claydon...

— Sol, por favor.

— Já que falamos nesse assunto, Sol, pelo que entendi, e peço que desculpe minha curiosidade e minha ignorância, seu atual negócio não é exatamente fabricar vinhos como foi o de sua família, e sim vender o que os outros fabricam, é isso?

Ela pousou a taça sobre a mesa, depois deixou que lhe servissem as carnes cortadas antes de responder. E então, ergueu sua voz envolvente. Para ele.

— Isso mesmo, mais ou menos. Edward, meu marido, é o que em inglês se conhece como *wine merchant*, algo que não corresponde totalmente à ideia de um comerciante à espanhola. Ele, em geral, não vende vinhos para consumo direto; é, digamos, um agente, um *marchand*. Um importador com conexões internacionais que busca, e tenho de reconhecer que geralmente encontra, vinhos excelentes em diversos países, e se encarrega de que cheguem à Inglaterra nas melhores condições possíveis. Portos, madeiras, clarets de Bordeaux. Representa, ainda, várias adegas francesas das zonas de Champagne, Cognac e Borgonha, prioritariamente.

— E, evidentemente — interrompeu o médico com confiança —, encarrega-se também de que nossos vinhos de Jerez cheguem ao Tâmisa. Graças a isso se casou com uma nativa daqui.

— Ou por isso a nativa de Jerez se casou com um *wine merchant* inglês — contrapôs ela com graça cheia de ironia. — Para maior glória de nossas casas. E agora, Mauro, fale de você, por favor. Além das transações imobiliárias que o trouxeram a esta terra, o que faz exatamente, se não for indiscrição?

Recitou pela enésima vez seu discurso, esforçando-se para parecer articulado e verdadeiro. As tensões internas no México e os atritos com os países europeus, seu interesse em diversificar negócios e todo o tolo blá-blá-blá que havia reunido desde que os desvarios de sua extravagante consogra lhe forneceram um argumento que — para sua surpresa — acabou resultando crível aos ouvidos de todo o mundo.

— E antes de decidir abrir caminho fora do México, qual era seu trabalho lá?

Continuavam degustando o faisão com castanhas e o maravilhoso vinho, levando aos lábios os guardanapos de linho, conversando de maneira natural. A cera branca das velas diminuía em altura; do marido não falaram mais enquanto a lareira continuava crepitando e a noite fluía agradavelmente. Talvez por isso, por essa momentânea sensação de bem-estar que fazia tanto tempo não sentia nos ossos — embora antecipasse que suas palavras iam disparar a cólera distante de seu procurador —, preferiu não se reprimir.

— Na realidade, nunca fui mais que um minerador em cuja porta a sorte bateu em algum momento da vida.

O garfo de Sol Claydon ficou a meio caminho entre o prato e a boca. Dois segundos depois, tornou a depositá-lo sobre a porcelana de Crown Derby, como se o peso do talher atrapalhasse sua concentração. Agora se encaixavam as duas facetas desconcertantes do novo proprietário de seu legado familiar. Por um lado, o fraque impecável que usava naquela noite e a elegante sobrecasaca de pano fino que usava quando o conhecera, seu obstinado afã de comprar e vender, as maneiras e os gostos mundanos, seu saber estar. Por outro lado, os fortes ombros quadrados, os braços firmes que lhe ofereceram apoio ao descer a escada, as mãos grandes e curtidas cheias de cicatrizes, sua estrutura de intensa masculinidade.

— Empresário da mineração, suponho que quer dizer — sugeriu o dr. Ysasi. — Desses que arriscam seu dinheiro nas escavações.

— Nos últimos anos, sim. Mas antes padeci no fundo das jazidas de prata quebrando pedra nas trevas, suando sangue seis dias por semana para ganhar uma diária miserável.

Está dito, compadre, comunicou mentalmente a seu procurador. Agora, se quiser, grite até rasgar a alma. Mas eu tinha que falar; já que neste momento vivo uma grande mentira, entenda que pelo menos, quanto ao passado, eu precise dizer a verdade.

Andrade, de sua distância oceânica, não abriu a boca.

— Muito interessante — afirmou o médico com tom sincero.

— Nosso querido Manuel é um liberal, Mauro; um livre pensador. Flerta perigosamente com o socialismo; certamente não o deixará em paz até conhecer de cima a baixo sua história.

A sobremesa chegou enquanto a conversa continuava ágil, sem passar nem de longe pelos detalhes mais escabrosos que o haviam levado a Jerez: Gustavo Zayas, a morte do baixinho, sua obscura transação comercial. *Charlotte russe à la vanille*, a especialidade de nossa cozinheira, anunciou Soledad. E para acompanhar, a doçura de um Pedro Ximénez denso e escuro como ébano. Em seguida, passaram para a biblioteca: mais conversa descontraída entre xícaras de café aromático, taças de armagnac, doces turcos recheados de pistache e soberbos charutos das Filipinas que ela lhes ofereceu indicando uma pequena arca entalhada.

— Fiquem à vontade para fumar, por favor.

Achou estranho que ela precisasse lhes dar permissão; enquanto cortava a ponta de seu charuto, deu-se conta de que não havia visto uma única mulher fumando desde que desembarcara. Nada mais distante do México e de Havana, onde elas consumiam tabaco à mesma velocidade que os homens, e com idêntico deleite.

— E sobre seus filhos, Mauro — prosseguiu ela —, conte-nos.

Falou deles por alto enquanto os três permaneciam acomodados em confortáveis poltronas cercados de livros forrados de couro atrás de portas de vidro. Falou sobre a criança que Mariana daria à luz em breve, sobre a estadia de Nico na Europa e sobre seu casamento, já próximo.

— É difícil tê-los tão longe, não é? Embora para eles seja bem conveniente, pelo menos no nosso caso. Disso você está livre, querido Manuel, com sua férrea condição de solteiro.

— Suas filhas continuam na Inglaterra, então? — perguntou Mauro Larrea sem deixar que o médico respondesse.

Agora que as peças iam se encaixando, entendia melhor a inusitada quietude da casa.

— Sim; as duas menores, em um internato católico em Surrey, e as maiores em Chelsea, em Londres, sob os cuidados de bons amigos. Por nada deste mundo quiseram perder a diversão da cidade grande, você sabe: os bailes, o teatro, os primeiros pretendentes.

— A propósito, como as meninas se viram com o espanhol? — quis saber Ysasi.

Ela respondeu com uma gargalhada que elevou em vários graus a acolhedora temperatura da sala.

— Brianda e Estela, escandalosamente mal, devo confessar, para minha vergonha. Não há jeito de acertarem os erres, nem o *tú* e o *usted*. Com as mais velhas, Marina e Lucrecia, foi mais fácil, porque eu passava mais tempo com elas e levava muito a sério o empenho para que minhas filhas não perdessem uma parte substancial de sua identidade. Mas com as pequenas... enfim, as coisas foram mudando, e receio que se emocionam mais com o *Rule, Britannia!* do que com as *bulerías*[11], e são muito mais filhas da rainha Vitória que de nossa castiça Isabel.

Os três riram; bateram as onze horas; o doutor, então, propôs a retirada.

— Acho que está na hora de deixarmos nossa anfitriã descansar, não lhe parece, Mauro?

Desceram a escada lado a lado, desta vez sem se tocar. O mordomo entregou-lhes seus pertences; ela, na ausência do dono da casa, acompanhou-os praticamente até o saguão, ambos pisando o norte da rosa dos ventos gravada no chão. Ela estendeu a mão em despedida, ele a levou aos lábios, mal a roçou. Ao tocar e cheirar sua pele, dessa vez sem luvas, um estremecimento fugaz percorreu seu corpo.

---

[11] Canto popular andaluz de ritmo intenso, acompanhado por palmas. (N.T.)

— Foi uma noite muito agradável.

De soslaio, viu o dr. Ysasi alheio à despedida dos dois, pegando sua maleta de médico alguns metros distante; Palmer, o mordomo, segurava-lhe o capote enquanto dizia em sua língua frases incompreensíveis, e o doutor, concentrado, assentia.

— O prazer foi meu; espero que possamos repetir quando Edward voltar. Antes, talvez... Acho que ainda não conhece La Templanza[12], conhece?

Temperança. Era daquilo que seu ânimo necessitava: muita temperança, temperança aos montes. Mas duvidava que ela estivesse se referindo à virtude cardinal de que ele carecia fazia tanto tempo. Por isso, ergueu a sobrancelha.

— La Templanza, o vinhedo — esclareceu ela. — Ou melhor, o vinhedo que agora é de sua propriedade.

— Desculpe, não sabia que o vinhedo tinha nome.

— Como as minas, suponho.

— De fato, também costumamos batizar as minas.

— Pois o mesmo acontece aqui. Permita-me que o acompanhe para ver o vinhedo que foi da minha família, para que vá tomando contato com ele. Podemos ir em minha carruagem. Pode ser amanhã de manhã, por volta das dez?

E então, ela baixou a voz, e foi assim que Mauro Larrea soube de repente que os vinhos franceses e a sobremesa russa, a ausência de perguntas impertinentes, os charutos de Manila e, acima de tudo, a atração envolvente que aquela mulher exalava por todos os poros iam acabar tendo um preço.

— Preciso lhe pedir algo em particular.

---

[12] Em espanhol, *templanza* significa temperança, comedimento, moderação. Por isso o comentário do personagem principal em seguida. (N.T.)

CAPÍTULO 31

— Vocês de ultramar têm o costume de se deitar cedo ou aceita uma última taça?

O portão dos Claydon acabava de se fechar atrás deles, e Manuel lhe fez o convite.

— Nada me agradaria mais.

O médico se mostrara um excelente companheiro de conversa, um sujeito inteligente e agradável. E faria bem a ele tomar outro drinque para acabar de digerir as palavras imprevistas de Soledad Montalvo que ainda retumbavam em seus ouvidos. Uma mulher em busca de um favor. Outra vez.

Atravessaram a rua Algarve e dali passaram à rua Larga, que percorreram em toda a sua extensão até a porta de Sevilha.

— Espero que não se importe de irmos andando; herdei de meu pai uma velha carruagem para as urgências noturnas ou para o caso de ter que ir a alguma fazenda, mas normalmente ando a pé.

— Ao contrário, meu amigo.

— Já lhe adianto que não vamos encontrar muita agitação noturna. Apesar do crescente auge econômico, Jerez não deixa de ser uma cidade pequena, que ainda conserva muito da cidade moura que foi um dia. Não passamos de quarenta mil habitantes, embora tenhamos adegas para parar um trem: mais de quinhentas registradas pelo censo. A maioria da população, como suponho que já sabe, vive do vinho de maneira direta ou indireta.

— E a coisa não vai mal, pelo que posso perceber — apontou Mauro indicando as magníficas casas que iam aparecendo pelo caminho.

— Depende do lado em que o destino o tenha colocado. Pergunte aos trabalhadores das vinhas e quintas. Trabalham de sol a sol por meia dúzia de moedas, comem uns míseros gaspachos feitos com pão preto, água e três gotas de óleo, e dormem sobre um banco de pedra até voltar ao trabalho ao amanhecer.

— Já fui informado de suas inclinações socialistas, meu amigo — disse com uma ponta de ironia que o médico acolheu de bom grado.

— Há muita coisa positiva também, para ser sincero; não quero que fique com uma impressão ruim por minha culpa. Desfrutamos de iluminação pública a gás, por exemplo, como bem pode notar, e o prefeito anunciou que a água corrente está prestes a chegar do manancial do Tempul. Também temos uma estrada de ferro que serve sobretudo para levar os barris de vinho até a baía, uma boa quantidade de escolas primárias e um instituto de ensino secundário; e até uma Sociedad Económica del País cheia de homens notáveis e um hospital mais que decente. Até a prefeitura antiga, ao lado de casa de Sol Montalvo, foi transformada recentemente em biblioteca. Há muito trabalho nos vinhedos, especialmente nas adegas: carregadores, capatazes, tanoeiros...

Mauro Larrea não deixou de notar que Ysasi chamara Sol Claydon pelo nome de solteira, apesar de as leis inglesas destituírem as mulheres de seu sobrenome tão logo davam o sim diante do altar. Sol Montalvo, dissera ele, e com isso o médico atestava, involuntariamente, sua proximidade e a longa amizade entre os dois.

Continuavam conversando enquanto iam cruzando com as últimas almas do dia. Um engraxate, uma anciã completamente curvada que lhes ofereceu fósforos e papel de fumo, quatro ou cinco vagabundos. As vendas, os cafés e as tabernas da área mais central já haviam fechado as portas; a maioria dos moradores já estava abrigada em casa, em volta do braseiro. Um vigilante com uma lança afiada e lamparina a óleo os cumprimentou naquele momento com um Ave-Maria Puríssima por baixo do capote de tecido pardo.

— Contamos inclusive com vigilância armada à noite, como vê.

— Não parece nada mal, por Deus!

— O problema, Mauro, não é Jerez; aqui somos, na medida do possível, privilegiados. O problema é esse desastre de país do qual, por sorte, vocês, em quase todas as velhas colônias, já se emanciparam.

Não tinha a menor intenção de se envolver em discussões políticas acaloradas com o médico; seus interesses iam por outros caminhos. Agora que ele já lhe dera uma visão geral da cidade, era o momento de avançar para o particular. Da parte larga do funil para a estreita. Por isso, interrompeu-o.

— Esclareça-me uma coisa, Manuel, se não for incômodo. Suponho que a frutífera atividade dos adegueiros teve algo a ver com todos esses avanços, certo?

— Obviamente. Jerez sempre foi uma cidade de lavradores e vinhateiros, mas a alta burguesia adegueira e os grandes capitais que se movimentam por aqui nas últimas décadas são o que está determinando seu verdadeiro pulso atual. Os novos adegueiros estão jantando, se me permite a brincadeira, a secular aristocracia latifundiária da região: a que possuiu terras, palácios e títulos nobiliários desde a Idade Média e que agora recua diante do orgulho e do esplendor econômico dessa nova classe, oferecendo-lhes alianças matrimoniais com seus filhos e todo tipo de cumplicidades. Os Montalvo, na verdade, de certa forma foram um exemplo de como esses dois mundos estranhos entre si acabaram convergindo.

Era aí que queria eu chegar, meu amigo, pensou com uma ponta de disfarçada satisfação. A essa complexa família à qual o maldito destino quis me vincular. Ao clã da mulher que acaba de me convidar para jantar ostentando todas as suas graças e delícias para depois puxar um estilete e me convocar sabe Deus para quê. Fale, doutor, deixe a língua correr livremente.

Mas não foi possível; pelo menos não de imediato. Acabavam de deixar para trás a rua Larga; não se encontravam, de fato, muito longe de sua nova residência.

— Está vendo? Outra mostra do crescente auge da cidade, o Casino Jerezano.

Diante deles erguia-se uma grandiosa construção barroca ladeada por grandes janelas e varandas arejadas. À frente, um soberbo pórtico em duas peças de mármore branco e vermelho, colunas salomônicas nas laterais e uma magnífica sacada na parte superior.

Ficaram do lado de fora alguns segundos, admirando a fachada sob as estrelas.

— Imponente, não é? Pois fique sabendo que se trata de um imóvel alugado, enquanto terminam a nova sede. Este é o antigo palácio do marquês de Montana; o pobre homem só pôde desfrutá-lo durante sete anos antes de morrer.

— Entramos, então?

— Outro dia. Hoje vou levá-lo a um lugar parecido e diferente ao mesmo tempo.

Seguiram para a rua del Duque de la Victoria, que todos continuavam chamando de Porvera, porque seu traçado seguia à margem (*vera*) da velha muralha.

— No Casino Jerezano que acabamos de deixar se reúnem os médios e pequenos burgueses; conta com tertúlias interessantes e não poucas inclinações culturais. Mas o que acolhe os grandes patrimônios e a alta burguesia, os titãs que negociam com metade do mundo, a verdadeira aristocracia do vinho de sobrenome Garvey, Domecq, González, Gordon, Williams, Lassaletta, Loustau ou Misa é outro. Inclusive, há entre seus sócios algum Ysasi, embora não sejam do meu ramo. Umas cinquenta famílias, mais ou menos.

— Os sobrenomes parecem estrangeiros, muitos deles...

— Alguns são de origem francesa, mas o que predomina é a raiz britânica. A *sherry royalty*, dizem uns, porque é assim que se conhecem os vinhos de Jerez fora da Espanha, como *sherry*. E em uma época houve também homens lendários, que, assim como você, eram indianos retornados. Pemartín e Apezechea, por exemplo, já mortos, infelizmente, os dois.

Indiano retornado, maldito rótulo que lhe haviam posto. Mas, talvez, no fundo não fosse uma máscara ruim para ocultar sua verdade do mundo.

— Aqui está, caro Mauro — anunciou por fim o médico, parando diante de outro soberbo edifício. — Casino de Isabel II, o mais rico e exclusivo cassino de Jerez. Monárquico e patriótico até os ossos, como o nome revela, mas ao mesmo tempo muito anglófilo nos gostos e nas maneiras, quase como um *club* londrino.

— E é a esse seleto grupo que pertence um homem com suas ideias, doutor? — perguntou o minerador com uma ponta de ironia.

Ysasi soltou uma gargalhada enquanto cedia passagem a ele.

— Eu cuido da saúde de todos eles e da saúde de suas extensas proles, de modo que me tratam como um igual. Como se eu vendesse barris de vinho ao papa em pessoa em Roma. E nem preciso dizer que você mesmo, Mauro, se decidisse reerguer o negócio dos Montalvo, seria um igual.

— Receio que meus planos me levem em outra direção, meu caro amigo — ruminou Mauro ao entrar.

Nem de longe pairava no ar a infernal barulheira noturna dos cafés mexicanos ou havaneses; em vez disso, respirava-se um ar descontraído entre poltronas de couro e tapetes. Tertúlias, imprensa espanhola e inglesa distribuída pelas mesas, algumas partidas tranquilas, os últimos cafés. Todos homens, naturalmente; nem rastro de feminilidade.

Cheirava bem. A madeira polida com cera de carnaúba, a tabaco caro e a loções pós-barba estrangeiras. Acomodaram-se sob um grande espelho; um garçom não tardou a se aproximar.

— Brandy? — propôs o médico.
— Perfeito.
— Deixe-me surpreendê-lo.

O médico pediu algo que Mauro não entendeu, e o garçom, assentindo, não demorou a encher duas taças com o conteúdo de uma garrafa sem rótulo. Levaram-nas ao nariz, depois beberam. Aroma intenso primeiro, suave ao paladar depois. Voltaram a contemplar o tom caramelo ao balançar a bebida no cristal sob a luz das velas.

— Não é exatamente o armagnac de Edward Claydon.
— Mas não é nada mau. Também é francês?

O médico sorriu com certa ironia.

— Nem de longe. Jerezano, produto local. Feito em uma adega a menos de trezentas varas daqui.

— Não brinque comigo, doutor.

— Juro. Aguardente envelhecida em barris, nos mesmos barris de carvalho que antes criaram os vinhos. Alguns adegueiros empreendedores já estão começando a comercializá-lo. Dizem que chegaram a ele por puro acaso, quando um pedido encomendado na Holanda não foi pago e acabou envelhecendo sem vender. Mas tenho certeza de que isso deve ser apenas uma de tantas lendas, e que há mais nessa história que pura sorte.

— Parece-me bem digno, seja qual for sua origem.

— Conhaque espanhol, é como alguns estão começando a chamá-lo; duvido que os franceses gostem desse nome.

Voltaram a degustar a bebida.

— Por que Luis Montalvo deixou que tudo afundasse, Manuel?

Talvez tenha sido o calor do brandy que fez sua curiosidade fluir espontaneamente. Ou a confiança inspirada por aquele médico magro de barba negra e pensamento liberal. Já havia perguntado o mesmo ao tabelião bonachão no dia em que se conheceram, mas só tinha obtido uma resposta vaga. No primeiro encontro dos dois, Sol Claydon o levara por um passeio nostálgico pelo esplendor do clã, mas não lhe contara detalhe algum. Talvez o médico da família, mais científico e cartesiano, pudesse ajudá-lo de uma vez por todas a compreender a alma daquela estirpe.

Ysasi precisou de um novo trago antes de responder; em seguida, recostou-se na poltrona.

— Porque ele nunca se considerou digno de sua herança.

Antes que Mauro conseguisse processar essas palavras, às suas costas surgiu um senhor distinto, de barba cerrada e grisalha que lhe chegava à metade do peitilho.

— Muito boa noite, senhores.

— Boa noite, sr. José María — cumprimentou o médico. — Permita-me que lhe apresente...

Não pôde terminar a frase.

— Bem-vindo a esta casa, sr. Larrea.

— Sr. José María Wilkinson — indicou Ysasi, sem se surpreender com o fato de o recém-chegado conhecer o sobrenome do minerador — é o presidente do cassino, além de um dos adegueiros mais reputados de Jerez.

— E devoto número um dos eficazes cuidados médicos de nosso estimado doutor.

Enquanto o médico respondia ao elogio com um simples gesto de gratidão, o recém-chegado concentrou a atenção em Mauro.

— Já ouvimos falar do senhor e de seu vínculo com as antigas propriedades do sr. Matías Montalvo.

Apesar do sobrenome, o tal Wilkinson falava sem nenhum vestígio de sotaque inglês. Diante de suas palavras, assim como fizera o médico, um simples gesto de reconhecimento foi a resposta; ele preferiu não entrar em detalhes sobre seus propósitos. Nem o rastilho de pólvora com que Tadeo Carrús estava disposto a explodir sua casa em San Felipe Neri teria corrido tão rápido como as notícias naquela cidade.

— Embora, pelo que me consta, sua intenção não seja ficar, sinta-se à vontade, por favor, para desfrutar de nossas instalações durante o tempo que permanecer em Jerez.

Agradeceu formalmente a deferência e pensou que com isso ele concluiria a interrupção; mas o presidente não parecia ter pressa em deixá-los sozinhos.

— E se em algum momento mudar de ideia e decidir recuperar o vinhedo e a adega, conte conosco para o que precisar, e pode acreditar que falo em nome de todos os sócios. O sr. Matías foi um dos fundadores deste cassino, e em memória dele e de sua família, nada nos agradaria mais do que ver alguém devolver o esplendor ao que ele e seus antepassados ergueram com tanto empenho e carinho.

— Esses produtores de vinho são de uma raça especial, Mauro; aos poucos você os irá conhecendo — interveio Manuel Ysasi. — Competem ferreamente nos mercados, mas se ajudam, se defendem, se associam e até casam seus filhos entre si. Não pense que sua proposta é vã; essa oferta não é de palavras ao vento, e sim uma autêntica mão estendida.

Como se eu não tivesse nada mais urgente para fazer do que me meter com uma empresa em ruínas, pensou. Por sorte, Wilkinson não insistiu.

— De qualquer maneira, para que não deixe Jerez sem nos conhecer, vou pedir a nosso sócio e amigo Fernández de Villavicencio que mande lhe entregar um convite para o baile que oferece anualmente em seu palácio de Alcázar. Todo ano celebramos um acontecimento significativo vinculado a algum de nós, e desta vez o baile será em homenagem ao casal Claydon, por ocasião de seu recente retorno. Soledad, a esposa...

— É neta do sr. Matías Montalvo, eu sei — arrematou.

—Imagino, então, que já se conheçam. Excelente. Como disse, meu caro sr. Larrea, esperamos vê-lo no baile junto com o doutor.

Ysasi encheu de novo as taças assim que o produtor de vinho e sua grande barba se retiraram.

— Com certeza faremos um excelente par no baile, Mauro. O que prefere, polca ou polonesa?

Várias cabeças se voltaram ao ouvir sua sonora gargalhada.

— Deixe de bobagens, homem de Deus, e continue o que estava me contando. Vamos ver se consigo entender essa família de uma vez por todas.

— Nem lembro mais onde estávamos, então me permita fazer um retrato em linhas gerais. Os Montalvo sempre pareceram imortais. Ricos, bonitos, divertidos. Tocados pela fortuna, todos eles, inclusive o próprio Luisito, com suas limitações: o eterno menino da casa. Querido, mimado, criado a pão de ló, no sentido mais literal. Era o caçula entre os primos e, por isso, e por sua condição física, jamais lhe passou pela cabeça que acabaria sendo o herdeiro da fortuna do grande sr. Matías. Mas a vida às vezes nos surpreende com suas reviravoltas e muda de rumo quando menos esperamos.

Eu que o diga, compadre. Alheio aos pensamentos do minerador, o médico prosseguiu:

— A derrocada, de qualquer maneira, era previsível para quem conhecesse os filhos do sr. Matías, Luis e Jacobo, respectivamente, pais de Luisito e Soledad.

— Os que levavam ciganos para as ceias de Natal e jogavam bilhar até o amanhecer?

O médico riu com gosto.

— Sol lhe contou, não é? Esse era o jeito familiar dos dois irmãos, que os filhos, os sobrinhos e os amigos adoravam, inclusive eu. Eram extremamente simpáticos e bem-apessoados como eles só; engenhosos, elegantes, perspicazes, desprendidos. Tinham apenas um ano de diferença entre si e se pareciam como duas gotas de água, no físico e no temperamento. Pena que, além dessas virtudes, também possuíssem outras características um tanto menos afortunadas: eram esbanjadores, indolentes, jogadores, mulherengos, irresponsáveis e cabeças de vento. O sr. Matías nunca conseguiu mantê-los na linha; ele sim era um sujeito direito e íntegro como poucos. Neto de um montanhês que se fez sozinho em uma loja de Chiclana, onde seu pai se criou vendendo legumes e vinho barato atrás de um balcão. Os montanheses, permita-me esclarecer, são gente do norte da Península que vieram...

— Também chegaram ao México.

— Então você sabe de que tipo de gente estou falando: homens tenazes e trabalhadores que vieram do nada e entraram no comércio, e alguns inclusive, como o avô do sr. Matías, investiram seu dinheiro em vinhedos e prosperaram. Já estabelecidos em Jerez, com seu bom capital e o negócio mais que consolidado, seu herdeiro pediu a seu filho, ou seja, ao sr. Matías, a mão de Elisa Osorio, filha do arruinado marquês de Benaocaz, uma bela senhorita jerezana de uma família de tanta tradição quanto pouco dinheiro. Assim, juntaram estirpe com posses, algo muito comum por aqui ultimamente, como lhe disse.

— A próspera burguesia produtora de vinho unida por matrimônio à empobrecida aristocracia tradicional, é isso?

— De fato, vejo que entendeu bem, meu amigo. Mais uma taça?

— Por que não? — respondeu, fazendo o cristal deslizar sobre o mármore da mesa.

Mais dez, se fosse necessário para que Ysasi continuasse falando.

— Recapitulando: o sr. Matías seguiu os passos de seus antepassados, deu o sangue, teve visão e inteligência e multiplicou centenas de vezes seus investimentos e seu capital. Mas acabou cometendo um erro descomunal.

— Descuidou dos filhos — antecipou Mauro.

E sobre sua cabeça pairou a sombra de Nico.

— Exatamente. Obcecado como estava em continuar prosperando, perdeu o controle sobre eles. Quando percebeu, haviam se transformado em dois vagões desgovernados e já era tarde demais para endireitar a trajetória. Com ilusórias esperanças, d. Elisa conseguiu que se casassem com duas moças de famílias distintas, que, por sua vez, não tinham nem dote nem firmeza de caráter a acrescentar ao matrimônio. Nenhum dos dois sequer montou casa; até o fim viveram todos na mansão da rua de la Tornería, onde agora você está morando. E o mesmo aconteceu com a bela María Fernanda, a filha: um casamento desastroso com Andrés Zayas, um amigo sevilhano de seus irmãos sem um tostão no bolso, mas cheio de ostentação.

Devagar, Ysasi, devagar. Gustavo Zayas e seus assuntos requerem seu próprio tempo. Cada coisa de uma vez, deixemos Zayas para depois. Por sorte, o médico bebeu um gole de sua taça e em seguida retomou a história por onde ele queria.

— Enfim, dando seus filhos por perdidos, o sr. Matías depositou suas esperanças na terceira geração. No primogênito de seu primogênito, mais especificamente: chamava-se Matías também. Apesar de descender de um glorioso traste, ele parecia feito de outra matéria. Bonito e simpático como o pai, mas com muito mais cérebro. Desde pequeno, gostava de ir com o avô à adega, falava inglês, porque passou dois anos em um colégio interno na Inglaterra, conhecia pelo nome todos os trabalhadores e estava começando a entender os segredos do negócio.

— Era também seu amigo, suponho.

O médico ergueu a taça para o teto com um meio sorriso melancólico, como se brindasse a alguém que não habitava mais o mundo dos vivos.

— Meu bom amigo Matías. Na realidade, éramos todos grudados desde criança: um ano a mais, um ano a menos, tínhamos praticamente a mesma idade, e eu passava a vida com eles. Matías e Luisito, os dois irmãos, Gustavo, quando vinha de Sevilha, Inés e Soledad. Cresci sem mãe, sou filho único, de modo que quando não ia com meu avô cuidar dos achaques de d. Elisa, ia com meu pai para tratar qualquer outro mal-estar na família, e ficava para almoçar, para jantar, até para dormir. Se eu pudesse contar as horas de minha infância e juventude que passei com os Montalvo, seriam muito mais numerosas do que as que vivi em minha própria casa. Até que tudo começou a ruir.

Dessa vez foi Mauro Larrea quem pegou a garrafa e os serviu de novo. Ao segurá-la, notou que haviam bebido mais da metade.

— Exatamente dois dias depois do casamento de Sol com Edward.

Ysasi se calou por alguns segundos, como se voltasse no tempo mentalmente.

— Foi durante uma caçada em Coto de Doñana: um acidente terrível. Talvez por imprudência, talvez pelo mais profundo azar, o caso foi que Matías acabou levando um tiro na barriga e nada se pôde fazer por ele.

Pelas chagas de Cristo, um filho morto com as tripas arrebentadas em plena juventude! Pensou em Nico, pensou em Mariana, e sentiu engulhos. Queria ter perguntado algo mais, se tinha sido um acidente, se houvera algum culpado, mas o médico, com a língua solta por causa do brandy e talvez também por causa da nostalgia, continuou falando sem freios:

— Não estou dizendo que tudo desabou subitamente, como se uma bomba do tempo dos franceses tivesse caído sobre eles, mas, depois do enterro de Matías neto, a situação começou a se precipitar para o desastre. Luis pai mergulhou na mais absoluta hipocondria, Jacobo continuou sozinho com sua vida desregrada, mas já com menos forças, o avô Matías envelheceu como se uma laje de cem anos houvesse caído em cima dele, e as mulheres da casa se vestiram de luto e se trancaram, rezando santos rosários e definhando em suas doenças.

— E vocês, os mais jovens?

— Para resumir uma longa história, digamos que cada um já tinha seu caminho mais ou menos traçado. Sol foi para Londres com Edward, como já pretendiam, e formou sua própria família; continuava vindo a Jerez de vez em quando, mas cada vez com menos assiduidade. Gustavo, por sua vez, embarcou para a América e muito pouco soubemos dele depois. Inés, irmã de Sol, entrou para a ordem das Eremitas de Santo Agostinho. E eu continuei estudando na Faculdade de Ciências Médicas em Cádis, depois fui para Madri fazer doutorado. Nós nos separamos, enfim. E aquele paraíso no qual crescemos nos sentindo a salvo de tudo, enquanto Jerez continuava crescendo próspera, desapareceu.

— E o único que ficou foi Luis.

— No início, depois da morte de Matías, mandaram-no para o colégio da Marinha em Sevilha, mas não demorou a voltar e, no fim, foi o único que presenciou a decadência da família e acabou enterrando os parentes mais velhos, um após o outro. Feliz ou infelizmente para o baixinho, eles não levaram muito tempo para morrer. E quando, ao cabo dos anos, ficou sozinho, enfim, acho que já sabe...

Foram os últimos a sair do cassino aquela noite. Nem uma alma andava pelas ruas quando passaram pela porta de Sevilha. Ysasi insistiu em acompanhar Mauro até o casarão.

Ao chegar, ergueu a vista para a fachada mal iluminada, como se quisesse absorvê-la inteira com os olhos.

— Quando Luis foi para Cuba, acho que tinha plena consciência de que seria uma viagem sem volta.

— Como assim, Manuel?

— Luis Montalvo estava morrendo, e sabia disso. Estava consciente de que seu fim se aproximava.

CAPÍTULO 32

— Pensei em vir com minha carruagem, como lhe disse, mas ao ver o dia magnífico que está fazendo hoje, mudei de ideia.

Falou sem descer do cavalo, vestindo um elegante traje de montaria preto que, apesar do ar masculino, dava a sua figura uma dose adicional de atrativos. Jaqueta curta com cintura marcada, camisa branca de gola alta emergindo entre as lapelas, saia ampla para facilitar o movimento e uma cartola com um pequeno véu sobre o cabelo preso. Alta, ereta, imponente. Ao seu lado, um cavalariço segurava pela rédea outro maravilhoso exemplar; supôs que era para ele.

Deixaram Jerez para trás; percorreram caminhos secundários, trilhas e veredas sob o sol do meio da manhã. La Templanza era o destino, e lá chegaram atravessando morros claros envoltos em silêncio e ar puro. Plantadas em quadrículas perfeitas, viam-se centenas, milhares de videiras. Enroscadas em si mesmas, despojadas de folhas e frutos, cravadas a seus pés. Alvarinha, ela disse que a terra branca e porosa que as acolhia se chamava.

— No outono as vinhas parecem mortas, com as cepas secas e a cor mudada. Mas estão apenas dormindo, descansando. Acumulando a força que depois vai subir das raízes. Nutrindo-se para dar vida de novo.

Mantinham o passo enquanto falavam, cada um em seu cavalo, ela com a palavra a maior parte do tempo.

— Não estão dispostas assim ao acaso — prosseguiu. — As vinhas precisam da bênção dos ventos, da alternância dos ares marinhos do entardecer e dos ventos secos do amanhecer. Cultivá-las é uma arte complicada.

Haviam chegado a trote lento ao que ela chamou de casa da vinha, completamente destruída também. Desmontaram e deixaram que os animais descansassem.

— Está vendo? As nossas, ou melhor, as suas vinhas estão há anos sem que ninguém cuide delas, e veja.

Certo. Restos de folhas secas agarradas aos ramos consumidos.

Ela pronunciava as palavras sem olhar para ele, observando o horizonte com uma das mãos sobre os olhos para protegê-los do sol. Ele tornou a contemplar seu pescoço delgado e o cabelo da cor de melaço escuro. Após a cavalgada, haviam escapado algumas mechas, que agora brilhavam sob a luz do quase meio-dia.

— Quando éramos crianças, adorávamos vir aqui durante a vindima. Com frequência, inclusive, convencíamos os adultos a nos deixar dormir aqui. À noite íamos para o lugar onde deixavam a uva já colhida para arejar e ficávamos com os trabalhadores, ouvindo-os conversar e cantar.

Teria sido delicado da parte dele demonstrar mais interesse pelo que ela falava. E, de fato, aprender sobre vinhas e uvas, sobre tudo aquilo que acontecia por cima da terra e que lhe era tão desconhecido, era atraente. Mas ele não conseguia esquecer que Sol Claydon o havia tirado de Jerez com outros propósitos. E como pressentia que não iam lhe agradar, preferia saber quais eram o quanto antes.

— A vindima costuma ser no começo de setembro — continuou ela —, quando a temperatura começa a baixar. Mas é a própria videira que indica o tempo: a altura, a ondulação e até a fragrância assinalam o momento em que a uva atingiu a maturidade. Às vezes se espera também até que a lua esteja em quarto minguante, porque acredita-se que o fruto estará mais macio e doce. Ou, se chover, retarda-se a colheita até que os cachos voltem a se encher de pruína, esse pó branco que os envolve, porque com ele depois se acelera a fermentação. Se não se acertar o momento, o vinho será de pior qualidade. Se a vindima é feita antes do tempo, o sumo sai fraco; quando é feita na hora certa, sai espesso e forte, encorpado.

Ela se mantinha em pé, linda em seu traje de montaria, absorvendo a luz e o campo. Havia em sua voz notas de nostalgia, mas também um conhecimento evidente daquilo que os cercava. E, no fundo de tudo, o desejo de retardar o máximo possível sua verdadeira intenção.

— Afora o vaivém intenso da vindima, inclusive nos momentos mais tranquilos como o outono, sempre havia movimento por aqui antes. O responsável por demarcar os limites da propriedade, o guarda, os trabalhadores... Meus amigos em Londres costumam rir quando conto que as vinhas são cultivadas quase com mais esmero do que os roseirais ingleses.

Foi até a porta da casa, mas nem sequer a tocou.

— *My goodness*, como isto está... — murmurou. — Pode tentar abrir?

Ele fez como na adega: com o impulso do próprio corpo. Dentro respirava-se desolação. Os aposentos vazios, a cantareira sem cântaros, os armários sem nada para guardar. Dessa vez, porém, ela não se distraiu desfiando recordações, apenas olhou para um par de cadeiras de junco, velhas e exaustas.

Aproximou-se delas, pegou uma com intenção de levá-la consigo.

— Deixe-me fazer isso, você vai se sujar.

Mauro Larrea ergueu as duas cadeiras e levou-as para o lado de fora. Limpou-as com o lenço e as colocou diante da fachada, de frente para a imensidão das vinhas nuas. Duas humildes cadeiras baixas com o junco desfiado nas quais um dia se sentaram os trabalhadores, sob as estrelas, após as longas horas de trabalho; ou o guarda e sua mulher para conversar; ou as crianças da casa naquelas noites mágicas com cheiro de uva recém-colhida que Soledad Montalvo guardava na memória. Cadeiras que foram testemunhas de existências simples, do suceder irremediável das horas e das estações em sua mais suprema simplicidade. Agora, eles as ocupavam, com suas roupas caras, suas vidas complicadas e seu porte de senhores alheios à terra e suas fainas.

Ela ergueu o rosto em direção ao céu com os olhos fechados.

— Em Londres me considerariam lunática se me vissem sentada em Saint James's ou no Hyde Park absorvendo o sol assim.

Ouviram o pio de uma rolinha; a veleta enferrujada rangeu no telhado e eles estenderam por mais alguns instantes a fictícia sensação de paz. Mas Mauro Larrea sabia que sob aquela calma aparente, sob aquela temperança que dava nome ao vinhedo e atrás da qual ela fingia se entrincheirar, algo estava se agitando. A mulher desconcertante que poucos dias antes havia entrado em sua vida não o havia levado até aquele lugar isolado para lhe falar das vindimas de sua infância, nem lhe pedira que levasse as cadeiras para o lado de fora para que contemplassem juntos a beleza serena da paisagem.

— Quando vai me dizer o que quer de mim?

Ela não mudou de posição nem abriu os olhos. Continuou deixando que os raios da manhã de outono acariciassem sua pele.

— Já tomou uma grande decisão errada na vida, Mauro?

— Receio que sim.

— Algo que tenha comprometido outras pessoas de certa maneira, que as tenha exposto?

— Receio que também.

— E até aonde seria capaz de ir para corrigir seu erro?

— Por enquanto, atravessei um oceano e vim até Jerez.

— Então, acho que vai me entender.

Ela afastou o rosto do sol e girou o torso esbelto para Mauro.

— Preciso que se passe pelo meu primo Luis.

Em qualquer outro momento, a resposta imediata de Mauro Larrea teria sido uma grosseria ou uma amarga gargalhada. Mas ali, no meio daquele silêncio de terra seca e videiras nuas, de imediato soube que o pedido que acabava de ouvir não era uma extravagante frivolidade, e sim algo conscienciosamente pensado. Por isso, engoliu sua perturbação e deixou que ela continuasse.

— Há algum tempo — prosseguiu Soledad — fiz uma coisa que não devia, sem que as pessoas afetadas chegassem a saber. Digamos que realizei certas transações comerciais indevidas.

Ela tinha voltado os olhos para o horizonte, fugindo do olhar intrigado dele.

— Acho que não é necessário detalhar os pormenores, quero apenas que saiba que agi tentando proteger minhas filhas e, de certo modo, a mim mesma.

Ela pareceu reordenar seus pensamentos; afastou do rosto uma mecha solta.

— Eu sabia do risco que estava correndo, mas esperava que, se um dia chegasse o momento que agora infelizmente está prestes a chegar, Luis me ajudaria. Mas não contava que, a esta altura, ele não estivesse mais entre nós.

Transações comerciais indevidas, dissera ela. E pedia sua colaboração. Outra vez uma mulher desconhecida tentando convencê-lo a agir pelas costas do marido. Havana, Carola Gorostiza, o jardim da mansão de sua amiga Casilda Barrón em El Cerro, uma altiva presença vestida de amarelo intenso montada em sua carruagem enquanto o mar ondeava em frente à baía antilhana cheia de balandras, bergantins e goletas. Depois daquela nefasta experiência, a resposta só podia ser uma.

— Sinto muito, minha cara Soledad, mas acho que não sou a pessoa adequada.

A réplica chegou rápida como um lampejo. Ela já estava preparada, obviamente.

— Antes de recusar, por favor, considere que, em troca, eu também estou disposta a ajudá-lo. Tenho muitos contatos no mercado do vinho por toda a Europa, posso encontrar um comprador disposto a pagar muito mais do que aqueles que Zarco, o gordo, poderia lhe arrumar. E sem a exorbitante comissão que ofereceu a ele.

Ele fez uma careta irônica. Então, ela já estava a par de seus movimentos.

— Vejo que as notícias voam.
— À velocidade de um raio.
— De qualquer maneira, insisto que é impossível concordar com o que me pede. Há muitos anos a vida vem me ensinando que o mais conveniente é que cada um cuide de seus próprios assuntos, sem intromissões.

Ela voltou a pôr a mão sobre os olhos para protegê-los do sol e observou mais uma vez os morros de calcário, ganhando tempo para sua próxima investida. Ele se concentrou na terra branca e a remexeu com o pé, sem querer pensar. Depois, acariciou a cicatriz. Acima deles a veleta enferrujada rangeu, mudando de rumo.

— Eu sei, Mauro, que você também arrasta uma história obscura.

Ele sufocou um riso rude e amargo.

— Foi para isso que me convidou para jantar ontem à noite? Para me sondar?

— Em parte. Também andei investigando por aí.
— E o que descobriu?
— Pouca coisa, para ser sincera. Mas o suficiente para levantar algumas dúvidas.
— Sobre o quê?
— Você e suas razões. O que faz, por exemplo, um próspero minerador de prata mexicana tão longe de seus interesses, consertando com as próprias mãos as telhas de um casarão abandonado neste fim de mundo?

Outra gargalhada áspera morreu na garganta dele.

— Mandou alguém me vigiar de perto?

— Naturalmente — reconheceu ela, ajeitando a barra da saia para que se sujasse de pó o menos possível. Ou talvez fingisse fazer isso. — E segundo me consta está disposto a viver feito um selvagem, sem móveis e entre goteiras, até conseguir vender às pressas propriedades pelas quais não pagou nem sequer um tostão.

Maldito tabelião. Onde e por que soltou a língua, Senén Blanco?, falou sem palavras. Ou maldito escrevente do tabelião, pensou, lembrando-se de Angulo, o funcionário ensebado que o levara ao casarão da rua de la Tornería pela primeira vez. Esforçou-se, porém, para que sua voz soasse serena.

— Desculpe a franqueza, sra. Claydon, mas acho que minhas questões pessoais não lhe dizem respeito.

A fim de restabelecer a distância, voltou a chamá-la pelo nome de casada. Quando ela desviou os olhos do horizonte e se voltou, ele percebeu em seu rosto uma firme lucidez.

— Ainda estou assimilando que já não nos resta nem uma pedra, nem um barril sequer, nem uma triste uva do que foi um dia nosso grande patrimônio familiar. Permita-me ao menos o legítimo direito de ter curiosidade, de indagar para saber quem é, na realidade, o homem que ficou com tudo que um dia tivemos e julgamos ilusoriamente que seríamos capazes de manter. De qualquer maneira, peço que não tome minhas investigações como uma invasão gratuita de seus assuntos privados. Também o acompanho de perto por egoísmo, porque preciso de você.

— Por que precisa de mim? Não me conhece, deve ter outros amigos, suponho. Alguém mais próximo, mais confiável.

— Eu poderia lhe dizer que o que me move é uma razão sentimental. Agora tem nas mãos o legado dos Montalvo, e isso necessariamente estabelece um vínculo entre nós e, de alguma maneira, o torna herdeiro de Luis. Isso o convence?

— Eu preferiria uma explicação mais crível, se não for pedir demais.

Soprou uma rajada de vento. A terra calcária se remexeu, levantando pó branco, e as mechas soltas do cabelo da esposa do *wine merchant* inglês tornaram a se esvoaçar. A segunda razão, a verdadeira, ela lhe deu sem olhar para ele, com as pupilas concentradas nas vinhas, ou no céu imenso, ou no vazio.

— E se eu lhe disser que faço isso porque estou desesperada e o senhor apareceu como se caísse céu, no momento mais oportuno? Porque sei que vai desaparecer assim que as coisas se resolverem, de forma que quando os ventos voltarem a soprar contra mim, dificilmente o encontrarão?

Um indiano fugidio, uma sombra fugaz, pensou com um travo de amargura. Nisso o transformou o maldito destino, compadre. Em um mero cabide no qual pendurar o nome de um morto, ou no qual possa se apoiar qualquer linda mulher disposta a esconder suas deslealdades do marido.

Alheia a essas reflexões e disposta a ser pelo menos ouvida, ela continuou relatando seus planos.

— Seria somente para se fazer passar por meu primo por alguns instantes diante de um advogado londrino que não fala espanhol.

— Isso não é uma encenação simples, a senhora sabe tanto quanto eu. Isso, aqui na Espanha, na sua Inglaterra ou nas Américas, é uma fraude aos olhos da lei.

— O senhor só teria que se mostrar gentil, talvez convidá-lo a beber uma tacinha de amontillado, deixá-lo verificar que o senhor é quem diz ser e responder afirmativamente quando ele perguntar.

— Quando perguntar o quê?

— Se ao longo dos últimos meses realizou uma série de transações comerciais com Edward Claydon. Transmissões de ações e propriedades.

— E seu primo realizou essas transações?

— Na verdade, fui eu que fiz tudo. Falsifiquei os documentos, as contas e as assinaturas dos dois: de Luis e do meu marido. Depois, transferi uma parte dessas ações e propriedades para minhas filhas. Outras, porém, continuam no nome do meu falecido primo.

Uma pergunta veloz cruzou a mente de Mauro. Pelo amor de Deus, que tipo de mulher é você, Soledad Montalvo? Ela, porém, não pareceu se alterar: devia estar mais do que acostumada a conviver com aquilo dentro de si.

— O advogado já está a caminho; na verdade, acredito que não tardará a chegar. Alguém em Londres duvida da autenticidade das transações e o mandou para averiguar. Ele vem acompanhado de nosso administrador, alguém de toda confiança com cuja discrição conto.

— E seu marido?

— Não sabe absolutamente nada, e acredite quando lhe digo que é melhor para todos que seja assim. Ele vai passar uns dias fora de Jerez, a negócios. Minha intenção é que continue sem saber.

Quando deixaram La Templanza o céu não estava mais limpo. Menos gentil, mais cheio de nuvens. O ar continuava levantando poeira esbranquiçada entre as vinhas. Um silêncio tenso se manteve entre eles até que adentraram de novo a cidade. Foi um alívio para ambos ouvir o som dos coches sobre as pedras do calçamento, os gritos dos leiteiros e uma canção cantarolada atrás de um portão qualquer por uma garota anônima entretida em seus afazeres.

Entraram na quadra dos Claydon, e Mauro Larrea não esperou que nenhum cavalariço se aproximasse; desceu do cavalo com agilidade e em seguida a ajudou a desmontar. Com a mão dela na sua. Outra vez.

— Eu lhe imploro que ao menos considere — foram as últimas palavras de Sol antes de dar tudo por perdido.

Como se quisesse subscrevê-las, seu corcel soltou um relincho.

Em resposta, ele apenas tocou a aba do chapéu. Em seguida, deu meia-volta e foi embora a pé.

CAPÍTULO 33

Empurrou o portão de madeira ainda sem ter conseguido aplacar a irritação, decidido a dar por encerrada aquela proposta desatinada antes que Soledad Montalvo começasse a nutrir qualquer esperança. Subiria a seu quarto, pegaria os documentos do primo Luis que Calafat lhe enviara de Cuba, voltaria à casa dela e cortaria o mal pela raiz.

Entrou no dormitório austero, equipado com o imprescindível para a subsistência masculina mais elementar: uma cama de latão com o colchão meio afundado, uma poltrona que para ficar em pé precisava estar apoiada na parede, um guarda-roupa sem uma das portas. Em um canto, seus baús.

Abriu, apressado, os fechos de um deles e remexeu no conteúdo, mas não encontrou o que buscava. Sem se incomodar em fechá-lo de novo, abriu o outro, espalhando ao seu redor os absurdos empréstimos domésticos que a delicada Paulita Fatou lhe preparara em Cádis. Guardanapos bordados que voaram pelo ar, lençóis de linho holandês. Uma manta de cetim, mas que diabos! Até que, no fundo, encontrou o que procurava.

Guardou os papéis entre o peito e a sobrecasaca e em menos de dez minutos estava na lateral de San Dionisio, contemplando a porta da mansão dos Claydon entre as tendas coloridas dos escreventes e a multidão que abarrotava a praça. Momentos depois, acionou a pesada aldraba de bronze.

Palmer, o mordomo, atendeu muito mais rápido que na noite anterior. E antes de abrir totalmente a porta, já o estava convidando a entrar, ansioso. Um simples olhar serviu para constatar que tudo estava como ele recordava, só que, dessa vez, acariciado pela luz solar que entrava pela vidraça do pátio. A rosa dos ventos encravada no chão do saguão, as plantas frondosas nos vasos orientais.

Não teve tempo de apreciar nada mais; como se estivesse alerta a qualquer chamado da rua, ele a viu vir a seu encontro. Ainda vestia o traje de montaria, esbelta e elegante; só havia tirado o chapéu. Mas, na distância de poucos metros que os separava, percebeu uma mudança nela: o rosto alterado, os olhos apavorados, o longo pescoço rígido e uma palidez intensa, como se o sangue houvesse deixado de irrigar a pele. Algo a ameaçava, como quando o perigo encurrala um animal: uma linda gazela prestes a ser atingida por um tiro de pólvora, uma elegante égua acossada pelos coiotes no meio da noite.

O olhar entre os dois foi magnético.

Por trás da porta entreaberta pela qual ela acabava de aparecer, ouviam-se vozes. Vozes masculinas, sóbrias, estrangeiras. Um murmúrio surdo saiu da boca de Sol:

— O advogado do filho de Edward se adiantou. Já está aqui.

Subitamente, de algum lugar recôndito e impreciso, surgiu em Mauro Larrea uma vontade irracional de apertá-la contra o peito. De sentir seu corpo quente e afundar o rosto em seu cabelo, de sussurrar em seu ouvido: Não importa o que aconteça, Soledad, vai dar tudo certo, quis lhe dizer. Mas dentro de sua cabeça, com a violência da picareta que tantas vezes empunhara em outros tempos para extrair minério, repetia-se uma única palavra: Não. Não. Não.

Deu mais dois passos, três, quatro, até ficar diante dela.

— Acho que não é bom momento para conversarmos; é melhor eu ir.

Como resposta obteve apenas um olhar transbordando de ansiedade. Sol Claydon não estava acostumada a mendigar favores, ele sabia que de sua boca não sairia nenhuma súplica. Mas as palavras que seus lábios não queriam pronunciar ele percebeu no desespero de seus olhos. Ajude-me, Mauro, pareciam gritar. Ou foi o que ele julgou entender.

Sua cautela e seus escrúpulos, seu férreo esforço para se manter nos limites da prudência e a firme determinação de não se deixar arrastar: tudo se dissolveu como um punhado de sal jogado na água fervente.

Pousou a mão na curva da cintura dela e fez com que girasse o corpo, voltando para o aposento do qual havia saído. Apenas uma palavra saiu de sua boca:

— Vamos.

Os homens presentes se calaram de súbito ao ver a dupla entrar. Sólidos, seguros, pisando forte. Aparentemente.

— Senhores, muito bom dia. Meu nome é Luis Montalvo, e acho que têm interesse em falar comigo.

Dirigiu-se a eles sem mais preâmbulos e estendeu a mão enérgica. A mesma que tantas vezes usara para fechar negócios e acordos quando movimentava toneladas de prata; a que lhe serviu para se apresentar diante da nata da sociedade mexicana e para assinar inúmeros contratos com muitos zeros acumulados à direita. A mão do homem de peso que um dia tinha sido e que a partir daquele momento ia fingir que continuava sendo. Só que agora o faria sob a fraudulenta identidade de um falecido.

O encontro aconteceu em uma sala que ele não havia conhecido em sua visita anterior; um escritório ou um gabinete pessoal, talvez a sala onde em outros momentos o dono da casa cuidava de seus assuntos. Mas ninguém ocupava a cadeira de couro atrás da escrivaninha; todos estavam próximos da porta, em torno de uma mesa redonda com a superfície completamente coberta de papéis.

Os dois homens que estavam em pé pronunciaram seus respectivos nomes, sem conseguir disfarçar totalmente o desconcerto que lhes provocou sua irrupção; Soledad, a seguir, repetiu os nomes, acrescentando seus cargos, para que ele soubesse quem era quem. Mr. Jonathan Wells, advogado representante do senhor Alan Claydon, e Mr. Andrew Gaskin, administrador da empresa familiar Claydon & Claydon. Do terceiro, um simples amanuense jovem e inexperiente, apenas disseram o nome enquanto ele se levantava, fazia um gesto cortês com a cabeça e tornava a se sentar.

Com uma fugaz recordação da conversa que mantiveram em La Templanza, Mauro Larrea deduziu que o primeiro deles — em torno dos quarenta, louro, espigado, com grandes costeletas — era, por assim dizer, o adversário. O segundo — mais baixo, mais calvo, beirando os cinquenta —, o aliado. O mencionado e ausente Alan Claydon era, sem dúvida, o filho do marido de Soledad que ela havia mencionado um minuto antes. Alguém em Londres duvida da autenticidade das transações, dissera ela no vinhedo. Já estava claro quem era. E para defender os interesses dessa pessoa, ali estava seu advogado.

Ambos se vestiam com distinção: sobrecasacas de bons tecidos, relógios com corrente de ouro, botas lustrosas. O que querem dela, a que está exposta, como pretendem castigá-la, queria perguntar ao saxão de cabelo claro. Enquanto essas perguntas ecoavam em sua mente, Soledad, com a integridade magistralmente recuperada, tomou a palavra, fazendo acrobacias entre o espanhol e o inglês.

— O sr. Luis Montalvo — disse, segurando seu antebraço com fingida confiança — é meu primo em primeiro grau. Como imagino que saibam, meu sobrenome de solteira é Montalvo também. Nossos pais eram irmãos.

Um denso silêncio invadiu o aposento.

— E para que fique registrado — acrescentou ele, esforçando-se para permanecer imperturbável ao contato dela —, permitam-me...

Levou lentamente a mão direita ao coração e apalpou o tecido da sobrecasaca. À altura do peito, ouviu-se o som inconfundível do papel. Em seguida, introduziu os dedos até alcançar o bolso interno. Com as pontas roçou os documentos dobrados que havia tirado do baú: os que Calafat lhe enviara de Cuba. Enquanto todos os presentes o observavam desconcertados, avaliou a espessura dos papéis. O mais volumoso era o atestado de óbito e enterro: o que não poderia aparecer. E o mais fino, um mero papel dobrado, a cédula de identidade que permitira ao baixinho viajar para as Antilhas.

Sua intenção era entregar tudo a Soledad para, com isso, reforçar sua recusa a se imiscuir nos problemas dela. Tome; com isto eu me desvinculo de tudo que tenha a ver com sua família, pretendia lhe dizer. Não quero saber mais nem de seus primos, vivos ou mortos, nem de suas obscuras maquinações pelas costas de seu marido. Não quero me envolver em mais contratempos com mulheres ardilosas; nem a senhora me convém, nem eu convenho à senhora.

Agora, contudo, sua angústia havia demolido aquela firmeza. E enquanto quatro pares de olhos esperavam, estupefatos, seu movimento seguinte, ele, parcimonioso, pegou com o polegar e o indicador o documento necessário, e devagar, muito devagar, tirou-o de seu esconderijo.

— Para que não haja equívocos e minha identidade conste para todos os efeitos, leiam e comprovem, por favor.

Entregou o documento diretamente ao advogado inglês, que, embora não entendesse uma palavra do que estava escrito nele, observou-o com atenção e depois o estendeu para o escrevente a fim de que reproduzisse seu conteúdo em claras anotações. Sr. Luis Montalvo Aguilar, natural de Jerez de la Frontera, residente à rua de la Tornería, filho do sr. Luis e de d. Piedad...

O silêncio pairou no aposento enquanto todos observavam, atentos. Uma vez concluída a tarefa, o representante legal passou o documento ao administrador, que se encarregou de dobrá-lo e, sem palavras, devolveu-o a seu suposto proprietário. Sol, enquanto isso, mal respirava.

— Muito bem, senhores — disse o falso Luis Montalvo retomando a palavra. — De agora em diante, estou a sua inteira disposição.

Ela traduziu e os convidou a se sentar em volta da mesa, como se intuísse que aquela parte da representação poderia levar um tempo considerável.

— Desejam algo para beber? — perguntou, indicando uma mesa auxiliar bem abastecida com bebidas, um maravilhoso samovar de prata e alguns doces.

Todos recusaram o oferecimento; ela se serviu de uma xícara de chá.

As perguntas foram numerosas, muitas vezes pungentes e comprometedoras. O advogado, sem dúvida, estava bem preparado. O senhor declara ter se reunido com o sr. Edward Claydon na data de... Declara ser conhecedor de... Tem ciência de ter assinado... Reconhece ter recebido... Sub-repticiamente, escondidas em meio às palavras traduzidas, Soledad ia lhe passando dicas discretas sobre o que ele devia responder. Os dois juntos, na hora, estabeleceram uma cumplicidade quase orgânica que não demonstrou fissuras nem desajustes; como se houvessem passado a vida inteira juntos tirando coelhos de uma cartola.

Ele enfrentou os embates com elegância enquanto o escrevente reproduzia meticulosamente as respostas com sua pena de ganso. Sim, senhor, está correto. Sim, senhor, ratifico que isso é correto. Tem razão, senhor, foi exatamente assim. Permitiu-se inclusive adornar as respostas com alguns apontamentos menores, de sua própria autoria. Sim, senhor, lembro-me perfeitamente desse dia. Como não saberia de tal detalhe? Evidente que sim.

Os silêncios entre uma pergunta e outra foram tensos: durante esses intervalos só se ouvia o som da pena arranhando as folhas de papel e os ruídos que entravam pelas janelas vindos da rua, da praça agitada. Em dado momento, o administrador se serviu de uma xícara de chá do samovar; Sol deixou a sua praticamente intacta, e o advogado, o amanuense e o suposto primo nem sequer chegaram a molhar os lábios. Com frequência as perguntas a incluíam; nesses casos, Sol respondia com inabalável elegância, mantendo as costas eretas, o tom sereno e as mãos em cima da mesa. Nessas mãos ele fixou sua atenção durante os espaços mortos do interrogatório: nos punhos estreitos sob a renda branca que arrematava as mangas da jaqueta de montaria, nos dedos finos adornados somente por dois anéis no anelar esquerdo. Um soberbo brilhante solitário e uma aliança: anel de noivado e anel de casada, supôs. Casada com um homem a quem um dia no passado ela jurara amor e lealdade, e a quem agora enganava arrebatando-lhe pedaços de sua fortuna, ajudada por ele.

Quase três horas haviam se passado quando tudo acabou. Sol Claydon e o falso Luis Montalvo chegaram ao final imperturbáveis, inteiramente donos de si mesmos depois de demonstrar uma segurança inabalável o tempo todo. Ninguém teria dito que haviam acabado de margear, de olhos vendados, um fosso cheio de crocodilos.

O advogado e o escrevente começaram a recolher seus papéis enquanto Mauro Larrea brincava com a cédula de identidade alheia entre os dedos. Soledad e o administrador, em pé diante de uma das janelas, trocavam frases em inglês em voz baixa.

Despediram-se, o administrador mais calorosamente e o jovem advogado com frieza cortês. O escrevente se limitou a inclinar a cabeça mais uma vez. Ela os acompanhou até o vestíbulo e ele permaneceu no gabinete, recompondo-se, ainda incapaz de ver tudo em perspectiva, muito menos de prever as consequências que o que acabara de acontecer poderiam lhe acarretar. A única coisa que ficou clara foi que Soledad Montalvo, hábil e sistematicamente, fora passando para o nome de seu primo ações, propriedades e ativos da empresa do marido, até deixá-lo praticamente falido.

Enquanto de longe se ouviam as últimas vozes dos ingleses indo embora, por uma fresta entrou, como um uivo distante, a voz de Andrade. Você acaba de se transformar no maior cretino do universo, compadre. Isso não tem perdão. Para não o enfrentar, ele se levantou, serviu-se de uma taça de brandy de um decantador e bebeu metade de um gole só. Justamente nesse momento Sol voltou.

Ela fechou a porta atrás de si e se apoiou nela; depois, levou as duas mãos à boca, cobrindo-a por completo para reprimir um imenso grito de alívio. E assim, com a parte inferior do rosto oculta, sustentaram um olhar infinito. Até que ele ergueu a taça em um brinde à magnífica atuação dos dois.

Por fim ela afastou o corpo da porta e se aproximou.

— Não tenho palavras para expressar minha gratidão.

— Espero que a partir de agora tudo seja melhor.

— Sabe o que eu faria neste momento, se não fosse totalmente inadequado?

Abraçá-lo, gargalhar, dar-lhe um beijo infinito. Pelo menos foi o que ele imaginou que ela desejava. Em uma tentativa inútil de mitigar a onda de calor que assomava dentro dele, bebeu o resto do brandy de um gole só.

Mas o que a ardilosa esposa do rico comerciante de vinhos fez por fim foi aplacar seus anseios e manter a compostura. Como se fosse levada pelo nome do vinhedo, Soledad Montalvo recuperou a temperança e se dominou.

— Ainda falta muito a conquistar, Mauro. Essa foi apenas uma batalha em uma grande guerra contra o filho mais velho do meu marido. Mas eu jamais a teria ganhado sem você.

CAPÍTULO 34

Havia amanhecido fazia apenas meia hora e ele já estava terminando de ajeitar a gravata; faltava apenas vestir a sobrecasaca azul. Ainda de madrugada, farto de não dormir, havia decidido passar o dia em Cádis. Precisava se afastar. Pensar.

Santos Huesos assomou a cabeça.

— Tem umas pessoas esperando o senhor no saguão, patrão.

— Quem?

— É melhor vir comigo.

E se fosse Zarco, o corretor de fazendas? Uma pontada de ansiedade o impeliu escada abaixo.

Não acertou. Tratava-se de um casal desconhecido. Humildes, ao que tudo indicava, e de idade imprecisa; entre os sessenta e o cemitério, mais ou menos. Magros como bambu, com a pele do rosto e das mãos rachada por longos anos de dura faina. Ela usava uma saia rústica, uma manta de lã parda e o cabelo grisalho preso. Ele, paletó e calça de tecido grosseiro e uma faixa de lã na cintura. Ambos abaixaram a cabeça em sinal de respeito ao vê-lo.

— Muito bom dia. Pois não.

Apresentaram-se, com um carregado sotaque andaluz, como antigos criados da casa. Estavam ali para prestar os respeitos ao novo dono, disseram. Uma lágrima correu pelo rosto murcho da mulher ao mencionar o falecido Luis Montalvo. Depois, ela fungou.

— E também estamos aqui caso ache que possamos servi-lo, senhorzinho.

Intuiu que o senhorzinho era ele. Senhorzinho, aos 47 anos. Naquela manhã enevoada, porém, ele não tinha vontade de rir.

— Eu agradeço, mas, na verdade, estou aqui temporariamente; não pretendo permanecer mais que o necessário.

— Isso não tem importância; assim como chegamos podemos ir com vento fresco, quando o senhor assim quiser. Angustias cozinha que é uma maravilha, e eu faço tudo que me mandarem. Os filhos já estão encaminhados, e um dinheirinho extra nunca é demais.

Esfregou o queixo, hesitante. Mais despesas e menos privacidade. Mas a verdade era que lhes cairia bem alguém que cuidasse de lavar a roupa e cozinhasse algo além dos pedaços de carne que Santos Huesos assava agachado diante de uma fogueira em um canto do pátio dos fundos, como se vivessem em pleno mato ou nos velhos acampamentos das minas. Alguém que ficasse atento a quem chegasse ou assomasse da rua, que lhes desse uma mão para ajeitar aquela ruína de casa. Como um selvagem, Sol Claydon dissera que ele vivia. Tinha razão.

— Santos, o que você acha? — perguntou, erguendo a voz para suas costas.

O criado não estava à vista, mas ele sabia que estava por perto, escutando como uma sombra em algum canto.

— Acho que uma ajudinha cairia bem, patrão.

Refletiu mais alguns breves segundos.

— Fiquem, então. Sob as ordens deste homem, Santos Huesos Quevedo Calderón — disse, dando uma sonora palmada no ombro do criado que havia acabado de aparecer. — Ele vai lhes dizer o que fazer.

Os criados — Angustias e Simón — abaixaram a cabeça de novo em sinal de gratidão, ao mesmo tempo olhando de soslaio para o *chichimeca*. Não percebiam a ironia de seus sobrenomes, mas era a primeira vez na vida que viam um índio. Com seu cabelo comprido e seu poncho, e sua faca sempre pronta. E ainda por cima, murmurou o marido por dentro, vai mandar em nós.

Mauro Larrea seguiu para o Ejido e entrou na estação pela Plaza de la Madre de Dios; havia decidido ir de trem. No México, apesar dos inúmeros planos e concessões, a estrada de ferro ainda não era uma realidade; em Cuba sim, especialmente para levar o açúcar dos engenhos do interior até a costa a fim de embarcá-lo rumo ao resto do mundo. Durante sua breve passagem pela ilha, contudo, não teve oportunidade de viajar naquela invenção; por isso, em qualquer outro momento da vida, aquela breve viagem iniciática pela qual pagou oito reais teria enchido sua cabeça de projetos, farejando, ávido, um possível negócio para levar ao Novo Mundo, intuindo uma próspera oportunidade. Naquela manhã, porém, dedicou-se apenas a observar o movimento não muito intenso de passageiros e o infinitamente maior de barris de vinho procedentes das adegas, a caminho do mar.

Acomodado em um vagão de primeira classe, chegou ao porto de Trocadero e dali à cidade, de vapor. Aquele caminho de ferro — o terceiro da Espanha, diziam —, funcionava havia cinco anos, desde que suas quatro locomotivas começaram a arrastar vagões de carga e de passageiros, e Jerez celebrara aquele avanço com um grande evento oficial na estação e várias celebrações populares: bandas de música na Plaza de Toros, brigas de galos pelas ruas, a ópera *Il Trovatore*, de Verdi, no teatro, e dois mil pães distribuídos aos pobres. Até na cadeia e no asilo municipal se comeu bem naquele dia.

A primeira coisa que fez ao chegar a Cádis foi postar sua correspondência. Aos poucos e aos trancos, conseguira escrever para Mariana e Andrade. Para a filha, com um nó no estômago ao lembrar que um parto ruim levara Elvira, desejava força e coragem para trazer seu bebê à vida. Ao procurador contava, como sempre, verdades que não chegavam a ser totalmente verdadeiras: estou esperando fechar um grande negócio que vai acabar com todos os nossos problemas, voltarei em breve, pagaremos Tadeo Carrús a tempo, casaremos Nico como Deus manda, tudo voltará ao normal.

Depois, andou sem destino pela cidade: dos cais à porta da Caleta, da catedral ao Parque Genovés, sem deixar de remoer em sua mente aquilo em que queria e não queria pensar: a imprudente maneira como, empurrado por Sol Claydon, havia transgredido todas as normas mais elementares da sensatez e da legalidade.

Comprou papel de carta em uma gráfica na rua del Sacramento, comeu a sépia com batatas que lhe serviram em um armazém da pracinha Del Carvón, regado a duas taças de vinho seco e claro que cheirou antes de beber, como havia visto o tabelião fazer, além do médico e da própria Soledad. O aroma pungente trouxe-lhe à memória a velha adega dos Montalvo, silenciosa e deserta, o som rascante da veleta enferrujada no telhado da casa do vinhedo La Templanza, e a silhueta de uma desconcertante mulher sentada ao seu lado em uma velha cadeira de junco, contemplando um oceano de terra branca e videiras retorcidas enquanto lhe propunha, impassível, a mais extravagante de todas as muitas coisas extravagantes que a vida já lhe havia jogado nas costas. Maldito imbecil, murmurou enquanto deixava algumas moedas em cima do balcão. Depois, foi outra vez para a rua e aspirou um pouco de mar.

De quase nada lhe serviram as léguas de distância entre Jerez e Cádis; seu ânimo continuava turvo e suas perguntas, sem resposta. Farto de vagar sem rumo, decidiu voltar, mas, antes, decidiu passar para cumprimentar Antonio Fatou em sua casa da rua de la Verónica. Para terminar o dia trocando algumas palavras com um ser humano, por nenhum outro motivo.

— Meu caro Mauro — cumprimentou-o, afável, o jovem anfitrião, indo a seu encontro tão logo o avisaram de sua presença. — Que alegria tornar a vê-lo. E que coincidência.

Franziu o cenho. Coincidência? Nada do que acontecia em sua vida ultimamente se devia ao puro acaso. Fatou interpretou a expressão de estranheza como uma interrogação e se apressou a oferecer esclarecimentos.

— Genaro acabou de me dizer há pouco que alguém veio perguntar pelo senhor. Outra mulher, ao que parece.

Ele quase fez um gesto cúmplice, como se dissesse: que sorte a sua ter tantas damas perseguindo-o, meu amigo. Mas o cenho contraído de Mauro Larrea o dissuadiu.

— A mesma da vez anterior?

— Não tenho a menor ideia. Espere e descobriremos.

O velho mordomo adentrou, cansado, as dependências; como sempre, tossindo.

— O sr. Antonio me disse que alguém andou me procurando, Genaro. Diga-me quem era, faça o favor.

— Uma mulher, sr. Mauro. Não faz uma hora que saiu pela porta.

Tornou a fazer a mesma pergunta:

— A mesma que veio da vez anterior?

— Não.

— Deixou um cartão?

— Não houve jeito. E olha que eu pedi.

— Disse pelo menos o nome ou por que queria falar comigo?

— Nada.

— Deram a ela meu novo endereço?
— Não, senhor, porque não sabia, e o sr. Antoñito não estava aqui.

Diante da ausência de mais detalhes, o dono da casa mandou que o mordomo voltasse a seus afazeres com a ordem de que alguém lhes levasse duas xícaras de café. Conversaram brevemente sobre nada específico, e, calculando a hora para pegar o vapor depois o trem de volta a Jerez, o minerador não demorou a se despedir.

Dera apenas uma dúzia de passos pela rua de la Verónica quando decidiu voltar. Mas, dessa vez, não foi ao escritório em busca do proprietário; foi apenas até o portão, e atrás dele encontrou quem procurava.

— Esqueci de lhe perguntar, Genaro — disse, enfiando a mão no bolso da casaca e tirando um maravilhoso charuto de Vueltabajo. — Essa mulher que veio me procurar, como era, exatamente?

Antes que o velho abrisse a boca, o charuto, pertencente à caixa que Calafat lhe dera ao embarcar em Havana, já descansava no bolso de seu colete de piquê.

— Boa aparência, sim senhor, muito elegante, de cabelo cor de azeviche.
— E como falava?
— Diferente.

A forte tosse o interrompeu por alguns instantes, até que por fim pôde acrescentar:

— Acho que vinha das Américas, como o senhor. Ou de algum lugar por aí.

Chegou ao cais a passos largos com a intenção de atravessar para o Trocadero o mais rápido possível, mas não conseguiu; parado, com a respiração entrecortada e as mãos nos quadris, à contraluz da tarde contemplou uma embarcação se afastando. Maldito azar, murmurou, e não exatamente para si. Talvez fosse sua própria fantasia lhe pregando uma peça, mas no convés, entre os passageiros, pareceu-lhe distinguir uma silhueta familiar sentada sobre um pequeno baú.

Pegou o vapor seguinte e chegou a Jerez já noite fechada. Assim que seus passos ecoaram no saguão do casarão da rua de la Tornería, soltou a voz áspera no ar:

— Santos!
— Às ordens, patrão — respondeu o criado de algum ponto escuro do andar de cima.

— Tivemos alguma outra visita?
— Sim, sr. Mauro.

Sentiu como se lhe houvessem dado um soco na boca do estômago.

Descobrir seu paradeiro não teria sido uma tarefa muito complexa para ninguém; afinal de contas, seu porte de indiano caído do céu e a ligação com Luis Montalvo haviam-no transformado na maior novidade dos últimos dias.

— Diga de uma vez.

Mas as palavras do criado não foram o que ele esperava.

— O gordo encarregado da venda quer vê-lo amanhã de manhã. No Café de la Paz, na rua Larga. Às dez.

A sensação de soco no estômago se repetiu.

— O que mais ele disse?

— Só isso, mas acho que já encontrou um comprador.

* * *

Quando viu aparecer o corpanzil do corretor de fazendas, Mauro Larrea já havia lido *El Guadalete* de cabo a rabo, já deixara que um vesgo empenhado engraxasse seus sapatos e estava na metade do terceiro café. Levantara-se ao amanhecer, antecipando o que Amador Zarco ia lhe dizer, sem tirar da cabeça a inquietude da tarde anterior antes de deixar Cádis: uma figura se afastando nas ondas a bordo de um vapor.

— Bom dia, sr. Mauro.

Em seguida, jogou em uma cadeira contígua o chapéu e se sentou diante dele, esparramando carne pelas bordas da cadeira.

— Prazer em vê-lo — foi seu seco cumprimento.

— Parece que hoje amanheceu mais fresco. Como diz o ditado: *De los Santos a Navidad, es invierno de verdad*. Mas, como dizia minha pobre mãe, que em paz descanse, não se deve confiar muito nos ditados, porque, depois, já sabemos o que acontece.

Tamborilou no mármore da mesa sem disfarçar, e com o movimento apressado dos dedos queria dizer ande, homem, fale de uma vez. O obeso corretor, diante da visível impaciência do indiano, não se demorou.

— Não quero criar expectativas, mas acho que estamos com sorte e temos algo interessante à vista.

Nesse exato momento, um jovem garçom os interrompeu:

— Aqui está seu cafezinho, sr. Amador.

Em cima da mesa, ao lado da xícara, deixou também uma garrafa.

— Deus lhe pague, criatura.

O rapaz não havia terminado de se voltar quando o gordo prosseguiu:

— Um pessoal de Madri já tem meio acertada uma compra grande em Sanlúcar. Há alguns meses andam vendo coisas pela região.

Enquanto falava, Zarco tirou a rolha da garrafa e diante do estupor do minerador, verteu um jorro no café.

— É brandy, não vinho — esclareceu.

Mauro fez um gesto impaciente de indiferença. Você é quem sabe como ou com o que estraga seu café, amigo. E agora, faça-me o favor de continuar.

— Eu ofereci a eles suas propriedades e eles ficaram curiosos.

— Quantos são, por que fala no plural?

A pequena xícara de louça quase se perdeu entre os grossos dedos no caminho até a boca. Bebeu de um gole só.

— Dois. Um que entra com o dinheiro e outro que o assessora. Um ricaço e seu secretário, para que me entenda — disse, pousando a xícara de volta no pires. — Não entendem nada de vinhas e vinho, mas sabem que o mercado está crescendo e estão dispostos a investir.

Olhou para ele com olhos arregalados.

— Não vai ser fácil, sr. Mauro, já lhe adianto. O outro negócio está meio fechado e propostas não lhes faltam, de modo que no caso remoto de que suas propriedades acabem lhes interessando, certamente vão tentar espremê-lo. Mas não custa tentar, não acha?

Amador Zarco não foi capaz de dizer nada além disso, e Mauro não insistiu porque sabia que ele não sabia nada mais. Sua comissão ainda estava na faixa dos vinte por cento, de modo que o intermediário tinha um interesse tão grande quanto o seu em vender logo, e bem, as propriedades.

Deixaram juntos o café depois de marcar outro encontro tão logo o corretor conseguisse saber quando os potenciais interessados chegariam a Jerez. Já estavam trocando as últimas frases diante da porta quando Mauro Larrea distinguiu Santos Huesos entre os transeuntes que percorriam a rua Larga.

Ao vê-lo na distância, talvez tenha se dado conta pela primeira vez da excentricidade de seu fiel criado naquela Baixa Andaluzia onde não faltavam peles morenas queimadas de sol ou resultantes do sangue de vários séculos de presença moura. Mas a cor de bronze daquele índio ninguém tinha por ali, nem seu cabelo escuro e liso abaixo dos ombros, nem sua constituição. Ninguém se vestia como ele tampouco, com lenço amarrado na cabeça debaixo da aba larga do chapéu e o eterno poncho colorido. Estava havia mais de quinze anos ao seu lado, desde que era um moleque magrelo e esperto que se movia pelas galerias das minas com a agilidade de uma cobra.

Terminou de se despedir do corretor e, momentaneamente inquieto pelas novidades que Santos poderia lhe trazer, esperou que o criado se aproximasse.

— O que foi, Santos?

— Foram procurá-lo.

Inspirou ansioso enquanto olhava para esquerda e para a direita. O vaivém diário de gente, as vozes de todos os dias. As fachadas, as laranjeiras. Jerez.

— Uma mulher que você conhece?

— Não e sim — respondeu Santos entregando-lhe um pequeno envelope.

Daquela vez, talvez pela pressa, não estava lacrado. Mauro reconheceu a letra e o abriu com precipitação. Peço-lhe que venha a minha casa com urgência. Em vez de uma assinatura, duas letras: S. C. Sol Claydon o chamava com urgência. O que esperava, imbecil? Que seu desatino fosse acabar sem consequências, que sua insensatez não deixaria rastros? Em meio ao bulício matutino, não sabia se a voz furiosa que o recriminava era a do procurador Andrade ou a dele mesmo.

— Pronto, Santos, estou avisado. Mas fique atento, porque ainda pode chegar outra visita. Se assim for, que espere no pátio, não a deixe entrar. E nem lhe ofereça uma cadeira, ouviu? Deixe-a esperando, simplesmente.

Caminhou com pressa, mas se deteve ao alcançar o início da Lancería, quando lembrou que tinha algo pendente; algo que, com os vaivéns imprevistos dos últimos dias, havia escapado de sua memória. E apesar da urgência de Soledad, decidiu resolver o assunto sem mais demora.

Seria rápido, e era melhor fazê-lo de uma vez que deixá-lo suspenso, para que não acabasse acarretando um desenlace pior.

Deu uma olhada em volta e viu a porta entreaberta de um cortiço. Assomou, ninguém à vista. Para o que necessitava, serviria. Parou um moleque, apontou-lhe o cartório do sr. Senén Blanco e lhe deu um décimo de cobre e algumas indicações. Três minutos depois, Angulo, o funcionário fofoqueiro que da primeira vez o acompanhara à casa da rua de la Tornería, ainda vestindo os manguitos de percalina, entrava, curioso, no pátio escuro onde ele o estava esperando.

A própria Sol, sem saber, o deixara em guarda. Do cartório havia vazado a informação de que ele conseguira as propriedades dos Montalvo sem pagar por elas; que talvez houvesse algo não totalmente transparente na transação. Ele sabia que Senén Blanco era um homem íntegro, incapaz de soltar a língua levianamente. Por isso, intuía a presumível origem de tudo. E, por isso, agora estava prestes a agir.

Primeiro o encurralou contra os azulejos, depois deu o aviso.

— Se voltar a dizer uma só palavra que seja sobre mim ou sobre meus assuntos, da próxima vez eu o quebro ao meio. — Então, agarrou-o pelo pescoço, e todo o sangue do corpo subiu de repente ao rosto do pobre-diabo. — Ficou claro, imbecil?

Como resposta obteve apenas um som abafado. Golpeou-lhe a cabeça na parede e apertou-lhe o pescoço mais um pouco.

— Tem certeza de que entendeu bem?

Saíram da boca espantada do escrevente um fiozinho de baba e uma voz minúscula que parecia querer dizer sim.

— Espero que não precisemos nos encontrar de novo.

Deixou-o com o corpo arqueado, quase caído no chão, tossindo como um asno. Antes que o rapaz pudesse reagir, ele já estava na rua ajeitando os punhos da camisa e piscando para o garoto estupefato.

Dessa vez Palmer não precisou abrir a porta. Soledad o estava esperando, e ele voltou a sentir aquela mesma sensação sem nome que corria por sua pele todos os dias desde que a conhecera. Seu vestido era cor de cereja, e a preocupação tomava outra vez seus traços harmoniosos.

— Sinto muito incomodá-lo de novo, Mauro, mas acho que temos outro problema.

Outro problema, disse ela. Não o mesmo de dois dias antes estendido, multiplicado, emaranhado ou resolvido. Outro problema diferente. E disse "temos". No plural. Como se já não se tratasse de um problema dela com o qual precisava de ajuda, e sim de um assunto vinculado desde o início aos dois.

Sem mais uma palavra, ela o levou à sala de visitas, onde ele a esperara na primeira noite.

— Entre, por favor.

O sofá que naquela noite estava vazio encontrava-se agora ocupado. Por uma mulher. Deitada, com os olhos fechados e duas almofadas debaixo da nuca, pálida como cera. Com os cabelos pretos esparramados, vestida inteiramente de negro, com um proeminente decote que uma jovem mulata mais magra que um bambu não parava de abanar.

Um murmúrio soou atrás de Mauro.

— Você a conhece, não?

Ele respondeu sem se voltar:

— Receio que sim.

— Chegou há apenas uma hora, indisposta. Mandei chamar Manuel Ysasi.

— Ela disse alguma coisa?

— Só teve tempo de se apresentar como mulher do meu primo Gustavo. Todo o resto foram incoerências.

Nenhum dos dois afastava o olhar da otomana. Ele deu um passo à frente e Sol Claydon atrás, sussurrando em seu ouvido.

— Também disse seu nome. Várias vezes.

O alarme foi proporcional à perturbação que sentiu ao notar, colado a seu corpo, o calor que emanava dela e de sua voz.

— Disse meu nome? E o que mais?

— Frases desconexas, palavras soltas. Tudo confuso e sem sentido. Algo relativo a uma aposta, acho.

CAPÍTULO 35

O dr. Ysasi tomou-lhe o pulso, pressionou sua barriga e apalpou seu pescoço com dois dedos. Depois, examinou a boca e as pupilas.

— Nada preocupante. Desidratação e exaustão, sintomas comuns depois de uma longa travessia por mar.

Pegou um frasco de láudano na maleta, pediu que preparassem um suco de limão com três colheres de açúcar e em seguida voltou-se para a jovem escrava, repetindo os mesmos exames. Havia mandado que fechassem as pesadas cortinas e a sala estava em uma semipenumbra que destoava da luz matinal que inundava a praça. O minerador e a anfitriã observavam o trabalho do médico a distância, ambos em pé ainda, com uma expressão inquieta.

— Precisa apenas de repouso — concluiu o médico.

Mauro Larrea se voltou para o ouvido de Soledad e falou, apertando os dentes:

— Temos que tirá-la daqui.

Ela assentiu com um lento movimento de cabeça.

— Suponho que tudo esteja relacionado com a herança de Luis.

— Com certeza. E isso não convém a nenhum de nós dois.

— Pronto — anunciou o médico, alheio à conversa entre eles. — O mais aconselhável é que ela não se mova ainda, que repouse deitada. E esta menina — acrescentou, apontando para a jovem escrava —, deem-lhe algo para comer; o que ela tem é inanição.

Ao toque do sininho de Soledad, uma das criadas apareceu; inglesa, como todos os serviçais da casa. Depois de dar-lhe as ordens, Sol a despachou para a cozinha com a mulatinha.

— Infelizmente, Edward ainda não voltou, e eu preferiria não ficar sozinha com ela. Seria um grande transtorno se me acompanhassem para almoçar?

O mais sensato, pensou Mauro Larrea, seria ir embora, ganhar tempo para pensar no que fazer em seguida. Embora estivesse descansando, serena, ele tinha certeza de que a mulher de Zayas desembarcara na Espanha trazendo consigo uma ameaçadora tempestade antilhana; sabia muito bem até onde ela era capaz de chegar. Falaria além da conta diante de quem quisesse escutar, narraria sem rodeios os acontecimentos, tornaria pública a maneira extravagante por meio da qual as propriedades tinham escapado das mãos de seu marido e inclusive seria capaz de recorrer a ações legais para exigir de volta os bens que ele tinha ganhado na aposta. E mesmo que nada voltasse às mãos de Zayas, porque a lei acabaria amparando a Mauro, com tudo isso ela conseguiria algo que o minerador não estava disposto a aturar: envolvê-lo em litígios e discussões, atrasar seus planos e, por fim, atrapalhar suas intenções mais urgentes. O tempo corria implacável contra ele, já haviam se passado quase dois meses dos quatro que acordara com Tadeo Carrús. Tinha que encontrar um jeito de minimizar as intenções da mexicana. De neutralizá-la.

Olhou de soslaio para Soledad enquanto ela, por sua vez, observava a desfalecida com preocupação. Se a mulher de Zayas começasse a mover suas peças, ele não seria o único prejudicado. Caso ela começasse a indagar sobre as propriedades de Luis Montalvo, a arrastaria também.

— Aceito seu convite com prazer, querida Sol — respondeu Ysasi enquanto recolhia suas coisas e as guardava na maleta. — As habilidades de sua cozinheira me seduzem bem mais que as de minha velha Sagrario, que só faz os cozidos de sempre. Permita-me, antes, lavar as mãos.

Apesar de as reticências se chocarem, alvoroçadas, na cabeça de Mauro Larrea, sua boca o traiu.

— Aceito.

O médico saiu da sala enquanto eles ficaram envolvidos na luz estranha do meio-dia coberta pelas pesadas cortinas de veludo; ambos de pé, com o olhar ainda fixo no corpo imóvel da recém-chegada. Passaram-se alguns instantes de calma aparente; quase se podia ouvir o cérebro dos dois acoplando dados e encaixando peças.

Ela foi a primeira a se manifestar.

— Por que ela tem tanto interesse em encontrá-lo?
Ele sabia que não valia a pena continuar mentindo.
— Porque provavelmente não concorda com a maneira como Gustavo Zayas e eu tratamos da transferência das propriedades de seu primo Luis.
— E há motivo para descontentamento?
E ele sabia também que tinha que ir até o fim.
— Depende de quão bem alguém aceite que seu marido aposte sua herança em uma mesa de bilhar.

* * *

A comida estava excelente de novo, a porcelana maravilhosa, os cristais igualmente delicados. O ambiente cordial da primeira noite, contudo, havia desaparecido.

Embora soubesse que não tinha que justificar sua conduta diante de ninguém, se manteve firme na sua decisão, por uma maldita vez, de falar com sinceridade. Afinal de contas, Soledad já havia contado a ele seus próprios deslizes. E do bom doutor, nada de ruim se podia esperar.

— Vejam, não sou nenhum jogador nem um oportunista sem preconceitos, e sim um homem dedicado a seus negócios, que, em um momento imprevisto, sofreu um revés. E enquanto eu tentava reconduzir minha falta de sorte, sem que eu a tivesse provocado, surgiu diante de mim uma conjuntura que acabou se resolvendo a meu favor. E quem impulsionou essa conjuntura foi Carola Gorostiza, obrigando o marido a agir.

Nem Manuel Ysasi nem Soledad lhe fizeram nenhuma pergunta explícita, mas a curiosidade de ambos pairava silenciosa no ambiente como as asas de uma ave majestosa.

Ele se debateu entre quanto contar e quanto calar, até aonde ir. Tudo era muito confuso, muito inverossímil. A encomenda de Ernesto Gorostiza para a irmã, seu desejo de encontrar um bom negócio em Havana, o navio frigorífico, o assunto vergonhoso do navio negreiro. Tudo muito duvidoso para ser digerido ao longo de um almoço. Por isso, decidiu sintetizar as coisas da maneira mais concisa:

— Ela fez o marido acreditar que ela mantinha uma relação afetiva comigo.

A faca de peixe de Soledad ficou pairando sobre um pedaço de robalo, sem chegar a tocá-lo.

— Então ele me desafiou — acrescentou. — Uma espécie de duelo temerário sobre um pano verde com tacos de madeira e bolas de marfim.

— E agora, ela veio pedir uma prestação de contas, ou tentar invalidar a aposta — disse o médico.

— Imagino que sim. Inclusive, conhecendo-a como acho que a conheço, não estranharia se ela também tivesse interesse em averiguar, de quebra, se Luis Montalvo possuía algo mais. Afinal de contas, ele transformou Gustavo em herdeiro universal, de acordo com a lei.

— Pelo menos aí vai dar com os burros n'água, porque o pobre do Luisito não tinha mais um tostão.

Diante da suposição do médico, Mauro Larrea e Soledad levaram o garfo à boca ao mesmo tempo; baixaram simultaneamente o olhar e mastigaram o peixe com mais lentidão que o necessário; como se junto com a carne branca e macia do peixe quisessem também pulverizar o desassossego. Até que ela decidiu falar.

— Olha, Manuel, na verdade, pode ser que Luis, sem saber, contasse com algo mais entre suas posses.

A expressão do médico foi de espanto quando ela resumiu a inaudita realidade. Ocultações, assinaturas falsificadas, arranjos ilícitos. E a indispensável participação de Mauro Larrea em uma sublime representação de Luis Montalvo diante de um advogado inglês.

— Com todos os diabos, não sei qual dos dois é mais insensato. Se o minerador que toma a herança alheia em uma aposta absurda, ou a fiel e distinta esposa que desfalca sua própria família.

— Algumas coisas vão além do que acreditamos que somos capazes de controlar — disse Sol então, finalmente erguendo o olhar sereno. — Situações que nos põem contra a parede. Eu teria mantido com extremo prazer minha vida confortável em Londres, com minhas quatro lindas meninas, meus assuntos sob controle e minha intensa vida social. Jamais me teria ocorrido cometer o menor deslize se Alan, filho de Edward, não decidisse nos atacar.

Apesar da afirmação desconcertante, nenhum dos dois ousou interrompê-la.

— Ardiloso, ele persuadiu o pai a fazer dele sócio nos negócios, pelas minhas costas, tomou decisões absolutamente despropositadas sem consultar Edward, enganou-o e preparou o terreno, por fim, para que nossas filhas e eu mesma ficássemos em uma situação muito precária no dia em que Edward nos faltar.

Dessa vez não foi vinho que ela levou aos lábios, e sim um longo gole de água, talvez para ajudar a diluir a mistura de raiva e tristeza que transparecia em seu rosto.

— Meu marido tem problemas muito graves, Mauro. O fato de ninguém o ter visto desde que nos mudamos não se deve a viagens de negócios inadiáveis ou a inoportunas enxaquecas; isso não passa de mentiras que eu espalho. Infelizmente, trata-se de algo bem mais complicado. E enquanto ele não estiver em condições de tomar medidas que neutralizem os ataques de seu primogênito contra as pequenas ciganas do sul, como Alan chama pejorativamente a minhas filhas e a mim, a responsabilidade de nos proteger está em minhas mãos. E por isso não tive opção a não ser agir.

— Mas não burlando a lei dessa maneira, Sol, por Deus... — disse Ysasi.

— Da única maneira que posso, meu querido doutor. Acabando com o negócio de dentro. Da única maneira que sei.

Um golpe sonoro suspendeu a conversa, como se algo volumoso houvesse caído no chão ou batido contra uma parede em algum canto da casa. As taças tremeram levemente sobre a toalha de mesa e os cristais do lustre que pendia do teto se chocaram, provocando um sutil tilintar. Soledad e Mauro ameaçaram se levantar instantaneamente; o médico os deteve.

— Eu cuido disso.

Com passo acelerado, deixou a sala de jantar.

Poderia se tratar de Carola Gorostiza, que talvez tivesse caído ao tentar se levantar, pensou Mauro. Mas intuiu que não era o caso. Talvez fosse somente um acidente com um dos serviçais, talvez um tropeção de uma criada. Sol se esforçou para não dar importância ao ocorrido.

— Com certeza não foi nada, fique tranquilo.

Então, pousou os talheres sobre o prato e o encarou com os olhos tomados de desolação.

— As coisas estão fugindo do meu controle; tudo vai de mal a pior...

Embora tivesse cavado nas profundezas de seu repertório, não encontrou palavras para responder.

— Não há dias em que gostaria que o mundo parasse, Mauro? Que se detivesse e nos desse uma folga? Que pudéssemos ficar imóveis como estátuas, como simples postes, e não tivéssemos que pensar, nem que decidir, nem que resolver? Que os lobos parassem de mostrar os dentes?

Claro que havia dias assim em sua vida. Nos últimos tempos, aos montes. Naquele instante, sem precisar ir mais longe, teria dado tudo que já tivera para continuar dividindo eternamente aquele almoço com ela: sentado a sua esquerda, sozinhos na sala de jantar forrada de papel de parede com estampa chinesa, contemplando seu rosto harmonioso de maçãs do rosto altas e os ossos de seus ombros. Resistindo à tentação de estender o braço para segurar sua mão, como no dia em que se conheceram, de apertá-la com força e dizer que não se preocupasse, que ele estava ao seu lado, tudo ia acabar logo; logo e bem. Perguntando-se como, naquela idade e com tudo o que já vivera, quando achava que nada mais o poderia surpreender, como de repente sentia aquela vertigem.

Impossível dividir com ela essas sensações; por isso, preferiu ir em outra direção.

— Soube algo mais do advogado inglês?

— Apenas que está em Gibraltar. Ainda não voltou a Londres.

— E isso é preocupante?

— Não sei — reconheceu ela. — Realmente não sei. Talvez não. Pode ser que simplesmente não tenha encontrado lugar em nenhum vapor da P&O rumo a Southampton, ou talvez tenha outros assuntos além dos meus dos quais cuidar.

— Ou...

— Ou pode ser que esteja esperando alguém.

— O filho do seu marido, por exemplo?

— Também não sei. Quem dera eu soubesse e pudesse confirmar que tudo caminha adequadamente e que nossa farsa surtiu efeito sem fissuras. Mas a verdade é que, conforme passam os dias, as dúvidas não param de crescer.

— Vamos dar tempo ao tempo — disse sem nenhuma convicção. — Agora, além do mais, temos outro problema para enfrentar.

O galeto que havia sido servido depois do robalo esfriara nos pratos. Ambos haviam perdido o apetite, mas não a necessidade de continuar falando.

— Acha que Gustavo apoia esse disparate da mulher, essa decisão de vir de Cuba sem ele?

— Suponho que não. Talvez ela tenha dado um jeito de ele não ficar sabendo de nada. Deve ter inventado alguma coisa: uma viagem ao México, quem sabe.

Ele pressentiu que ela queria perguntar algo, mas tinha dificuldade. Ela levou a taça à boca, como se quisesse reunir forças.

— Diga-me, Mauro, em que situação se encontrava meu primo? — perguntou por fim.

— Pessoal ou econômica?

Ela hesitou. Outro gole de vinho.

— Ambas.

Mauro Larrea continuava percebendo a frieza de Soledad em relação a Zayas, o distanciamento controlado que ela mantinha. Dessa vez, porém, pressentiu que ela pretendia indagar sobre a vida pessoal.

— Acredite quando lhe digo que mal o conheci, mas minha impressão é que estava muito longe de parecer feliz.

Os pratos que mal haviam tocado foram levados, a sobremesa foi servida. Os criados se retiraram.

— E acredite também quando lhe asseguro que Carola Gorostiza e eu nunca tivemos nenhuma relação afetiva.

Ela assentiu com um levíssimo movimento do queixo.

— Mas é verdade que temos outro tipo de vínculo.

— Entendi — murmurou ela.

Seu tom não foi nem um pouco agradável, mas ela o deteve com uma colherada de *crème brûlée*.

— O irmão dela é meu amigo no México e logo vai se tornar parte da minha família. A filha dele vai se casar com meu filho Nicolás.

— Entendi — murmurou ela de novo, dessa vez com menos aspereza.

— Por isso a conheci quando cheguei a Havana. Seu irmão Ernesto me encarregou de entregar um dinheiro a ela. Foi assim que entrei em contato com ela e, a partir daí, veio todo o resto.

— E como é essa mulher nos momentos em que não tem o capricho de desaparecer?

Parecia ter recuperado um pouco do brilho em seus olhos de gazela, e uma pitada da fina ironia que costumava reinar em suas conversas.

— Arrogante. Fria. Impertinente. E me ocorrem outros adjetivos que vou guardar para mim, por cortesia.

— Sabia que ela passou os últimos anos escrevendo a Luisito, insistindo obstinadamente para que ele atravessasse o oceano e fosse visitá-los? Falava da luxuosa vida em Havana, do grande cafezal que possuíam, da imensa satisfação que Gustavo sentiria ao vê-lo outra vez depois de tantos anos e das muitas vezes que ela havia imaginado como seria aquele saudoso primo espanhol. Inclusive, se me permite ser maliciosa, em algumas passagens acho até que chegou a se insinuar para ele. Provavelmente Gustavo nunca falou para a mulher das limitações físicas do pobre baixinho.

— Sinta-se livre para ser maliciosa, tenho certeza de que não é por falta de razão. Como sabe de tudo isso?

— Pelas cartas assinadas por ela que guardo em uma gaveta da minha escrivaninha. Peguei-as na casa dele junto com o resto dos objetos pessoais antes de você se mudar.

Então tinha sido Carola Gorostiza quem arrastara Luis Montalvo até Cuba, sabendo que era um solteiro com propriedades e sem descendência, ligado por laços de sangue a seu marido. E por isso certamente maquinou, perseverou, insistiu e não desistiu até conseguir que ele fizesse um novo testamento excluindo as sobrinhas e deixando como único herdeiro o primo-irmão Gustavo, que fazia duas décadas que não via. Esperta, Carola Gorostiza. Esperta e obstinada.

A volta do médico os interrompeu.

— Tudo em ordem — murmurou, sentando-se.

Soledad fechou os olhos um instante e assentiu, entendendo sem necessidade de mais palavras o que Manuel Ysasi queria dizer. Mauro Larrea olhou alternadamente para um e outro e, de repente, toda a confiança conquistada ao longo do almoço e dos dias anteriores pareceu ruir ao se sentir alheio àquela cumplicidade. O que estão escondendo? Do que querem me manter afastado? O que está acontecendo com seu marido, Soledad? O que os afasta de Gustavo? O que diabos estou fazendo entre vocês?

O médico, ignorando seus pensamentos, retomou a comida e a conversa, e o minerador não teve remédio a não ser deixar de lado suas desconfianças.

— Dei uma olhada em nossa dama e administrei algumas gotas generosas de hidrato de cloral para que fique sossegada. Vai levar algumas horas para acordar, e seria conveniente que decidissem como agir com ela.

Eu proponho jogá-la no fundo de uma mina alagada, o minerador gostaria de ter dito.

— Mandá-la de volta para o lugar de onde veio — foi sua reação, porém. — Quanto tempo calcula que vai levar para estar em condições de voltar?

— Acho que não demora a se recuperar.

— De qualquer maneira, o fundamental agora é tirá-la desta casa e de circulação.

O silêncio se estendeu sobre a mesa enquanto tentavam encontrar uma saída. Mandá-la para Cádis sozinha para esperar o embarque seria arriscado demais. Mantê-la no casarão da rua de la Tornería, um despropósito. Abrigá-la em um estabelecimento público, uma suprema insensatez.

Até que Sol Claydon fez sua proposta, que soou como uma pedra jogada contra uma vidraça.

CAPÍTULO 36

Debateram os prós e os contras na biblioteca, diante de três xícaras de café.
— Acho que não percebem o desatino do que estão tramando.
Na informalidade com que tratava Soledad desde a infância, o médico incluía agora o minerador.
— Por acaso temos outras opções?
— E se tentassem falar com ela com calma, fazê-la refletir?
— E dizer o quê? — retrucou Sol, exasperada. — Vamos convencê-la com palavras doces a ter a imensa delicadeza de voltar para Havana e sair do nosso caminho? Persuadi-la com gentilezas para que nos deixe em paz?
Ela se levantou com a agilidade de uma gata raivosa, deu quatro ou cinco passos a esmo, depois se voltou para eles.
— Ou contamos a ela que no nome de Luis Montalvo há ações e títulos no valor de várias centenas de milhares de libras esterlinas, prontos para serem herdados por ela e por Gustavo assim que realizarem os trâmites necessários? E que tal se lhe dissermos, ainda, que esse dinheiro é o patrimônio da minha família, protegido da cobiça disparatada do meio-irmão das minhas próprias filhas com minhas mais sujas e vis artimanhas?
Seu rosto estava corado e os olhos brilhantes; tornou a dar alguns passos, varrendo com a saia os arabescos do tapete, até parar ao lado da poltrona onde Mauro Larrea a contemplava, absorto, com as pernas cruzadas.
— Ou dizemos também que este homem tão elegante e generoso vai perdoar ao marido dela a volumosa dívida de jogo a fim de que ela não se decepcione em sua desproposita visita à pátria-mãe? Que vai devolver as propriedades que o imbecil, covarde e irresponsável do meu primo decidiu apostar em uma noite de bilhar?

A fim de enfatizar suas palavras, consciente ou inconscientemente, voluntária ou involuntariamente, apoiou a mão direita no ombro de Mauro. E em vez de retirá-la, à medida que sua irritação crescia, ao lançar no ar a segunda pergunta cheia de impropérios contra Zayas, o que seus dedos abertos fizeram foi se cravar com força. Quase atravessando o tecido da sobrecasaca, agarrando-se a sua pele, a sua carne e a seus ossos. No lugar onde as costas e o braço se uniam, ao lado do pescoço. No ponto mais certeiro para que uma pontada incontrolável de desejo tomasse as entranhas do minerador.

— Além disso, Manuel, estamos falando de Gustavo. Do nosso queridíssimo Gustavo. Lembre-se bem.

Ainda com Soledad segurando seu ombro e aquela inesperada reação sacudindo seu corpo e sua alma, não deixou de notar o amargo sarcasmo da última frase. Nosso queridíssimo Gustavo, dissera ela. E em suas palavras, como sempre que o mencionava, não havia nem sombra de calor.

Manuel Ysasi interveio com resignação:

— Bem, nesse caso, e embora eu continue achando que retê-la contra a vontade é um grande desatino, suponho que não me deixam outra saída.

— Isso significa que concorda com que ela fique em sua casa?

A mão dela soltou o ombro de Mauro Larrea para se aproximar do médico, e ele sentiu uma desoladora orfandade.

— Que fique claro para os dois que se alguém ficar sabendo disso em Jerez, eu corro o risco de perder a maioria dos meus pacientes. E não tenho um próspero negócio vinhateiro, nem minas de prata que me respaldem; vivo somente do meu trabalho, e isso quando consigo receber.

— Não diga isso, Manuelillo — cortou ela com uma ponta de ironia.

— Não vamos sequestrar ninguém; só vamos proporcionar alguns dias de hospedagem gratuita a uma convidada indesejável.

— Eu me encarregarei pessoalmente de levá-la a Cádis e embarcá-la assim que você achar que ela está em condições de viajar — concluiu Mauro. — Na verdade, tentarei averiguar o quanto antes a data de partida do próximo vapor para as Antilhas.

Ysasi, com negra ironia, deu por encerrada a conversa.

— Faz muito tempo que deixei de acreditar na intervenção de um grandioso ser supremo em nossos humildes assuntos terrenos, mas que Deus tenha piedade de nós se algo der errado nesse plano desatinado.

* * *

Deixaram-na instalada na residência do médico na rua Francos, na velha casa que ele herdara do pai e este do avô, onde convivia com os mesmos móveis e a mesma criada que servira três gerações da família. Escolheram um quarto nos fundos, aberto para um pátio, com uma estreita janela convenientemente afastada das casas vizinhas. A escrava Trinidad ficou em um quarto contíguo, para atender às necessidades de d. Carola. Soledad deu instruções a Sagrario, a velha criada do médico, sobre os cuidados com a hóspede. Canja e omeletes, moela de cordeiro, muitas jarras de água fresca, trocas frequentes de lençóis e urinóis, e uma negativa radical e absoluta diante de qualquer tentativa dela de sair.

Santos Huesos ficou encarregado da chave, montando guarda no início do corredor.

— E se ela ficar brava, patrão, na ausência do doutor?

— Mande a velha me chamar.

Depois, com um leve gesto indicou o quadril direito do índio: o lugar onde sempre levava a faca. Depois de esperar que a comitiva voltasse para o andar de baixo, esclareceu a ordem:

— E se ela passar dos limites, dê um jeito nela. Só um pouquinho.

Assim que tudo ficou acertado, Sol anunciou sua retirada. Certamente, os complexos problemas do marido que ele continuava desconhecendo exigiam sua presença. Ou talvez simplesmente estivesse ficando sem forças para prosseguir.

Sagrario, a criada desgastada e meio manca, chegou arrastando os pés. Trazia a capa, as luvas e o elegante chapéu com penas de avestruz, peças mais apropriadas para transitar pelas mundanas vias do West End londrino que para atravessar em plena noite as estreitas ruelas de Jerez. Lá fora esperava-a sua carruagem. Ele a acompanhou até o saguão.

— Você se encarrega, então, de averiguar sobre as próximas partidas para Cuba?

— Será a primeira coisa que farei amanhã de manhã.

Mal havia luz no espaço de trânsito entre a residência e a rua; a luz fraca de uma vela alterava os contornos do rosto dos dois.

— Vamos torcer para que tudo acabe logo — disse ela enquanto vestia as luvas.

Apenas para dizer alguma coisa, sem se esforçar para demonstrar o menor sinal de convicção.

Que tudo acabe logo. Tudo: um grande saco sem fundo onde cabiam mil problemas, dos outros e dele próprio. Precisaria de muita sorte para que, ao jogá-los para o ar, todos caíssem em pé.

— Faremos o possível para que assim seja.

E para esconder a falta de convicção que ele mesmo sentia, acrescentou:

— Sabe, hoje de manhã soube que pode haver possíveis compradores em vista para as propriedades da sua família.

— Não diga!

Impossível, por parte dela, imprimir menos entusiasmo à voz.

— Um pessoal de Madri. Têm um negócio praticamente fechado em outro lugar, mas estão dispostos a considerar minha oferta.

— Especialmente se lhes oferecer um preço vantajoso.

— Receio que não me reste outra opção.

Entre os azulejos de Triana da velha casa de Ysasi, na semipenumbra, com o chapéu e as luvas já colocados e a capa sobre os ombros harmoniosos, ela lhe dirigiu um meio-sorriso cansado.

— Tem pressa de voltar para o México, não é?

— Receio que sim.

— Lá o esperam sua casa, seus filhos, seus amigos... Inclusive, talvez, uma mulher.

Ele tanto poderia ter respondido que sim como que não, e em nenhum dos dois casos teria mentido. Sim, claro que sim: me esperam meu maravilhoso palácio colonial na rua de San Felipe Neri; minha linda filha Mariana, agora uma jovem mãe, e meu filho Nicolás, prestes a se tornar parte da melhor sociedade assim que voltar de Paris; meus muitos amigos poderosos e prósperos e algumas lindas mulheres que sempre se mostraram dispostas a me abrir sua cama e seu coração. Ou não, claro que não. Na realidade, é muito pouco o que me espera lá; essa também poderia ter sido sua resposta. A escritura da minha casa está nas mãos de um agiota que me asfixia com prazos inflexíveis; minha filha tem sua vida independente; meu filho é um desatinado que vai acabar fazendo o que lhe der na telha. Meu amigo Andrade, que é minha razão e meu irmão, está amordaçado em minha consciência para que não grite que estou me comportando como um descerebrado. E quanto às mulheres, nem uma única das que já passaram pela minha vida jamais conseguiu me atrair, me comover ou me perturbar nem a centésima parte do que você, Soledad Montalvo, desde que apareceu naquele meio-dia nebuloso no arruinado casarão de sua própria família, me atrai, me comove e me perturba.

Sua resposta, contudo, foi muito mais vazia de fatos e afetos, infinitamente mais neutra:

— Lá é o meu lugar.

— Tem certeza?

Ele olhou para ela confuso, franzindo as grossas sobrancelhas.

— A vida nos arrasta, Mauro. A mim, em plena juventude, me arrancou desta terra e me levou para uma cidade fria e imensa, para viver em um mundo estranho. Mais de vinte anos depois, quando já estava adaptada àquele universo, as circunstâncias me trouxeram outra vez até aqui. Os ventos inesperados nos impulsionam, algumas vezes, a tomar o caminho de ida, outras vezes, o caminho de volta, e com frequência não vale a pena nadar contra a corrente.

Ela ergueu a mão enluvada e pôs os dedos sobre os lábios dele, para que não a contradissesse.

— Apenas pense nisso.

CAPÍTULO 37

Barulho de copos e garrafas, rumor de conversas descontraídas e o som de um violão. Uma dúzia e meia de homens mais ou menos, e apenas três mulheres. Três ciganas. Uma, muito jovem e muito magra, enrolava cigarros de fumo picado com os olhos baixos, enquanto outra, mais vigorosa, deixava-se galantear, sem muito interesse, por um moço elegante. A mais velha, de rosto enrugado e seco como uma passa de Málaga, parecia cochilar com os olhos entreabertos e a cabeça apoiada na parede.

Quase todos os presentes careciam das roupas e dos modos do médico e de Mauro Larrea, contudo, a chegada deles àquela loja de vinhos do bairro de San Miguel não pareceu causar estranheza à clientela, em absoluto. Ao contrário. Boa noite, ouviram várias vezes tão logo atravessaram a porta. Boa noite, doutor e companhia. Prazer em vê-lo outra vez por aqui, sr. Manué. Depois de um parco jantar na casa do médico, comprovaram que a Gorostiza continuava dormindo, que a mulatinha descansava ao lado e que Santos Huesos estava no corredor, preparado para uma noite de calma vigília. E, certos de que nada inesperado poderia acontecer até a manhã seguinte pelo menos, Manuel Ysasi propusera a Mauro que saíssem para respirar.

— Leu meus pensamentos, doutor?

— Você já conhece o lugar onde a sociedade mais respeitável relaxa. O que acha de conhecer agora a outra Jerez?

Por isso tinham ido parar naquela taberna da Plaza de la Cruz Roja, em um bairro que tempos antes havia sido um arrabalde de extramuros e agora era parte do sul da cidade.

Acomodaram-se diante de uma das poucas mesas vazias, em bancos compridos, à luz de lamparinas a óleo, perto do balcão. Atrás, uma larga prateleira cheia de garrafas e barris de vinho, e um rapaz que não devia ter nem vinte anos secando louça, calado e sério, enquanto lançava olhares cheios de melancolia para a jovem cigana. Ela, enquanto isso, continuava enrolando tabaco sem desviar os olhos da tarefa.

O rapaz atendeu-os rápido: dois copos estreitos cheios de líquido da cor de âmbar que não precisaram pedir.

— Como está seu pai, rapaz?

— Pffff... Na mesma. Não fica bom.

— Diga-lhe que segunda-feira passo para vê-lo. Que continue com as cataplasmas de mostarda e faça inalação com agulhas de pinho.

— Certo, sr. Manuel.

O garçom mal havia acabado de se retirar quando se aproximou da mesa um jovem de costeletas pretas grossas e olhos que pareciam duas azeitonas.

— Mais duas doses para o doutor e seu amigo, Tomás, por minha conta.

— Deixe disso, Raimundo, deixe disso, homem — recusou o doutor.

— Como, sr. Manué, com tudo que eu lhe devo?

Então, dirigiu-se a Mauro Larrea.

— Devo a vida do meu filho a este homem, meu senhor, caso não saiba. A vida inteirinha do meu moleque. Mal, ele estava muito mal...

Nesse exato momento, com a força de um ciclone, entrou na taberna uma mulher com o cabelo preso e alpargatas, agasalhada com uma tosca manta de algodão. Olhou ansiosa para esquerda e para a direita e, quando encontrou seu alvo, em três passos largos estava diante dele.

— Ai, sr. Manué, sr. Manué! Venha até minha casa um instantinho ver meu Ambrosio, pelo amor de Deus, um instantinho só — insistiu, angustiada. — Minha comadre acabou de me dizer que viram o senhor vindo para cá e vim buscá-lo, doutor, o homem está com o pé na cova. Estava trançando cestas de palmito esta tarde, tão tranquilo, quando deu um troço nele que... — Cravou os dedos feito garras na mão do médico e a puxou. — Venha um instantinho, sr. Manué, pelo que há de mais sagrado neste mundo, é aqui do ladinho, do lado da igreja...

— Maldita hora que me ocorreu trazê-lo aqui, Mauro — murmurou o médico, soltando-se, enérgico. — Pode me esperar uns quinze minutos?

Mal teve tempo de dizer claro, doutor. Antes disso Manuel Ysasi já estava a caminho da porta, vestindo a capa, seguindo os passos da mulher atormentada. Depois de deixar mais dois copos de vinho em cima da mesa, o filho do dono do bar retomou as tarefas atrás do balcão e os tristes olhares para a jovem cigana. O cigano pai, de costeletas espessas, por sua vez, voltou ao grupo do fundo, onde alguém continuava tocando violão e outro alguém batia palmas, e um terceiro entoava, baixinho, o início de uma *copla* sobre maus amores.

Quase agradeceu por ficar sozinho e poder desfrutar o vinho sem ter que falar com ninguém. Sem fingir, sem mentir.

Seu prazer durou pouco, porém.

— Soube por aí que o senhor ficou com a casa do baixinho.

Estava tão ensimesmado, com o copo na mão e concentrado na cor de mogno do vinho ao se chocar contra o cristal, que não viu chegar a velha cigana arrastando um banquinho de junco. Sem pedir nem esperar permissão, sentou-se a um dos lados da mesa, em ângulo com ele. De perto era ainda mais velha do que parecia a distância, como se a pele de seu rosto fosse couro entalhado a faca. O cabelo era ralo e seboso, preso em um coque pequeno e bem apertado. Das orelhas, enormes, pendiam longos brincos de ouro e coral que esticavam seus lóbulos até abaixo do queixo.

— Também me disseram que o sr. Luisito morreu, que Deus o tenha. Ele gostava muito de farra, pequeno do jeito que era, mas, nos últimos tempos, andava menos animado. Aqui, na pracinha, vinha muito. Às vezes sozinho, às vezes com outros amigos, ou com o sr. Manué. Uma pessoa muito boa, o baixinho. Leal — sentenciou com solenidade.

E para legitimar seu parecer, cruzou o polegar ossudo sobre um indicador igualmente sujo e deformado, fazendo uma cruz, que beijou com o ruído de uma ventosa.

Era difícil entendê-la: sem dentes, com a voz fraca e o sotaque confuso, e usando expressões que ele jamais havia escutado na vida.

— Se me oferecer um trago, senhor, eu leio agorinha mesmo na palma de sua mão como as coisas vão ficar nos seus negócios e no seu futuro.

Em qualquer outro momento, teria se livrado da cigana sem pensar duas vezes. Me deixe em paz, fora. Desapareça, faça-me o favor, teria dito. Ou até mesmo sem a parte do favor. Assim havia feito tantas vezes no

México com os miseráveis que lhe ofereciam desvendar os segredos de sua alma em troca de uma moeda e com as negras que cruzavam seu caminho nas ruas de Havana com um charuto na boca, empenhadas em ler sua sorte em cocos ou caracóis.

Talvez a culpa, aquela noite, fosse do vinho perfumado e forte que já o estava esquentando por dentro, ou do dia cheio de sobressaltos que passara, ou das confusas sensações que nos últimos tempos se remexiam em seu corpo com o brio de galos de briga. O caso foi que aceitou.

— Vá em frente — disse, estendendo a palma para ela. — Vamos ver o que vê no meu maldito destino.

— Mas que mão de indiano incomum é essa, criatura! O senhor tem mais marcas que um trabalhador depois da vindima. Vai ser muito complicado ver sua sorte aqui.

— Então deixe.

Imediatamente lamentou ter concordado com aquela sandice.

— Não, senhor, não. Mesmo escondidas atrás das cicatrizes, vejo muitas coisas aqui...

— Pois bem, diga.

No fundo da taberna continuavam soando as palmas, o violão e a voz, que ao compasso continuava falando de traições e vinganças por penares do querer.

— Vejo que teve muitos assuntos que ficaram pela metade na vida.

Não deixava de ter razão. O pai que nunca conheceu, um feirante de passagem por sua aldeia que não lhe deixou nem o sobrenome. O abandono da própria mãe na primeira infância, deixando-o a cargo de um avô que era parco em palavras e afeto, sempre saudoso de sua terra basca, e que nunca conseguiu se costumar ao seco desterro castelhano. Seu casamento com Elvira, a partida para a América, a ruína final: tudo aquilo havia truncado sua trajetória em um momento ou outro. Havia poucas continuidades, certamente. A cigana não estava errada. Mas nada muito diferente, supôs, de muitos com as mesmas décadas nas costas. Provavelmente a velha trapaceira já tinha repetido essa mesma frase centenas de vezes.

— Vejo também que há algo a que o senhor está agarrado agora mesmo, e que, se não andar direito, pode desaparecer.

E se fosse o casarão dos Montalvo e o resto das propriedades que desapareceriam de meu poder?, fantasiou. E se esse desaparecimento fosse em troca de uma grande quantidade de onças de ouro?

— E também está escrito que isso a que estou agarrado vai ser tirado das minhas mãos por umas pessoas de Madri? — perguntou com uma ponta de ironia, pensando nos possíveis compradores.

— Isso esta velha não pode saber, meu filho. Só lhe digo que use bem a cabeça — advertiu ela, levando o polegar decrépito até a têmpora —, porque, pelo que vejo aqui, talvez o senhor hesite. Depois, como diz o ditado, não adianta chorar sobre o leite derramado.

Quase soltou uma gargalhada diante daquela sublime eloquência.

— Muito bem, mulher. Já estou vendo meu futuro com toda a clareza — disse, tentando dar por encerrada a sessão divinatória.

— Um instantinho, meu senhor, um instantinho, que há algo aqui que está clareando. Mas, para isso, vou precisar antes de um traguinho. Ande, Tomasillo, meu filho, ponha para esta velha um copinho de vinho. Na conta do senhor, não é?

Ela nem sequer esperou que o rapaz deixasse o vinho em cima da mesa; arrancou-o das mãos dele e esvaziou o copo de um gole só. Depois, baixou a voz, séria e sóbria.

— Há uma prenda que o mantém bem preso, meu senhor.

— Não entendi.

— O senhor anda louco por uma mulher. Mas ela não está livre, o senhor sabe.

Ele franziu as sobrancelhas e nada disse. Nada.

— Está vendo? — continuou ela, passando lentamente uma unha encardida sobre a palma estendida. — Está bem claro. Aqui, nestas três linhas, está o triângulo. E alguém vai sair dele sem demora. Entre água ou entre fogo, vejo alguém indo embora.

Maldita clarividência, velha dos diabos, quase disse enquanto se desvencilhava dela com violência e uma mistura de irritação e desconcerto. Fazia dias que mentalmente se via embarcando para Veracruz, não precisava que ninguém lhe lembrasse disso. Salpicado pelas gotas e pela brisa do Atlântico, olhando do convés de um vapor enquanto Cádis, tão branca e tão luminosa, ia diminuindo na distância até se transformar em um ponto perdido no mar. Afastando-se daquela velha Espanha e daquela

Jerez que, de uma forma imprevisível, o havia feito reviver sensações perdidas no mais remoto de sua memória. Tomando outra vez o caminho de volta; regressando a seu mundo, a sua vida. Sozinho, como sempre. De volta a um mundo no qual nada seria igual, nunca mais.

— Quero lhe dizer uma última coisa, senhor. Uma coisinha de nada que vejo aqui.

Nesse instante, a porta da taberna se abriu de supetão e Ysasi entrou de novo.

— Ora, Rosario, o que está acontecendo aqui? Saio pouco mais de dez minutos e você vem enrolar meu amigo com sua conversa fiada! Se seu pai souber, Tomás, que deixa essa cigana entrar aqui noite após noite, quando se recuperar da coqueluche vai lhe passar uma descompostura. Ande, velha trapaceira, deixe-nos em paz e vá dormir. E leve suas netas, que não são horas de andarem por aí as três.

A anciã obedeceu sem reclamar. Pouca autoridade maior havia para aquela gente que a daquele doutor de barba preta que por puro altruísmo cuidava de seus males e de suas dores.

— Lamento muito tê-lo deixado sozinho.

Com um simples gesto, ele mostrou que a ausência não tinha importância; como se quisesse, ao mesmo tempo, afastar também com a mão o eco da voz da cigana. De imediato retomaram o vinho e a conversa. Ao bairro de San Miguel e seus moradores, mais dois copos; à convalescença da Gorostiza, sirva mais dois, Tomás. E, como sempre, no final, o destino inevitável de todos os assuntos. Soledad.

— Você deve estar pensando, talvez com razão, que me intrometo onde não fui chamado, mas há algo que preciso saber para encaixar todas as peças soltas em minha cabeça.

— Para o bem e para o mal, Mauro, você já está mergulhado até as orelhas na vida dos Montalvo e seus apêndices. Pergunte o que quiser.

— O que exatamente está acontecendo com o marido dela?

O médico inspirou, inflando as bochechas e dando a seu rosto fino uma compleição diferente. Depois soltou o ar, sem pressa para ordenar o que pretendia dizer.

— No início, pensaram que se tratava de simples episódios de melancolia; esse mal que se aloja na mente e dá chicotadas que paralisam a vontade. Eclosões de tristeza, surtos de angústia infundada que levam ao desânimo e ao desespero.

Desequilíbrios do ânimo e do temperamento, então; era disso que se tratava. Começou a entender. E a encaixar as peças.

— Por isso ela disse que o próprio filho o enganou com intrigas, aproveitando sua fraqueza e obrigando-o a tomar atitudes em relação ao negócio da família adversas aos interesses de Soledad e de suas próprias filhas — observou.

— É o que suponho. Em condições normais, a propósito, tenho absoluta certeza de que Edward jamais teria feito o menor movimento que pudesse prejudicá-las. — Ele sorriu com uma ponta de nostalgia. — Poucas vezes vi um homem mais dedicado à esposa que ele.

A taberna estava abarrotada; ao violão sossegado dos primeiros momentos somara-se outro, e as cordas de ambos soavam com mais arroubo. O canto baixinho que ouviram quando chegaram havia se transformado em uma agitação de palmas, violões, vozes e pés batendo; o local vibrava.

— Lembro-me dele no dia do casamento — prosseguiu Ysasi alheio, mais do que acostumado a toda aquela barulheira. — Com aquela cara de normando aristocrático que tinha, tão alto e tão louro, tão ereto sempre; e, de repente, lá estava ele na Colegiata, com o dobro da habitual elegância, recebendo os parabéns e esperando a chegada da nossa Sol.

Se Mauro Larrea soubesse o que era ciúme, se alguma vez o houvesse sentido em seus próprios ossos, teria reconhecido aquela sensação imediatamente, quando uma pontada de algo sem nome mordeu suas entranhas ao imaginar uma Soledad Montalvo radiante dizendo sim, aceito, na alegria e na tristeza, na saúde e na doença, diante do altar. Por Deus, homem, sussurrou sua consciência, você está se tornando um idiota sentimental. E, a distância, intuiu o procurador Andrade gargalhando.

— A verdade é que ninguém podia suspeitar naquele domingo ensolarado de início de outubro, que apenas dois dias depois morreria Matías Neto e tudo começaria a se desintegrar.

— E ninguém se importou, também, que ela fosse embora de Jerez? Que fosse levada para Londres por um desconhecido, que...

— Um desconhecido, Edward? Não, não. Não me expliquei bem. Às vezes esqueço que você não conhece certos detalhes. Edward Claydon era quase de casa, muito próximo da família. Cuidava dos negócios da família na Inglaterra, era o homem de confiança do sr. Matías na exportação de seu sherry.

Alguma coisa não estava certa; algo não se encaixava na imagem do jovem bem-apessoado que acabava de imaginar percorrendo o corredor central da Colegiata ao som de um órgão, de braços dados com a bela Soledad, e as sólidas relações comerciais do patriarca. Por isso, à espera de uma resposta, tentou não interromper o médico.

— Já fazia mais de uma década que ele passava temporadas em Jerez, sempre hospedado com a família. Não tinha nada a ver com Sol na época, nem... Nem com Inés.

— Inés é a irmã que se tornou freira, não é?

O doutor Manuel assentiu com um gesto afirmativo, depois repetiu o nome. Inés, sim. Nada mais. Ele continuava tentando fazer com que as peças se encaixassem em seu cérebro, mas nem trabalhando-as com um escopro conseguia juntá-las. Ao fundo, mais palmas, mais farra, mais violões e pés batendo no chão.

— Enfim, amigo, acho que é a lei da vida.

— Que lei da vida, doutor?

— Que com a idade sejamos vítimas de uma deterioração irreversível.

— Mas da idade de quem está falando? Desculpe, mas acho que estou cada vez mais perdido.

O médico estalou a língua, fez um gesto de resignação e pousou o copo na mesa com um golpe seco.

— Desculpe, Mauro, é culpa minha e do vinho; pensei que você soubesse.

— Que eu soubesse o quê?

— Que Edward Claydon é quase trinta anos mais velho que a mulher.

CAPÍTULO 38

Estava na cozinha; tinha acabado de se levantar, com o cabelo revirado como se tivesse lutado com os aliados de Satanás, vestindo apenas uma calça sem cinta e uma camisa amarrotada e meio aberta. Tentava acender o fogo para fazer café quando ouviu Angustias e Simón, o casal de velhos criados, entrar pela porta do pátio dos fundos. Mal tivera oportunidade de cruzar com eles, mas a casa agradecia sua presença. O pátio e a escada estavam mais limpos; os aposentos mais habitáveis, apesar da deterioração; suas camisas brancas recém-lavadas secavam estendidas em uma corda depois apareciam no armário magicamente, impecáveis. E a qualquer hora que chegasse sempre havia nas lareiras um resquício de calor, e em algum banco algo para comer.

O céu da manhã, forrado de nuvens densas, não tinha terminado de abrir, e na cozinha ainda pairavam o frio e a semiescuridão quando ouviu o bom-dia do casal.

— Veja o que lhe trouxemos, senhor — anunciou a mulher. — Ontem mesmo meu filho do meio o caçou, veja que beleza.

Segurando-o pelas patas traseiras, ela ergueu, orgulhosa, um coelho de pelagem cinza morto.

— Vai almoçar em casa hoje, sr. Mauro? Senão, deixo o coelho para o jantar, pensei em refogá-lo com alho.

— Não tenho ideia do que farei na hora do almoço, e com o jantar não se preocupe, porque não estarei em casa.

O convite que mencionara o presidente do cassino dias antes não havia tardado a chegar. Um baile no palácio do Alcázar, residência dos Fernández de Villavicencio, duques de San Lorenzo. Em homenagem aos Claydon, segundo dizia o cartão. Uma reunião elegante e descontraída com a nata da sociedade de Jerez. Poderia declinar, se quisesse, nada nem ninguém o obrigava a ir. Mas, talvez por deferência, talvez por curiosidade diante daquele insólito universo de latifundiários e produtores de vinho de raça que mal conhecia, aceitou.

— Vou deixar em uma panela no fogão, depois o senhor come.

— Onde está o índio? — interrompeu o marido.

— O índio tem nome, Simón — foi a resposta de Angustias em tom de recriminação. — Se chama Santos Huesos, caso não se lembre. E é mais bondoso que um apóstolo, apesar de usar os cabelos compridos como o Cristo e ter a pele de uma cor diferente.

— Hoje não dormiu em casa, tem assuntos a resolver para mim em outro lugar — esclareceu sem entrar em detalhes.

Mais bondoso que um apóstolo, dissera a mulher. Se seu cérebro não estivesse tão embotado, teria dado risada. Em vez disso, limitou-se a pedir:

— Pode me preparar um café bem forte, Angustias?

— Agora mesmo, não precisa nem pedir. E assim que terminar, começo a esfolar o coelho, vai ver que delícia vai ficar. O pobre sr. Luisito lambia os beiços toda vez que eu fazia para ele: cozinhava com alho, um fiozinho de vinho, uma folhinha de louro, depois o servia com pedaços de pão frito...

Ele deixou a mulher cuidando de seus assuntos culinários e foi se lavar no pátio com uma toalha no ombro.

— Espere que vou pôr uma panela no fogo, sr. Mauro, desse jeito vai pegar uma pneumonia!

Mas ele já estava com a cabeça submersa na água gelada do amanhecer.

O despertar o apunhalara cedo, apesar de ser já alta madrugada quando voltou com o amontillado e o repique de violões e palmas martelando em sua cabeça. O dia não promete ser fácil, antecipou, pensando na Gorostiza enquanto secava a água que escorria pelo torso. Então é melhor começarmos o quanto antes.

Tocava o sino da missa das nove em San Marcos quando ele saiu com o cabelo ainda úmido rumo à rua Francos. Manuel Ysasi já estava na entrada, guardando na maleta um estetoscópio, pronto para começar o dia de trabalho.

— Como foi a noite?

— Não ouvi nada até acordar, por volta das sete. Segundo seu criado, nossa convidada ficou um tanto alterada, mas acabei de subir para examiná-la e, afora um mau humor dos diabos, está bem. Mas não parece ter muito apreço por vocês, a julgar pelas coisas lindas que disse a seu respeito.

Trocaram algumas frases diante do portão antes de se despedir; o doutor estava indo para Cádis, onde tinha afazeres profissionais que lhe detalhou tangencialmente sem que ele retivesse uma só palavra. Seu pensamento estava em outro lugar, pronto para enfrentar o furacão havanês pela primeira vez.

Ao ouvir seu nome, Santos Huesos saiu do quarto contíguo ao da Gorostiza seguido como uma sombra pela mulata magra. A mesma com quem o deixara na Plaza de Armas na noite de festa em que sua ama o convocara à igreja, recordou fugazmente. Mas não era momento de lançar cordas para amarrar as recordações difusas do outro lado do mar; urgente agora era averiguar que diabos ia fazer com aquela mulher.

— Não se preocupe, patrão, ela já está tranquila.

— Ficou muito revoltada?

— Ficou um pouquinho brava quando acordou de manhã e viu que não podia sair do quarto, mas logo passou.

— Você teve que entrar? Falou com ela?

— Sim.

— E ela o reconheceu?

— Claro que sim, sr. Mauro; lembrava-se de mim de Havana, de me ver com o senhor. E se vai me perguntar se ela quis saber do senhor, a resposta é sim. Mas eu só disse que andava muito ocupado, que não poderia vir vê-la hoje.

— E como lhe pareceu?

— Pois eu diria que de saúde não anda mal, patrão. Mas com esse gênio dos diabos que tem, não sei como vai aceitar ser mantida enjaulada.

— Ela comeu alguma coisa?

Sagrario, a criada idosa, chegava nesse momento pelo corredor com sua perna manca.

— Alguma coisa, senhor? Estava com mais fome do que um preso da penitenciária da Carraca.

— E depois dormiu outra vez?

— Não, senhor.

Quem respondeu foi a doce Trinidad, até então calada atrás de Santos Huesos.

— Minha ama está arrumada feito uma noiva, só falta penteá-la. Está quase pronta para sair.

Pronta para sair para lugar nenhum, murmurou o minerador enquanto se aproximava do quarto do fundo.

— A chave, Santos — ordenou, estendendo a mão.

Deu duas voltas e entrou.

Ela o esperava em pé, alertada por sua voz por trás da porta. Furiosa, como era previsível.

— O que está pensando, seu cretino? Faça o favor de me tirar daqui imediatamente!

Não lhe pareceu, de fato, que tivesse má aparência, apesar da incongruência entre o modesto quarto e seu vestido magenta coroado pelo cabelo preto e espesso que descia até o meio das costas.

— Receio que isso seja impossível até daqui a alguns dias. Então, eu a levarei a Cádis para embarcá-la de volta a Havana.

— Nem pense nisso!

— Vir de Cuba até aqui foi um verdadeiro despropósito, sra. Gorostiza. Peço-lhe que reconsidere seu comportamento e aguarde alguns dias, serena. Em breve sua partida estará acertada.

— Saiba que não pretendo sair desta cidade enquanto não receber de volta até o último punhado de terra que me pertence. Portanto, pare de mandar índios e capangas e vamos resolver nossos assuntos de uma vez.

Ele encheu os pulmões de ar, tentando manter a calma.

— Não há nada para resolver: tudo foi feito de comum acordo entre mim e seu marido. Está tudo em ordem, ratificado em um cartório. Esse empenho em recuperar o que perdeu não tem pé nem cabeça, senhora. Pense bem e aceite.

Ela olhou para ele com aqueles olhos negros e insidiosos. Brotou de sua boca um ruído que parecia uma noz rachando, como se um riso seco e amargo houvesse ficado atravessado em algum lugar.

— O senhor não entende nada, não entende nada.

Ele ergueu as mãos em sinal de resignação.

— Não entendo nada, realmente. Nem de suas tramoias nem de seus despropósitos, não entendo nada em absoluto. E, a esta altura, tanto faz. O único que sei é que a senhora não tem nada para fazer aqui.

— Preciso ver Soledad.

— Está se referindo à sra. Claydon?

— À prima do meu marido, à causadora de tudo.

Para que continuar afundando em absurdos, se não chegaria a lugar nenhum?

— Creio que ela não compartilha de seu interesse e aconselho a senhora a esquecê-la.

Agora sim o riso brotou inteiro, com uma carga de acidez.

— Então ela também o fez perder o juízo? Foi?

Calma, irmão, advertiu-se. Não dê corda a essa mulher, não a deixe enrolá-lo.

— Saiba que pretendo denunciá-lo.

— Se precisar de qualquer coisa, fale com meu criado.

— E que vou comunicar seu comportamento a meu irmão.

— Procure descansar e poupar energia. A travessia do Atlântico, como sabe, pode ser tempestuosa.

Ao ver que Mauro Larrea se dirigia para a porta com a intenção de deixá-la trancada de novo, a indignação se tornou cólera e ela ameaçou ir para cima dele. Para impedi-lo, para esbofeteá-lo, para mostrar-lhe sua raiva. Ele a repeliu com o antebraço na horizontal.

— Cuidado — advertiu, severo. — Já chega.

— Quero ver Soledad! — exigiu ela com um grito agudo.

Ele pôs a mão na maçaneta como se não a houvesse escutado.

— Voltarei quando puder.

— Depois de ser a causadora de todos os males do meu casamento, a maldita não vai sequer vir falar comigo?

Ele não foi capaz de entender aquela frase desconcertante, como também não julgou que valesse a pena esclarecer alguns pontos que contradiziam sua acusação. Que tinham sido suas próprias maquinações que despojaram as filhas de Sol de sua futura herança, por exemplo; que tinham sido suas tramoias que levaram Luis Montalvo, um pobre-diabo doente e debilitado, a abandonar seu mundo para acabar morrendo em uma terra estrangeira. Mais acusações tinha Soledad contra ela que o contrário. Mas também não quis ir por esse caminho.

— Acho que está começando a ter alucinações, senhora. Precisa continuar repousando — aconselhou com um pé no corredor.

— Não vai conseguir se livrar de mim.

— Faça o favor de se comportar.

O último grito atravessou a porta recém-fechada, acompanhado pelo eco de um punho batendo na madeira com fúria.

— O senhor é um ser vil, Larrea! Um filho da mãe, um... um...

Os últimos insultos não chegaram a seus ouvidos; sua atenção já estava em outro lugar.

* * *

Dois mil e seiscentos reais no camarote ou mil setecentos e cinquenta no convés era o que custaria embarcar a Gorostiza no vapor até Havana. E com a escrava junto, seria o dobro. Acabava de ser informado em uma agência de passagens na rua Algarve, e de lá saiu amaldiçoando sua negra sorte, não só por ter que cuidar de se livrar da ingrata presença dela, mas também pela mordida inesperada em seus parcos capitais.

Cinco dias depois zarparia de Cádis o correio *Reina de los Ángeles*. Com escalas em Las Palmas, San Juan de Porto Rico, Santo Domingo e Santiago de Cuba; deram-lhe, inclusive, a informação impressa. Quatro ou cinco semanas de travessia, talvez seis, dependendo dos ventos, o senhor sabe, disseram. A vontade de tê-la longe era tão imensa que ele ficou tentado a comprar imediatamente a passagem, mas a razão o deteve. Espere, compadre. Um dia, pelo menos, negociou consigo mesmo. Conforme fosse o dia, na manhã seguinte encerraria o assunto. A partir daí, e enquanto não se resolvessem as intenções dos madrilenses, chegaria a hora de fazer o que até então havia pretendido evitar a todo custo: as punhaladas no dinheiro de sua consogra, e não para investi-lo em projetos lucrativos como ela lhe havia pedido, e sim para sua mais parca sobrevivência.

— Mauro?

Todos os argumentos e previsões que iam se amontoando em sua cabeça, em uma estrutura de aparente solidez, desabaram. Foram levados como um sopro pela simples presença de Sol Montalvo atrás dele na Plaza de la Yerba, com sua graça e seu andar sob as árvores de galhos nus e o cinza-chumbo do céu naquela manhã nublada de outono, com sua capa cor de lavanda e a curiosidade estampada no rosto, a caminho da rua Francos.

— Já esteve com ela?

Ele sintetizou o encontro em um breve parágrafo que omitia alguns comentários, enquanto os dois permaneciam parados frente a frente no meio da pequena praça, cheia de idas e vindas naquela hora de comércio aberto e atividade aos borbotões.

— De qualquer maneira, acho que gostaria de falar com ela. É mulher do meu primo, afinal de contas.

— É melhor evitá-la.

Ela negou com a cabeça, recusando sua advertência.

— Tem uma coisa que preciso saber.

Ele não fez rodeios.

— O quê?

— Sobre Luis.

Ela desviou o olhar para o chão cheio de folhas sujas e pisadas e baixou a voz.

— Como foram seus últimos dias, como foi o reencontro com Gustavo.

A manhã continuava fervilhando: almas que cruzavam para a Plaza de los Plateros ou Del Arenal, corpos que se afastavam à passagem de um coche, que se cumprimentavam e se detinham por alguns momentos para perguntar pela saúde de um parente ou se queixar do dia feio que havia amanhecido. Duas senhoras de porte distinto se aproximaram naquele instante, estourando a bolha invisível de melancolia em que ela havia se abrigado momentaneamente. Soledad querida, que prazer em vê-la, como estão suas meninas, como está Edward, lamentamos muito a morte de Luis, diga-nos depois quando vai ser o funeral. Vamos nos ver na casa dos Fernández de Villavicencio no Alcázar, não é? Prazer em conhecê-lo, sr. Larrea. Um prazer. Adeus, até a noite, prazer.

— Não vai ouvir nada de bom dela, ouça o que eu digo — disse ele, retomando a conversa assim que as perderam de vista.

Então foi um homem maduro de aparência respeitável que os interrompeu. Novos cumprimentos, mais pêsames, um elogio galante. Até a noite, querida. Sr. Larrea, uma honra.

Talvez aquelas presenças não fossem incômodos imprevistos, e sim sinais de alerta: melhor não seguir naquela direção. Assim pensou o minerador, e assim pareceu entender Soledad quando mudou totalmente de rumo e tom.

— Manuel me disse que foi convidado para o baile; ele não sabe se poderá ir, tem consultas em Cádis. Como você vai?

— Não tenho a menor ideia — reconheceu ele sem rodeios.

— Venha até minha casa, vamos juntos em minha carruagem.

Dois segundos de silêncio. Três.

— E seu marido?

— Continua fora.

Ele sabia que ela estava mentindo. Agora que finalmente sabia dos muitos anos e dos muitos problemas do *marchand* de vinhos, intuía que dificilmente poderia estar longe da mulher.

E ela sabia que ele não ignorava esse fato. Mas nenhum dos dois demonstrou nada.

— Estarei lá, então, se julgar oportuno, com minhas melhores roupas de indiano rico.

Por fim a expressão de Soledad mudou, e ele sentiu uma espécie de orgulho ridículo e pueril por ter sido capaz de lhe arrancar um sorriso dentre as nuvens negras. Mas que imbecil, berrou Andrade. Ou a consciência. Deixem-me em paz os dois, fora daqui.

— E para que não torne a me censurar porque vivo feito um selvagem, saiba também que contratei criados.

— Que bom.

— Um casal idoso que já trabalhou para sua família.

— Angustias e Simón? Que coincidência. E está satisfeito com eles? Angustias é filha de Paca, a velha cozinheira dos meus avós; as duas eram cozinheiras de mãos cheias.

— Ela se vangloria disso. Hoje mesmo ia preparar...

Ela o interrompeu, descontraída:

— Não vá me dizer que Angustias vai fazer seu lendário coelho ao alho?

Quase lhe perguntou como diabos sabia daquilo quando uma onda repentina de lucidez o deteve. Claro que ela sabe, imbecil, como não ia saber. Sol Claydon sabia que o casal de criados iria até sua nova residência porque ela mesma havia se encarregado disso: fora ela quem decidira que eles ajeitariam o decrépito casarão de sua família para que ele pudesse viver com o mínimo de conforto, quem ordenara que alguém lhe fizesse refeições quentes e lavasse sua roupa, quem se assegurara de que a velha criada se desse bem com Santos Huesos. Soledad Montalvo sabia de tudo porque, pela primeira vez na vida daquele minerador vivido, curtido, forjado em mil batalhas, cruzara seu caminho uma mulher que, em se tratando de seus próprios interesses e de suas próprias urgências, estava sempre três passos à frente dele.

CAPÍTULO 39

O início da tarde indicava chuva.

— Santos!

O eco do nome ainda vibrava nas paredes quando recordou que não fazia nenhum sentido chamá-lo; o criado continuava montando guarda em frente à porta da Gorostiza.

Havia acabado de revirar os baús em busca de um guarda-chuva, que não encontrou. Em qualquer outro dia pouco teria importado se molhar caso o céu desabasse, mas naquela noite, não. Já seria bastante insólita sua presença no palácio do Alcázar acompanhando Sol Claydon na ausência do marido; não podia, ainda por cima, aparecer encharcado.

Pensou em pedir a Angustias ou a Simón e estava a caminho da cozinha quando mudou de ideia. Talvez nos sótãos, no alto da casa, houvesse algum. Do baixinho, ou de quem fosse. De lá Santos Huesos e ele haviam tirado alguns dos parcos móveis e utensílios entre os quais agora passavam os dias, desde os velhos colchões de lã sobre os quais dormiam até as bugias de barro cozido que sustentavam as velas com as quais iluminavam a penumbra de suas noites. Talvez encontrasse, não custava nada tentar.

Revirou armários e gavetas de madeira, movendo-se entre paredes que evidenciavam o passar do tempo: pardas, carentes de calor e cal. Em meio aos descascados ainda se percebiam marcas de mãos sujas, arranhões e centenas de manchas de umidade de todos os tamanhos; até algumas anotações grosseiras feitas com um pedaço de carvão ou gravadas com algum objeto pontiagudo: a ponta de uma chave, o fio de uma pedra. Deus salve, rezavam algumas letras acima do local onde um dia estivera a cabeceira de uma cama. Mãe, diziam outras com falta de destreza quase analfabeta. No fundo de um corredor de teto baixo, dentro de um quartinho onde dois berços e um cavalo de madeira com a crina desfiada dormiam o sonho dos justos, atrás da porta, encontrou mais uma inscrição. À altura entre seu cotovelo e seu ombro, do tamanho de duas mãos abertas. Um coração.

Algo infundado fez com que se agachasse para olhar de perto; como o animal que não busca presa, mas, intuitivo, estica o pescoço e as orelhas quando o olfato indica a proximidade de uma captura em potencial. Talvez fosse o palpite de que uma jovem criada apaixonada por um magro trabalhador jamais teria desenhado aquele símbolo de forma tão precisa; talvez a aparência refinada e incongruente da escura substância usada para pintá-lo: tinta, ou mesmo óleo. Fosse pela razão que fosse, aproximou os olhos da parede.

O coração estava atravessado por uma flecha, ferido por um amor juvenil. De ambos os lados da flecha, nas pontas, viu letras. As maiúsculas haviam sido escritas com mais força e largura, as minúsculas as acompanhavam em traços retos, concisos. O nome que as letras formavam à esquerda do coração, na parte de trás da flecha, começava com G. À direita, roçando a ponta, o outro nome começava com S.

G de Gustavo, S de Soledad.

Mal teve tempo de digerir aquele achado inocente e desconcertante em partes proporcionais: a voz de Angustias no andar de baixo obrigou-o a se endireitar. Chamava-o aos gritos, ansiosa.

— Não o encontrava em lugar nenhum, senhor! Como ia imaginar que o senhor andava se enredando aí por cima? — exclamou ela, aliviada ao vê-lo descer trotando pelos degraus que levavam à parte menos nobre da casa.

Nem sequer deu tempo para que ele perguntasse por que o chamava com aquela urgência.

— Há um homem no saguão — comunicou. — Parece que tem pressa, mas não entendo nada do que ele diz, e Simón foi até o ferreiro pegar uma gazua, de modo que faça o favor, sr. Mauro, e vá ver o que a criatura quer.

Alguma coisa aconteceu na rua Francos, antecipou Mauro enquanto percorria apressado a galeria e descia de dois em dois os degraus da grande escada de mármore. Alguma coisa fugiu do controle com a Gorostiza, Santos Huesos não se atreveu a deixá-la sozinha e mandou me avisar.

A pessoa que o aguardava, contudo, vinha de outras latitudes.

— Sr. Larrea vir casa Claydon imediatamente, por favor — foi o cumprimento do mordomo Palmer em um espanhol sofrível. — *Milord and milady* ter problemas. Doutor Ysasi não estar em cidade. O senhor vir depressa.

Franziu o cenho. *Milady*, dissera ele. E também *milord*. Suas suposições ganharam corpo: Edward Claydon de fato não estava em nenhuma viagem de negócios, e sim sob o mesmo teto que a mulher.

— Qual é o problema, Palmer?

— Filho de *milord*, aqui.

Então, Alan Claydon tinha aparecido. Tudo se complicava ainda mais.

O mordomo informou-o brevemente durante o caminho com palavras a duras penas compreensíveis. Senhores presos em dormitório do sr. Claydon. Filho não permitir sair. Porta fechada dentro. Amigos de filho esperar em gabinete.

Entraram pelos fundos, pelo portão por onde Soledad e ele entraram a cavalo depois que ela, com a desculpa de lhe mostrar La Templanza, o convidara a se infiltrar em sua vida de uma maneira que não tinha mais volta. Na cozinha, com a preocupação no rosto e evidentes sinais de desassossego, estavam uma cozinheira com jeito de matrona e duas criadas; as três mais inglesas que o chá das cinco.

O contexto da situação não precisou de explicação: o enteado de Soledad havia decidido não mandar mais emissários e agir por conta própria, e com maneiras não muito cordiais. Assim sendo, duas opções se abriam diante de Mauro Larrea. Uma era esperar pacientemente que tudo se resolvesse; esperar que Alan Claydon, filho do primeiro casamento do dono da casa, decidisse por livre e espontânea vontade parar de acossar o pai e a mulher dele, abrisse o quarto do andar superior onde mantinha os dois trancados e em companhia dos dois amigos com quem muito possivelmente havia chegado de Gibraltar subisse de novo em sua carruagem e fosse embora por onde havia chegado. E depois, já tudo concluído e sempre pelas costas do marido, ele poderia oferecer a Sol um lenço para enxugar as lágrimas, se as houvesse, depois dos maus momentos. Ou um ombro onde repousar sua angústia.

Aquela era a primeira solução possível, provavelmente a mais sensata.

A outra possibilidade, contudo, ia em uma direção totalmente diferente. Menos racional, sem dúvida. Mais arriscada também. Optou por ela.

— Rua Francos, 27. Santos Huesos, o índio. Vá avisá-lo, que venha imediatamente.

Essa ordem foi sua primeira decisão, e a destinatária foi uma das criadas. A ordem seguinte foi para o mordomo.

— Explique exatamente onde e como estão.

Andar superior. Quarto. Porta fechada por dentro pelo filho. Duas janelas dando para o pátio dos fundos. Filho chegar a casa antes meio-dia, quando senhora estar fora. Senhora voltar por volta uma *o'clock*, filho não permitir ela voltar a sair. Não comida. Não bebida. Nada para *milord*. Poucas palavras exceto um grito *milady*. Um golpe também.

— Mostre-me as janelas.

Ambos foram até o pátio silenciosamente, enquanto as mulheres ficavam na cozinha. Colados ao muro para evitar ser vistos de cima, levantaram a cabeça em direção às janelas dos andares superiores. Praticamente todas com grades, de tamanho mediano; não condiziam com o lugar onde qualquer um teria imaginado que dormia o próspero dono daquela próspera residência. Mas não era hora de questionar por que razão Edward Claydon ocupava um daqueles quartos dos fundos, sem dúvida pouco luxuosos. Nem de se perguntar se a mulher dele compartilhava ou não os lençóis com ele todas as noites, a pergunta seguinte que passou pela mente do minerador. Concentre-se, ordenou a si mesmo com os olhos ainda no segundo andar. Observe bem e descubra como diabos vai conseguir subir.

— Onde vai dar? — perguntou, apontando uma janelinha sem proteção.

Estreita, mas suficiente para ele entrar. Se conseguisse chegar até ela.

Palmer esfregou os braços, enérgico, como se estivesse se lavando. Ele deduziu que tentava dizer que dava para um banheiro.

— Perto do quarto?

O mordomo juntou as mãos em uma palmada surda. Parede com parede, dizia.

— Há uma porta no meio?
Como resposta, um gesto afirmativo.
— Fechada ou aberta?
— *Closed.*
Que azar, ia dizer. Mas o mordomo já havia tirado de um gancho uma argola com mais de uma dúzia de chaves que se entrechocavam. Separou uma do resto e a entregou a ele. Sem sequer olhar para ela, guardou-a no bolso.

Então, procurou possíveis pontos de apoio. Uma borda continuada, uma cornija, uma laje: qualquer coisa onde pudesse se segurar.

— Vamos lá — disse depois de soltar o nó da gravata.

Não havia tempo a perder. A tarde continuava nublada e não tardaria a começar a anoitecer. Inclusive a chover, o que seria ainda pior.

Enquanto tirava a sobrecasaca e o colete, traçou na cabeça, veloz, um plano mental como os que tantas vezes usara em outros tempos para perfurar a terra rumo aos veios de prata que percorriam suas entranhas. Só que daquela vez teria que se mover acima da superfície, na vertical e quase sem ter onde se segurar.

— Vou fazer o seguinte — explicou enquanto arrancava o colarinho duro e as abotoaduras.

Na realidade, pouco lhe importava que o mordomo conhecesse os detalhes do caminho que pretendia percorrer, mas ao falar em voz alta parecia dar certa consistência material ao esboço que naquele momento era incapaz de traçar sobre papel.

— Vou subir por aqui. Depois, se conseguir, seguirei por ali — continuou enquanto enrolava as mangas da camisa sobre os antebraços. — Depois vou tentar passar até o outro lado.

Com o indicador, mostrou suas intenções. Palmer assentiu sem uma palavra. O procurador Andrade, em algum ponto remoto de seu cérebro, mexeu os lábios como se quisesse lhe dizer algo aos gritos, mas sua voz não chegou até ele.

Ao se livrar das peças de roupa desnecessárias, ficaram à vista, colados a seu corpo, os dois pertences que tinha pegado precipitadamente antes de sair. O Colt Walker de seis balas e sua faca com cabo de osso. Acompanhavam-no por metade da vida já, não era hora de se livrar deles. Movido por puro instinto, antes de sair de casa havia tomado precauções. Por via das dúvidas.

— Filho de *milord* não bom para família. *But be careful, sir* — murmurou o criado, fleumático, ao ver as armas.

Apesar de sua aparente frieza, as palavras abrigavam certa inquietude. Tenha cuidado, senhor.

Quase caiu três vezes. Na primeira certamente não teria sofrido mais que um baque nas costelas sem maiores repercussões; na segunda, poderia ter quebrado uma perna. E na última delas, resultante de uma falta de cálculo a mais de cinco varas de altura e já com pouca luz, sem dúvida teria quebrado a cabeça. Conseguiu evitar as três quedas por muito pouco. Entre uma queda em potencial e outra, apesar do esforço vigoroso e elástico, esfolou as palmas das mãos, um ferro saliente perfurou a coxa e arranhou as costas com uma canaleta pendente. Mesmo assim, conseguiu chegar. E uma vez lá em cima, com um punho quebrou o vidro, introduziu a mão para abrir a tranca e, comprimindo o corpo para fazê-lo passar pelo vão estreito, entrou.

Analisou o espaço com um olhar rápido: uma grande banheira de mármore veiado, um vaso sanitário de porcelana e duas ou três toalhas dobradas sobre uma cadeira. Nada mais: nem espelhos, nem produtos, nem objetos de higiene pessoal. Um aposento austero, excessivamente nu. Sanitário, quase. Com uma porta na parede direita; fechada, conforme previra o mordomo. Com prazer teria pego um pouco de água para refrescar a garganta e limpar a sujeira e o sangue que tinha colados nas mãos. Mas, ciente de que o tempo corria contra ele, limitou-se a esfregar as palmas feridas nas laterais da calça.

Não tinha a menor ideia da cena que ia encontrar, mas preferiu não perder um segundo. Poderiam ter ouvido do outro lado da parede os vidros sendo quebrados. Por isso, sem mais demora, introduziu a chave na fechadura, girou-a com um movimento rápido e com um chute abriu completamente a porta.

A única luz era a da tarde quase extinta entrando através das cortinas fechadas. Nem uma bugia, nem uma vela ou uma lamparina. Mesmo assim, à meia-luz, foi capaz de distinguir o aposento e seus ocupantes.

Em pé, Soledad. Usava a mesma roupa com que a vira de manhã, mas várias mechas escapavam de seu penteado, as mangas e a gola estavam desabotoadas e à falta de peças próprias para combater o efeito da lareira apagada, tinha sobre os ombros uma echarpe masculina de *mohair*.

A veloz varredura visual detectou, então, um homem de pele clara e cabelo feito palha. Beirando os quarenta, de barba loura e costeletas proeminentes; sem paletó, com o nó da gravata desfeito. Dava a impressão de ter estado recostado, indolente, em um sofá a cujos pés se amontoavam dúzias de papéis esparramados; reagiu se endireitando ao ouvir o estrépito da porta aberta de supetão e a súbita invasão de um estranho com a roupa rasgada, as mãos ensanguentadas e cara de não estar disposto a tratá-lo com a menor cortesia.

— *Who the hell are you?* — gritou.

Não precisou de tradutor para entender que lhe perguntava quem diabos era ele.

— Mauro... — sussurrou Soledad.

O terceiro homem, marido e pai respectivamente, não estava à vista; sua presença, contudo, intuía-se por trás de um amplo biombo forrado de otomana, dentro de um espaço paralelo onde Mauro Larrea só pôde perceber os pés de uma cama e uma catarata surda de sons incompreensíveis.

O filho de Claydon, já em pé, parecia hesitar entre enfrentá-lo ou não. Era alto e corpulento, mas não robusto. Imaginara-o bem mais jovem, talvez da idade de Nicolás, mas a maturidade daquele indivíduo era coerente com a idade do pai. Seu rosto refletia uma mistura de ira e incredulidade.

— *Who the hell is he?* — gritou, dirigindo-se agora à madrasta.

Antes que ela decidisse se respondia ou não, foi Mauro Larrea quem perguntou:

— Ele fala espanhol?

— Quase nada.

— Está armado?

Fazia as perguntas a Soledad sem desviar o olhar do enteado dela. Ela, enquanto isso, mantinha-se tensa e expectante.

— Tem uma bengala com punho de marfim perto.

— Mande-o jogá-la no chão, na minha direção.

Ela transmitiu a mensagem em inglês, e como resposta obteve uma gargalhada nervosa. Diante da pouca disposição de cooperar, o minerador optou por agir. Em quatro passos largos estava diante do homem. No quinto passo pegou-o pelo peitilho e o empurrou contra a parede.

— Como está seu marido?
— Relativamente calmo. E alheio, por sorte.
— E esse desgraçado, o que quer?

Mantinha os olhos cravados no rosto aturdido enquanto suas mãos oprimiam-lhe o peito.

— Não parece saber que alguém se passou por Luis, mas agora está atrás do resto: o que está no nome das nossas filhas e que eu depositei em um lugar que ele desconhece. Pretende, ainda, interditar o pai e me anular.

Continuava sem olhar para ela, segurando o inglês cada vez mais vermelho, que não parava de murmurar frases cujo sentido desconhecia e não lhe interessava conhecer.

— Todos esses documentos são para isso? — perguntou, indicando com o queixo os papéis espalhados aos pés do sofá.
— Ele exigiu que eu os assinasse ou não me deixaria sair.
— E conseguiu?
— Nem um rabisco.

Apesar da seriedade da situação, ele quase sorriu. Soledad Montalvo era dura. Dura na queda.

— Então, vamos acabar com isso. O que quer que eu faça com ele?
— Espere.

Nenhum dos dois havia notado que se tratavam com menos formalidade que antes; sem saber quem havia começado, estavam falando com mais intimidade. Dois segundos depois, notou o corpo de Sol praticamente colado a suas costas. As mãos em seus quadris, os dedos em movimento. Prendeu a respiração enquanto ela mexia na bainha de couro sob seu flanco esquerdo, ouvindo-a respirar, sentindo seus dedos roçarem-no. Engoliu em seco. Deixou que agisse.

— Sabe como Angustias esfola os coelhos, Mauro?

Ele entendeu a intempestiva pergunta como uma instrução. Com um movimento enérgico, afastou o enteado da parede contra a qual o mantinha preso e se colocou às suas costas, segurando-lhe os braços e oferecendo o torso a Sol. Claydon tentou se soltar, mas levou um puxão que quase lhe deslocou o ombro. Uivou de dor e, por fim ciente de sua situação, entendeu que o mais sensato era parar de se mexer.

A faca mexicana que Soledad havia acabado de tirar da bainha de Mauro Larrea aproximou-se, ameaçadora, da virilha do inglês. Depois, lenta, muito lentamente, ela começou a movimentá-la.

— Primeiro, ela o amarra pelas patas traseiras e o pendura em um gancho de ferro. Depois, atravessa o couro. De ponta a ponta. Assim.

Enquanto o homem começava a suar copiosamente, a lâmina cortante deslizou, temerária, sobre suas roupas. Polegada a polegada. Pelos genitais. Pela virilha. Pelo baixo ventre. Com calma, sem pressa. O minerador, com os músculos tensos, observava mudo o trabalho dela sem afrouxar a pressão sobre o estrangeiro.

— Quando éramos pequenos, nós nos revezávamos para ajudá-la — murmurou com a voz rouca. — Era nojento e fascinante ao mesmo tempo.

As mechas continuavam soltas do penteado e as mangas desabotoadas desde o cotovelo; o xale havia caído no chão, seus olhos brilhavam na semiescuridão. O metal percorria agora o estômago do enteado, demorando-se na subida. Até que chegou ao esterno, depois à garganta já sem proteção da roupa, entrando em contato com a carne branca.

— Ele nunca me aceitou ao lado do pai; sempre fui um estorvo para ele.

Imobilizado e sem parar de transpirar, o inglês fechou os olhos. A ponta de ferro pareceu se cravar em seu pomo de adão.

— E, à medida que as meninas foram nascendo, cada vez mais.

O último movimento percorreu o queixo. Da esquerda para a direita, da direita para esquerda, como um barbeiro louco fazendo-lhe a barba. Depois, ela falou com voz decidida:

— Esse cretino não merece melhor tratamento que um coelho, mas, para evitar problemas maiores, o mais sensato é que o deixemos partir.

Rubricou suas palavras cortando-lhe levemente a face, logo acima da linha da barba. Como quem passa a unha sobre um papel. Um fio de sangue brotou da incisão.

— Tem certeza?

— Tenho — confirmou ela, entregando-lhe a arma.

Com extrema elegância, como se em vez de uma faca de caça estivesse lhe devolvendo um abridor de cartas de malaquita. O inglês inspirou o ar em grandes e ansiosas lufadas.

Soledad lançou um último olhar desafiador ao meio-irmão de suas filhas. Depois, cuspiu-lhe na cara. Uma mistura de pavor e desconcerto impediu o enteado de reagir. A saliva dela embaçou-lhe a vista do olho direito e se mesclou entre os pelos louros da barba com restos de seu próprio suor e com o fio de sangue que emanava do corte. Sua mente embotada se esforçava para entender o que havia acontecido nos últimos cinco minutos naquele quarto onde durante mais de cinco horas ele havia mantido tenazmente o controle. Quem era aquele animal que entrara aos pontapés e quase quebrara seus braços? Por que a mulher do pai tinha tanta intimidade com ele?

Naquele mesmo instante, no banheiro contíguo ouviram-se passos sobre o vidro.

— Santos, bem na hora — antecipou Mauro Larrea elevando o tom, ainda sem vê-lo.

Em seguida, afastou o inglês com um empurrão, como quem se livra de um fardo malcheiroso. O homem cambaleou, bateu em um console e quase o derrubou e caiu junto. A duras penas conseguiu recuperar o equilíbrio enquanto esfregava os punhos doloridos.

Santos Huesos apareceu no quarto pronto para receber ordens.

— Mantenha-o preso e prepare-se para levá-lo em breve — ordenou enquanto recolhia a bengala do inglês do chão e a jogava para o criado. — Vou descer para cuidar dos amigos.

Nesse meio-tempo, Soledad tinha ido até o biombo que isolava o marido do resto do aposento. Atrás dele, comprovou que a confusão não parecia ter lhe causado maior transtorno. Somente continuavam a se ouvir murmúrios surdos e ininteligíveis provenientes da boca de quem um dia devia ter sido um homem bonito, forte, ativo.

— Por sorte, antes que esse desgraçado nos trancasse, consegui lhe dar uma dose tripla de medicação — disse ela ainda de costas. — Sempre a carrego comigo; injeto-a com uma agulha. Só assim conseguimos acalmá-lo. E só às vezes.

Ele a contemplava na semipenumbra, da porta, enquanto passava a manga pelo rosto para secar o suor; ela prosseguiu:

— O miserável tirou tudo do pai. Com sua parte da herança antecipada, ele se estabeleceu na colônia do Cabo e começou seu próprio negócio de vinho, com altos e baixos que nosso dinheiro sempre se encarregou de sanar. Até que afundou definitivamente e, quando soube da condição de Edward, deixou a África e planejou seu retorno à Inglaterra para tirar de nós o que, primeiro Edward depois eu, havíamos construído com o passar dos anos.

Com a mão ainda apoiada na borda do biombo, ela se voltou.

— Os especialistas não chegam a um diagnóstico. Uns dizem que é uma desordem psicótica, outros que é um transtorno das faculdades mentais, outros falam em demência moral...

— E você, o que acha?

— Que é pura e simples loucura. A mente perdida nas trevas do desatino.

CAPÍTULO 40

Meia hora depois, uma carruagem inglesa atravessava as ruas de Jerez. Rumo ao sul, à baía ou ao Campo de Gibraltar, flanqueada por um homem a cavalo. Quando passaram a costa da Alcubilla e não se viam mais as últimas luzes, o homem apertou o galope, ganhou distância e se interpôs no caminho, obrigando o cocheiro a parar.

Sem desmontar, abriu a portinhola esquerda, até ouvir a voz do criado lá dentro.

— Tudo em ordem por aqui, patrão.

Então Santos Huesos lhe devolveu a pistola com a qual havia mantido os viajantes sob controle ao longo do trajeto. Mauro Larrea, na sela do alazão dos Claydon, flexionou o torso e abaixou a cabeça até se assegurar de que os ocupantes podiam ver seu rosto. Os dois acompanhantes eram um magro amigo inglês e um gibraltarino de sotaque impenetrável. Fartos de esperar durante horas, ambos haviam se saciado com as bebidas do dono da casa até ficarem lesados e meio embriagados. Não opuseram a menor resistência quando o minerador ordenou que saíssem e esperassem dentro da carruagem; sem dúvida, alegravam-se de pôr fim àquele tedioso assunto familiar no qual haviam sido envolvidos sem nenhum fim nem função.

Com o enteado foi diferente. Superada a confusão inicial depois do desencontro no quarto, sua atitude se tornou desafiadora. Por isso, ao reconhecer de novo na escuridão do caminho os traços daquele inquietante estranho que havia acabado com seus planos, encarou-o.

As palavras foram incompreensíveis para Mauro, mas a reação de Alan não deu margem a dúvidas. Irado, colérico, erguendo a voz.

— Caramba, índio, você entende algo do que esse imbecil está dizendo?

— Nem uma palavra, patrãozinho.

— O que estamos esperando, então, para fazê-lo se calar?

Os dois entraram em ação, simultânea e silenciosamente coordenados. Mauro Larrea engatilhou o revólver e roçou a pálida têmpora do inglês com o cano. Santos Huesos tomou a mão dele. Temendo o que estava prestes a acontecer, os acompanhantes prenderam a respiração.

Primeiro ouviu-se o som do osso quebrando, depois o uivo.

— O outro também, ou não?

— Talvez seja melhor, vai que ele continua com vontade de praguejar.

Ouviu-se um segundo estalo, como se alguém partisse um punhado de avelãs. O enteado voltou a berrar. À medida que seu grito ia se apagando, não houve mais valentias nem gestos altaneiros; apenas um gemido baixo e lamentoso como de um leitão ferido que pouco a pouco vai perdendo o fôlego.

A arma voltou ao cinto de seu proprietário e Santos Huesos subiu na garupa, atrás do patrão. Mauro Larrea bateu no teto da carruagem com duas palmadas contundentes para convidá-los a sumir dali. Sabia, porém, que as coisas não estavam resolvidas para sempre. Os polegares das duas mãos quebrados eram uma razão poderosa para não tentar a sorte de novo, mas esse tipo de gente cedo ou tarde, pessoalmente ou por outros meios, quase sempre acabava voltando.

Passou pela rua Francos para confirmar que tudo estava em ordem e para deixar Santos Huesos de novo em seu posto. O médico ainda não havia voltado de Cádis, a Gorostiza havia passado a tarde calma, a criada Sagrario estava batendo ovos na cozinha ajudada por Trinidad. Dali até a Plaza del Cabildo Viejo foi um pulo.

Soledad, sentada com o mesmo vestido amassado, as mangas desabotoadas, o colarinho entreaberto e sem se pentear, observava o fogo, absorta, em seu gabinete, aposento da casa para onde Palmer o conduziu e que ele ainda não conhecia. Nem bastidores para bordar com linha perolada, nem cavaletes sobre os quais pintar doces amanheceres: os elementos femininos e os adornos eram mínimos naquele espaço cheio de pastas amarradas com fitas vermelhas, livros de contas, cadernos de notas promissórias e arquivos. Os tinteiros, as penas e os mata-borrões ocupavam o lugar onde qualquer outra mulher de sua classe teria cupidos e pastorzinhos de porcelana; as folhas de papel e as caixas de correspondência substituíam os romances e os números atrasados de revistas de moda. Quatro retratos ovalados de lindas crianças com traços similares aos da mãe eram praticamente as únicas concessões à realidade mundana.

— Obrigada — sussurrou ela.

Nem pense nisso, não foi nada. De nada, disponha. Ele poderia ter usado qualquer uma daquelas fórmulas surradas, mas preferiu não ser hipócrita. Havia sido um esforço, sim, claro que sim. E um desgaste. E uma tensão. Não só pela escalada temerária que quase lhe abrira a cabeça, nem pelo enfrentamento raivoso com um ser desprezível. Nem sequer por ter sido obrigado a ameaçar aquele filho da puta sob o cano da pistola, ou por ter dado a Santos Huesos uma ordem inclemente sem que sua voz sequer tremesse. O que no fundo o havia perturbado e se cravara como uma adaga em algum lugar sem nome era outra coisa menos fugaz e evidente, mas muito mais mortificante: a férrea solidez que constatou na relação entre Soledad e Edward Claydon; a certeza de que entre eles, apesar das circunstâncias, existia uma aliança titânica e inabalável.

Sem esperar ser convidado, sujo e esfarrapado como estava, abriu uma garrafa de uma bandeja próxima, serviu-se uma taça e se sentou em uma poltrona ao lado dela. Depois, mencionou aquilo que, ao recebê-lo naquela sala, ele intuiu que ela queria que ele soubesse.

— Então, você é quem está no comando dos negócios agora.

Ela assentiu sem afastar os olhos das chamas, cercada pela enorme quantidade de material e objetos de trabalho, como se fosse o escritório de um guarda-livros ou de um fiscal.

— Comecei a me envolver quando Edward teve os primeiros sintomas, pouco depois de eu engravidar de nossa filha mais nova, Inés. Parece que na família dele havia uma tendência a... a..., digamos, à extravagância. E desde que ele soube que poderia tê-la herdado em sua versão mais atroz, encarregou-se de me instruir para que eu ficasse à frente de tudo quando ele não fosse mais capaz.

Pegou, distraída, a tampa de cristal da garrafa e começou a movimentá-la entre os dedos.

— Na época, eu vivia havia mais de uma década em Londres, dedicada a minhas meninas e permanentemente envolvida em uma agitada vida social. No início foi muito difícil me adaptar, sabe? Tão longe de Jerez, dos meus, desta terra do sul e de sua luz. Não imagina quantos dias passei chorando sob aquele céu cinzento, lamentando minha partida, ansiando voltar. Algumas vezes até pensei em fugir: enfiar meia dúzia de coisas em uma mala e embarcar clandestina em um dos *sherry ships* que diariamente partiam para Cádis para pegar barris de vinho.

O fogo pareceu crepitar ao compasso do sorriso triste com que ela rememorou a absurda ideia que rondara sua mente naqueles dias agridoces de sua juventude.

— Mas não é difícil sucumbir aos encantos de uma metrópole de três milhões de habitantes quando se tem os contatos necessários, dinheiro vivo e um marido que atende a todos os seus caprichos. De modo que me adaptei em todos os sentidos e me tornei assídua de *soirées*, compras, bailes de máscaras e salões de chá, como se minha vida fosse um interminável carrossel de vaidades.

Ela se levantou e foi até a janela. Ficou olhando para a praça quase deserta sob a luz dos poucos postes de iluminação a gás, mas talvez não estivesse vendo nada além de suas próprias recordações. Mantinha a tampa de cristal na mão, roçando suas arestas com as pontas dos dedos enquanto prosseguia.

— Até que Edward me propôs acompanhá-lo em uma de suas viagens à Borgonha e, enquanto percorríamos os vinhedos da Côte de Beaune, comunicou-me que tinha que me preparar para o que inevitavelmente se avizinhava. A festa havia terminado: chegara a hora de assumir a mais cruel e mais penosa realidade. Ou eu tomava as rédeas ou afundaríamos. Por sorte, as crises foram espaçadas no início, e assim pude ir me inteirando dos negócios junto com ele, aprendendo os rudimentos, conhecendo os meandros e as relações. À medida que sua condição foi se deteriorando, comecei a controlar as coisas por trás dos panos; já faz quase sete anos que está tudo em minhas mãos. E assim poderia ter continuado, se não...

— Se não fosse pelo retorno de seu enteado.

— Enquanto eu estava em Portugal fechando a compra de um grande lote de Porto e disfarçando uma vez mais a ausência de meu marido com mil desculpas, Alan se aproveitou de minha viagem e conseguiu que Edward, transtornado, sem lembrar que o filho já havia recebido sua substanciosa herança e sem suspeitar o que aquele novo ato acarretaria, assinasse documentos que o tornavam sócio nominal da companhia e lhe concediam uma considerável quantidade de competências e privilégios. A partir daí, como já sabe, não me restou opção além de começar a agir. E quando os tempos nebulosos se adensaram e a saúde mental de Edward se deteriorou de forma irreversível, decidi voltar para casa.

Ela continuava parada em frente à janela. Ele se levantara e estava ao seu lado. O rosto dos dois se refletia no vidro. Sóbrios ambos, ombro com ombro, próximos e separados por cem universos.

— Iludida, acreditei que Jerez seria o melhor refúgio, um porto seguro onde me sentir protegida. Pensei em reorganizar radicalmente o negócio aqui, prescindir de fornecedores europeus e me concentrar exclusivamente na exportação de sherry, ao mesmo tempo que mantinha Edward afastado de todos. Comecei a tomar decisões drásticas: deixar de lado os clarets de Bordeaux, os marsalas sicilianos, os borgonhas, os portos, moselas e champanhes. Voltar ao que foi a essência do negócio desde o início: o xerez. É um momento excelente para nossos vinhos na Inglaterra; a demanda aumenta vertiginosamente, os preços acompanham e a conjuntura não poderia ser mais vantajosa.

Emudeceu por alguns segundos, tentando organizar as ideias antes de prosseguir.

— Tanto que inclusive cheguei a pensar em recuperar La Templanza e a adega da minha família, em me tornar eu mesma colheiteira e armazenadora, sem saber, ingênua, que com a morte de meu primo Luis minhas filhas acabariam não herdando esse patrimônio. De qualquer maneira, providenciei temporariamente a permanência das meninas em internatos e residências de amigos com a intenção de trazê-las mais tarde, fechei nossa casa em Belgravia e fiz o caminho de volta. Mas me enganei. Calculei mal os anseios de Alan, não fui capaz de prever até onde ele chegaria.

Ainda se contemplavam na janela de cortinas abertas; havia começado a cair uma chuva fraca.

— Por que está me contando tudo isso, Soledad?

— Para que você conheça minhas luzes e minhas sombras antes que cada um siga seu rumo. O de Edward e o meu ainda não sei qual será, mas tenho que decidir imediatamente. À única conclusão a que cheguei esta tarde é que não podemos continuar aqui, expostos à insistência de Alan em intervir com advogados ou com intermediários ou com sua própria presença, arriscando-nos a um escândalo público e a deteriorar ainda mais a precária saúde mental do pai. Fui insensata ao pensar que isso seria uma solução.

— O que vai fazer, então? Voltar a Londres?

— Também não, estaríamos outra vez ao alcance dele, totalmente expostos; estava justamente pensando nisso quando você chegou. Talvez pudéssemos nos refugiar em Malta temporariamente, temos um grande amigo, um alto oficial da Marinha lotado em La Valeta; seria relativamente simples chegar de Cádis por mar e teríamos uma proteção militar que Alan não se atreveria a enfrentar. Ou talvez pudéssemos embarcar com destino a Bordeaux e nos refugiar em algum recôndito *château* do Médoc, onde nossos contatos vinhateiros, com os anos, se transformaram em sólidas amizades. Talvez, inclusive... — parou um instante, tomou fôlego, continuou. — De qualquer maneira, Mauro, o que pretendo é parar de envolvê-lo de uma vez por todas em nossos problemas obscuros. Você já fez muito por nós, não quero que nossos assuntos prejudiquem os seus. Lamento ter lhe sugerido que pensasse antes de vender as propriedades; eu estava errada. Ilusoriamente pensei que... que se você ficasse com elas e as colocasse nos eixos outra vez... Enfim, a esta altura, nada mais importa. A única coisa que eu queria era que você soubesse que partiremos em breve. E que o mais prudente seria que você também desaparecesse sem muita demora.

Melhor assim. Melhor assim para todos. Cada um para um lado, seguindo seu próprio caminho: o rumo inesperado de um destino que nenhum dos dois tinha procurado, mas ao qual os vaivéns da vida acabaram por empurrá-los.

O reflexo dos dois corpos diante da janela se desmanchou quando ela se afastou.

— E agora, *life goes on*; é melhor nos apressarmos ou chegaremos atrasados.

Ele a olhou, incrédulo.

— Tem certeza?

— Mesmo tendo que justificar a ausência de Edward com uma mentira pela enésima vez, o baile é um evento em nossa homenagem. Lá estarão quase todos os produtores de vinho que um dia foram amigos da minha família; os que foram ao meu casamento e aos enterros dos meus familiares. Não posso fazer a desfeita de não aparecer. Pelos velhos tempos e pelo retorno da filha pródiga, embora eles não saibam quão desastrosamente inútil foi minha decisão de voltar.

Ela lançou um olhar para o relógio da lareira.

— Temos que estar lá em pouco mais de uma hora; é melhor eu passar para buscá-lo.

CAPÍTULO 41

Chovia mansamente. Ouviu-se o estalar da língua do cocheiro seguido de uma chicotada. Imediatamente os cavalos retomaram a marcha. Soledad o esperava dentro da carruagem envolta em uma capa da cor da noite arrematada com arminho, com o pescoço esbelto se destacando entre as peles e os olhos brilhando na escuridão. Elegante e linda como sempre; escondendo as densas nuvens sob um rosto habilmente coberto com *poudre d'amour* e ocultando a angústia por trás de uma sedutora fragrância de bergamota. No comando da situação, segura de si uma vez mais. Ou espremendo a alma para reunir a coragem necessária para fingir.

— Não vai ser estranho a homenageada aparecer com um desconhecido recém-chegado?

Ao rir com uma ponta de sarcasmo, os longos brincos de brilhantes dela dançaram na escuridão, iluminados pela luz a gás de um poste de rua.

— Desconhecido, você, a esta altura? Estranho será se alguém não souber quem você é, de onde veio e o que faz aqui. Todo o mundo conhece o vínculo que nos une por meio de nossas antigas propriedades, e todos compreendem que um senhor de idade como Edward pode sofrer um problema de saúde imprevisto a qualquer momento, e vai ser essa a mentira que vou contar. De qualquer maneira, nossos produtores de vinho são gente do mundo, costumam tolerar bastante bem as excentricidades dos estrangeiros. E apesar de nossas origens, a esta altura da vida, tanto você quanto eu somos estrangeiros.

A fachada do palácio barroco do Alcázar resplandecia sob a luz das tochas flamejantes inseridas em argolas de ferro nas colunas do portão. Eles foram praticamente os últimos a chegar, fazendo, sem querer, com que todos os olhares se voltassem para os dois simultaneamente. A neta expatriada do grande Matías Montalvo em um espetacular vestido azul-escuro que exibiu depois de deixar escorregar dos ombros a capa de pele; o indiano com um fraque impecável e estampa de próspero homem do Novo Mundo de volta à velha Pele de Touro[13].

Nem em seus mais loucos devaneios nenhum dos presentes teria sido capaz de imaginar que aquela mulher de porte esbelto e ar cosmopolita que agora deixava que beijassem sua mão e suas faces, entre cálidos sorrisos, enquanto recebia atenções, finuras e prazeres, poucas horas antes havia passado o fio de uma faca pelo corpo acovardado do filho de seu próprio marido. Ou que o próspero minerador de sotaque ultramarino cujas têmporas começavam a ficar prateadas, debaixo das luvas impolutas, estava com as mãos enfaixadas depois de esfolá-las ao subir pela lateral de um paredão como uma salamandra.

Houve cumprimentos e elogios em um ambiente tão requintado quanto cordial. Soledad, querida, que alegria imensa tê-la de novo entre nós; sr. Larrea, é uma enorme honra recebê-lo em Jerez. Mais sorrisos e elogios aqui, mais galanterias ali. Se alguém se perguntou que diabos faziam juntos a última descendente do velho clã e aquele *gachupín* forasteiro que enigmaticamente havia ficado com as propriedades da família, disfarçou com suprema correção.

Sob três magníficos lustres de bronze e cristal, o salão de baile acolhia a maior parte da oligarquia vinhateira e da aristocracia latifundiária local. As imagens se multiplicavam nos suntuosos espelhos de molduras douradas ao longo de cada parede. Os cetins, as sedas e os veludos das mulheres mudavam de tom sob as luzes; abundavam as joias discretas, mas eloquentes. Entre os homens, barbas bem aparadas, trajes elegantes, fragrâncias de Atkinsons de Old Bond Street, e um bom punhado de condecorações. Refinamento e luxo sóbrio, enfim, sem ostentação. Menos opulento do que no México, menos exuberante do que em Havana. E, mesmo assim, transbordando senhoria, dinheiro, bom gosto e porte.

---

[13] No século I a.C, o historiador e geógrafo Estrabo foi um dos primeiros a escrever um tratado de geografia no qual comparava os contornos da Ibéria (Espanha) a uma pele de touro aberta. A expressão se consagrou. (N.T.)

Um quinteto tocava valsas de Strauss e Lanner, galopes e mazurcas que os pares dançavam batendo os pés. Foi cumprimentado pelos donos do palácio; Soledad não tardou a ser solicitada, e logo se aproximou dele, afetuoso, José María Wilkinson, presidente do cassino.

— Venha comigo, meu amigo, deixe que eu o apresente.

Conversou com elegantes homens de sobrenomes com sabor de vinho — González, Domecq, Loustau, Gordon, Pemartín, Lassaletta, Garvey... Diante de todos narrou pela enésima vez suas sinceras mentiras e suas verdades cheias de embustes. As complexidades políticas que supostamente haviam motivado sua partida da jovem república mexicana, as perspectivas que a pátria-mãe oferecia aos filhos desarraigados que agora retornavam das antigas colônias insurgentes com os bolsos supostamente cheios, e um sem-fim de falsidades verossímeis de magnitude similar. Todos foram atenciosos ao extremo com ele, envolvendo-o em uma conversa fluida. Perguntaram, responderam, ilustraram e atualizaram-no sobre questões elementares acerca daquele mundo de terras brancas, vinhedos e adegas.

Até que, depois de mais de duas horas circulando cada um por um lado, Soledad conseguiu se aproximar do grupo masculino no qual ele conversava.

— Tenho certeza de que nosso convidado está desfrutando imensamente a conversa com os senhores, meus caros amigos, mas receio que se não o levar daqui, não vai poder me cobrar a dança que lhe prometi.

Evidentemente, querida Sol, ouviu-se de várias bocas. Não o reteremos mais; por favor, sr. Larrea; desculpe, querida Soledad, como não, por Deus, como não.

— Meu pai jamais teria deixado passar uma polonesa em um dia como hoje. E devo manter seu prestígio como digna filha que sou de Jacobo Montalvo: o mais desastrado nos negócios e o mais habilidoso nos salões, como todos os senhores com tanto afeto se lembram dele.

As gargalhadas bem-intencionadas endossaram o tributo ao progenitor; o duplo sentido da frase ninguém chegou a captar.

Talvez tivesse sido a calorosa acolhida dos produtores de vinho que contribuiu para descontraí-lo e o fez deixar temporariamente de lado a memória dos turvos incidentes daquela tarde. Ou talvez, de novo, tivesse sido a atração exercida por Soledad, aquela mistura de graça e integridade que a havia acompanhado em todas as tempestades e todos os naufrágios da vida. A partir do momento em que foram para o meio do salão, tudo desapareceu para Mauro Larrea como se pela arte de um mágico capaz de transformar em fumaça um ás de copas. Os pensamentos rochosos que constantemente maltratavam seu cérebro, a existência de um enteado desprezível, a música ao redor. Tudo pareceu evaporar no instante em que ele enlaçou a cintura de Sol e sentiu o peso leve de seu longo braço atravessando suas costas. E assim, corpo com corpo, mão com mão, o torso roçando o colo soberbo dela e o queixo quase acariciando a pele nua de seu ombro, cheirando-a, sentindo-a, poderia ter ficado até o dia do Juízo Final. Sem se importar com o frenético passado que tinha deixado para trás e o futuro inquietante que o aguardava. Sem se perturbar com o fato de que aquela poderia ser a primeira e a última vez que dançariam juntos; sem recordar que ela estava se preparando para partir a fim de proteger um marido afundado na demência, que talvez nunca tivesse amado apaixonadamente, mas a quem continuaria sendo leal até o último suspiro.

Assim como acontece quase sempre com as mais insensatas fantasias, algo terreno e próximo o resgatou de sua fuga da realidade e o trouxe de volta ao presente. Manuel Ysasi, de trajes de trabalho, não de baile, observava-o com o rosto contraído perto de uma das grandes portas abertas do salão, à espera de que um dos dois notasse sua presença. Talvez tivesse sido Sol a primeira a vê-lo, talvez tivesse sido ele. De qualquer maneira, os olhares de ambos acabaram se cruzando com o do médico enquanto giravam ao compasso de uma peça que de repente lhes pareceu interminável. A mensagem chegou nítida a distância; foram necessários apenas gestos discretos para transmiti-la: algo grave está acontecendo, precisamos conversar. Assim que se certificou de que os dois haviam entendido, o médico desapareceu.

Meia hora e inúmeras desculpas e despedidas inevitáveis depois, deixaram juntos o palácio sob um amplo guarda-chuva e entraram na carruagem dos Claydon, onde o médico os esperava, impaciente.

— Não sei quem está mais louco, se o pobre Edward ou vocês dois.

Os músculos dos dois se retesaram; Soledad ergueu a cabeça com soberba, mas não pronunciaram uma só sílaba enquanto o coche começava a rodar. Em silêncio, concordaram em deixá-lo falar. O médico prosseguiu:

— Vinha eu há algumas horas pelo recife, voltando de Cádis, quando parei para jantar em uma taberna antes de chegar a Las Cruces, a pouco mais de uma légua de Jerez. E lá o encontrei, junto com dois subordinados.

Não precisou mencionar o nome de Alan Claydon para que os dois soubessem de quem estava falando.

— Mas vocês não se conhecem — protestou Sol.

— É verdade. Só nos vimos uma vez, no dia do seu casamento, quando eu era apenas um jovem estudante e ele um adolescente malcriado, irado com o novo casamento do pai como um bezerro desmamado. Mas ele lembra Edward. E fala inglês. E os amigos o chamavam pelo sobrenome, e disseram seu nome, Soledad, repetidamente. De modo que não era necessário ser muito esperto para imaginar a situação.

— Você se identificou? — ela tornou a interrompê-lo.

— Não por meu nome ou por minha relação com você, mas não tive remédio a não ser fazê-lo, como médico, ao ver a penosa situação em que se encontrava.

Soledad olhou para ele com uma expressão interrogativa. Mauro Larrea pigarreou.

— Algum bruto sem consideração quebrou seus dois polegares.

— *Good Lord...* — A voz surgiu trêmula entre as peles que envolviam sua garganta.

O minerador virou o rosto para a janela direita, como se a noite feia lhe interessasse mais que o assunto que se debatia ali dentro.

— Também tinha um corte de faca no rosto. Superficial, por sorte. Mas feito, obviamente, de má-fé.

Foi ela, então, quem desviou o olhar para o outro lado da janela da carruagem. O doutor, sentado diante deles, interpretou corretamente as reações de ambos.

— Vocês se comportaram como bárbaros irresponsáveis. Fizeram um morto passar por vivo diante de um advogado, me enredaram para manter a mulher de Gustavo presa em minha própria casa, agrediram o filho de Edward.

— O caso da impostura de Luisito não teve maiores consequências — alegou Soledad, cortante, com o rosto ainda voltado para a escuridão.

— Carola Gorostiza vai embarcar para Havana em breve nas mesmas condições em que chegou — acrescentou Mauro.

— E Alan, com um pouco de sorte, amanhã pela manhã já estará em Gibraltar.

— Com um pouco de sorte, amanhã pela manhã talvez vocês se livrem de ir para a prisão de Belén e só lhes peçam explicações no quartel da Guarda Civil.

Por fim voltaram a cabeça, demandando sem palavras que ele esclarecesse aquele sinistro prognóstico.

— Alan Claydon não tem nenhuma intenção de voltar a Gibraltar. Depois que enfaixei seus dedos, ele me perguntou sobre o representante de seu país em Jerez. Eu lhe disse que não o conheço, o que não é verdade; sei quem é o vice-cônsul e sei onde vive. Sei também que a vontade imediata do seu enteado é localizá-lo, expor os fatos e solicitar a assistência dele para abrir um processo penal contra você, Sol.

— Ela não tem nada a ver com a agressão — intercedeu o minerador.

— E isso não é tudo; o amigo gibraltarino mencionou um índio, seu criado, Mauro, suponho, e um homem violento, armado, a cavalo, que imagino que seja você. Mas isso, a esta altura, é o de menos.

A pergunta saiu em uníssono de ambas as bocas.

— Como assim?

A carruagem parou naquele exato momento; haviam chegado à Plaza del Cabildo Viejo. Já sem a proteção do barulho das rodas e dos cascos dos cavalos nas poças e ruas empedradas, Ysasi baixou a voz.

— O que o filho de Edward pretende alegar é que o pai, súdito britânico vítima de uma saúde debilitada, está retido contra a vontade em um país estrangeiro, sequestrado pela própria esposa e pelo suposto amante dela. E, para resolver essa situação, vai solicitar mediação diplomática urgente e a intervenção das autoridades de seu país em Gibraltar. Na verdade, seus acompanhantes partiram para Peñón esta noite em um coche de mulas, a fim de, sem mais demora, levar o caso ao conhecimento das autoridades responsáveis. Ele ficou sozinho na taberna, com o intuito de voltar aqui amanhã. Está furioso e parece disposto a envolver até o papa; não tem intenção de deixar pedra sobre pedra.

— Mas, mas... mas isso é inadmissível, isso ultrapassa... isso...

A irritação de Soledad ia além de sua capacidade instantânea de raciocinar. Alterada, indignada, exibindo uma fúria incontrolável dentro da sombria estreiteza do veículo.

— Eu mesma vou falar com o vice-cônsul logo cedo; não o conheço pessoalmente, só sei que ocupa o cargo há pouco tempo, mas vou vê-lo e esclarecerei tudo. Eu, eu...

— Sol, escute — seu amigo tentou acalmá-la.

— Vou explicar com detalhes tudo que aconteceu hoje, a chegada de Alan e seu... seu...

— Sol, escute — insistiu o médico, tentando fazê-la raciocinar.

— E depois... depois...

Foi quando Mauro Larrea, sentado ao lado dela, voltou-se e a segurou firmemente pelos punhos. Não era mais o contato sensual da dança nem a carícia de uma pele contra outra, mas algo voltou a se perturbar dentro dele ao sentir os finos ossos de Soledad sob seus dedos enquanto os olhos dos dois se reencontravam na escuridão.

— E depois, nada. Acalme-se e ouça Manuel, por favor.

Ela engoliu em seco, como quem engole vidro; em seguida, fechou os olhos em um esforço obstinado para recuperar a compostura.

— Você não deve falar com ninguém por enquanto, porque está muito implicada — continuou Ysasi. — Temos que encontrar um jeito de chegar ao vice-cônsul de maneira mais sutil, menos óbvia.

— Podemos tentar deter Claydon, impedi-lo de voltar a Jerez — interveio ele, então.

— Mas não do seu jeito, Larrea — replicou o médico, cortante. — Não sei como se resolvem esses assuntos entre mineradores mexicanos ou nesse lendário Novo Mundo de onde você vem, mas aqui as coisas não funcionam assim. Aqui as pessoas decentes não intimidam seus adversários apontando uma arma para sua têmpora nem mandam seus criados quebrarem seus ossos.

Ergueu a palma direita. É o suficiente, significava. Já entendi a mensagem, compadre, não preciso de mais sermão. Então, deu-se conta de que o procurador Andrade andava mudo em sua consciência, e agora entendia a razão. O doutor Ysasi, falando com ele sem cerimônia como fazia com a amiga de infância, e como fazia com todos os Montalvo, substituíra-o no papel de iluminá-lo no caminho da sensatez. Se lhe daria ouvidos ou não, já era outra história.

— Mas, Manuel — insistiu Soledad—, você pode explicar a quem for preciso que as coisas não são assim...

— Posso certificar clinicamente o verdadeiro estado mental de Edward; posso garantir diante de quem for que você sempre agiu tentando protegê-lo, que durante anos velou noite e dia pelo bem-estar dele. Posso assegurar, também, que me consta que o filho dele foi desonesto com vocês, que lhes tirou dinheiro como uma sanguessuga, que jamais a estimou e que se aproveitou do penoso estado psíquico do pai para pôr em prática diversos ardis financeiros. Mas meu testemunho valeria o mesmo que papel molhado: nada. Pela amizade que nos une, estou desacreditado nesse assunto desde o início.

A contundência do argumento era incontestável. O pior foi que não terminou por aí.

— E a respeito de sua suposta relação afetiva — prosseguiu o médico —, também posso jurar pelo que há de mais sagrado que este homem não é seu amante, apesar de as propriedades dos Montalvo terem passado de forma obscura a seu poder. Mas a verdade é que Jerez inteira os viu chegar e sair juntos do palácio do Alcázar; viu-os dançar esta noite em perfeita harmonia e foram testemunhas da cumplicidade dos dois. E dezenas de pessoas mais, gente comum, sabem que estes dias andaram entrando e saindo da casa um do outro com a mais absoluta liberdade. Se alguém quiser distorcer a situação, não vão faltar indícios. Haverá, sem dúvida, quem considere que vocês transgrediram com o mais evidente descaramento as normas da decência entre uma íntegra mãe de família e um forasteiro livre de compromissos.

— Pelo amor de Deus, Manuel, nem que estivéssemos...

— Não pretendo fazer um juízo moral acerca da conduta de vocês, mas a verdade é que não estamos em uma grande capital como Londres, Sol. Ou como a Cidade do México ou como Havana, Mauro. Jerez é uma pequena cidade do sul da Espanha, católica apostólica romana, onde determinados comportamentos públicos podem ser difíceis de aceitar e podem ter consequências ingratas. E vocês deveriam saber disso tanto quanto eu.

O raciocínio do doutor era de novo certeiro, por mais que lhes pesasse. Protegidos por sua couraça estrangeira e por aquela reconfortante sensação de não pertencer à vida local, ambos haviam se sentido livres para proceder a seu bel-prazer na busca desesperada de soluções para seus próprios problemas. E apesar de ambos estarem certos de não terem dado nem um único passo socialmente censurável no que se referia à ética de sua relação pessoal, as aparências, sem dúvida, apontavam em outra direção.

— Temo que estejam sozinhos à beira do abismo — concluiu o médico. — E assim sendo, é melhor decidirmos depressa o que fazer.

Uma densa quietude se instalou entre os três. Continuavam dentro da escura carruagem, falando em voz baixa diante do portão principal enquanto a chuva acariciava as janelas. Sol baixou a cabeça e cobriu o rosto com as mãos, como se a proximidade de seus longos dedos do cérebro pudesse ajudá-la a refletir. Ysasi mantinha o cenho contraído. Mauro Larrea foi o único a falar:

— Se não há provas, não há delito. Portanto, a primeira coisa a fazer é tirar o sr. Claydon desta casa. Abrigá-lo onde ninguém possa sequer suspeitar.

CAPÍTULO 42

Estavam havia um bom tempo trancados na biblioteca, tentando, sem sucesso, elaborar um plano sensato. O relógio de pêndulo marcava duas e dez da manhã. A onipresente garrafa de brandy já estava pela metade.

— Para mim, é um completo disparate.

Essa foi a reação de Ysasi à iniciativa de Soledad.

A proposta do lugar seguro para onde talvez pudessem levar seu marido havia lhe ocorrido de repente e a comunicara subitamente com a mesma mistura de pavor e euforia que teria se houvesse encontrado a vacina contra a pólio. A recusa do médico foi solene, definitiva. O minerador, apoiado no console da lareira enquanto esgotava a terceira taça de brandy, dispôs-se a escutar.

— Ninguém jamais pensaria que Edward está em um convento — insistiu ela.

— O problema não é o convento em si.

Ysasi havia se levantado da poltrona e dava passos erráticos pelo aposento.

— O problema é...

— O problema é Inés, sua irmã, você sabe tanto quanto eu.

O silêncio corroborou a pressuposição. O médico, normalmente cartesiano, articulado e razoável, dera as costas a eles, absorto em pensamentos. Sol se aproximou, pôs a mão em seu ombro.

— Já se passaram mais de vinte anos, Manuel. Não temos saída, precisamos tentar.

Quanto mais silêncio, mais insistência.

— Talvez ela concorde, talvez aceite.

— Por piedade cristã? — perguntou o médico, mordaz.

— Pelo próprio Edward. E por você, e por mim. Pelo que todos fomos para ela um dia na vida.

— Duvido. Ela nem sequer quis conhecer suas filhas quando nasceram.

— Ela as conheceu, sim.

Ysasi se voltou com estranheza no rosto.

— Você sempre me disse que nunca conseguiu vê-la.

— É verdade. Mas eu as levei uma a uma no colo à igreja do convento assim que as trouxe à Espanha, poucos meses depois de nascerem.

Pela primeira vez o minerador notou que a voz de Soledad, sempre tão íntegra e tão segura de si, vacilava.

— E na igreja me sentei sozinha com cada uma das meninas, diante da beata Rita de Cássia e do Menino do Berço de Prata. E dentro do templo vazio sei que ela, em algum canto, em algum lugar, me ouviu e nos viu.

Passaram-se alguns instantes densos durante os quais, como dois caracóis, ambos se refugiaram dentro de si mesmos para lidar com uma multidão de recordações. Algo fez o minerador pressentir que a recordação da irmã e da amiga que os dois compartilhavam ia além de uma jovem piedosa que um belo dia vestira o hábito para servir ao Senhor.

O médico foi o primeiro a falar.

— Ela nunca nos daria nem sequer a oportunidade de pedir.

Amarrando retalhos e fragmentos daquele diálogo com detalhes que fora ouvindo nos últimos dias em Jerez, Mauro Larrea tentou imaginar a situação. Mas foi impossível. Faltavam dados, peças, luzes que lhe permitissem entender o que tinha acontecido entre Inés Montalvo e os seus em algum momento do passado; por que ela nunca quis saber deles depois de se afastar do mundo. Não era a hora, contudo, de se distrair brincando de adivinhar, assim como não era momento de pedir explicações detalhadas sobre algo que nem de longe lhe dizia respeito. O que se impunha era a urgência, a necessidade premente de encontrar uma saída. Por isso entrou no fogo cruzado:

— E se me deixarem pedir?

* * *

Avançou a passos largos por ruazinhas escuras e estreitas como punhais, ainda de fraque, cartola e coberto por sua capa de tecido de Querétaro.

Tinha parado de chover, mas ainda havia poças das quais às vezes conseguiu desviar e outras vezes não. Andava alerta, com a atenção concentrada para não se desorientar entre as varandas e as janelas com grades de ferro fundido e esteiras fazendo as vezes de persianas. Não podia se permitir o menor desvio, não havia nem um minuto a perder.

Jerez inteira dormia quando bateram as três na torre da Colegiata. Àquela altura, já quase havia chegado à Plaza Ponce de León. Ele a reconheceu pela janela de esquina que Ysasi e Soledad haviam descrito. Renascentista, disseram. Belíssima, acrescentara ela. Mas não havia tempo para deleite arquitetônico: a única coisa que lhe interessava naquela obra de arte era saber que indicava o fim do caminho. O passo seguinte era encontrar a porta do convento de Santa María de Gracia: a casa das madres eremitas de Santo Agostinho, mulheres reclusas na oração e no recolhimento, isoladas das veleidades do resto dos humanos.

Encontrou-a em um beco estreito anexo e bateu insistentemente na madeira com o punho. Nada. Insistiu. Nada ainda. Até que, no momento em que as nuvens deram uma trégua à lua, viu a sua direita uma corda. Uma corda que devia fazer soar um sino no interior. Puxou-a sem pudor e em poucos instantes alguém apareceu à porta e correu um ferrolho, abrindo uma janelinha com grade, sem se deixar ver.

— Ave Maria Puríssima.

Disse, áspero, no meio da noite nua.

— Sem pecado concebida — respondeu uma voz assustada e sonolenta do outro lado.

— Preciso falar urgentemente com a madre Constanza. Trata-se de um grave assunto familiar. Ou diz a ela que venha de imediato, ou em dez minutos começo a tocar o sino e não paro até acordar o bairro inteiro.

A janelinha se fechou *ipso facto*, o ferrolho voltou a correr, e ele ficou esperando as consequências de sua ameaça. E enquanto aguardava envolvido em sua capa e sob a negrura de um céu sem estrelas, pôde por fim parar para pensar nas imprevistas circunstâncias que o haviam forçado a andar por aí tirando o sossego de freiras inocentes àquela hora, em vez de estar metido entre os lençóis como gente de bem. Ainda não sabia quanto de verdade havia nas palavras do médico ao recriminá-los, Soledad e ele, por sua proximidade pública, por aquela ostensiva demonstração de cumplicidade. Talvez, pensou, não deixasse de ter razão. E agora sua atitude se voltava contra eles e ameaçava cravar os dentes em sua jugular.

Foi quando, em meio às dúvidas, ouviu outra vez o ferrolho.

— Pois não.

A voz soou baixa mas firme. Ele não conseguiu ver o rosto.

— Precisamos conversar, irmã.

— Madre. Reverenda madre, se não se importa.

Essa brevíssima primeira troca de frases serviu para que Mauro Larrea intuísse que a mulher com quem ia negociar estava longe de ser uma cândida religiosa mendicante dedicada a cantar as matinas e a assar tortas para a glória de Deus. Seria melhor ir com cuidado; aquilo ia ser uma batalha de igual para igual.

— Reverenda madre, claro; desculpe a minha falta de jeito. De qualquer maneira, eu lhe imploro que me escute.

— Sobre o quê?

— Sobre sua família.

— Não tenho família além do Altíssimo e desta comunidade.

— A senhora sabe tão bem quanto eu que isso não é verdade.

O silêncio do beco deserto era tão fino, tão sutil, que de ambos os lados da janelinha se ouvia a respiração dos dois corpos.

— Quem o mandou, meu primo Luis?

— Seu primo faleceu.

Ele esperou que ela reagisse com alguma pergunta sobre como ou quando ocorrera a morte do baixinho. Ou que pronunciasse pelo menos um Deus o tenha em sua glória. Mas não fez nem um nem outro; por isso, depois de alguns segundos, ele continuou.

— Venho em nome de sua irmã Soledad. O marido dela se encontra em uma situação crítica.

Diga-lhe que suplico que me ajude, que peço pela memória de nossos pais e nossos primos, por tudo o que um dia vivemos, pelo que um dia fomos... Sol lhe transmitira sua mensagem apertando-lhe as mãos com todas as suas forças, esforçando-se para conter as lágrimas. E ainda que fosse a última coisa que ele fizesse na vida, assim tinha que transmiti-la.

— Não vejo como eu poderia intervir nesses assuntos alheios, vivendo como vivem fora de nossas fronteiras.

— Não mais. Estão há algum tempo em Jerez.

Em resposta, ele voltou a encontrar tensos instantes de vazio. Prosseguiu:

— Precisam de um refúgio para ele. Está doente, e há uma pessoa que quer se aproveitar de sua fraqueza.

— Que mal o aflige?

— Um profundo transtorno mental.

Está louco, caralho, quase gritou. E sua mulher, desesperada. Ajude-os, por Deus!

— Receio que não haja muito que esta humilde serva do Senhor possa fazer a respeito. Nesta morada não se tratam angústias e tribulações além daquelas próprias do espírito diante do Todo-Poderoso.

— Será apenas por alguns dias.

— Não faltam pensões no povoado.

— Senhora, ouça...

— Reverenda madre — cortou ela de novo, contundente.

— Ouça, reverenda madre — prosseguiu ele, enchendo-se de paciência. — Sei que não tem contato com os seus há muitos anos e que eu não sou ninguém para intervir nas questões que os separam nem para lhe rogar que passe por cima delas. Sou apenas um pobre pecador muito pouco dado às liturgias e à observância dos preceitos, mas ainda lembro o que o pároco da minha cidade pregava em minha infância sobre o que era ser um bom cristão. E entre essas catorze obras, e corrija-me se me falhar a memória, havia questões como cuidar dos doentes, dar comida aos famintos, dar bebida aos sedentos, dar pousada aos peregrinos...

O sussurro da réplica foi afiado como um estilete.

— Não preciso que um indiano ímpio venha em plena madrugada me dar aulas sobre as dádivas da misericórdia.

A resposta dele, em um murmúrio rude, foi mais cortante ainda:

— Estou pedindo apenas que se não estiver disposta a amparar humanamente seu cunhado como a Inés Montalvo que um dia foi, que pelo menos o faça como um maldito dever de sua atual condição de serva de Deus.

— Perdoe-me se digo que o senhor é um herege e um blasfemo.

— Com muito custo consegui que minha alma acabe ardendo no inferno, não lhe falta razão, senhora. Mas a sua também vai arder se negar socorro a quem tanto necessita neste momento.

A janelinha se fechou diante de seu rosto com um brusco golpe que ecoou até o fundo do beco. Ele não se mexeu; intuía que aquilo ainda não havia chegado ao fim. E em poucos minutos teve a confirmação por meio da vozinha jovem que o havia atendido ao chegar.

— A reverenda madre Constanza o espera na porta do pomar, nos fundos da casa.

Assim que se encontraram no local indicado, começaram a caminhar rápido e lado a lado. Olhando-a de soslaio, calculou que devia ter mais ou menos a mesma altura de Soledad. Sob o hábito e a touca, contudo, era impossível sequer suspeitar se as semelhanças iam além.

— Eu lhe rogo que desculpe minhas maneiras bruscas, madre, mas a situação, infelizmente, não me permite esperar.

Diferente da habitual desenvoltura de Sol, a antiga Inés Montalvo não parecia disposta a trocar nem meia palavra com o insolente minerador. Contudo, preferiu esclarecer seu papel naquela história. O fato de não falar não significava necessariamente que também não estivesse disposta a ouvir.

— Permita-me que me apresente como o novo dono das propriedades de sua família. Para abreviar uma longa história, seu primo Luis Montalvo, ao morrer em Cuba, deixou-as como herança para seu outro primo, Gustavo, que reside na ilha há muitos anos. E de Gustavo elas passaram para mim.

Omitiu os detalhes sobre o procedimento que tinha gerado a transferência de bens. Na verdade, a partir daquele momento, e diante do obstinado silêncio dela, decidiu ficar calado enquanto continuavam atravessando a noite, percorrendo entre poças as ruas sombrias, as capas de ambos esvoaçando por causa da pressa. Até que, ao chegar à porta dos Claydon, foi ela, por fim, quem rompeu a tensão com uma ordem:

— Desejo ver o doente sozinha. Informe a quem precisar informar.

Mauro Larrea entrou na casa em busca de Soledad e do médico enquanto a madre Constanza esperava, sombria e no escuro, sobre a rosa dos ventos do saguão.

— Ela não quer ver vocês — comunicou secamente. — Mas aceitou, vai acolhê-lo.

O desconcerto se desenhou no rosto dos dois com lúgubres pinceladas. Foi Sol quem rompeu a tensão quando duas lágrimas começaram a rolar por suas faces. O minerador sentiu seu coração se partir, mas voltou os olhos para o médico. Não conseguiu ver seu rosto; Manuel preferiu dar as costas. A ele e ao que acabava de ouvir.

Contudo, acataram a exigência. Fecharam a boca, fecharam as portas e Palmer, o mordomo, foi o único que acompanhou a religiosa até o quarto de *milord*.

Passou quarenta e cinco minutos sozinha com o *marchand* de vinhos à tênue luz de uma vela. Ninguém soube se falaram, se se entenderam de alguma maneira. Talvez Edward Claydon não tivesse abandonado, nem mesmo momentaneamente, o sono ou o desvario. Ou talvez sim, e na silhueta escura que assomou à sua cama no meio da noite, tomou sua mão e se ajoelhou para chorar e rezar ao seu lado, a mente torturada do velho estrangeiro tivesse distinguido, com um sopro de fugaz lucidez, a linda jovem de cintura estreita e longa trança castanha que fora Inés Montalvo naqueles anos em que ainda não havia raspado a cabeça para se isolar do mundo; naqueles tempos em que o casarão da rua de la Tornería vivia cheio de amigos e risos e promessas de futuro que acabaram se desmanchando como papel queimado por uma vela.

Na biblioteca, enquanto isso, acompanhados por um fogo que foi se extinguindo na lareira sem que ninguém se preocupasse em avivá-lo, cada um lutou contra seus próprios fantasmas como pôde. Quando por fim vislumbraram o porte régio da madre Constanza no limiar da porta, todos se levantaram ao mesmo tempo.

— Em nome de Cristo e pelo bem da alma dele, concordo em acolhê-lo em uma cela de nossa residência. Partiremos imediatamente, temos que estar do lado de dentro antes que comecem as *laudes*.

Nem Soledad nem o médico foram capazes de dizer uma só palavra: emudeceram diante daquela figura de hábito preto tão solene quanto estranha. Nenhum dos dois foi, em um primeiro momento, capaz de tecer mentalmente um fino fio que unisse a menina querida de suas lembranças com a imponente religiosa que, sob a lúgubre touca e sobre um par de duras sandálias de couro, olhava para eles com os olhos avermelhados cheios de dor.

Sua primeira decisão foi que ninguém os acompanhasse.

— Vamos para uma sagrada casa de Deus, não para uma pensão.

A dura atitude de Inés Montalvo deteve de imediato qualquer intenção de aproximação afetiva por parte dos seus.

Mauro Larrea os contemplava a uma discreta retaguarda, fumando no canto mais mal iluminado da biblioteca, junto a um pedestal de alabastro. Quando, a distância, por fim conseguiu apreciar o rosto da religiosa sob uma luz tênue, a comparação foi complexa: era difícil subtrair as feições de cada uma das irmãs do invólucro que as envolvia. Em volta de Sol, cabelos brilhantes presos em um lindo penteado e o suntuoso vestido de noite azul-escuro que ainda usava e que deixava descobertos ombros, colo, clavículas, braços e costas, palmos inteiros de carne firme e pele sedutora. Em volta de Inés, como contraste, havia apenas metros de tecido preto rústico e retalhos de holanda branca comprimindo o pescoço e a testa. Adereços e cuidados mundanos em uma; na outra, as marcas de anos de retiro e abstração. Pouco mais pôde perceber, porque em apenas um minuto acabou o encontro.

Soledad, contudo, não conseguiu resistir.

— Inés, eu imploro, espere, fale conosco um minuto, nada mais...

A religiosa, inclemente, voltou-se e saiu.

A casa se pôs em movimento, então. Começaram os preparativos. Mauro Larrea, uma vez cumprida a tarefa de convencer madre Constanza, ficou à margem: permaneceu na biblioteca, imóvel, acompanhado pela fumaça de seu charuto enquanto os outros resolviam, apressados, as questões logísticas imprescindíveis. Sentia-se um intruso no íntimo ir e vir e dizer e calar daquela tribo alheia, mas ciente de que não podia ir embora. Ainda havia questões importantes a resolver.

Por fim ouviram os cascos dos cavalos e as rodas da carruagem familiar rompendo o silêncio da praça deserta; instantes depois, Soledad e Manuel voltaram à biblioteca arrastando uma carga imensa de desolação. Ela segurava as lágrimas a duras penas e apertava um dos punhos contra a boca em uma tentativa de recuperar a serenidade. Ele tinha o rosto contraído, torturado como um lobo faminto em uma noite de tormenta e ventania.

— Temos que decidir o que fazer a respeito do vice-cônsul.

Mauro Larrea foi áspero e sem tato, insolente até, nas delicadas circunstâncias. Mas conseguiu o efeito que buscava: ajudá-los na transição, obrigá-los a acabar de engolir a bola compacta de amargura que tinham atravessada na garganta ao ver, em plena madrugada, o marido e amigo vulnerável partir sob a proteção de uma melancólica serva da Igreja na qual não haviam conseguido reconhecer nem um só lampejo da jovem tão próxima deles que um dia Inés tinha sido.

— Se Claydon filho está decidido a voltar a Jerez, sem dúvida não vai demorar — acrescentou ele. — Suponhamos que às dez da manhã já esteja aqui e que em seguida passe uma hora tentando se fazer entender medianamente para alguém que saiba lhe dizer quem é o compatriota que ocupa o cargo diplomático e onde fica sua residência, e por fim chegue até lá. Serão, então, onze da manhã, onze e meia no máximo. É todo o tempo com que contamos.

— A essa altura eu já terei falado com o vice-cônsul. Manuel me disse quem é: Charles Peter Gordon, um escocês que vive na Plaza del Mercado, um descendente dos Gordon. Certamente conheceu minha família, talvez tenha sido amigo do meu avô, ou até mesmo do meu pai...

— Eu também lhe disse que não é uma boa ideia.

Era Manuel Ysasi quem agora se metia na conversa, mas Soledad não se fez de rogada.

— Irei cedo e o deixarei a par de tudo. Direi que Edward está em Sevilha, ou... ou em Madri, ou sei lá, se banhando nas águas de Gigonza. Ou talvez, melhor, que voltou a Londres por causa de um assunto comercial urgente. Adiantarei a ele a perseguição de Alan, acredito que dará mais crédito a mim que a ele.

— *Excusatio non petita, accusatio manifesta,* insisto. Não faz sentido se defender do que ninguém a acusou ainda. Acho que é uma imprudência, Sol.

Ela olhou para ele, então, com aqueles olhos de lindo animal encurralado. Ajude-me, não me deixe sucumbir, pedia sem palavras. Uma vez mais.

— Sinto muito, Soledad, mas acho que está na hora de parar com esse desatino.

Não me traia, Mauro. Você não.

Como se alguém lhe queimasse as vísceras com uma tenaz de ferro incandescente dessas que seu avô lhe ensinara a usar na velha ferraria onde ele mesmo crescera. Foi o que sentiu diante do olhar dela. Mas era preciso deter de qualquer jeito aquele amontoado de despropósitos, e para isso tinha apenas uma arma naquele momento: a frieza.

— O doutor tem razão.

A chegada imediata de Palmer atraiu a atenção dos três, e ele sentiu um alívio profundo ao ver que os olhos de Soledad paravam de suplicar ajuda desesperadamente. Covarde, recriminou-se.

Ela se levantou de imediato, foi rapidamente até o mordomo e lhe fez uma pergunta em inglês. Palmer respondeu sucinto, mantendo a eterna fleuma através da qual não foi difícil perceber seu abatimento. Tudo em ordem, *milord* chegou bem, já está entre as paredes do convento. Ela, ainda abalada, disse em um murmúrio quase ininteligível que ele podia se retirar. Dar-lhe boa noite àquela hora teria sido uma piada grotesca.

— Passe na minha casa bem cedo, Mauro, para ver como a esposa de Gustavo passou a noite. Assim que amanhecer, irei atrás do filho de Edward, antes que ela se levante — concluiu Ysasi. — Vou tentar convencê-lo com a verdade e veremos o que ele decide fazer. Só lhes suplico, pelo bem dos dois, que não se envolvam: as coisas já estão bastante complicadas. E agora acho que é hora de todos tentarmos descansar. Vamos ver se o sono traz um pouco de serenidade a nossas pobres cabeças.

CAPÍTULO 43

Quando Mauro Larrea saiu à Plaza del Cabildo Viejo, o dia ainda despontava, cinza outra vez. Os pórticos próximos começavam a se abrir, das cozinhas escapavam as primeiras fumaças domésticas. Alguns madrugadores já andavam de lá para cá: um leiteiro arreando sua velha mula que carregava cântaros de barro; um padre de batina, gorro e manto rumo à missa do alvorecer; jovens criadas, crianças ainda, com os olhos cheios de sono, a caminho das casas ricas para ganhar sua humilde diária. Quase todos voltaram a cabeça para ele; não era comum ver um homem de sua envergadura, com aquelas roupas, à hora em que os galos já tinham se cansado de cantar e a cidade começava a se espreguiçar. Apertou então o passo; por isso e porque a urgência mordia seus calcanhares.

Lavou-se com água fria no pátio, fez a barba com sua própria navalha, domou o cabelo revolto depois da intensa noite carregada de tensões. Vestiu roupas limpas: calça de linho, camisa branca com gravata de nó impecável, casaca cor de noz. Quando desceu, vinha da cozinha um cheiro capaz de levantar um defunto.

— Assim que cheguei vi que o patrão madrugou hoje — foi o cumprimento de Angustias, em vez de um canônico bom-dia. — Então, o café da manhã já está pronto, caso tenha pressa de sair.

Quase tomou o rosto dela entre as mãos e lhe depositou um beijo no meio da escura testa curtida pelo sol do campo, pelos anos e penares. Em vez disso, disse apenas Deus lhe pague, mulher. Tinha uma fome de leão, era verdade, mas nem sequer havia parado para pensar que seria conveniente forrar o estômago antes de sair de novo.

— Já levo o café lá em cima, sr. Mauro.
— De jeito nenhum.

Na cozinha mesmo, sem nem ao menos se sentar, devorou três ovos fritos com fatias de presunto, algumas generosas fatias de pão ainda quente e duas canecas de leite tingido com café. Murmurou um grunhido de despedida com a boca ainda meio cheia, deixando sem resposta a pergunta sobre se voltaria para almoçar.

Tomara, pensou enquanto atravessava o pátio. Tomara que até essa hora esteja tudo resolvido, que o médico tenha se entendido com Claydon filho e tudo tenha voltado a uma certa normalidade. Ou não, reconsiderou. Nada voltaria ao normal em sua vida porque nunca tinha sido assim desde que chegara a Jerez. Desde que Soledad Montalvo cruzara seu caminho, desde que ele aceitara entrar no mundo dela segurando sua mão, ambos movidos por razões totalmente diferentes. Ela por necessidades imperiosas, ele... Preferiu não rotular seus sentimentos; para quê? Decidiu expulsar aqueles pensamentos assim como meia hora antes havia expulsado a água do corpo ao se secar: sem contemplações, quase com brusquidão. Era melhor se concentrar no imediato; a manhã ia avançando com força e havia questões prementes a resolver.

A porta da casa da rua Francos estava entreaberta, a cancela de ferro fundido que separava o saguão do pátio também. Por isso entrou hesitante. E uma vez lá dentro, ouviu. Agitação, gritos. Um choro agudo, mais gritos emaranhados.

Subiu os degraus de três em três, percorreu a galeria a passos largos. A imagem que encontrou foi confusa, mas eloquente. Duas mulheres alvoroçadas gritando uma com a outra. Nenhuma das duas o viu chegar. Foi seu vozeirão que as calou momentaneamente e fez que as duas cabeças se voltassem para ele.

Sagrario, a velha, deu um passo para trás, deixando à vista a escrava Trinidad aos prantos. O pânico e o estupor se misturaram no rosto de ambas ao vê-lo.

E no fundo da cena, uma porta aberta. A porta do quarto de Carola Gorostiza. Escancarada.

— Sr. Mauro, eu não... — começou a dizer a criada.

Ele a cortou bruscamente.

— Onde ela está?

Ambas pareceram murmurar algo, mas nenhuma das duas se atreveu a falar com o mínimo de clareza.

— Onde ela está? — repetiu.

Esforçou-se para não parecer muito brusco, mas não conseguiu nem de longe.

Por fim a anciã falou outra vez, em um sussurro acovardado.

— Não sabemos.

— E o meu criado?

— Foi atrás dela.

Então, ele se voltou para a escrava.

— Aonde foi sua ama, garota? — vociferou.

Ela continuava chorando, com o cabelo emaranhado e a expressão transtornada. E sem dar uma resposta. Ele a pegou pelos ombros, repetindo a pergunta em tom cada vez mais duro, até que o medo foi mais forte que o pesar.

— Não sei, senhor, como é que eu vou saber?

Calma, irmão, calma, disse a si mesmo. Você precisa saber o que aconteceu, e assustando essa pobre menina e essa senhorinha não vai conseguir nada. Então, por seus filhos, comporte-se. Para se acalmar, encheu os pulmões com ânsia, com o ar do corredor inteiro, e o expulsou com força em seguida. A única coisa importante, pensou, era que Carola Gorostiza tinha fugido. E que se Santos Huesos não a encontrara ainda era porque muito provavelmente àquela hora andava pelas ruas lhe arranjando mais problemas do que os que já tinha.

— Vamos nos acalmar para que eu entenda o que aconteceu.

As duas cabeças assentiram em silêncio respeitoso.

— Trinidad, acalme-se, por favor. Não vai acontecer nada, ela vai aparecer. Em poucos dias as duas estarão em um navio rumo a Havana, de volta para casa. E em quatro ou cinco semanas você estará outra vez passeando pela Plaza Vieja e comendo banana até se fartar. Mas, antes, tem que me ajudar, está bem?

Como resposta, obteve apenas o ruído de palavras ininteligíveis.

— Não estou entendendo, garota.

Impossível decifrar o sentido daquelas palavras embaralhadas entre lágrimas e soluços. Foi a velha criada quem finalmente o ajudou a compreender.

— A mulata não quer ir embora com sua ama, senhor. Nem arrastada quer voltar a Cuba com sua senhora. O que a menina quer é ficar com o índio.

Um pensamento passou veloz pela mente dele. Santos Huesos, desgraçado, o que diabos você enfiou na cabeça dessa pobre criatura?

— Falaremos disso quando for a hora — acrescentou ele com um esforço soberano para não se alterar de novo. — Agora tenho urgência de saber o que aconteceu exatamente. Como e quando a senhora conseguiu sair do quarto, o que levou com ela, se alguém tem alguma ideia do lugar onde ela pode ter ido.

A criada manca deu um passo à frente.

— Veja, patrão, o sr. Manuel saiu ao amanhecer sem nem desfazer a cama, tinha muita urgência. Quando me levantei, fui direto para a cozinha, depois fui buscar carvão para o fogo. E quando entrei de novo, notei a porta da rua aberta, mas pensei que ele, com pressa, não a havia fechado direito. Depois, preparei o café da manhã para a hóspede e quando fui levá-lo para ela vi que havia voado como um pardal.

— E você, Trinidad, onde estava?

O choro da escrava, já acalmado àquela altura, voltou a se intensificar.

— Onde estava, Trinidad? — repetiu ele.

Nenhum dos três havia notado que Santos Huesos, escorregadio como sempre, havia retornado e avançava pelo corretor naquele momento.

Ao chegar ao fundo, foi ele mesmo quem respondeu:

— No quarto ao lado, patrão — anunciou, quase sem fôlego.

E a jovem, por fim, disse algo compreensível:

— Com ele entre os lençóis, com sua licença.

A anciã fez o sinal da cruz, escandalizada, ao ouvir referência a tal intimidade. O olhar furioso de Mauro Larrea transmitiu tudo que ele teria dito ao criado se pudesse desabafar aos gritos com plena liberdade. Pelas chagas de Cristo, filho da mãe, vocês passaram a noite na cama como possuídos e deixaram a Gorostiza escapar no pior dos momentos!

— À meia-noite, tirei a chave do quarto de minha ama do bolso dele e, em um momento de descuido, abri a porta dela — confessou a criada. — Depois, guardei a chave no mesmo lugar sem ele notar. Assim que ela ouviu que o senhor doutor saiu, esperou um pouquinho e saiu atrás.

A presença imprevista de Santos Huesos parecia ter acalmado Trinidad. A proximidade do homem com quem ela havia dividido o corpo, sussurros e cumplicidades devolvera-lhe a coragem.

— Não o acuse, senhor, porque a culpa é toda minha.

As lágrimas voltaram a seus olhos, mas agora eram de outro tipo.

— Minha ama me prometeu... — acrescentou a criadinha com seu meloso sotaque caribenho entrecortado — Ela me prometeu que se eu conseguisse a chave, daria minha carta de alforria e eu deixaria de ser uma escrava e poderia ir aonde quisesse com ele. Mas se não fizesse o que ela pediu, quando voltássemos para Cuba ela me mandaria para o cafezal, e ela mesma me amarraria no tronco e faria o capataz me dar vinte e cinco chibatadas dessas que fazem voar sangue até o céu. E eu não quero ser açoitada, senhor.

Era o suficiente. Por ora, não precisava saber mais. A velha criada, espantada diante da sinistra ameaça, passou os braços sobre os ombros dela para reconfortá-la. Ainda recuperando a respiração entrecortada depois da urgência por voltar, Santos Huesos manteve a cabeça erguida, assumindo com integridade seu erro monumental.

Não fazia nenhum sentido continuar remoendo o que não tinha remédio, decidiu.

— Ande, rapaz — acrescentou. — Vamos atrás dela; depois você e eu conversamos. Agora, vamos, não podemos perder nem mais um segundo.

A primeira coisa que fez ao sair à rua foi mandar o criado à Plaza del Cabildo Viejo para informar Sol, para o caso de a mulher do primo voltar para lá. A causadora de todas as desgraças de seu casamento, dissera a respeito de Soledad. E voltou a sua memória o coração gravado na parede. G de Gustavo. S de Soledad.

Ele, por sua vez, alugou uma carruagem, disposto a percorrer todas as pensões e hospedarias, para o caso de a mexicana ter resolvido alugar um quarto enquanto decidisse o que ia fazer. Mas nem nas pensões de La Corredera, nem nas da rua de Doña Blanca, nem nas da Plaza del Arenal, em nenhum lugar lhe deram pistas à medida que percorria, apressado, os estabelecimentos. No caminho apressado de um a outro, entrou também no cartório da Lancería, em busca de um tentáculo com o qual chegar até onde sozinho não podia.

— Uma velha amiga recém-chegada de Cuba está perdida, sr. Senén — mentiu ao tabelião. — Está transtornada e de sua boca podem sair muitas tolices. Se por acaso souber dela, retenha-a, por tudo que há de mais sagrado, e mande me avisar.

Já estava prestes a ir embora quando seus olhos avistaram o funcionário bisbilhoteiro com quem tivera aquele encontro um tanto singular dias antes. O pobre homem tentava passar despercebido, debruçado sobre um livro de capa de couro enquanto fingia escrever com avidez diante da ameaçadora presença do indiano. O minerador se deteve diante de sua mesa e lhe dirigiu um murmúrio imperceptível para o resto, mas com eloquência de sobra: desça agora mesmo.

— Dê um jeito de escapar de seus afazeres e vá a todos os cantos da cidade onde haja autoridades de qualquer tipo e onde alguém possa fazer uma denúncia, formal ou informal. Ou onde uma pessoa possa falar além da conta diante de qualquer um com poder, entendeu? Civis, militares ou eclesiásticos, não importa.

O escrevente, quase se borrando de medo, murmurou um simples o senhor é quem manda, meu senhor.

— Descubra se passou por algum lugar, hoje de manhã, uma senhora que atende pelo nome de Carola Gorostiza de Zayas, e se disse algo a meu respeito. Se não obtiver resultados, ponha um homem vigiando cada porta, por via das dúvidas, para o caso de ela aparecer mais tarde. Tanto faz um mendigo manco ou um capitão geral; qualquer um com os olhos bem abertos que detenha e retenha, caso necessário, uma mulher bem vestida de cabelo cor de azeviche e sotaque ultramarino.

— Sim, sim, sim, sim — gaguejou o pobre Angulo.

Magro, amarelo, retorcendo os dedos.

— Caso a encontre, eu lhe darei três duros de prata. Porém, se souber que deixou escapar uma única palavra a mais, mando meu índio lhe arrancar os dentes de siso. E eu não confiaria nos instrumentos que ele usa para essas cirurgias.

Despediu-se, dando-lhe as costas com um difuso: encontre-me, estarei por aí. Santos Huesos o encontrou na esquina.

— Vamos voltar à rua de la Tornería; duvido muito, mas talvez ela tenha resolvido ir para lá.

Nem Angustias nem Simón tinham visto nenhuma dama de tal porte.

— Saiam à caça, façam o favor. Se a encontrarem, deem um jeito de trazê-la, nem que seja arrastada. E depois, deixem-na trancada na cozinha; e se ela ficar raivosa, ameacem-na com o atiçador da lareira para que não pense em sair.

Deixaram a carruagem no começo da rua Larga e a rastrearam a pé entre fileiras de laranjeiras e a agitação da manhã. Um pela direita e o outro pela esquerda, entraram e saíram de lojas, armazéns e cafés. Nada. Ele julgou vê-la vestindo uma saia cinza, virando uma esquina; depois, de chapéu preto; depois, na silhueta de uma dama de capa parda que saía de uma loja de calçados. Equivocou-se todas as vezes. Onde diabos está essa maldita mulher?

Olhou a hora: dez e quarenta. Tinha que voltar para a casa do dr. Ysasi, depressa. Àquela altura ele já devia ter voltado da taberna com notícias de Alan Claydon.

Para sua decepção, não havia nenhuma carruagem à vista nas proximidades de sua residência da rua Francos. Nem a velha carruagem do médico, nem o coche inglês que levara até Jerez o enteado de Soledad. Ninguém havia chegado ainda. Olhou a hora: a manhã avançava com o passo implacável de uma tropa militar. O médico, perdido. A mexicana, sumida.

— Perguntou na Plaza del Arenal se por acaso ela não pegou uma carruagem de aluguel, não é?

— Enquanto o senhor andava pelas hospedarias, patrão.

— E?

— E nada.

— Claro. Aonde essa maluca vai sozinha, sem a escrava, sem a bagagem e sem acabar de acertar as questões que acha que temos pendentes?

— Pois eu acho que sim.

— Que sim o quê?

— Que a dona foi embora de Jerez. Que tem mais medo do senhor que de uma vara verde, como dizem os *gachupines* daqui. E acho que fez tudo que estava a seu alcance para ir embora para resolver seus problemas de longe.

Podia ser. Por que não? Carola Gorostiza sabia que se ficasse naquela cidade ele ia encontrá-la, mais cedo ou mais tarde. Não tinha nenhum lugar seguro onde ficar a salvo, não conhecia ninguém ligado a Cuba, as opções eram mais que limitadas. Sabia também que tão logo ele a encontrasse, voltaria a fazê-la prisioneira. E nem por toda a glória do céu estava disposta a consentir.

— Para a estação de trem, ande.

Só havia um trem nos trilhos quando chegaram, já vazio.

Dos passageiros que haviam descido, só restava um na plataforma. Um jovem cercado de baús. Alto, elegante, bem-apessoado, o cabelo escuro despenteado pelo ar e vestido à moda das grandes capitais. Meio de costas, perguntava algo a um funcionário enrubescido que chegava a seu ombro e escutava atento enquanto recebia indicações.

— Jure por seus mortos, Santos, que não estou perdendo o pouco juízo que me resta.

— Está em seu juízo perfeito, sr. Mauro. Por enquanto, pelo menos.

— Então, está vendo o mesmo que eu?

— Com estes olhos que a terra há de comer, patrão. Neste instante, estou vendo o menino Nicolás.

CAPÍTULO 44

O abraço foi enorme. Nicolás, a causa de suas noites sem dormir na infância de sarampo e escarlatina, o grande causador tanto de problemas quanto de gargalhadas, e de tantas alegrias como dores de cabeça, imprevisível como um revólver nas mãos de um cego, aparecia, recém-saído de um trem.

As perguntas brotaram aos borbotões, saindo atropeladas da boca de ambos. Onde, quando, como. Depois, voltaram a se abraçar, e Mauro Larrea sentiu um nó na boca do estômago. Está vivo, filho da mãe. Vivo, saudável e homem feito. Uma sensação de alívio infinito percorreu seu corpo por alguns instantes.

— Como foi que me encontrou, seu maluco?

— Este planeta está cada vez menor, pai; você não acredita na quantidade de descobertas que se vê por aí. A daguerreotipia, o telégrafo...

Dois rapazes começaram a carregar a volumosa bagagem enquanto Santos Huesos dirigia os movimentos, depois de se fundir com o moleque da família em outro caloroso abraço.

— Não enrole, Nico. Depois conversaremos com calma sobre sua fuga de Lens e o constrangimento que me fez passar diante de Rousset.

— Estava em Paris — disse o rapaz, esquivando-se da voz ameaçadora com uma mudança de assunto — e certa noite me convidaram para uma recepção em uma residência do Boulevard des Italiens, um encontro de patriotas mexicanos fugidos como galinhas do regime de Juárez, que conspiravam em meio a perfume de Houbigant e garrafas de champanhe gelado. Imagine só.

— Concentre-se, meu filho — ordenou Mauro.

— Lá encontrei alguns dos seus velhos amigos: Ferrán López del Olmo, o dono da grande gráfica da rua de los Donceles, e Germán Carrillo, que andava percorrendo a Europa com os dois filhos pequenos.

Ele franziu o cenho.

— E eles sabiam onde eu estava?

— Não, mas me disseram que o adido comercial os avisou, caso me encontrassem em algum lugar, que na embaixada me aguardava uma carta.

— Uma carta de Elías, suponho.

— Acertou.

— E quando ficou sem um tostão, foi atrás dela e, para sua surpresa, quase não havia dinheiro.

Deixaram a plataforma para trás e se dirigiram à carruagem.

— Não só me pedia que fizesse magia financeira com o pouco que me enviava — reconheceu Nicolás —, mas também me ordenou que nem pensasse em voltar ao México enquanto você não chegasse; que você estava resolvendo negócios na pátria-mãe e que, se queria notícias suas, devia entrar em contato com um tal de Fatou em Cádis.

— Em contato por carta, imagino que tenha sido o que Andrade quis dizer. Acho que ele não imaginou que você acabaria vindo até aqui.

— Mas preferi vir, de modo que, como não podia pagar uma passagem decente, embarquei no porto de Le Havre em um navio carvoeiro que vinha para Cádis, e aqui estou.

Mauro o olhava de soslaio enquanto continuavam falando e caminhando. Do coração à cabeça e da cabeça ao coração, fluíam no minerador sentimentos contraditórios. Por um lado, tranquilizava-o imensamente ter de novo ao seu lado aquele que um dia fora um girino frágil, transformado agora em um rapaz desenvolto de ar mundano e impressionante *savoir-faire*. Por outro, porém, aquela chegada intempestiva descompensava o frágil equilíbrio em que tudo se sustentava até então. E estando as coisas como estavam naquela manhã, o pior era que não sabia que diabos fazer com ele.

Nico o arrancou de seus pensamentos pondo a mão em seu ombro com uma dura palmada.

— Precisamos ter uma longa conversa, *monsieur* Larrea.

Apesar da brincadeira no trato, o pai intuiu uma seriedade imprevista.

— Tem que me contar o que diabos está fazendo neste canto do Velho Mundo — acrescentou —, e há algumas coisas sobre mim que eu também gostaria que soubesse.

Claro que tinham que conversar. Mas a seu devido tempo.

— Claro, mas, por ora, vá com Santos se acomodar. Eu tomarei outro coche de aluguel para cuidar de um assunto pendente e, assim que puder, encontro você.

Deixou o filho protestando atrás de si.

— Para a rua Francos — ordenou ao cocheiro da primeira carruagem que encontrou ao sair da estação.

Nada havia mudado no entorno da residência de Ysasi. Nenhum veículo além da carroça de um comprador de objetos de segunda mão e os burricos de dois aguadeiros. Olhou a hora: meio-dia e vinte. Muito tarde para que o médico não houvesse voltado, com ou sem o inglês. Alguma coisa não correu bem, murmurou.

Retomou então a busca pela mexicana, caso, no fim das contas, ela não tivesse deixado Jerez. Vire ali, disse ao cocheiro. Entre por aqui, agora vire ali, siga reto, pare, espere, vá, para lá outra vez. A imaginação voltou a aprontar com ele. Julgou tê-la encontrado saindo da igreja de San Miguel, entrando em San Marcos, descendo da Colegiata. Mas não. Nem sinal dela.

Quem viu ao passar pela venda da rua de la Pescadería foi o escrevente. Caía uma garoa que, apesar de fina, molhava, mas mesmo assim Angulo estava na porta, esperando na esquina com a Plaza del Arenal, por onde supunha que em algum momento o indiano acabaria passando. Um movimento de cabeça foi suficiente para que ele, sem descer do coche, soubesse. Nada ainda. A busca do funcionário fofoqueiro não tinha dado frutos. Continue, ordenou.

Seu destino seguinte foi a Plaza del Cabildo Viejo. Para sua surpresa, encontrou o portão de rebites escancarado. Desceu da carruagem antes que o cavalo parasse totalmente. Que diabos? O que está acontecendo?

Palmer saiu a seu encontro com cara de enterro. Antes que pudesse lhe explicar algo em seu mísero espanhol, o médico, apressado, apareceu atrás dele com uma expressão de profundo desânimo.

— Acabei de chegar e estou indo embora. Foi tudo inútil. O filho de Edward mudou de ideia, deixou a taberna antes do amanhecer. Foi para o sul, segundo me disse o dono.

Preferiu guardar para si as barbaridades que se juntaram em sua boca.

— Percorri algumas léguas sem encontrá-lo — continuou o médico. — A única coisa que está clara é que por alguma razão ele mudou os planos e decidiu não voltar a Jerez. Pelo menos por enquanto.

— Pois são dois golpes de azar que chegam juntos.

— Sol acabou de me contar que a mulher de Gustavo sumiu da minha casa. Vou para lá agora mesmo.

Mauro Larrea quis lhe dar detalhes, mas o médico o interrompeu:

— Vá até o gabinete imediatamente.

Em vez de perguntar, ele franziu o cenho. A resposta foi imediata.

— Seus potenciais compradores acabaram de chegar.

— Os de Zarco?

— Nós nos cruzamos na entrada e, pela cara deles, diria que não estão muito entusiasmados. Mas você deve ter oferecido ao gordo uma bela comissão para interceder a seu favor, porque ele prefere ficar um mês sem comer toucinho a consentir que eles voltem para Madri sem falar com você. E nossa querida Soledad não tem intenção de mostrar as presas até saber que você está aqui.

O enteado desaparecido. A mexicana fugida. Nicolás, caído do céu no meio da estação. E agora seus possíveis salvadores — os únicos que talvez pudessem lhe abrir o caminho de volta — chegavam arrastados pelos cabelos e no pior dos momentos. Pelo amor de Deus, a vida está ficando cada vez mais desgraçada e traiçoeira.

— Cada um cobre um flanco — propôs Ysasi.

Apesar de suas poucas inclinações religiosas, acrescentou:

— E que seja o que Deus quiser.

Três homens o esperavam no mesmo gabinete onde dias antes se fizera passar pelo falecido Luisito Montalvo. Agora, porém, não se tratava de estrangeiros, e sim de espanhóis. Um de Jerez e dois de Madri. Os dois homens de inquestionável boa aparência que se levantaram com cortesia obrigatória para cumprimentá-lo vinham da capital e tinham pressa de voltar. Patrão e sequaz, pareciam: um era o que tinha o dinheiro e se deixava aconselhar; o outro o que aconselhava e sugeria. Zarco, por sua vez, não teve que se levantar porque já estava em pé, com o rosto vermelho e a grande papada escondendo o pescoço.

Entre eles, Soledad. Serena, segura, ostentando uma elegância soberba em seu vestido de tafetá gelo. Com a habilidade de um prestidigitador de parque de diversões, fizera desaparecer de seu semblante as marcas do cansaço e da tensão. Diferente do que fora no encontro com os ingleses, seus olhos já não eram os de uma potra encurralada. Agora ostentava um olhar de férrea determinação. Quem sabe o que estaria lhes contando?

— Finalmente está aqui, sr. Larrea. Chegou no momento mais oportuno: justo quando eu acabava de descrever ao sr. Perales e ao sr. Galiano as características das propriedades que temos a oferecer.

Falava com firmeza, segura, profissional quase. A causadora e cúmplice de seus mais absurdos desvios, a mulher que com sua mera proximidade despertava em seu corpo pulsões primárias indômitas, a esposa leal, protetora e zelosa de um homem que não era ele dera lugar a uma nova Soledad Montalvo que Mauro Larrea ainda não conhecia. A que comprava, vendia e negociava: a que se batia de igual para igual em um mundo masculino de interesses e transações, em um território exclusivo de homens ao qual o destino a havia levado sem que pretendesse e no qual, empurrada pelo mais cru instinto de sobrevivência, havia aprendido a se mover com a agilidade de um trapezista que sabe que às vezes não há remédio a não ser pular sem rede.

Maldita a vontade que tinha de contribuir para que aqueles desconhecidos acabassem ficando com o que sempre pensou que seria seu, pensou ele enquanto trocava cumprimentos formais sem entusiasmo excessivo. Prazer, muito prazer, sejam bem-vindos. Não deixou de notar que diante dos estranhos ela tinha voltado a tratá-lo com formalidade.

— Para que fique ciente, sr. Larrea, acabei de explicar para os senhores a situação das magníficas terras que temos em Macharnudo para o cultivo de videiras. Informei-lhes igualmente sobre as particularidades do palacete que entra no lote de compra e venda de modo indivisível. E agora, chegou o momento de irmos.

Aonde?, perguntou ele em silêncio, com uma expressão quase imperceptível, mas que ela captou.

— Vamos mostrar a eles a adega, a origem, até poucos anos atrás, de nossos famosos vinhos altamente valorizados no mercado internacional. Façam a gentileza de vir conosco, por favor.

Enquanto o gordo trocava algumas frases com os potenciais compradores a caminho da porta, ele a segurou pelo cotovelo e a deteve um instante. Inclinou-se na direção dela e, próximo ao seu ouvido, voltou a ficar perturbado com o cheiro e o calor antecipado de sua pele.

— A mulher de Gustavo continua desaparecida — murmurou, apertando os dentes.

— Mais um motivo — sussurrou ela, mal abrindo os lábios.

— Para quê?

— Para ajudá-lo a tirar até o último centavo desses imbecis a fim de podermos ir embora antes que tudo desmorone.

CAPÍTULO 45

Desceram das carruagens diante do grande muro que cercava a adega, outrora banhado de cal luminosa e agora oscilando entre o pardo e o cinza esverdeado, quase preto em algumas partes, devido aos longos anos de negligência. Mauro Larrea abriu a porta de entrada como da vez anterior, com um empurrão do ombro. Ouviram as dobradiças enferrujadas, que cederam passagem para o grande pátio central adornado por fileiras de acácias. Chovia outra vez; os madrilenses e Soledad se abrigavam sob grandes guarda-chuvas, o gordo Zarco e ele se protegiam apenas com seus chapéus. Ficou tentado a oferecer o braço a ela para evitar que escorregasse no calçamento liso, mas se conteve. Era melhor manter a fachada de uma fria relação de interesses meramente comerciais que ela havia decidido mostrar. Era melhor que ela continuasse no comando.

Não fazia tanto tempo que estivera ali escoltado pelos velhos carregadores em um dia ensolarado e infinitamente menos desafortunado, mas teve a impressão de que havia se passado uma eternidade. De resto, tudo permanecia igual. As altas parreiras que deram sombra em verões distantes, agora peladas e tristes; as buganvílias sem sombra de flores; os vasos de barro vazios. Das telhas meio quebradas, qual canaletas, caíam jorros de água.

Se aquele contato com a decadência de seu radiante passado afetou Soledad de alguma forma, ela não demonstrou. Envolvida em sua capa, com a cabeça coberta por um grande capuz arrematado com astracã, concentrou-se em apontar lugares e enumerar medidas com gestos precisos e voz segura, fornecendo informação relevante e fugindo das sombras sentimentais de outrora. Tantas varas quadradas de superfície, tantas centenas de pés de extensão. Observem, senhores, o magnífico desenho e a excelente matéria-prima das construções; como seria fácil, simples devolver-lhe o antigo esplendor.

De um dos bolsos da capa tirou uma argola com velhas chaves. Vá abrindo as portas, faça o favor, ordenou ao corretor de propriedades rurais. Então, entraram em dependências escuras que ele ainda não conhecia e pelas quais ela se movia com desenvoltura. As salas — escritórios, disse ela — onde os escreventes, com quepe e manguitos, realizavam as tarefas administrativas cotidianas e de cuja recordação tinham sobrado apenas os restos de algumas notas amareladas e pisoteadas. A sala de visitas e de clientes, cujo antigo uso era testemunhado por duas cadeiras mancas caídas em um canto; as dependências dos funcionários de maior nível hierárquico, onde não havia sequer persianas nas janelas. Finalmente, o escritório do patriarca, o feudo privado do lendário sr. Matías, transformado agora em uma caverna malcheirosa. Nem rastro dos utensílios de prata, das estantes com portas de vidro, da soberba mesa de mogno com tampo de couro polido. Nada disso restava. Apenas desolação e sujeira.

— De qualquer maneira, tudo isso não passa de bobagem; algo que, com alguns milhares de reais, poderia ser devolvido a seu antigo estado em pouquíssimo tempo sem a menor dificuldade. O que realmente importa é o que vem a seguir.

Apontou, sem se deter, outras edificações ao fundo. A lavanderia, a tanoaria, a sala de amostras, disse ao passar. Em seguida, conduziu-os à alta construção do outro lado do pátio central; o mesmo edifício ao qual os velhos carregadores o haviam levado. Alto e imponente como o recordava, mas menos iluminado naquele dia de chuva. O cheiro, porém, era idêntico. Umidade. Madeira. Vinho.

— Como suponho que puderam apreciar — acrescentou ela no umbral, deixando cair nas costas o capuz —, a adega foi construída voltada para o Atlântico, para receber os ventos e aproveitar o máximo possível as bênçãos das brisas marinhas. Desses ares que chegam do mar depende, em grande medida, a qualidade dos vinhos; deles e da paciência e do bom trabalho dos responsáveis. Acompanhem-me, por favor.

Todos a seguiram em silêncio enquanto ela continuava falando e sua voz ecoava contra os arcos e as paredes.

— Observem que o sistema de construção é extremamente elementar. Pura simplicidade arquitetônica herdada através dos séculos. Sempre acima do nível da terra, com telhado de duas águas para minimizar os efeitos do sol e paredes bem largas para reter o frescor no ambiente.

Percorriam com passo lento os espaços entre os barris empilhados em fileiras de três, quatro alturas, onde os de cima eram trocados com os de baixo para lhes dar homogeneidade. Os magníficos vinhos da casa, disse. Pegou uma rolha, apreciou o aroma de olhos fechados, devolveu-a a seu lugar.

— Dentro dos barris de carvalho acontece o milagre que aqui chamamos de a flor: uma camada natural de pequenos organismos que cresce sobre o vinho e o protege, o nutre e lhe dá fundamento. Graças a ela conseguimos os cinco efes, os requisitos que sempre se considerou que os bons vinhos devem atender: *fortia, formosa, fragantia, frígida et frisca*. Devem ser encorpados, finos, perfumados, frescos e envelhecidos.

Os quatro homens ouviam atentos as palavras e os movimentos da única mulher do grupo, enquanto a água que escorria dos capotes e dos guarda-chuvas enchia o chão de pequenas poças.

— Mas imagino que os senhores devem estar fartos de ouvir tanta falação; todo o mundo deve ter tentado lhes vender sua adega como a melhor. Agora, senhores, chegou o momento de nos concentrarmos no que realmente interessa: apostas e oportunidades. Naquilo que estamos em condições de lhes oferecer e no que os senhores estão dispostos a ganhar.

E então, um novo desdobramento se sobrepôs à distinta senhorita andaluza Soledad Montalvo, criada entre rendas, *nannies* inglesas e missas matinais de domingo, e à Sol Claydon requintada e mundana das compras na Fortnum & Mason, das estreias do West End e dos salões de Mayfair. A faceta da experiente comerciante e dura negociadora, fiel discípula de seu marido *marchand* e de seu astuto avô, herdeira da alma dos velhos fenícios que três mil anos antes levaram do Mediterrâneo as primeiras cepas até aquelas terras que eles chamaram de Xera e que os séculos acabaram transformando em Jerez.

Seu tom se tornou mais categórico.

— Sabemos que há semanas os senhores visitam terras e adegas em Chiclana, Sanlúcar e El Puerto de Santa María; inclusive sabemos que chegaram ao Condado. Consta, também, que estão estudando seriamente várias ofertas que, por terem um preço inferior ao nosso, podem lhes parecer atraentes em um primeiro momento. Mas permitam-me dizer-lhes, senhores, como estão equivocados.

Os madrilenses não conseguiram ocultar a surpresa. Zarco começou a suar. E o minerador manteve a expressão ferreamente controlada para não demonstrar seu monumental espanto diante da mistura de coragem e audácia que estava presenciando: a segura arrogância de alguém capaz de ostentar o orgulho de uma classe, de uma casta que reunia características imensamente díspares, porém complementares. Tradição e iniciativa, elegância e arrojo, apego ao que era seu e asas para voar. O coração da lendária Jerez produtora de vinho cuja essência só agora ele começava a apreciar em toda a sua plenitude.

— Não tenho dúvida de que, tendo o interesse que parecem ter em entrar no mundo do vinho, terão sido cautelosos e se informado sobre como pode ser complicado o último passo da cadeia. O primeiro, tornar-se colheiteiros, conseguirão comprando bons vinhedos e fazendo que os trabalhadores os explorem de forma eficaz. O segundo, tornar-se armazenadores, também não será difícil se encontrarem uma excelente adega, um grande capataz e pessoal hábil e bem-disposto. Mas o terceiro, a exportação, é, sem nenhuma sombra de dúvida, o mais difícil para os senhores, por razões óbvias. Mas nós podemos facilitar esse complexo salto: o acesso imediato às mais vantajosas redes de comercialização no exterior.

Ele continuava a contemplá-la, cinco passos atrás dos outros. Com os braços firmemente cruzados e as pernas entreabertas, sem tirar o olhar das mãos que se moviam com delicada eloquência, dos lábios que ofereciam garantias e lucros com incrível desenvoltura, incluindo-o no plural que usava a todo momento. Pelo amor de Deus, estava colocando todos eles no bolso! O efeito no tal sr. Perales e em seu secretário era devastador, bastava olhar para eles. Troca de palavras surdas de um ouvido a outro, pigarros, olhares e gestos disfarçados. Os botões do paletó de Zarco estavam prestes a estourar só de pensar na grande comissão que levaria se ela conseguisse pressionar um pouco mais.

— O preço das propriedades é alto, temos plena ciência disso. Lamento informar, porém, que também é inegociável; não vamos abaixar nem meio centavo.

Se não confiasse nela cegamente, sua rude gargalhada teria ecoado contra as paredes e os altos arcos de cal para em seguida reverberar contra as centenas de barris. Por acaso a demência do seu marido a contagiou, minha cara Soledad?, poderia ter lhe perguntado. Evidente que ele estaria disposto a baixar o preço, a considerar qualquer oferta e a oferecer todo tipo de facilidades para pôr a mão em um bom dinheiro e sair correndo. Mas como firme negociador que também fora em seus próprios dias de glória, de imediato soube reconhecer a descarada ousadia da proposta. Por isso se calou.

— Contatos, agentes, importadores, distribuidores, *marchands*. Eu mesma represento uma das principais empresas londrinas, a casa Claydon & Claydon, na Regent Street. Controlamos detalhadamente a demanda e nos mantemos a todo momento a par das flutuações de preços, gostos e qualidades. E estamos preparados para pôr esse conhecimento a sua disposição. O próspero mercado britânico cresce a cada dia, prevê-se que a expansão será incontrolável, os vinhos espanhóis representam, hoje, quarenta por cento do setor. Há, porém, adversários de enorme solvência em permanente luta por seu espaço. Os eternos portos, os tokais húngaros, os madeiras, os hocks e moselas alemães, inclusive os vinhos do Novo Mundo, que cada vez são mais presentes nas ilhas. E, claro, os lendários e sempre ativos vinhedos das diversas regiões francesas. A concorrência, meus amigos, é feroz. E mais ainda para alguém novo nesse universo tão fascinante quanto extremamente complexo.

Ninguém ousou pronunciar uma palavra. Faltava pouco para concluir sua atuação.

— O preço, já souberam por meio de nosso corretor. Pensem e decidam, senhores. Agora, se me dão licença, tenho outros assuntos urgentes para tratar.

Dormir algumas horas depois de uma das noites mais tristes de minha vida, por exemplo. Saber como está meu pobre marido, trancado em uma cela de convento. Encontrar uma mexicana fugitiva casada com uma pessoa que durante um tempo da minha vida ocupou um lugar importante no meu coração. Descobrir o passo seguinte de um enteado perverso empenhado em me tirar o que consegui depois de longos anos de esforço. Tudo isso Soledad Montalvo poderia ter lhes contado enquanto seguia pelas fileiras de barris a caminho da saída. Mas deixou apenas um rastro de silêncio e um vazio avassalador.

Mauro Larrea estendeu a mão aos compradores.

— Não tenho nada a acrescentar, senhores; tudo está dito. Se desejarem fazer contato, já sabem onde nos encontrar.

Enquanto se dirigia à saída atrás dela, um golpe de angústia o arranhou com a sanha de um felino faminto. Por que não consegue se alegrar, desgraçado? Está a um passo de conseguir o que tanto deseja, prestes a atingir todas as suas metas, e não consegue salivar como um cão faminto diante de um pedaço de carne fresca?

Um ruído o fez sair de seu ensimesmamento. Confuso, olhou para a esquerda e para a direita. Poucos metros adiante, semioculto entre os grandes barris escuros, viu alguém que não se encaixava ali.

— Que diabos está fazendo aqui, Nico? — perguntou, atônito.

— Matando o tempo enquanto meu pai decide se pode ou não me dar sua atenção.

Touché. O tratamento dispensado ao filho depois de tanto tempo sem se verem não era, certamente, o melhor. Mas as circunstâncias apertavam seu pescoço como um dia o fizeram as águas negras do fundo de Las Tres Lunas, quando aquela inundação feroz quase deixou órfão em plena infância o rapaz que agora lhe jogava na cara sua negligência paterna. Ou como Tadeo Carrús quando determinou quatro opressivos meses de prazo, dos quais já se havia passado metade.

— Sinto muito, de verdade; sinto na alma, mas as coisas se complicaram da maneira mais inoportuna. Dê-me um dia, um dia apenas, para eu conseguir me desvencilhar de tudo. Depois sentaremos os dois com calma e teremos uma longa conversa. Tenho que lhe contar coisas que lhe dizem respeito, e é melhor que seja com calma.

— Suponho que não haja alternativa. Entretanto — acrescentou Nico, parecendo recuperar seu humor habitual —, reconheço que essa nova virada em sua vida tem me fascinado. A velha Angustias me contou que agora é proprietário de uma adega; vim por pura curiosidade, sem saber que você andava por aqui. Depois os vi lá dentro e não quis interromper.

— Usou a cabeça, não era o momento.

— Era justamente isso que eu queria lhe dizer.

— O quê?

— Que use a cabeça.

Não pôde evitar um ricto sarcástico. Seu filho aconselhando-o a não fazer besteira: o mundo virado do avesso.

— Não sei do que está falando, Nico.

Atravessavam o pátio caminhando depressa, lado a lado; continuava a cair uma chuva fraca. Qualquer um que os visse de costas, de lado ou de frente, teria percebido que tinham a mesma altura e uma aparência semelhante. Mais sólido e corpulento o pai. Mais elegante e esbelto o filho. Bem parecidos os dois, cada um à sua maneira.

— De não as perder.

— Continuo não entendendo.

— Nem esta adega, nem essa mulher.

CAPÍTULO 46

Depois de ter testemunhado a atuação de Soledad Montalvo, algo mudou no comportamento de Nicolás. Como se tivesse sido tomado por uma sensatez espontânea, intuiu que não era a hora de exigir atenções imediatas. E contra qualquer prognóstico, anunciou que tinha cartas urgentes a escrever. Estava mentindo, naturalmente; queria apenas deixar o caminho livre para que o pai terminasse aquilo que o ocupava e transtornava, e o transformava em um homem diferente daquele de quem se despedira no palácio de San Felipe Neri meses antes.

O minerador, por sua vez, pressentia que o rapaz estava escondendo algo; algo a que ainda não havia sequer feito menção: a verdadeira razão que o levara a Jerez. Algo que, a léguas, cheirava a problema. Por isso tinha preferido não perguntar ainda, para retardar o encontro com o inevitável e não acumular mais contrariedades do que as que já levava nas costas.

Ambos mantiveram a farsa, cúmplices. Nico ficou na rua de La Tornería, e Mauro Larrea, depois de passar pela rua Francos e comprovar, para sua desolação, que continuavam sem notícias da mexicana, voou para o único lugar no mundo onde ansiava estar.

Soledad o recebeu esforçando-se, a duras penas, para conter a irritação diante da negativa da irmã Inés de lhe permitir ver o próprio marido. Esta é uma morada de reclusão e oração, não um balneário de águas sulfurosas, dissera-lhe sem se deixar ver quando Soledad fora ao convento depois de sair da adega. Ele está bem e tranquilo, vigiado o tempo todo por uma noviça. Nada mais.

Refugiara-se de novo em seu gabinete, aquele refúgio de onde ele agora sabia que ela controlava, na sombra, as rédeas do negócio. Embora os ponteiros do relógio tivessem percorrido apenas dezessete horas, o tempo parecia ter dado um salto descomunal entre a primeira vez que Mauro Larrea entrara naquela sala e o presente: desde que ela lhe comunicara, diante da janela, na noite anterior, sua decisão de deixar Jerez e aquele disparatado meio-dia de nuvens densas quando ambos, cansados, frustrados e confusos, continuavam sem ver nem uma centelha de luz no fim dos túneis que se abriam, sinistros, diante deles.

— Acabei de dar ordem aos criados para começarem a arrumar a bagagem; não faz sentido continuar esperando.

E como se movida pela mesma pressa que insuflara em seus criados, ela mesma começou a organizar o profuso conteúdo de sua mesa enquanto falava. Em pé, a alguns metros, ele a observou calado enquanto ela dobrava folhas cheias de anotações, amontoava correspondência em várias línguas e lançava olhares rápidos para alguns papéis para depois rasgá-los em pedaços sem contemplações, impregnando sua tarefa com a fúria surda que fervia dentro dela. Estava se preparando para partir, definitivamente. Afastava-se cada vez um pouco mais.

— Só Deus sabe onde estarão o desgraçado do meu enteado e a mulher do meu primo — acrescentou ela sem olhar para ele, obcecada em sua tarefa. — A única certeza é que em breve ele vai voltar a mostrar as garras, e então já devemos estar longe daqui.

Para evitar esmagar sua alma pensando em como seria o mundo quando não a visse mais todos os dias, Mauro Larrea limitou-se a perguntar:

— Malta, então?

Como resposta, obteve um gesto negativo enquanto ela continuava despedaçando com sanha sanguinária um punhado de papéis cheios de números.

— Portugal. Gaia, perto do Porto. Acho que é mais acessível para chegarmos por mar de Cádis e para ficarmos, ao mesmo tempo, relativamente perto de casa e das meninas. — Fez uma breve pausa, baixou a voz. — De Londres, quero dizer. — Continuou em seguida com energia. — Amigos do negócio do vinho, ingleses também, vão nos acolher. Os laços são fortes, eles fariam qualquer coisa por Edward. É uma escala em quase todas as travessias de navios britânicos, não tardaremos a encontrar passagens. Vamos levar apenas Palmer e uma das criadas; vamos nos virar. Enquanto termino de organizar tudo, para o caso de Alan aparecer, ficarei reclusa aqui e Edward continuará com Inés.

As interrogações se acumulavam na cabeça do minerador formando uma massa informe, mas os últimos acontecimentos haviam sido tão complicados, tão demandantes de tempo e atenção que não lhe deram nem uma miserável folga para fazer as perguntas necessárias. Agora, sozinhos e incertos como estavam naquele aposento de luz cinza onde ninguém havia se preocupado em acender uma lamparina, enquanto a fina chuva continuava caindo sobre a praça desprovida de toldos, escreventes e clientela, talvez fosse o momento de descobrir.

— Por que sua irmã está agindo assim? O que ela tem contra o passado, contra você?

Ele se sentou na mesma poltrona que ocupara na noite anterior sem esperar que ela o convidasse e com sua expressão livre de formalidades parecia querer dizer: sente-se ao meu lado, Soledad. Pare de extravasar sua ira na absurda tarefa de rasgar papéis. Venha, fale comigo.

Ela olhou para o vazio por alguns instantes, com as mãos ainda cheias de documentos, esforçando-se para encontrar uma resposta. Depois, jogou-os sobre a superfície revirada da escrivaninha e, como se houvesse lido os pensamentos dele, aproximou-se.

— Há mais de vinte anos tento entender a atitude dela e ainda não consegui — disse, ocupando a poltrona diante dele. — Ressentimento, talvez? — perguntou-se enquanto ele a observava cruzar as longas pernas sob a saia de seda piemontesa. — Rancor? Ou simplesmente um doloroso desencanto? Um desencanto amargo e infinito que intuo que jamais terá fim?

Calou-se por alguns instantes, como se tentasse definir qual das suposições era a mais acertada.

— Ela acha que a deixamos sozinha no momento mais difícil, depois do enterro de nosso primo Matías. Manuel voltou para seus estudos de Medicina em Cádis, eu fui com Edward viver minha vida de recém-casada, Gustavo acabou na América. Inés ficou sozinha enquanto nossos familiares descambavam morro abaixo sem salvação. Minha avó, minha mãe e minhas tias com seu luto perene, seu láudano e seus lúgubres rosários. Meu avô, consumido pela doença. Tio Luis, pai de Matías e de Luisito, afundado em uma dor profunda da qual nunca sairia, e nosso pai libertino, Jacobo, cada dia mais perdido pelos bares e casas de má fama.

— E Luisito, o baixinho?

— No início o mandaram para um colégio interno em Sevilha. Ele tinha apenas quinze anos e não aparentava mais de dez. Ficou profundamente transtornado com a morte do irmão mais velho, entrou em um período de abatimento doentio que demorou muito tempo para superar. De modo que Inés era a única que, de início, parecia destinada a permanecer no meio daquele inferno, convivendo com um bando de cadáveres ambulantes. Na época, ela suplicou que a ajudássemos, mas ninguém a ouviu: todos fugimos. Da desolação, da derrocada de nossa família. Do amargo final da nossa juventude. E ela, que até então jamais havia demonstrado nenhuma inclinação religiosa perceptível, preferiu se trancar em um convento a ter que suportar aquilo.

Triste quadro, certamente, refletiu ele sem deixar de olhar para ela. A vida de um jovem promissor ceifada em seus verdes anos e, como consequência, um clã inteiro afundado em um profundo pesar. Era triste, realmente, mas algo destoava. Não achava que aquilo fosse suficiente para desatar uma tragédia coletiva de tal magnitude. Talvez por isso, porque aquela história não lhe parecia totalmente convincente, e os dois sabiam disso, depois de alguns instantes de silêncio Soledad decidiu contar mais.

— O que Manuel lhe contou que aconteceu naquela caça de Doñana? — perguntou ela, juntando as pontas dos dedos debaixo do queixo.

— Que foi um acidente.

— Um tiro de procedência desconhecida desviado, não?

— Acho que sim.

— O que você sabe é a verdade disfarçada, o que sempre contamos das portas para fora. Na realidade o disparo que matou Matías não saiu de uma escopeta qualquer, e sim da de um dos nossos. — Fez uma pausa brusca. — Da de Gustavo, especificamente.

Retornaram à memória de Mauro, fugazmente, os olhos claros do rival. Os daquela noite no El Louvre. Os do bordel da Chucha. Impenetráveis, herméticos, como se estivessem cheios de uma água clara petrificada. Então, era isso que você carregava, meu amigo?, disse a si mesmo. Pela primeira vez sentiu um pouco de sóbria compaixão por seu adversário.

— Essa foi a razão pela qual ele partiu para a América: culpa — prosseguiu Sol. — Ninguém jamais pronunciou a palavra assassino, mas todos ficamos presos a essa ideia. Gustavo matou Matías, e por isso meu avô pôs em suas mãos uma soma considerável de dinheiro e lhe ordenou que desaparecesse de nossa vida e fosse embora. Para as Índias ou para o inferno. Para que praticamente deixasse de existir.

Sua temerária aposta, a intuição de Calafat, o som das bolas de marfim se chocando, febris, sobre o pano verde naquele jogo demoníaco em que se envolveram. Tudo começava a fazer sentido.

A voz de Soledad o arrancou de Havana e o levou de volta a Jerez.

— De qualquer maneira, já havia tensões no ar antes. Fomos unidos durante a infância, mas tínhamos crescido e estávamos nos afastando. Naquele eterno paraíso doméstico em que vivíamos, mil vezes havíamos prometido ingenuamente uns aos outros união e fidelidade para todo o sempre. Já desde crianças uma tropa de inocentes construtores de quimeras, organizamos o arranjo perfeito: Inés e Manuel se casariam; Gustavo seria meu marido. Para Matías, que nunca entrava como protagonista naquelas fantasias, mas dava as cartas em seu papel de primo mais velho, arranjaríamos uma linda mocinha que não nos causasse problemas. E Luisito, o baixinho, ficaria eternamente solteiro ao nosso lado, como um aliado fiel. Todos continuaríamos sempre juntos e misturados, teríamos muitos filhos e as portas da casa comunitária estariam sempre abertas para todos que quisessem ser testemunhas da nossa eterna felicidade.

— Até que a realidade pôs tudo em seu lugar — sugeriu ele.

Em sua linda boca mesclaram-se a ironia e a amargura. A chuva continuava caindo, fraca, por trás dos vidros.

— Até que vovô Matías começou a traçar para nós um futuro radicalmente diferente. E antes que percebêssemos que havia um mundo lá fora cheio de homens e mulheres com quem dividir a vida além de nossas paredes, ele mudou as peças do jogo sem precisar sequer mover o tabuleiro.

Então, Mauro Larrea recordou as palavras de Ysasi no cassino. A diferença de gerações.

Nesse momento chegou ao gabinete a criada de rosto amanteigado carregando nas mãos uma bandeja com tira-gostos. Depositou-a perto deles: bocados de carnes frias sobre uma toalha de linho, pequenos sanduíches, uma garrafa, duas taças de vidro lapidado. Do pouco que ela disse à criada em inglês, ele entendeu apenas Mr. Palmer; intuiu, por isso, que a iniciativa tinha sido do mordomo, depois de ter passado fazia tempo a hora do almoço sem que ninguém tivesse a intenção de ir à sala de jantar. A garota indicou, então, uma lamparina de tela pintada em cima de uma mesa de madeira; devia estar perguntando se a patroa desejava que a acendesse para clarear a penumbra da sala. A resposta foi um contundente *no, thank you.*

Também não deram atenção à comida. Soledad havia começado a abrir o portão que dava acesso a seu passado, e lá não havia lugar para vinho e peito de pato fatiado. Apenas para, no máximo, mastigar uma espécie de amarga nostalgia e dividir as sobras com o homem que a escutava.

— Ele se concentrou nos netos e para isso elaborou um sofisticado plano, parte do qual consistia em casar uma das meninas com seu agente inglês. Com isso, blindava uma parte essencial do negócio: a exportação dos vinhos. Pouco importava que Inés e eu tivéssemos na época dezessete e dezesseis anos, e Edward fosse mais velho que nosso próprio pai e tivesse um filho quase adolescente. Também não pareceu preocupante para meu avô que nenhuma das duas entendesse, de início, por que subitamente aquele amigo da família que conhecíamos desde meninas nos trazia de Londres doces de laranja amarga da Gunter's, nos convidava para passear pela Alameda Vieja e se empenhava em que lêssemos em voz alta as melancólicas odes de Keats para corrigir nossa pronúncia do inglês. Aquela era a ideia do patriarca: que Edward escolhesse uma de nós. E ele gostou da proposta. E assim acabei, sem ter completado ainda dezoito anos, dizendo aceito sob um espetacular véu de renda de seda de Chantilly, absoluta, ingênua e estupidamente ignorante do que viria em seguida.

Ele se negou a imaginá-la; preferiu desviar o rumo.

— E sua irmã?

— Jamais me perdoou.

O movimento do veludo da saia o fez intuir que sob o maravilhoso tecido ela descruzava as pernas para depois cruzá-las de novo no sentido contrário.

— Quando nos demos conta da situação, e como Edward parecia inicialmente gostar das duas, ela começou a levar a coisa infinitamente mais a sério do que eu. Começou a se iludir e a dar quase por certo que, por ser a mais velha, a mais calma e serena, talvez até a mais bonita, acabaria se tornando a depositária definitiva dos afetos do nosso pretendente quando acabasse aquele cortejo juvenil que todos encaramos de início com certa frivolidade. Todos exceto ele.

— Exceto seu avô?

— Exceto Edward — corrigiu ela, rapidamente —, que aceitou o desafio de escolher uma esposa com absoluto rigor. Sua primeira mulher, órfã, por sua vez, de um rico importador de peles do Canadá, havia morrido de tuberculose nove anos antes. Ele era, na época, um viúvo com mais de quarenta, apaixonado por vinho e dono de uma próspera casa comercial herdada do pai; passava a vida viajando de um país a outro fechando negócios; o filho, enquanto isso, era criado por tias maternas em Middlesex, umas solteironas que acabaram transformando-o em um pequeno monstro egoísta e insuportável. Cada vez que Edward vinha a Jerez, duas vezes por ano, nossa casa era para ele o mais parecido com um lar e uma festa permanente. Com meu avô na qualidade de aliado nos negócios e meu pai e meu tio como amigos íntimos, apesar do contraste com sua moral de burguês vitoriano, só faltava que nossos sangues se misturassem pelo casamento.

Descruzou uma vez mais as pernas, dessa vez para se levantar da poltrona. Foi até a mesa que a criada havia indicado anteriormente: a mesa na qual havia uma delicada lamparina com a cúpula cheia de galhos e aves pernaltas. Pegou em uma caixa de prata um longo fósforo de cedro, acendeu-a com ele e se espalhou sobre o gabinete um manto de calor. De pé, apagou o fósforo com um leve sopro e com ele ainda na mão, prosseguiu:

— Ele não tardou a se decidir por mim; nunca lhe perguntei por quê.

Foi em direção à janela; falava de costas, talvez para não ter que desnudar sua intimidade cara a cara.

— A verdade é que ele se empenhou em abreviar aquilo tudo o máximo possível, entendendo a perversidade da situação: duas irmãs postas na vitrine, obrigadas a entrar em uma concorrência involuntária em uma idade em que ainda não tínhamos a maturidade necessária para entender muitas coisas. Até que, na noite anterior ao casamento, com a casa cheia de flores e de convidados estrangeiros, e com meu vestido de noiva cuidadosamente pendurado no *chandelier*, Inés, que aos olhos de todos pareceu, de início, aceitar a inesperada escolha sem dramas, em sua cama ao lado da minha, no quarto que sempre dividimos e que é o mesmo que você agora ocupa, caiu em um choro desconsolado que durou até o amanhecer.

Ela voltou para sua poltrona, reclinou-se. E apesar de continuar expondo questões que tocavam seu coração, dessa vez olhou-o de frente.

— Eu não estava apaixonada por Edward, e sim ingenuamente seduzida pela estima que ele começou a demonstrar por mim. E pelo mundo que eu pensava que ele poria aos meus pés, suponho — acrescentou com certa acidez. — Um grande casamento na Colegiata, um enxoval maravilhoso, uma *maisonette* em Belgravia. Voltar a Jerez duas vezes por ano, na última moda e cheia de novidades. O paraíso para a jovem inconsequente, mimada e romântica que eu era na época, uma criança ingênua que nem sequer suspeitava como seria amargo o desenraizamento, nem como seria difícil, naqueles primeiros anos, viver tão longe dos meus com um estranho trinta anos mais velho e que, além de tudo, levava para a vida conjugal um filho insuportável. Uma tola que nem sequer pensou que aquele compromisso imprevisto encerraria para sempre a relação com a pessoa mais próxima que tivera desde que nascera.

Mauro Larrea continuava a escutá-la, absorto. Sem beber, sem comer, sem fumar.

— Aprendi a amar Edward, apesar de tudo. Ele sempre foi atraente, sempre atencioso e generoso, tinha um extraordinário dom com as pessoas, uma conversa agradável, era muito vivido e seu comportamento era impecável. Hoje sei, no entanto, que o amei de uma maneira diferente da que teria amado um homem escolhido por mim mesma.

Soou seca, perturbadora sem querer.

— De uma forma radicalmente diferente de como teria amado alguém como você.

Ele coçou a cicatriz com as unhas quase até fazê-la sangrar.

— Mas ele sempre foi um grande companheiro de viagem; ao seu lado aprendi a nadar em águas mansas e em águas turbulentas, e graças a ele me tornei a mulher que sou hoje.

Foi quando o minerador se levantou. Era suficiente, recusava-se a ouvir mais. Não precisava continuar corroendo a alma enquanto imaginava como teria sido viver todos aqueles anos ao lado de Soledad. Acordando ao seu lado a cada manhã, construindo ilusões comuns, engendrando filha após filha em seu ventre fecundo.

Aproximou-se da janela da qual ela havia se afastado havia alguns instantes. Tinha parado de chover, o céu cinza começava a se abrir. Na praça, algumas crianças andrajosas chafurdavam nas poças correndo e gargalhando.

Acabe com isso, compadre. Abandone os passados sem volta e as projeções de um futuro que nunca vai existir; retome a vida do ponto em que a deixou. Volte a sua patética realidade.

— Por onde diabos andará essa maldita querendo nos prejudicar — murmurou.

Antes que Sol reagisse à súbita guinada na conversa, uma voz encheu o gabinete.

— Acho que eu sei.

Ambos voltaram a cabeça, surpresos.

No limiar da porta, escoltado por Palmer, estava Nicolás.

— Santos Huesos voltou de sua busca pelas ruas atrás dela: ele me contou.

Entrou com desembaraço, com a roupa meio molhada.

— Ele disse que vocês estavam desesperados em busca de uma parente dos Gorostiza que vinha de Cuba, uma mulher vistosa e um tanto diferente das senhoras daqui. Não precisei de mais dados para recordar; cruzei com ela em... em Santa María del Puerto?

— Puerto de Santa María — corrigiram os dois em uníssono.

— Tanto faz; encontrei-a no cais hoje cedo, pronta para atravessar para Cádis no mesmo vapor do qual eu havia acabado de desembarcar.

CAPÍTULO 47

Já era noite fechada quando bateu a aldraba de bronze em forma de coroa de louro. Ele ajustou o nó da gravata, ela ajeitou o laço do chapéu. Limparam a garganta em seguida, praticamente ao mesmo tempo, cada um a seu tom.

— Disseram-me que a senhora de ultramar que veio me procurar está aqui.

Genaro, o velho mordomo, conduziu-o sem dizer palavra à sala das visitas comerciais onde o receberam quando ele, recém-desembarcado, chegara à casa Fatou com uma carta de apresentação de Calafat. Daquela manhã em diante, não tornara a pisar naquela sala formal destinada aos clientes e aos compromissos. Nos dias que se seguiram, transformara-se em um caloroso convidado e tinha a sua disposição um confortável dormitório, a sala familiar e a sala de jantar onde todas as manhãs lhe serviam chocolate e churros quentinhos sob os rostos inalteráveis, pintados a óleo, de barbudos antepassados. Agora, contudo, havia retrocedido e lá estava de novo, sentado sobre a mesma tapeçaria de canutilho e cercado pelos mesmos bergantins petrificados em suas litografias. Como se fosse outra vez um estranho sob as tênues luzes que iluminavam o aposento. A única diferença era que daquela vez tinha uma mulher ao seu lado.

— Fatou é comerciante naval, quarta geração — esclareceu para Soledad em voz baixa, entre os dentes. — Transporta mercadorias pela Europa, Filipinas e Antilhas; muito xerez entre elas. Possui navios e armazéns próprios, e é também prestamista em grandes transações, comissário e contador do Governo.

— Nada mau.

— Para mim bastaria um quinto de tudo isso.

Apesar da tensão, quase soltaram uma gargalhada. Inoportuna, sonora, improcedente e libertina, que os livrasse da tensão acumulada e lhes desse ânimo para encarar a incerteza que se avizinhava. Não foi possível, contudo, porque naquele exato momento entrou o dono da casa.

Não o cumprimentou com o afável "Mauro!" com que tinham se despedido dias antes; um sóbrio "boa noite, senhores" indicou de antemão que a situação era tensa como o couro de tambor. Sol Claydon foi apresentada, então, como a prima do marido da fugitiva Carola Gorostiza; em seguida Fatou, rígido e evidentemente incomodado, sentou-se diante deles. Antes de falar, ajeitou meticulosamente a fina flanela listrada da calça sobre os ossos dos joelhos, concentrando a atenção naquela tarefa fútil com a qual pretendia apenas ganhar um pouco de tempo.

— Bem...

O minerador preferiu poupá-lo:

— Lamento imensamente, caro Antonio, o incômodo que este assunto desagradável possa estar lhes causando.

O uso do nome de batismo não era casual, obviamente; com isso, pretendia restabelecer, na medida do possível, a cumplicidade de outros momentos. Prosseguiu:

— Viemos assim que suspeitamos que a sra. Gorostiza poderia estar aqui.

Onde mais, se não ali, poderia ter se metido aquela louca em Cádis, pensara tão logo ficaram sabendo sobre seu destino, graças a Nicolás. Ela não conhece ninguém na cidade, só o que tem é um sobrenome e um domicílio anotados em um pedaço de papel com o qual saiu de Havana atrás de mim. Foi na casa dos Fatou que lhe deram informações sobre meu paradeiro em Jerez, e esse é o único lugar vinculado a sua chegada para onde poderia voltar. Aquelas tinham sido suas elucubrações, e para lá se dirigiram sem perder um minuto. Nico, embora tivesse preferido cem vezes ir com eles, mesmo que só para ter algo a fazer, foi encarregado de avisar Manuel Ysasi, ocupado com suas consultas e visitas como todos os dias. E de aguardar a possível resposta dos madrilenses. Há muito em jogo, meu filho, advertiu-o, apertando-lhe o antebraço ao se despedir. Fique atento, porque o futuro de nós dois depende do que eles decidirem.

Soledad e ele haviam considerado as diferentes maneiras de agir. E optaram por uma muito simples: mostrar que Carola Gorostiza era uma cobiçosa e extravagante forasteira indigna da menor confiança. Com essa ideia em mente, chegaram à rua de la Verónica e se sentaram naquela sala entre as luzes e as sombras de duas tênues lamparinas.

À espera de poder oferecer a Fatou sua própria e tendenciosa versão da história, ouviram primeiro o que ele tinha a lhes dizer.

— A verdade é que se trata de algo bastante confuso. E me deixa em uma situação realmente comprometedora, como pode imaginar. São acusações muito graves as que esta senhora fez contra você, Mauro.

Havia abandonado o sobrenome e retomado o tratamento mais próximo; um ponto a seu favor. De pouco serviu, porém, para minimizar a implacável salva de tiros à queima-roupa que veio em seguida.

— Contenção física contra sua vontade. Apropriação indébita de bens e propriedades pertencentes a seu marido. Manipulação tortuosa de documentos testamentários. Negócios ilícitos em casas de prostituição. Inclusive tráfico negreiro.

Deus do Céu! Até o bordel do Manglar e os nefandos negócios do louceiro Novás aquela maluca havia metido no mesmo saco. Notou que Sol tinha ficado tensa; preferiu não olhar para ela.

— Espero que não tenha lhe dado a menor credibilidade.

— Gostaria muito de não ter que duvidar de sua honradez, meu amigo, mas os dados contra o senhor são inúmeros, e não totalmente incoerentes.

— Ela lhe disse também aonde pretende chegar com todas essas disparatadas acusações?

— Por ora, me pediu que a acompanhe amanhã para denunciá-lo perante um tribunal.

Soltou um bufo, incrédulo.

— Suponho que não vá fazer isso.

— Ainda não sei, sr. Larrea. — Notou que ele havia voltado à formalidade do sobrenome. — Ainda não sei.

Ouviram-se passos; a porta que Fatou tivera o cuidado de fechar se abriu de repente sem que ninguém batesse antes pedindo permissão.

Ela usava um vestido discreto cor de baunilha, com um decote bem menos generoso do que costumava usar. O cabelo preto, outras vezes solto e repleto de flores, cachos e adereços, estava preso em um coque sóbrio na nuca. A única coisa que permanecia a mesma eram aqueles olhos que ele já conhecia: acesos como duas velas, mostrando sua determinação para cometer qualquer barbaridade.

Ela dominava a cena interpretando um papel habilmente calculado. Um papel que não previra e que o abalou de imediato: o de vítima sofredora. Maldita raposa traiçoeira, murmurou para si.

Ela não o cumprimentou, como se não o tivesse visto.

— Boa noite, senhora — disse da porta, depois de observá-la atentamente por alguns instantes. — Suponho que seja Soledad.

— Já nos conhecemos, embora não se recorde — respondeu Sol com aprumo. — Desmaiou em minha casa assim que chegou. Cuidei da senhora um longo tempo, fiz compressas de álcool de alecrim em seus punhos e esfreguei suas têmporas com óleo de estramônio.

Do lado de fora da sala, Paulita, a jovem esposa de Fatou, se esforçava para entrar, mas a Gorostiza, imóvel no limiar da porta, não lhe dava passagem.

— Duvido muito que tenha sido um desmaio casual — cortou a mexicana, por fim entrando com ar de heroína maltratada. — Eu diria que vocês o provocaram de alguma maneira deliberada, para poder me reter. Depois, julgaram-se a salvo trancando-me em um quarto imundo. Mas pouco conseguiram, como vêm.

Com certo ar régio, ela se sentou em uma das poltronas enquanto Mauro Larrea a contemplava, atônito. Em sua mente havia antecipado um reencontro com a Carola Gorostiza de sempre: altaneira, aguerrida, soberba. Alguém que enfrentaria cara a cara e aos gritos, se fosse necessário. E, nessa conjuntura, não duvidava de que teria conseguido ficar por cima. Mas a esposa de Zayas tivera tempo de sobra para calcular sua estratégia e, de todas as opções a sua disposição, havia escolhido a menos previsível e talvez a mais inteligente. Fazer-se passar por mártir. Pura vitimização: uma grande demonstração de hipocrisia com a qual poderia ganhar o jogo se ele não se pusesse em guarda.

Levantou-se movido por uma reação inconsciente, imaginando, talvez, que ficar de pé ajudaria a dar mais verossimilhança a suas palavras. Como se uma simples mudança de postura pudesse fazer frente à demolidora carga de munição que ela trazia já preparada.

— Amigos, acreditam mesmo que eu, um próspero empresário do ramo da mineração, em quem seu correspondente cubano, o sr. Julián Calafat, depositou a mais plena confiança, posso ter sido capaz de...

— Capaz das piores tramoias — interrompeu ela.

— Capaz de cometer tais desmandos com uma senhora a quem mal conheço, que atravessou o Atlântico me perseguindo sem nenhuma razão sensata e que, ainda por cima, é a irmã mais nova do meu consogro?

— Meu incauto irmão não sabe em que família está se metendo se consentir que sua filha se case com alguém da sua estirpe.

Os Fatou estavam almoçando quando anunciaram a chegada de uma estrangeira aos prantos. Suplicava auxílio, apelava para a ligação da família com os Calafat cubanos, inclusive com a esposa e as filhas do banqueiro, com quem jurara se relacionar em Havana, nos círculos da melhor sociedade. Estava fugindo de Mauro Larrea, anunciara entre soluços. Daquele bruto sem consciência. Daquele selvagem. E deu detalhes sobre ele que fizeram o casal duvidar. Não achavam estranho que ele tivesse vindo da América só para vender propriedades que nem sequer conhecia? Não achavam suspeito que as tivesse adquirido sem saber sequer em que consistiam? Quando, horas mais tarde, o minerador apareceu atrás dela, já havia ganhado a doce esposa e mantinha o marido na corda bamba, mergulhado na incerteza.

— Sabem, meus caros amigos, o que este indivíduo esconde sob sua boa aparência e seus ternos elegantes? Um dos maiores jogadores que a ilha de Cuba já viu. Um interesseiro arruinado, um espertalhão sem escrúpulos, um... um...

Ele murmurou um rouco "Pelo amor de Deus!", enquanto passava os dedos sobre a velha cicatriz.

— Andava pelas ruas de Havana à caça de uma oportunidade de arranjar algum dinheiro. Quis tirar dinheiro de mim pelas costas do meu marido para aplicar em um empreendimento duvidoso; depois, instigou-o a apostar seu patrimônio em uma partida de bilhar.

— Nada disso é verdade — refutou Mauro, categórico.

— Arrastou meu marido para um prostíbulo em um bairro de gentalha e negros, depenou-o com artimanhas e embarcou correndo para a Espanha antes que alguém conseguisse detê-lo.

Ele se postou diante dela. Não podia permitir que fincasse os dentes em sua dignidade como uma raposa faminta e o sacudisse a seu bel-prazer de um lado para o outro, arrastando-o pelo pó, sem soltá-lo.

— Se importaria de parar de dizer bobagens?

— E se vim de Cuba atrás dele — prosseguiu a Gorostiza, ficando-lhe os olhos como quem crava punhais —, foi somente para exigir que devolva o que é nosso.

O minerador inspirou com ânsia animal. Não podia deixar que aquilo lhe fugisse do controle; perdendo as estribeiras não faria nada além de lhe dar razão.

— Todos os documentos de propriedade estão em meu nome, referendados por um tabelião público — cortou ele, contundente. — Jamais, em nenhum momento, sob nenhuma circunstância e em nenhuma de suas formas, cometi a menor ilegalidade. Nem sequer a menor imoralidade, algo que não tenho certeza de que se possa afirmar da senhora. Saibam, meus amigos...

Antes de expor seus argumentos, varreu a sala com um olhar veloz. O jovem casal presenciava a cena sem pestanejar: constrangidos, acovardados diante do ácido combate que estava enlameando seus tapetes, suas cortinas e seu papel de parede. Tudo previsível até aí; estranho teria sido se os Fatou não se mostrassem atônitos diante daquela discussão, mais própria de uma taberna portuária do que daquela respeitável residência gaditana onde a palavra escândalo jamais tivera lugar.

O que não fez sentido para ele, contudo, foi a reação da terceira testemunha. Soledad. No rosto de sua aliada, para seu estupor, não encontrou o que esperava. Sua postura permanecia inalterável: sentada, alerta, com os ombros eretos; mal se movera desde que tinham chegado. Era em seus grandes olhos que havia algo diferente. Algo que ele captou de imediato. Uma sombra de receio e desconfiança ameaçava ocupar o lugar onde até então só havia uma cumplicidade sem fissuras.

As prioridades de Mauro Larrea mudaram naquele exato momento. O que até então haviam sido seus piores temores deixou subitamente de preocupá-lo: a ideia de se ver acusado diante de um tribunal espanhol, a ameaça de continuar arrastando sua ruína até a eternidade, até mesmo o vil Tadeo Carrús e seus malditos prazos. Tudo isso passou para segundo plano em uma fração de segundo, porque antes de tudo se impunha uma tarefa muito mais premente, infinitamente mais importante: o resgate de uma confiança perdida que precisava reconquistar.

Seus músculos se retesaram; contraiu a mandíbula, apertou os dentes. Sua voz trovejou pela sala.

— Já chega!

Até os vidros pareceram tremer.

— Proceda como julgar conveniente, sra. Gorostiza — prosseguiu ele, categórico —, e que resolva este assunto quem o tiver que resolver. Acuse-me formalmente, apresente perante um juiz as provas que tiver contra mim, e eu encontrarei uma forma de me defender. Mas exijo que pare de atentar contra minha integridade.

Um silêncio tenso e contundente preencheu a sala. Foi rompido pela voz da esposa de Zayas, como se passasse sobre ele uma navalha de barbeiro.

— Desculpe, mas não. — Pouco a pouco, ela estava deixando para trás o papel de mártir ultrajada e ia vestindo de novo sua própria pele. — Não acabou ainda, cavalheiro; ainda tenho muito que falar sobre o senhor. Muitas coisas que aqui não conhecem e que vou me encarregar de difundir. As negociações com o louceiro da rua de la Obrapía, por exemplo. Saibam, senhores, que este homem desprezível andou negociando com um traficante de escravos para tirar proveito do lamentável comércio de carne africana.

Nem com ele se sujeitando às intenções dela a Gorostiza estava disposta a parar de disparar mentiras. Sua intenção, claramente, não era apenas ter de volta a herança do marido: vingar-se pelo tratamento recebido em Jerez também fazia parte da revanche.

— Chegou sem um mísero tostão no bolso para pagar uma carruagem ou um coche que o levasse de um lado a outro, como fazem as pessoas decentes em Havana.

Ela prosseguia, já mostrando toda a sua exuberância. Até seu cabelo tinha começado a se soltar do penteado, suas faces enrubesceram e seu peito volumoso retomou a opulência contida.

— Aparecia em festas onde ninguém o conhecia, vivia na casa de uma *cuarterona*, antiga amante de um peninsular, com quem ele compartilhava taças de rum e só Deus sabe o que mais.

Enquanto ela continuava lançando granadas de peçonha, o mundo parecia ter parado para Mauro Larrea, atento somente a um olhar.

Sem palavras, dizia a única coisa em sua vida que lhe importava naquele momento.

Não duvide de mim, Soledad.

Até que ela decidiu intervir.

CAPÍTULO 48

— Bem, senhores, creio que este lamentável espetáculo já durou mais que o necessário.

— O que está falando, maldita? O que vai se atrever a dizer sobre mim? Não vou admitir nada vindo da senhora. Porque este homem não é o único causador das minhas desditas; muito antes de ele entrar na minha vida, a senhora já estava nela.

Carola a interrompera aos gritos: sua histeria *à la* mexicana por fim estava se mostrando. A longa noite sem dormir à espera do momento de fugir, os dias anteriores de clausura, o desassossego. Ela se ressentia de tudo isso. O papel de vítima submissa se desfizera como uma bolha de sabão.

Uma tensa quietude voltou a tomar a sala.

— Nada disso teria acontecido se a senhora não estivesse sempre na cabeça do meu marido. Se Gustavo não tivesse tanto medo de reencontrá-la, nunca teria deixado que lhe tomassem sua herança.

A memória de Mauro Larrea voou para o salão turquesa da Chucha, as imagens e os momentos se sobrepuseram com velocidade febril. Zayas apostando seu retorno à Espanha com um taco e três bolas, deixando seu destino ser decidido pelo acaso de uma partida de bilhar contra um estranho. Lutando raivosamente para derrotá-lo e desejando perder ao mesmo tempo; tendo em mente o tempo todo a palpitação de uma mulher que não via fazia mais de vinte anos e de quem, desde que atravessara o oceano, não deixara de ter saudades um só dia. Uma insólita maneira de proceder: deixando que a sorte resolvesse tudo. Se tivesse ganhado, teria voltado com dinheiro e patrimônio à terra de onde havia sido expulso depois do drama que ele mesmo causara. Uma volta para reencontrar vivos e mortos. Um retorno para Soledad. Se perdesse e não conseguisse o montante de que necessitava para voltar com relativa segurança, cederia a seu adversário as propriedades da família, lavaria as mãos e se desvincularia para sempre da casa de seus antepassados, do vinhedo e da adega. Da culpa e do passado. E, acima de tudo, dela. Um jeito singular de tomar decisões, certamente. Tudo ou nada. Como quem arrisca o futuro com um cara ou coroa suicida.

Carola Gorostiza, enquanto isso, tinha começado a procurar um lenço, sem resultado, nos punhos do vestido; a esposa de Fatou lhe estendeu o seu, solícita; Carola secou as lagrimas.

— Durante metade da vida venho lutando contra seu fantasma, Soledad Montalvo. Metade da vida tentando fazer com que Gustavo sentisse por mim um ínfimo do que nunca deixou de sentir por você.

Havia passado ao tratamento informal para despir uma intimidade que até então ninguém conhecia; um "você" descarnado para exibir a infelicidade de um longo casamento vazio de afetos e o surdo pranto de uma mulher mal-amada.

Alguma coisa se remexeu dentro de Sol Claydon, mas ela se manteve muito longe de manifestá-la. Permaneceu como uma cariátide, com as costas elegantemente eretas, os pômulos altos e os dedos entrelaçados no colo, deixando à mostra seus dois anéis. O anel que a comprometera, seguindo as decisões incontestáveis do grande sr. Matías, e assim acabara com a paixão juvenil de seu primo. E o anel que a casara com o estrangeiro e a separara de sua irmã e de seu mundo. Fria, aparentemente; assim permaneceu Soledad Montalvo diante do desabafo. Apesar de seu coração ter se comprimido como um pergaminho, ela se negou a deixar transparecer sua reação por trás da fachada de falsa passividade.

Por fim, serena e sombria, falou:

— Eu gostaria de não ter tido que chegar a esse extremo, mas, dadas as circunstâncias, receio que deva lhes falar com dolorosa franqueza.

Suas palavras tiveram o efeito de uma pincelada, pintando nos rostos dos presentes uma expressão de curiosidade.

— Como devem ter comprovado durante este tempo em que a deixamos desabafar, a saúde mental da sra. Zayas está obviamente deteriorada. Por sorte, meu primo deixou a família inteira de sobreaviso.

— Você e seu primo juntos, outra vez, pelas minhas costas!

Fingindo não ter ouvido, ela continuou falando com uma incrível segurança:

— Foi por essa razão que, durante os últimos dias, atendendo a prescrições médicas, preferimos mantê-la reclusa em seu dormitório. Infelizmente, em um momento de descuido dos criados, e vítima de sua própria atitude maníaca, ela decidiu sair por conta própria. E vir até aqui.

Carola Gorostiza, arrebatada pela incredulidade e fora de si, ameaçou se levantar da poltrona. Antonio Fatou a deteve bruscamente, intervindo com uma contundência até então desconhecida.

— Fique quieta, sra. Gorostiza. Continue, sra. Claydon, por favor.

— Sua hóspede, meus caros amigos, sofre de um profundo desequilíbrio emocional: uma neurose que transtorna sua percepção da realidade, deformando-a caprichosamente e fazendo-a adotar comportamentos altamente excêntricos como o que acabam de presenciar.

— Mas o que está dizendo, sua maluca? — berrou a mexicana, alterada.

— Por isso, e a pedido de seu marido...

Sol colocou uma de suas longas mãos dentro da bolsa que mantinha sobre os joelhos e tirou dela um estojo de camurça cor de tabaco cujo conteúdo começou a desembrulhar com inquietante parcimônia. A primeira coisa que pôs sobre o mármore da mesa foi um pequeno vidro cheio até a metade de um líquido turvo.

— Trata-se de um composto de morfina, hidrato de cloral e brometo de potássio — esclareceu em voz baixa. — Isto a ajudará a superar a crise.

O minerador engasgou com a própria respiração. Aquilo era mais que uma artimanha engenhosa ou um extraordinário discurso como o que fizera aos madrilenses na adega. Aquilo era uma absoluta temeridade. Sempre carregava a medicação do marido, isso lhe dissera na tarde em que o enteado a mantivera presa no quarto. Por via das dúvidas. Agora, com o objetivo de aplacar a fúria insensata daquele ciclone em forma de mulher, pretendia que as substâncias acabassem sendo ministradas a uma pessoa diferente.

A Gorostiza, pasma, levantou-se por fim e deu um passo adiante, disposta a arrebatar-lhe o vidro. Mauro Larrea e Antonio Fatou, como se tivessem molas no corpo, detiveram-na de imediato, segurando-a firmemente pelos braços enquanto ela tentava resistir como se estivesse possuída por todos os demônios do inferno.

Soledad, enquanto isso, tirou do estojo uma seringa. E, por fim, uma agulha metálica que acoplou na ponta da seringa com a perícia de quem já tinha repetido o mesmo gesto muitas vezes.

Os dois homens imobilizaram a mexicana em cima do sofá. Despenteada, com o busto praticamente fora do decote e a ira incrustada nos olhos como as tatuagens dos homens do mar.

— Levante a manga do vestido dela, por favor — ordenou a Paulita.

A jovem esposa obedeceu, acovardada.

Sol se aproximou; da ponta da agulha saíram duas gotas grossas.

— O efeito é imediato — disse, com a voz densa e obscura. — Em questão de vinte, trinta segundos, ela vai adormecer. Ficará paralisada. Inerte.

A expressão de raivosa rebeldia deu lugar a uma careta aterrorizada no rosto de Carola Gorostiza.

— Vai perder a consciência — acrescentou sem modificar o tom sombrio.

O corpo da mexicana, vítima do pavor, havia parado de se agitar. Ela arfava, os lábios haviam se transformado em duas finas linhas brancas. O suor começava a brotar em sua testa. Soledad estava decidida a acabar com aquilo a qualquer preço. Ainda que considerasse insanos os sentimentos — sem dúvida, verdadeiros — que Gustavo Zayas nutria por ela. Mesmo que tivesse de usar as mesmas armas com as quais contra-atacava o perverso mal que havia devastado o cérebro de seu marido e alterado o rumo de sua própria vida.

— E vai entrar em um torpor profundo e duradouro.

A perturbação pairava na sala, densa como uma névoa. A esposa de Fatou contemplava a cena aterrorizada; os homens, tensos, esperavam o próximo movimento de Soledad.

— A não ser... — sussurrou, com a seringa a um palmo da pele da pretensa demente.

Deixou que se passassem alguns instantes tensos:

— A não ser que ela consiga se acalmar sozinha.

Suas palavras surtiram efeito imediato na suposta doente mental.

Carola Gorostiza fechou os olhos. E depois de alguns instantes, assentiu. Com um levíssimo movimento do queixo, sem nenhum gesto contundente. Mas com aquele ínfimo sinal, acabava de assinar sua rendição.

— Podem soltá-la.

O concentrado de drogas que o organismo de Edward Claydon absorvia havia anos para combater seu transtorno mental não foi injetado nas veias da mexicana. Mas o pavor de ser neutralizada com substâncias químicas, sim.

O minerador e Soledad evitaram se olhar enquanto ela guardava impecavelmente o instrumental em seu estojo e ele soltava o corpo rendido. Os dois sabiam que haviam acabado de lançar mão de uma manobra miserável; torturante e mesquinha. Mas não havia outra saída. Não tinham mais cartas na manga.

Ou para com isso ou aniquilo você, fora o que dissera Sol à mulher de seu primo com aquele gesto. E ela, apesar da raiva e da vontade de se vingar, entendeu o recado. Inofensiva, por fim, depois do pacto silencioso, a Gorostiza se deixou conduzir até o andar superior. As mulheres, sem sair do pátio central, observaram-na subir a escada. Digna e ereta, mordendo a língua para não continuar a desafiá-los. Orgulhosa, enfim, apesar da monumental estocada que acabavam de lhe dar. Sol passou um braço pelos ombros da pobre Paulita. Vítima de uma mistura de espanto e alívio, tinha começado a chorar desconsolada. Os homens acompanharam a mexicana até um quarto de hóspedes, trancaram a porta e Fatou deu ordens aos criados.

— É melhor mantê-la isolada, mas duvido que a crise volte a se repetir. Ela vai dormir tranquila e amanhã estará completamente tranquila — assegurou Sol quando eles desceram. — Virei logo cedo e me encarregarei de vigiá-la.

— Passem a noite aqui, se desejarem — ofereceu a jovem dona da casa com um fio de voz.

— Temos amigos a nossa espera, muito obrigada — mentiu ela.

O casal não insistiu, ainda aturdido.

— Eu me encarregarei de comprar uma passagem para ela no próximo navio para as Antilhas — acrescentou Mauro Larrea. — Pelo que sei, um navio correio vai partir em breve. Quanto antes ela voltar para casa, melhor.

— O *Reina de Los Ángeles*, mas ainda faltam três dias — esclareceu, assustada, a esposa, ainda secando as lágrimas com uma ponta do lenço.

Evidentemente, estava aterrorizada com a ideia de ter aquela bomba debaixo de seu teto até lá.

— Eu sei porque umas amigas vão para San Juan nele.

Não haviam voltado para a sala; conversavam no pátio, Soledad e Mauro Larrea vestindo capas, luvas e chapéus, prontos para sair dali com a rapidez de um par de perdigueiros.

Antonio Fatou hesitou alguns segundos e em seguida falou:

— Temos uma fragata ancorada no porto, destinada a fazer um frete de duas mil fanegas de sal. Zarpará depois de amanhã ao amanhecer, em pouco mais de vinte e quatro horas, rumo a Santiago de Cuba e Havana.

O minerador ficou tentado a soltar um uivo. Nem que chegasse ao Caribe transformada em carne salgada, o que importava era tirar aquela mulher de Cádis o quanto antes.

— Estava previsto que transportasse apenas carga — acrescentou o gaditano —, mas, em outros tempos, costumava levar também alguns passageiros; acho que me recordo de dois pequenos camarotes com velhos catres que poderiam ser ajeitados. Por não fazer escala nem nas Canárias nem em Porto Rico, chegará bem antes que o correio.

Contiveram a vontade de abraçá-lo. Ótimo, ótimo, Antonio Fatou. Digno filho da lendária burguesia gaditana, um senhor da cabeça aos pés.

— Acham que ela está em condições de... Talvez seja conveniente que um médico a examine — propôs Paulita, cautelosa.

— Como uma flor de malva, querida. Ela estará formidável de agora em diante, você vai ver.

Combinaram de acertar os últimos detalhes no dia seguinte. O casal os acompanhou até o saguão: as mulheres na frente, os homens atrás. Soledad beijou a jovem esposa submissa nas faces, Fatou apertou a mão de Mauro Larrea com sentidas desculpas:

— Lamento muito, meu amigo, ter posto em dúvida sua honra.

— Não se preocupe — respondeu ele com um cinismo vergonhoso. — Já fizeram muito suportando em sua própria casa esse assunto desagradável, sem ter nada a ver com ele.

Inspiraram avidamente o cheiro do mar enquanto o mordomo saía para iluminar o caminho com uma lamparina a óleo.

— Boa noite, Genaro, e muito obrigado por sua ajuda.

Como resposta, uma tosse e uma inclinação da cabeça. Saíram andando: uma dupla de canalhas, de traidores sem escrúpulos vagando pelas ruas desertas no meio da noite, pensaram ambos. Tinham avançado poucos passos quando ouviram a voz do velho atrás deles.

— Sr. Mauro, senhora.

Voltaram-se.

— Na pensão Cuatro Naciones, na Plaza de Mina, serão bem atendidos. Eu fico de olho na estrangeira e nos patrões, não se preocupem. Vão com Deus.

Afastaram-se calados, incapazes de exprimir uma mísera gota de prazer que fosse com aquela vitória amarga que havia deixado desassossego na pele e um asqueroso sabor de bile na alma.

CAPÍTULO 49

Levantou-se de um pulo ao ouvir batidas na porta. Pelas cortinas entreabertas que davam para a praça já entravam a luz e os sons do início do dia.

— Santos, de onde você saiu?

Mal acabou de pronunciar a última sílaba quando, como se fossem impulsionados por um golpe descomunal, voltaram a sua cabeça, em uma enxurrada, todos os fatos dos dois últimos dias. Começando pelo final.

Na pensão deram-lhes dois quartos contíguos, sem nenhuma pergunta, e serviram-lhes um parco jantar fora de hora em um canto da sala de jantar sem graça. Fiambre de boi. Presunto cozido. Uma garrafa de vinho Manzanilla. Pão. Falaram pouco, beberam pouco e mal comeram, apesar de estarem de estômago vazio desde o café da manhã.

Subiram a escada lado a lado e atravessaram o corredor ombro a ombro, cada um com sua respectiva chave na mão. Ao chegar à porta dos quartos, ficaram com o boa-noite atravessado no fundo da garganta. E, sem dizer nada, foi ela quem se aproximou. Apoiou a testa em seu peito e afundou o lindo rosto entre as lapelas da sobrecasaca em busca de refúgio, ou de consolo, ou da firmeza que começava a faltar a ambos e que só conjuntamente, apoiando-se um no outro, pareciam ser capazes de encontrar. Ele enfiou o nariz e a boca no cabelo dela, absorvendo-a como um desenganado que dá seu último suspiro. No momento em que ia abraçá-la, Soledad deu um passo atrás. Levou a mão ao rosto dele, acariciou-o por uma fração de segundo. Em seguida ouviu o som de uma chave abrindo a fechadura. Ao perdê-la atrás da porta, sentiu como se houvessem arrancado a pele de sua própria carne com um puxão brutal.

Apesar do cansaço acumulado, custou a pegar no sono. Talvez porque dentro de seu cérebro continuassem se debatendo cenas, vozes e rostos preocupantes como galos de briga em um terreiro. Ou talvez porque seu corpo ansiasse com fúria a presença daquela mulher que do outro lado da parede tirava as roupas, silenciosa, deixava cair o cabelo espesso sobre os ombros angulosos e nus e se abrigava sob os cobertores, intranquila pela sorte de um homem que estava muito longe de ser ele.

Tocá-la, sentir seu alento, aquecerem-se naquela madrugada negra. O pouco que agora tinha e o muito que um dia tivera, e o que a sorte incerta acabasse por lhe reservar nos tempos vindouros: tudo, teria dado tudo para passar aquela noite agarrado ao corpo de Soledad Montalvo. Para percorrê-la com as palmas das mãos e as pontas dos dedos, se enroscar entre suas pernas e se deixar abraçar. Para afundar nela, ouvir seu riso no ouvido, a boca na sua, perder-se entre suas dobras e sorver seu sabor.

Morfeu venceu depois que bateram as três e meia na torre da San Francisco, próximo dali. Ainda não eram oito horas quando Santos Huesos entrou no quarto e o arrancou do sono, duro, sem pensar duas vezes.

— O dr. Ysasi precisa que volte a Jerez.

— O que aconteceu? — perguntou, se sentando na cama revirada.

— O inglês apareceu.

— Louvado seja Deus. Por onde andava o maldito?

Já havia começado a se vestir, apressado; já enfiava o pé esquerdo em uma das pernas da calça.

— Ontem tarde da noite o levaram ao sr. Manuel, deixaram-no na porta do hospital. Parece que foi assaltado.

Soltou uma blasfêmia atroz. Era só o que faltava, murmurou.

— Vou buscar um jarro de água — anunciou o criado —, estou vendo que não amanheceu com um ânimo muito bom.

— Calma, espere. E neste momento, onde ele está?

— Acho que passou a noite na casa do médico, mas não sei ao certo porque, assim que eu soube, vim buscá-lo.

— Ele chegou ferido?

— Um pouco. Foi mais o susto que qualquer outra coisa.

— E os pertences dele?

— Nos alforjes dos assaltantes, suponho; onde mais? Quando voltou, não tinha nem um real. Até o chapéu e as botas levaram.
— E os documentos, roubaram também?
— Aí já seria saber demais para mim, não acha, patrão?
O índio lhe trouxe água e uma toalha.
— Vá buscar papel e pena.
— Se é para deixar um bilhete para d. Soledad, nem se incomode.
Olhou para ele pelo espelho diante do qual se esforçava para desbravar com os dedos o cabelo indomável.
— Madrugou mais que o senhor, cruzei com ela ao entrar. Estava a caminho da casa dos Fatou, disse; justo de onde eu vim depois de perguntar pelos senhores.
Uma ponta de vergonha se fincou em sua honra enquanto se calçava correndo. Mais ágil, homem, devia ter sido mais ágil.
— Contou a ela sobre o enteado?
— Do início ao fim.
— E o que ela disse?
— Que o senhor e o dr. Manuel cuidassem dele, ela vai ficar cuidando de d. Carola. E pediu que mande a bagagem dela o mais breve possível, para ver se a embarcam logo.
— Ande, então. Vamos embora.
Santos Huesos, com seu cabelo lustroso e seu poncho no ombro, não se mexeu da lajota que ocupava.
— Ela também pediu outra coisa, sr. Mauro.
— O quê? — perguntou, enquanto procurava o chapéu.
— Que lhe mande a mulata.
Encontrou-o em um canto, em cima de um porta guarda-chuvas.
— E?
— E Trinidad não quer ir. E a dona lhe deve isso.
Santos recordou o acordo peculiar que a escrava mencionara aos prantos: se ela ajudasse Carola a fugir, em troca, ela lhe daria a liberdade. Conhecendo a Gorostiza, duvidava muito que ela tivesse a menor intenção de cumprir sua parte do trato. Mas a inocente garota estava completamente iludida. E Santos Huesos, ao que parecia, também.
Olhou para ele de frente, por fim, enquanto fechava a sobrecasaca. Seu leal criado, seu companheiro de mil lutas. O indígena escorregadio

que ficara sob suas asas quando era um garoto que acabara de descer da serra, agora apaixonado como um garanhão por uma mulata magra cor de canela.

— Malditas mulheres...

— Perdoe o que vou lhe dizer, mas o senhor não está em condições de me dar lições ultimamente.

Não estava, certamente. Nem a Santos nem a ninguém. Especialmente depois que o dono da pensão lhe disse, ao sair, que a senhora já havia pagado a conta. A pontada que ferira seu decoro varonil naquela manhã se aprofundou um pouco mais.

Ainda não havia conseguido se livrar do estupor quando tomaram a rua Francos, algumas horas depois.

— O inglês não o viu, não é?

— Nem de relance, juro.

— É melhor, então, que também não me veja.

Uma moeda foi a solução: entregou-a a um rapaz que andava pela rua sem ter, aparentemente, o que fazer, em troca de que ele fosse até a casa do médico. Diga ao sr. Manuel que o espero na venda da esquina. E você, Santos, vá buscar Nicolás.

Ysasi levou apenas três minutos para chegar, de cenho bem franzido, evidenciando, uma vez mais, o desagrado que aquela situação lhe provocava. Falaram dos detalhes na mesa mais afastada do balcão, sentados diante de um prato de azeitonas amassadas e dois copos de um vinho opaco da região. Não foi necessário recorrer à sempre complicada linguagem médica para descrever o estado de Alan Claydon.

— Está machucado, mas sem grandes prejuízos.

Em seguida, relatou o ocorrido: o mesmo que Santos Huesos lhe contara, mas em versão detalhada.

— Foi vítima de uma quadrilha de bandoleiros comuns, dos muitos que assaltam diariamente nestes caminhos do sul. Devem ter ficado com água na boca ao ver a magnífica carruagem inglesa que o trouxe de Gibraltar, sem um único capanga de escolta; o infeliz súdito da rainha Vitória ainda não sabe como funcionam as coisas neste país. Tiraram-lhe até a sujeira das unhas, coche e cocheiro inclusive. Deixaram o enteado seminu, no meio do mato, no fundo de um barranco. Por sorte, um tropeiro que passava por ali, já quase noite, ouviu-o pedir ajuda. Só conseguiu entender duas palavras: Jerez e doutor. Mas com gestos ele descreveu minha barba e minhas poucas carnes. E o homem, que me conhecia porque há alguns anos tratei um tifo do qual se curou milagrosamente, teve pena dele e o levou ao hospital.

— E os documentos?

— Que documentos?

— Os documentos que Claydon queria que Soledad assinasse quando a prendeu no quarto.

— Devem estar no fogo que aquece a sopa dos meliantes, imagino. Esses vândalos não sabem nem assinar com o dedão, então suponho que não tenham o menor interesse em um monte de papéis escritos em inglês. De qualquer maneira, mesmo sem papéis, certamente o filho de Edward tem muitas outras formas de acusá-la. Esse incidente pode retardar suas intenções mais imediatas, mas, com certeza, assim que ele voltar à Inglaterra vai encontrar um jeito de contra-atacar.

— Então, quanto mais ele demorar a chegar, melhor.

— Sim, mas a solução não é retê-lo em Jerez. O melhor é mandá-lo de volta a Gibraltar; até chegar, recompor-se e organizar a viagem a Londres, pelo menos teremos ganhado alguns dias para que os Claydon possam se pôr a salvo dele.

Já era quase meio-dia, e a venda de vigas aparentes e chão de terra ia se enchendo de frequentadores. Subia o tom das vozes e o som de vidro contra vidro entre cartazes de touradas. Atrás do balcão de madeira, indo e vindo com barris superpostos, dois garçons de giz na orelha despachavam os vinhos das adegas próximas.

— Do pai não sabemos nada, suponho.

— Passei ontem à noite no convento e voltei hoje de manhã. Como era previsível, Inés se recusa a me ver.

Um dos garçons se aproximou da mesa com mais dois copos e um prato de tremoços nas mãos, oferecimento de outro paciente agradecido. Ysasi fez o gesto de gratidão correspondente, que alguém recebeu a distância.

— Soledad me contou as razões, mais ou menos. Mas esse muro de pedra que ela chama de irmã não parece que se possa derrubar nem com explosivos.

— Ela simplesmente decidiu nos excluir de sua vida. Só isso.

O médico ergueu o copo em uma tentativa de brinde.

— Ao magnetismo das irmãs Montalvo, meu amigo — acrescentou com sarcasmo. — Elas se entranham nos seus ossos e não há jeito de fazê-las sair.

Mauro Larrea tentou disfarçar sua perturbação por trás de um trago contundente.

— A mesma atração que você sente agora por Sol — prosseguiu Ysasi —, eu senti por Inés na minha juventude.

O líquido âmbar queimou sua garganta. Caramba, doutor.

— E ela me disse sim, depois disse não, depois sim, e por fim voltou a me rejeitar. Na época ela achava que tinha se apaixonado por Edward, mas era tarde demais. Ele já havia feito sua escolha.

— Soledad me contou.

Para o avô, teria dado na mesma que a escolhida fosse uma neta ou outra. A questão era garantir o contato comercial com o mercado inglês de maneira indissolúvel. Velho desgraçado!

— Depois do que aconteceu com Matías em Doñana, apenas alguns dias após o casamento de Edward e Sol, e tudo na família voou pelos ares, Inés me implorou que não a abandonasse. Jurou ter errado ao depositar seus afetos naquele homem que já era marido de sua irmã, jurou ter sentimentos contraditórios e ter se deixado arrastar por uma fantasia. Chorou tardes inteiras comigo nos bancos da Alameda Cristina. Ia viver comigo em Cádis, prometeu. Em Madri, no fim do mundo.

Nos olhos negros do médico brilhou uma sombra de melancolia.

— Eu continuava a amá-la com toda a minha alma, mas meu pobre orgulho ferido andava indomável como um touro bravo na campina. E recusei no início, mas depois pensei melhor. Quando voltei a Jerez para passar o Natal, disposto a dizer que aceitava, ela já havia tomado o hábito; nunca mais a vi, até duas noites atrás.

Terminou o vinho de um gole só enquanto se levantava e mudou o tom radicalmente.

— Vou dar uma olhada no inglês e mandar levarem a bagagem da mulher de Gustavo à rua de la Tornería. Enquanto isso, vejamos se lhe ocorre algum dos seus disparates para tirá-lo da minha casa e conseguirmos dar fim a essa deplorável encenação de uma vez por todas.

Deixou o copo em cima da mesa com um golpe duro. Depois, sem se despedir, foi embora.

Meia hora depois, Mauro se sentava para almoçar com Nicolás na pensão Victoria. O tabelião o levara lá no dia de sua chegada à cidade, quando ainda não havia se enredado na densa teia de aranha da qual agora não via maneira humana de escapar. E a ela voltava com o filho, à mesma mesa, ao lado da mesma janela.

Deixou que ele discorresse sobre as maravilhas de Paris enquanto dividiam um frango refogado. De boa vontade teria pulado o almoço para se dedicar às muitas urgências que o esperavam: ir até o convento para ver se tinha melhor sorte que Ysasi, decidir o que fazer com o enteado de Sol, voltar a Cádis e ver se tudo estava em ordem na casa dos Fatou. Planejar o embarque de Carola Gorostiza no navio de sal, voltar para junto de Soledad. Tudo aquilo o atormentava como uma mosca varejeira sobrevoando uma mula morta, mas, em paralelo, também tinha consciência de que não via o filho fazia cinco meses e que ele exigia pelo menos um pouco de atenção.

Por isso, assentia ao que Nico ia lhe contando e perguntava de vez em quando sobre algum detalhe, a fim de não demonstrar que sua cabeça andava por territórios muito distantes.

— Já lhe contei, aliás, que em uma apresentação da Comédie Française encontrei Daniel Meca?

— O sócio de Sarrión, o das diligências?

— Com o filho mais velho.

— Esse moleque já não andava envolvido no negócio?

— Só no início.

Levou o garfo à boca, com meia batata espetada, enquanto Nico prosseguia:

— Depois veio para a Europa, para começar vida nova.

— Pobre Meca — disse, sem uma ponta de ironia, recordando o companheiro de tantas tertúlias no Café del Progreso. — Que desgosto deve ter sentido ao ver o herdeiro fugir.

Continuava espremendo o cérebro para tentar encontrar soluções para seus problemas, mas as notícias sobre velhos conhecidos mexicanos o afastaram deles momentaneamente.

— Suponho que deve ter sido doloroso — observou o rapaz —, mas também compreensível.

— Compreensível o quê?
— Que os filhos acabem não atendendo às expectativas.
— Às expectativas de quem?
— Dos pais, logicamente.

Levantou o olhar do prato e observou Nico com inquietante curiosidade. Estava deixando escapar alguma coisa.

— Aonde quer chegar, Nico?

O rapaz deu um longo gole no vinho; para se armar de coragem, certeza.

— Ao meu futuro.
— E por onde começa seu futuro, posso saber?
— Por não me casar com Teresa Gorostiza.

Cravaram os olhos um no outro.

— Deixe de bobagens — murmurou, áspero.

A voz do jovem, contudo, soou nítida.

— Eu não a amo. E nem ela nem eu merecemos nos amarrar a um casamento infeliz. Por isso vim, para lhe comunicar isso.

Calma, compadre. Calma, dizia a si mesmo enquanto continha, a duras penas, o impulso de dar um murro na mesa e gritar com toda a força de seus pulmões: Perdeu o juízo ou o quê?

Conseguiu se conter. E falar com serenidade. Pelo menos no início.

— Você não sabe o que está dizendo, não sabe o que vai enfrentar se renunciar a esse casamento.

— Se renunciar ao afeto dela ou à fortuna do pai? — perguntou Nico, ácido.

— Às duas coisas, Deus do céu! — berrou Mauro, dando um tapa brutal na mesa.

Como se tivessem molas no corpo, os ocupantes das mesas vizinhas voltaram instantaneamente a cabeça para os vistosos indianos que haviam monopolizado toda a atenção da clientela desde que entraram. Eles se calaram, cientes. Mas mantiveram os olhares de cães receosos. Só então Mauro Larrea vislumbrou quem antes não havia visto. Só então começou a entender.

Diante de si não estava mais o ser frágil dos primeiros meses depois da morte de Elvira, nem o filhotinho protegido de sua infância, nem o adolescente impulsivo e vibrante que o substituiu depois. Quando conseguiu blindar temporariamente em um canto do cérebro suas próprias contrariedades, quando foi capaz de olhar para o filho com atenção pela primeira vez desde que chegara, do outro lado da mesa viu sentado um jovem homem imbuído — equivocadamente ou não — de uma firme determinação. Um jovem que em parte se parecia com a mãe, em parte com ele, e em parte com ninguém a não ser ele mesmo, com um caráter em exuberante efervescência que já não podia ser contido.

Faltava-lhe, contudo, algo fundamental. Faltava-lhe saber o que ele a todo custo pretendera lhe esconder desde o início. Mas, àquela altura, que importava? Por isso, pousou os talheres sobre o prato, inclinou o corpo para a frente e falou com a voz vacilante, com raivosa lentidão.

— Você. Não. Pode. Desistir. Desse. Casamento. Estamos. Arruinados. Ar-ru-i-na-dos.

Quase cuspiu as últimas sílabas, mas o jovem não pareceu se abalar. Talvez já intuísse. Talvez não se importasse.

— Você tem propriedades aqui. Faça com que elas deem lucro.

Bufou com fúria contida.

— Não seja teimoso, Nico, pelo que há de mais sagrado. Pense um pouco, dê um tempo.

— Estou refletindo há semanas, e essa é a minha decisão.

— Já foram feitos os proclamas, a família Gorostiza inteira aguarda seu retorno, a noiva já tem até vestido de casamento pendurado no guarda-roupa.

— É a minha vida, pai.

Voltou a pesar sobre eles um silêncio cortante, que os comensais próximos não deixaram passar despercebido. Até que Nicolás o quebrou.

— Não vai me perguntar quais são meus planos?

— Continuar levando vida boa, suponho — respondeu com uma brusquidão pungente. — Só que não tem mais como.

— Está igualmente enganado. Tenho um projeto.

— Onde, posso saber?

— Entre a Cidade do México e Paris.

— Fazendo o quê?

— Abrindo um negócio.

O pai soltou uma gargalhada ácida. Um negócio. Um negócio, Nico. Pelo amor de Deus!

— Comércio de obras de arte e móveis nobres antigos entre os dois continentes. Antiguidades, é como chamam. Na França movimentam fortunas. E os mexicanos ficam loucos por elas. Fiz contatos, tenho um sócio em vista.

— Grandes perspectivas... — murmurou de cabeça baixa, fingindo uma profunda concentração na tarefa de separar a pele da carne.

— E também estou esperando — prosseguiu o jovem, como se não o tivesse ouvido.

— O quê?

— Uma mulher em quem depositei meus afetos. Uma mexicana expatriada que deseja voltar, pode ficar tranquilo.

— Vá em frente, então. Case-se com ela, faça nela quinze filhos, seja feliz — retrucou o pai, sarcástico, enquanto continuava se dedicando à ave.

— Receio que por hora seja impossível.

Ergueu a vista do prato, por fim, entre farto e curioso.

— Ela está prestes a se casar com um francês.

Faltou pouco para sua fúria se transformar em uma gargalhada. Ainda por cima, estava apaixonado por uma moça comprometida, para o cúmulo dos desatinos. Parece que não vai mesmo fazer nada direito, sangue do meu sangue.

— Não sei por que minha escolha o espanta — acrescentou Nicolás com ironia afiada. — Pelo menos ela ainda não subiu ao altar, nem tem um marido doente trancado em um convento, nem quatro filhas à espera dela em outra pátria.

O minerador inspirou, ávido, um bocado de ar, como se contivesse os estilhaços de paciência de que tanto necessitava.

— Chega, Nico. Já basta.

O rapaz tirou a guardanapo das pernas e o deixou em cima da mesa sem muito cuidado.

— É melhor terminarmos esta conversa em outro momento.

— Se o que quer é minha aprovação para os seus desvarios, não conte com ela nem agora nem depois.

— Então, cuidarei sozinho dos meus assuntos, não se preocupe. Você já tem o bastante para resolver com o monte de confusões em que anda metido.

Observou-o partir com passo enérgico e raivoso. E quando ficou sozinho na mesa da pensão, diante de uma cadeira vazia e dos ossos do frango pela metade, algo parecido com desolação o invadiu. Teria dado sua alma para que Mariana estivesse perto, para intermediar. Lamentou ter insistido para que o filho fosse para a Europa justo antes de se casar. Que diabos faziam os dois naquela terra estranha que não parava de enchê-lo de incertezas? Como e quando tinha começado a se romper a férrea aliança que sempre houvera entre eles, primeiro nos atrozes dias das minas depois no esplendor da grande capital? Apesar de seus desafios juvenis, era a primeira vez que Nicolás questionava com firmeza a autoridade paterna. E, ainda por cima, com a força de uma bala de canhão lançada contra um dos poucos muros que ainda restavam de pé em sua já quase devastada resistência.

E entre todos os momentos inoportunos que pairavam no cosmo aos milhões, por todos os diabos, havia escolhido o pior.

CAPÍTULO 50

Depois de deixar em cima da mesa uma quantia generosa sem esperar a conta, foi apressado da pensão até o casarão. A bagagem da Gorostiza o esperava no saguão.

— Pegue por ali, Santos, que eu levanto daqui.

Àquela altura, não se importava que os jerezanos o vissem carregando malas como um carregador vulgar. Para cima, um, dois, três. Pronto, vamos. Tudo estava indo por água abaixo por todo lado, tudo escorria por entre seus dedos, que lhe importava mais uma desonra?

A última coisa que fez antes de partir foi mandar o velho Simón à casa do médico com um bilhete. Peço que acompanhe o interessado até Cádis. Plaza de Mina, escrevera. Pensão Cuatro Naciones. Nos encontramos lá esta noite para decidir como proceder.

Tinha certeza de que Fatou os ajudaria a encontrar um jeito de fazer o inglês embarcar para Gibraltar o mais breve possível, e até que esse momento chegasse, não haveria mais armações nem artifícios. Alojar o enteado em um quarto de hotel era tudo que lhe ocorrera. Para que esperasse seu transporte perto do porto enquanto eles despachavam a Gorostiza até Havana em seu navio de sal. Depois, só Deus sabia.

Quando chegaram a Cádis, ao cair da tarde, a escrava continuava chorando como um bezerro desmamado. Santos Huesos, seco como quase nunca, limitara-se a responder com monossílabos às perguntas do patrão ao longo do caminho. Era só o que me faltava, murmurou para si.

— Vão dar um passeio, vão se despedir — disse, ao se aproximar do portão cravejado da rua de la Verónica. — E dê um jeito de ela se acalmar, Santos, não quero uma cena quando ela vir a patroa.

— Mas ela me prometeu... — Trinidad soluçou de novo.

Então, começou a soluçar com tanta força que fez algumas cabeças se voltarem entre os transeuntes. O espetáculo era, no mínimo, pitoresco: uma mulata com um vistoso turbante vermelho chorava como se fossem degolá-la enquanto um indígena com cabelo no meio das costas tentava, sem resultado, acalmá-la, e um atraente senhor de aparência ultramarina continha a duras penas a irritação diante dos dois. Nas elegantes casas vizinhas, com discreta curiosidade, abriram-se algumas trancas.

Dirigiu-lhes um olhar assassino. A última coisa que precisava naquele momento era acrescentar contratempos gratuitos à conta de favores que já tinha pendentes com Fatou. E se não acabasse logo com aquilo, com aquela opereta em plena rua, estava a um passo de conseguir.

— Faça com que se cale, Santos — murmurou antes de lhes dar as costas. — Por seus mortos, faça com que se cale.

Foram novamente recebidos por Genaro e sua tosse.

— Entre, sr. Mauro, os patrões o esperam.

Dessa vez não o acolheram na sala de visitas comerciais, e sim na sala do piso principal. O das noites de conversa com a estufa ligada e o café e o licor. A sala familiar. O casal, com o rosto ainda um tanto transtornado, apesar do esforço para disfarçar, ocupava um sofá de damasco debaixo de um par de pinturas a óleo de naturezas-mortas cheias de pães, cântaros de barro e perdizes recém-caçadas. Junto a eles, sentada em uma poltrona, Soledad o recebeu aparentemente serena, com um discretíssimo sinal de boas-vindas que só ele percebeu. Sob sua calma forçada, contudo, Mauro Larrea sabia que ela continuava se batendo em duelo contra uma tropa de inquietantes demônios.

Vamos embora, vamos sair daqui, quis dizer-lhe quando seus olhares se cruzaram. Levante-se, deixe-me abraçá-la primeiro; deixe-me senti-la e cheirá-la, e roçar seus lábios e beijar seu pescoço e sentir sua pele. Depois, segure forte minha mão e vamos embora. Vamos pegar um navio no cais, qualquer um que nos leve para longe, onde as calamidades não nos acossem. O Oriente, as Antípodas, a Terra do Fogo, os mares do Sul. Longe dos seus e dos meus problemas, das mentiras conjuntas e dos embustes de cada um. Longe do seu marido demente e do meu filho caótico. Das minhas dívidas e das suas fraudes, dos nossos fracassos e do passado.

— Boa tarde, meus amigos, boa tarde, Soledad — foi o que disse, porém.

Achou que ela, com um gesto quase imperceptível, havia respondido: quem dera. Quem dera eu pudesse. Quem dera eu não tivesse lastros nem amarras, mas esta é minha vida, Mauro. E aonde quer que eu vá, minhas cargas haverão de ir comigo.

— Bem, parece que tudo está se resolvendo.

As palavras de Antonio Fatou estouraram no ar suas fantasias absurdas.

— Estou ansioso para ouvir os avanços — disse, sentando-se. — Peço que desculpem minha demora, mas assuntos importantes me obrigaram a voltar a Jerez.

Detalharam os preparativos. Assim que terminaram de carregar o sal grosso das marismas de Porto Real, Fatou mandou que ajeitassem os parcos camarotes e cuidou do abastecimento necessário. Uma bela limpeza, colchões, mantas, um considerável reforço de água e comida. Caprichos, inclusive, acrescentados pela mão misericordiosa de Paulita, sua mulher: presunto cozido, biscoitos ingleses, cerejas ao marrasquino, língua trufada. Até um grande frasco de água de Farina. Tudo com a intenção de amenizar as deploráveis acomodações de um velho navio de carga que jamais se imaginou que acabaria levando em seu interior uma régia senhora de quem todos queriam se livrar como se tivesse sarna.

Embora só zarpasse na manhã seguinte, haviam decidido embarcá-la naquela mesma noite. Sem luz, para que não tivesse total consciência da situação até que Cádis estivesse perdida na distância.

— Não vai desfrutar do conforto de um camarote em um navio convencional, mas acredito que será uma travessia razoavelmente suportável. O capitão é um biscainho de absoluta confiança, e a tripulação, pequena e pacífica; ninguém a incomodará.

— E a criada viajará com ela, claro — apontou Sol.

— A escrava — corrigiu ele.

A mesma garota que suplicava desconsolada que a deixassem ficar com Santos Huesos. A que soluçava por sua liberdade pactuada em um trato tão frágil quanto uma lâmina de gelo.

— A escrava — assentiram os demais, constrangidos.

— A bagagem também já está pronta — anunciou.
— Assim sendo — disse Fatou —, acho que podemos ir.
— Posso falar com ela antes, em particular? Tentarei ser breve.
— Claro, Mauro. Por favor.
— E eu agradeceria se também me emprestasse algo com que escrever.

A Gorostiza o recebeu contida, aparentemente. Com o mesmo vestido do dia anterior e o cabelo outra vez preso; sem os adornos nem o pó de arroz a que era tão afeita em Cuba. Sentada ao lado da varanda em seu quarto de hóspedes forrado de *toile de Jouy*, junto à luz de uma tênue lamparina.

— Seria uma hipocrisia de minha parte se eu dissesse que lamento que nada tenha saído como esperava.

Ela desviou o olhar para a noite que caía por trás das cortinas e dos vidros. Como se não o tivesse ouvido.

— Ainda assim, espero que chegue a Havana sem maiores percalços.

Ela continuava impávida, mas provavelmente fervia por dentro, e não devia lhe faltar vontade de dizer: Maldito!

— Há alguns assuntos, porém, que quero tratar com a senhora antes de sua partida. Pode ou não colaborar comigo, como preferir, mas disso vão depender as condições de seu desembarque. Imagino que não lhe agrade a ideia de chegar ao cais de Caballería como uma indigente: esgotada e suja, sem trocar de roupa há várias semanas. E sem um tostão.

— O que quer dizer, desgraçado? — perguntou por fim, quebrando a falsa letargia.

— Que já está tudo pronto para o seu embarque, mas não pretendo devolver sua bagagem enquanto não resolvermos duas questões.

Dessa vez ela olhou para ele.

— O senhor é um filho da mãe, sr. Larrea.

— Considerando que minha mãe me abandonou antes de eu completar quatro anos, não vejo como contradizer essa afirmação — retrucou ele se aproximando da pequena escrivaninha que ocupava um canto do quarto.

Depositou sobre ela o papel, a pena bem apontada, o tinteiro de cristal e o mata-borrão que Fatou acabara de lhe arranjar:

— Bem, quanto menos tempo perdermos, melhor. Faça o favor de sentar-se aqui e prepare-se para escrever.

Ela resistiu.

— Lembro que não é só seu guarda-roupa que está em jogo. O dinheiro de sua herança que trouxe costurado no interior de seus saiotes também.

Dez minutos e alguns impropérios depois, após diversas negativas e recriminações, conseguiu que ela transcrevesse, uma a uma, as palavras que lhe ditou.

— Vamos continuar — ordenou depois de soprar a tinta do papel.
— O segundo assunto tem a ver com Luis Montalvo. Toda a verdade, senhora. Isso é o que tenho urgência de saber.

— Outra vez o maldito baixinho... — retrucou ela, acre.

— Quero que me diga por que ele acabou nomeando seu marido como herdeiro.

— E o que isso lhe importa? — provocou ela, furiosa.

— A senhora está se arriscando a que Havana inteira saiba o penoso estado em que chegou de sua grande viagem à pátria-mãe.

Ela cravou as unhas nas mãos e fechou os olhos por alguns segundos, como se quisesse controlar sua fúria.

— Porque assim se fazia justiça, meu senhor — disse por fim. — Isso é tudo que tenho a lhe dizer.

— Justiça?

Considerando se ia adiante ou se se fechava, a Gorostiza mordeu o lábio. Ele a contemplava de braços cruzados. Em pé, duro, à espera.

— Justiça por meu marido ter carregado uma culpa que não era dele durante mais de vinte anos. E por causa disso ter sido condenado ao desterro, ao desprezo dos seus e ao isolamento pelo resto da vida. Não lhe parece suficiente?

— Enquanto eu não souber a que culpa se refere, não poderei dizer.

— A culpa por ter causado a morte do primo.

Fez-se um silêncio denso, até que ela entendeu que não tinha mais saída a não ser ir até o fim.

— Ele nunca deu aquele tiro.

Ela desviou o olhar; tornou a dirigi-lo para a janela.

— Continue.

Carola apertou os lábios até fazê-los perder a cor, recusando-se.

— Continue — repetiu Mauro.
— Foi Luis.
Teve a impressão de que a chama da lamparina tremeu. O quê?
— O menino da casa, o enfermo, o caçula — murmurou a mexicana cuspindo cinismo. — Ele apertou o gatilho, deu o tiro assassino que acabou com o próprio irmão.
As peças se aproximavam, quase se encaixando.
— Matías e meu marido estavam brigando, tinham largado as escopetas, gritavam um com o outro, xingavam-se como jamais tinham feito. E o pequeno Luisito, que só os acompanhava, desarmado, ficou nervoso e tentou apartar. Então, pegou uma das armas; talvez quisesse apenas dar um tiro para o alto, ou amedrontá-los, ou sabe Deus o quê. Quando os caçadores mais próximos chegaram até eles, a escopeta de Gustavo estava no chão, recém-disparada, Matías se esvaía em sangue e o baixinho chorava, tendo um ataque de nervos, em cima do corpo ainda quente. Meu marido tentou esclarecer o que tinha acontecido, mas tudo estava contra ele. Seus gritos e palavrões durante a briga haviam sido ouvidos a distância, e a arma era dele.

Não precisou continuar insistindo para que falasse: ela mesma parecia ter relaxado.

— Ao ver o estado do irmão mais velho, o anão teve uma crise de nervos e não abriu a boca. Em vez de ser considerado o assassino que realmente era, foi tratado como uma segunda vítima. Nunca houve denúncia formal contra Gustavo, tudo ficou em família. Até que o avô pôs um saco de dinheiro na mão dele e o desterrou.

Ele nunca se julgou merecedor do patrimônio que herdara. Fora isso o que lhe respondera Manuel Ysasi no cassino quando perguntara a razão dos atos desmedidos e da vida dissoluta de Luisito Montalvo; a razão de sua falta de interesse pelo negócio e pelas propriedades da família. Na época, não foi capaz de interpretar o que o médico dissera. Agora sim.

— E já que está me arrancando as palavras como o tira-dentes havanês da rua de la Merced, permita que lhe conte mais uma coisa. Quer saber por que estavam brigando?
— Eu imagino, mas pode confirmar.
A breve gargalhada dela soou amarga como um trago de bile.

— É claro! Sempre no meio, a grande Soledad. Gustavo estava desolado porque ela havia acabado de se casar com o inglês, acusava o primo mais velho por não ter impedido aquele romance em sua ausência; na época, ele vivia em Sevilha. Chamou-o de traidor, de desleal. Acusou-o de ter colaborado com o velho para que a prima por quem Gustavo era apaixonado desde que tinha memória se afastasse dele.

A Gorostiza falava com firmeza agora, como se pouco lhe importasse tudo já que havia começado a puxar o fio da meada.

— Sabe de uma coisa, Larrea? Muita água passou por baixo da ponte desde que meu marido me contou tudo isso: quando os fantasmas o acordavam de madrugada, quando ainda falava comigo e se esforçava para fingir que me amava pelo menos um pouquinho, embora a maldita sombra de outra mulher estivesse eternamente entre nós. Mas nunca esqueci que foi aí que a vida de Gustavo se desencaminhou, por isso escrevi a Luis Montalvo ao longo dos anos. Por isso pus a sua disposição nossa casa e nossa fazenda, como uma parente carinhosa, dizendo a ele que meu marido ansiava o reencontro, enquanto ele nem sequer suspeitava, nem mesmo remotamente, o que eu estava tramando. A única coisa que eu queria era reanimá-lo, fazer com que seu sangue fervesse depois de tanto tempo carregando nas costas a angústia de um pecado alheio. E pensei que poderia conseguir isso devolvendo a ele os cenários daquele mundo feliz de onde seus parentes o expulsaram a pontapés. A casa da família, a adega, os vinhedos de sua infância. Então, primeiro fiz com que o baixinho fosse da Espanha para Cuba a fim de que se reconciliassem, depois, sem que meu marido soubesse, convenci-o a modificar o testamento. Apenas isso.

Uma careta carregada de acidez se esboçou em seu rosto.

— Só precisei de algumas falsas lágrimas e um tabelião público com poucos escrúpulos. O senhor não imagina como é fácil para uma mulher bem provida mudar a vontade de um moribundo com a consciência pesada.

Preferiu ignorar a insolência; tinha pressa de acabar com aquilo o quanto antes. Os Fatou e Soledad esperavam ansiosos na sala, tudo estava pronto. Mas ele, afundado até as orelhas nos escombros dos Montalvo, recusava-se a deixá-la partir sem antes entender tudo.

— Continue — ordenou de novo.

— O que mais quer saber? Por que meu marido foi tão insensato, no fim, a ponto de apostar tudo com o senhor em uma partida de bilhar?

— Exatamente.

— Porque eu estava enganada do começo ao fim — reconheceu ela com um meio sorriso de pesar. — Porque sua reação não correspondeu às minhas previsões, porque não consegui reanimá-lo como pretendia. Achei que seria capaz de oferecer a ele um futuro animador para nós dois: vender nossas propriedades em Cuba e virmos juntos para a Espanha, recomeçar na terra que tanta falta lhe fazia. Contudo, diferente do que eu esperava, ao saber que era proprietário de tudo depois da morte do primo, em vez de se sentir reconfortado, ele afundou em sua eterna indecisão, especialmente quando ficou sabendo que a prima havia voltado com o marido para Jerez.

Ouviram barulho do lado de fora, passos, presenças; a noite avançava, alguém estava indo buscá-los. Ao ouvi-los conversar, porém, quem quer que fosse optou por não os interromper.

— Sabe o que foi o pior de tudo, sr. Larrea, o mais triste para mim? Confirmar que eu não fazia parte dos planos dele; que se por fim ele decidisse voltar, não me traria junto. Por isso não quis vender nossas propriedades em Cuba, nem a casa nem o cafezal, para que eu pudesse continuar vivendo sozinha, sem ele. E sabe o que ele pretendia me afastando?

Não deixou que ele fizesse conjecturas.

— Seu único objetivo, sua única razão de viver era reconquistar Soledad. E, para isso, ele precisava de algo que não tinha: dinheiro vivo. Dinheiro para voltar pisando forte, e não como um fracassado suplicando perdão. Para voltar com um projeto, com um plano atraente nas mãos: recuperar o patrimônio, erguer tudo outra vez.

Ele se lembrou dela na noite do baile na casa de Casilda Barrón, pedindo sua cumplicidade entre a densa vegetação do jardim enquanto lançava olhares cautelosos para o salão.

— Por isso fiz de tudo para que ele não soubesse o que o senhor me trazia do México: porque era a única coisa de que ele precisava para dar o passo final. Um capital inicial para voltar com solvência, e não como um fracassado. Para mostrar seu valor diante dela e me abandonar.

As lágrimas, dessa vez verdadeiras, começaram a rolar pelo rosto dela.

— E por que decidiu me incluir em suas maquinações, se não for querer saber demais?

A mistura do pranto amargo com uma careta cheia de cinismo foi tão incongruente e tão cruamente sincera quanto toda a história que estava botando para fora.

— Esse foi meu grande erro, meu senhor. Envolvê-lo nisso, inventar a mentira de seu suposto afeto por mim. Maldita hora em que tive essa ideia. Eu só queria deixar Gustavo inquieto com uma preocupação diferente, para ver se ele reagia ao ver em perigo pelo menos sua dignidade pública como marido.

Esboçou um sorriso tenso.

— E a única coisa que consegui foi dar a ele de bandeja uma corda para que se enforcasse.

Finalmente. Finalmente tudo se encaixava no cérebro do minerador. Todas as peças já tinham um perfil próprio e uma posição naquele complexo jogo de mentiras e verdades, paixões, derrotas, maquinações e amores frustrados que nem os anos nem os oceanos haviam conseguido apagar.

Tudo que ele precisava saber estava esclarecido. E não havia tempo para mais.

— Quem dera eu pudesse lhe dar uma resposta, senhora, mas, em vista das urgências que nos acossam, acho que é melhor que comece a se preparar.

Ela voltou o olhar para a sacada.

— Eu também não tenho mais nada a dizer. O senhor já arruinou meu futuro, assim como Soledad Montalvo há décadas estraga meu presente. Podem ficar satisfeitos, os dois.

Saiu disposto a se dirigir à sala familiar, perturbado, ainda angustiado. Mas tinha que agir depressa. Pronto, vamos lá, ia dizer a Fatou; teria tempo de refletir mais tarde. Mas não conseguiu avançar, algo o impediu. Uma presença acocorada no chão, entre as sombras do corredor. A saia estendida sobre as tábuas, as costas curvadas contra a parede. A cabeça afundada entre os ombros, os braços em volta, envolvendo-a. O som do pranto baixinho de outra mulher. Soledad.

Eram dela os passos que ele ouvira chegando pelo corredor enquanto a Gorostiza vomitava suas velhas dores. Era ela quem ia avisá-lo de que o tempo urgia, e quem tinha ficado parada junto à porta ouvindo as duras palavras da mulher de seu primo.

Agora, encolhida como um órfão em uma noite de pesadelos, chorava pelo que nunca soubera do passado. Pelas culpas alheias e pelas suas próprias. Pelo que esconderam dela, pelas mentiras. Pelos tempos passados, felizes e dolorosos dependendo dos anos e dos momentos. Pelos que já não estavam, por tudo aquilo que se perdera pelo caminho.

CAPÍTULO 51

O porto os acolheu escuro e silencioso, cheio de navios amarrados com grossas cordas ao ferro dos pontões, com as velas presas nos mastros e sem sombra de vida humana. Goletas e faluchos em pleno torpor noturno, balandras e escunas adormecidas. Não havia nem sinal dos montes habituais de caixotes, tonéis e fardos provenientes de outros mundos, nem dos estivadores vociferantes, nem das carroças e parelhas que diariamente entravam e saíam pela Porta do Mar. Apenas o som da água escura batendo surda contra a madeira dos cascos e a pedra do cais.

Fatou, o minerador e seu criado acompanharam as mulheres na chalupa até o navio de sal. Paulita ficou em casa, preparando um ponche de ovo — segundo disse — para quando todos voltassem com a umidade nos ossos.

Soledad, por sua vez, viu partirem as silhuetas resguardada atrás das trancas de um aposento no piso principal. Mauro Larrea a havia erguido do chão do corredor; apertando-a contra seu peito, e conduzira-a a um quarto próximo, enquanto se esforçava, firme, para não se deixar levar pelas pulsões de seu corpo e seus sentimentos, tentando agir com a cabeça fria e a mais gélida razão. Eu cuido de tudo, depois volto, sussurrou em seu ouvido. Ela assentiu.

Não chegou a trocar nem uma palavra com Carola Gorostiza, não houve tempo. Ou talvez, simplesmente, não houvesse nada a dizer. Que sentido havia, àquela altura, mandar algum recado a Gustavo por meio de sua esposa? Como esquecer, com algumas frases, mais de vinte anos de culpa arbitrária, mais de duas décadas de um despeito tão lancinante quanto atrozmente injusto? Por isso optou por permanecer distante. Com as pontas dos dedos apoiadas no vidro e as lágrimas enchendo seus olhos, sem dizer adeus à mulher que, apesar do vínculo do matrimônio e dos longos anos de convivência, jamais conseguira substituí-la no coração de um homem de quem, em outro tempo e em outro cenário, também não chegara a se despedir.

A Gorostiza, conservando a digna compostura, não abriu a boca ao longo da breve travessia; a mulata Trinidad também não se ouvia; parecia ter aceitado a realidade com resignação. Santos Huesos manteve o tempo todo a atenção voltada para as luzes de prata da cidade.

Se, ao passar da chalupa ao velho cargueiro a mexicana suspeitou que aquele não era o lugar mais adequado para uma senhora de sua classe, disfarçou com altivo menosprezo. Limitou-se a dar um simples boa-noite ao capitão e exigiu que seus pertences fossem levados de imediato para seu camarote. Só quando se viu trancada na cabine estreita e opressiva, apesar dos esforços dos Fatou, ouviu-se no convés um grito cheio de raiva.

Estava prestes a se livrar de um estorvo que lhe pesava como um saco de chumbo nas costas, mas o alívio se misturava com uma sensação contraditória em Mauro Larrea. Desde que lhe arrancara com artimanhas desonestas suas mais ocultas intimidades, algo havia mudado em sua percepção daquele ser que com suas mentiras e seus embustes havia virado sua vida de cabeça para baixo. A mulher que iniciaria seu retorno ao Novo Mundo assim que despontasse a alvorada, a causadora da partida de bilhar que mudara seu destino, continuava sendo, a seus olhos, complexa, dissimulada e egoísta, mas agora ele sabia que por trás de seus atos escondia algo que até então ele não fora capaz sequer de intuir. Algo além do mero afã material que imaginara desde o início. Algo que, de certa maneira, a redimia e a humanizava e que gerava nele uma certa inquietação: o anseio desesperado de se sentir querida por um marido que agora também surgia com um perfil diferente, com seus espinhos dolorosos cravados no coração.

De qualquer maneira, não fazia mais sentido remoer as causas e as consequências de tudo que havia acontecido entre a mexicana e ele desde que a conhecera naquela festa de El Cerro em Havana. Com ela precariamente acomodada em seu mais que modesto camarote, só lhe restava fazer uma última coisa. Por isso, enquanto Fatou e o capitão acertavam detalhes no posto de comando, Mauro Larrea chamou Santos Huesos à parte. O criado fingiu não ouvir enquanto se sentava na proa sobre um rolo de cordas. Voltou a chamá-lo, sem resultado. Seis passos depois, pegou-o pelo braço e o forçou a se levantar.

— Quer me escutar, homem?

Estavam frente a frente, ambos com as pernas afastadas para manter o equilíbrio, apesar do mar tranquilo daquela noite atlântica. Mas o criado se recusava a levantar o olhar.

— Olhe para mim, Santos.

Ele se esquivou, olhando para a água negra.

— Olhe para mim.

Jamais havia deixado de atender a uma ordem do patrão ao longo dos muitos anos em que fora sua sombra. Exceto aquela vez.

— Custa me deixar um pouco em paz?

— Problema seu se não quer aceitar que a dona cumpriu sua palavra.

Só então o índio ergueu os olhos brilhantes.

— A garota é livre — disse o minerador, levando a mão ao peito e apalpando o papel guardado no bolso interno da sobrecasaca. — Vou entregar ao capitão o documento onde consta a alforria; ele se encarregará de fazê-lo chegar às mãos de Julián Calafat.

Em nome de Deus todo-poderoso, amém. Eu, María Carola Gorostiza y Arellano de Zayas, dona de todas as minhas plenas faculdades no momento que escrevo este documento, declaro que liberto de qualquer sujeição, cativeiro e servidão María de la Santísima Trinidad Cumbá, sem segundo sobrenome, a quem dou a liberdade graciosamente e sem nenhum estipêndio, para que, como pessoa livre, disponha de seus direitos e de sua vontade.

Aquilo era o que ela havia obrigado Carola a redigir sentada diante da escrivaninha do quarto: a carta de alforria da jovem por quem seu fiel Santos Huesos sofria.

— Quando quiser, Mauro.

A voz de Fatou soou às suas costas antes que o criado pudesse reagir.

— Vá correndo dizer a Trinidad que voe à casa do banqueiro assim que desembarcar em Havana — acrescentou, baixando o tom. — Assim que ler este documento, ele vai dizer a ela como deve proceder.

O criado, paralisado, ficou sem palavras.

— Depois pensaremos em como vocês poderão se reencontrar, quando for a hora — concluiu, dando-lhe um vigoroso tapa no ombro, como que para ajudá-lo a sair do estupor. — Agora ande logo e vamos embora.

* * *

Não era para haver ninguém à espera deles no cais, mas aguardava-os uma silhueta escura portando uma lamparina. À medida que foram se aproximando, distinguiram um rapaz. Um entregador em busca do último trabalho do dia, ou um moleque de rua, ou um apaixonado contemplando a negrura da baía enquanto sofria, ai, por um amor infeliz; nada a ver com eles, certamente. Até que, prestes a desembarcar, ouviram-no:

— Algum dos senhores é o sr. Larrea?

— Sou eu — disse tão logo pôs os dois pés em terra firme.

— Mandaram-no chamar na pensão Cuatro Naciones. Sem demora, se possível.

Algo havia acontecido com Ysasi e o inglês, não precisou perguntar.

— Aqui nos despedimos por ora, meu amigo — disse, estendendo a mão apressadamente a Fatou. — Fico imensamente agradecido por sua generosidade.

— Talvez eu possa acompanhá-lo...

— Já abusei o suficiente da sua amizade, é melhor deixá-lo voltar para casa. Faça-me o favor, porém, de informar a sra. Claydon. E agora, peço que me desculpe, mas devo partir de imediato; receio que não se trate de um assunto sem importância.

— Por aqui, senhor — indicou o rapaz, impaciente, fazendo a luz oscilar.

Tinha ordem de levá-los correndo até a pensão, e não estava disposto a perder o dinheiro prometido. O minerador o seguiu a passos largos, com Santos Huesos atrás ainda ruminando sua perturbação.

Saíram do porto, percorreram a rua del Rosario e o beco del Tinte no fim, sem mais transeuntes àquela hora além de alguma alma triste enrolada em farrapos adormecida contra uma fachada. Mas não conseguiram chegar à pensão; foram impedidos por alguém que surgiu no meio da Plaza de Mina e os interceptou nas sombras dos ficus e das palmeiras canarinas.

— Tome — disse Ysasi entregando uma moeda ao rapaz. — Deixe a lamparina e suma.

Aguardaram até que desaparecesse na escuridão.

— Ele vai embora. Encontrou um navio que o levará a Bristol.

Sabia que o médico estava se referindo a Alan Claydon. E sabia que aquilo era um enorme problema, porque significava que em oito dias, dez no máximo, o enteado estaria em Londres envenenando os assuntos familiares outra vez. A essa altura, Sol e Edward mal teriam tido tempo de se refugiar.

— Eu o trouxe de Jerez convencido de que partiria para Gibraltar por minha cortesia, mas tivemos o azar de encontrar três ingleses no salão de jantar da pensão; três importadores de vinho que celebravam com um bom jantar a última noite de estadia na Espanha. Sentados algumas mesas adiante, falavam de barris e galões de vinho, dos excelentes negócios que haviam feito, de qualidades e preços, e da urgência que tinham de colocar tudo no mercado.

— E ele os ouviu.

— Não foi só isso. Ouviu-os, levantou-se da mesa, se aproximou e os abordou

— E pediu que o levassem direto para a Inglaterra.

— Em um *sherry ship* pronto para zarpar, carregado de vinho até o mastro principal. Marcaram de se encontrar às cinco da manhã.

— Maldito azar.

— Foi exatamente o que pensei.

Imbecil, disse a si mesmo, então. Que ideia tinha sido aquela de propor ao médico que expusesse abertamente o enteado em um estabelecimento público, em uma cidade onde seus compatriotas não eram raros? Obcecado como estava por se livrar da Gorostiza, absorto pela possível venda iminente das propriedades e pelas exasperantes decisões de Nicolás, não havia levado em conta esse detalhe. E o detalhe acabava de se transformar em um erro descomunal.

Conversavam na semiescuridão da praça que outrora fora o pomar do convento de San Francisco, em pé e em voz baixa, com as golas dos capotes erguidas, sob a grade de ferro pela qual subiam sombrias buganvílias sem flores.

— Não se trata de simples comerciantes de passagem; esses ingleses são gente do negócio com sólidos contatos por aqui — prosseguiu Ysasi. — Conheciam Edward Claydon, movem-se nos mesmos círculos, de modo que ao longo dos dias de travessia conjunta até a Grã-Bretanha, terão tempo de sobra para saber de tudo que Alan quiser lhes contar, e ele para contar suas mentiras.

— Boa noite.

A voz feminina a alguns passos de distância fez sua pele se eriçar. Soledad se aproximava atrás dele, coberta com sua capa de veludo, rasgando a noite com o ritmo ágil de seus pés. Decidida, preocupada, com Antonio Fatou a seu lado. Os cumprimentos foram breves e com vozes apagadas, sem sair da sombra dos jardins. O lugar mais seguro, sem dúvida. Ou o menos comprometedor.

Assim que ela se aproximou, Mauro Larrea percebeu em seus olhos o rastro do pranto amargo. Escutar por trás da porta as confissões da Gorostiza sobre seu primo Gustavo havia desmontado com um golpe atroz a estrutura sobre a qual sua família havia construído uma cruel e injusta versão da realidade. Não devia ser fácil para ela conhecer a verdade perturbadora mais de vinte anos depois. Mas a vida continua, parecia dizer Soledad em um fugaz diálogo mudo. A dor e o remorso não podem me paralisar agora, Mauro; chegará o momento de enfrentá-los. Por enquanto, tenho que continuar.

Com um gesto simples ele disse que tudo bem. Depois, também sem palavras, perguntou o que Fatou fazia ali outra vez. Já lhe causamos bastante incômodo; já lhe contamos mentiras demais e nos expusemos além da conta diante dele, disse sem palavras. Ela o tranquilizou erguendo uma de suas harmoniosas sobrancelhas. Entendo, respondeu com um leve movimento do queixo. Se você o trouxe, alguma razão deve ter.

O médico resumiu o problema com algumas frases breves.

— Isso impossibilita o planejado — murmurou Sol em resposta.

O que diabos é o planejado?, pensou Mauro. Naquele dia tumultuado, não tivera tempo de planejar nada, absolutamente nada.

As palavras de Fatou justificaram, então, sua presença entre eles.

— Desculpem minha intromissão nesse assunto que não me diz respeito, mas a sra. Claydon me informou de sua desafortunada situação familiar. A fim de ajudar a resolvê-la, eu havia oferecido a possível solução de enviar seu enteado até Gibraltar em uma embarcação de cabotagem. Mas a previsão é de que zarpe, de qualquer maneira, depois de amanhã.

Então é por isso que você está aqui, meu caro amigo Antonio, pensou o minerador escondendo uma careta carregada de sarcasmo. Também tem sangue quente nas veias e nossa Soledad também o cativou. Ela estava três passos à frente, como sempre. A última dos Montalvo nunca dava um ponto sem nó. Agora Mauro Larrea entendia por que ela havia ficado o dia inteiro em Cádis. Para ir avançando: sondando Fatou, persuadindo-o sutilmente, seduzindo-o como havia seduzido a ele próprio. Dobrando, enfim, a vontade do comerciante com o objetivo único de definir o quanto antes o destino de Alan Claydon. E o dela e de seu marido em seguida. Naturalmente.

O silêncio subiu pelas tamareiras e se enroscou nos troncos das magnólias; logo ouviram o vigilante anunciar quinze para meia-noite com sua lança e sua lamparina em um dos lados da praça. Enquanto isso, formando uma rodinha, quatro cérebros meditavam sob as estrelas, sem encontrar saída.

— Receio que não esteja em nossas mãos — concluiu Ysasi com sua habitual tendência a ver o copo meio vazio.

— De jeito nenhum — disse Soledad, cortante.

A cabeça que emergia das dobras de veludo de uma elegante capa parisiense acabava de tomar uma decisão.

CAPÍTULO 52

Daí em diante, tudo foi movimento. Passos curtos, passos largos, troca de ordens, mais de uma correria. Receios e incerteza aos montes. Dúvidas, rancor. Talvez tudo fosse um desatino disparatado. Talvez aquela fosse a mais temerária de todas as formas possíveis de tirar Alan Claydon do mapa durante uma longa temporada, mas com a madrugada bafejando--lhes na nuca como uma fera faminta, ou agiam com presteza ou Bristol acabaria ganhando.

As tarefas e funções foram distribuídas de imediato. Na rua de la Verónica, urgiram a jovem Paulita para que arrumasse uma pequena mala com algumas peças masculinas em desuso; quatro marinheiros de confiança foram tirados do sono ainda fresco; o velho Genaro preparou mais alguns pacotes. Era quase uma quando o médico entrou de novo na pensão.

— Faça a gentileza de acordar o cavalheiro inglês do quarto número seis, por favor.

O recepcionista da noite o olhou com cara de sono.

— A ordem que tenho é para acordá-lo às quatro e meia, meu senhor.

— Faça de conta que são quatro e meia — disse, deslizando uma moeda sobre o balcão.

Ele sabia que Claydon não teria como saber a hora exata em que o mundo se movia: para a sorte deles, o relógio foi a primeira coisa que os bandoleiros levaram.

O enteado chegou em poucos minutos ao pátio central. Tinha os polegares enfaixados e um corte na face; a pele do rosto, antes clara e bem cuidada, mostrava agora o desgaste de um dia pavoroso passado no fundo de um barranco: provas tangíveis dos penosos momentos vividos naquele país do sul, fanático e extravagante, com uma de cujas filhas — para sua contrariedade — seu pai decidira se casar. Tudo que acontecera durante sua breve estadia na Espanha havia sido violento, brutal, insano: a irrupção a pontapés do suposto amante de sua madrasta no dormitório, o indígena que destroçou seus polegares sem alterar o pacífico semblante, o ataque de salteadores que quase lhe roubaram até o sobrenome. A julgar pelo passo rápido com que Ysasi o viu se aproximar, devia ser imensa sua avidez por deixar o quanto antes aquela terra desgraçada.

Uma expressão pouco satisfeita, contudo, surgiu em seu rosto ao não encontrar nem sombra dos *marchand*s de Bristol.

O médico o tranquilizou.

— Acabaram de ir para o porto para cuidar dos últimos trâmites — disse com o inglês que aprendera com as tutoras dos Montalvo. — Adiantaram a hora do embarque prevendo mudanças adversas no tempo; eu mesmo o acompanharei.

A desconfiança passou, fugaz, pelo rosto de Alan Claydon, mas antes que pudesse pensar duas vezes nas palavras do médico, ele disse um contundente *come on, my friend*.

Haviam combinado que somente Ysasi e Fatou o acompanhariam. O médico era uma peça segura porque já havia conquistado a confiança de Alan. E o jovem herdeiro da casa naval porque, entusiasmado com os habilidosos e interesseiros encantos de Soledad, havia decidido ficar cegamente a seu lado, ignorando as mil sensatas razões que lhe ditavam tanto sua mulher quanto o bom senso.

No cais havia dois botes amarrados, à espera, cada um com dois marinheiros aos remos: tirados a toda pressa de seus colchões de palha, ainda se perguntando, sonolentos, que bicho havia mordido o patrão Antonio para que lhes oferecesse um duro de prata por cabeça se saíssem ao mar àquela hora. Fatou, logicamente, não se identificou pelo próprio nome diante do enteado, mas agiu com toda a seriedade possível, comunicando-se com o recém-chegado no inglês formal que utilizava diariamente em seu negócio para movimentar suas mercadorias da Pele de Touro até a Pérfida Albion. Quatro ou cinco comentários vagos a respeito da falsa mudança no vento ou de uma improvável névoa matinal, duas menções aos *gentlemen from Bristol* que supostamente já tinham ido para o *sherry ship* ancorado na baía, e a urgência de que Mr. Claydon os seguisse assim que possível. Apertos de mãos de despedida; *thank you* daqui, *thank you* dali. Já sem a opção da dúvida ou do arrependimento, o enteado se acomodou como pôde na pequena embarcação. A escuridão da noite não os impediu de ver a perturbação ainda em seu rosto quando a amarra foi solta. Ysasi e Fatou o observaram do cais enquanto os remadores começavam a trabalhar. Vá com Deus, amigo. *God bless you. May you have a safe voyage.*

Concederam-lhe alguns minutos a fim de não lhe amargar a breve travessia antes da hora. Mandavam-no para a Grande Antilha, sem contemplações e sem que ele soubesse. Uma ilha caribenha agitada, quente, movimentada e palpitante, onde o inglês seria um intruso precariamente acolhido e de onde — sem contatos nem dinheiro como estava — esperavam que levasse um longo inferno para conseguir voltar. Quando acharam que a distância era prudente, do fundo das trevas emergiu o resto da trupe para completar o espetáculo. O mordomo Genaro e um jovem criado da casa carregaram as provisões no segundo bote. Mais barris de água, mais comida, mais dois colchões, três mantas, uma lamparina. Soledad se uniu a Antonio Fatou e a Manuel Ysasi para comentar as últimas impressões, e Mauro Larrea, enquanto isso, chamava Santos Huesos sob um toldo de lona ao lado da muralha.

— Só um instantinho, patrão, me deixe acabar de ajudar.

— Venha aqui, nada de instantinho nenhum.

Santos se aproximou ainda com um saco de vagem nas costas.

— Você vai com eles.

Santos deixou cair o fardo no chão, desconcertado.

— Não confio no inglês.

— Está mesmo me pedindo para voltar para Cuba sem o senhor?

Seu porto seguro, seu lugar no mundo, a razão de suas idas e vindas. Tudo aquilo era aquele minerador para o rapaz que ele tirara do fundo das jazidas de prata para as quais a pura necessidade o havia arrastado quando não passava de um moleque de ossos finos e pele morena.

— Quero você ao lado do filho da mãe durante toda a travessia, com os olhos bem abertos — prosseguiu, segurando-o pelos ombros. — Atenda-o até onde ele permitir e evite um possível contato dele com a Gorostiza. E, se conversarem, coisa que duvido, porque um não fala a língua do outro, não saia do lado deles, está claro?

Santos assentiu com um gesto, incapaz de pronunciar uma palavra.

— Quando chegarem a Havana — prosseguiu sem nem respirar —, desapareçam para que nenhum dos dois possa encontrá-los. Calafat vai lhe dizer para onde poderão ir. Entregue esta carta a ele assim que chegar.

Suplico, mediante a presente, meu caro amigo, que proteja meu criado e a mulata liberta, refugiando ambos fora da cidade. Era o que dizia a mensagem rabiscada. Em algum momento próximo, eu lhe informarei meu paradeiro e o compensarei devidamente pelo serviço prestado, prosseguia. Para concluir a breve nota, um comentário cheio de ironia que o velho banqueiro saberia interpretar. Agradecido desde já, despeço-me, seu afilhado, o *gachupín*.

— E leve isto com você também — acrescentou em seguida.

Seu último dinheiro, guardado até então na casa de Fatou, passou de uma mão a outra: a partir daí, ou vendia o patrimônio com presteza, ou as mordidas na bolsa de ouro da condessa se tornariam realidade.

— É seu — disse, afundando a sacola no estômago de um Santos Huesos sem capacidade de reagir. — Mas use-o com parcimônia, você sabe que não há mais. E cuidado com a garota enquanto estiverem a bordo, para que o calor no meio das pernas não os meta em enrascada de novo. Depois, cuide de sua vida, meu irmão, vá para onde quiser levá-la. Sempre haverá um lugar para você ao meu lado, mas também ficarei feliz se no fim decidir ficar nas Antilhas.

Algo úmido percorreu o rosto do *chichimeca* sob a lua crescente.

— Não me venha com sentimentalismos, criatura — advertiu-o com uma falsa gargalhada destinada a aliviar a tristeza mútua do momento. — Nunca vi um homem da serra de San Miguelito deixar rolar nem meia lágrima; não vá ser o primeiro, homem.

O abraço foi tão rápido quanto sincero.

— Ande, entre no bote. Esteja alerta sempre, não desanime. Cuide-se. E cuide dela.

Voltou-se assim que ouviu o som dos remos na água; preferiu não ficar para ver aquele garoto que havia se transformado em um homem sob suas asas, ruminando uma tristeza tão grande quanto o céu que os protegia, se afastar embalado pelo vaivém das águas negras em direção ao navio ancorado. Já havia sido bastante amargo ver Nicolás se afastar dele naquele mesmo dia; não tinha necessidade de cravar duas facadas seguidas no mesmo lado do peito.

Juntos e em silêncio, tomaram o caminho de volta para a rua de la Verónica, cada um mastigando com os dentes de sua própria consciência as implicações do embuste que juntos haviam acabado de levar a cabo. Até que, ao pegar a rua del Correo, Soledad diminuiu o passo e tirou algo das pregas do vestido.

— Hoje de manhã chegaram duas cartas; Paula me pediu que as entregasse, caso ela não o visse.

Detido momentaneamente sob a luz de um poste de ferro, distinguiu as marcas palpáveis do desgaste em duas cartas que haviam atravessado vales, montanhas, ilhas e oceanos até chegar a ele. Em uma delas distinguiu a impecável caligrafia de seu procurador Andrade. Na outra, o remetente obscuro: Tadeo Carrús.

A segunda enfiou em um dos bolsos; rasgou o lacre da primeira sem contemplações. Datava de um mês antes.

Depois de um dia e meio de trabalho de parto — dizia —, Mariana deu à luz ontem à noite uma criança radiante que veio com a coragem do avô nos pulmões. Apesar do obstinado empenho de sua consogra, ela se recusa a batizá-la de Úrsula. Seu nome será Elvira, como a mãe dela. Deus as abençoe, e Deus o abençoe, irmão, onde quer que esteja.

Ergueu os olhos para as estrelas. Os filhos que partiam e os filhos dos filhos que chegavam: o ciclo da vida, quase sempre incompleto e quase sempre aleatório. Pela primeira vez em muitos anos, sentiu uma vontade insensata de chorar.

— Tudo bem? — ouviu perto de seu ouvido então.

A mão leve pousou em seu braço e ele engoliu em seco a angústia e voltou à realidade da noite portuária e à única certeza que lhe restava intacta, quando já nenhuma de suas defesas se mantinha de pé.

Daquela vez não foi capaz de se conter. Segurando-a pelo punho, levou-a para uma esquina, onde ninguém poderia vê-los se voltassem o olhar se perguntando onde diabos estavam. Tomou seu rosto em suas mãos grandes e castigadas, deslizou os dedos ao redor do pescoço esbelto, aproximou-se. Com ânsia primária, fundiu seus lábios com os de Soledad

Montalvo em um beijo profundo que ela aceitou sem reservas; um beijo que continha todo o desejo sublimado ao longo dos dias e toda a abismal angústia que estrangulava sua alma, e todo o alívio do mundo, porque pelo menos uma, uma única coisa entre as mil calamidades que o açoitavam como esporas, havia terminado bem.

Beijaram-se protegidos pela madrugada cheia de salitre e pelo campanário próximo de San Agustín, agasalhados pelo cheiro do mar, apoiados na pedra de uma de tantas fachadas. Desinibidos, apaixonados, irresponsáveis; amarrados um ao outro como dois náufragos sob as torres e os telhados daquela cidade alheia, contrariando as mais elementares normas do decoro público. A jerezana distinta, cosmopolita e bem casada e o indiano trazido pelos ventos de ultramar abraçados à luz dos postes como uma simples mulher sem amarras e um bronco minerador indomável, desprovidos, por alguns momentos, de temores e defesas. Puro desejo, puro coração. Puro poro, saliva, calor, carne e alento.

Sua boca ávida percorreu os ossos da clavícula de Soledad até acabar no refúgio profundo do ombro sob a capa, desejando aninhar-se ali pelos séculos dos séculos enquanto pronunciava seu nome com voz rouca e sentia um anseio raivoso enroscado entre as pernas, o ventre e o coração.

Apenas alguns passos adiante, soou contundente a tosse asmática de Genaro. Sem vê-los, avisava discretamente que alguém o mandara atrás deles.

Os dedos longos dela deixaram de acariciar o rosto dele, onde àquela hora já despontava uma barba fechada.

— Estão nos esperando — sussurrou no ouvido dele.

Mas ele sabia que não era verdade. Nada nem ninguém o esperava em lugar nenhum. Nos braços de Sol Claydon era o único lugar do universo onde desejava ficar ancorado para sempre.

CAPÍTULO 53

Nenhum dos dois se rendeu ao sono durante o retorno, apesar do cansaço acumulado. Soledad, embalada pelo chacoalhar compassado das rodas nos buracos do caminho, reclinava a cabeça na lateral da carruagem com os olhos fechados. Ao seu lado, Mauro Larrea tentava, sem resultado, voltar a raciocinar com clareza. E entre ambos, escondidos sob as pregas da saia e da escuridão, dez dedos entrelaçados. Falanges, pontas, unhas. Cinco dela e cinco dele, agarrados como convertidos a uma fé íntima e comum enquanto do lado de fora, por trás dos vidros da janela, o mundo era turvo e cinza.

Sentado diante de ambos estava Manuel Ysasi, melancólico por trás da barba negra e da eterna carga de pensamentos obscuros.

A previsão de chegada a Jerez era ao amanhecer, quando a cidade ainda estivesse abrindo os olhos para uma manhã que poderia ter sido como outra qualquer, com trabalhadores entrando nas grandes casas ou saindo para o campo, ou indo para as adegas, com os sinos das igrejas repicando, e as mulas e as carroças dando início a suas andanças cotidianas. Faltava apenas meia légua para adentrarem aquela previsível agitação quando a promessa de rotina explodiu no ar com a violência de um barril de pólvora aceso por uma tocha ao alvorecer.

No início não notaram nada, protegidos como estavam pela cabine da carruagem e pelas cortinas de oleado: nem ouviram o galope febril que se aproximava levantando um pó denso, nem identificaram o rosto do ginete que atravessou seu caminho na diagonal. Só quando os animais diminuíram bruscamente o trote intuíram que algo estava acontecendo. Então, abriram as cortinas e tentaram olhar para fora. Mauro Larrea abriu a portinhola. Entre o pó, os relinchos e o atordoamento, ao lado da carruagem, montada no cavalo recém-chegado, distinguiu uma figura totalmente fora de lugar.

Desceu com um salto e fechou a porta atrás de si com força, isolando Soledad e o médico do que estava prestes a ouvir da boca de Nicolás.

— O convento.

O jovem indicou o norte. Uma fumaça da cor do pelo de um rato se erguia acima dos telhados de Jerez.

Então Soledad abriu a portinhola.

— Posso saber o que... — perguntou, descendo sozinha com agilidade.

Diante dos olhares petrificados do minerador e de seu filho, voltou a cabeça na mesma direção. Seu rosto se contraiu em um ricto de angústia. Os dedos que antes se enlaçavam aos seus em um nó caloroso agora se cravaram em seu braço como ganchos de açougueiro.

— Edward... — murmurou ela.

Ele não teve remédio a não ser assentir.

Passaram-se alguns instantes de quietude estrangulada, até que o médico, já fora da carruagem e também ciente do acontecido, começou a disparar perguntas. Quando, onde, como.

— Começou depois da meia-noite em uma das celas; acham que a causa foi uma simples vela ou uma lamparina — começou o rapaz. Tinha o cabelo, o rosto e as botas manchados de cinza. Prosseguiu: — Os vizinhos ajudaram durante toda a madrugada; por sorte, o fogo não chegou à igreja, mas tomou as dependências das religiosas. Alguém de dentro mandou avisar na residência dos Claydon e o mordomo, sem saber a quem recorrer, tirou-me da cama. Fui com ele até lá, nós dois tentamos... tentamos... — Deixando a frase inconclusa, suas palavras mudaram de rumo. — O fogo já está praticamente extinto.

— Edward... — repetiu Soledad baixinho.

— Conseguiram pôr as madres a salvo, foram levadas a casas particulares — continuou o rapaz. — Falta somente uma, ao que parece. — E então, baixou o tom. — Ninguém falou de um homem.

A recordação de Inés Montalvo, madre Constanza, se misturou ao frio da primeira manhã.

— É melhor não perdermos tempo — disse o minerador com intenção de que todos voltassem para a carruagem.

Ela não se moveu de onde estava.

— Vamos, Sol — insistiu o médico, passando o braço por seus ombros.

Ela continuou sem reagir.

— Vamos — repetiu ele.

O alazão que trouxera Nicolás relinchou. Era o mesmo animal do estábulo dos Claydon que ela montara quando foram a La Templanza pela primeira vez. Ao ouvi-lo, Soledad balançou brevemente a cabeça, fechou e abriu os olhos, veloz, e pareceu voltar ao presente. De novo tomando as rédeas, como sempre. Dessa vez, no sentido mais literal.

Aproximou-se do animal, deu-lhe uma palmadinha nas ancas. Os três homens entenderam de imediato o que ela pretendia fazer e ninguém ousou tentar detê-la. Foi Nico quem a ajudou a montar. Assim que arrancou trotando, com a capa esvoaçante, eles correram para a carruagem, açulando o cocheiro. Saíram atrás dela, entre nuvens de pó e terra levantada, atordoados pelo som dos cascos e do ferro das rodas ao saltar sobre as pedras enquanto as costas esbeltas de Soledad Montalvo iam diminuindo na distância à medida que ela adentrava, sozinha, as ruas da cidade e uma incerteza viscosa e negra como o breu.

O galope do alazão ganhou dos cavalos da parelha; não tardaram a perdê-la de vista.

Chegaram às proximidades do convento com os corcéis soltando espuma pela boca. Apesar de tentarem aos gritos, ameaças e bravatas, não conseguiram entrar com a carruagem na pequena praça abarrotada. Desceram de um salto; pai, filho e o médico começaram a abrir caminho com esforço entre a multidão que ainda se aglomerava aos primeiros clarões do dia. Três adegas próximas, segundo ouviram dizer enquanto avançavam aos empurrões, haviam fornecido bombas de água para combater o incêndio. Tal como antecipara Nicolás, haviam impedido que o fogo se alastrasse para a igreja. Já o convento era outra história.

Espalhados pelo chão entre poças e montes de escombros, iam tropeçando em baldes de madeira virados, cântaros de barro e até vasilhas de cozinha que os vizinhos, aterrados, haviam passado de mão em mão ao longo da madrugada, formando grandes correntes humanas até os poços dos pátios próximos. Desviando das pessoas e dos utensílios, conseguiram chegar à fachada: abrasada, negra, devastada por um fogo do qual só restavam rescaldos. Ali, um círculo se abrira em meio ao tumulto de almas. Lá estava o cavalo exausto com as narinas trêmulas; Palmer, cansado e sujo, segurava as rédeas. Ao seu lado, paralisada diante do estrago, Soledad.

Jerez era um reduto onde todos se conheciam e onde o passado e o hoje subiam e desciam por escadas paralelas. E, caso contrário, sempre havia alguém capaz de estabelecer a relação. Por isso, diante da visão daquela distinta senhora que contemplava o lúgubre cenário com os punhos contraídos e o rosto velado pela angústia, os rumores começaram a correr de boca em boca. Em murmúrios primeiro, sem recato depois. É a irmã de uma das freiras, diziam uns aos outros trocando cotoveladas. Senhora elegante; vejam que bonita e que belas roupas; essa capa de veludo vale pelo menos trezentos reais. Netas de um produtor de vinho rico, filhas de um desatinado, não se lembra? Acho que essa é a que se casou com um inglês. É irmã da madre superiora. Ou da que dizem que não apareceu, vai saber.

Flanquearam-na como uma guarda pretoriana. Ysasi a sua direita, os Larrea pela esquerda: ombro a ombro, todos diante da desolação. Arfantes, suados, inspirando o ar sujo com fôlego entrecortado e ainda incapazes de avaliar a envergadura e as consequências do acontecido. Acima deles pairavam, cadenciadas, centenas de cinzas e volutas negras; a seus pés estalavam as últimas brasas miúdas. Nenhum deles foi capaz de dizer nem meia palavra, e os vizinhos e os curiosos, entre avisos em voz baixa e murmúrios, foram se calando. Até que o silêncio cobriu a cena como um grande manto de quietude assustadora.

Ouviu-se, então, um barulho aterrador, como os galhos de uma árvore gigantesca se partindo. Em seguida, o som de pedras e escombros rolando, chocando-se entre si.

— Parte do claustro desabou! — anunciou aos gritos um rapaz que surgiu correndo de uma lateral.

Soledad tornou a apertar os punhos, os tendões de seu pescoço se retesaram. Mauro Larrea a contemplou de soslaio, intuindo o que viria em seguida.

— Não — disse categórico.

E para impedi-la, estendeu um braço na horizontal diante do corpo dela, detendo o passo que ela pretendia dar.

— Tenho que encontrá-lo, tenho que encontrá-lo, tenho que encontrá-lo...

A catarata começou a jorrar de seus lábios com cadência febril. Ao perceber que o braço do minerador continuaria a contê-la como uma barreira, ela se voltou para o médico.

— Tenho que entrar, Manuel, tenho que...

A reação do amigo foi igualmente firme. Não.

A sensatez dizia que os dois tinham razão. As chamas já não ardiam com a fúria de horas antes, mas as consequências ameaçavam com a mesma magnitude. Contudo. Mesmo assim.

Foi quando ela, com um movimento felino, livrou-se do braço dele e o pegou pelos punhos com a força de dois cepos de caça, obrigando-o a olhá-la de frente. Apesar da incoerência, retornaram ao corpo e ao ânimo do minerador, como se empurradas por um rio transbordante, um tropel de mil sensações. O beijo profundo que os havia unido apenas algumas horas antes, voraz e glorioso nas sombras. Sua boca percorrendo-a, faminta; ela entregue sem reservas; as mãos que agora o pressionavam como tenazes percorrendo ávidas a nuca masculina, o rosto, os olhos, abrindo caminho pelas têmporas para se enroscar no cabelo, descendo pelo pescoço, cravando-se nos ombros, agarradas a seu peito, a seu torso, a sua essência e a seu ser. As entranhas e o desejo de Mauro Larrea, alheios à frieza de cirurgião que o momento requeria, tornaram a se avivar como brasas sopradas por um grande fole de couro. Concentre-se, homem, ordenou a si mesmo com brutalidade.

— Preciso encontrá-lo...

Não foi difícil antecipar o que ela pretendia lhe pedir em seguida. Em algum lugar do convento, talvez em algum canto piedosamente poupado pelas chamas, talvez em alguma esquina que misericordiosamente não chegou a ser roçada pelo fogo, pode ser que Edward ainda esteja se agarrando a um fio de esperança. Pode ser que esteja vivo, Mauro. Se não vai me deixar entrar, encontre-o por mim.

— Você também ficou louco, homem de Deus? — berrou o médico.

CAPÍTULO 54

Um balde de água, pediu gritando. A voz correu. Um balde de água, um balde de água, um balde de água. Em segundos tinha três a seus pés. Então, arrancou a sobrecasaca e a gravata, molhou o lenço, cobriu com ele a boca e o nariz. Ao longo da vida havia sido testemunha de um bom número de incêndios pavorosos. O fogo fazia parte da natureza das minas. No fundo de poços e buracos haviam ficado amigos, companheiros e funcionários, grupos inteiros tragados com frequência pelas chamas; queimados, asfixiados ou esmagados pelo desabamento das estruturas. Ele mesmo havia escapado por um fio em mais de uma ocasião. Por isso sabia como devia agir, e por isso também tinha uma vaga consciência de que o que estava prestes a fazer era uma temeridade monstruosa.

O médico continuava repreendendo-o, com resultados nulos; os presentes faziam seus alertas, precavidos. Tenha cuidado, patrão, que o fogo é muito traiçoeiro. Algumas mulheres fizeram o sinal da cruz, outra começou uma ave-maria, uma velha corcunda brigava no meio das pessoas para chegar até ele e roçá-lo com a estampa de uma Nossa Senhora. Nico pensou em acompanhá-lo, começou a tirar a roupa. Para trás, gritou, movido pelo mais cru instinto animal, que leva o pai a proteger sua cria diante das inclemências e das desventuras, dos inimigos e dos dissabores. O rapaz, apesar de sua recente rebeldia em outros flancos, entendeu que era batalha perdida.

A última imagem que ficou em sua retina antes de adentrar as trevas foi o pavor nos olhos de Soledad.

Avançou pela fumaça pisando em brasas; afundou os pés em montes de cinzas que ainda ardiam. Guiava-se pelo mais puro instinto, sem orientação. Os vãos eram pequenos, mal entrava luz. Seus olhos não demoraram a começar a arder. Cambaleou ao subir em um monte de escombros, conseguiu se apoiar em uma coluna de pedra, soltou uma blasfêmia ao sentir a temperatura. A seguir, atravessou o que devia ter sido o salão capitular, com parte do teto desabado e o banco que percorria seu perímetro reduzido a lascas carbonizadas. Ergueu o lenço molhado que cobria parte de seu rosto, inspirou com ânsia, expulsou o ar, seguiu em frente. Supôs que avançava para a área mais privada do convento. Pisou em pedras, lascas e vidros. Com o fôlego entrecortado, percorreu o que intuiu serem as celas das freiras. Mas não encontrou nem sombra humana: somente jarros despedaçados, esqueletos de catres e, vez ou outra, no chão, um livro de orações arruinado ou um crucifixo caído virado para baixo. Chegou ao final do longo corretor respirando com dificuldade e começou a voltar. Não havia avançado duas varas ainda quando ouviu um estrépito atrás de si. Prosseguiu, impetuoso, sem olhar para trás. Preferiu não ver o muro que acabava de desmoronar, deixando um buraco aberto para o céu. Se houvesse caído segundos antes, teria esmagado sua cabeça.

Voltou à área comum encharcado de suor; sua própria respiração reverberava em seus ouvidos. Depois do refeitório, com a longa mesa e os bancos calcinados, adentrou quase às cegas a cozinha. A garganta ardia, mal enxergava. O lenço que o protegia estava cheio de pó grosso. Começou a tossir. Tateando, tentou encontrar uma pipa de água, desejando poder afundar a cabeça nela, mas não encontrou. Uma parede desabada sobre uma estante havia derramado mais de uma arroba de azeite no piso de barro; escorregou, bateu em um banco, caiu de lado sobre o cotovelo esquerdo, soltou um uivo animal.

Passaram-se minutos infernais, a dor não lhe permitia recuperar o fôlego. Arrastando-se sobre a poça gordurosa do óleo de olivas, conseguiu a duras penas se sentar com o braço colado ao corpo, apoiando as costas nos restos de uma parede meio caída. Apalpou-se com precaução, voltou a gritar. O osso do cotovelo havia saído do lugar, transformando-se em uma protuberância horrorosa. Rasgando com os dentes, conseguiu arrancar a manga da camisa. Torceu-a com os dedos, fez uma bola disforme com ela, enfiou-a na boca, mordeu-a com toda a força da mandíbula. Já bem apertados os dentes e molares, arfando ainda e respirando pelo nariz, com a mão direita começou a manipular o antebraço esquerdo. Primeiro de forma lenta e delicada, depois de alguns segundos, deu um puxão selvagem que lhe arrancou grossas lágrimas e o obrigou a virar a cabeça de lado para cuspir a bola de pano. Depois, como quem tira o diabo da alma, vomitou com uma náusea feroz.

Deixou que passassem alguns minutos de olhos fechados e as pernas estendidas sobre o azeite, com o cheiro de queimado tatuado na hipófise, caído de costas, o próprio vômito a um palmo de distância e um braço embalando o outro. Assim como fizera tantas vezes com Mariana e Nico quando os pesadelos os assustavam nas noites da infância; como faria com o corpinho morno da pequena Elvira recém-chegada à vida quando a sorte adversa se cansasse de surrá-lo.

Pouco a pouco, suas têmporas pararam de pulsar, sua respiração foi se tornando compassada e o mundo começou a rodar sobre o eixo de sempre, com o osso deslocado de volta no lugar. Foi quando, enquanto tentava se levantar, teve a impressão de ter ouvido algo. Algo diferente dos ruídos que o haviam acompanhado desde que entrara no convento. Deixou-se cair de novo, tornou a fechar os olhos e apurou o ouvido. Franziu o cenho enquanto escutava pela segunda vez. Na terceira, não teve mais dúvida. O som debilitado, mas inconfundível que lhe chegava era de um ser vivo lutando para sair de um lugar onde, sem dúvida, não queria estar.

— Tem alguém aí? — gritou.

Como resposta, chegou de novo o eco de golpes amortecidos na madeira.

Por fim conseguiu escapar do azeite viscoso, avançou, encharcado e escorregadio, até o lugar de onde vinham os sons, virando um corredor que provavelmente ligava a cozinha a outra dependência secundária. A despensa, o ateliê, talvez a lavanderia. O acesso, de qualquer maneira, era inexistente: uma barreira de escombros não permitia abrir a porta.

Primeiro conseguiu retirar as vigas caídas levantando-as no escuro, polegada por polegada, com um ombro ou outro, segundo a posição. Depois, começou a retirar pedras com um dos braços. Impossível calcular o tempo que levou para liberar a entrada; meia hora, três quartos de hora, hora e meia. De qualquer maneira, acabou conseguindo. Do outro lado ainda não havia saído voz alguma, e ele preferiu não antecipar identidades. Só ouvia de quando em quando o impacto de um punho nervoso, ansiando por ver a luz de novo.

— Vou entrar — avisou enquanto retirava os últimos escombros.

Mas não chegou a fazê-lo, porque antes de tocar a superfície a porta se abriu com um gemido lastimoso. Surgiu um rosto macerado sob um cabelo muito curto, com um ricto de angústia infinita que parecia ter sido gravado com um buril.

— Me tire daqui, pelo amor de Deus.

A voz era abafada e os lábios apenas duas linhas esbranquiçadas.

— E ele?

Ela negou lentamente com a cabeça, apertando as pálpebras. Sua pele tinha cor de cera e havia uma queimadura profunda em um dos pômulos.

— Não sei — murmurou. — Que o Senhor me perdoe com sua clemência infinita, mas não sei.

CAPÍTULO 55

Ouviram-se gritos de júbilo na multidão.

— Milagre, milagre! — gritavam as mulheres, entrelaçando os dedos à altura do peito e elevando os olhos para o céu.

— A beata Rita de Cássia fez um milagre! O Menino do Berço de Prata fez um milagre!

Ouviram-se palmas, ouviram-se comemorações. Os rapazes pulavam e faziam apitos com caroços ocos de pêssego. Um vendedor de matracas fazia soar sua mercadoria, desaforado.

Sol Claydon e os homens a seu lado, contudo, mantiveram um silêncio pétreo, prendendo a respiração.

As silhuetas emergiam da escuridão cada vez mais nítidas. Mauro Larrea, imundo, de torso nu, amparava madre Constanza. Ou Inés Montalvo, dependendo da referência. Ajudava-a a desviar de restos calcinados e dos rescaldos que ainda soltavam fumaça a fim de evitar que queimasse os pés descalços. Havia improvisado uma tipoia com os gordurosos restos da camisa, para continuar sustentando seu braço deslocado. Ambos semicerraram os olhos ao sair à luz da manhã.

Não, foi a resposta que ele deu a distância e sem palavras para o rosto angustiado de Soledad. Não encontrei seu marido. Nem vivo nem morto. Não está lá.

Então, afastou-se da religiosa, viu Nico a seu lado recebendo-o eufórico; alguém lhe entregou uma jarra de água fria, que ele bebeu com avidez; depois o filho verteu um balde inteiro em cima dele, e com isso retirou do corpo uma camada de cinzas misturadas com azeite e suor. A angústia, contudo, ficou incrustada em todos os seus poros.

Enquanto tudo isso acontecia, ele não tirara os olhos dela. Ou delas. As duas. Alguns passos, o amor de um homem e mais de metade da vida em países diferentes separavam as irmãs Montalvo. Uma se cobria com roupas elegantes, a outra com uma camisola de pano grosseiro meio queimado. Uma tinha o cabelo preso com um laço que a àquela altura já estava praticamente desfeito, mas ainda denotava sua elegância natural. A outra, sem touca, tinha a cabeça quase raspada e uma queimadura que o tempo acabaria transformando em uma feia cicatriz.

Apesar da abismal disparidade entre a aparência de ambas, ele por fim percebeu como eram parecidas.

Observavam-se cara a cara, imóveis. Soledad foi a primeira a reagir, dando um passo lento na direção de Inés. Depois outro. E um terceiro. Em volta de ambas o espaço se abrira e reinava o silêncio. Manuel Ysasi engoliu a angústia como quem engole um remédio amargo; Palmer parecia prestes a perder a fleuma diante da persistente falta de notícias de *milord*. Nicolás, alheio a grande parte da história, tentava, intrigado, juntar as peças, sem conseguir. Mauro Larrea, com a água de um segundo balde ainda pingando do cabelo e do peito, segurava o cotovelo torturado pela dor, enquanto continuava se perguntando onde diabos poderia ter se metido o marido perturbado.

O tapa estalou como uma chicotada. Ao redor, ouviram-se vozes de estupor. Inés Montalvo, com o rosto virado pelo efeito da bofetada, começou a sangrar pelo nariz. Passaram-se momentos agoniantes, até que ela lentamente endireitou a cabeça, frente a frente de novo com a irmã. Não se mexeu nem um centímetro mais. Não levou a mão à face avermelhada, nem soltou um protesto ou um gemido. Sabia o que aquilo significava, o motivo daquela violência incontrolável. Grossas gotas de sangue rolaram por sua camisola.

Foi quando Sol, extravasada a raiva, abriu os braços. Aqueles braços longos que o haviam cativado e seduzido e que ele jamais se cansava de contemplar. Que o abraçaram em Cádis, na madrugada, sob o abrigo da torre de San Agustín; que se estenderam como asas de gaivota para lhe mostrar o salão de jogos dos Montalvo e repousaram em suas costas quando dançaram juntos valsas e polonesas já fazia um século. Ou talvez tivesse sido apenas duas noites atrás? Seus braços, de qualquer maneira. Cansados agora, intumescidos pela tensão dos últimos dias e das últimas horas. Com eles ela se agarrou ao pescoço da irmã mais velha. E as duas, aninhadas uma na outra, pelos tempos passados e pela dor do presente, começaram a chorar.

— Venha agora mesmo, sr. Mauro.

Voltou-se com brusquidão. Ainda sentia atravessada na garganta uma massa compacta de cinzas misturadas com saliva.

Quem falava era Simón, o velho criado, recém-chegado.

— Sem demora, patrão.

Com o cabelo cortado sem nenhum cuidado e a pele rachada como um odre centenário, o homem estava apavorado:

— Venha comigo agora mesmo até sua casa, pelo amor de Deus.

Julgou entendê-lo. O bolo continuava atravessado, cada vez mais espesso, à altura do pomo-de-adão.

— É preciso que o doutor nos acompanhe?

— É melhor, sim.

Saíram da praça outra vez aos empurrões e avançaram sem trocar uma palavra, reservando a energia para apertar o passo. Algumas cabeças se voltaram estupefatas diante de sua aparência. Rua de la Carpintería, De la Sedería, Plaza del Clavo. La Tornería, por fim.

Angustias os esperava no saguão, preocupada. A seu lado, três homens que evidentemente a estavam incomodando e que não eram a razão pela qual o velho criado tinha ido buscá-lo.

— Finalmente, meu amigo Larrea! Temos boas notícias!

O sorriso triunfal que acabava de se abrir na boca carnuda do corretor de fazendas se desfez ao ver seu estado. Atrás dele, os madrilenses se puseram em guarda. Deus do céu, o que aconteceu com o indiano, de onde ele vem com essa aparência infame? Sem camisa sob a sobrecasaca, encharcado, pingando sujeira e azeite. Com os olhos vermelhos como feridas abertas e fedendo a carne chamuscada. Viemos mesmo fechar um negócio com esse sujeito?, pareciam dizer ao trocar olhares.

Ele, enquanto isso, esforçava-se para recordar seus nomes. Não conseguiu.

— Eu já disse a esses senhores que não era uma boa hora para falar com o senhor, patrão — desculpou-se Angustias, desajeitada. — Que é melhor voltarem à tarde. Que hoje temos... que hoje temos que cuidar de outros assuntos.

Se tivesse tido dois minutos para pensar com lucidez, talvez houvesse se comportado de outra maneira. Mas o nervosismo acumulado o traiu. Ou talvez tivesse sido a exaustão. Ou o destino, que já estava escrito.

— Vão embora.

A papada do corretor tremeu.

— Veja, sr. Mauro, os senhores já se decidiram e têm o dinheiro.

— Fora daqui.

O potencial comprador e seu secretário continuavam a encará-lo. Mas o que é isso, murmuraram, apertando os dentes. O que aconteceu com este homem, que parecia tão firme e confiável...

O rosto de Zarco estava tingido de vermelho e em sua testa brilhavam gotas de suor gordas como ervilhas.

— Veja, sr. Mauro... — repetiu.

Em meio às brumas, pareceu-lhe recordar que aquele homem não era mais que um honesto corretor que ele mesmo havia contratado. Mas aquilo devia ter sido em outra vida. Fazia pelo menos uma eternidade.

O intermediário se aproximou e baixou a voz, tentando ganhar confiança.

— Eles estão dispostos a pagar o que a senhora Montalvo pediu — quase sussurrou. — A maior compra já feita nesta terra em muito tempo.

Teria dado no mesmo se Zarco tivesse falado em aramaico.

— Saiam, por favor.

Sem mais uma palavra, entrou no pátio.

Onde será que tomou esse porre, parecia sussurrar o secretário ao rico madrilense. Parece que acabou de sair de um chiqueiro. Foi a última coisa que ouviu. E não deu a mínima.

Às suas costas, o potencial comprador fez um gesto de profundo desagrado. Esses americanos das nossas antigas colônias são assim. Insistiram em romper ligações com a pátria-mãe, e vejam só como ficaram. Volúveis, levianos, arrogantes. As coisas seriam bem diferentes se não houvessem sido tão rebeldes.

O gordo, abalado, secava o suor com um lenço imenso.

O médico foi o último a falar:

— Vá se refrescar um pouco, meu bom homem, ou vai ter uma síncope. E vocês, amigos, já ouviram o sr. Larrea. Peço-lhes que respeitem sua vontade.

Foram embora furiosos, e com eles rolaram rua abaixo todos os seus projetos e todas as suas esperanças. O capital para voltar ao México, para recuperar suas propriedades, seu status, seu passado. Para casar ou não Nico. Para retornar com orgulho restabelecido à pele do homem que um dia fora. Certamente, quando conseguisse ver as coisas com a cabeça menos transtornada, ia se arrepender do que tinha feito. Mas agora não havia tempo para refletir sobre a coerência ou a inconveniência da decisão; havia outras urgências.

— Tranque a porta, Simón! — ordenou Angustias com um grito agudo.

Apesar da artrose e das muitas fadigas que carregava nos ossos, assim que se viu livre dos visitantes ela saiu escada acima embalada como uma lebre, erguendo as saias e deixando à vista suas decrépitas panturrilhas nuas.

— Corram, patrões, corram, corram...

Subiram os degraus de dois em dois. A velha criada parou abruptamente ao chegar à antiga sala de jantar. No limiar da porta, se benzeu e beijou ruidosamente a cruz que formou com o polegar e o indicador. Depois, afastou-se e deixou que eles vissem a cena.

Estava sentado de costas para a porta. Ereto, a uma das cabeceiras da grande mesa dos Montalvo. A mesma mesa onde fora servido o almoço depois de seu casamento, a mesma onde fechara negócios com o velho Matías degustando o melhor vinho da casa. A mesa onde gargalhara com as tiradas de seus grandes amigos Luis e Jacobo e trocara olhares galantes com duas meninas quase adolescentes dentre as quais acabou escolhendo a que seria sua mulher.

Os homens entraram no aposento com passo cauteloso. Primeiro viram-no de perfil: um contorno fino, anguloso, com o nariz afilado e a boca entreaberta. Como um normando aristocrático, assim descrevera o médico. Conservava uma mata leonina de cabelo louro atravessado por mechas prateadas; nem um grama de gordura no corpo ossudo, mal coberto por um amarrotado camisolão. As mãos, murchas e com os tendões aparentes, repousavam paralelas sobre a mesa, com os dedos separados. Aproximaram-se com lentidão, mantendo um respeitoso silêncio.

Por fim, o viram de frente.

Duas órbitas profundas abrigavam os olhos abertos. Claros, vidrados, saltados.

No peito do camisolão, jorros de sangue. No pescoço, cravado, um pedaço de vidro.

O médico e o minerador sentiram o coração gelar.

Edward Claydon, livre das amarras da lógica e da lucidez, em consequência da insanidade ou em um ato de entrega irracional, havia tirado a própria vida cortando a jugular com precisão cirúrgica.

Contemplaram-no por segundos eternos.

— *Memento mori* — murmurou Ysasi.

Aproximou-se, então, e fechou suas pálpebras com delicadeza.

Mauro Larrea saiu para a galeria.

Apoiou as mãos na balaustrada, inclinou o corpo e encostou a testa na pedra, sentindo o frio. Teria dado o ar que respirava para ser capaz de rezar.

Entre água ou entre fogo, vejo alguém indo embora, dissera a velha cigana sem dentes ao ler sua sorte pelo menos um milênio atrás. Ou talvez tivesse sido somente algumas noites antes. Tanto fazia. O marido de Soledad havia desencadeado um incêndio atroz e depois fugira dele para tomar, naquele casarão decrépito onde anos antes fora feliz, um caminho sem volta rumo à escuridão. Desprovido de consciência, de razão, de temores. Ou não.

Sem se erguer, Mauro Larrea procurou um lenço nos bolsos, mas encontrou apenas restos de papel molhado e ilegível. No remetente do que havia sido uma carta, onde antes se lia Tadeo Carrús, agora havia uma mancha borrada de tinta e azeite. Esmigalhou-a entre os dedos sem olhar para ela e deixou que caísse aos pedaços a seus pés.

Sentiu a mão nas costas arqueadas; não tinha ouvido os passos. Depois, a voz do médico.

— Vamos embora.

CAPÍTULO 56

Setembro trouxe sua primeira vindima e, com ela, a adega se inundou de vida. Pelos portões permanentemente abertos entravam e saíam carroças cheias do mosto da uva passada pelos lagares, o chão estava eternamente molhado e havia uma legião de vozes, corpos e pés em movimento.

Um ano havia se passado desde que aquelas americanas vestidas como corvos tinham chegado intempestivamente à casa mexicana que um dia fora sua e agora não era mais, para anunciar sua ruína e desviar seu caminho rumo à incerteza. Quando olhava para trás, contudo, às vezes lhe parecia que entre aquele dia e o presente haviam se passado algumas centenas de anos.

Apesar de sua resistência inicial, fora o dinheiro de sua consogra que o ajudara a dar os primeiros passos para reerguer o legado dos Montalvo: o que a velha condessa queria, afinal de contas, era um ótimo investimento, e ele estava disposto a lhe dar lucro quando chegasse o momento. Mariana, por sua vez, apoiou-o a distância. Esqueça essa história de voltar a ser quem foi, comece de novo olhando outro horizonte. Chegue aonde chegar, deste lado do mundo estaremos orgulhosas de você.

Tadeo Carrús morreu três dias depois da data limite do primeiro prazo de quatro meses que ele não chegou a cumprir. Contrariando as ameaças do agiota, seu filho Dimas não explodiu os alicerces da casa; não destruiu uma lajota ou um vidro sequer. Uma semana depois de dar ao progenitor uma mísera sepultura e, para pasmo de toda a capital, instalou-se naquele que fora o palácio do velho conde de Regla, com seu braço inerte e seus cães doentios, disposto a se instalar permanentemente em sua nova propriedade.

No final do outono começou o vínculo de Mauro Larrea com La Templanza, entre as vinhas e dentro dele mesmo. Em dezembro procurou pessoal, janeiro anunciou a semeadura, fevereiro foi alongando os dias, março chegou com chuva e em abril o verde começou a despontar. Maio encheu as terras alvarinhas de videiras moles, junho trouxe a poda, ao longo do verão levantaram as varas das cepas para arejar os cachos e evitar que tocassem a terra quente, e em agosto ele assistiu ao milagre do fruto pleno.

Enquanto sua retina se impregnava daqueles morros brancos quadriculados pelas fileiras de cepas, pouco a pouco foi adquirindo seus primeiros conhecimentos sobre as fases e os modos centenários do cuidado das videiras. Aprendeu a discernir os torrões e as nuvens; a distinguir entre os dias em que o seco e temível levante africano transtornava a paz das vinhas e aqueles em que soprava um poente úmido que vinha benigno do Atlântico carregado de sais marinhos. E ao ritmo das estações, das fainas e dos ventos, buscou também conselho e sabedorias. Ouviu os velhos, os trabalhadores, os produtores de vinho. Com alguns compartilhou fumo picado nas eternas tabernas, nos armazéns e nas lojas de montanheses. A outros ouviu, sentado ao lado deles à sombra de uma parreira, enquanto preparavam o gaspacho em uma panela. Ocasionalmente, muito ocasionalmente, apenas quando precisava de respostas ou quando as dúvidas o espreitavam, desfrutou de notas de piano e taças lapidadas com mil matizes nos salões cobertos de tapeçarias das grandes famílias do vinho.

Os mesmos olhos que durante décadas andaram pelas trevas do subsolo acostumaram-se às longas horas de inclemente claridade solar; as mãos que cavaram a terra profunda em busca de veios de prata meteram-se entre os cipós para apalpar a turgidez dos cachos. A mente que sempre andara cheia de ambiciosos projetos manteve-se tenaz em um único objetivo, preciso e tangível: recuperar aquela ruína e começar de novo.

Comprou um cavalo árabe com o qual percorreu trilhas e caminhos, recuperou o vigor do braço deslocado no convento, deixou crescer uma barba densa, adotou dois cães famintos que vagavam pelos arredores e embora em algumas noites esporádicas aparecesse no cassino para conversar um pouco com Manuel Ysasi, na maior parte do tempo convivia com a pureza de um silêncio ao qual não teve dificuldade de se acostumar. Fez da velha casa de La Templanza seu lar depois de fechar o casarão da rua de la Tornería, e quando chegou o calor, dormiu mais de uma madrugada ao relento, sob o mesmo firmamento cheio de pontos brilhantes que em outras latitudes agasalhava as presenças de quem ele se esforçava, sem sucesso, para deixar de sentir falta. Habituou-se, contudo, a viver com outras luzes e outros ares e outras luas, e pouco a pouco foi tornando seu aquele canto de um Velho Mundo ao qual jamais imaginou que acabaria voltando.

Naquela penúltima manhã de vindima escutava, atento, as considerações de seu capataz. No agitado pátio empedrado da adega, de costas, com as mangas da camisa arregaçadas, as mãos nos quadris e o cabelo revirado pelo constante ir e vir. Até que, no meio de uma frase sobre as carroças que iam entrando, o velho empregado do sr. Matías, de idade considerável e faixa apertada na cintura que agora trabalhava para ele, desviou o olhar por cima do ombro dele e parou abruptamente de falar. Foi quando ele se voltou.

Haviam se passado mais de nove meses desde que Soledad deixara Jerez e sua vida. Sem o marido ao lado, não precisou mais se esconder na foz do Douro, ou em La Valeta, à beira do Mediterrâneo, ou em nenhum recôndito *château* francês. Por isso, empreendeu o movimento mais simples e razoável: voltou para Londres, para seu mundo. O mais natural. Nem sequer chegaram a se despedir naqueles turbulentos dias de luto e desassossego depois da morte de Edward Claydon; como adeus, ele recebeu um dos cartões de visita impessoais com borda preta que ela enviara aos conhecidos e amigos a fim de agradecer as condolências. Dois ou três dias depois, com seus leais serviçais, seus muitos baús e sua dor, ela simplesmente partiu.

Vinha agora na direção dele com o passo elegante de sempre, voltando a cabeça para os lados para contemplar o vaivém dos carregadores com os mostos e os barris, a volta à vida da velha adega. Da última vez que a vira, estava vestida de preto da cabeça aos pés e um véu cobria seu rosto. Foi na missa de funeral em San Marcos, ela cercada pelo amigo Manuel Ysasi e pelos membros dos clãs de produtores de vinho aos quais um dia pertenceu. Ele se manteve afastado do cortejo, sozinho no final da igreja, em pé, com o cotovelo na tipoia. Não falou com ninguém; assim que o padre pronunciou o *requiescat in pace*, foi embora. Para toda a cidade, e graças à intervenção do médico, o velho *marchand* inglês havia falecido em sua própria cama, de morte natural. A palavra suicídio, tão demoníaca, jamais foi pronunciada. Inés Montalvo não esteve presente naquele último adeus; mais tarde, ele soube de sua transferência para um convento na meseta, sem contar a ninguém.

Daquele luto desolador, Soledad havia passado agora a um vestido de chintz cinza claro abotoado na frente; sobre o cabelo já não havia véu, e sim um chapéu de simplíssima elegância. Não se tocaram ao ficar frente a frente: nem sequer se aproximaram meio palmo além do estritamente formal. Ela permaneceu agarrada ao marfim do cabo de sua sombrinha; ele, por sua vez, manteve inalterável a postura, apesar de sentir um nó tenso no estômago e de seu sangue correr pelas veias como se movido pelo golpe de um taco.

Para que a lembrança daquela mulher não o apunhalasse a cada bocado de ar que respirava, nem a nostalgia se cravasse em suas entranhas como uma barra de ferro, a fim de encontrar algum consolo que suplantasse sua ausência, o minerador havia simplesmente se dedicado a trabalhar. Doze, treze, catorze horas, até cair exausto no final do dia como um peso morto. Para não continuar revivendo na memória os momentos que passaram juntos; para não imaginar como teria sido aquecer um ao outro nas noites de inverno ou fazer amor devagar com a janela aberta nas manhãs de primavera.

— Uma vindima esplêndida a deste ano, pelo que ouvi dizer.

É o que parece, poderia ter respondido. E embora os ventos tenham sido os grandes aliados do milagre, como você me ensinou, empreguei todo o meu esforço para colaborar. Depois de insensatamente mandar os compradores madrilenses para o diabo e dar por perdido tudo que deixei no México, decidi não voltar, mas, se me perguntar a razão, receio que não tenha resposta. Por pura covardia, talvez; para não ter que enfrentar de novo aquele homem que um dia fui. Ou pela ilusão de encarar um novo projeto quando já julgava perdidas todas as batalhas. Ou talvez para não abandonar esta terra onde sempre, sobre todos os momentos e todos os sons, todos os cheiros e todas as esquinas, continua pairando você.

— Bem-vinda, Soledad — foi, porém, tudo que disse.

Ela tornou a virar a cabeça, admirando a agitação em volta. Ou como se admirasse.

— É reconfortante ver isto outra vez.

O minerador a imitou, olhando em volta sem nenhum objetivo determinado. Ambos tentavam ganhar tempo, certamente. Até que um dos dois teve que abrir a brecha. E foi ele.

— Espero que tudo tenha se resolvido da melhor forma.

Ela ergueu os ombros com sua graça natural. Os mesmos olhos de potra elegante, as mesmas maçãs do rosto, os mesmos braços longos. A única coisa que ele notou de diferente foram seus dedos; um, especificamente. O anular esquerdo nu, desprovido dos dois anéis que antes evidenciavam suas amarras.

— Tive que enfrentar algumas grandes perdas, mas por fim consegui me desfazer do emaranhado de trapaças e fraudes antes que Alan voltasse de Havana. Daí em diante, como havia planejado, acabei estreitando meu foco para me concentrar unicamente no sherry.

Ele assentiu, embora não fosse exatamente isso o que mais lhe interessava. Como você está, Sol? Como se sente, como viveu esses meses longe de mim?

— De resto, estou bem, mais ou menos — acrescentou, como se tivesse lido os pensamentos dele. — Os negócios e os cuidados com as minhas filhas me mantiveram ocupada, ajudando a tornar mais suportáveis as ausências dos mortos e dos vivos.

Ele baixou a cabeça e passou a mão suja pelo pescoço e pela nuca, sem saber se entre aquelas ausências por acaso se encontrava a sua.

— Essa barba ficou bem em você — continuou ela, mudando o tom e o rumo da conversa. — Mas vejo que continua como um selvagem.

Em seus lábios ele percebeu uma ponta daquela ironia tão sua; mas tinha razão: o rosto, os braços e o torso queimados pela constante lida na vinha sob o sol implacável eram evidência disso. A camisa entreaberta, a calça estreita para poder se movimentar com facilidade e as velhas botas cheias de terra também não contribuíam exatamente para lhe dar uma aparência de grande senhor.

— Só um minuto, irmão...

Um homem maduro, calvo, com pressa desmedida e óculos dourados de armação fina, aproximou-se, caminhando com o olhar fixo em alguns papéis. Tinha algo mais na ponta da língua quando a viu.

— Desculpe, senhora — disse, assustado. — Lamento interromper.

— Não é incômodo nenhum — disse ela, cordial, enquanto deixava que beijasse sua mão.

Então é ela, pensou Elías Andrade ao observá-la disfarçadamente. E aqui está de novo. Malditas mulheres. Agora estou começando a entender.

Levou poucos segundos para desaparecer, alegando urgência em seus afazeres.

— Meu procurador e meu amigo — esclareceu ele enquanto ambos o observavam se afastar. — Atravessou o oceano atrás de mim pretendendo me convencer a voltar, mas, como não conseguiu, por enquanto vai ficar comigo.

— E seu filho e Santos Huesos, algum dos dois voltou?

— Nico continua em Paris, veio me ver há pouco tempo; depois partiu para Sevilha em busca de uns quadros barrocos para um cliente. Contra meus prognósticos pessimistas, está indo bem. Entrou em sociedade com um velho conhecido meu para abrir um negócio de antiguidades, e se desapaixonou pela enésima vez. Santos, por sua vez, acabou se estabelecendo em Cienfuegos. Casou-se com a mulata Trinidad e já puseram um filho no mundo; acho que o engendraram sob o teto do nosso bom doutor.

A gargalhada feminina explodiu como um chocalho no meio daquele cenário de vozes viris e corpos masculinos, afazeres rudes e suor. Depois, mudou de tom e de rumo.

— Teve notícias de Gustavo e de sua mulher?

— Não diretamente, mas por intermédio de Calafat, meu elo cubano, sei que continuam juntos. Indo, vindo, alternando. Sobrevivendo.

Ela se calou por alguns instantes, como se duvidasse.

— Eu escrevi para meu primo — disse por fim. — Uma longa carta, um pedido de perdão em meu nome e em memória de nossos antepassados.

— E?

— Ele nunca respondeu.

O silêncio tornou a se emaranhar no ar enquanto os trabalhadores continuavam com suas pressas e fainas. E entre eles, por alguns instantes, pairou a sombra de um homem com os olhos cheios de água. O mesmo que tinha construído castelos no ar e que o cru vento da vida derrubara sem misericórdia; aquele que tinha se agarrado a um taco de bilhar buscando uma última e temerária solução para o que jamais teria volta.

Foi Soledad quem quebrou o silêncio.

— O que acha de entrarmos?

— Claro, desculpe, claro, como não.

Fique esperto, homem, ordenou a si mesmo enquanto lhe cedia passagem pela porta de madeira escura e limpava as mãos, inutilmente, nas pernas da calça. Olhe as maneiras! Depois de tanto tempo afastado dos humanos, ela vai pensar que você acabou se transformando em um animal.

Acolheu-os na adega uma sombra fragrante que a fez semicerrar os olhos e inspirar com ânsia nostálgica. Mosto, madeira, esperança de vinho pleno. Ele, enquanto isso, aproveitou para contemplá-la brevemente. Ali estava outra vez o ser que se infiltrara em sua vida em um dia de outono e que acreditara que jamais tornaria a ver, reencontrando os aromas, as coordenadas e as presenças do mundo em que crescera.

Andaram na fresca semipenumbra, entre os longos corredores flanqueados por prateleiras de barris superpostos. As paredes da altura de uma catedral retinham o calor do fim da manhã com sua cal e sua espessura; as manchas de mofo próximas ao chão evidenciavam a perpétua umidade.

Trocaram algumas superficialidades enquanto pisavam a terra molhada, ouvindo ao redor, amortecidos, os sons do trabalho constante. Foi bom não ter chovido até agora; em Londres fez um calor horrível em julho; parece que as vinhas de seu avô prometem um vinho esplêndido. Até que os dois ficaram sem pretextos, e ele, por fim, olhando outra vez para o chão de terra e remexendo-o com a ponta da bota, atreveu-se.

— Por que voltou, Soledad?

— Para lhe propor que juntemos de novo nossos caminhos.

Pararam de andar.

— O mercado inglês está sendo inundado por uma concorrência infame — acrescentou. — Xerez australiano, xerez italiano; até xerez do Cabo, pelo amor de Deus. Imitações que desprestigiam os vinhos desta terra e prejudicam seu comércio; uma absoluta barbaridade.

Mauro Larrea se apoiou em um dos velhos barris pintados de preto e cruzou os braços sobre o peito. Com a serenidade de quem já dava tudo por perdido. Com a paciência ansiosa de alguém que vê um portão que julgava blindado começar a deixar surgir uma fresta de luz.

— E o que isso tem a ver comigo?

— Agora que você decidiu se tornar produtor de vinho, já é parte deste mundo. E quando estoura a guerra dentro dele, todos precisamos de aliados. Por isso vim lhe pedir que lutemos juntos.

Um estremecimento percorreu sua espinha. Cúmplices, parceiros, ela pedia que fossem de novo: lutando cada um com suas armas. Ela com suas muitas intuições e ele com suas poucas certezas, para encarar ombro a ombro outros desafios e outros lances do porvir.

— Ouvi dizer que o serviço postal da Grã-Bretanha é muito eficaz. Deve ser pela proximidade de Gibraltar, suponho — disse ele.

Ela pestanejou, desconcertada.

— Quero dizer que para me propor um acordo comercial, você poderia tê-lo feito por carta.

Soledad estendeu a mão para outro dos grandes barris, e atrás dela foi o olhar dele. Roçou-o distraída com a ponta dos dedos, até que recuperou a integridade, disposta, por fim, a mostrar a verdade com todas as letras.

— Bem sabe Deus que ao longo desses meses lutei contra mim mesma com todas as minhas forças para tirá-lo da minha cabeça. E do meu coração.

Ao grito bronco do capataz, os rapazes que trabalhavam por perto soltaram no ar estrondos de alívio. Abandonavam as tarefas: era hora do almoço, de secar o suor e dar sossego aos músculos. As frases completas que em seguida saíram da boca de Soledad Montalvo ficaram perdidas no barulho das ferramentas abandonadas e no vigor das vozes masculinas que passaram próximas arrastando fomes de leão.

Somente algumas palavras ficaram pairando entre os altos arcos, presas nas partículas do aroma de vinho envelhecido e de mosto novo. Foram suficientes, porém, para que ele as interpretasse no ar. Com você, eu, aqui. Lá, comigo, você.

Ao lado das prateleiras de vinho, das tábuas e dos barris, assim ficou forjada uma aliança entre o indiano que cruzou duas vezes o mar à força e a herdeira que se transformou em *marchand* pela necessidade mais nua e crua. O que ele lhe disse em seguida, e o que ela depois respondeu, e o que ambos fizeram, ficou evidente em um futuro cheio de idas e vindas e nos rótulos das garrafas que ano após ano foram saindo da adega a partir daquele setembro. Montalvo & Larrea, Fine sherry, lia-se. Dentro, filtrado pelo vidro, levavam o fruto das terras brancas do sul repletas de sol, temperança, ar do poente, e o empenho e a paixão de um homem e de uma mulher.

AGRADECIMENTOS

Em um projeto que atravessa um oceano, voa no tempo e mergulha em mundos com essências locais profundamente díspares que quase sempre já deixaram de existir, muitas pessoas me estenderam a mão para me ajudar a recompor pedaços do passado e a dotar a linguagem, os cenários e as tramas de rigor e credibilidade.

Seguindo o trânsito geográfico da própria narração, gostaria de transmitir minha gratidão, em primeiro lugar, a Gabriel Sandoval, diretor editorial da Planeta México, por sua pronta e afetuosa disposição; à editora Carmina Rufrancos, por seu tino dialético, e ao historiador Alejandro Rosas, por sua precisão documental. Ao diretor da Feira do Livro do velho Palacio de Minería do Distrito Federal, Fernando Macotela, por me convidar a percorrer todos os cantos do soberbo edifício neoclássico que um dia Mauro Larrea pisou.

Por revisar os capítulos cubanos com seu agudo e nostálgico olhar havanês, quero deixar registrada minha gratidão a Carlos Verdecia, veterano jornalista, antigo diretor de *El Nuevo Herald*, de Miami, e hoje cúmplice em ilusões literárias que talvez no futuro cheguem a se materializar. E a minha colega Gema Sánchez, professora do Departamento de Línguas Modernas da Universidade de Miami, por me propiciar o acesso aos fundos da Cuban Heritage Collection e me convidar para comer um dourado em uma quente noite do sul da Flórida.

Atravessando o Atlântico, expresso meu reconhecimento aos professores da Universidade de Cádis, Alberto Ramos Santana e Javier Maldonado Rosso, especialistas em questões históricas vinculadas ao comércio do vinho em Jerez, por seus magníficos trabalhos de pesquisa e por se prestarem a ser crivados por minhas mil perguntas. E a minha amiga

Ana Bocanegra, diretora do Serviço de Publicações da mesma casa, por propiciar o encontro com ambos entre anêmonas e tortilhas de camarão.

Adentrando esse universo que talvez um dia tenha envolvido a família Montalvo, quero expressar minha gratidão a alguns jerezanos de raça vinculados àqueles lendários produtores de vinho do século XIX. A Fátima Ruiz de Lassaletta e Begoña García González-Gordon, por seu entusiasmo contagioso e sua riqueza de detalhes. A Manuel Domecq Zurita e Carmen López de Solé, por sua hospitalidade no maravilhoso palácio de Camporreal. A Almudena Domecq Bohórquez, por nos levar por essas vinhas que bem poderiam ter abrigado La Templanza. A Begoña Merello, por traçar passeios literários e guardar segredos; a David Frasier-Luckie, por me deixar imaginar que sua linda casa foi de Soledad e por nos permitir assaltá-la repetidamente. E de uma maneira muito especial, a duas pessoas sem cujo respaldo e sem cuja cumplicidade este vínculo jerezano teria perdido grande parte de sua magia: Mauricio González-Gordon, presidente da González-Byass, por nos acolher em sua lendária adega tanto particularmente quanto em grupo, por ser mestre de cerimônias em nosso *début* em sociedade e por seu grato afeto, e a Paloma Cervilla, por orquestrar, entusiasmada, esses encontros e me demonstrar com sua generosa discrição que, acima do zelo jornalístico, prevalece a amizade.

Além dos contatos pessoais, foram também inúmeros os trabalhos que consultei para extrair às vezes retratos panorâmicos, às vezes pequenos detalhes que temperam com sal e pimenta esta narração. Embora talvez tenha deixado escapar involuntariamente alguns e não estejam aqui todos os que consultei, utilizei, evidentemente, todos os que aqui estão: *Por las calles del viejo Jerez*, de Antonio Mariscal Trujillo; *El jerez de los bodegueros*, de Francisco Bejarano; *El jerez, hacedor de cultura*, de Carmen Borrego Plá; *Casas y palacios de Jerez de la Frontera*, de Ricarda López; *La viña, la bodega y el viento*, de Jesús Rodríguez, e *El Cádiz romántico*, de Alberto González Troyano. Acerca do sherry e de sua grande dimensão internacional, foram imprescindíveis os clássicos *Sherry*, de Julian Jeffs, e *Jerez-Xérez-"Sherish"*, de Manuel María González Gordon.

Não posso deixar de mencionar as evocações do grande escritor jerezano José Manuel Caballero Bonald, que, trançadas em sua magistral prosa, são uma delícia para qualquer leitor. E por percorrer atmosferas e ambientes com olhos femininos tão ávidos e quase tão forasteiros quanto os meus, quero citar as obras cheias de graça e sensibilidade de quatro mulheres de outros tempos que, como eu agora, também se deixaram seduzir por mundos íntimos: *Life in Mexico, 1843*, de Frances Erskine Inglis, marquesa de Calderón de la Barca; *Viaje a La Habana*, de Mercedes Santa Cruz y Montalvo, condessa de Merlín; *Headless Angel*, de Vicki Baum, e *The Summer of the Spanish Woman*, de Catherine Gaskin.

De volta à realidade, obrigada, como sempre, a minha família; aos que continuam estando presentes no dia a dia e aos que partiram enquanto eu escrevia este livro, deixando um imenso vazio em nossa alma que jamais conseguiremos preencher. Aos amigos que percorreram comigo alguns desses cenários; aos que batem palmas quando ouvem abrir uma garrafa, e a todos aqueles de quem roubei nomes, sobrenomes, origens ou maneiras de se portar diante da vida para emprestá-los a alguns personagens.

A Antonia Kerrigan, que já ameaça transformar leitores de meio mundo em amantes dos vinhos jerezanos, e a toda a competente equipe de sua agência literária.

Estou terminando este livro poucos dias depois de José Manuel Lara Bosch, presidente do Grupo Planeta, ter nos dado seu adeus. Sem sua visão e sua tenacidade, talvez esta história nunca tivesse chegado às livrarias, ou o teria feito, sem dúvida, de uma maneira radicalmente diferente. A ele *in memoriam* e àqueles em quem ele confiou para acolher centenas de escritores e fazer com que seus livros crescessem, quero expressar minha mais profunda gratidão. À equipe editorial que me acolheu com sua nova configuração: Jesús Badenes, Carlos Revés, Belén López, Raquel Gisbert e Lola Gulias, obrigada de coração pela qualidade humana e pelo imenso profissionalismo. Por telefone, e-mails diários e à luz matinal da Plaza de la da Paja, nos escritórios de Madri e Barcelona e nos passeios por Cádis, Jerez e pela Cidade do México, inclusive às tantas da madrugada nos insuperáveis antros de Guadalajara, foram sempre acessíveis, sólidos, cúmplices. A Isa Santos e Laura Franch, responsáveis pela divulgação, por urdir outra vez uma maravilhosa promoção e conseguir fazer com que algo que poderia ser extenuante se transformasse quase em uma viagem de prazer. Às magníficas equipes de design e marketing, à grande rede comercial com quem dividi surpresas. À pintora Merche Gaspar, por dar corpo a Mauro Larrea e Soledad Montalvo com sua linda aquarela.

A todos os leitores mexicanos, havaneses, jerezanos e gaditanos que conhecem a fundo as coordenadas pelas quais se desenrolam as tramas, esperando que me perdoem por algumas pequenas licenças e liberdades necessárias para a maior fluidez e estética da ação.

E, por último, a todos aqueles vinculados de alguma maneira ao mundo das minas e do vinho. Apesar de ser uma ficção do começo ao fim, este romance pretende também prestar um sincero tributo aos mineradores e produtores de vinho, pequenos e grandes, de ontem e de hoje.

LEIA TAMBÉM

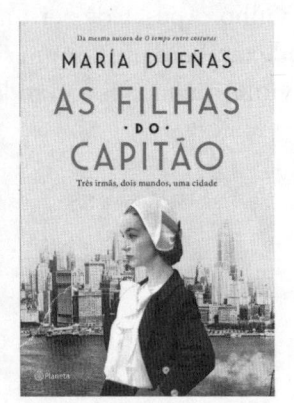

Acreditamos nos livros

Este livro foi composto em Celeste e impresso pela Gráfica Santa Marta para a Editora Planeta do Brasil em maio de 2021.